CLÁSSICOS
BOITEMPO

O DINHEIRO

CLÁSSICOS BOITEMPO

A ESTRADA
Jack London
Tradução, prefácio e notas de Luiz Bernardo Pericás

AURORA
Arthur Schnitzler
Tradução, apresentação e notas de Marcelo Backes

BAUDELAIRE
Théophile Gautier
Tradução de Mário Laranjeira
Apresentação e notas de Gloria Carneiro do Amaral

DAS MEMÓRIAS DO SENHOR DE SCHNABELEWOPSKI
Heinrich Heine
Tradução, apresentação e notas de Marcelo Backes

ESTRELA VERMELHA
Aleksandr Bogdánov
Tradução, prefácio e notas de Paula Vaz de Almeida e Ekaterina Vólkova Américo

EU VI UM NOVO MUNDO NASCER
John Reed
Tradução e apresentação de Luiz Bernardo Pericás

MÉXICO INSURGENTE
John Reed
Tradução de Luiz Bernardo Pericás e Mary Amazonas Leite de Barros

NAPOLEÃO
Stendhal
Tradução de Eduardo Brandão e Kátia Rossini
Apresentação de Renato Janine Ribeiro

OS DEUSES TÊM SEDE
Anatole France
Tradução de Daniela Jinkings e Cristina Murachco
Prefácio de Marcelo Coelho

O TACÃO DE FERRO
Jack London
Tradução de Afonso Teixeira Filho
Prefácio de Anatole France
Posfácio de Leon Trótski

TEMPOS DIFÍCEIS
Charles Dickens
Tradução de José Baltazar Pereira Júnior

A VÉSPERA
Ivan Turguêniev
Tradução e posfácio de Paula Vaz de Almeida e Ekaterina Vólkova Américo

ÉMILE ZOLA

O DINHEIRO

Tradução
Nair Fonseca e
João Alexandre Peschanski

© Boitempo, 2020
Edição original francesa: *L'Argent*, 1890-1891

Direção editorial	Ivana Jinkings
Edição	André Albert
Coordenação de produção	Livia Campos
Assistência editorial	Carolina Mercês e Camila Lie Nakazone
Tradução	Nair Fonseca e João Alexandre Peschanski

Preparação Alunos do curso Real Job Revisor LabPub: Aline Silveira Machado, Ananda Badaró, Barbara Blanco, Camila Borges, José Renato Margarido Galvão, Maria Celeste Mendes, Marina Trevenzoli, Marina Zacchi, Raquel Cristina Rüdiger Dornelles e Sabrina Inserra

Revisão	Carolina Hidalgo Castelani
Capa	Rafael Nobre
	sobre *Le marché des titres sous le péristyle*,
	de Paul Renouard, c. 1885
Diagramação	Carla Almeida

Imagens Collection François-Émile Zola (p. 2); reprodução (p. 178)

Equipe de apoio Artur Renzo, Débora Rodrigues, Elaine Ramos, Frederico Indiani, Heleni Andrade, Higor Alves, Ivam Oliveira, Jéssica Soares, Kim Doria, Luciana Capelli, Marina Valeriano, Marissol Robles, Marcos Duarte, Marlene Baptista, Maurício Barbosa, Pedro Davoglio, Raí Alves, Thais Rimkus, Tulio Candiotto

CIP-BRASIL. CATALOGAÇÃO-NA-FONTE
SINDICATO NACIONAL DOS EDITORES DE LIVROS, RJ

Z77d

Zola, Émile, 1840-1902
O dinheiro / Émile Zola ; tradução Nair Fonseca, João Alexandre Pechanski. - 1. ed. - São Paulo : Boitempo, 2020.

(Clássicos Boitempo)
Tradução de: L'argent
ISBN 978-65-5717-018-2

1. Romance francês. I. Fonseca, Nair. II. Pechanski, João Alexandre. III. Título. IV. Série.

20-65992

CDD: 843
CDU: 82-31(44)

Meri Gleice Rodrigues de Souza - Bibliotecária - CRB-7/6439

É vedada a reprodução de qualquer parte deste livro sem a expressa autorização da editora.

Cet ouvrage, publié dans le cadre du Programme d'Aide à la Publication année 2020 Carlos Drummond de Andrade de l'Ambassade de France au Brésil, bénéficie du soutien du Ministère de l'Europe et des Affaires étrangères.
Este livro, publicado no âmbito do Programa de Apoio à Publicação ano 2020 Carlos Drummond de Andrade da Embaixada da França no Brasil, contou com o apoio do Ministério francês da Europa e das Relações Exteriores.

AMBASSADE
DE FRANCE
AU BRÉSIL
Liberté
Égalité
Fraternité

1ª edição: maio de 2021

BOITEMPO
Jinkings Editores Associados Ltda.
Rua Pereira Leite, 373
05442-000 São Paulo SP
Tel./fax: (11) 3875-7250 / 3875-7285
editor@boitempoeditorial.com.br
www.boitempoeditorial.com.br | www.blogdaboitempo.com.br
www.facebook.com/boitempo | www.twitter.com/editoraboitempo
www.youtube.com/tvboitempo | www.instagram.com/boitempo

SUMÁRIO

I 9
II 49
III 83
IV 113
V 143
VI 179
VII 213
VIII 237
IX 269
X 305
XI 345
XII 375
Cronologia 413

I

Acabavam de soar onze horas na Bolsa, quando Saccard entrou no Champeaux, na sala branca e dourada, cujas duas janelas altas abrem para a praça. De relance, percorreu as fileiras de pequenas mesas, onde se acotovelavam convivas atarefados; e pareceu surpreso por não ver o rosto que procurava. Como, na agitação do serviço, passava um garçom carregado de pratos:

– Diga-me, pois, o senhor Huret não chegou?

– Não, senhor, ainda não.

Então, Saccard decidiu sentar-se à mesa que um cliente havia deixado, junto ao vão de uma das janelas. Imaginava estar atrasado; e, enquanto trocavam a toalha, seu olhar dirigiu-se para fora, observando os transeuntes na calçada. Mesmo com a mesa já arrumada, não fez o pedido imediatamente; permaneceu por um momento olhando a praça, bem agradável naquele dia claro do início de maio. Àquela hora, em que todos almoçavam, estava quase vazia: sob as castanheiras, cobertas de folhagem tenra e nova, os bancos permaneciam desocupados; ao longo das grades, na estação de coches, a fila de fiacres estendia-se de um extremo ao outro; e o ônibus da Bastilha parava no ponto, na esquina do jardim, sem deixar nem apanhar passageiros. O sol estava a pino, banhava o monumento, a colunata, as duas estátuas, a vasta escadaria, acima da qual havia apenas um exército de cadeiras bem-arrumadas.

Ao virar-se, porém, Saccard reconheceu Mazaud, o corretor de ações, na mesa vizinha à sua. Estendeu-lhe a mão.

– Ora! É o senhor. Bom dia!
– Bom dia! – respondeu Mazaud, com um aperto de mão distraído.

Baixo, moreno, muito ativo, belo homem, havia herdado recentemente a função de um de seus tios, aos trinta e dois anos. E parecia inteiramente atento ao conviva que tinha à sua frente, um senhor gordo de rosto vermelho e escanhoado, o célebre Amadieu, que a Bolsa venerava desde o famoso golpe das Minas de Selsis. Quando as ações haviam baixado a quinze francos – e qualquer comprador delas seria tido como louco –, investiu sua fortuna no negócio, duzentos mil francos, ao acaso, sem cálculo nem intuição, com uma obstinação de ignorante afortunado. Atualmente, depois que a descoberta de filões reais e consideráveis havia feito as ações ultrapassarem a cotação de mil francos, ganhava uma quinzena de milhões; e sua operação imbecil, que decerto o levaria ao hospício, agora o alçava à categoria dos sábios cérebros financeiros. Era saudado e sobretudo consultado. Aliás, não investia mais, satisfeito com seu golpe de gênio único e legendário. Mazaud devia sonhar em tê-lo como cliente.

Saccard, sem obter sequer um sorriso de Amadieu, cumprimentou a mesa à frente, onde se encontravam reunidos três especuladores conhecidos: Pillerault, Moser e Salmon.
– Bom dia! Tudo bem?
– Sim, nada mal... Bom dia!

Neles também sentiu frieza, quase hostilidade. Entretanto, Pillerault, muito alto, muito magro, com gestos bruscos e um nariz em forma de lâmina de sabre em um rosto esquálido de cavaleiro errante, tinha habitualmente a familiaridade de um apostador que erigia como princípio a temeridade, declarando que resvalava em catástrofes cada vez que tentava refletir. Tinha a natureza exuberante do altista, sempre voltado para a vitória, enquanto Moser, ao contrário, de baixa estatura, pele amarelada, devastado por uma doença do fígado, lamentava-se sem parar, tolhido por receios constantes de cataclismo. Quanto a Salmon, um belo homem em luta contra o cinquentenário, que exibia uma barba soberba, negra como tinta, passava por um tipo extraordinariamente astuto. Nunca falava, respondia apenas com sorrisos, não se sabia em que direção apostava, nem mesmo se apostava; e sua maneira de escutar impressionava tanto Moser que este, frequentemente, após ter-lhe feito uma confidência, se perturbava pelo silêncio dele e corria para mudar uma ordem. Em meio à indiferença que lhe demonstravam, Saccard continuou, o olhar febril e provocador, a completar a volta pela sala.

E trocou apenas um aceno de cabeça com um jovem corpulento, sentado a três mesas de distância, o belo Sabatani, um levantino, de face alongada e morena, iluminada por olhos negros magníficos, mas deturpada por uma boca perversa, inquietante. A amabilidade daquele rapaz acabou por irritá-lo: excluído de uma Bolsa estrangeira, Sabatani era um desses tipos misteriosos apreciados pelas mulheres, chegado ao mercado no último outono, que ele já havia visto em ação, como testa de ferro em um desastre bancário, e o homem pouco a pouco conquistava a confiança da *corbeille* e da *coulisse* com muita retidão e boa vontade infatigável, mesmo com os de pior reputação*.

Um garçom estava em pé diante de Saccard.
– O que o senhor deseja?
– Ah! Sim... O que o senhor quiser, uma costeleta, aspargos.
Depois, chamou novamente o garçom.
– Tem certeza de que o senhor Huret não chegou antes de mim e foi embora?
– Oh! Certeza absoluta!

Assim, lá estava ele, após o fracasso que, em outubro, o havia coagido, uma vez mais, a liquidar seus negócios, a vender a mansão do parc Monceau para alugar um apartamento: apenas os Sabatanis da vida o cumprimentavam, e sua entrada em um restaurante onde antes havia reinado não fazia mais todas as cabeças virar, todas as mãos se estender. Era um bom jogador, permanecia sem rancor, após aquele último negócio de terrenos, escandaloso e desastroso, no qual só havia conseguido salvar a

---

* *Corbeille* era o termo adotado na Bolsa para designar o espaço ocupado pelos corretores autorizados. *Coulisse* se referia, até 1961, aos bastidores da Bolsa de Paris, ocupados por um mercado paralelo. (N. T.)

11

pele. Mas uma febre de vingança incendiava-lhe o ser; e a ausência de Huret, que havia formalmente prometido estar ali, às onze horas, para comunicar-lhe o resultado da missão de que havia se incumbido junto ao irmão de Saccard, Rougon, então ministro triunfante, exasperava-o, principalmente contra este último. Huret, deputado dócil, criatura do grande homem, era apenas um mensageiro. No entanto, seria possível que Rougon, ele que tudo podia, o abandonasse assim? Nunca havia sido um bom irmão. Que estivesse furioso após a catástrofe, que houvesse rompido publicamente com ele para não se comprometer, seria compreensível; mas, seis meses depois, não deveria ter acorrido secretamente em auxílio? E, agora, teria a coragem de recusar o amparo final que lhe havia pedido por intermédio de um terceiro, sem ousar vê-lo pessoalmente, temendo uma crise de raiva? Bastaria Rougon dizer uma palavra e ele o reporia a prumo, com toda aquela Paris grande e covarde a seus pés.

– Que vinho o senhor deseja? – perguntou o *sommelier*.

– O *bordeaux* da casa.

Saccard, que deixava esfriar a costeleta, absorto, sem fome, levantou os olhos ao ver uma sombra passar sobre a toalha. Era Massias, rapaz gordo e corado, um zangão que havia conhecido ainda pobre, e que deslizava entre as mesas com a ficha de cotações à mão. Ficou mortificado ao vê-lo passar por ele, sem parar, para estender as cotações a Pillerault e a Moser. Distraídos, empolgados em uma discussão, mal as olharam: não, não tinham ordens a dar, ficaria para uma outra vez. Massias, sem ousar dirigir-se ao célebre Amadieu, debruçado sobre uma salada de lagosta, a falar em voz baixa com Mazaud, voltou-se para Salmon, que pegou as cotações, analisou-as longamente, e em seguida devolveu-as, sem nada dizer. A sala animava-se. Outros zangões, a cada minuto, faziam bater as portas. Trocavam-se ao longe palavras em voz alta, aumentava a paixão pelos negócios à medida que avançava a hora. E Saccard, cujo olhar se voltava sem parar para fora, via também a praça encher-se pouco a pouco, com coches e pedestres afluindo; ao passo que, nos degraus da Bolsa, reluzentes ao sol, manchas negras, homens já se mostravam, um a um.

– Repito-lhes – disse Moser com a voz desolada – que essas eleições complementares de 20 de março* são um sintoma muito inquietante... Enfim, hoje Paris inteira foi conquistada pela oposição.

Mas Pillerault encolhia os ombros. Com Carnot e Garnier--Pagès a mais na bancada da esquerda, o que poderia acontecer?

– É como a questão dos ducados – continuou Moser –, pois bem! É cheia de complicações... Com certeza! Os senhores podem rir. Não digo que devamos declarar guerra à Prússia, para impedi-la de enriquecer à custa da Dinamarca; apenas que haveria meios de ação... Sim, sim, quando os grandes se põem a devorar os pequenos, ninguém sabe onde isso vai parar. E, quanto ao México...

Pillerault, que estava em um de seus dias de satisfação universal, interrompeu-o com uma gargalhada.

– Ah! Não, meu caro, não nos aborreça mais com seus temores sobre o México... O México será a página gloriosa do reino... De onde diabo o senhor tira que o império está doente? Em janeiro, o empréstimo de trezentos milhões não foi coberto mais de quinze vezes? Um sucesso esmagador!... Olhe! Marco uma reunião em 1867, sim, daqui a três anos, quando será inaugurada a Exposição Universal que o imperador acaba de aprovar.

– Eu lhes digo que tudo vai mal – afirmou Moser desesperadamente.

– Eh! Deixe-nos em paz, tudo vai bem!

Salmon olhava para um e para o outro, sorrindo com seu ar profundo. E Saccard, que os havia escutado, relacionava às dificuldades de sua situação pessoal essa crise em que o império parecia entrar. Ele, uma vez mais, estava no chão; será que aquele império, que o havia feito, desmoronaria como ele, desabando subitamente do destino mais alto ao mais miserável? Ah! Fazia doze anos que o amava e defendia, aquele regime no qual havia sentido viver, crescer, embeber-se de seiva, como a árvore cujas

---

* Eleição ocorrida em 1864 para preenchimento de duas cadeiras de deputado por Paris. (N. E.)

raízes mergulham no terreno fecundo que lhe convém! Mas, se seu irmão quisesse desarraigá-lo, se lhe tirassem o solo fértil dos prazeres, então que tudo fosse levado no grande turbilhão final das noites de festa! Agora, aguardava os aspargos, alheio à sala onde a agitação crescia incessantemente, invadido por recordações. Em um grande espelho em frente acabava de avistar sua imagem; e ela o surpreendeu. A idade não afetava sua pequena pessoa, seus cinquenta anos mal pareciam trinta e oito, mantinha a esbeltez e a vivacidade de homem jovem. Aliás, com os anos, seu rosto escuro e sulcado como o de uma marionete, nariz pontiagudo, olhos estreitos e brilhantes, parecia restaurado; havia ganhado o encanto dessa juventude persistente, tão suave, tão ativo, cabelos ainda fartos, sem um único fio branco. E, inevitavelmente, lembrava-se de sua chegada a Paris, no dia seguinte ao golpe de Estado, a tarde de inverno em que havia despontado sobre o calçamento, bolsos vazios, esfomeado, tendo uma fúria de desejos a saciar. Ah! Aquela primeira caminhada pelas ruas, antes mesmo de desfazer a mala, quando havia sentido a necessidade de percorrer a cidade com suas botas desgastadas e seu paletó ensebado para conquistá-la! Desde aquela tarde, havia muitas vezes subido bem alto, um rio de milhões havia corrido por suas mãos, sem que jamais houvesse tido a fortuna como escrava, como uma coisa própria, de que pudesse dispor, trancada à chave, viva, material. Sempre a mentira, a ficção, havia morado em seus cofres, nos quais frestas desconhecidas pareciam esvaziar de seu ouro. Agora, eis que se encontrava no chão, como na época longínqua da largada, ainda jovem, ainda faminto, sempre insaciado, torturado pela mesma necessidade de prazeres e conquistas. Tinha provado tudo e jamais se satisfeito, sem ter tido oportunidade nem tempo, pensava, de abocanhar profundamente as pessoas e as coisas. Nessa hora, sentia a miséria de ser, no chão, menos do que um iniciante, que teria conservado a ilusão e a esperança. E invadia-o uma febre de tudo recomeçar, tudo reconquistar, subir ainda mais alto, enfim pôr o pé sobre a cidade conquistada. Não mais a riqueza mentirosa de fachada, mas o edifício sólido da fortuna, a verdadeira realeza do ouro tronando em sacas repletas!

A voz de Moser, que se erguia de novo, estridente e muito aguda, afastou Saccard por um instante de suas reflexões.

– A expedição ao México custa catorze milhões por mês, foi Thiers quem provou... E realmente é preciso ser cego para não ver que, na Câmara, a maioria está abalada. São trinta e poucos agora, na esquerda! O próprio imperador entende perfeitamente que o poder absoluto se torna impossível, tanto que ele se apresenta como promotor da liberdade.

Pillerault não respondia mais, contentava-se em sorrir com ar de desprezo.

– Sim, eu sei, o mercado parece sólido, os negócios avançam. Mas esperem o fim... Demoliram demais e reconstruíram demais em Paris, vejam! As grandes obras consumiram a poupança. Quanto aos poderosos bancos, que lhes parecem tão prósperos, esperem que um deles dê um passo em falso e verão todos capotar na sequência... Sem falar que o povo se agita. Essa Associação Internacional dos Trabalhadores, que acabam de fundar para melhorar a condição dos operários, assusta-me muito. Há na França uma agitação, um movimento revolucionário que se acentua a cada dia... eu lhes digo que o verme está dentro da fruta. Tudo estourará.

Então, houve um protesto ruidoso. Aquele terrível Moser teve certamente uma crise de fígado. Mas ele próprio, ao falar, não tirava os olhos da mesa vizinha, onde Mazaud e Amadieu continuavam, em meio ao barulho, a conversar em voz baixa. Pouco a pouco, a sala inteira inquietava-se com aquelas longas confidências. Que tinham a dizer um ao outro, para cochichar assim? Decerto Amadieu dava ordens, preparava um golpe. Fazia três dias que corriam boatos inquietantes sobre as obras de Suez. Moser piscou os olhos, também baixou a voz.

– Os senhores sabem que os ingleses querem nos impedir de trabalhar lá. Poderíamos até ter uma guerra.

Dessa vez, Pillerault ficou abalado pela própria enormidade da notícia. Era incrível e, imediatamente, a palavra voou de mesa em mesa, adquirindo a força de uma certeza: a Inglaterra havia enviado um ultimato, exigindo a interrupção imediata das obras. Amadieu, evidentemente, falava disso com Mazaud, a quem dava a ordem de vender toda a sua participação da Suez. Ergueu-se um murmurinho de pânico no ar impregnado de odores gordurosos, em meio ao ruído crescente das louças remexidas. E, naquele momento, a emoção geral foi ao auge com a entrada abrupta de um assistente do corretor, o pequeno Flory, um jovem de rosto afável, envolto em espessa barba castanha. Precipitou-se, um maço de fichas à mão, e entregou-as ao patrão, falando a seu ouvido.

– Bem! – respondeu simplesmente Mazaud, que colocou as fichas em sua caderneta.

Em seguida, olhando o relógio:

– Quase meio-dia! Diga a Berthier para me aguardar. E esteja lá também, vá buscar os telegramas.

Quando Flory partiu, continuou sua conversa com Amadieu, tirou outras fichas do bolso, que colocou sobre a toalha, junto a seu prato; a cada minuto, um cliente que partia inclinava-se ao passar, dizia-lhe uma palavra, que ele rapidamente escrevia em um pedaço de papel, entre duas garfadas. A falsa notícia, vinda não se sabia de onde, nascida do nada, aumentava como uma nuvem de tempestade.

– O senhor vende, não é? – perguntou Moser a Salmon.

Mas o sorriso mudo desse último foi tão cheio de malícia que o outro ficou ansioso, duvidando daquele ultimato da Inglaterra que nem mesmo sabia ter inventado.

– Eu compro quanto quiserem – concluiu Pillerault, com sua temeridade vaidosa de investidor sem método.

Com as têmporas ardentes pela embriaguez do jogo que fustigava aquele fim de almoço ruidoso, na sala estreita, Saccard decidiu comer os aspargos, irritando-se novamente com Huret, com quem não contava mais. Havia semanas que ele, tão resoluto em suas decisões, hesitava, conflitado por incertezas. Sentia claramente a necessidade imperiosa de mudar sua imagem e havia sonhado de início com uma vida completamente nova, na alta administração ou na política. Por que o Corpo Legislativo não o conduziria ao conselho de ministros, como ao seu irmão? O que ele condenava na especulação era a contínua instabilidade, as grandes quantias tão rapidamente perdidas quanto ganhas: nunca havia dormido com um milhão real, sem dever nada a ninguém.

O DINHEIRO

E, naquela hora em que fazia um exame de consciência, dizia a si mesmo que talvez fosse excessivamente apaixonado por essa batalha do dinheiro, que exigia tanto sangue frio. Isso explicaria por que, após uma vida tão extraordinária de luxo e dificuldade, saísse exaurido, consumido, daqueles dez anos de formidáveis transações com os terrenos da nova Paris, nas quais outros, mais fortes, haviam amealhado fortunas colossais. Sim, talvez estivesse enganado sobre suas reais aptidões, talvez triunfasse rapidamente na briga política, com sua energia, sua fé ardente. Tudo agora dependeria da resposta de seu irmão. Se o repelisse e o jogasse no abismo do ágio, pois bem! Seria azar dele e dos outros, arriscaria o grande golpe sobre o qual ainda não havia contado a ninguém, o enorme negócio com o qual sonhava havia semanas e que assustava a si mesmo, de tão vasto, quer desse certo quer fracassasse, feito para abalar o mundo.

Pillerault havia erguido a voz.

– Mazaud, acabou a execução de Schlosser?

– Sim – respondeu o corretor –, o cartaz será afixado hoje... Que fazer? É sempre aborrecido, mas eu havia recebido informações muito inquietantes e antecipei-me. É preciso, de vez em quando, fazer uma faxina.

– Afirmaram-me – disse Moser – que seus colegas, Jacoby e Delarocque, participavam com belas quantias.

O corretor fez um gesto vago.

– Ora! Faz parte do jogo... Esse Schlosser devia fazer parte de um bando e estará pronto para piratear a Bolsa de Berlim ou de Viena.

Os olhos de Saccard haviam se voltado para Sabatani, cuja associação secreta com Schlosser lhe havia sido revelada por acaso: ambos jogavam um jogo conhecido, um na alta, outro na baixa, com as mesmas ações, quem perdesse poderia partilhar o lucro do outro e desaparecer. Mas o jovem pagava tranquilamente a conta do almoço refinado que acabava de saborear. Em seguida, com sua graça afetuosa de oriental mestiçado com italiano, foi apertar a mão de Mazaud, de quem era cliente. Inclinou-se, deu uma ordem, que o corretor escreveu em uma ficha.

– Ele vende suas Suez – murmurou Moser.

E, em voz alta, cedendo a uma necessidade, agoniado pela dúvida:
— Hein? Que pensam os senhores de Suez?

Fez-se silêncio na algazarra de vozes, todas as cabeças das mesas vizinhas se voltaram. A pergunta resumia a ansiedade crescente. Mas Amadieu, que havia convidado Mazaud simplesmente para recomendar-lhe um sobrinho, permanecia impenetrável, nada tendo a declarar; enquanto o corretor, que começava a se surpreender com as ordens de venda que recebia, contentava-se em balançar a cabeça, por hábito profissional de discrição.

— As ações de Suez, muito bem! — declarou com sua voz melodiosa Sabatani, que, antes de sair, desviou do caminho para apertar galantemente a mão de Saccard.

E Saccard conservou por um momento a sensação daquele aperto de mão, tão suave, tão lânguido, quase feminino. Em sua incerteza sobre que direção tomar para refazer sua vida, ele considerava todos desonestos, os que estavam ali. Ah! Se lhe pedissem, como os emboscaria, como os tosquiaria, os Mosers trêmulos, os Pilleraults fanfarrões e aqueles Salmons mais ocos que abóboras, e aqueles Amadieus cujo sucesso havia feito o gênio! O barulho dos pratos e dos copos havia recomeçado, as vozes enrouqueciam, as portas batiam mais forte, na pressa que devorava todos de estarem lá, no pregão, se uma catástrofe fosse acontecer com Suez. Pela janela, no meio da praça sulcada por fiacres, abarrotada de pedestres, ele via os degraus ensolarados da Bolsa como se estivessem agora salpicados de uma nuvem contínua de insetos humanos, homens corretamente vestidos de preto, que pouco a pouco guarneciam a colunata; enquanto isso, atrás das grades, apareciam algumas mulheres, vagas, perambulando sob as castanheiras.

Abruptamente, no momento em que cortava o queijo que havia pedido, uma voz grave o fez erguer a cabeça.

— Peço-lhe perdão, meu caro, foi impossível chegar mais cedo.

Enfim, era Huret, um normando de Calvados, com um rosto grosseiro e largo de camponês astuto, que simulava ser um homem simples. Imediatamente pediu qualquer coisa, o prato do dia, com um legume.

– E então? – perguntou secamente Saccard, que se continha. Mas o outro não se apressava, olhava-o como homem astucioso e prudente. Em seguida, ao começar a comer, aproximou a face e baixou a voz:
– Pois bem! Vi o grande homem... Sim, em sua casa, pela manhã... Oh! Foi muito gentil, muito gentil com o senhor.

Interrompeu-se, tomou um grande copo de vinho, colocou uma batata na boca.

– Então?

– Então, meu caro, veja... Ele está disposto a fazer pelo senhor tudo o que puder, procurará uma bela posição, mas não na França... Por exemplo, governador de uma de nossas colônias, uma das boas. O senhor lá seria mestre, um verdadeiro pequeno príncipe.

Saccard havia ficado lívido.

– Diga que é para rir, o senhor zomba do mundo!... Por que não a deportação? Ah! Ele quer se livrar de mim. Que se acautele, antes que eu me ponha a incomodá-lo de verdade!

Huret permanecia de boca cheia, conciliador.

– Vejamos, vejamos, só queremos seu bem, deixe-nos ajudar.

– Que eu me deixe eliminar, é isso?... Pois! Há pouco, dizia-se aqui que o império logo não poderia cometer nem um erro a mais. Sim, a guerra da Itália, o México, a atitude em relação à Prússia. Juro, é a verdade!... Os senhores farão tantas asneiras e loucuras que a França inteira se levantará para expulsá-los.

De pronto, o deputado, criatura fiel do ministro, inquietou-se, empalideceu e olhou em torno.

– Ah! Permita-me, permita-me, não posso acompanhá-lo... Rougon é um homem honesto, não há perigo enquanto estiver lá... Não, não diga mais nada, o senhor não o conhece, insisto em dizer.

Violentamente, sufocando a voz entre os dentes cerrados, Saccard interrompeu-o.

– Que seja, ame-o, façam suas tramoias juntos... Sim ou não, ele quer me apadrinhar em Paris?

– Em Paris, nunca!

Sem dizer mais nada, Saccard levantou-se, chamou o garçom para pagar a conta, enquanto Huret, que conhecia suas crises de cólera, continuava muito calmo, a engolir grandes bocados de pão, e deixava-o partir, com medo de um escândalo. Mas, naquele momento, na sala, houve uma forte emoção.

Gundermann acabava de entrar, o banqueiro rei, o dono da Bolsa e do mundo, um homem de sessenta anos cuja enorme cabeça calva, com nariz grande, olhos redondos e salientes, exprimia uma obstinação e um cansaço imensos. Nunca ia à Bolsa, fingia nem sequer enviar um representante oficial; também nunca almoçava em lugar público. Somente de vez em quando acontecia, como naquele dia, de aparecer no restaurante Champeaux, onde se sentava a uma das mesas simplesmente para tomar um copo de água de Vichy, colocado sobre um prato. Sofrendo, há vinte anos, de uma doença do estômago, alimentava-se unicamente de leite.

Imediatamente, os funcionários apressaram-se para trazer o copo de água, e todos os convivas presentes se encolheram. Moser, com um ar aniquilado, contemplava esse homem que conhecia os segredos, que fazia a seu bel-prazer a alta ou a baixa das ações, como Deus faz o trovão. O próprio Pillerault o saudava, só tendo fé na força irresistível do bilhão. Era meio-dia e meia, e Mazaud, que se despedia apressadamente de Amadieu, retornou e curvou-se diante do banqueiro, de quem às vezes tinha a honra de receber uma ordem. Muitos homens da Bolsa que estavam de saída permaneceram em pé, ao redor do deus, fazendo-lhe reverências respeitosas, em meio à debandada das toalhas sujas; e com veneração olhavam-no pegar o copo de água com a mão trêmula e levá-lo aos lábios descorados.

Outrora, nas especulações com os terrenos da planície Monceau, Saccard havia tido discussões, até mesmo uma desavença, com Gundermann. Não podiam se entender, um, passional e hedonista, o outro, sóbrio e de fria lógica. Aliás, o primeiro, em sua crise de cólera, ainda mais exasperado por essa entrada triunfal, partia, quando o outro o chamou.

– Diga, meu caro amigo, é verdade? O senhor abandona os negócios... Olhe, o senhor faz bem, vale mais a pena.

Foi para Saccard uma chibatada em cheio no rosto. Empertigou sua pequena estatura e replicou em voz clara, afiada como uma espada:

– Estou fundando um casa de crédito com capital de vinte e cinco milhões e espero procurá-lo em breve.

E saiu, deixando para trás o burburinho candente da sala, onde todos se empurravam para não perder a abertura da Bolsa. Ah! Enfim vencer, pisotear aquela gente que lhe virava as costas, disputar o poder com o rei do ouro e talvez abatê-lo um dia! Ainda não havia decidido lançar o grande negócio, ficou surpreso com a frase que a necessidade de resposta lhe impôs. Mas poderia tentar fortuna em outro lugar, agora que seu irmão o abandonava e que os homens e as coisas o feriam para devolvê-lo à luta, como o touro ensanguentado é reconduzido à arena?

Por um momento, permaneceu trêmulo à beira da calçada. Era a hora agitada em que a vida de Paris parece confluir para aquela praça central, entre a rue Montmartre e a rue Richelieu, as duas artérias engorgitadas que transportam a multidão. Dos quatro cruzamentos, abertas nos quatro ângulos da praça, jorravam torrentes ininterruptas de coches, sulcando o calçamento em meio à desordem de uma turba de pedestres. Sem pausa, as duas filas de fiacres na estação, ao longo das grades, rompiam-se e refaziam-se; ao mesmo tempo, na rue Vivienne, as vitórias dos zangões estendiam-se em uma fila compacta que os cocheiros controlavam, rédeas à mão, prontos para chicotear ao primeiro comando. Invadidos, os degraus e o peristilo estavam negros pelo formigueiro de casacas; e, da *coulisse,* já instalada sob o relógio e em atividade, erguia-se o clamor da oferta e da procura, aquele ruído de maré do ágio, sobressaindo ao bramido da cidade. Transeuntes viravam a cabeça, pela curiosidade e pelo temor do que ali se fazia, aquele mistério das operações financeiras que poucos cérebros franceses compreendem, aquelas ruínas, aquelas fortunas repentinas que não se explicam, entre aqueles gestos e gritos bárbaros. E ele, à beira da sarjeta, ensurdecido pelas vozes longínquas, acotovelado pelos empurrões de pessoas apressadas, sonhava mais uma vez com a realeza do ouro, naquele quarteirão de todas as febres, onde a Bolsa, da uma às três horas, pulsava no centro, como um coração enorme.

Mas ele, desde sua desgraça, não havia mais ousado entrar na Bolsa; e, ainda naquele dia, um sentimento de vaidade sofredora, a certeza de ser acolhido ali como um vencido, impedia-o de subir os degraus. Como os amantes rechaçados da alcova de uma concubina que ainda desejam, mesmo que pensem execrá-la, lá voltava fatalmente, rodeava a colunata sob vários pretextos, atravessando o jardim, caminhando com passo despreocupado, à sombra das castanheiras. Naquela espécie de praça empoeirada, sem grama nem flores, onde se movia nos bancos, entre os banheiros e as bancas de jornal, uma mistura de especuladores suspeitos e de mulheres do bairro, sem chapéus, amamentando seus rebentos, ele fingia uma ociosidade desinteressada, erguia os olhos, espreitava, com o pensamento furioso de que fazia o cerco ao monumento, o qual o prendia em um círculo estreito para um dia entrar como um triunfador.

Virou a esquina da direita, sob as árvores que ficam em frente à rue de la Banque, e logo em seguida deparou com a pequena bolsa de títulos podres, os "Pés Molhados", como eram chamados com irônico desprezo aqueles investidores de velharias que apregoam ao ar livre, na lama em dias chuvosos, as ações de empresas mortas. Havia ali, em um grupo tumultuoso, toda uma judiaria suja, com rostos gordos e lustrosos, perfis ressequidos de aves vorazes, uma reunião extraordinária de narizes típicos, próximos uns dos outros, como se estivessem sobre uma presa, encarniçando-se em meio a gritos guturais, prestes a se devorarem entre si. Ali ele passava quando notou, um pouco afastado, um homem gordo a contemplar ao sol um rubi, que levantava, delicadamente, entre seus dedos enormes e sujos.

– Ora, Busch!... o senhor me lembra que eu gostaria de ir a sua casa.

Busch, que mantinha um escritório de negócios na rue Feydeau, na esquina da rue Vivienne, havia sido, várias vezes, de grande utilidade em circunstâncias difíceis. Permanecia extasiado, a examinar a pureza da pedra preciosa, seu largo rosto achatado voltado para cima, os grandes olhos acinzentados parecendo extintos pela luz brilhante; e via-se, enrolada como uma corda, a gravata branca que sempre usava; ao passo que sua casaca de segunda mão, antigamente magnífica, mas extraordinariamente puída e manchada, subia até os cabelos sem cor, que formavam mechas raras e rebeldes em seu crânio nu. O chapéu, ressecado pelo sol, lavado pela chuva, não mais tinha idade. Enfim, decidiu voltar à terra.

— Ah! Senhor Saccard, o senhor faz uma caminhada por aqui.

— Sim... Tenho uma carta em russo, uma carta de um banqueiro russo, estabelecido em Constantinopla. Então, pensei que seu irmão poderia traduzi-la para mim.

Busch, que com um movimento inconsciente e suave ainda rodopiava o rubi em sua mão direita, estendeu a esquerda, dizendo que, naquela mesma noite, a tradução seria enviada. Mas Saccard explicou que eram apenas dez linhas.

— Vou subir, seu irmão lerá isso para mim na hora...

Foi interrompido pela chegada de uma mulher enorme, a senhora Méchain, bem conhecida dos frequentadores da Bolsa, uma dessas apostadoras impetuosas e miseráveis cujas mãos gordas remexem em todo tipo de atividade obscura. Seu rosto de lua cheia, inchado e vermelho, com estreitos olhos azuis, narizinho escondido, boquinha da qual saía uma voz de falsete, como a de uma criança, parecia transbordar do velho chapéu roxo, com fitas grená amarradas na lateral; o pescoço gigantesco e o ventre hidrópico rebentavam o vestido de popelina verde, corroído pela lama, desbotado. Trazia ao braço uma bolsa antiga de couro preto, imensa, tão profunda quanto uma mala, que não largava nunca. Naquele dia, a bolsa, inflada a ponto de arrebentar, empurrava-a para a direita, curvada como uma árvore.

— Enfim chegou — disse Busch, que devia esperá-la.

— Sim, e recebi os papéis de Vendôme, trago-os aqui.

— Bem! Vamos a minha casa... Nada a fazer hoje aqui.

Saccard havia lançado um olhar vacilante sobre a vasta bolsa de couro. Sabia que fatalmente cairiam nela os títulos podres, as ações de empresas falidas, com as quais os "Pés Molhados" ainda especulam, ações de quinhentos francos que negociavam por vinte soldos*, dez soldos, na vaga esperança de uma

---

* No original, *sous*, moeda que equivalia a um vigésimo de franco. (N. E.)

alta improvável ou, mais praticamente, como uma mercadoria espúria, que vendem com lucro aos falidos desejosos de inflar seu passivo. Nas batalhas mortais da finança, Méchain era o corvo que seguia os exércitos em marcha; não se fundava uma empresa ou grande casa de crédito sem que ela aparecesse, com sua bolsa, sem que farejasse o ar à espera dos cadáveres, mesmo nas horas prósperas das emissões triunfantes; pois bem sabia que a derrocada seria fatal, que o dia do massacre chegaria, que haveria mortos a devorar, títulos a apanhar por nada na lama e no sangue. E ele, que elaborava seu grande projeto de um banco, teve um leve calafrio, foi transpassado por um mau pressentimento ao ver aquela bolsa, aquela vala comum de títulos podres, por onde passava todo papel sujo varrido da Bolsa.

Ao ver que Busch partia com a velha mulher, Saccard o deteve.

– Então, posso ir? É certo que encontrarei seu irmão?

Os olhos do judeu suavizaram-se, exprimiram uma surpresa inquieta.

– Meu irmão? Com certeza! Onde haveria de estar?

– Muito bem, até já!

E Saccard, deixando que se afastassem, prosseguiu sua lenta caminhada, próximo às árvores, na direção da rue Notre-Dame-des-Victoires. Aquele lado da praça é um dos mais frequentados, ocupado por estabelecimentos comerciais, oficinas caseiras, cujos brasões dourados resplandeciam ao sol. Venezianas batiam nas sacadas e uma família inteira de provincianos permanecia pasma, junto à janela de um apartamento mobiliado. Maquinalmente, ele levantou a cabeça, olhado para aquela gente cuja estupefação o fazia sorrir e o reconfortava com o pensamento de que sempre haveria acionistas nas províncias. Atrás dele, o clamor da Bolsa, o som da maré longínqua continuava, obcecava-o como uma ameaça do precipício que o sorveria.

Um novo encontro, porém, o deteve.

– Como, Jordan, o senhor na Bolsa? – exclamou, ao apertar a mão de um jovem alto e moreno, com pequenos bigodes, ar decidido e voluntarioso.

Jordan, cujo pai, um banqueiro de Marselha, havia se suicidado após especulações desastrosas, percorria havia dez anos as ruas de Paris, apaixonado por literatura, em uma luta heroica contra a negra miséria. Um de seus primos, instalado em Plassans, onde conhecera a família de Saccard, o havia recomendado à época em que este costumava receber toda a sociedade de Paris em sua mansão do parc Monceau.

— Oh! Na Bolsa, nunca! — respondeu o jovem com um gesto violento, como se afastasse a lembrança trágica de seu pai.

Depois, sorrindo de novo:

— O senhor sabe que me casei... Sim, com uma amiga de infância. Ficamos noivos quando eu era rico, e ela teimou em querer de qualquer jeito o pobre-diabo que me tornei.

— Perfeitamente, fui avisado — disse Saccard. — E, imagine, tive contato, no passado, com seu sogro, o senhor Maugendre, quando ele possuía a fábrica de lonas na Villette. Deve ter ganhado uma bela fortuna.

Essa conversa acontecia perto de um banco, e Jordan interrompeu-a para apresentar um homem gordo e baixo, de aspecto militar, que estava sentado ali e com quem conversava antes de se encontrarem.

— O senhor capitão Chave, tio de minha esposa... A senhora Maugendre, minha sogra, é da família Chave, de Marselha.

O capitão levantou-se e Saccard cumprimentou-o. Conhecia de vista o rosto apoplético, com o pescoço enrijecido pelo uso do colarinho militar, um desses ínfimos apostadores de dinheiro vivo, que era certo encontrar ali, todos os dias, da uma às três horas. É um jogo de pouco ganho, lucro quase garantido de quinze a vinte francos, que deve ser realizado na própria Bolsa.

Jordan prosseguiu, com seu riso franco, para explicar sua presença:

— Um investidor feroz, meu tio, a quem simplesmente aperto a mão, por vezes, ao passar.

— Virgem! — disse simplesmente o capitão — É preciso apostar, pois o governo, com sua pensão, deixa-me a morrer de fome.

Em seguida, Saccard, a quem o jovem interessava por sua coragem em lutar pela vida, perguntou se os assuntos de literatura caminhavam bem. E Jordan, sempre alegre, descreveu a residência do pobre casal em um quinto andar*, na avenue de Clichy; pois os Maugendres, que não confiavam em um poeta, achavam que já haviam feito muito ao consentir no casamento e nada lhes deram, sob pretexto de que sua filha, futuramente, teria toda sua fortuna intacta, acrescida de economias. Não, a literatura não alimentava o homem, tinha um projeto de romance que não encontrava tempo para escrever e por necessidade havia entrado no jornalismo, onde escrevinhava tudo o que podia, desde crônicas até relatórios dos tribunais e mesmo textos sobre variedades.

– Pois bem! – disse Saccard – Se eu abrir meu grande negócio, talvez precise do senhor. Então, venha me ver.

Após despedir-se, virou em uma rua atrás da Bolsa. Lá, enfim, o clamor longínquo e os grunhidos do pregão cessaram, tornaram-se apenas um rumor vago, abafado pelo burburinho da praça. Daquele lado, os degraus também estavam cobertos de gente; mas o gabinete dos corretores, cujas tapeçarias vermelhas podiam ser vistas através das janelas altas, isolava do barulho da grande sala a colunata, onde alguns especuladores, os debilitados e os ricos, haviam se sentado comodamente à sombra, alguns solitários, outros em pequenos grupos, transformando em uma espécie de clube aquele amplo peristilo ao ar livre. Aquela parte de trás do monumento parecia um pouco o reverso de um teatro, a entrada dos artistas pela rua mal frequentada e relativamente tranquila, aquela rue Notre-Dame-des-Victoires ocupada por comerciantes de vinho, cafés, cervejarias, tabernas, repletos de uma clientela especial, estranhamente mesclada. Os letreiros indicavam também as ervas daninhas, brotadas à beira da grande cloaca vizinha: companhias de seguro mal-afamadas, jornais financeiros delituosos, empresas, bancos, agências, balcões de comércio, uma série completa de modestos delinquentes, instalados em lojas ou sobrelojas, do tamanho de uma palma de mão. Nas calçadas, no

---

* Nos edifícios da Paris haussmanniana, afora as águas-furtadas, o quinto e mais elevado andar era o menos valorizado. (N. E.)

meio da rua, em todo lugar, homens rondavam, esperavam, bem como no canto de um bosque.

Saccard havia parado no interior das grades, erguendo os olhos até a porta que conduzia ao gabinete dos corretores, com o olhar perspicaz de um comandante que examina, sob todos os ângulos, o lugar que pretende conquistar, quando um grandalhão que saía de uma taberna atravessou a rua e se aproximou, inclinando-se até o chão.

– Ah! Senhor Saccard, não tem nada para mim? Saí definitivamente do Crédit Mobilier, procuro uma posição.

Jantrou era um antigo professor, vindo de Bordeaux a Paris após uma história envolta em suspeita. Obrigado a deixar a universidade, desacreditado, mas um belo moço, com a barba negra em forma de leque e uma calvície precoce, além de letrado, inteligente e amável, desembarcou na Bolsa aos vinte e oito anos e arrastou-se e perverteu-se durante dez anos como zangão, mal ganhando o dinheiro necessário para seus vícios. E naquele momento, completamente calvo, desolado como uma mulher cujas rugas ameaçassem seu ganha-pão, ainda esperava a oportunidade que o projetaria ao sucesso, à fortuna.

Saccard, ao vê-lo tão humilde, relembrou, com amargura, o cumprimento de Sabatani, no Champeaux: decididamente, só lhe restavam os pervertidos e os perdedores. Mas não deixava de respeitar a inteligência viva do moço e sabia que as tropas mais valentes se formam com os mais desesperados, os que tudo ousam, tendo tudo a ganhar. Mostrou-se bom.

– Uma posição – repetiu. – É! Pode-se achar. Venha me ver.
– Rue Saint-Lazare, agora, não é?
– Sim, rue Saint-Lazare. De manhã.

Conversaram. Jantrou estava muito indignado com a Bolsa, repetindo que era preciso ser um patife para ter sucesso, com o rancor de um homem cujas patifarias haviam sido azaradas. Acabou, queria tentar outra coisa, achava que, graças a sua cultura universitária, a seu conhecimento do mundo, poderia encontrar um belo posto na administração. Saccard aprovou com um movimento de cabeça. E, como houvessem saído de trás das grades, caminhando pela calçada até a rue Brongniart, ambos se interessaram por um cupê escuro, com atrelagem muito correta, que estava parado naquela rua, com o cavalo voltado para a rue Montmartre. Enquanto o dorso do cocheiro, empoleirado na boleia, mantinha uma imobilidade de pedra, eles observaram que a cabeça de uma mulher, por duas vezes, apareceu à porta e desapareceu rapidamente. De repente, a cabeça inclinou-se, descuidou-se, com um longo olhar de impaciência para trás, para o lado da Bolsa.

– A baronesa Sandorff – murmurou Saccard.

Era uma cabeça morena muito estranha, com olhos negros ardentes sob pálpebras lânguidas, um rosto de paixão com lábios ensanguentados, enfeado apenas pelo nariz longo demais. Parecia bem bonita, de uma maturidade precoce aos vinte e cinco anos, com aparência de bacante vestida pelos grandes costureiros do reino.

– Sim, a baronesa – repetiu Jantrou. – Conheci-a, quando era mais jovem, na casa de seu pai, o conde de Ladricourt. Oh! Um investidor feroz, com uma brutalidade revoltante! Eu buscava suas ordens todas as manhãs, e um dia quase me bateu. Não o lamentei, quando morreu de apoplexia, arruinado, após uma série de liquidações lamentáveis... Então, a moça teve de casar com o barão Sandorff, conselheiro da Embaixada da Áustria, que tinha trinta e cinco anos a mais que ela e a quem havia positivamente enlouquecido, com seus olhares de fogo.

– Eu sei – disse simplesmente Saccard.

De novo, a cabeça da baronesa havia mergulhado no cupê. Mas, quase imediatamente, reapareceu, mais ardente, pescoço estirado, para ver mais longe, na praça.

– Ela especula, não é?

– Ah! Como uma condenada! Em todos os dias de crise pode-se vê-la aí, em seu coche, à espreita das cotações, tomando notas febrilmente em seu caderno, dando ordens... E, olhe! Esperava por Massias: eis que ele vem encontrá-la.

De fato, Massias corria a toda pressa com suas pernas curtas, cotações na mão, e viram que se reclinava sobre a porta do cupê e inclinava a cabeça por sua vez, em grande conferência com a baronesa. Depois, como os homens haviam se afastado um pouco para não serem surpreendidos em sua espionagem e o zangão

retornava, sempre correndo, chamaram-no. Ele, a princípio, olhou de lado, assegurando-se de que o canto da rua o ocultava; em seguida, parou bruscamente, sem fôlego, seu rosto viçoso congestionado, alegre apesar de tudo, com seus grandes olhos azuis tão límpidos quanto os de uma criança.
— Mas o que há com eles? — gritou. — Eis Suez que desaba. Fala-se de uma guerra contra a Inglaterra. Uma notícia que os revoluciona, e que não se sabe de onde vem... Eu lhes pergunto, a guerra!? Quem poderia ter inventado isso? A menos que isso se tenha inventado sozinho... Enfim, um verdadeiro furacão.

Jantrou piscou.
— A senhora insiste no rumo, ainda?
— Oh! Apaixonadamente! Levo suas ordens a Nathansohn.

Saccard, que escutava, fez uma reflexão em voz alta.
— Bem! É verdade, disseram-me que Nathansohn havia entrado para a *coulisse*.
— Rapaz muito amável, Nathansohn — declarou Jantrou —, e que merece o sucesso. Estivemos juntos no Crédit Mobilier... Mas o conseguirá, sim, porque é judeu. Seu pai, um austríaco, estabelecido em Besançon, relojoeiro, acho... O senhor sabe que a ideia lhe veio à cabeça, um dia, lá no Crédit, vendo como tudo isso se tramava. Pensou que não seria muito difícil, bastaria ter uma sala e abrir um guichê; e abriu um guichê... O senhor está contente, Massias?
— Oh! Contente! O senhor passou por lá, tem razão ao dizer que é preciso ser judeu; sem isso, inútil buscar compreender, não se tem o tino, é um negro azar... Que trabalho sujo! Mas lá estamos, lá ficamos. E mais, ainda tenho boas pernas, assim espero.

E partiu, correndo e rindo. Diziam que era filho de um magistrado de Lyon, coberto de indignidade, vindo à Bolsa após o desaparecimento do pai, porque não quis continuar seus estudos em direito.

Saccard e Jantrou, a passos lentos, retornaram à rue Brongniart; lá, reencontraram o cupê da baronesa; mas os vidros estavam fechados, o coche misterioso parecia vazio, enquanto a imobilidade do cocheiro parecia ainda maior, na espera que frequentemente se prolongava até a última cotação.

– Ela é diabolicamente excitante – acrescentou brutalmente Saccard. – Compreendo o velho barão.
Jantrou deu um sorriso singular.
– Oh! O barão, faz tempo que não aguenta mais, penso. E ele é muito avarento, dizem... Então, sabe com quem ela se juntou para pagar as contas, a especulação nunca sendo suficiente?
– Não.
– Com Delcambre.
– Delcambre, o procurador-geral! Aquele grande homem ríspido, tão amarelado, tão rígido!... Ah! Gostaria muito de vê-los juntos!

E os dois, bem contentes, bem animados, separaram-se com um forte aperto de mão, após um ter lembrado ao outro que se permitiria procurá-lo em breve.

Assim que se viu novamente só, Saccard foi reconquistado pela voz alta da Bolsa, que corria com a obstinação da maré vazante. Havia virado a esquina, descia novamente em direção à rue Vivienne, por aquele lado da praça que a ausência de cafés torna austera. Passou pela Câmara de Comércio, pela agência do correio, pelas grandes agências de publicidade, cada vez mais ensurdecido e excitado, à medida que chegava próximo à fachada principal; e, assim que pôde observar o peristilo com um olhar oblíquo, fez nova pausa, como se não quisesse ainda completar a volta da colunata, naquela espécie de investimento apaixonado em que a envolvia. Ali, na rua mais larga, a vida espalhava-se, flamejava: uma torrente de consumidores invadia os cafés, a confeitaria não se esvaziava, as vitrinas agrupavam a multidão, principalmente a de um ourives, com grandes peças de prataria reluzente. E, pelas quatro esquinas, pelos quatro cruzamentos, parecia que o rio de fiacres e pedestres aumentava, em um emaranhamento inextricável; enquanto o ponto do ônibus agravava o estorvo e os coches dos zangões, alinhados, bloqueavam a calçada quase de um extremo a outro da grade. Mas seus olhos estavam fixos nos degraus altos, onde casacas moviam-se em pleno sol. Depois, subiram em direção às colunas, à massa compacta, um enxame negro, mal aclarado pela palidez dos rostos. Todos estavam de pé, não se viam as cadeiras, e adivinhava-se o círculo que formava a *coulisse*, sob o relógio, apenas por uma espécie de burburinho, uma fúria de gestos e palavras que estremeciam o ar. À esquerda, o grupo de banqueiros ocupados em arbitragens, operações de câmbio e cheques ingleses estava mais calmo, atravessado sem interrupção pela fila de pessoas que entrava, rumo ao telégrafo. Até sob as galerias laterais os especuladores espalhavam-se, esmagavam-se; e, entre as colunas, havia os que se apoiavam em corrimãos de ferro, encostando o ventre ou as costas, como se estivessem em casa ou no veludo de um camarote. A trepidação, o ronco de máquina a vapor, agitava a Bolsa inteira, como uma chama bruxuleante. Bruscamente, reconheceu o zangão Massias, que descia as escadas a toda pressa e depois pulou em seu coche, cujo cocheiro lançou o cavalo a galope.

Então, Saccard sentiu seus punhos cerrarem-se. Violentamente, partiu, virou na rue Vivienne e atravessou-a para chegar à esquina da rue Feydeau, onde ficava a casa de Busch. Acabava de se lembrar da carta russa que deveria levar para traduzir. Mas, ao entrar, um jovem parado diante da papelaria que ficava no térreo cumprimentou-o; ele reconheceu Gustave Sédille, filho de um fabricante de seda da rue des Jeûneurs, que o pai de Saccard havia colocado no gabinete de Mazaud para estudar o mecanismo dos negócios financeiros. Sorriu paternalmente para o jovem alto e elegante, imaginando o que fazia ali, a montar guarda. A papelaria Conin fornecia os blocos de anotações para toda a Bolsa, desde que a pequena senhora Conin passara a ajudar seu marido, o gordo Conin, o qual nunca saía dos fundos da loja, ocupado com a fabricação, enquanto ela sempre ia e vinha, servindo ao balcão, fazendo compras fora. Era roliça, loira, rósea, um verdadeiro carneirinho encaracolado, cabelos de seda pálida, muito graciosa, muito meiga e com uma alegria permanente. Gostava de seu marido, dizia-se, o que não a impedia de ser afetuosa quando algum dos clientes a agradava; mas não pelo dinheiro, unicamente pelo prazer, e somente uma vez, em uma casa amiga da vizinhança, segundo rezava a lenda. Em todo caso, os felizardos que acalentava mostravam-se discretos e reconhecidos, porque ela permanecia adorada, festejada, sem qualquer comentário maldoso a seu respeito. E a papelaria continuava a prosperar, sendo um recanto de verdadeira felicidade. Ao passar, Saccard avistou a senhora Conin, que sorria para Gustave através dos vidros. Que belo carneirinho! Ele teve uma sensação deliciosa de carícia. Enfim, subiu.

Havia vinte anos, Busch ocupava no alto, no quinto andar, um apartamento acanhado, composto de dois quartos e uma cozinha. Nascido em Nancy, de pais alemães, desembarcou de sua cidade natal e pouco a pouco ampliou seu círculo de negócios extraordinariamente complicados, sem sentir necessidade de um escritório maior, deixando a seu irmão Sigismond o quarto da frente, contentando-se com o pequeno quarto dos fundos, onde papelada, dossiês, todo tipo de pacotes empilhavam-se a tal ponto que só cabia uma única cadeira, junto à escrivaninha. Um de seus maiores negócios era certamente o tráfico de títulos podres; centralizava-os, servia de intermediário entre a pequena Bolsa dos "Pés Molhados" e os falidos, que têm de preencher lacunas em seus balanços; também seguia as cotações, comprando às vezes diretamente, provido sobretudo pelas ações que lhe traziam. Mas, além de agiotagem e do comércio clandestino de joias e pedras preciosas, ocupava-se especialmente da compra de dívidas. Era aquilo que abarrotava o escritório até quase rachar as paredes, o que o levava aos quatro cantos de Paris, farejando, espionando, com informantes em todos os setores. Assim que tinha conhecimento de uma falência, corria, rondava o liquidante, acabava por comprar tudo o que não tivesse valor imediato. Vigiava os tabeliães, esperava a abertura de sucessões difíceis, assistia às abjudicações de dívidas desesperadas. Ele próprio publicava anúncios e atraía credores impacientes que preferissem receber alguns trocados imediatamente a ter de processar seus devedores. E, dessas fontes múltiplas, chegavam papéis em verdadeiros baús, a pilha incessantemente crescente de um trapeiro de dívida: vales não pagos, contratos não executados, acreditações sem valor, compromissos não cumpridos. Então, lá dentro, começava a triagem, um golpe de foice naquele arlequim corrompido, o que exigia um faro especial, muito aguçado. Em semelhante mar de devedores desaparecidos ou insolventes, era preciso fazer uma escolha para não dissipar excessivamente seu esforço. Em princípio, professava que toda dívida, mesmo a mais comprometida, poderia tornar-se boa, e tinha uma série de dossiês admiravelmente classificados, aos quais correspondia um índice de nomes, que lia de vez em quando para refrescar a memória. Mas, entre os insolventes, seguia naturalmente mais de perto os que tinham chance de fortuna próxima: sua pesquisa desnudava as pessoas, penetrava os segredos das famílias, anotava os parentescos ricos e os meios de existência, sobretudo os novos empregos, que permitiriam uma penhora. Durante anos, frequentemente deixava um homem madurar para estrangulá-lo ao primeiro sucesso. Quanto aos devedores desaparecidos, esses o interessavam ainda mais, lançavam-no em uma febre de pesquisas contínuas, de olho nos anúncios e nos nomes que os jornais imprimiam, caçando os endereços como cães caçam a presa. E, assim que os apanhava, os desaparecidos e os insolventes, tornava-se feroz, devorava-os crus e esvaziava-os até sangrarem, tirando cem francos pelo que havia pagado dez soldos, ao explicar brutalmente seus riscos de especulador, obrigado a ganhar dos que agarrava aquilo que supunha perder dos que lhe escapavam entre os dedos, como fumaça.

Naquela caça aos devedores, Méchain era uma das ajudantes que Busch mais gostava de empregar; porque, embora precisasse de uma pequena horda de batedores sob seu comando, vivia desconfiado de seu pessoal, mal-afamado e faminto; ao passo que Méchain era abastada, possuía uma vila inteira atrás da colina Montmartre, a Vila de Nápoles, um vasto terreno recoberto de casebres deteriorados que alugava por mês; um canto de miséria pavorosa, com mortos de fome amontoados no lixo, chiqueiros que eram disputados e de onde ela expulsava sem dó os inquilinos com suas imundícies, se deixassem de pagar. O que a devorava, e corroía-lhe os lucros de sua vila, era a maldita paixão pela especulação. Ela também apreciava as chagas do dinheiro, das ruínas, dos incêndios, em que se pudesse furtar joias fundidas. Quando Busch a encarregava de uma informação a ser conseguida ou de desalojar um devedor, ela usava por vezes seu próprio dinheiro, gastava pelo prazer. Dizia-se viúva, mas ninguém havia conhecido seu marido. Não se sabia de onde provinha e parecia ter cinquenta anos desde sempre, exuberante, com sua voz fina de menina.

Naquele dia, assim que Méchain se sentou na única cadeira, o escritório ficou repleto, como se estivesse vedado por aquele último monte de carne, desabado naquele lugar. Diante da escrivaninha, Busch, aprisionado, parecia soterrado, emergindo apenas sua cabeça quadrada acima do mar de dossiês.

– Aqui está – disse ela, tirando da velha bolsa a enorme quantidade de papéis que a abarrotava –, o que Fayeux me envia de Vendôme... Comprou tudo para o senhor, na falência de Charpier que o senhor havia me dito para avisá-lo... Cento e dez francos.

Fayeux, que ela chamava de primo, acabara de abrir lá um escritório de cobrança de dividendos. Seu negócio declarado era receber os cupons dos pequenos investidores da região; e, depositário desses cupons e do dinheiro, jogava freneticamente na Bolsa.

– Não vale grande coisa, a província – murmurou Busch –, mas ainda assim pode haver algum achado.

Ele farejava os papéis, pelo cheiro já os triava com a mão experiente, classificava-os por alto segundo uma primeira estimativa. Seu rosto achatado ficou sombrio e ele fez uma careta desapontada.

– Hum! Não há nada suculento, nada a abocanhar. Felizmente, não custou caro... Aqui estão as cédulas... Mais cédulas... Se forem jovens e vierem a Paris, talvez os apanhemos...

Mas deu uma leve exclamação de surpresa.

– Olhe! O que é isso?

Havia acabado de ler, embaixo de uma folha de papel timbrado, a assinatura do conde de Beauvilliers, e a folha só continha três linhas de uma grande caligrafia senil: "Eu me comprometo a pagar a soma de dez mil francos à senhorita Léonie Cron, no dia de sua maioridade".

– O conde de Beauvilliers – continuou lentamente, pensando em voz alta –, sim, ele teve fazendas, uma grande propriedade na região de Vendôme... Morreu em um acidente de caça, deixou esposa e dois filhos em dificuldades. Já tive cédulas dele uma outra vez, que pagaram com muito custo... Um farsante, um indivíduo à toa...

De repente, deu uma grande gargalhada ao recompor a história.
— Ah! O velho safado, foi ele que desgraçou a garota! Ela não queria e ele convenceu-a com esse pedaço de papel, sem valor legal. Daí, morreu... Vejamos, datado de 1854, há dez anos. A moça deve ser maior, que diabo! Como essa declaração poderia estar nas mãos de Charpier?... Um mercador de ninharias, esse Charpier, que fazia empréstimos por semana. Provavelmente a moça deixou-lhe isso como garantia por algumas moedas; ou talvez ele haja se encarregado da cobrança...
— Mas — interrompeu Méchain — é ótimo, um belo golpe!
Busch encolheu desdenhosamente os ombros.
— Eh! Não, asseguro-lhe que, em direito, isto não vale nada... Se eu apresentar isto aos herdeiros, podem me mandar passear, porque seria necessário provar que o dinheiro é realmente devido... No entanto, se encontrarmos a moça, espero convencê-los a serem gentis, entenderem-se conosco, para evitar um escândalo desagradável... Compreende? Procure essa Léonie Cron, escreva a Fayeux para que a descubra por lá. Em seguida, veremos se dá para rir.

Havia dividido os papéis em duas pilhas, que se encarregaria de examinar detalhadamente quando estivesse só, e permanecia imóvel, com as mãos abertas, uma sobre cada pilha.

Após um silêncio, Méchain recomeçou:
— Ocupei-me das cédulas de Jordan... Pensei que houvesse encontrado nosso homem. Arrumou emprego em algum lugar, escreve atualmente nos jornais. Mas somos tão mal recebidos nos jornais, recusam-se a dar os endereços. E, além do mais, acredito que não assine os artigos com seu verdadeiro nome.

Sem nada dizer, Busch havia estendido o braço para apanhar, em seu arquivo alfabético, o dossiê Jordan. Eram seis cédulas de cinquenta francos, datadas de cinco anos atrás e escalonadas de mês em mês, uma soma total de trezentos francos que o jovem havia assinado para um alfaiate nos dias de miséria. Não saldadas em seu vencimento, haviam incorporado juros enormes, e o dossiê transbordava com documentos legais formidáveis. Naquele momento, a dívida atingia setecentos e trinta francos e quinze centavos.

– Sim, é um rapaz de futuro – murmurou Busch –, nós o pegaremos um dia.
Em seguida, decerto fez uma associação de ideias e exclamou:
– Então, diga, o caso Sicardot, nós o abandonamos?
Méchain elevou aos céus seus grandes braços desanimados. Toda a sua pessoa monstruosa teve um espasmo de desespero.
– Ah! Deus Senhor! – gemeu com sua voz de falsete – Eu morreria por isso!
O caso Sicardot era uma história romanesca que ela gostava de contar. Uma de suas jovens primas, Rosalie Chavaille, filha tardia de uma irmã de seu pai, havia sido violentada aos dezesseis anos, uma noite, nos degraus da escada de uma casa da rue de la Harpe, onde ela e sua mãe ocupavam um pequeno cômodo no sexto andar. O pior era que o cavalheiro, um homem casado, recém-chegado, oito dias antes, com sua esposa, a um quarto sublocado por uma senhora do segundo andar, havia se mostrado tão carinhoso que a pobre Rosalie, arremessada por uma mão excessivamente resoluta contra o canto de um degrau, havia machucado o ombro. Daí a justa indignação da mãe, que quase fez um terrível escândalo, apesar das lágrimas da garota, que confessou ter aceitado, que fora um acidente e que ficaria muito triste se prendessem o cavalheiro. Então, a mãe calou-se e contentou-se em exigir dele uma soma de seiscentos francos, dividida em doze cédulas, cinquenta francos por mês, durante um ano; e não havia sido um mau acordo, era mesmo modesto, porque sua filha, que terminava o aprendizado de costureira, não ganhava mais nada pois estava doente, acamada, custando caro, sendo tão malcuidada que os músculos do braço ficaram contraídos e ela acabou aleijada. Antes do fim do primeiro mês, o cavalheiro havia desaparecido, sem deixar endereço. E as desgraças continuaram, golpeando forte como o granizo: Rosalie deu à luz um menino, perdeu a mãe, caiu na vida suja, na negra miséria. Alojada na Vila de Nápoles, na casa da prima-sobrinha, havia vagado pelas ruas até os vinte e seis anos, sem poder servir-se do braço, às vezes vendendo limões no mercado de Halles, desaparecendo durante semanas com homens que a devolviam bêbada e com o corpo coberto de hematomas. Enfim, no ano anterior, tivera a sorte de

morrer, após uma surra mais perigosa que as outras. E Méchain teve de cuidar da criança, Victor; só sobraram daquela aventura as doze cédulas não pagas, assinadas por Sicardot. Nunca se soube mais que isso: o cavalheiro chamava-se Sicardot.

Com um novo gesto, Busch pegou o dossiê Sicardot, uma pasta fina de papel cinza. Nenhum pagamento havia sido feito, lá estavam as doze cédulas.

– Ainda se Victor fosse gentil! – explicava lamentavelmente a velha. – Mas, imagine, uma criança horrorosa... Ah! É difícil receber semelhante herança, um menino que acabará no cadafalso e esses pedaços de papel dos quais nunca conseguirei nada!

Busch mantinha os grandes olhos azuis pálidos obstinadamente fixos nas cédulas. Tantas vezes as havia examinado assim, esperando descobrir algum indício em um detalhe despercebido, na forma das letras ou até no tipo de papel! Achava que aquela letra pontiaguda e fina não lhe era desconhecida.

– É curioso – repetiu uma vez mais –, já vi com certeza *a* e *o* como estes, tão alongados que parecem *i*.

Bem naquela hora, bateram à porta; pediu a Méchain que estendesse o braço para abri-la, porque o quarto dava diretamente na escada. Era preciso atravessá-lo para chegar ao outro, ao que tinha vista para a rua. Quanto à cozinha, um cubículo sem ar, estava do outro lado do patamar.

– Entre, senhor.

E foi Saccard quem entrou. Sorria, divertido interiormente com a placa de cobre pregada à porta, contendo em grandes letras negras a palavra "Contenciosos".

– Ah! Sim, senhor Saccard, o senhor vem para a tradução... Meu irmão está ali, no outro quarto... Entre, entre, por favor.

Mas Méchain obstruía completamente a passagem e observava o recém-chegado com o ar cada vez mais surpreso. Foi necessária uma manobra complexa: ele recuou até a escada, ela saiu, espremendo-se no patamar, de modo que ele pudesse entrar e chegar ao cômodo vizinho, onde desapareceu. Durante aqueles movimentos complicados, ela não desprendeu os olhos dele.

– Oh! – suspirou, ofegante –, esse senhor Saccard, nunca o tinha visto de tão perto... Victor é exatamente o retrato dele.

Busch, no início sem compreender, olhava para ela. Então, fez-se uma súbita revelação, e ele blasfemou em surdina.
— Nome de Deus! É isso, eu bem sabia que havia visto isso antes! E, desta vez, levantou-se, remexeu os dossiês e acabou por encontrar uma carta que Saccard lhe havia escrito, no ano precedente, para pedir-lhe um prazo, em benefício de uma dama insolvente. Vivamente, comparou a caligrafia dos vales com a da carta: eram exatamente os mesmos *a* e os mesmos *o*, que se tornaram ainda mais pontiagudos com o tempo; e também havia uma semelhança evidente nas maiúsculas.
— É ele, é ele — repetia. — Vejamos, então, por que Sicardot, por que não Saccard?

Mas, em sua memória, despertava uma história confusa, o passado de Saccard, que um corretor chamado Larsonneau, agora milionário, havia lhe contado: Saccard chegando a Paris, no dia seguinte do golpe de Estado, vindo explorar o poder nascente de seu irmão Rougon, e de início sua miséria nas ruas escuras do antigo Quartier Latin, seguida de sua rápida fortuna, graças a um casamento suspeito, assim que teve a sorte de enterrar a mulher. Foi durante aquele começo difícil que mudou o sobrenome de Rougon para Saccard, modificando simplesmente o sobrenome dessa primeira esposa, que se chamava Sicardot.

— Sim, sim, Sicardot, lembro-me perfeitamente — murmurou Busch. — Teve o atrevimento de assinar as cédulas com o nome de sua mulher. Provavelmente o casal havia declarado esse nome, ao chegar na rue de la Harpe. E depois o safado tomava todo tipo de precaução, devia mudar ao menor sinal de alarme... Ah! Ele não só caçava moedas, também violentava as meninas nas escadas! É estúpido, isso acabará por lhe pregar uma peça cruel.

— Psiu! Psiu! — continuou Méchain. — Nós o pegamos, pode-se dizer que existe um bom Deus! Enfim vou ser recompensada por tudo que fiz por esse pobre Victor, que eu amo, veja, embora ele seja insuportável.

Estava radiante, seus olhos estreitos cintilavam na gordura derretida de seu rosto.

Mas Busch, após a febre momentânea daquela solução, há muito procurada, que o acaso lhe trazia, acalmava-se com a reflexão e sacudia a cabeça. Com certeza Saccard, embora arruinado no momento, ainda era uma bela presa. Poderiam ter achado um pai menos vantajoso. Ele, porém, não se deixaria atacar, tinha presas fortes. Fora isso, o quê? Certamente não sabia que tinha um filho, poderia negá-lo apesar daquela semelhança extraordinária que assombrava Méchain. Além do mais, estava viúvo pela segunda vez, livre, não devia explicações sobre seu passado a ninguém, de modo que, mesmo que reconhecesse a criança, nenhum temor, nenhuma ameaça poderia ser utilizada contra ele. Quanto a obter só seiscentos francos pelas cédulas, seria muito miserável, não valeria a pena ter sido tão miraculosamente ajudado pelo acaso. Não, não! Era preciso refletir, cultivar aquilo, encontrar o meio de ceifar a colheita em plena maturidade.

– Não nos apressemos – concluiu Busch. – Além disso, ele está no chão, deixemos que ele tenha tempo de reerguer-se.

E, antes de se despedir de Méchain, acabou de examinar com ela os pequenos negócios de que a havia encarregado, uma moça que havia penhorado suas joias por um amante, um genro cuja dívida seria paga pela sogra, sua amante, se soubessem conduzir o caso, enfim, as mais delicadas variedades de cobrança, tão complexas e tão difíceis, das dívidas.

Saccard, ao entrar no quarto vizinho, ficou ofuscado durante alguns segundos pela claridade brilhante da janela, com vidraças ensolaradas, sem cortinas. Aquele cômodo, revestido de papel claro com florezinhas azuis, estava nu: havia simplesmente uma pequena cama de ferro em um canto, uma mesa de pinho no meio e duas cadeiras de palha. Ao longo da divisória à esquerda, duas prateleiras mal aplainadas serviam de biblioteca, repletas de livros, brochuras, jornais e papéis de vários tipos. Mas a grande luz do céu, no alto, dava àquela nudez uma alegria de juventude, um riso de frescor ingênuo. E o irmão de Busch, Sigismond, um rapaz de trinta e cinco anos, imberbe, com cabelos castanhos, longos e escassos, encontrava-se ali, sentado à mesa, sua testa larga e proeminente apoiada em sua mão magra, tão absorto na leitura de um manuscrito que nem virou a cabeça, por não ter ouvido a porta se abrir.

Era de uma inteligência, esse Sigismond, educado em universidades alemãs, e que, além do francês, sua língua materna, falava alemão, inglês e russo. Em 1849, em Colônia, havia conhecido Karl Marx e tornara-se o redator mais amado de sua *Nova Gazeta Renana*; e, desde aquela época, sua religião definiu-se, professava o socialismo com uma fé ardente, tendo entregue toda sua pessoa à ideia de uma renovação social próxima, que deveria assegurar a felicidade dos pobres e dos humildes. Desde que seu mestre, que fora banido da Alemanha e forçado a exilar-se de Paris após as Jornadas de Junho, vivia em Londres, escrevendo, esforçando-se para organizar o partido, ele, por sua vez, passou a vegetar, em seus sonhos, a tal ponto desinteressado da vida material que teria certamente morrido de fome se o irmão não o tivesse acolhido na rue Feydeau, perto da Bolsa, dando-lhe a ideia de utilizar seu conhecimento de línguas para estabelecer-se como tradutor. Esse irmão mais velho adorava com uma paixão maternal o caçula, um lobo feroz com os devedores, capaz de roubar dez centavos em meio ao sangue de um homem, mas logo enternecido até as lágrimas, com uma ternura apaixonada e minuciosa de mulher, por esse grande rapaz distraído que permaneceu criança. Deu-lhe o belo quarto de frente, servia-o como uma criada, sustentava a estranha família, varrendo, arrumando as camas, ocupando-se da alimentação, que um pequeno restaurante das imediações trazia duas vezes ao dia. Ele, tão ativo, com a cabeça abarrotada de mil negócios, tolerava o irmão ocioso, porque as traduções não avançavam, estorvadas por trabalhos pessoais; e até mesmo proibia-o de trabalhar, inquieto com uma pequena tosse ruim; e, apesar de seu rude amor pelo dinheiro, sua cupidez assassina que colocava na conquista do dinheiro a única razão de viver, sorria indulgentemente para as teorias do revolucionário, cedendo-lhe o capital como um brinquedo de criança, pronto para vê-lo quebrar.

Sigismond, por seu lado, sequer imaginava o que o irmão fazia no cômodo vizinho. Ignorava todo aquele negócio medonho de títulos podres e de compra de dívidas, vivia mais alto, em um sonho soberano de justiça. A ideia de caridade agredia--o, punha-o fora de si: a caridade era a esmola, a desigualdade consagrada pela bondade; e ele só admitia a justiça, os direitos de cada um reconquistados, assumidos como princípios imutáveis da nova organização social. Assim, tal como Karl Marx, com quem mantinha uma contínua correspondência, consumia seus dias a estudar aquela organização, modificando, melhorando sem parar, no papel, a sociedade de amanhã, cobrindo de números páginas imensas, fundamentando na ciência os andaimes complexos da felicidade universal. Retirava o capital de alguns para reparti-lo entre todos os demais, movimentava bilhões, deslocava com um traço de caneta a fortuna do mundo; e isso naquele quarto nu, sem outra paixão além de seu sonho, sem necessidade de prazer, com tamanha frugalidade que seu irmão precisava se zangar para que ele bebesse vinho e comesse carne. Pretendia que o trabalho de cada homem, medido conforme suas forças, assegurasse a satisfação de suas necessidades: ele próprio matava-se no trabalho e vivia de nada. Um verdadeiro sábio, muito doce e muito puro, exaltado no estudo, afastado da vida material. Desde o último outono, tossia cada vez mais, a tísica invadia-o, sem que se dignasse a dar-se conta e a tratar-se.

Mas Saccard fez um movimento e Sigismond enfim levantou seus grandes olhos vagos e surpreendeu-se, embora conhecesse o visitante.

– É uma carta para traduzir.

A surpresa do jovem aumentava, porque havia desencorajado os clientes, os banqueiros, os especuladores, os corretores, toda aquela gente da Bolsa, que recebe, em particular da Inglaterra e da Alemanha, uma correspondência numerosa, circulares e estatutos de empresas.

– Sim, uma carta em russo. Oh! Dez linhas apenas.

Então, estendeu a mão; o russo havia permanecido sua especialidade, somente ele traduzia-o fluentemente, entre os outros tradutores do bairro, que viviam do alemão e do inglês. A raridade de documentos russos no mercado de Paris explicava seus longos períodos de inatividade.

Em voz alta, leu a carta em francês. Era, em três frases, uma resposta favorável de um banqueiro de Constantinopla, um simples sim, em um negócio.

– Ah! Obrigado – exclamou Saccard, que parecia encantado.

E pediu para Sigismond escrever as poucas linhas da tradução no verso da carta. Mas este teve um terrível acesso de tosse, que abafou em um lenço para não incomodar o irmão, que acorria, quando o ouvia tossir assim. Depois, passada a crise, levantou-se, foi abrir a janela de par em par, ofegante, querendo respirar ar livre. Saccard, que o havia seguido, olhou para fora e deu uma leve exclamação.

– Olhe! O senhor vê a Bolsa. Oh! Como é engraçada, vista daqui!

Com efeito, nunca a havia visto sob aquele ângulo tão especial, como em um voo de pássaro, com as quatro vastas placas de zinco inclinadas de seu teto, extraordinariamente grandes, das quais uma floresta de canos se eriçava. As pontas dos para-raios, semelhantes a lanças gigantescas, ameaçavam o céu. E o monumento propriamente dito nada mais era que um cubo de pedra, estriado regularmente por colunas, um cubo cinza sujo, nu e feio, coroado por uma bandeira em trapos. Mas sobretudo os degraus e o peristilo o surpreendiam, salpicados de formigas negras, um formigueiro inteiro em revolução, agitando-se, entregando-se a uma movimentação enorme, que não se explicava quando vista do alto e que causava pena.

– Como tudo isso fica pequeno! – acrescentou. – Diria que se pode apanhá-los todos, com uma só mão.

Em seguida, conhecendo as ideias de seu interlocutor, acrescentou, rindo:

– Quando os senhores vão limpar tudo isso com um pontapé?

Sigismond encolheu os ombros.

– Para quê? Os senhores destroem uns aos outros tão bem.

E, pouco a pouco, animou-se, e transbordaram as ideias que lhe tomavam. Uma necessidade de proselitismo levava-o, ao menor pretexto, à exposição de seu sistema.

– Sim, sim, os senhores trabalham para nós, sem perceberem... Os senhores estão lá, alguns usurpadores que expropriam o povo, e, quando estiverem empanturrados, só teremos de expropriá-los por nossa vez... Todo acúmulo, toda centralização, conduz ao coletivismo. Os senhores dão-nos uma lição prática, assim como as grandes propriedades que absorvem lotes de terra, os grandes produtores que devoram os operários crus, os grandes bancos e as grandes lojas, que matam toda a concorrência, engordando com a ruína dos pequenos bancos e das pequenas lojas, são um caminho lento, mas certo, em direção ao novo estado social... Esperamos que tudo quebre, que o modo de produção atual conduza a um mal-estar intolerável em suas últimas consequências. Então, os próprios burgueses e camponeses nos ajudarão.

Saccard, interessado, encarava-o com uma vaga inquietude, embora o tomasse por louco.

– Mas, afinal, explique-me, o que é seu coletivismo?

– O coletivismo é a transformação dos capitais privados, que vivem das lutas da concorrência, em um capital social unitário, explorado pelo trabalho de todos... Imagine uma empresa em que os instrumentos de produção sejam a propriedade de todos, em que todos trabalhem conforme sua inteligência e seu vigor, e em que os produtos dessa cooperação social sejam distribuídos entre todos, em *pro rata* de seu esforço. Nada mais simples, não é? Uma produção comum nas fábricas, canteiros de obras, oficinas da nação; depois, uma troca, um pagamento *in natura*. Se houver excedente de produção, é colocado em depósitos públicos, de onde é passível de ser retomado para suprir os déficits que possam acontecer. É um equilíbrio a construir... E, com um golpe de machado, derruba-se a árvore podre. Sem concorrência, sem capital privado, ou seja, sem negociações de espécie alguma, sem comércio, nem mercados, nem Bolsa. A ideia de lucro não faz mais nenhum sentido. Secam as fontes de especulação, de renda obtida sem trabalho.

– Oh! Oh! – interrompeu Saccard – Isso mudaria diabolicamente os hábitos de muita gente! Mas os que têm renda hoje, o que farão com eles?... Gundermann, digamos, vão pegar seu bilhão?

– De forma alguma, não somos ladrões. Compraríamos seu bilhão, todas as suas ações, suas obrigações, com títulos de participação, divididos em anuidades. E imagine esse capital imenso substituído assim por uma riqueza sufocante de meios de consumo: em menos de cem anos, os descendentes do seu Gundermann estariam reduzidos, como todos os cidadãos, ao trabalho pessoal; pois as anuidades finalmente se esgotariam, e não poderiam capitalizar suas economias forçadas, o excedente dessa avalanche de provisões, mesmo admitindo que o direito de herança se mantenha intacto... Digo-lhe que isso elimina, de um só golpe, não apenas os negócios individuais, as sociedades acionárias, as associações de capital privado, mas também todas as fontes indiretas de renda, todos os sistemas de crédito, empréstimo, aluguel, arrendamento rural... Só resta o trabalho como medida de valor. O salário será naturalmente suprimido, pois não é, no estado capitalista atual, o equivalente ao produto exato do trabalho, visto que não representa nunca o que é estritamente necessário ao trabalhador para seu sustento cotidiano. É preciso reconhecer que o estado atual é o único culpado, que o mais honesto dos patrões é forçado a seguir a dura lei da concorrência, a explorar seus operários, se quiser sobreviver. É nosso sistema social inteiro que precisa ser destruído... Ah! Gundermann sufocado sob o peso de seus títulos de participação! Os herdeiros de Gundermann sem conseguir abocanhar tudo, obrigados a dar aos outros e a pegar a pá ou a ferramenta, como os camaradas!

E Sigismond deu uma risada ingênua de criança na recreação, sempre de pé, perto da janela, os olhos na Bolsa, onde se agitava o formigueiro negro da especulação. Rubores ardentes subiam a seu rosto, não tinha outra diversão a não ser imaginar as alegres ironias da justiça de amanhã.

O mal-estar de Saccard havia crescido. E se aquele sonhador acordado dissesse a verdade? Se tivesse adivinhado o futuro? Explicava coisas que pareciam muito claras e sensatas.

– Ora! – murmurou, para tranquilizar-se – Nada disso acontecerá no ano que vem.

– Certamente! – prosseguiu o jovem, novamente sério e cansado. – Estamos no período transitório, no período de agitação. Talvez haja violências revolucionárias, frequentemente são inevitáveis. Mas os exageros, os descontroles, são passageiros... Oh! Não escondo as grandes dificuldades imediatas. Todo esse futuro sonhado parece impossível, não se consegue transmitir aos outros uma ideia razoável dessa sociedade futura, essa sociedade de trabalho justo, cujos costumes serão tão diferentes dos nossos. É como outro mundo em outro planeta... Além do mais, é preciso confessar: a reorganização não está pronta, ainda pesquisamos. Eu, que nem durmo mais, dedico minhas noites a isso. Por exemplo, é certo que podem nos dizer: "Se as coisas são o que são, é porque a lógica dos fatos humanos as fez assim". Então, que esforço seria reconduzir o rio à fonte e desviá-lo para outro vale!... Com certeza, o estado social atual deve a sua prosperidade secular ao princípio individualista, em que a emulação, o interesse pessoal, desperta uma fecundidade de produção incessantemente renovada. Poderá o coletivismo chegar um dia a essa fecundidade, e por qual meio incentivar a função produtiva do trabalhador, quando a ideia de lucro for destruída? Aí está, para mim, a dúvida, a angústia, o ponto fraco que precisamos combater, se quisermos que a vitória do socialismo aconteça um dia... Mas venceremos, porque somos a justiça. Veja! Veja esse monumento diante do senhor... O senhor o vê?

– A Bolsa? – diz Saccard. – Diabo! Sim, eu a vejo!

– Pois bem! Seria estúpido destruí-la, porque a reconstruiriam em outro lugar... No entanto, eu prevejo que ela desaparecerá por si mesma, quando o Estado a tiver expropriado, transformado no banco único e universal da nação; e, quem sabe, servirá então de entreposto público para nossa riqueza excedente, um dos celeiros de abundância em que nossos netos encontrarão o luxo de seus dias de festa!

Com um gesto amplo, Sigismond descortinava esse futuro de felicidade geral e comum. Havia se exaltado tanto que um novo acesso de tosse o abalou, levando-o de volta a sua mesa, com os cotovelos entre seus papéis, a cabeça entre as mãos, para abafar o estertor irrompido de sua garganta. Mas, dessa vez, não se acalmava. Bruscamente, abriu-se a porta e Busch acorreu, tendo se despedido de Méchain, ar transtornado, sofrendo ele próprio com aquela tosse abominável. Rapidamente, curvou-se, tomando o irmão nos braços como a uma criança cuja dor se acalenta.

– Vamos, meu querido, o que ainda o sufoca? Sabe, vou chamar o médico. Não é sensato... Falou demais, com certeza.

Dava olhares oblíquos para Saccard, que permanecia parado no meio do quarto, profundamente impressionado pelo que acabava de ouvir da boca daquele grande diabo, tão apaixonado e tão doente, que de sua janela, lá em cima, devia jogar uma maldição sobre a Bolsa, com suas histórias de tudo demolir para tudo reconstruir.

— Obrigado, vou embora — disse o visitante, apressado em sair. — Envie-me a carta, com as dez linhas de tradução... Aguardo outras, acertaremos tudo junto.

Mas como a crise houvesse passado, Busch ainda o reteve por um minuto.

— A propósito, a senhora que estava aqui há pouco conheceu o senhor há tempos, oh!, de longa data.

— Ah! De onde?

— Rue de la Harpe, em 1852.

Por mais que fosse senhor de si, Saccard empalideceu. Um tique nervoso crispou-lhe a boca. Não que se lembrasse, na hora, da menina violentada na escadaria: nem sabia que havia engravidado, ignorava a existência da criança. Mas a lembrança dos anos miseráveis de seu começo lhe era sempre desagradável.

— Rue de la Harpe, oh! Só morei lá durante oito dias, quando cheguei, foi o tempo de procurar um apartamento... Até logo!

— Até logo! — respondeu Busch, que se enganou, vendo uma confissão naquele embaraço, e que já pensava de que maneira grandiosa exploraria a aventura.

De novo na rua, Saccard retornou maquinalmente para a praça da Bolsa. Estava trêmulo, nem sequer olhou para a pequena senhora Conin, cujo belo rosto loiro sorria à porta da papelaria. Na praça, a agitação havia aumentado, o clamor da especulação fustigava as calçadas apinhadas de gente, com a violência desenfreada de uma maré alta. Era a gritaria das quinze para as três, a batalha das últimas cotações, o furor de saber quem sairia com as mãos cheias. E, em pé, na esquina da rue de la Bourse, em frente ao peristilo, pensou reconhecer, no tumulto confuso sob as colunas, o baixista Moser e o altista Pillerault, em discussão; enquanto imaginava ouvir, do fundo da grande sala, a voz aguda do corretor Mazaud, recoberta em alguns momentos pelos gritos de Nathansohn, sentado sob o relógio, na *coulisse*. Mas um coche rente à sarjeta quase o esborrifou com lama. Massias desceu, antes mesmo que o cocheiro parasse, subiu os degraus de um salto, trazendo sem fôlego a última ordem de um cliente.

E ele, sempre imóvel e em pé, olhos fixos na confusão, lá em cima, ruminava sua vida, obcecado pela lembrança do começo, que a pergunta de Busch acabava de despertar. Lembrava-se da rue de la Harpe, depois da rue Saint-Jacques, onde havia arrastado suas botas engraxadas de aventureiro ambicioso, chegado a Paris para conquistá-la; e enfureceu-se com a ideia de que ainda não a havia assujeitado, que estava outra vez no chão, espreitando a fortuna, insaciado, torturado por tamanha sede de prazeres, que nunca havia sofrido tanto. Aquele louco Sigismond dizia com razão: o trabalho não pode fazer viver, os miseráveis e os imbecis trabalham somente para enriquecer os outros. Só existia a especulação, a especulação que, da noite para o dia, dá em um só golpe bem-estar, luxo, a vida grandiosa, a vida inteira. Se aquele velho mundo social fosse desabar um dia, poderia um homem como ele ainda encontrar tempo e lugar para satisfazer seus desejos antes do desabamento?

Mas um passante acotovelou-o, sem sequer se voltar para pedir desculpas. Reconheceu Gundermann, que fazia sua pequena caminhada em prol da saúde, e viu que entrava em uma confeitaria, onde o rei do ouro comprava às vezes uma caixa de bombons no valor de um franco para suas netas. E aquela cotovelada, naquele minuto, na febre que o invadia, desde que rondava daquela forma em torno da Bolsa, foi a chicotada, o derradeiro impulso que o convenceu. Havia terminado de sitiar a praça, iniciaria o assalto. Era o juramento de uma luta sem mercê: não deixaria a França, enfrentaria seu irmão, jogaria a cartada suprema, uma batalha de terrível audácia que poria Paris a seus pés, ou que o jogaria na sarjeta, destroçado.

Até o fechamento, Saccard perseverou, de pé, em seu posto de observação e de ameaça. Viu o peristilo esvaziar-se, os degraus cobrirem-se com a lenta debandada de toda aquela gente irritada e exausta. Em torno dele, continuava o congestionamento da rua e das calçadas, um fluxo ininterrupto de gente, a eterna multidão a explorar, os acionistas de amanhã, que não podiam passar diante daquela grande loteria da especulação sem virar a cabeça, no desejo ou no temor do que se fazia lá, aquele mistério das operações financeiras, tanto mais sedutor para os cérebros franceses por serem tão poucos entre eles que o penetram.

II

Após seu último e desastroso negócio de terrenos, quando Saccard teve de deixar a mansão do parc Monceau, que abandonou aos credores para evitar uma catástrofe maior, sua primeira ideia havia sido refugiar-se na casa de seu filho Maxime. Este, após a morte da esposa, que descansava em um pequeno cemitério da Lombardia, ocupava sozinho uma residência na avenue de l'Impératrice, onde havia organizado a vida com sábio e feroz egoísmo; ali consumia a fortuna da morta, sem um erro sequer, como rapaz de saúde frágil que o vício havia precocemente amadurecido; e, com voz firme, recusou-se a acolher o pai, para continuarem ambos a viver em harmonia, explicou com ar sorridente e prudente.

Então, Saccard pensou em outro refúgio. Estava prestes a alugar uma pequena casa em Passy, asilo burguês de comerciante aposentado, quando se lembrou de que o térreo e o primeiro andar da mansão d'Orviedo, na rue Saint-Lazare, ainda não estavam ocupados, portas e janelas fechadas. A princesa d'Orviedo, instalada em três cômodos do segundo andar desde a morte do marido, sequer havia inscrito seu nome na porta-cocheira, invadida pelo mato. Uma porta baixa, na outra extremidade da fachada, conduzia ao segundo andar, por uma escada de serviço. E muitas vezes, no curso de relações de negócios com a princesa, durante as visitas que lhe fazia, havia se surpreendido com a negligência que ela demonstrava em tirar partido conveniente de seu imóvel. Mas ela meneava a cabeça, tinha ideias próprias sobre assuntos de dinheiro. Entretanto, quando ele se apresentou para alugar em seu próprio nome, consentiu imediatamente, cedeu-lhe por um aluguel irrisório de dez mil francos esse térreo e esse primeiro andar suntuosos, uma instalação principesca, que certamente valia o dobro.

Todos se lembravam do luxo ostentado pelo príncipe d'Orviedo. Foi no entusiasmo febril de sua imensa fortuna financeira, quando chegou da Espanha, desembarcando em Paris em meio a uma chuva de milhões, que havia comprado e restaurado esse imóvel, à espera do palácio de mármore e ouro no qual sonhava deslumbrar o mundo. A construção datava do século anterior, uma dessas residências secundárias, construídas no meio de vastos jardins por algum cavalheiro galante; mas, em parte demolida, reformada em proporções mais austeras, só conservava de seu antigo parque um pátio amplo rodeado por cavalariças e depósitos, que a rua projetada, du Cardinal Fesch, decerto acabaria por expropriar. O príncipe comprou a mansão do espólio de uma senhorita Saint-Germain, cuja propriedade se estendia em outros tempos até a rue des Trois-Frères, antiga continuação da rue Taitbout. Aliás, o imóvel conservava sua entrada na rue Saint-Lazare, lado a lado com uma grande construção da mesma época, a Folie-Beauvilliers de outrora, que os Beauvilliers ainda ocupavam, após uma ruína lenta; e eles possuíam restos de um jardim admirável, árvores magníficas, também condenadas a desaparecer na próxima reviravolta do bairro.

Em meio a seu desastre, Saccard arrastava um séquito de servidores, resquícios de sua numerosa criadagem, um camareiro, um *chef* e sua esposa, encarregada da lavanderia, outra mulher mantida não se sabe por quê, um cocheiro e dois moços de estrebaria; e ele abarrotou as cavalariças e os depósitos, colocou dois cavalos, três coches, instalou no térreo um refeitório para seus empregados. Era o homem que não tinha quinhentos francos líquidos em caixa, mas vivia com despesas de duzentos ou trezentos mil francos ao ano. Também achou meios de ocupar com a sua pessoa o vasto apartamento do primeiro andar, três salões, cinco dormitórios, sem contar a imensa sala de jantar, onde caberia uma mesa de cinquenta lugares. Ali, antigamente, abria-se uma porta que dava para uma escada interna, conduzindo ao segundo andar, a outra sala de jantar, menor; e a princesa, que havia recentemente alugado essa parte do segundo andar a um engenheiro, o senhor Hamelin, um celibatário que morava com a irmã, havia se contentado em bloquear a porta, com o auxílio de dois potentes parafusos. Assim, ela compartilhava a antiga escada de serviço com esse locatário, enquanto Saccard gozava sozinho da escadaria principal. Ele mobiliou parcialmente alguns cômodos com os despojos do parc Monceau, deixou outros vazios, conseguiu, de algum modo, dar vida a essa fileira de muros tristes e desnudos, dos quais uma mão obstinada parecia ter arrancado até os menores fragmentos de decoração, já no dia seguinte da morte do príncipe. E pôde recomeçar o sonho de uma grande fortuna.

A princesa d'Orviedo era então uma das personagens curiosas de Paris. Quinze anos antes, havia se resignado a esposar o príncipe, que não amava, para obedecer a uma ordem formal de sua mãe, a duquesa de Combeville. Àquela época, a jovem de vinte anos era famosa por sua beleza e virtude, muito religiosa, talvez excessivamente circunspecta, ainda que amasse o mundo com paixão. Desconhecia as histórias estranhas que circulavam a respeito do príncipe, as origens de sua gigantesca fortuna estimada em trezentos milhões, uma vida inteira de roubos terríveis, não mais no recôndito dos bosques, à mão armada, como faziam os nobres aventureiros do passado, mas como correto bandido moderno, à clara luz da Bolsa, a partir do bolso da pobre gente crédula, em meio a desespero e morte. Lá na Espanha, aqui na França, durante vinte anos, o príncipe havia tido parte do leão em todas as grandes canalhices que se tornaram legendárias. Embora ela nada suspeitasse da lama e do sangue nos quais ele havia amealhado tantos milhões, havia sentido por ele, desde o primeiro encontro, uma repugnância que sua religião foi impotente em vencer; e logo um rancor surdo, crescente, juntou-se a essa antipatia, o de não ter um filho desse casamento imposto por obediência. A maternidade teria lhe bastado, adorava crianças; chegou a odiar esse homem que, após ter desesperado a amante, não conseguia sequer contentar a mãe. Foi nesse momento que se viu a princesa lançar-se em um luxo sem precedentes, ofuscar Paris com o brilho de suas festas, manter um padrão faustuoso, que, dizia-se, as Tuileries invejavam. Depois, bruscamente, logo após a morte do príncipe, fulminado por uma apoplexia, a mansão da rue Saint-Lazare caiu em um silêncio absoluto, em noite completa. Nem uma luz, nem um ruído, as portas e as janelas permaneciam fechadas, e espalhava-se o rumor de que a princesa, após ter abandonado violentamente o térreo e o primeiro andar, havia-se recolhido, como uma reclusa, a três pequenos cômodos do segundo andar, com uma antiga criada de sua mãe, a velha Sophie, que a havia educado. Quando reapareceu, usava um vestido simples de lã preta, cabelos escondidos sob uma touca de rendas, sempre pequena e roliça, com uma fronte estreita, seu belo rosto arredondado com dentes de pérola entre lábios cerrados, mas já com a tez amarelada, a fisionomia inexpressiva, mergulhada em uma vontade resoluta de religiosa enclausurada havia muito tempo. Acabava de completar trinta anos, e havia vivido, desde aquela época, apenas para imensas obras de caridade.

Em Paris, era grande a surpresa, e todos os tipos de histórias extraordinárias circularam. A princesa havia herdado toda a fortuna, os famosos trezentos milhões que alardeavam as crônicas dos próprios jornais. E foi romântica a lenda que acabou por se consolidar. Dizia-se que um homem, um desconhecido vestido de preto, havia surgido de repente em seu quarto, sem que ela jamais adivinhasse por qual porta secreta havia entrado, no momento em que ela se preparava para deitar; o que esse homem lhe havia dito, ninguém no mundo sabia; mas deve ter contado a origem abominável dos trezentos milhões, exigindo dela talvez o juramento de reparar tanta iniquidade, se quisesse evitar terríveis catástrofes. Em seguida, o homem havia desaparecido. Já fazia cinco anos que estava viúva; seria de fato para obedecer a uma ordem vinda do além, seria talvez uma simples revolta de honestidade, assim que teve em mãos o histórico de sua fortuna? A verdade é que vivia em uma febre ardente de renúncia e reparação. Nessa mulher, que não havia sido amante e que não pôde ser mãe, todos os carinhos reprimidos, principalmente o amor abortado por um filho, desabrochavam em uma verdadeira paixão pelos pobres, pelos fracos, deserdados, enfermos, todos aqueles cujos milhões roubados supunha estar em suas mãos, e aos quais jurava restituí-los regiamente, por meio de uma chuva de doações. Desde aquela época, invadiu-a a ideia fixa, o cravo da obsessão penetrou em seu crânio: não se considerou mais que um banqueiro, a quem os pobres haviam entregado trezentos milhões, para que fossem aplicados da melhor forma possível; não foi mais que um contador, um homem de negócios, vivendo entre cifras, em meio a uma multidão de tabeliães, operários e arquitetos. Fora de casa, havia instalado um grande escritório, com uma vintena de empregados. Em casa, nos exíguos três cômodos, só recebia quatro ou cinco intermediários, seus prepostos; e passava o dia ali, no escritório, como um diretor de grande empresa, enclausurada à distância dos inoportunos, entre pilhas de papéis que a sobrecarregavam. Seu sonho era aliviar todas as misérias, desde a criança que padece por ter nascido até o velho que não pode morrer sem sofrimento. Durante esses cinco anos, derramando ouro a mãos-cheias, havia fundado, em La Villette, a Creche Sainte-Marie, com berços brancos para os pequeninos, camas azuis para os maiores, uma instituição ampla e clara, já frequentada por trezentas crianças; um orfanato em Saint-Mandé, o Orfanato Saint-Joseph, onde cem meninos e cem meninas recebiam educação e instrução tais como lhes daria uma família burguesa; enfim, um asilo para idosos em Châtillon, que poderia abrigar cinquenta homens e cinquenta mulheres, e um hospital de duzentos leitos em um subúrbio, o Hospital Saint-Marceau, que acabava de abrir as portas. Mas, sua obra preferida, que absorvia nesse momento todo seu esforço, era a Obra do Trabalho, uma criação dela, uma instituição que deveria substituir as casas de correção, onde trezentas crianças, cento e cinquenta meninas e cento e cinquenta meninos, recolhidos nas ruas de Paris, em meio à devassidão e ao crime, seriam regenerados graças aos bons cuidados e ao aprendizado de uma profissão. Essas diversas fundações, doações substanciais, uma prodigalidade louca na caridade, haviam consumido cerca de cem milhões em cinco anos. Mais alguns anos nesse ritmo e estaria arruinada, sem ao menos ter reservado uma pequena renda necessária ao pão e leite de que vivia agora. Quando a velha criada Sophie, saindo de seu silêncio constante, com uma palavra rude a admoestava, profetizando que morreria na miséria, a princesa dava um leve sorriso, o único que agora aparecia em seus lábios descorados, um sorriso divino de esperança.

Foi justamente por ocasião da Obra do Trabalho que Saccard conheceu a princesa d'Orviedo. Era um dos proprietários do terreno que ela comprou para a obra, um jardim antigo recoberto de belas árvores, que era contíguo ao parc de Neuilly e se localizava à beira da avenue Bineau. Ela ficou encantada pela maneira ágil com que o homem tratava os negócios, quis revê-lo após algumas dificuldades com os empreiteiros. Ele próprio havia se interessado pelas obras, a imaginação seduzida, fascinado pelo projeto grandioso que ela impunha ao arquiteto: duas alas monumentais, uma para os meninos, outra para as meninas, unidas por um edifício central, abrigando a capela, as salas comunitárias, a administração, todos os serviços; e cada ala teria seu pátio imenso, suas oficinas, suas diversas dependências. Mas o que o seduzia acima de tudo, em razão de seu próprio gosto pela grandeza e pelo fausto, era o luxo manifesto, a construção enorme e feita com materiais que desafiariam os séculos, mármore em profusão, uma cozinha revestida de azulejos, onde seria possível cozinhar um boi, refeitórios gigantescos com ricos lambris de carvalho, dormitórios inundados de luz, alegrados por pinturas suaves, rouparia, sala de banho, enfermaria, instaladas com requinte exagerado; e, por toda a parte, grandes armários, escadarias, corredores, arejados no verão, aquecidos no inverno; e a casa inteira banhada de sol, uma alegria de juventude, um bem-estar de grande fortuna. Quando o arquiteto, inquieto, achando inútil toda essa magnificência, falava das despesas, a princesa interrompia-o com uma frase: ela havia conhecido o luxo, queria propiciá-lo aos pobres para que também usufruíssem, eles que fazem o luxo dos ricos. Sua ideia fixa era feita desse sonho: saciar os miseráveis, deitá-los em camas, sentá-los à mesa dos afortunados deste mundo, não mais a esmola de um naco de pão, nem um leito miserável do acaso, mas a vida opulenta do palácio, onde estariam em casa, desforrando-se, saboreando os prazeres dos triunfadores. Nesse desperdício, porém, em meio a faturas enormes, era abominavelmente roubada; um enxame de empreiteiros vivia a sua custa, sem contar as perdas devidas à má administração; dilapidava-se o bem dos pobres. E foi Saccard quem lhe abriu os olhos, pedindo para deixá-lo tirar a limpo as contas, aliás, absolutamente desinteressado, pelo único prazer de organizar essa dança de milhões, que o entusiasmava. Nunca havia se mostrado tão escrupulosamente honesto. Nessa questão colossal e complicada, foi o colaborador mais ativo, mais íntegro, dedicando seu tempo, até seu dinheiro, simplesmente recompensado pela alegria das quantias consideráveis que lhe passavam entre as mãos. Só ele era conhecido na Obra do Trabalho, onde a princesa nunca ia, como também não ia visitar as outras fundações, escondida em seus três cômodos exíguos, como a boa deusa invisível; e ele, adorado, abençoado, subjugado por toda a gratidão que ela aparentemente não queria.

Sem dúvida, desde aquela época, Saccard acalentava um projeto vago, que, de repente, quando se instalou como locatário na mansão d'Orviedo, ganhou a nitidez penetrante de um desejo. Por que não se dedicaria inteiramente à administração das boas obras da princesa? Naquela hora de dúvida em que estava, derrotado pela especulação, sem saber que fortuna refazer, isso lhe parecia uma nova encarnação, uma súbita ascensão em apoteose: tornar-se o distribuidor dessa régia caridade, canalizar esse fluxo de ouro que corria em Paris. Restavam duzentos milhões, quantas obras ainda a criar, que cidade miraculosa sairia do chão! Sem contar que ele os faria frutificar, esses milhões, iria duplicá--los, triplicá-los, saberia empregá-los tão bem que deles extrairia um mundo. Então, com sua paixão, tudo se avultou, viveu com esse pensamento obsessivo, distribuí-los em esmolas infindáveis, inundar uma França feliz; enternecia-se, porque mantinha uma probidade perfeita, sequer um centavo ficava em suas mãos. Em sua cabeça de visionário, foi um idílio gigante, o idílio de um homem inconsequente, em que não se imiscuía nenhum desejo de compensar seu antigo banditismo financeiro. Até porque, na verdade, no fundo, havia o sonho de sua vida inteira, a conquista de Paris. Ser o rei da caridade, o Deus adorado da multidão de pobres, tornar-se único e popular, ocupar a atenção do mundo, tudo isso excedia sua ambição. Quantos prodígios realizaria, se empregasse para o bem suas faculdades de homem de negócios, suas artimanhas, sua obstinação, a ausência completa de preconceitos! Teria a força irresistível que ganha batalhas, o dinheiro, o dinheiro em cofres repletos, o dinheiro que frequentemente faz tanto mal e que faria tanto bem, no dia em que fosse distribuído para satisfazer seu orgulho e seu prazer!

Então, ampliando ainda mais seu projeto, Saccard chegou a se perguntar por que não esposaria a princesa d'Orviedo. Isso definiria posições, evitaria interpretações maldosas. Durante um mês, manobrou com destreza, expôs planos magníficos, tentou tornar-se indispensável; e um dia, em tom tranquilo, tornando-se novamente ingênuo, fez sua proposta, desenvolveu seu grande projeto. Propunha uma verdadeira sociedade, seria o liquidante das quantias roubadas pelo príncipe, comprometia-se a devolvê-las decuplicadas aos pobres. A princípio, a princesa, em seu eterno vestido preto, com a touca de renda na cabeça, escutou-o atentamente, sem que qualquer emoção animasse seu rosto amarelado. Estava muito impressionada com as vantagens que poderia ter semelhante sociedade, ficando de resto indiferente às outras considerações. Então, após adiar sua resposta para o dia seguinte, acabou por recusar: sem dúvida havia refletido que não seria mais a única dona de suas esmolas e queria organizá-las como soberana absoluta, mesmo loucamente. Mas explicou que ficaria feliz em conservá-lo como conselheiro, mostrou como considerava sua colaboração preciosa, pedindo que continuasse a se ocupar da Obra do Trabalho, da qual era o verdadeiro diretor.

Durante toda a semana, Saccard sentiu uma violenta tristeza ante a perda de uma ideia querida; não que se sentisse cair novamente no abismo da bandidagem, mas, da mesma forma que um romance sentimental traz lágrimas aos olhos dos bêbados mais abjetos, esse colossal idílio do bem, feito a golpes de milhões, havia enternecido sua velha alma de corsário. Caía uma vez mais, e de bem alto: tinha a impressão de ter sido destronado. Por meio do dinheiro, sempre havia desejado, além da satisfação de seus apetites, a magnificência de uma vida principesca; e nunca a havia tido em grau suficiente. Enfurecia-se cada vez que uma de suas quedas arrastava uma esperança. Assim, quando seu projeto desmoronou diante da recusa tranquila e clara da princesa, viu-se relançado em um desejo furioso de batalha. Lutar, ser o mais forte na dura guerra da especulação, devorar os outros para eles não o devorarem, seria, em consequência de sua sede de esplendor e de prazer, a grande causa, a única causa de sua paixão pelos negócios. Mesmo que não tesaurizasse, teria a outra alegria, a luta das grandes cifras, as fortunas lançadas como batalhões, o choque de milhões antagônicos, com as derrotas, com as vitórias, que o inebriavam. E, de imediato, ressurgiu seu ódio contra Gundermann, sua necessidade desenfreada de vingança: abater Gundermann, isso o rondava com um desejo quimérico, cada vez que se via no chão, vencido. Embora percebesse a infantilidade de semelhante tentativa, não poderia ao menos começá-la, criar um espaço defronte dele, forçá-lo à divisão, como esses monarcas de países vizinhos e de igual poder que se tratam de primos? Foi então que de novo a Bolsa o atraiu, a cabeça repleta de negócios a lançar, solicitado em todos os sentidos por projetos contraditórios, com tamanha ansiedade que não soube o que decidir, até o dia em que uma ideia suprema, descomedida, destacou-se das outras e pouco a pouco o dominou completamente.

 Desde que morava na mansão d'Orviedo, Saccard avistava às vezes a irmã do engenheiro Hamelin, que morava no pequeno apartamento do segundo andar, uma mulher de porte admirável, dona Caroline, como a chamavam familiarmente. O que mais lhe chamou a atenção, no primeiro encontro, foram seus cabelos brancos magníficos, uma coroa real de cabelos brancos, com um efeito tão singular sobre a fronte dessa mulher ainda jovem, com trinta e seis anos no máximo. Desde os vinte e cinco anos, estavam inteiramente brancos. Suas sobrancelhas, ainda negras e muito espessas, conservavam uma juventude, um vivo exotismo em seu rosto emoldurado de arminho. Nunca havia sido bela, com seu queixo e seu nariz grandes demais, sua boca larga cujos lábios grossos exprimiam uma delicada bondade. Mas, sem dúvida, a cabeleira branca, essa brancura esvoaçante de finos cabelos de seda, abrandava sua fisionomia um pouco dura, dando-lhe um encanto sorridente de avó, com um frescor e uma força de mulher enamorada. Era grande, sólida, o andar franco e muito nobre. Cada vez que a encontrava, Saccard, mais baixo que ela, seguia-a com o olhar, interessado, cobiçando secretamente essa estatura alta, essa compleição sadia. E pouco a pouco, por meio daqueles que os rodeavam, conheceu toda a história dos Hamelins. Caroline e Georges eram filhos de um médico de Montpellier, sábio notável, católico exaltado, morto sem fortuna. Quando o pai se foi, a moça tinha dezoito anos, o rapaz, dezenove; e, como ele acabara de entrar na Escola Politécnica, ela o seguiu até Paris, onde se empregou como preceptora. Foi ela quem fez com que chegassem em suas mãos moedas de cinco francos, forneceu-lhe dinheiro miúdo durante os dois anos de curso; mais tarde, quando se graduou mal classificado e teve de bater perna, foi ainda ela quem o sustentou, à espera de que encontrasse trabalho. Esses dois irmãos se adoravam, mantinham o sonho de nunca se separarem. Entretanto, surgiu um casamento inesperado, a boa graça e a inteligência viva da moça haviam conquistado um cervejeiro milionário na casa onde trabalhava, e Georges quis que ela aceitasse; do que se arrependeu amargamente, porque após alguns anos de vida comum Caroline foi obrigada a exigir uma separação para não ser morta pelo marido, que bebia e a perseguia com uma faca, em crises de ciúme imbecil. Tinha então vinte e seis anos, voltava a ser pobre, obstinada em não pedir pensão ao homem que havia abandonado. Mas seu irmão, enfim, após várias tentativas, havia encontrado um trabalho que o agradava: partiria para o Egito, com a comissão encarregada dos estudos preliminares do canal de Suez; e levou a irmã, que se instalou corajosamente em Alexandria, recomeçou a dar aulas, enquanto ele percorria o país. Assim, permaneceram no Egito até 1859, presenciaram os primeiros golpes de picareta nas praias de Porto Said; uma equipe modesta, menos de cento e cinquenta operários, perdida no meio da areia, comandada por um punhado de engenheiros. Depois, Hamelin, enviado à Síria para assegurar o abastecimento, ficou por lá, após um desentendimento com seus chefes. Fez Caroline ir a Beirute, onde outros alunos a esperavam, envolveu-se em uma grande obra, patrocinada por uma companhia francesa, a construção de uma estrada carroçável de Beirute a Damasco, a primeira, a única via aberta através dos desfiladeiros do Líbano; e lá viveram mais três anos, até a conclusão da estrada, ele visitando montanhas, ausentando-se dois meses para uma viagem a Constantinopla através dos pequenos montes Tauro, ela a segui-lo sempre que podia escapulir, compartilhando os projetos de revitalização que ele fazia, para desenvolver essa velha terra adormecida sob as cinzas de civilizações mortas. Ele havia montado um portfólio transbordante de ideias e de planos, sentia a necessidade imperiosa de voltar à França, se quisesse dar corpo a esse vasto conjunto de empreendimentos, formar sociedades, encontrar capitais. E, após nove anos de estadia no Oriente, partiram, tiveram a curiosidade de retornar ao Egito, onde os trabalhos do canal de Suez deixaram-nos entusiasmados: em quatro anos, havia crescido uma cidade nas areias da praia de Porto Said, um povo inteiro agitava-se ali, formigas humanas multiplicavam-se e mudavam a face da terra. Mas um infortúnio atroz aguardava Hamelin em Paris. Durante quinze meses, debatia-se com seus projetos, sem poder comunicar sua fé a ninguém, modesto demais, pouco loquaz, restrito ao segundo andar da mansão d'Orviedo, em um pequeno apartamento de cinco cômodos, que alugava por mil e duzentos francos, mais longe do sucesso do que quando percorria as montanhas e as planícies da Ásia. Suas economias esgotavam-se rapidamente, irmão e irmã chegavam a uma grande penúria.

 Foi justamente o que interessou Saccard, essa tristeza crescente de dona Caroline, cuja bela alegria se obscurecia pelo desalento em que via seu irmão. Na família, ela era um pouco o homem. Georges, que fisicamente se assemelhava muito a ela, embora mais frágil, tinha rara capacidade de trabalho; mas se absorvia em seus estudos, não queria abandoná-los. Nunca quis se casar, não sentia necessidade, adorava a irmã, o que lhe bastava. Devia ter amantes de um dia, mas ninguém as conhecia. E esse antigo aluno esforçado da Escola Politécnica, com concepções tão vastas, com um empenho tão intenso em tudo o que empreendia, mostrava às vezes tal ingenuidade que poderia parecer um pouco tolo. Educado no mais estrito catolicismo, havia conservado sua religião de infância, praticava-a com muita convicção; ao passo que a irmã havia progredido por meio de uma leitura imensa, de uma vasta instrução que adquiriu por conta própria, durante as longas horas em que ele mergulhava em seus trabalhos técnicos. Ela falava quatro línguas, havia lido economistas, filósofos, empolgada durante algum tempo com as teorias socialistas e evolucionistas; mas havia se acalmado, devia sobretudo a suas viagens, a sua longa estadia entre civilizações longínquas, uma grande tolerância, um belo equilíbrio de sabedoria. Mesmo tendo deixado de crer, permanecia muito respeitosa diante da fé do irmão. Entre eles, houve uma explicação e nunca mais voltaram ao assunto. Ela era de uma inteligência, em sua simplicidade e em sua serenidade; e de uma extraordinária coragem para a vida, de uma alegre valentia que resistia à crueldade da sorte, tinha o costume de dizer que só não conseguia superar uma única tristeza, a de não haver tido filhos.

Saccard pôde prestar um favor a Hamelin, um pequeno trabalho que lhe arrumou; financiadores precisavam de um engenheiro para redigir um laudo sobre o rendimento de uma nova máquina. E forçou assim a intimidade do irmão e da irmã, subia frequentemente para passar uma hora com eles no salão, seu único cômodo grande, que haviam transformado em escritório. Esse cômodo permanecia com uma nudez absoluta, mobiliado somente com uma longa mesa de desenho, com outra mesa menor, atravancada de papéis, e meia dúzia de cadeiras. Sobre a lareira, empilhavam-se livros. Mas, nas paredes, uma decoração improvisada alegrava o espaço vazio: uma série de projetos, uma fileira de aquarelas claras, cada folha fixada com quatro pregos. Era o portfólio de projetos que Hamelin havia espalhado dessa maneira, as anotações feitas na Síria, toda sua futura fortuna; e as aquarelas eram de dona Caroline, paisagens, personagens, trajes, o que ela havia observado e desenhado ao acompanhar o irmão, com um toque muito pessoal de colorista, sem qualquer pretensão para além disso. Duas largas janelas, que se abriam para o jardim da mansão Beauvilliers, clareavam com uma luz intensa essa profusão de desenhos que evocavam uma vida diferente, o sonho de uma antiga sociedade desfeita em pó, que os esboços, com linhas firmes e matemáticas, pareciam querer reerguer, sob o arcabouço dos sólidos andaimes da ciência moderna. E quando pôde ser útil, com essa diligência que o tornava encantador, Saccard ficou absorto sobretudo diante dos projetos e das aquarelas, seduzido, pedindo sem parar novas explicações. Em sua cabeça já germinava uma grande empreitada.

Uma manhã, encontrou dona Caroline sozinha, sentada à pequena mesa que havia transformado em escrivaninha. Estava mortalmente triste, as mãos abandonadas sobre os papéis.

– Que quer o senhor? Decididamente, isso caminha mal... Ainda assim, sou corajosa. Mas tudo vai nos faltar ao mesmo tempo; e o que me angustia é o desencorajamento de meu pobre irmão diante da infelicidade, porque ele não é valente, só tem forças para o trabalho... Havia pensado em buscar novamente emprego como preceptora em algum canto, para ao menos ajudá-lo. Procurei e não encontrei nada... No entanto, não posso me pôr a fazer faxina.

Saccard nunca a havia visto tão desanimada e abatida.

– Que diabo! A senhora não chegou a esse ponto! – exclamou.

Ela sacudiu a cabeça, mostrava-se amargurada com a vida, que em geral aceitava tão galhardamente, por pior que fosse. E como Hamelin chegasse naquele momento trazendo a notícia de mais um fracasso, ela verteu grandes lágrimas vagarosas, não falou mais, punhos cerrados, à mesa, olhar perdido no espaço.

– E pensar – deixou escapar Hamelin – que ali há milhões à nossa espera, se alguém simplesmente me ajudasse a ganhá-los!

Saccard havia parado diante de um esboço que representava a construção de uma casa no centro de alguns armazéns.

– O que é isso? – perguntou.

– Oh! Diverti-me um pouco – explicou o engenheiro. – É o projeto de uma casa, lá em Beirute, para o diretor da Companhia que idealizei, o senhor sabe, a Companhia Geral de Navios Associados.

Animava-se, deu novos detalhes. Durante sua estadia no Oriente, havia notado como era precário o serviço de transporte. As poucas empresas, sediadas em Marselha, destroçavam-se pela concorrência, não conseguiam ter material suficiente e confortável; e uma de suas primeiras ideias, a base de todo o conjunto de suas empresas, seria sindicalizar essas sociedades, reuni-las em uma grande Companhia, dotada de milhões, que exploraria todo o Mediterrâneo uma vez assegurada de sua soberania, ao estabelecer rotas para todos os portos da África, da Espanha, da Itália, da Grécia, do Egito, da Ásia, até as regiões mais longínquas do mar Negro. Era a proposta de um organizador perspicaz e, ao mesmo tempo, de um bom cidadão: significava o Oriente conquistado, entregue à França, sem contar que aproximava assim a Síria, onde se abriria o vasto campo de suas operações.

– Sindicatos – murmurou Saccard. –, hoje o futuro parece estar neles... É uma forma de associação tão poderosa! Três ou quatro pequenas empresas, que vegetam isoladamente, ganham vitalidade e prosperidade irresistíveis ao se reunirem... Sim, o amanhã pertence ao grande capital, aos esforços centralizados das grandes massas. Toda a indústria e todo o comércio acabarão por se tornar um imenso e único bazar, onde será possível encontrar todas as provisões.

Parou de novo, dessa vez em pé diante de uma aquarela que representava uma paisagem selvagem, um desfiladeiro árido obstruído por um desmoronamento gigantesco de rochas coroadas de mato.

– Oh! Oh! – acrescentou. – Eis o fim do mundo. Dificilmente alguém seria atropelado pelos passantes nesse lugar.

– Um desfiladeiro do Carmelo – respondeu Hamelin. – Minha irmã fez o desenho durante os estudos que fiz por lá. – E acrescentou simplesmente: – Veja! Entre os calcários cretáceos e os pórfiros que movimentaram esses calcários, em todo o flanco da montanha, há um considerável veio de prata sulfurada, sim!, uma mina de prata, cuja exploração, segundo meus cálculos, asseguraria lucros enormes.

– Uma mina de prata – repetiu vivamente Saccard.

Dona Caroline, o olhar sempre distante, em sua tristeza, havia ouvido; e, como se evocasse uma visão:

– O Carmelo, ah! Que deserto, que dias de solidão! Repleto de murtas e de giestas, o cheiro é bom, o ar morno perfumado. E há águias a todo tempo, que planam muito alto... Mas toda essa prata dorme nesse sepulcro ao lado de tanta miséria. Gostaríamos de multidões felizes, obras em curso, cidades nascentes, um povo regenerado pelo trabalho.

– Seria fácil construir uma estrada entre o Carmelo e São João de Acre – continuou Hamelin. – E penso que também descobriríamos ferro, porque é abundante nas montanhas da região... Também estudei um novo modo de extração, que acarretaria economias importantes. Tudo está pronto, trata-se apenas de encontrar capital.

– A Sociedade das Minas de Prata do Carmelo! – murmurou Saccard.

Mas agora era o engenheiro que, olhos para o alto, ia de um projeto a outro, empolgado com esse trabalho de toda sua vida, febricitante pelo pensamento do futuro resplandecente que dormia ali enquanto a necessidade o paralisava.

– E são só os pequenos negócios do começo – continuou. – Olhe esta série de projetos, é este o grande lance, um sistema de ferrovias que atravessa a Ásia Menor de ponta a ponta... Falta de comunicações cômodas e rápidas, é esta a causa principal da estagnação em que apodrece essa terra tão rica. O senhor não encontrará nem uma via carroçável, as viagens e o transporte ainda se fazem em dorso de mula ou de camelo... Imagine então que revolução, se vias férreas penetrassem até os confins do deserto! A indústria e o comércio decuplicados, a civilização vitoriosa, a Europa abrindo enfim as portas do Oriente... Oh! Se isso lhe interessar um pouco, conversaremos em detalhe. O senhor verá, o senhor verá!

Imediatamente, aliás, não pôde deixar de entrar em explicações. Foi sobretudo durante sua viagem a Constantinopla que estudou o traçado de sua rede de ferrovias. A grande, a única dificuldade seria a travessia dos montes Tauro; mas havia percorrido os diversos desfiladeiros, garantia a possibilidade de um trajeto direto e relativamente pouco dispendioso. Aliás, não planejava construir o sistema completo de uma vez só. Quando obtivesse a concessão total do sultão, seria prudente no início realizar apenas o tronco principal, a linha de Bursa a Beirute via Angora* e Alepo.

---

* Atual Ancara. (N. E.)

Mais tarde, seria possível pensar no entroncamento de Esmirna a Angora e no de Trebizonda a Angora, via Erzurum e Sivas.
– Mais tarde, ainda mais tarde... – continuou.
E não concluiu, contentava-se em sorrir, sem ousar dizer até onde o conduziria a audácia de seus projetos. Era o sonho.
– Ah! As planícies aos pés do Tauro – disse dona Caroline, em sua voz lenta de adormecida acordada –, que paraíso delicioso! Basta arranhar a terra, e as plantações crescem em abundância. As árvores frutíferas, pessegueiros, cerejeiras, figueiras, amendoeiras, curvam-se sob o peso das frutas. E que campos de oliveiras e de amoreiras, semelhantes a grandes bosques! E que vida natural e fácil sob aquele céu límpido, constantemente azul!

Saccard pôs-se a rir, esse riso agudo de cobiça, que tinha quando pressentia a fortuna. E, como Hamelin ainda falasse de outros projetos, em especial da fundação de um banco em Constantinopla, comentando por alto as relações todo-poderosas que havia feito, próximas sobretudo ao grão-vizir, interrompeu-o alegremente.

– Mas é uma terra de cocanha, dá para vender como tal!

Depois, bem à vontade, apoiou as duas mãos nos ombros de dona Caroline, ainda sentada:

– Portanto, não se desespere, senhora! Tenho-lhe grande estima, verá que farei com seu irmão algo de bom para todos nós... Tenha paciência. Espere.

Durante o mês seguinte, Saccard arranjou novamente pequenos trabalhos para o engenheiro; e, embora não falasse mais dos grandes negócios, devia constantemente refletir sobre o assunto, preocupado, hesitante diante da amplidão esmagadora das empresas. Mas o que estreitou ainda mais a ligação nascente foi a maneira perfeitamente natural com que dona Caroline se ocupou daquele aposento de homem só, devorado por despesas inúteis, ainda mais desservido porque tinha muitos servidores. Saccard, tão hábil fora de casa, famoso por sua mão vigorosa e competente nos desperdícios dos grandes roubos, em casa deixava tudo em desordem, indiferente à terrível gatunagem que triplicava suas despesas; e a ausência de uma mulher fazia-se sentir cruelmente, até nas menores coisas. Quando dona Caroline percebeu a pilhagem, no início deu-lhe conselhos, depois acabou por se intrometer e fez com que realizasse algumas economias; embora entre risos, um dia, ele lhe propôs que fosse sua intendente: por que não? Ela havia procurado um posto de preceptora, poderia perfeitamente aceitar uma situação honrosa, que lhe permitisse aguardar. A proposta, feita em tom de brincadeira, tornou-se séria. Não seria um modo de se ocupar, de aliviar o irmão com os trezentos francos que Saccard queria pagar por mês? Aceitou, remodelou a casa em oito dias, despediu o *chef* e sua esposa para contratar uma cozinheira, que, com o camareiro e o cocheiro, deveria bastar para o serviço. Guardou apenas um cavalo e um coche, impôs sua autoridade em tudo, examinou as contas com cuidado tão escrupuloso que as reduziu pela metade ao cabo da primeira quinzena. Ele estava encantado, brincava e dizia que agora a explorava, e que ela deveria exigir uma porcentagem de todos os benefícios que lhe propiciava.

Então, começou uma vida de grande intimidade. Saccard teve a ideia de retirar os parafusos que bloqueavam a porta de comunicação entre os dois apartamentos, e subia-se livremente de uma sala de jantar à outra, pela escada interna; desse modo, enquanto seu irmão trabalhava no andar de cima, confinado da manhã à noite para pôr em ordem seus dossiês do Oriente, dona Caroline, deixando sua própria casa aos cuidados da única criada que os servia, descia a qualquer hora do dia para dar ordens, como se estivesse em casa. Havia se tornado a alegria de Saccard a constante aparição dessa mulher grande e bela, que atravessava os cômodos, em seu passo sólido e soberbo, com a alegria sempre inesperada de seus cabelos brancos esvoaçantes em torno de seu rosto jovem. Ela estava de novo bem alegre, havia reencontrado a coragem de viver desde que se sentia útil, ocupando suas horas incansavelmente em pé. Sem qualquer afetação de simplicidade, trajava sempre um vestido preto, de cujo bolso saía o som claro do molho de chaves; e isso a divertia certamente, ela, a mulher culta, a filósofa, ter-se tornado uma dona de casa, a governanta de um pródigo que começava a querer bem, como se pode querer bem as crianças malvadas. Ele, por um momento bem enfeitiçado, calculando que, apesar de tudo, havia uma diferença de apenas catorze anos entre eles, perguntava-se o que aconteceria se uma bela noite a tomasse em seus braços. Seria admissível que, durante dez anos, após a fuga forçada da casa de seu marido, de quem havia recebido tanto golpes quanto carícias, houvesse vivido como guerreira errante, sem ver um homem? Talvez as viagens a tivessem protegido. Entretanto, sabia que um amigo do irmão dela, um certo senhor Beaudoin, negociante que permaneceu em Beirute e cuja volta à França estava próxima, era muito apaixonado por ela, a ponto de esperar para esposá-la a morte do marido, recentemente internado em um hospício, enlouquecido pelo alcoolismo. Evidentemente, esse casamento só serviria para regularizar uma situação bem desculpável, quase legítima. Então, se havia existido um, por que não existiria um segundo? Mas Saccard se limitava à ideia, achando-a tão boa camarada que a mulher frequentemente desaparecia. Quando, ao vê-la passar com seu porte admirável, perguntava-se o que aconteceria se a beijasse, respondia a si mesmo que aconteceriam coisas bem corriqueiras, aborrecidas talvez; e deixava a experiência para depois, dava-lhe apertos de mão vigorosos, feliz com sua cordialidade.

Mas, de repente, dona Caroline recaiu em grande tristeza. Uma manhã, desceu abatida, muito pálida, olhos inchados; e ele nada pôde saber dela; parou de interrogá-la diante de sua obstinação em responder que não havia nada, que estava como sempre. Só compreendeu no dia seguinte, ao encontrar uma carta no andar de cima, o aviso do casamento do senhor Beaudoin com a filha de um cônsul inglês, muito jovem e imensamente rica. O golpe deve ter sido ainda mais duro porque a notícia havia chegado por essa carta banal, sem nenhuma preparação, nem ao menos um adeus. Era um desmoronamento na existência da pobre mulher, a perda da esperança longínqua, a que se agarrava nas horas de desastre. E como o acaso, também ele, tem crueldades abomináveis, ela soubera justamente na antevéspera que seu marido estava morto, havia enfim acreditado, durante quarenta e oito horas, na realização próxima de seu sonho. Sua vida desabava, ela estava aniquilada. Na mesma noite, outra surpresa esperava por ela: como entrasse, conforme seu costume, antes de se deitar, na casa de Saccard para dar ordens para o dia seguinte, ele falou-lhe de sua tristeza tão docemente que ela explodiu em soluços; então, nesse enternecimento invencível, em uma espécie de paralisia da vontade, viu-se entre seus braços, entregou-se, sem alegria nem para um nem para outro. Quando se recompôs, não se revoltou, mas sua tristeza aumentou ao infinito. Por que havia permitido que tal coisa se consumasse? Não amava esse homem, ele próprio não devia amá-la. Não que lhe parecesse de idade e rosto indignos de ternura; certamente sem beleza e já velho, interessava-a pela mobilidade de seus traços, a atividade de toda sua pequena pessoa morena; e, sem conhecê-lo ainda, imaginava que fosse prestativo, com uma inteligência superior, capaz de realizar as grandes empresas de seu irmão, com a honestidade média de qualquer pessoa. Entretanto, que queda imbecil! Ela, tão ponderada, tão instruída pela árdua experiência, tão senhora de si, ter sucumbido assim sem saber por que nem como, em meio a uma crise de choro, como uma criada leviana e sentimental! O pior é que o sentia, como a si própria, estupefato, quase zangado com a aventura. Quando, ao tentar consolá-la, ele havia lhe falado do senhor Beaudoin como de um amante antigo, cuja vil traição só merecia esquecimento, ela havia se indignado, jurando que nada havia acontecido entre eles, e de início ele imaginou que mentisse, por orgulho de mulher; mas ela insistiu nesse juramento com tanta força, mostrava olhos tão belos, tão límpidos de franqueza, que acabou por convencê-lo da veracidade dessa história: ela por retidão e dignidade havia se preservado para a noite de núpcias, o homem foi paciente durante dois anos, depois se cansou e esposou outra mulher, alguma ocasião demasiadamente tentadora de juventude e de riqueza. Estranho que essa descoberta, essa convicção que deveria ter encantado Saccard, causava-lhe, ao contrário, uma espécie de embaraço, tão bem compreendia a fatalidade tola de sua boa fortuna. De resto, não recomeçaram, pois nem um nem outro parecia sentir vontade.

Durante quinze dias, dona Caroline permaneceu terrivelmente triste. A força de viver, esse ímpeto que torna a vida uma necessidade e uma alegria, a abandonou. Vagava em suas múltiplas ocupações como se estivesse alheia, sem iludir-se ao menos com a razão e o interesse das coisas. Era a máquina humana que trabalhava no desespero do vazio de tudo. E, em meio a esse naufrágio de sua coragem e de sua alegria, desfrutava de uma única distração: a de passar as horas livres, fronte colada à vidraça de uma das janelas do grande escritório, olhar fixo no jardim da mansão ao lado, essa mansão Beauvilliers, onde desde os primeiros dias de sua chegada adivinhava atribulação, uma dessas misérias ocultas, tão aflitivas em meio ao esforço de salvaguardar as aparências. Ali, havia seres que sofriam, e sua tristeza parecia embebida dessas lágrimas, agonizava de melancolia, até julgar-se insensível e morta na dor dos outros.

Essas Beauvilliers possuíam antigamente, sem contar suas imensas terras em Touraine e Anjou, uma mansão magnífica na rue Grenelle, mas agora só tinham em Paris essa velha casa de veraneio, construída fora da cidade no começo do século anterior e que se achava hoje encravada entre as construções escuras da rue Saint-Lazare. As poucas e belas árvores do jardim pareciam plantadas no fundo de um poço, os musgos corroíam os degraus da escada rachada e esmigalhada. Parecia um canto de natureza feito prisioneiro, um canto suave e sombrio, com uma desesperança muda, onde o sol só incidia com uma luz esverdeada, cuja vibração gelava os ombros. E, naquela paz úmida de porão, no alto daquela escada desconjuntada, a primeira pessoa que dona Caroline havia avistado fora a condessa de Beauvilliers, uma mulher alta e magra de sessenta anos, cabelos brancos, ar muito nobre, um pouco vetusta. Com um grande nariz reto, lábios finos, pescoço particularmente longo, tinha a aparência de um cisne muito velho, de uma doçura desolada. Depois, atrás dela, quase ao mesmo tempo, mostrou-se a filha, Alice de Beauvilliers, de vinte e cinco anos, mas tão debilitada que pareceria uma menina, não fossem a tez sem viço e os traços já retesados do rosto. Era idêntica à mãe, acabadiça, mas sem a nobreza aristocrática, o pescoço alongado até a desgraça, tendo não mais que o encanto patético do fim de uma grande estirpe. As duas mulheres viviam sós desde que o filho, Ferdinand de Beauvilliers, havia se alistado entre os zuavos pontificais após a batalha de Castelfidardo, perdida por Lamoricière. Todos os dias, quando não chovia, apareciam assim, uma após a outra, desciam os degraus e contornavam o pequeno gramado central sem trocar palavra. Só havia ali a orla de hera, as flores não teriam crescido, ou talvez custassem caro demais. E essa caminhada lenta, possivelmente uma simples caminhada de saúde de duas mulheres tão pálidas, sob essas árvores centenárias que viram tantas festas e que as casas burguesas da vizinhança sufocavam, assumia uma dor melancólica, como se houvessem feito passear o luto das velhas coisas mortas.

Então, interessada, dona Caroline havia vigiado suas vizinhas com uma simpatia afetuosa, sem curiosidade maldosa; e, pouco a pouco, dominando o jardim, esmiuçou suas vidas, que elas ocultavam da rua com cuidado ciumento. Sempre havia um cavalo no estábulo, um coche no depósito, cuidado por um velho criado, ao mesmo tempo camareiro, cocheiro e *concierge*, da mesma forma que havia uma cozinheira que também servia de camareira; mas, embora o coche saísse pela grande porta, corretamente aparelhado, levando as senhoras às compras, embora a mesa conservasse certo luxo no inverno, nos jantares quinzenais aos quais vinham alguns amigos, quanto jejum, quantas economias sórdidas de todas as horas haviam comprado essa aparência mentirosa de fortuna! Em um pequeno galpão, ao abrigo dos olhares, para reduzir a conta da lavanderia, eram lavagens contínuas de pobres trapos corroídos pelo sabão, remendados fio a fio; eram quatro legumes preparados para o jantar e o pão que deixavam endurecer sobre uma tábua para comerem menos; eram vários tipos de práticas sovinas, mesquinhas e comoventes: o velho cocheiro costurando as botas furadas da senhorita, a cozinheira escurecendo as pontas das luvas desbotadas da senhora com tinta de escrever; e os vestidos da mãe passavam para a filha, após transformações engenhosas, e os chapéus que duravam anos, graças à troca de flores e de fitas. Quando não esperavam visita, os salões de recepção, no térreo, eram cuidadosamente fechados, bem como os grandes quartos do primeiro andar; porque em todo aquele vasto edifício as duas mulheres só ocupavam um cômodo acanhado, onde fizeram sala de jantar e dormitório. Quando a janela se entreabria, podia-se avistar a condessa remendando roupa, como uma pequeno--burguesa prestimosa; ao passo que sua filha, entre o piano e a caixa de aquarela, tricotava meias e luvas para a mãe. Em um dia de grande tempestade, ambas foram vistas no jardim recolhendo a areia espalhada pela violência da chuva. Agora dona Caroline conhecia a história delas. A condessa de Beauvilliers havia sofrido muito com o marido, um libertino de quem nunca se queixara. Um dia, trouxeram-no de volta à casa, em Vendôme, estertorando com um tiro no corpo. Haviam falado de acidente de caça: alguma bala atirada por um guarda enciumado, cuja esposa ou filha o homem havia seduzido. E o pior foi que desapareceu com ele a fortuna dos Beauvilliers, outrora colossal, assentada sobre terras imensas, régias propriedades que a Revolução já havia encontrado diminuída e que seu pai e ele acabaram de dissipar. De suas vastas propriedades fundiárias, sobrava uma única fazenda, Aublets, a algumas léguas de Vendôme, que rendia cerca de quinze mil francos, único recurso da viúva e de seus dois filhos. A mansão da rue Grenelle havia sido vendida muito antes, a da rue Saint-Lazare consumia a maior parte dos quinze mil francos da fazenda, massacrada por hipotecas, também sob ameaça de venda, caso os juros não fossem pagos; e sobravam apenas seis ou sete mil francos para o sustento de quatro pessoas, esse estilo de vida de uma família nobre que não queria abdicar. Já fazia oito anos que havia enviuvado, com um rapaz de vinte anos e uma moça de dezessete, em meio ao colapso de sua casa, e a condessa empertigou-se em seu orgulho nobiliárquico, jurando que viveria de pão e água mas não desceria de nível social. A partir daquela data, teve um único propósito, manter-se aprumada em sua condição, casar a filha com um homem de igual nobreza, fazer de seu filho um soldado. Ferdinand havia-lhe causado aborrecimentos mortais após algumas loucuras de juventude, dívidas que foi preciso pagar; mas, avisado da situação em uma conversa solene, não recomeçou; bom coração no fundo, simplesmente ocioso e inútil, avesso a qualquer trabalho, sem lugar possível na sociedade contemporânea. Agora soldado do papa, continuava a ser uma causa de angústia secreta para ela, porque não tinha saúde, delicado sob sua aparência altiva, sangue exaurido e empobrecido, o que fazia o clima de Roma perigoso para ele. Quanto ao casamento de Alice, tardava tanto que a triste mãe tinha os olhos cheios de lágrimas quando a via, já envelhecida, perdendo o viço na espera. Com seu ar de insignificância melancólica, não era estúpida, aspirava ardentemente à vida, a um homem que a amasse, à felicidade; mas, como não queria entristecer ainda mais a casa, fingia ter renunciado a tudo, ridicularizava o casamento, dizia que tinha vocação de celibatária; e, à noite, soluçava em seu travesseiro, acreditava morrer da dor de ser tão solitária. Entretanto, a condessa, por seus milagres da avarícia, havia conseguido guardar vinte mil francos, o dote de Alice; havia também salvado do naufrágio algumas joias, um bracelete, anéis, brincos, que poderiam ser avaliados em cerca de dez mil francos; dote bem pobre, um enxoval de que sequer ousava falar, apenas o suficiente para as despesas imediatas, caso surgisse o pretendente esperado. E, no entanto, não queria se desesperar, lutava apesar de tudo, sem abandonar qualquer privilégio de nascença, sempre altiva e com fortuna conveniente, incapaz de sair a pé ou de dispensar os *entremets* em noite de recepção, embora se privasse em sua vida oculta, condenada a semanas de batata sem manteiga para adicionar cinquenta francos ao dote eternamente insuficiente de sua filha. Era um heroísmo cotidiano, doloroso e pueril, enquanto a cada dia a casa desabava um pouco mais sobre suas cabeças.

Entretanto, até aquele momento, dona Caroline nunca havia tido a ocasião de falar com a condessa e sua filha. Acabava por conhecer os detalhes mais íntimos de suas vidas, que pensavam ocultar a todos, e só houvera entre elas algumas trocas de olhar, esses olhares que se transformam em uma sensação repentina de simpatia. A princesa d'Orviedo deveria aproximá-las. Havia tido a ideia de criar, para sua Obra do Trabalho, uma espécie de comissão supervisora, composta de dez senhoras, que se reuniriam duas vezes por mês, visitariam a Obra detalhadamente e controlariam todos os serviços. Como havia se reservado o direito de escolher pessoalmente as senhoras, designara, entre as primeiras, a senhora de Beauvilliers, antigamente uma grande amiga, que havia se tornado simplesmente sua vizinha agora que estava retirada do mundo. E, como a comissão supervisora acabara de perder seu secretário, Saccard, que tinha influência na administração do estabelecimento, teve a ideia de recomendar dona

Caroline como uma secretária modelo, uma que não se acharia igual em parte alguma: na verdade, o trabalho era bastante penoso; havia muitas escritas, até mesmo preocupações materiais, que repugnavam um pouco a essas senhoras; e, desde o começo, dona Caroline havia se revelado uma hospitaleira admirável, pois sua maternidade insaciada, seu amor desesperado pelas crianças, inspirava uma ternura ativa por todos esses pobres seres que se tentava resgatar da sarjeta parisiense. Portanto, na última sessão da comissão, dona Caroline havia se encontrado com a condessa de Beauvilliers; mas esta lhe fez uma saudação um pouco fria, escondendo seu embaraço secreto, pois teve sem dúvida a sensação de que se tratava de uma testemunha de sua miséria. Agora, ambas se cumprimentavam, cada vez que seus olhos se encontravam, e teria sido uma excessiva impolidez simularem que não se reconheciam.

Um dia, no grande escritório, enquanto Hamelin retificava um projeto após novos cálculos e Saccard, em pé, acompanhava o trabalho, dona Caroline, diante da janela, como de costume, olhava a condessa e a filha darem a volta no jardim. Nesta manhã, via em seus pés velhos sapatos que uma trapeira não teria apanhado junto a um poste.

— Ah! Pobres mulheres! — murmurou. — Como deve ser terrível essa comédia do luxo que acreditam ser obrigadas a representar.

E recuava, escondia-se atrás das cortinas, com medo de que a mãe a avistasse e sofresse ainda mais por ser vigiada assim. Ela própria havia se acalmado durante as três semanas em que se distraía, cada manhã, à janela; a grande tristeza de seu abandono adormecia, parecia que a vista do desastre dos outros a fazia aceitar mais corajosamente o seu, essa derrocada que pensava ser a derrocada de toda sua vida. De novo, surpreendia-se a rir.

Por alguns instantes ainda seguiu as duas mulheres pelo jardim verde de musgo, com ar de profundo devaneio. Então, virou-se para Saccard, vivamente:

— Diga-me por que não consigo ficar triste... Não, isso nunca dura, não consigo ficar triste, o que quer que me aconteça... É egoísmo? Na verdade, não acho. Seria maldoso demais e, aliás, mesmo que esteja alegre, sinto o coração partido diante do espetáculo da menor dor. Explique isso, sou alegre e choraria por todos os infelizes que passam, se não me contivesse ao compreender que o menor pedaço de pão faria um bem muito maior que todas as minhas lágrimas inúteis.

Ao dizer isso, ria com seu belo riso de coragem, mulher valente que preferia a ação às compaixões verbosas.

– No entanto, Deus sabe – continuou –, tive motivos para desesperar-me. Ah! A sorte não me favoreceu até agora... Após meu casamento, no inferno em que caí, sendo insultada, espancada, pensei que só me restava jogar-me à água. Não me joguei, estava vibrante de alegria, cheia de uma imensa esperança quando parti com o meu irmão para o Oriente... E, quando voltamos a Paris, quando nos faltou quase tudo, tive noites abomináveis em que nos via mortos de fome sobre nossos belos projetos. Não morremos, voltei a sonhar com coisas grandiosas, coisas felizes que às vezes me faziam rir sozinha... E, ultimamente, quando recebi esse golpe terrível de que não ouso ainda falar, meu coração parecia arrancado do peito; sim, senti realmente que não batia mais; imaginei-o acabado, imaginei-me acabada, aniquilada. E então, nada disso! Eis que a existência me resgata, rio hoje, amanhã terei esperança, desejarei ainda viver, sempre viver... Isso é extraordinário, não conseguir ficar triste por muito tempo!

Saccard, que ria ele também, deu de ombros.

– Ora! A senhora é como todos. Isso é a vida.

– O senhor acha? – exclamou, surpresa. – A mim, parece-me que há pessoas tão tristes, que nunca estão alegres, que tornam a própria vida impossível, de tanto que a pintam de negro... Oh! Não que me exceda sobre a doçura e a beleza que ela oferece. Foi dura demais, vi coisas demais de muito perto, em toda parte e livremente. Ela é execrável, quando não ignóbil. Mas o que lhe dizer? Amo a vida. Por quê? Não sei. À minha volta tudo pode periclitar, afundar, e no dia seguinte já estou alegre e confiante sobre as ruínas... Pensei frequentemente que meu caso é, em pequena escala, o da humanidade, que vive, é verdade, em uma terrível miséria mas que ganha alento com a juventude de cada geração. Depois de cada crise que me abate, é como se viesse uma nova juventude, uma primavera cujas promessas de seiva me aquecem e animam novamente o coração. Isso é tão verdadeiro que, após uma grande mágoa, se saio à rua, ao sol, logo volto a amar, a esperar, a ser feliz. E a idade não tem domínio sobre mim, tenho a ingenuidade de envelhecer sem me dar conta... Veja, li demais para uma mulher, não sei mais para onde vou, aliás, não mais do que sabe este vasto mundo. Somente está fora de meu controle, parece que vou, que vamos todos rumo a alguma coisa muito boa e perfeitamente feliz.

Terminou com um gracejo, embora estivesse comovida, querendo esconder a ternura de sua esperança; enquanto o irmão, que havia erguido a cabeça, olhava-a com uma adoração cheia de gratidão.

– Oh! Você – declarou –, você é feita para as catástrofes, você é o amor pela vida!

Nessas conversas cotidianas da manhã, surgiu pouco a pouco uma espécie de febre e, se dona Caroline voltava a essa alegria natural, inerente a sua própria pessoa, isso provinha da coragem que Saccard lhes trazia, com sua paixão ativa pelos grandes negócios. Era assunto quase decidido, investiriam no famoso portfólio. Sob a entonação de sua voz estridente, tudo se animava, ficava exagerado. Em primeiro lugar, poriam a mão no Mediterrâneo, conquistariam-no com a Companhia Geral de Navios Associados – e enumerava os portos de todas as regiões do litoral onde criariam escalas, e misturava lembranças clássicas meio esquecidas a seu entusiasmo de investidor, celebrando esse mar, o único conhecido no mundo antigo, esse mar azul em cujo entorno a civilização floresceu, mar cujas ondas banharam as cidades antigas, Atenas, Roma, Tiro, Alexandria, Cartago, Marselha, todas as que formaram a Europa. Depois, quando estivesse assegurada a grande rota do Oriente, começariam ali, na Síria, com a pequena Sociedade das Minas de Prata do Carmelo, apenas alguns milhões a ganhar de passagem, mas um excelente começo, porque essa ideia de uma mina de prata, prata encontrada na terra, apanhada com pás, seria sempre sedutora para o público, principalmente porque se poderia afixar a insígnia de um nome prodigioso e retumbante como o do Carmelo. Também havia lá minas de carvão, carvão à flor da terra, que valeria ouro quando o país se cobrisse de fábricas; sem contar empreendimentos menores que serviriam de entreatos, a criação de bancos, sindicatos para a indústria nascente, uma exploração das vastas florestas do Líbano, cujas árvores gigantes apodreciam no local por falta de estradas. Enfim, chegava ao grande negócio, a Companhia das Ferrovias do Oriente, e aí ele delirava, porque essa malha ferroviária, espraiada de um canto a outro da Ásia Menor como uma rede, era para ele a especulação, a vida do dinheiro, que apreenderia de um só golpe esse velho mundo como se fosse uma nova presa, ainda intacta, com uma riqueza incalculável, oculta sob a ignorância e a crosta dos séculos. Farejava o tesouro, relinchava como um cavalo de guerra diante do odor da batalha.

Dona Caroline, com bom senso tão sólido, em geral muito refratária à imaginação excessivamente fértil, deixava-se, no entanto, contagiar por esse entusiasmo, não enxergava mais claramente o exagero. Em verdade, isso acalentava sua ternura pelo Oriente, sua tristeza por essa terra em que se sentiu feliz; e, sem cálculo, por um contraefeito lógico, era ela, suas descrições coloridas, suas informações esfuziantes, que fustigavam cada vez mais os anseios de Saccard. Quando ela falava de Beirute, onde havia morado durante três anos, não poupava palavras: Beirute, no sopé do Líbano, em uma estreita faixa de terra, entre ondulações de areia vermelha e desmoronamentos de rochas; Beirute, com suas casas construídas em forma de anfiteatro, no meio de grandes jardins, um paraíso delicioso, recoberto de laranjeiras, de limoeiros e de palmeiras. Depois, todas as outras cidades costeiras: Antioquia, ao norte, despojada de seu esplendor; ao sul, Saida, a antiga Sídon, São João de Acre, Jafa e Tiro, a atual Sur, que as resume todas; Tiro, cujos mercadores eram reis, cujos marinheiros haviam feito a volta da África e que hoje, com seu porto coberto pela areia, é somente um campo de ruínas, uma poeira de palácio onde apenas se erguem, miseráveis e esparsas, algumas cabanas de pescadores. Havia acompanhado seu irmão por toda parte, conhecia Alepo, Angora, Bursa, Esmirna, até Trebizonda; havia vivido um mês em Jerusalém, dormindo em meio ao trânsito dos lugares santos, depois dois outros meses em Damasco, a rainha do Oriente, no centro de sua vasta planície, cidade comercial e industrial que as caravanas de Meca e Bagdá transformam em um centro fervilhante de multidões. Conhecia também os vales e as montanhas, os vilarejos dos maronitas e dos drusos, construídos nos planaltos, perdidos nos desfiladeiros, os campos cultivados e os campos estéreis. E, dos menores recantos, tanto dos desertos mudos quanto das grandes cidades, trouxe a mesma admiração pela natureza inesgotável e luxuriante, a mesma raiva contra os homens estúpidos e perversos. Quantas riquezas naturais menosprezadas ou deterioradas! Falava dos impostos que esmagam o comércio e a indústria, dessa lei imbecil que impede de consagrar capitais à agricultura além de certo limite, da rotina que deixa nas mãos do camponês a carroça que se usava antes de Jesus Cristo, da ignorância em que apodrecem, ainda em nossos dias, milhões de homens, semelhantes a crianças idiotas, entravadas em seu desenvolvimento. Antes a costa era pequena demais, as cidades se avizinhavam; agora a vida partiu para o Ocidente, parece que se atravessa um imenso cemitério abandonado. Sem escolas, sem estradas, o pior dos governos, a justiça vendida, um pessoal administrativo execrável, impostos excessivos, leis absurdas, preguiça, fanatismo; sem contar os abalos incessantes das guerras civis, os massacres que destroem vilarejos inteiros. Então zangava-se, perguntava se seria permitido arruinar assim a obra da natureza, uma terra abençoada, de encanto refinado, onde todos os climas se encontravam, as planícies ardentes, os flancos temperados das montanhas, a neve eterna dos altos cumes. E seu amor pela vida, sua esperança vivaz faziam que se entusiasmasse com a ideia do golpe da varinha de condão todo-poderosa, com o qual a ciência e a especulação poderiam atingir essa velha terra adormecida para despertá-la.

– Olhe! – exclamava Saccard. – Esse desfiladeiro do Carmelo, que a senhora desenhou ali, onde só há pedras e betume, pois bem! Assim que a mina de prata estiver em atividade, ali crescerá de início um vilarejo, depois uma cidade... E todos esses portos cobertos de areia, nós os limparemos, nós os protegeremos com quebra-mares. Navios de alto-mar atracarão onde barcos hoje não ousam chegar... E, nessas planícies despovoadas, nesses desfiladeiros desertos, que nossas ferrovias atravessarão, a senhora verá uma ressurreição, sim!, campos serem cultivados, estradas e canais serem abertos, novas cidades saírem da terra, a vida enfim retornar como retorna a um corpo doente, quando, nas veias enfraquecidas, ativa-se a circulação com um sangue novo... Sim! O dinheiro fará esses prodígios.

E, diante da evocação dessa voz penetrante, dona Caroline via realmente erguer-se a civilização anunciada. Esses esboços áridos, esses traçados lineares se animavam, povoavam-se: era o sonho que às vezes tinha de um Oriente liberado de sua crosta, tirado de sua ignorância, desfrutando o solo fértil, o céu encantador, com todos os refinamentos da ciência. Ela já havia assistido ao milagre: aquela Porto Said que, em tão poucos anos, havia crescido sobre a praia nua; no começo algumas cabanas para abrigar os poucos operários da primeira hora, depois a cidade de dois mil habitantes, a cidade de dez mil habitantes, casas, lojas imensas, um píer gigantesco, a vida e o bem-estar criados com tenacidade pelas formigas humanas. E era bem isso que via se erguer de novo, a marcha à frente, irresistível, o ímpeto social que se dirige à maior felicidade possível, a necessidade de agir, de ir adiante de si mesmo, sem saber ao certo para onde se vai, mas ir com mais conforto, nas melhores condições; e o globo revolvido pelo formigueiro que refaz sua casa, e o trabalho incessante, novos prazeres conquistados, o poder do homem decuplicado, a terra pertencendo-lhe cada dia mais. O dinheiro, ajudando a ciência, fazia o progresso.

Hamelin, que escutava sorrindo, teve uma palavra sábia.

— Tudo isso é a poesia do resultado, e nem chegamos ainda à prosa da execução.

Mas Saccard só se entusiasmava pelo exagero de suas concepções, e ficou pior no dia em que, pondo-se a ler sobre o Oriente, abriu uma história da expedição ao Egito. A lembrança das Cruzadas já o rondava, esse retorno do Ocidente para o Oriente, seu berço, esse grande movimento que havia reconduzido a distante Europa às terras de origem, ainda em plena florescência, e onde tanto havia a aprender. No entanto, a grande figura de Napoleão impressionou-o mais, guerreando ali com objetivos grandiosos e misteriosos. Embora falasse de conquistar o Egito, de instaurar uma organização francesa, dar assim à França o comércio do Levante, certamente não dizia tudo; e Saccard queria ver, no aspecto da expedição que permaneceu vago e enigmático, não sabia bem qual projeto de ambição colossal, um imenso império reconstruído, Napoleão coroado em Constantinopla, imperador do Oriente e das Índias, realizando o sonho de Alexandre, maior que César e Carlos Magno. Não dizia ele em Santa Helena, falando de Sidney, o general inglês que o havia detido diante de São João de Acre: "Este homem me fez perder a fortuna"? E o que as Cruzadas haviam tentado, o que Napoleão não havia conseguido realizar, era esse pensamento gigantesco da conquista do Oriente que inflamava Saccard, mas uma conquista racional, realizada pela força dupla da ciência e do dinheiro. Visto que a civilização havia avançado de leste para oeste, por que não retornaria em direção ao leste, voltando ao primeiro jardim da humanidade, a esse Éden da península indostânica que dormia na fadiga dos séculos? Seria uma nova juventude, galvanizaria o paraíso terrestre, que se tornaria habitável pelo vapor e pela eletricidade, recolocaria a Ásia Menor no centro do velho mundo, como ponto de cruzamento dos grandes caminhos naturais que unem os continentes. Não seriam mais milhões a ganhar, mas bilhões e bilhões.

A partir de então, Hamelin e ele tiveram longas conferências todas as manhãs. Embora as esperanças fossem grandes, as dificuldades apresentavam-se numerosas, enormes. O engenheiro, que justamente estava em Beirute em 1862, durante a horrível carnificina que os drusos promoveram contra os cristãos maronitas, e que necessitou da intervenção da França, não escondia os obstáculos que encontrariam entre as populações em luta contínua, abandonadas ao bel-prazer das autoridades locais. No entanto, ele tinha relações poderosas em Constantinopla, havia se assegurado do apoio do grão-vizir, Fuad-Pacha, homem de mérito real, partidário declarado de reformas, e gabava-se de obter dele todas as concessões necessárias. Por outro lado, embora profetizasse a bancarrota fatal do Império Otomano, via, de certa forma, uma circunstância favorável nessa necessidade desenfreada de dinheiro, nesses empréstimos que se seguiam ano após ano: um governo empobrecido, mesmo que não ofereça garantias pessoais, está sempre pronto a se entender com companhias particulares, desde que encontre nisso algum benefício. E não seria uma maneira prática de resolver a eterna e incômoda questão do Oriente, interessando o império em grandes obras civilizatórias que o conduzissem ao progresso, para que não fosse mais essa fronteira monstruosa interposta entre a Europa e a Ásia? Que belo papel patriótico desempenhariam as companhias francesas!

Eis que uma manhã, tranquilamente, Hamelin abordou o programa secreto a que fazia às vezes alusão, a que chamava, sorrindo, o coroamento do edifício.

– Então, quando formos os senhores, refaremos o reino da Palestina e colocaremos lá o papa... De início, poderemos nos contentar com Jerusalém, e Jafa como porto. Depois, a Síria será declarada independente e será anexada... O senhor sabe que se aproxima o momento em que o papado não poderá permanecer em Roma, frente às humilhações revoltantes que lhe preparam. É para esse dia que deveremos estar prontos.

Saccard, embasbacado, ouvia-o dizer essas coisas com uma voz simples, em sua profunda fé católica. Ele próprio não recuava diante de devaneios extravagantes, mas nunca teria ido tão longe. Esse homem de ciência, com aparência tão fria, deixava-o estupefato. Gritou:

– É loucura! A Porta não entregará Jerusalém.

– Oh! Por quê? – replicou placidamente Hamelin. – Precisa tanto de dinheiro! Jerusalém aborrece-os, seria um bom descarte. Frequentemente não sabe qual partido tomar entre as diversas religiões que disputam a posse dos santuários... Além disso, o papa teria na Síria um grande apoio dos maronitas, porque o senhor bem sabe que ele instalou em Roma um colégio para os padres deles... Enfim, pensei muito, previ tudo, e esta será a nova era, a era triunfal do catolicismo. Talvez digam que é ir longe demais, que o papa acabará separado, desinteressado dos negócios da Europa. Mas que esplendor, que autoridade irradiará quando reinar nos lugares santos, falando em nome de Cristo na terra sagrada em que Cristo falou! Lá está seu patrimônio, lá que deve estar seu reino! E fique tranquilo, nós o faremos poderoso e sólido, esse reino, nós o poremos ao abrigo das perturbações políticas, assentando seu orçamento, com a garantia dos recursos do país, sobre um grande banco, com ações disputadas pelos católicos do mundo inteiro.

Saccard, que sorria, seduzido pela enormidade do projeto, sem estar convencido, não pôde deixar de batizar o banco em um grito alegre de descoberta.

– O Tesouro do Santo Sepulcro, hein? Magnífico! Esse é o negócio!

Mas encontrou o olhar sensato de dona Caroline, que também sorria, cética, um pouco zangada mesmo; e teve vergonha de seu entusiasmo.

– Pouco importa, meu caro Hamelin, teremos interesse em manter secreto esse coroamento do edifício, como diz o senhor. Caçoariam de nós. E, além do mais, nosso programa já é terrivelmente complexo, é melhor reservar as consequências extremas, o final glorioso, unicamente aos iniciados.

– Com certeza, sempre foi a minha intenção – declarou o engenheiro. – Será o mistério.

E foi com essas palavras, naquele dia, que a exploração do portfólio, a realização da enorme série de projetos, foi definitivamente decidida. Começariam por criar um banco modesto para lançar os primeiros negócios; então, com a ajuda do sucesso, pouco a pouco, seriam os donos do mercado, conquistariam o mundo.

No dia seguinte, como Saccard subisse à casa da princesa d'Orviedo para pedir orientação a respeito da Obra do Trabalho, veio-lhe a lembrança do sonho que acalentou por um momento: ser o príncipe consorte dessa rainha da esmola, um simples distribuidor e administrador da fortuna dos pobres. Sorriu, porque no momento achava isso um pouco simplório. Ele era construído para fazer a vida e não para tratar as feridas que a vida fez. Finalmente estaria em seu canteiro de obras, em plena batalha de interesses, essa corrida à felicidade que tinha sido o caminho da humanidade, de século em século, para mais alegria e mais luz.

No mesmo dia encontrou dona Caroline sozinha no gabinete dos projetos. Estava de pé, diante de uma janela, entretida pela aparição da condessa de Beauvilliers e de sua filha no jardim vizinho, em hora incomum. As duas mulheres liam uma carta com

ar de grande tristeza; decerto uma carta do filho, de Ferdinand, cuja situação não deveria ser brilhante em Roma.
— Olhe — disse dona Caroline, ao reconhecer Saccard. — Ainda outra tristeza para essas infelizes. As pobres na rua causam-me menos dó.
— Ora! — exclamou alegremente. — Peça-lhes o favor de virem me ver. Nós as enriqueceremos, elas também, pois faremos a fortuna de todos.

E, em seu entusiasmo feliz, procurou seus lábios para beijá-los, mas, com um movimento brusco, ela afastou a cabeça, grave e pálida com um mal-estar involuntário.
— Não, por favor.
Era a primeira vez que ele tentava recomeçar, desde que tinha se abandonado a ele, em um minuto de completa inconsciência. Os assuntos sérios resolvidos, pensava em sua boa sorte, querendo também, desse lado, resolver a situação. O movimento vivo de recuo surpreendeu-o.
— Verdade, isto lhe faria mal?
— Sim, muito mal. — Acalmava-se, sorria por sua vez. — Aliás, confesse que não lhe importa.
— Oh! Eu a adoro.
— Não, não diga isso. Vai ficar tão ocupado! E mais, asseguro-lhe que estou pronta para ter sua amizade verdadeira, se for o homem ativo que imagino, se fizer todas as grandes coisas que diz... Veja, é bem melhor a amizade!
Ele ouvia, sempre sorrindo, embaraçado e conflitado. Ela o recusava, era ridículo tê-la tido uma única vez, de surpresa. Mas apenas sua vaidade sofria.
— Então, apenas amigos?
— Sim, serei sua companheira, eu o ajudarei... Amigos, grandes amigos!
Estendeu-lhe as faces, e ele, vencido, achando que ela tinha razão, nelas depositou dois beijos estalados.

III

A carta do banqueiro russo de Constantinopla, que Sigismond havia traduzido, era uma resposta favorável, esperada para pôr em andamento o projeto em Paris; e, apenas dois dias depois, Saccard, ao despertar, teve a inspiração de que conviria agir nesse mesmo dia e, antes de anoitecer, formar de uma vez o sindicato, do qual queria estar seguro para alocar antecipadamente cinquenta mil ações de quinhentos francos de sua sociedade anônima, lançada com capital de vinte e cinco milhões.

Ao saltar da cama, havia finalmente achado o nome dessa empresa, o letreiro que procurava havia tempos. As palavras "Banco Universal" haviam subitamente flamejado diante dele, como se fossem letras de fogo, no quarto ainda escuro.

– O Banco Universal – não parou de repetir, enquanto se vestia –, o Banco Universal, é simples, é grandioso, engloba tudo, recobre o mundo... Sim, sim, excelente! O Banco Universal!

Até as nove e meia, caminhou de um lado a outro em seus amplos cômodos, absorto, sem saber por onde começar sua caça aos milhões em Paris. Vinte e cinco milhões, isso ainda se encontra em qualquer esquina; aliás, era o embaraço da escolha que o fazia refletir, porque queria seguir algum método. Tomou uma xícara de leite, não se irritou quando o cocheiro subiu para explicar-lhe que o cavalo não estava bem, sem dúvida por causa de um resfriado, e que seria mais prudente chamar o veterinário.

– Está bem, faça isso... Tomarei um fiacre.

Mas, na calçada, foi surpreendido pelo vento cortante que soprava: um brusco retorno do inverno naquele mês de maio, tão ameno ainda na véspera. Não chovia, mas espessas nuvens surgiam no horizonte. E não chamou um fiacre, para aquecer-se com a caminhada; disse a si mesmo que inicialmente iria a pé ao escritório de Mazaud, o corretor de ações, na rue de la Banque; pois lhe havia ocorrido a ideia de sondá-lo a respeito de Daigremont, especulador bem conhecido, o homem feliz de todos os sindicatos. Ao chegar na rue Vivienne, contudo, do céu recoberto por grandes nuvens lívidas desabou tamanha chuva, misturada a granizo, que ele se refugiou sob uma porta-cocheira.

Fazia um minuto que Saccard estava ali, a ver despencar o aguaceiro, quando, mais alto que o estrondo da água, o nítido tilintar de moedas de ouro fez com que aguçasse os ouvidos. Parecia sair das entranhas da terra, contínuo, suave, musical, como em um conto das *Mil e uma noites*. Virou a cabeça, orientou-se, percebeu que estava à porta da casa de Kolb, banqueiro que se ocupava principalmente de arbitragens de câmbio de ouro, comprando moedas nos Estados onde tivessem baixa cotação e depois fundindo-as para vender os lingotes em outro lugar, em países onde o ouro estivesse em alta; e, da manhã à noite, nos dias de fundição, subia do subsolo esse ruído cristalino das moedas de ouro, apanhadas com pás, tiradas de caixas, jogadas no cadinho. Os ouvidos dos transeuntes das calçadas tintinam do começo ao fim do ano. Agora, Saccard sorria com condescendência a essa música, que era uma espécie de voz subterrânea do bairro da Bolsa. Viu nela um feliz presságio.

A chuva havia passado, atravessou a praça, chegou de imediato ao escritório de Mazaud. Diferentemente dos demais, o jovem corretor tinha sua residência pessoal no primeiro andar do mesmo imóvel onde estavam instalados os escritórios de sua corretora, que ocupavam todo o segundo andar. Havia simplesmente ocupado o apartamento do tio após a morte deste, quando negociou a compra da corretora com seus coerdeiros.

Soavam dez horas e Saccard subiu diretamente ao escritório, onde encontrou Gustave Sédille à porta.

– O senhor Mazaud está aqui?

– Não sei, senhor, acabo de chegar.

O jovem sorria, sempre atrasado, levando a bel-prazer sua ocupação de simples diletante que não era pago, resignado a passar ali um ou dois anos para agradar o pai, o fabricante de seda da rue des Jeûneurs.

Saccard atravessou a caixa, cumprimentado pelos dois funcionários, um que se ocupava do dinheiro, outro que se ocupava dos títulos; em seguida, entrou no gabinete dos dois operadores credenciados, onde só encontrou Berthier, que era encarregado do relacionamento com os clientes e que acompanhava o patrão à Bolsa.

– O senhor Mazaud está aqui?
– Creio que sim, acabo de sair de seu gabinete... Ora! Não, não está mais lá... Deve estar no escritório do caixa.

Havia aberto uma porta vizinha, passeava o olhar por uma sala bem grande, onde cinco empregados trabalhavam, sob as ordens de um supervisor.

– Não, é estranho!... veja o senhor mesmo na liquidação, ali ao lado.

Saccard entrou no gabinete de liquidações. Era lá que o liquidante, o eixo principal da corretora, auxiliado por sete empregados, analisava a caderneta entregue pelo corretor todos os dias após a Bolsa e em seguida atribuía aos clientes as negociações feitas conforme as ordens recebidas, com a ajuda das fichas, conservadas para saber os nomes; pois a caderneta só continha uma breve indicação de compra ou de venda: tal valor, tal quantidade, tal cotação, de tal corretor.

– Viram o senhor Mazaud? – perguntou Saccard.

Mas eles sequer lhe responderam. O liquidante havia saído, três empregados liam o jornal, dois outros olhavam para o alto; ao passo que a chegada de Gustave Sédille havia interessado vivamente o pequeno Flory, que, pela manhã, fazia as escritas, cancelava compromissos e que, à tarde, na Bolsa, era responsável pelos telegramas. Nascido em Saintes, filho de um empregado de cartório, fora antes funcionário de um banco em Bordeaux, vindo em seguida a Paris, para o gabinete de Mazaud, no fim do último outono, sem outro futuro que não o de talvez duplicar seu salário em dez anos.

Até então, havia se comportado bem, pontual e consciencioso. No entanto, no último mês, depois que Gustave havia chegado à corretora, desencaminhava-se, levado por seu novo companheiro, muito elegante, muito ousado, endinheirado, e que o havia feito conhecer mulheres. Flory, rosto coberto de barba, tinha um nariz sensual, boca amável, olhos afetuosos; e mantinha alguns encontros galantes, baratos, com a senhorita Chuchu, figurante do teatro Variétés, sirigaita franzina das ruas parisienses, filha desgarrada de uma *concierge* de Montmartre, divertida com seu rosto de papel machê, onde luziam grandes olhos castanhos admiráveis.

Gustave, antes mesmo de tirar o chapéu, contou-lhe sua noitada.

– Sim, meu caro, pensei mesmo que Germaine me poria na rua, porque Jacoby apareceu. Mas foi ele que ela achou um jeito de mandar embora, ah! De fato, não sei como. E eu fiquei.

Ambos sufocaram de tanto rir. Tratava-se de Germaine Coeur, esplêndida moça de vinte e cinco anos, um pouco indolente e preguiçosa, com seu busto opulento, que um colega de Mazaud, o judeu Jacoby, sustentava ao mês. Sempre esteve com homens da Bolsa, sempre ao mês, o que era cômodo para homens muito ocupados, cabeça abarrotada de números, que pagavam o amor como o resto, sem tempo para uma verdadeira paixão. Ela afligia-se com uma única preocupação, em seu pequeno apartamento da rue de la Michodière, a de evitar encontros entre esses senhores que podiam ser conhecidos um do outro.

– Diga-me – perguntou Flory –, eu pensei que se preservasse para a bela papeleira.

Mas essa alusão à senhora Conin tornou Gustave sério. Essa, era preciso respeitar: era mulher honesta; e, quando ela bem o desejava, não havia exemplo de homem que se mostrasse indiscreto, a tal ponto continuavam bons amigos. Assim, sem querer responder, Gustave fez por sua vez uma pergunta.

– E Chuchu, levou-a ao Mabille?

– Meu Deus, não! É caro demais. Ficamos em casa, fizemos chá.

Atrás dos jovens, Saccard havia escutado esses nomes de mulher, que eles sussurravam em rápidas palavras. Deu um sorriso, dirigiu-se a Flory.

– Não teria visto o senhor Mazaud?
– Sim, senhor, acabou de dar-me uma ordem e desceu para seu apartamento... Creio que o filho pequeno está doente, avisaram-no de que o doutor estava lá... O senhor deveria bater à porta, porque pode muito bem sair sem voltar aqui.

Saccard agradeceu, apressou-se a descer um andar. Mazaud era um dos corretores de ações mais jovens, favorecido pela sorte, pois teve essa oportunidade após a morte de seu tio, que o fez titular de uma das corretoras mais poderosas de Paris na idade em que ainda se aprende o ofício. De baixa estatura, tinha um rosto agradável, finos bigodes castanhos, olhos negros e penetrantes; e mostrava grande atividade e também inteligência muito ágil. Já o citavam na *corbeille* por essa vivacidade de espírito e de corpo, tão necessária à função, e que, junto a muita perspicácia, a uma notável intuição, colocavam-no no primeiro escalão; sem contar que tinha uma voz aguda, informações em primeira mão de Bolsas estrangeiras, relações com todos os banqueiros, e até, dizia-se, um primo distante na agência Havas*. Sua mulher, com quem casara por amor, havia lhe trazido um milhão e duzentos mil francos de dote, uma jovem mulher encantadora que já lhe havia dado dois filhos, uma menininha de três anos e um garoto de dezoito meses.

Justamente, Mazaud acompanhava à porta o doutor, que o tranquilizava, sorridente.

– Entre, por favor – disse a Saccard. – É verdade, com essas criaturinhas, inquietamo-nos imediatamente, achamos que estão perdidos ao menor dodói.

E introduziu-o no salão, onde ainda estava sua esposa, com o bebê sobre os joelhos, enquanto a menina, feliz de ver a mãe contente, ficava na ponta dos pés para beijá-la. Os três eram loiros, com o frescor de leite, a jovem mãe com um ar tão delicado e ingênuo quanto as crianças. Ele beijou-lhe os cabelos.

– Veja só como estávamos loucos.

---

* Agência de notícias precursora da atual France-Presse. O braço publicitário manteve o nome Havas. (N. E.)

– Ah! Não faz mal, meu querido, estou tão contente de que ele nos tenha tranquilizado!
Diante dessa grande felicidade, Saccard havia parado ao cumprimentar. O salão, luxuosamente mobiliado, exalava a vida feliz desse casal, que nada havia desunido ainda: apenas, quatro anos após o casamento, atribuíram a Mazaud uma breve curiosidade por uma cantora da Opéra-Comique. Permanecia um marido fiel, da mesma forma que tinha a reputação de ainda não especular demais por sua própria conta, apesar dos arroubos da juventude. E esse cheiro bom da sorte, da felicidade sem nuvens, respirava-se realmente na paz discreta dos tapetes e das tapeçarias, no perfume com o qual um grande buquê de rosas, transbordando de um vaso da China, havia impregnado todo o salão.

A senhora Mazaud, que conhecia um pouco Saccard, disse-lhe alegremente:

– Não é verdade, senhor, que basta querer para ser sempre feliz?

– Estou convencido disso, senhora – respondeu. E, além do mais, há pessoas tão belas e tão boas que a infelicidade nunca ousa atingi-las.

Ela havia se levantado, radiante. Beijou por sua vez o marido e saiu, carregando o menino, seguida da menininha, que havia se pendurado ao pescoço do pai. Mazaud, tentando esconder sua emoção, virou-se para o visitante, com uma expressão jocosa parisiense.

– O senhor vê, a gente não se aporrinha aqui.

Depois, vivamente:

– O senhor quer me dizer alguma coisa?... Quer subir? Ficaremos mais à vontade.

No andar de cima, diante da caixa, Saccard reconheceu Sabatani, que vinha buscar seus lucros; e ficou surpreso com o aperto de mão cordial que o corretor trocou com seu cliente. Aliás, assim que se sentou no gabinete de Mazaud, explicou sua visita, perguntando sobre as formalidades necessárias para introduzir um valor na cotação oficial. Despretensiosamente, falou do negócio que pretendia lançar, o Banco Universal, com capital de vinte e cinco milhões. Sim, uma casa de crédito criada sobretudo com o objetivo de patrocinar grandes empresas, que mencionou com poucas palavras. Mazaud escutava-o sem pestanejar; e, com perfeita cortesia, explicou as formalidades a cumprir. Mas não era ingênuo, duvidava que Saccard se desse ao trabalho de vir por tão pouco. Assim, quando o visitante pronunciou o nome de Daigremont, deu um sorriso involuntário. Decerto Daigremont tinha a seu favor uma fortuna colossal; dizia-se que não era de fidelidade exemplar; porém, quem seria fiel, nos negócios e no amor? Ninguém! Além do mais, ele, Mazaud sentia alguns escrúpulos em dizer a verdade a respeito de Daigremont, após a ruptura entre ambos, que havia agitado toda a Bolsa. Agora, Daigremont dava a maior parte de suas ordens a Jacoby, um judeu de Bordeaux, um homem alto de sessenta anos, com rosto largo e alegre, cuja voz tonitruante era famosa, mas que se tornava obeso, com o ventre proeminente; e existia uma espécie de rivalidade entre os dois corretores, o jovem favorecido pela sorte, o velho em fim de carreira, antigo operador a quem comanditários haviam enfim permitido comprar a corretora do patrão, dono de prática e astúcia extraordinárias, infelizmente prejudicado por sua paixão pela especulação, sempre à beira de uma catástrofe, apesar de ganhos consideráveis. Tudo desaparecia nas liquidações. Germaine Coeur custava-lhe apenas algumas notas de mil francos, e sua esposa nunca foi vista.

— Enfim, nessa questão de Caracas — concluiu Mazaud, cedendo ao rancor, apesar de sua grande correção —, é certo que Daigremont traiu e obteve todo o lucro... Ele é muito perigoso. — Depois, após um silêncio: — E por que o senhor não procura Gundermann?

— Jamais! — gritou Saccard, arrebatado pela paixão.

Nesse momento, Berthier, o operador, entrou e cochichou algumas palavras ao ouvido do corretor. Era a baronesa Sandorff, que vinha pagar as perdas e que levantava todo tipo de objeções para diminuir sua dívida. Geralmente, Mazaud apressava-se para recebê-la pessoalmente; mas, quando ela havia perdido, fugia dela como da peste, certo de uma ameaça excessivamente rude a sua galanteria. Não há clientes piores que as mulheres, donas de má-fé absoluta, desde que se trate de pagar.

— Não, não, diga que eu não estou — respondeu com humor.
— E não dê um centavo sequer de presente, entendeu?

E, quando Berthier partiu, viu pelo sorriso de Saccard que ele havia escutado:

— É verdade, meu caro, ela é muito gentil, essa senhora, mas o senhor não faz ideia de sua rapacidade... Ah! Como os clientes nos amariam, se ganhassem sempre! E quanto mais ricos são, quanto mais pertençam à alta sociedade, Deus me perdoe!, mais desconfio, mais tenho medo de não ser pago... Sim, há dias em que, à exceção das grandes sociedades, preferiria só ter clientes da província.

A porta abriu novamente, um empregado entregou-lhe um dossiê que havia solicitado de manhã, e saiu.

— Ora! Isso vem a calhar. Eis um recebedor de rendas, instalado em Vendôme, um certo senhor Fayeux... Pois bem! O senhor não faz ideia da quantidade de ordens que recebo desse correspondente. Claro, essas ordens têm pouca importância, provindas de pequeno-burgueses, de pequenos comerciantes, de fazendeiros. Mas em número... Na verdade, o melhor de nosso negócio, a verdadeira base, é feito por investidores modestos, a grande multidão anônima que especula.

Por uma associação de ideias, Saccard lembrou-se de Sabatani no balcão da caixa.

— O senhor tem Sabatani agora? — perguntou.

— Há um ano, acho — respondeu o corretor com um ar de amável indiferença. — É um rapaz gentil, não é? Começou discretamente, é muito sensato, conseguirá vencer.

O que não dizia, o que nem lembrava mais, é que Sabatani havia depositado em sua corretora uma caução de dois mil francos. Por isso, as especulações tão moderadas no início. Decerto, como muitos outros, o levantino esperava que a mediocridade dessa garantia fosse esquecida; e dava provas de sensatez, aumentava muito gradualmente a importância de suas ordens, esperando o dia em que, ao sofrer um grande revés em uma liquidação, desapareceria. Como mostrar desconfiança diante de um jovem encantador, de quem nos tornamos amigo? Como duvidar de sua solvência, quando o vemos alegre, aparência rica, com o traje elegante que é indispensável, o próprio uniforme do roubo na Bolsa?

– Muito gentil, muito inteligente – repetiu Saccard, que tomou subitamente a resolução de pensar em Sabatani no dia em que precisasse de um sujeito discreto e sem escrúpulos.

Então, levantou-se e despediu-se:

– Bem, adeus!... Quando nossos títulos estiverem prontos, voltarei a vê-lo, antes de procurar introduzi-los na cotação.

E Mazaud, na soleira do gabinete, apertava sua mão, dizendo:

– O senhor comete um erro, procure Gundermann para seu sindicato.

– Jamais! – exclamou de novo, com ar furioso.

Enfim, ao sair, reconheceu Moser e Pillerault diante do balcão da caixa: o primeiro embolsava com ar constrangido o lucro da quinzena, sete ou oito notas de mil francos; enquanto o outro, que havia perdido, pagava uns dez mil francos, com irrupções na fala, ar agressivo e soberbo, como após uma vitória. Aproximava-se a hora do almoço e da Bolsa, os escritórios ficariam vazios em parte; e, como a porta do escritório de liquidação estivesse entreaberta, escaparam risos, causados pelo relato que Gustave fazia a Flory de um passeio de barco no qual a condutora havia caído no Sena e perdido até suas meias.

Na rua, Saccard olhou o relógio. Onze horas, quanto tempo perdido! Não, não iria à casa de Daigremont; e, embora se enraivecesse só de ouvir o nome de Gundermann, bruscamente decidiu procurá-lo. Aliás, não o havia prevenido de sua visita, no Champeaux, ao anunciar-lhe seu grande negócio, para apagar de seus lábios o riso maldoso? Deu a si mesmo a desculpa de que não pretendia obter nada, de que desejava somente desafiá-lo, vencê-lo, uma vez que ele fingia tratá-lo como um garoto. E, como uma nova pancada de chuva transformasse a rua em um leito de rio, saltou em um fiacre, gritou o endereço ao cocheiro, rue de Provence.

Gundermann ocupava ali uma imensa mansão, suficientemente grande para sua numerosa família. Tinha cinco filhas e quatro filhos, entre eles três moças e três rapazes casados, que já lhe haviam dado catorze netos. Quando, no jantar, essa descendência se reunia, contando sua esposa e ele próprio, eram trinta e uma pessoas à mesa. E, à exceção de dois genros que não moravam na mansão, todos os outros tinham seus apartamentos nas alas laterais, à esquerda e à direita, voltados para o jardim; ao passo que o prédio central era inteiramente ocupado pela instalação dos vastos escritórios do banco. Em menos de um século, a monstruosa fortuna de um bilhão havia nascido, crescido, transbordado nessa família, pela poupança e também por um feliz concurso de circunstâncias. Havia lá uma espécie de predestinação, auxiliada por uma inteligência viva, por um trabalho árduo, por um esforço prudente e invencível, continuamente voltado para o mesmo objetivo. Agora todos os rios de ouro desembocavam nesse mar, outros milhões convergiam para esses milhões, era um desaguadouro da riqueza pública na profundidade da riqueza sempre crescente de um único homem; e Gundermann era o verdadeiro mestre, o rei todo-poderoso, temido e obedecido por Paris e pelo mundo.

Enquanto Saccard subia a larga escadaria de pedra, com os degraus desgastados pelo vaivém contínuo da multidão, já mais usada que o umbral das velhas igrejas, sentia contra esse homem a erupção de um ódio inextinguível. Ah! O judeu! Tinha contra o judeu o antigo rancor da raça encontrado sobretudo no sul da França; como se fosse uma revolta de sua própria carne, uma repulsa da pele que, à ideia do menor contato, o enchia de asco e violência, fora de qualquer raciocínio, sem que pudesse se controlar. Mas era curioso que ele, Saccard, esse terrível fomentador de negócios, homem pródigo com mãos suspeitas, perdesse a consciência de si próprio sempre que se tratasse de um judeu; falava com rispidez, com indignação vingativa de homem honesto que vivia do trabalho de seus braços, inocente de qualquer negócio de usura. Emitia o requisitório contra a raça, essa raça maldita que não tem mais pátria nem príncipe, que vive como parasita das nações, cujas leis finge reconhecer, mas na realidade só obedecendo a seu Deus de roubo, de sangue e de cólera; e demonstrava isso ao cumprir por toda parte a missão de conquista feroz que esse Deus lhe deu, ao estabelecer-se em meio a cada povo como a aranha no centro da teia, para espreitar a vítima, sugar o sangue de todos, engordar à custa da vida dos outros. Alguma vez se viu um judeu trabalhando com suas próprias mãos? Havia judeus camponeses, judeus operários? Não, o trabalho desonra, sua religião quase o proíbe, só exalta a exploração do trabalho dos outros. Ah! Desgraçados! Saccard parecia tomado por uma raiva ainda maior porque os admirava, invejava suas prodigiosas capacidades financeiras, essa ciência inata das cifras, essa facilidade natural nas transações mais complicadas, essa perspicácia e essa sorte que asseguram o triunfo de tudo o que empreendem. Nesse jogo de ladrões, dizia, os cristãos não são fortes, acabam sempre por se afogar; enquanto isso, tome um judeu que nem mesmo conheça a escrituração dos livros, jogue-o nas águas turvas de algum negócio dúbio, e ele se salvará, e carregará todo o lucro nas costas. É o dom da raça, sua razão de ser através das nacionalidades que se fazem e se desfazem. E profetizava com exaltação a conquista final de todos os povos pelos judeus, quando houvessem açambarcado a fortuna total do globo, o que não tardaria, pois os deixavam ampliar seu reino livremente a cada dia, e já se podia ver em Paris um Gundermann reinar sobre um trono mais sólido e mais respeitado que o do imperador.

No alto, no momento de entrar na vasta antessala, Saccard fez um movimento de recuo, ao vê-la repleta de zangões, de postulantes, de homens, de mulheres, de toda a balbúrdia tumultuosa de uma multidão. Os zangões, sobretudo, lutavam para ver quem chegava antes, na esperança improvável de conseguir uma ordem, pois o grande banqueiro tinha seus próprios agentes; mas já seria uma honra, uma recomendação, o simples fato de ser recebido, e cada um deles gostaria de vangloriar-se disso. Além do mais, a espera nunca era longa, os dois funcionários do escritório serviam para pouco mais que organizar o desfile, um desfile incessante, um verdadeiro galope pelas portas batentes. E, apesar da multidão, Saccard foi introduzido quase imediatamente no fluxo de pessoas.

O gabinete de Gundermann era um cômodo imenso, em que ele ocupava apenas um canto, ao fundo, próximo à última janela. Sentado diante de uma simples escrivaninha de mogno, colocava-se de forma a ficar de costas para a luz, tinha o rosto completamente na sombra. De pé desde as cinco horas, trabalhava enquanto Paris ainda dormia; e por volta de nove horas, quando desfilava a sua frente o atropelo das ambições, ao galope diante dele, seu dia já estava ganho. No meio do gabinete, diante de escrivaninhas maiores que a sua, dois de seus filhos e um de seus genros ajudavam-no, raramente sentados, movimentando-se entre as idas e vindas de um sem-número de empregados. Mas era assim o funcionamento interno da casa. A multidão atravessava o cômodo, dirigia-se unicamente a ele, ao dono, em seu canto modesto; enquanto, durante horas, até o almoço, com o ar impassível e sombrio, ele recebia todos, frequentemente com um aceno, às vezes com uma palavra, quando queria se mostrar amável.

Assim que Gundermann avistou Saccard, seu rosto iluminou-se com um ligeiro sorriso galhofeiro.

– Ah! É o senhor, meu caro amigo... Sente-se um instante, se tiver algo a me dizer. Estarei a seu dispor daqui a pouco.

Em seguida, fingiu esquecê-lo. Saccard, por sinal, não se impacientou, interessado pelo desfile dos zangões que, uns nos calcanhares dos outros, entravam com a mesma profunda reverência, tiravam da casaca correta o mesmo pequeno cartão, as cotações da Bolsa, que apresentavam ao banqueiro com o mesmo gesto suplicante e respeitoso. Passavam dez, passavam vinte. O banqueiro, a cada vez, pegava a cotação, olhava rapidamente e logo a devolvia; e nada igualava sua paciência, a não ser sua completa indiferença diante dessa tempestade de ofertas.

Mas Massias apareceu, com seu ar alegre e inquieto de cão escorraçado. Às vezes era tão mal recebido que quase chorava. Nesse dia, possivelmente, estava em crise de humildade, pois se permitiu uma insistência inesperada.

– Veja, senhor, o Mobilier está muito baixo... Quanto devo comprar para o senhor?

Gundermann, sem pegar a cotação, ergueu os olhos glaucos para esse jovem tão atrevido. E, rudemente:

– Diga, meu amigo, o senhor acha que me divirto ao recebê-lo?

– Meu Deus! Senhor – disse Massias empalidecendo –, diverte-me ainda menos vir aqui todas as manhãs à toa, há três meses.

– Pois bem! Não volte.

O DINHEIRO

O zangão o cumprimentou e retirou-se, após haver trocado, com Saccard, o olhar furioso e consternado de um rapaz que tinha a consciência súbita de que nunca faria fortuna. Com efeito, Saccard perguntava a si mesmo que interesse Gundermann poderia ter em receber toda essa gente. Evidentemente, ele tinha uma faculdade especial de isolamento; permanecia absorto, continuava a pensar; sem contar que deveria existir em tudo isso uma disciplina, um modo de passar o mercado em revista todas as manhãs, no qual encontrava sempre algum ganho, por mínimo que fosse. Secamente, descontou oitenta francos de um *coulissier* a quem havia encarregado de uma ordem na véspera, e que aliás o roubava. Depois, chegou um vendedor de antiguidades, com uma caixa de ouro esmaltado do século anterior, um objeto em parte restaurado, cujo artifício o banqueiro percebeu imediatamente. Em seguida, foram duas senhoras, uma idosa com nariz de pássaro noturno e uma jovem, morena, muito bonita, que queriam lhe mostrar, em sua casa, uma cômoda Luís XV, que ele peremptoriamente se recusou a ver. Vieram ainda um joalheiro com alguns rubis, dois inventores, ingleses, alemães, italianos, todas as línguas, todos os sexos. E, nesse ínterim, continuava o desfile de zangões, interrompendo as outras visitas, eternizando-se, com a reprodução do mesmo gesto, a apresentação mecânica da cotação; ao passo que o fluxo de empregados, à medida que se aproximava a hora da Bolsa, atravessava a sala cada vez mais numeroso, trazendo telegramas e pedindo assinaturas.

Mas o auge do alvoroço foi quando um menino de cinco ou seis anos, a cavalo sobre uma bengala, irrompeu no gabinete tocando trompeta; e, uma após a outra, ainda vieram duas crianças, duas menininhas, uma de três anos, outra de oito, que cercaram a poltrona do avô, puxaram-lhe os braços, penduraram-se em seu pescoço; o que ele permitia placidamente, beijando-as com essa paixão judia pela família, pela descendência numerosa que gera a força e deve ser defendida.

De repente, pareceu lembrar-se de Saccard.

– Ah, meu caro amigo, perdoe-me, o senhor vê que não tenho um minuto para mim mesmo... Queira explicar-me seu negócio.

E começava a escutá-lo, quando um empregado que havia trazido um senhor alto e loiro, veio dizer-lhe um nome ao ouvido. Levantou-se imediatamente, embora sem pressa, e foi conferenciar com esse senhor, diante de outra janela, enquanto um de seus filhos continuava a receber os zangões e os *coulissiers* em seu lugar. Apesar de sua surda irritação, Saccard começava a ser invadido por um sentimento de respeito. Havia reconhecido o senhor loiro, representante de uma das grandes potências, cheio de empáfia nas Tuileries, aqui com a cabeça ligeiramente inclinada, sorrindo como quem solicita um favor. Em outras vezes, foram administradores de alto escalão, ministros do imperador em pessoa, os recebidos assim, de pé, nessa sala, tão pública quanto uma praça, repleta de algazarra de crianças. E confirmava-se assim a realeza universal desse homem, que tinha embaixadores em todas as cortes do mundo, cônsules em todas as províncias, agências em todas as cidades e embarcações em todos os mares. Não era um especulador, um capitão de aventuras que manobrava os milhões dos outros, sonhando, a exemplo de Saccard, com os combates heroicos que venceria, nos quais ganharia butins colossais, graças à ajuda do ouro mercenário, recrutado sob suas ordens; era, como ele próprio dizia com placidez, um simples mercador de dinheiro, o mais hábil, o mais zeloso que conseguisse ser. Para assentar seu poder, contudo, tinha necessidade de dominar a Bolsa; e era assim, a cada liquidação, uma nova batalha em que a vitória infalivelmente lhe pertencia, pela força decisiva de seus grandes batalhões. Por um instante, Saccard, que o olhava, ficou arrasado diante da ideia de que todo aquele dinheiro que movimentava era propriedade sua, que guardava em seus porões sua mercadoria inesgotável, a qual manipulava como comerciante astuto e prudente, mestre absoluto, que se faz obedecer com um olhar, que queria tudo ouvir, tudo ver, tudo fazer por si mesmo. Um bilhão unicamente seu, manobrado dessa forma, é uma força inexpugnável.

– Não teremos sequer um minuto, meu caro amigo – disse Gundermann. – Ora! Vou almoçar, pois venha comigo à sala ao lado. Talvez nos deixem tranquilos.

Era a pequena sala de refeições da mansão, a da manhã, em que a família nunca estava completa. Naquele dia, só havia dezenove à mesa, sendo oito crianças. O banqueiro ocupava o meio e só tinha à frente uma xícara de leite.

Ficou por alguns instantes com os olhos fechados, exaurido pelo cansaço, o rosto muito pálido e crispado, porque sofria do fígado e dos rins; então, quando levou a xícara aos lábios com as mãos trêmulas e bebeu um gole, suspirou.

– Ah! Estou exausto, hoje!
– Por que não descansa? – perguntou Saccard.

Gundermann desviou para ele olhos estupefatos; e ingenuamente:

– Mas eu não posso!

Com efeito, não o deixavam sequer tomar seu leite tranquilamente, porque a recepção dos zangões havia recomeçado, o galope agora atravessava a sala de refeições, enquanto as pessoas da família, homens, mulheres, acostumados a essa agitação, riam, comiam profusamente doces e carnes frias, e as crianças, excitadas por dois dedos de vinho puro, faziam uma algazarra ensurdecedora.

E Saccard, que o olhava ainda, maravilhava-se ao vê-lo tomar o leite a goles lentos, com tanto esforço que parecia que nunca atingiria o fundo da xícara. Seguia uma dieta de leite, não podia sequer tocar em uma carne, nem em um bolo. Então, para que serve um bilhão? Além disso, nunca havia sido tentado pelas mulheres: durante quarenta anos, permaneceu absolutamente fiel à esposa; e hoje, sua virtude era forçada, irrevogavelmente definitiva. Então, por que se levantar às cinco horas, fazer esse trabalho abominável, extenuar-se com essa fadiga imensa, levar uma vida de escravo das galés que nenhum mendigo maltrapilho teria aceito, a memória abarrotada de cifras, o crânio explodindo com tantas preocupações? Por que esse ouro inútil acrescido de tanto ouro, se não podia comprar e comer na rua meio quilo de cerejas, levar a moça que passa a uma danceteria à beira do rio, desfrutar de tudo o que se vende, da preguiça e da liberdade? E Saccard, que, em entre seus terríveis apetites, no entanto levava em conta o amor desinteressado pelo dinheiro, em razão do poder que ele confere, sentia-se tomado por uma espécie de santo terror ao ver erguer-se essa figura, não mais do avarento clássico que tesauriza, mas do operário impecável, sem necessidade de prazeres da carne, que se tornou quase abstrato na velhice sofredora, que continuava a edificar obstinadamente sua torre de milhões, com o único sonho de legá-la a seus herdeiros, para que a aumentassem mais, até que dominasse a terra.

Enfim, Gundermann inclinou-se e deixou-lhe que explicasse à meia-voz a criação planejada do Banco Universal. Aliás, Saccard foi sóbrio nos detalhes, fez uma única alusão aos projetos do portfólio de Hamelin, pois havia percebido, desde as primeiras palavras, que o banqueiro procuraria extrair informações, já de início decidido a dispensá-lo em seguida.

– Mais um banco, meu caro amigo, mais um banco! – repetiu com seu ar malicioso. – Mas um negócio no qual eu preferiria pôr dinheiro seria uma máquina, sim, uma guilhotina para cortar o pescoço de todos esses bancos que surgem... Hein? Um ancinho para limpar a Bolsa. Seu engenheiro não tem isso entre seus papéis? – Depois, fingindo ser paternal, com uma crueldade tranquila: – Ora, seja razoável, lembre-se do que lhe disse... O senhor faz mal em voltar aos negócios, é um grande favor que lhe faço, ao recusar-me a participar de seu sindicato... Infalivelmente o senhor irá à falência, isso é matemático; porque o senhor é apaixonado demais, tem imaginação demais; e mais, porque isso sempre acaba mal, quando se investe com o dinheiro dos outros... Por que seu irmão não lhe procura uma boa posição, hein? Uma prefeitura, ou bem uma recebedoria, não, não uma recebedoria, ainda é perigoso demais... Tome cuidado, tome cuidado, meu caro amigo.

Saccard havia se levantado, trêmulo.

– Está decidido, o senhor não comprará ações, não quer estar conosco?

– Com o senhor, nunca na vida! O senhor será devorado em três anos.

Houve um silêncio, carregado de hostilidades, uma troca penetrante de olhares que se desafiavam.

– Então, boa tarde... Ainda não almocei e estou com fome. Veremos quem será devorado.

E deixou-o em meio a sua tribo, que acabava de se empanturrar ruidosamente de doces, recebendo os últimos agentes retardatários, fechando por instantes os olhos cansados enquanto acabava sua xícara aos pequenos goles, os lábios brancos de leite. Saccard saltou em seu fiacre, deu o endereço da rue Saint--Lazare. Soava uma hora, era um dia perdido, voltou para casa a fim de almoçar, fora de si. Ah! O judeu imundo! Eis de fato alguém que teria prazer em dilacerar a dentadas, como um cão dilacera um osso. Sem dúvida, devorá-lo seria uma porção indigesta e grande demais. Mas, quem sabe? Os maiores impérios desmoronaram, há sempre uma hora em que os poderosos sucumbem. Não, devorá-lo não, trinchá-lo antes, arrancar-lhe nacos do seu bilhão; em seguida, devorá-lo, sim! Por que não? Destruí-los na pessoa do rei inconteste, esses judeus que se julgavam os donos do festim! E essas reflexões, essa cólera com a qual saía da casa de Gundermann, incitavam Saccard a um zelo furioso, a uma necessidade de negócios, de sucesso imediato: gostaria de construir seu banco com um gesto, fazê-lo funcionar, triunfar, esmagar as casas rivais. De repente, voltou a lembrança de Daigremont; e, sem discutir, com um movimento irresistível, inclinou-se, gritou ao cocheiro para subir a rue La Rochefoucauld. Se quisesse ver Daigremont, deveria apressar-se e almoçar mais tarde, porque sabia que ele saía por volta de uma hora. Sem dúvida, esse cristão valia por dois judeus e tinha fama de ogro devorador dos novos negócios entregues a sua guarda. Mas, nesse minuto, Saccard teria negociado com o próprio Cartouche* para chegar à conquista, mesmo com a condição de reparti-la. Mais tarde, todos veriam, ele seria o mais forte.

Entretanto, o fiacre, que subia com dificuldade a ladeira íngreme, parou diante da alta porta monumental de uma das últimas mansões daquele bairro, onde antigamente havia muitas belas casas. O corpo do imóvel, no fundo de um vasto pátio pavimentado, tinha um ar de grandeza real; e o jardim que o acompanhava, ainda com árvores centenárias, parecia um verdadeiro parque, isolado das ruas populosas. Paris inteira conhecia aquela mansão por suas festas esplêndidas, sobretudo pela admirável coleção de quadros,

---

* Salteador do século XVII. (N. T.)

que nenhum grão-duque em viagem deixava de visitar. Casado com uma mulher célebre por sua beleza, como seus quadros, e que na sociedade alcançava grande sucesso como cantora, o dono da casa mantinha um trem de vida principesco, tão orgulhoso de seus cavalos de corrida quanto de sua galeria, pertencia a um dos grandes clubes, ostentava as mulheres mais caras, tinha camarote na Ópera, cadeira na sala de leilão Drouot e uma banqueta nos lugares duvidosos da moda. E toda essa vida faustosa, esse luxo flamejante em uma apoteose de capricho e de arte, era sustentada unicamente pela especulação, uma fortuna constantemente movediça, que parecia infinita como o mar, mas com o mesmo fluxo e refluxo, diferenças de duzentos ou trezentos milhares de francos, a cada liquidação quinzenal.

Quando Saccard galgou a majestosa escadaria da entrada, um criado anunciou seu nome, fez com que atravessasse três salões atravancados de maravilhas, até chegar a uma pequena sala de fumar, onde Daigremont acabava um charuto antes de sair. Já com quarenta e cinco anos, lutava contra o excesso de peso, alto, muito elegante com seus cabelos bem cuidados, só usava bigodes e barbicha, como bom fanático pelas Tuileries. Afetava uma grande amabilidade, uma confiança absoluta em si mesmo, certo de vencer.

Imediatamente, precipitou-se.

– Ah! Meu caro amigo, como vai? Pensava justamente no senhor noutro dia... Não é meu vizinho agora?

Entretanto, acalmou-se, renunciou a essa efusão que reservava ao rebanho, quando Saccard, julgando inúteis as cortesias de praxe, abordou imediatamente o objetivo de sua visita. Este falou de seu grande negócio, explicou que antes de criar o Banco Universal, com capital de vinte e cinco milhões, procurava formar um sindicato de amigos, de banqueiros, de industriais, que assegurasse de antemão o sucesso da emissão de ações, comprometendo-se a comprar quatro quintos dessa emissão, ou seja, pelo menos quarenta mil ações. Daigremont havia ficado muito sério, escutava-o, olhava-o como se perquirisse até o fundo do cérebro, para ver que esforço, que trabalho útil para si mesmo, poderia ainda obter desse homem que havia conhecido tão ativo, tão cheio de qualidades maravilhosas em meio a sua febre desordenada. De início, hesitou.

— Não, não, estou sobrecarregado, não quero empreender nada novo.

Depois, tentado, fez perguntas, quis conhecer os projetos que a nova casa de crédito patrocinaria, projetos que seu interlocutor teve a prudência de só mencionar com a mais extrema reserva. E quando conheceu o primeiro negócio que seria lançado, aquela ideia de sindicar todas as companhias de transporte do Mediterrâneo, sob a razão social de Companhia Geral de Navios Associados, pareceu muito impressionado, cedeu de repente.

— Pois bem! Concordo em fazer parte. Com uma condição... Como o senhor está com seu irmão ministro?

Saccard, surpreso, teve a franqueza de mostrar sua amargura.

— Com meu irmão... Oh! Ele cuida de seus negócios e eu dos meus. Ele não tem veia muito fraterna, meu irmão.

— Então, azar! — declarou categoricamente Daigremont. — Só quero estar com o senhor se seu irmão estiver também... O senhor entende bem, não quero que estejam brigados.

Com um gesto colérico de impaciência, Saccard protestou. Havia necessidade de Rougon? Não seria procurar correntes para atar pés e mãos? Mas, ao mesmo tempo, uma voz de sabedoria, mais forte que sua irritação, dizia-lhe que seria preciso ao menos se assegurar da neutralidade do grande homem. Entretanto, recusou brutalmente.

— Não, não, sempre foi muito sujo comigo. Nunca darei o primeiro passo.

— Escute — continuou Daigremont —, aguardo Huret às cinco horas, em razão de uma intermediação de que se encarregou... Corra até o Corpo Legislativo, chame Huret em algum canto, conte-lhe sobre seu negócio, ele falará imediatamente com Rougon, saberá o que ele pensa, e teremos a resposta aqui, às cinco horas... Hein! Nova reunião às cinco horas?

Cabeça baixa, Saccard refletia.

— Meu Deus! Se o senhor insiste!

— Oh! Com certeza! Sem Rougon, nada; com Rougon, tudo o que o senhor quiser.

– Está bem, eu vou.

Saía, após um vigoroso aperto de mão, quando o outro o chamou novamente.

– Ah! Ouça, se o senhor sentir que as coisas se encaminham bem, então passe na volta pela casa do marquês de Bohain e pela de Sédille, diga-lhes que faço parte do projeto e peça-lhes que entrem nele... Quero que entrem!

À porta, Saccard encontrou seu fiacre, que havia retido, embora só precisasse descer até o fim da rua para chegar em casa. Dispensou-o, imaginando que poderia usar seu coche à tarde; e voltou rapidamente para almoçar. Não o esperavam mais, a própria cozinheira serviu-lhe um pedaço de carne fria, que devorou, enquanto discutia com o cocheiro; pois este, a quem havia chamado, prestou-lhe conta da visita do veterinário, e ocorria que seria preciso deixar o cavalo em repouso por três ou quatro dias. E, de boca cheia, acusava o cocheiro de maus-tratos, ameaçava chamar dona Caroline, que poria ordem na casa. Enfim, gritou-lhe que fosse ao menos procurar um fiacre. Novamente, um aguaceiro diluviano varria a rua, precisou esperar mais de quinze minutos pelo fiacre, no qual subiu sob torrentes de água, dando o endereço:

– Para o Corpo Legislativo!

Seu plano era chegar antes da sessão, a fim de interceptar Huret na passagem e conversar com ele tranquilamente. Por infelicidade, temia-se nesse dia um debate acalorado, porque um membro da esquerda devia levantar a eterna questão do México; e Rougon, provavelmente, seria obrigado a responder.

Quando Saccard entrou no salão dos Passos Perdidos, teve a sorte de encontrar o deputado. Conduziu-o ao fundo de um dos pequenos salões vizinhos, onde os dois ficaram a sós, graças à forte emoção que reinava nos corredores. A oposição tornava-se cada vez mais temível, começava a soprar um vento de catástrofe, que devia crescer e destruir tudo. Assim, Huret, preocupado, de início não compreendeu, pediu que lhe explicasse duas vezes a missão de que era encarregado. Seu nervosismo aumentou.

– Oh! Meu caro amigo, pense bem! Falar com Rougon neste momento! Vai me pôr porta afora, com certeza.

Logo veio à tona a inquietude por seu interesse pessoal. Só existia em função do grande homem, a quem devia sua candidatura oficial, sua eleição, sua situação de doméstico que se presta a tudo, vivendo das migalhas do favor do mestre. Nesse ofício há dois anos, graças às propinas, a ganhos prudentes recolhidos sob a mesa, arrumava suas vastas terras no Calvados com a intenção de instalar-se e reinar por lá após a derrocada. Seu rosto gordo de camponês astuto alterou-se, exprimindo o embaraço que lhe causava esse pedido de intervenção, sem que lhe dessem tempo de avaliar se haveria, para ele próprio, benefício ou prejuízo.

– Não, não! Não posso... Eu lhe transmiti a vontade de seu irmão, não posso voltar a esse assunto agora. Que diabo! Pense um pouco em mim. Ele não é nada gentil quando o aborrecem; e, Virgem!, não tenho vontade de pagar pelo senhor, arriscando nisso meu crédito.

Então, Saccard, compreendendo a situação, apenas tentou convencê-lo dos milhões que poderia ganhar no lançamento do Banco Universal. Em linhas gerais, com sua fala ardente, que transformava uma questão de dinheiro em um conto de poeta, explicou as empresas magníficas, o sucesso certo e colossal. Daigremont, entusiasmado, punha-se à frente do sindicato. Bohain e Sédille já haviam pedido para estar nele. Era impossível que ele, Huret, não participasse: esses senhores queriam absolutamente que estivesse entre eles, por sua alta posição política. Esperavam mesmo que aceitasse fazer parte do conselho de administração, porque seu nome significava ordem e probidade.

Diante da promessa de ser nomeado membro do conselho, o deputado olhou-o bem de frente.

– Enfim, o que o senhor quer de mim, que resposta quer que eu obtenha de Rougon?

– Meu Deus! – respondeu Saccard –, eu ficaria com prazer sem meu irmão. Mas é Daigremont quem exige que eu me reconcilie. Talvez tenha razão... Assim, penso que o senhor deva simplesmente falar de nosso assunto ao homem terrível e, caso ele não nos ajude, obter ao menos que não esteja contra nós.

Huret, olhos semicerrados, ainda não se decidia.

— É isso! Se o senhor trouxer uma palavra amável, apenas uma palavra amável, escute!, Daigremont ficará satisfeito e nesta tarde fecharemos o negócio, nós três.

— Pois bem! Vou tentar — declarou bruscamente o deputado, simulando uma simplicidade interiorana —; mas é pelo senhor, porque ele não é fácil, oh!, não, principalmente quando a esquerda o provoca... Até as cinco horas!

— Até as cinco horas!

Saccard permaneceu ali durante quase uma hora ainda, muito preocupado com os sons de luta que prosseguiam. Ouviu um dos grandes oradores da oposição anunciar que pediria a palavra. Diante dessa notícia, teve por um instante vontade de procurar Huret novamente para perguntar-lhe se não seria sensato postergar para o dia seguinte a conversa com Rougon. Depois, fatalista, acreditando na sorte, receou comprometer tudo, se modificasse o que havia sido decidido. Talvez, na confusão, seu irmão pronunciasse mais facilmente a palavra esperada. E, para deixar as coisas acontecerem, partiu, subiu novamente no fiacre, que já chegava à ponte de la Concorde, quando se lembrou da vontade expressa por Daigremont.

— Cocheiro, rue de Babylone.

Era na rue de Babylone que morava o marquês de Bohain. Ocupava as antigas dependências de um grande edifício, um pavilhão que abrigara o pessoal das cavalariças e que havia sido transformado em uma casa moderna muito confortável. A instalação era luxuosa, com um belo ar de aristocracia garbosa. Aliás, nunca se via sua mulher, sempre doente, dizia-se, retida em seus aposentos pelas enfermidades. Entretanto, a casa, os móveis eram dela, ele morava como um inquilino, dono apenas de seus pertences pessoais, um baú que poderia transportar em um fiacre, em regime de separação de bens desde que passara a viver da especulação. Já em duas catástrofes havia se recusado terminantemente a pagar o prejuízo, e o síndico, após ter avaliado a situação, nem se deu ao trabalho de enviar-lhe um papel timbrado. Passavam a esponja simplesmente. Ele embolsava enquanto ganhava. Depois, quando perdia, não pagava: sabiam disso e resignavam-se. Tinha um nome ilustre, era extremamente decorativo nos conselhos de administração; também as novas companhias, em busca de brasões dourados, disputavam sua presença: nunca estava desocupado. Na Bolsa, tinha seu assento no lado da rue Notre-Dame-des-Victoires, o lado da especulação rica, que fingia não se interessar pelos pequenos boatos do dia. Respeitavam-no, consultavam-no muito. Com frequência influenciara o mercado. Enfim, um personagem importante.

Saccard, que o conhecia bem, ainda assim ficou impressionado com a recepção extremamente polida desse belo velho de sessenta anos, cuja cabeça muito pequena encimava um corpo de colosso, face pálida, emoldurada com grande pompa por uma peruca castanha.

– Senhor marquês, venho como um verdadeiro solicitante...
Disse o motivo da visita, no início sem entrar em detalhes. Aliás, desde as primeiras palavras, o marquês interrompeu-o.

– Não, não, todo o meu tempo está tomado, tenho neste momento dez proposições que sou obrigado a recusar.

Então, como Saccard, sorrindo, acrescentasse:
– É Daigremont que me envia, pensou no senhor.
Exclamou de imediato:
– Ah! O senhor está com Daigremont... Bom! Bom! Se Daigremont está nisso, também estou. Conte comigo.

E como o visitante então quisesse ao menos lhe fornecer algumas informações, para que soubesse em que tipo de negócio entraria, cortou-lhe a palavra, com a desenvoltura amável de um grande senhor, que não desce a tais detalhes e tem uma confiança natural na probidade das pessoas.

– Peço-lhe, não diga mais nada... Não quero saber. O senhor precisa de meu nome, empresto-o e fico feliz, eis aí tudo... Diga apenas a Daigremont que ajeite isso como lhe convier.

Subindo no fiacre, Saccard, divertido, ria intimamente. "Ele nos custará caro", pensou, "mas é realmente ótimo". Depois, em voz alta:

– Cocheiro, rue des Jeûneurs.

A casa Sédille tinha ali suas lojas e seus escritórios, que ocupavam todo o andar térreo, ao fundo de um pátio. Após trinta anos de trabalho, Sédille, que era de Lyon e que lá ainda mantinha suas tecelagens, havia finalmente tornado seu comércio de seda um dos mais conhecidos e mais sólidos de Paris, quando a paixão pela especulação, após um incidente ocasional, declarou-se e propagou-se nele com a violência destrutiva de um incêndio. Dois lucros consideráveis, um após o outro, tinham-no enlouquecido. Por que dedicar trinta anos de sua vida para ganhar um mísero milhão, se, em uma hora, com uma simples transação na Bolsa, pode-se pô-lo no bolso? Daí em diante, se desinteressou gradativamente por sua empresa, que funcionava graças à força já adquirida; só vivia na esperança de algum golpe de ágio triunfal; e, como a má sorte chegasse, persistente, engolfava ali todos os lucros de seu comércio. Nessa febre, o pior é que se tem repulsa pelo ganho legítimo, acaba-se até mesmo por perder a noção exata do dinheiro. E a ruína fatalmente chegaria no fim, porque as tecelagens de Lyon rendiam duzentos mil francos, enquanto a especulação consumia trezentos mil.

Saccard encontrou Sédille agitado, inquieto, porque era um apostador sem fleugma, sem filosofia. Vivia com remorso, sempre esperançoso, sempre abatido, enlouquecido pela incerteza, e isso porque, no fundo, continuava honesto. A liquidação do fim de abril havia sido desastrosa. Entretanto, o rosto gordo, com espessas suíças loiras, coloriu-se já às primeiras palavras.

– Ah! Meu caro, se é sorte que o senhor me traz, seja bem-vindo! – Em seguida, foi tomado de terror. – Não, não! Não me tente. Seria melhor se eu me trancafiasse com minhas peças de seda e não saísse mais de meus balcões.

Para que se acalmasse, Saccard falou de seu filho Gustave, que disse ter visto de manhã no escritório de Mazaud. Mas, para o negociante, era outro motivo de tristeza, porque havia sonhado em transferir o negócio para o filho, e Gustave desprezava o comércio, espírito dedicado ao divertimento e à festa, mostrando os dentes brancos dos filhos de novo-rico, bons somente para abocanhar fortunas já feitas. O pai havia feito que entrasse na corretora de Mazaud, para ver se aprendia as questões de finanças.

– Desde a morte de sua pobre mãe – murmurou –, deu-me bem poucas alegrias. Enfim, talvez aprenda lá, na corretora, coisas que me possam ser úteis.

– Pois bem! – retorquiu bruscamente Saccard – O senhor está conosco? Daigremont pediu-me que viesse lhe dizer que ele participa do negócio.
Sédille ergueu aos céus os braços trêmulos. E, com a voz alterada pelo desejo e pelo temor:
– Sim, estou! O senhor sabe que não posso agir de outro modo, tenho de estar. Se recusasse e o negócio desse certo, ficaria doente de arrependimento... Diga a Daigremont que estou com os senhores.
Quando Saccard se viu na rua, olhou o relógio e viu que ainda eram quatro horas. O tempo que tinha pela frente, a vontade que sentia de caminhar um pouco, fizeram-no dispensar o fiacre. Arrependeu-se quase em seguida, pois, antes de chegar à avenida, uma nova pancada de chuva, um dilúvio misturado com granizo, forçou-o uma vez mais a refugiar-se sob uma porta. Que tempo de cão para quem tinha de andar por Paris! Após ter olhado a água cair durante uns quinze minutos, perdeu a paciência, acenou para uma carruagem vazia que passava. Era uma carruagem vitória, inutilmente cobriu os joelhos com a proteção de couro, chegou encharcado à rue La Rochefoucauld e meia hora adiantado.
No fumadouro para onde o criado o levou, dizendo que o senhor ainda não havia regressado, Saccard passeava lentamente para admirar os quadros. Mas, como uma magnífica voz de mulher, um contralto de uma potência melancólica e profunda, havia se elevado no silêncio da mansão, aproximou-se da janela aberta para escutá-la: era a senhora, que ensaiava, ao piano, uma ária que sem dúvida cantaria à noite, em algum salão. Então, acalentado pela música, começou a refletir sobre as histórias extraordinárias que se contavam a respeito de Daigremont: sobretudo a história da Companhia Hadamantine, esse empréstimo de cinquenta milhões cujas ações havia conservado todas em mãos, para que fossem vendidas e revendidas cinco vezes por seus próprios intermediários, até que houvesse criado um mercado, fixado um preço; depois, a venda efetiva, a queda fatal de trezentos para quinze francos, os lucros enormes à custa de todo um grupo de ingênuos, arruinados de um só golpe. Ah! Era poderoso, um homem terrível! A voz da senhora continuava,

exalando um lamento de ternura, comovente, de uma trágica intensidade; enquanto Saccard, de volta ao meio da sala, parou diante de um Meissonier, que avaliava em cem mil francos. Mas alguém entrou, e ele ficou surpreso ao reconhecer Huret.
– Como, o senhor já chegou! Ainda não são cinco horas... Então, a sessão acabou?
– Ah! Sim, acabou... Eles brigam.

E explicou que, como o deputado de oposição ainda discursasse, Rougon certamente só poderia responder no dia seguinte. Então, quando percebeu isso, arriscou-se a abordar o ministro, durante uma breve interrupção da sessão, entre duas portas.
– Pois bem! – perguntou Saccard nervosamente –, o que disse meu ilustre irmão?

Huret não respondeu imediatamente.
– Oh! Estava com humor de cão... Confesso-lhe que contava com a exasperação em que o via, esperando que simplesmente me mandasse passear... Então, expus seu negócio, disse-lhe que o senhor nada queria empreender sem a sua aprovação.
– E então?
– Então, agarrou-me pelos dois braços, sacudiu-me, gritando-me no rosto: "Que ele vá se enforcar!". E deixou-me plantado lá.

Saccard, pálido, teve um riso forçado.
– Que gentil.
– Virgem! Sim, é gentil – disse o deputado, com um tom convicto. – Não esperava tanto... Com isso, podemos continuar.

E, como escutasse, no salão vizinho, os passos de Daigremont a chegar, acrescentou bem baixo:
– Deixe-me falar.

Evidentemente, Huret tinha a maior vontade de assistir à fundação do Banco Universal e participar dele. Sem dúvida, já havia se apercebido do papel que poderia desempenhar. Assim, após apertar a mão de Daigremont, assumiu um ar radiante, agitando o braço.
– Vitória! – exclamou –, vitória!
– Ah! Certamente. Pois conte-me isso.
– Meu Deus! O grande homem foi o que deveria ser. Respondeu-me: "Que meu irmão tenha sucesso!".

De pronto, Daigremont pasmou-se, achou a frase encantadora. "Que tenha sucesso!", isso continha tudo: que não faça a bobagem de não ter sucesso, ou o abandono; mas, se tiver sucesso, eu o ajudarei. Excelente, na verdade!
— E, meu caro Saccard, teremos sucesso, fique tranquilo... Faremos todo o necessário para isso.

Então, como os três homens estivessem sentados para decidir os pontos principais, Daigremont levantou-se e foi fechar a janela; pois a voz da senhora, pouco a pouco avolumada, espalhava um soluço de desesperança infinita que os impedia de se ouvirem. E, mesmo com a janela fechada, essa lamentação abafada acompanhou-os, enquanto decidiam a criação de uma casa de crédito, o Banco Universal, com capital de vinte e cinco milhões, dividido em cinquenta mil ações de quinhentos francos. Além disso, ficou resolvido que Daigremont, Huret, Sédille, o marquês de Bohain e alguns de seus amigos formariam um sindicato, que de antemão compraria e partilharia quatro quintos das ações, ou seja, quarenta mil; de modo que o sucesso da emissão estaria assegurado e que, mais tarde, com as ações em mãos, portanto raras no mercado, poderiam fazê-las subir como quisessem. No entanto, por pouco tudo veio abaixo quando Daigremont exigiu um bônus de quatrocentos mil francos, a ser repartido entre as quarenta mil ações, ou seja, dez francos por ação. Saccard indignou-se, declarou que não seria razoável fazer a vaca mugir antes de ordenhá-la. O começo seria difícil, por que complicar mais a situação? Entretanto, teve de ceder diante da atitude de Huret, que, tranquilamente, achava a coisa bem natural, dizendo que isso sempre se fazia.

Separavam-se, marcando um encontro para o dia seguinte, encontro que o engenheiro Hamelin deveria assistir, quando Daigremont pôs bruscamente a mão na fronte, com ar de desespero.
— E Kolb, que eu esquecia! Oh! Ele nunca me perdoaria, é preciso que esteja nisso... Meu caro Saccard, se o senhor fizesse a gentileza de ir imediatamente à casa dele. Ainda não são seis horas, o senhor o encontraria... Sim, o senhor mesmo, e não amanhã, esta noite, porque isso sensibilizará e ele pode nos ser útil.

Docilmente, Saccard pôs-se a caminho, sabendo que os dias de sorte não acontecem duas vezes. Mas havia dispensado de novo o fiacre, pois esperava voltar a pé para casa, a dois passos dali; e, como a chuva parecesse enfim ter cessado, foi a pé, feliz de sentir sob seus calcanhares esse calçamento de Paris, que ele reconquistaria. Na rue Montmartre, algumas gotas de água fizeram-no seguir pelas passagens cobertas. Enveredou pela passage Verdeau, pela passage Jouffroy; aí, na passage des Panoramas, como seguisse por uma galeria lateral para encurtar caminho e chegar à rue Vivienne, surpreendeu-se ao ver Gustave Sédille sair de uma viela obscura e desaparecer, sem voltar. Ele parou e olhou a casa, um palacete discreto, quando, na figura de uma pequena mulher loira coberta de véus, que também saía, reconheceu claramente a senhora Conin, a bela papeleira. Era então ali, ao sentir um lampejo de ternura, que conduzia seus amantes de um dia, enquanto seu gordo marido bom-moço imaginava que estivesse atrás de faturas! Esse canto de mistério, bem no meio do quarteirão, foi muito cuidadosamente escolhido, e apenas o acaso vinha desvendar o segredo. Saccard sorria, bem divertido, invejando Gustave: Germaine Coeur pela manhã, a senhora Conin de tarde, abocanhava porções duplas, o rapaz! E, por duas vezes ainda, olhou a porta, a fim de bem reconhecê-la, tentado a estar ali, ele também.

Na rue Vivienne, no momento em que entrava na casa de Kolb, Saccard estremeceu e parou novamente. Uma música leve, cristalina, que saía do solo, semelhante à voz de fadas legendárias, o envolvia; e reconheceu a música do ouro, o som contínuo desse bairro de negócios e de especulação, ouvido já pela manhã. O fim do dia reencontrava o começo. Regozijou-se pela carícia dessa voz, como se ela confirmasse um bom presságio

Justamente, Kolb estava embaixo, na oficina de fundição; e, como amigo da casa, Saccard desceu para encontrá-lo. No subsolo nu, aclarado eternamente por grandes chamas de gás, dois fundidores esvaziavam com pás as caixas revestidas de zinco, repletas, naquele dia, de moedas espanholas, que jogavam no cadinho, sobre o grande forno quadrado. O calor era forte, precisavam falar alto para serem ouvidos, em meio àquele som de gaita que vibrava sob a abóbada baixa. Lingotes fundidos, blocos de ouro, com um brilho vivo de metal novo, alinhavam-se ao longo da mesa do perito químico, que certificava a qualidade deles. E, desde a manhã, mais de seis milhões haviam passado por lá, assegurando ao banqueiro um lucro de apenas trezentos ou quatrocentos francos: pois a arbitragem do ouro, essa diferença entre duas cotações, era mínima, media-se em milésimos, só poderia dar lucro se houvesse quantidades consideráveis de metal fundido. Por isso, o tilintar do ouro, o escoamento do ouro, de manhã à noite, do início ao fim do ano, no fundo desse porão, onde o ouro chegava em moedas e de onde partia em lingotes, para retornar em moedas e partir em lingotes mais uma vez, indefinidamente, com o único objetivo de deixar nas mãos do negociante algumas partículas de ouro.

Assim que Kolb, homem baixo, bem moreno, cujo nariz em bico de águia emergia de uma grande barba e revelava a origem judia, compreendeu a oferta de Saccard, que o ouro recobria com um ruído de granizo, aceitou.

– Perfeito! – exclamou. – Feliz de participar disso, se Daigremont também participa! E obrigado por ter vindo!

Mas mal se ouviam, calaram-se, ficaram lá um instante ainda, aturdidos, embasbacados diante do som tão claro e exasperado, que lhes estremecia todo o corpo, como se fosse uma nota muito aguda de um violino sustentada longamente, até o espasmo.

Do lado de fora, apesar de o bom tempo ter voltado, em uma límpida noite de maio, Saccard, moído de cansaço, chamou um fiacre para ir à casa. Jornada rude, mas bem proveitosa!

IV

Surgiram dificuldades, o negócio arrastou-se, cinco meses transcorreram sem que nada se pudesse concluir. Chegavam os últimos dias de setembro e Saccard enfurecia-se ao ver que, apesar de seu empenho, reapareciam contínuos obstáculos, toda uma série de questões secundárias que precisariam ser resolvidas antes, se quisesse fundar algo sério e sólido. Sua impaciência tornou--se tamanha que, por um momento, esteve a ponto de mandar o sindicato passear, obcecado e seduzido que estava pela súbita ideia de fazer o negócio unicamente com a princesa d'Orviedo. Ela possuía os milhões necessários para a primeira emissão, por que não os aplicaria nessa operação esplêndida, mesmo que postergasse a chegada da pequena clientela para o momento dos futuros aumentos de capital, que ele já projetava? Ele tinha uma boa-fé absoluta, a convicção de oferecer-lhe um investimento com o qual ela decuplicaria sua fortuna, essa fortuna dos pobres, que distribuiria em esmolas ainda maiores.

Portanto, uma manhã, Saccard subiu ao apartamento da princesa e, na dupla condição de amigo e de homem de negócios, explicou-lhe a razão de ser e o mecanismo do banco que idealizava. Contou tudo, apresentou o portfólio de projetos de Hamelin, não omitiu nenhuma das empresas do Oriente. Além do mais, cedendo a essa faculdade que tinha de se inebriar com o próprio entusiasmo, de chegar à fé pelo desejo ardente de ter sucesso, expôs o sonho louco do papado em Jerusalém, falou do triunfo definitivo do catolicismo, o papa reinando nos lugares santos, dominando o mundo, garantido por um orçamento régio, graças à criação do Tesouro do Santo Sepulcro. A princesa, de uma devoção candente, não se impressionou senão com este projeto supremo, esse coroamento do edifício, cuja grandeza quimérica deleitava sua imaginação desregrada, que a fazia despejar seus milhões em obras beneficentes de um luxo colossal e inútil. Justamente, os católicos da França estavam aterrorizados e irritados pelo acordo que o imperador havia concluído com o rei da Itália, pelo qual se comprometia, sob certas condições de garantia, a retirar o contingente de tropas francesas que ocupava Roma; estava bem claro que Roma seria entregue à Itália; já se via o papa escorraçado, reduzido a esmolas, errante pelas cidades com o bastão dos mendigos; e que desenlace prodigioso, o papa novamente pontífice e rei em Jerusalém, instalado e sustentado por um banco do qual os cristãos do mundo inteiro considerariam uma honra serem acionistas! Era tão belo que a princesa declarou a ideia como a maior do século, digna de encantar qualquer pessoa bem-nascida que tivesse religião. O sucesso parecia-lhe assegurado, fulgurante. Cresceu sua estima pelo engenheiro Hamelin, que tratava com consideração, pois sabia que era praticante. Mas recusou-se peremptoriamente a participar do negócio. Pretendia continuar fiel ao juramento que havia feito de devolver seus milhões aos pobres, sem jamais tirar deles um centavo de juros, queria que o dinheiro da especulação se perdesse, fosse sorvido pela miséria, como uma água envenenada que devesse desaparecer. O argumento de que os pobres se beneficiariam com a especulação não a comovia, aliás, a irritava. Não, não! A fonte maldita seria exaurida, ela não se tinha reservado outra missão.

Saccard, desconcertado, só pôde utilizar sua simpatia para obter dela uma autorização, até então solicitada em vão. Havia tido a ideia, para quando o Banco Universal fosse fundado, de instalá-lo na própria mansão; ou, ao menos, era dona Caroline quem lhe havia sugerido esse plano; pois ele sonhava mais alto, queria imediatamente um palácio. Bastaria envidraçar o pátio para que ele servisse de saguão central; todo o andar térreo, as cavalariças e os depósitos seriam convertidos em escritórios; no

O DINHEIRO

primeiro andar, ele cederia seu salão, que se transformaria em sala do conselho, sua sala de jantar e seis outros cômodos em que ainda fariam escritórios; somente conservaria um dormitório e um gabinete de toalete, disposto a viver no andar de cima com os Hamelins, comendo, passando as noites na casa deles; de modo que, a baixo custo, o banco seria instalado de uma maneira um pouco acanhada, mas muito respeitável. A princesa, como proprietária, havia inicialmente recusado, em seu ódio a qualquer tráfico de dinheiro: seu teto nunca abrigaria essa abominação. Então, nesse dia, uma vez posta a religião no negócio, comovida pela grandeza do objetivo, consentiu. Era uma concessão extrema, sentia-se invadida por um leve calafrio quando pensava nessa máquina infernal de uma casa de crédito, uma casa de Bolsa de Valores e ágio, cujas engrenagens de ruína e de morte deixava estabelecer assim debaixo dela.

Enfim, uma semana após essa tentativa malograda, Saccard teve a satisfação de ver o negócio, tão emaranhado por obstáculos, resolver-se rapidamente, em poucos dias. Daigremont veio uma manhã dizer-lhe que tinha todas as adesões, que poderiam prosseguir. A partir daí, estudaram uma última vez o projeto dos estatutos, redigiram o contrato social. E não era sem tempo também para os Hamelins, cuja vida começava a tornar-se difícil. Ele, há anos, só tinha um sonho, ser engenheiro consultor de uma grande casa de crédito: como dizia, seria encarregado de levar água ao moinho. Também, pouco a pouco, a febre de Saccard o havia contaminado, queimando com o mesmo zelo e com a mesma impaciência. Ao contrário, dona Caroline, após ter-se entusiasmado com a ideia das coisas belas e úteis que seriam realizadas, parecia mais fria, ar pensativo, conforme se adentrava nos matagais e pântanos da execução. Seu grande bom senso, sua natureza reta pressentiam todo tipo de frestas obscuras e desonestas; e temia principalmente pelo irmão, que adorava, que tratava às vezes, rindo, de "cabeça oca", apesar de sua ciência; não que desconfiasse, de algum modo, da perfeita honestidade do amigo, que parecia tão dedicado ao sucesso deles; mas tinha uma singular sensação de terreno movediço, um receio de queda e de soterramento ao primeiro passo em falso.

115

Naquela manhã, assim que Daigremont os deixou, Saccard subiu radiante à sala dos projetos.
— Finalmente, está pronto! — exclamou.
Hamelin, comovido, olhos úmidos, apertou-lhe as mãos, até quase quebrá-las. E, como dona Caroline simplesmente se voltasse para ele, um pouco pálida, acrescentou:
— Pois bem! Como assim, é tudo o que me diz?... Isso não lhe traz nenhum prazer?
Ela deu então um belo sorriso.
— Pois sim, estou muito contente, muito contente, asseguro-lhe.
Depois, quando ele havia dado ao irmão dela detalhes sobre o sindicato, definitivamente constituído, ela interveio com seu ar tranquilo.
— Então, isso é permitido, não é? Reunir assim algumas pessoas, para distribuírem entre si as ações de um banco, antes mesmo que a emissão seja feita?
Violentamente, ele fez um gesto de afirmação.
— Ora, certamente, é permitido!... Acredita que sejamos tão estúpidos, a ponto de arriscarmos um fracasso? Sem contar que precisamos de pessoas sólidas, senhores do mercado, se o começo for difícil... Eis quatro quintos de nossos títulos em mãos seguras. Podemos ir ao tabelião para assinar o contrato da sociedade.
Ela ousou afrontá-lo.
— Pensava que a lei exigisse a subscrição integral do capital social.
Dessa vez, muito surpreso, ele olhou-a de frente.
— Então a senhora lê o Código?
Ela enrubesceu levemente, pois ele havia adivinhado: na véspera, cedendo a seu mal-estar, esse medo surdo e sem causa precisa, havia lido a lei sobre sociedades. Por um instante, esteve a ponto de mentir. Depois, confessou, rindo:
— É verdade, li o Código ontem. Saí hesitante com minha honestidade e a dos outros, como se sai dos livros de medicina, com todas as doenças.
Mas ele irritava-se, pois o fato de ter procurado se informar demostrava que estava desconfiada, pronta a vigiá-lo, com olhos de mulher, perscrutadores e inteligentes.

– Ah! – replicou, com um gesto que desprezava os escrúpulos vãos –, se a senhora acreditar que vamos nos conformar com os preciosismos do Código! Não daríamos dois passos, seríamos detidos por entraves a cada avanço, enquanto os outros, nossos rivais, nos ultrapassariam a toda velocidade!... Não, não, certamente não esperarei que todo o capital seja subscrito; prefiro, aliás, reservar alguns títulos para nós e encontrarei um homem nosso para quem abrirei uma conta, que será nosso testa de ferro, enfim.
– É proibido – declarou ela simplesmente, com sua bela voz grave.
– Eh! Sim, é proibido, mas todas as sociedades o fazem.
– Estão erradas, porque não é correto.

Saccard, acalmando-se por um grande esforço de vontade, pensou que deveria se dirigir a Hamelin, que, constrangido, escutava sem intervir.

– Meu caro amigo, espero que não duvide de mim... sou um velho andarilho com alguma experiência, pode deixar em minhas mãos o lado financeiro do negócio. Traga-me boas ideias, e encarrego-me de extrair delas todo o benefício desejável, correndo o menor risco possível. Penso que um homem prático não poderia dizer nada melhor.

O engenheiro, com seu fundo invencível de timidez e de fraqueza, resvalou para o gracejo, para não ter de responder diretamente.

– Ah! O senhor terá em Caroline um verdadeiro censor. Ela nasceu mestre-escola.

– Mas quero então frequentar sua aula – declarou galantemente Saccard.

A própria dona Caroline pôs-se a rir. E a conversa continuou em tom de benevolência familiar.

– É que gosto muito do meu irmão, é que gosto do senhor mais do que imagina, e seria um grande desgosto vê-los envolvidos em transações dúbias, em que só existem, no fim, desastre e tristeza... Pois ouça! Já que entramos nesse assunto, a especulação, as apostas na Bolsa, pois bem! Tenho um medo louco. Estava tão feliz com o projeto de contrato que o senhor me pediu para recopiar, após ter lido, no artigo 8, que a sociedade descartava rigorosamente qualquer operação a termo. Significava proibir as apostas na Bolsa, não é? E depois, o senhor desiludiu-me, caçoando de mim, explicando que era só uma formalidade, uma figura de estilo que todas as sociedades inscreviam nos estatutos por uma questão de honra, e que nenhuma delas cumpria... Sabe do que eu gostaria, eu mesma? De que, em vez dessas ações, essas cinquenta mil ações que o senhor quer lançar, emitisse unicamente obrigações. Oh! O senhor vê que tenho bons conhecimentos, desde que li o Código, já não ignoro que não se aposta com obrigações, que quem lida com obrigações é um simples emprestador, que recebe certa porcentagem sobre seu empréstimo, sem ter interesse nos lucros, enquanto o acionista é um associado, correndo risco de lucros e perdas... Diga, por que não obrigações? Eu ficaria mais tranquila, ficaria tão feliz!

Exagerava jocosamente a súplica de seu pedido, para esconder sua real inquietude. E Saccard respondeu no mesmo tom, com um entusiasmo cômico.

– Obrigações, obrigações! Jamais!... O que quer fazer com obrigações? É matéria morta... Pois compreenda que a especulação, o jogo, é a engrenagem central, o próprio coração de um negócio vasto como o nosso. Sim! Ele atrai o sangue, recebe-o de toda parte por pequenos riachos, acumula-o, envia-o de volta em rios, em todas as direções, estabelece uma enorme circulação de dinheiro, que é a própria vida dos grandes negócios. Sem ela, os grandes movimentos de capital, os grandes trabalhos civilizatórios resultantes, seriam radicalmente impossíveis... É a mesma coisa com as sociedades anônimas; gritaram tanto contra elas, repetiram tanto que eram antros de jogo e de bandidagem! A verdade é que, sem elas, não teríamos ferrovias, nem nenhuma das enormes empresas modernas, que renovaram o mundo; pois nenhuma fortuna teria sido suficiente para construí-las, nenhum indivíduo, nem mesmo um grupo de indivíduos, aceitaria correr os riscos. Riscos, isso é tudo, e a grandiosidade do objetivo também. É preciso um vasto projeto, cuja amplidão conquiste a imaginação; é preciso a esperança de um ganho considerável, de um bilhete de loteria premiado que decuplique os fundos disponibilizados, contanto que não sejam arrastados para longe;

e então se acendem as paixões, a vida flui, todos trazem seu dinheiro, pode-se laborar a terra. Que mal a senhora vê nisso? Os riscos incorridos são voluntários, repartidos por um número infinito de pessoas, desiguais e limitados conforme a fortuna e a audácia de cada uma delas. Perde-se, mas ganha-se também, tem-se a esperança de um bom número, mas sempre se pode sortear um número ruim, e a humanidade não tem sonho mais obstinado nem mais ardente, tentar a sorte, obter tudo de seus caprichos, ser rei, ser deus!

Pouco a pouco, Saccard não ria mais, empertigava-se em suas pernas curtas, inflamava-se com um ardor lírico, com gestos que enviavam suas palavras aos quatro cantos da terra.

– Veja! Nós, com nosso Banco Universal, não vamos abrir um horizonte mais largo, uma abertura para o velho mundo da Ásia, um campo sem limite para as picaretas do progresso e para os devaneios dos caçadores de ouro? De fato, nunca houve ambição mais colossal e, admito, nunca as condições de sucesso ou de insucesso foram mais obscuras. Mas é justamente por isso que estamos nos próprios termos do problema e que causaremos, estou convicto, um extraordinário entusiasmo no público, assim que nos tornarmos conhecidos... Nosso Banco Universal, meu Deus! Será, em primeiro lugar, a instituição clássica, que tratará de todos os assuntos bancários, de crédito e de descontos, receberá depósitos em contas-correntes, fará contratos, negociará, concederá empréstimos. No entanto, quero transformá-lo sobretudo na máquina que lançará os grandes projetos de seu irmão: lá estará seu verdadeiro papel, os lucros crescentes, sua força mais e mais dominadora. É fundado, em suma, para promover as sociedades financeiras e industriais que estabeleceremos em países estrangeiros, cujas ações colocaremos no mercado, que nos deverão a vida e nos assegurarão a soberania... E, ante esse futuro ofuscante de conquistas, a senhora vem me perguntar se é permitido formar um sindicato e beneficiar com um bônus os sindicatários, um bônus que pode ser posto na conta das despesas iniciais; preocupa-se com pequenas irregularidades inevitáveis, ações não subscritas, que a sociedade terá interesse em conservar, sob a cobertura de um testa de ferro; enfim, a senhora declara guerra ao jogo, ao jogo, Senhor!, que é a alma, o braseiro, a chama dessa máquina gigantesca com que eu sonho!... Saiba que tudo isso não é nada ainda! Que esse pobre capitalzinho de vinte e cinco milhões é um simples graveto jogado sob a máquina para aquecê-la! Que eu espero dobrá-lo, quadruplicá-lo, quintuplicá-lo, à medida que nossas operações se expandirem! Que precisamos da saraivada de moedas de ouro, da dança dos milhões, se quisermos, bem adiante, realizar os prodígios anunciados! Ah! Virgem Maria! Não respondo pelo estrago, não se sacode o mundo sem pisar nos pés de alguns passantes.

Ela olhava para ele e, em seu amor pela vida, por tudo o que fosse forte e ativo, acabou por achá-lo belo, fascinante pelo entusiasmo e pela fé. Assim, sem se render às teorias que revoltavam a retidão de sua clara inteligência, fingiu ter sido vencida.

– Está bem, vamos admitir que eu seja apenas uma mulher e que as batalhas da vida me assustem... E não deveria ser assim? Procure esmagar o menor número possível de pessoas e principalmente não esmague ninguém que eu ame.

Saccard, inebriado pelo próprio acesso de eloquência, e triunfante pelo vasto plano exposto, como se o trabalho já estivesse feito, mostrou-se inteiramente cordato.

– Não tenha medo! Se pareço um ogro, é por brincadeira... Todos ficarão muito ricos.

Em seguida, conversaram tranquilamente sobre as providências a tomar, e foi combinado que, no dia seguinte à constituição definitiva da sociedade, Hamelin viajaria a Marselha, depois ao Oriente, a fim de apressar o início dos grandes negócios.

Mas, no mercado de Paris, já se propalavam boatos, um rumor trazia de volta o nome de Saccard das profundezas turvas em que havia se afogado por um instante; e as notícias, no começo sussurradas, pouco a pouco foram ditas em voz alta, anunciavam tão claramente o sucesso próximo que, de novo, como antigamente no parc Monceau, sua antessala enchia-se de solicitantes, todas as manhãs. Via Mazaud subir, por acaso, para apertar-lhe a mão e comentar as notícias do dia; recebia outros corretores, o judeu Jacoby, com sua voz tonitruante, e seu cunhado Delarocque, um ruivo gordo que fazia a mulher muito infeliz. A *coulisse* vinha também, na pessoa de Nathansohn, um homenzinho loiro muito ativo, ajudado pela sorte. Quanto a Massias, resignado com seu duro trabalho de zangão sem sorte, apresentava-se todos os dias, embora ainda não houvesse nenhuma ordem a receber. Era uma multidão crescente.

Certa manhã, desde as nove horas, Saccard encontrou a antessala cheia. Ainda sem ter contratado pessoal especializado, era muito mal assistido por seu camareiro e, com muita frequência, dava-se ao trabalho de introduzir as pessoas pessoalmente. Nesse dia, ao abrir a porta de seu gabinete, Jantrou quis entrar; mas Saccard havia avistado Sabatani, que procurava há dois dias.

– Perdão, meu amigo – disse, detendo o antigo professor, para receber primeiro o levantino.

Sabatani, com seu sorriso inquietante de carícia, sua flexibilidade de víbora, deixou Saccard falar; aliás, muito objetivamente, como homem que o conhecia, fez-lhe sua proposta.

– Meu caro, preciso do senhor... Necessitamos de um testa de ferro. Abrirei uma conta em seu nome e farei que seja comprador de certo número de nossos títulos, que o senhor pagará simplesmente com uma manobra contábil... Veja que vou direto ao ponto e que o trato como amigo.

O jovem encarava-o com seus belos olhos de veludo, tão doces em seu longo rosto moreno.

– A lei, caro mestre, exige de maneira formal um pagamento em espécie... Oh! Não é por mim que lhe digo isso. Trata-me como amigo e estou muito orgulhoso disso... O que o senhor quiser!

Então, para lhe ser agradável, Saccard falou-lhe da estima por que lhe tinha Mazaud, que aceitava suas ordens sem estarem cobertas. Depois, brincou a respeito de Germaine Coeur, com quem o havia encontrado na véspera, fazendo cruamente alusão ao boato que o dizia dotado de um verdadeiro prodígio, uma exceção gigante, com a qual sonhavam todas as moças do mundo da Bolsa, atormentadas pela curiosidade. E Sabatani não negava, ria com seu riso equívoco sobre esse assunto escabroso: sim, sim! Essas damas eram muito engraçadas, a correr atrás dele, queriam ver.

– Ah! A propósito – interrompeu Saccard –, também precisaremos de assinaturas, para regularizar algumas operações,

as transferências, por exemplo... Poderei enviar à sua casa os pacotes de papéis para assinar?
— Mas certamente, caro mestre. Tudo o que o senhor quiser!

Ele sequer evocava a questão do pagamento, pois sabia que não tinha preço quando se prestavam tais serviços; e, como o outro lhe dissesse que daria um franco por assinatura, para indenizar a perda de tempo, aquiesceu com um simples movimento de cabeça. Depois, com seu sorriso:
— Espero também, caro mestre, que o senhor não me recuse seus conselhos. O senhor estará tão bem colocado, virei atrás de informações.
— É isso — concluiu Saccard, que compreendeu. — Até breve... Cuide-se, não ceda em demasia à curiosidade das damas.

E, rindo outra vez, liberou-o por uma porta de serviço, que permitia às pessoas saírem sem atravessar a sala de espera.

Em seguida, Saccard, tendo novamente aberto a outra porta, chamou Jantrou. Com um olhar, percebeu que ele estava empobrecido, sem recursos, com uma casaca cujas mangas haviam puído nas mesas dos cafés, à espera de uma oportunidade. A Bolsa continuava a ser madrasta e, entretanto, ele parecia belo, a barba em forma de leque, cínico e letrado, deixando ainda escapar, de vez em quando, uma frase rebuscada de antigo homem da academia.

— Estava prestes a escrever-lhe — disse Saccard. — Elaboramos a lista de nosso pessoal, na qual o inscrevi entre os primeiros, e penso que o chamarei para o escritório de emissões.

Jantrou interrompeu-o com um gesto.
— O senhor é muito amável, agradeço-lhe... Mas tenho um negócio a propor.

Não se explicou imediatamente, começou com generalidades, perguntou qual seria a função dos jornais no lançamento do Banco Universal. O outro se empolgou às primeiras palavras, declarou que era a favor da mais ampla publicidade, que empregaria todo o dinheiro disponível. Não queria desdenhar nenhuma trombeta, nem mesmo as trombetas de dois soldos, porque tinha como axioma que todo barulho seria bom, contanto que fosse barulho. O sonho seria ter todos os jornais; porém, isso custaria caro demais.

– Bem! O senhor então teve a ideia de organizar nossa publicidade... Isso talvez não seja mau. Conversaremos.
– Sim, mais tarde, se o senhor quiser... Mas o que o senhor diria de um jornal seu, completamente seu, do qual eu seria o diretor? Cada manhã, uma página seria reservada ao senhor, artigos cantariam seus louvores, simples notas chamando a atenção sobre o senhor, alusões a atribuições completamente distintas das finanças, enfim, uma campanha em regra, a propósito de tudo e de nada, que o exaltasse sem descanso, sobre a hecatombe de seus rivais... Isso o interessa?
– Virgem! Se não me custar os olhos da cara.
– Não, o preço seria razoável.

E ele disse finalmente o nome do jornal: *A Esperança*, um jornal fundado há dois anos por um pequeno grupo de personalidades católicas, os violentos do partido, que travavam uma guerra feroz contra o império. Aliás, o sucesso era absolutamente nulo e corriam todas as semanas boatos sobre o desaparecimento do jornal.

Saccard admirou-se.

– Oh! A tiragem é menor que dois mil!
– Isso será nossa missão, chegar a uma tiragem maior.
– Além do mais, é impossível: arrasta meu irmão na lama, eu não posso me desentender com meu irmão logo de início.

Jantrou encolheu os ombros suavemente.

– Não é necessário se desentender com ninguém... O senhor sabe tanto quanto eu que, quando uma casa de crédito tem um jornal, pouco importa que apoie ou ataque o governo: se for um jornal oficioso, a casa estará segura de participar de todos os sindicatos formados pelo ministro das Finanças para assegurar o sucesso dos empréstimos ao Estado e às comunas; se for opositor, o mesmo ministro terá todo tipo de consideração pelo banco que representa, um desejo de desarmá-lo e de conquistá-lo, que se traduz frequentemente em favores ainda maiores... Não se preocupe com a cor de *A Esperança*. Tenha um jornal, é uma força.

Silencioso por um instante, Saccard, com essa vivacidade de inteligência que o fazia rapidamente se apropriar da ideia de outra pessoa, perscrutá-la, adaptá-la a suas necessidades, a ponto de torná-la inteiramente sua, desenvolveu um plano: compraria *A Esperança*, extinguiria as polêmicas acerbas, poria o jornal aos pés do irmão, que seria forçado a manifestar-lhe gratidão, mas manteria o tom católico, conservado como uma ameaça, uma máquina sempre pronta a retomar sua terrível campanha, em nome dos interesses da religião. E, se não fossem amáveis com ele, atacaria Roma, arriscaria o grande golpe de Jerusalém. Seria uma bela jogada, na realidade.

– Seríamos livres? – perguntou subitamente.
– Completamente livres. Eles estão fartos, o jornal caiu nas mãos de um tipo empobrecido, que o venderá por uma dezena de milhares de francos. Faremos o que nos aprouver.

Por um minuto ainda, Saccard refletiu.
– Pois bem! Está fechado. Marque uma reunião, traga o homem aqui... O senhor será o diretor e eu procurarei centralizar em suas mãos toda nossa publicidade, que quero excepcional, enorme, oh!, mais tarde, quando tivermos os meios de realmente aquecer a máquina.

Levantou-se. Jantrou levantou-se também, escondendo a alegria de encontrar o pão, sob o riso brincalhão de desclassificado, cansado da lama parisiense.

– Finalmente, volto ao meu elemento, às minhas queridas belas-letras!

– Não contrate ninguém ainda – disse Saccard ao acompanhá-lo. – E, enquanto penso, anote o nome de um protegido meu, Paul Jordan, jovem em quem vejo um notável talento, e que o senhor transformará em excelente redator literário. Vou escrever-lhe para que o procure.

Jantrou saía pela porta de serviço, quando essa feliz disposição de duas passagens o surpreendeu.

– Veja só! É cômodo – disse com seu tom de familiaridade. – Escamoteia-se o mundo... Quando vêm belas senhoras, como a que cumprimentei há pouco na antessala, a baronesa Sandorff...

Saccard ignorava que ela estivesse ali; e, com um movimento de ombros, quis mostrar sua indiferença; mas o outro zombava, recusava-se a crer nesse desinteresse. Os dois homens trocaram um vigoroso aperto de mão.

O DINHEIRO

Quando ficou sozinho, Saccard, instintivamente, aproximou-se do espelho, ajeitou os cabelos, em que ainda não aparecia nenhum fio branco. Entretanto, não havia mentido; as mulheres não o preocupavam mais desde que os negócios o reconquistaram integralmente; e apenas cedia à galanteria involuntária, que faz com que um homem, na França, não possa ficar sozinho com uma mulher sem temer passar por tolo se não a conquistar. Assim que fez entrar a baronesa, mostrou-se muito atencioso.

– Senhora, por favor, queira sentar-se...

Nunca a havia visto tão estranhamente sedutora, com seus lábios vermelhos, seus olhos ardentes, pálpebras cansadas, encravadas sob grossas sobrancelhas. Que poderia querer? E ficou surpreso, quase desencantado, quando ela lhe explicou o motivo da visita.

– Meu Deus! Senhor, peço-lhe perdão por incomodá-lo, inutilmente para o senhor; mas, entre pessoas do mesmo mundo, é bom trocar esses pequenos serviços... O senhor teve recentemente um chefe de cozinha que meu marido está prestes a contratar. Pois venho simplesmente para buscar informações.

Então, ele deixou-se interrogar, respondeu com a maior delicadeza, sem desviar os olhos dela; porque imaginava que fosse um pretexto: ela pouco se importava com o cozinheiro, vinha por outro motivo, evidentemente. E, de fato, ela manobrou, acabou por dar o nome de um amigo comum, o marquês de Bohain, que lhe havia falado do Banco Universal. Era tão difícil aplicar o dinheiro, encontrar valores sólidos! Enfim, ele compreendeu que ela de bom grado compraria ações, com o bônus de dez por cento concedido aos sindicatários; e compreendeu melhor ainda que, se lhe abrisse uma conta, ela não pagaria.

– Tenho minha fortuna pessoal, meu marido não se envolve nunca. Dá-me muita preocupação, mas me divirto também um pouco, confesso... Não é? Quando se vê uma mulher ocupar-se com dinheiro, principalmente uma mulher jovem, isso surpreende, tem-se vontade de censurá-la. Há dias em que fico com uma incerteza mortal, não tendo amigos que queiram me aconselhar. Na outra quinzena ainda, por falta de informação, perdi uma quantia considerável... Ah! Agora que o senhor vai ficar em posição tão boa para saber de tudo, se o senhor tivesse a gentileza, se quisesse...

A jogadora despontava sob a mulher de sociedade, jogadora rude, feroz, essa filha dos Ladricourt, cujo antepassado havia tomado Antioquia, essa esposa de um diplomata, tratada com grande reverência pela colônia estrangeira de Paris, e cuja paixão conduzia, tal um pedinte suspeito, à casa de todos os homens de finanças. Seus lábios sangravam, seus olhos flamejavam ainda mais, seu desejo explodia, desvendava a mulher ardente que ela parecia ser. E ele teve a ingenuidade de pensar que ela houvesse vindo se oferecer, simplesmente em troca de integrar o grande negócio e ter, por vezes, informações úteis sobre a Bolsa.

– Mas – exclamou –, o que mais poderia eu desejar, senhora, senão pôr a minha experiência a seus pés?

Ele havia aproximado a cadeira, tomou-lhe a mão. De repente, ela perdeu a exuberância. Ah!, não, ainda não havia chegado lá, faltava muito tempo para que pagasse com uma noite a informação de um telegrama. Para ela, já era um fardo abominável a relação com o procurador-geral Delcambre, homem tão seco e purulento, que a avareza de seu marido a havia forçado a acolher. E sua indiferença sensual, o desprezo secreto que tinha pelos homens, acabava de mostrar-se como uma lassitude lívida, em seu rosto de falsa apaixonada, que só se entusiasmava com a esperança do jogo financeiro. Levantou-se, na revolta de sua estirpe e de sua educação, que ainda lhe fazia desperdiçar negócios.

– Então, cavalheiro, o senhor diz que estava satisfeito com seu chefe de cozinha?

Pasmo, Saccard também se levantou. Que teria ela imaginado? Que ele a inscrevesse e a informasse a troco de nada? Definitivamente, é preciso desconfiar das mulheres, elas trazem aos mercados a mais insigne má-fé. E, embora a desejasse, não insistiu, inclinou-se com um sorriso que significava: "A seu dispor, senhora, quando quiser", enquanto, em voz alta, dizia:

– Bem satisfeito, repito-lhe. Apenas uma questão de reforma interna levou-me a despedi-lo.

A baronesa Sandorff teve uma hesitação de apenas um segundo, não que lamentasse sua revolta, mas, sem dúvida, percebia quão ingênua havia sido ao ir à casa de Saccard antes de ter se resignado às consequências. Isso a irritava contra ela mesma, porque tinha a pretensão de ser uma mulher séria. Ela acabou por responder com uma simples inclinação de cabeça à saudação respeitosa com a qual ele se despedia; e ele a acompanhou até a pequena porta, quando esta foi aberta abruptamente por uma mão familiar. Era Maxime, que almoçava com o pai naquele dia e que chegava, como íntimo da casa, pelo corredor. Afastou-se para que a baronesa saísse, cumprimentou-a também. Então, quando ela saiu, deu uma breve risada.

– Já começa seu negócio? Recebendo os bônus?

Apesar de sua visível juventude, tinha o desembaraço de homem experiente, incapaz de desgastar-se inutilmente em um prazer incerto. O pai compreendeu sua atitude de superioridade irônica.

– Não, justamente, não recebi absolutamente nada, e não por prudência, porque, meu filho, estou tão orgulhoso em ter sempre vinte anos quanto você parece estar em aparentar sessenta.

O riso de Maxime acentuou-se, seu antigo riso requintado de moça, de que tinha conservado a sonoridade equívoca, na postura irrepreensível, que havia construído, de rapaz acomodado, desejoso de não estragar ainda mais a própria vida. Simulava a maior indulgência, contanto que nada do que era seu fosse ameaçado.

– Meu Deus, tem razão, desde que isso não o canse... Quanto a mim, sabe, já tenho reumatismo. – E instalou-se à vontade em uma poltrona, apanhando um jornal: – Não se preocupe comigo, acabe de receber, se é que não o aborreço... Vim cedo demais, porque devia passar pelo médico e não o encontrei.

Nesse momento, o camareiro entrou para dizer que a senhora condessa de Beauvilliers pedia para ser recebida. Saccard, um pouco surpreso, embora já tivesse encontrado na Obra do Trabalho sua nobre vizinha, como a chamava, mandou introduzi-la imediatamente; depois, chamando o camareiro, mandou dispensar a todos, cansado, com muita fome.

Quando a condessa entrou, nem mesmo viu Maxime, que estava escondido pelo encosto da grande poltrona. E Saccard espantou-se ainda mais ao ver que trazia consigo a filha Alice. Isso dava maior solenidade à visita: essas duas mulheres tão tristes e tão pálidas, a mãe magra, grande, cabelos brancos, ar vetusto, a filha já envelhecida, o pescoço longo demais, até a desgraça. Ele puxou cadeiras, com uma polidez agitada, para demonstrar melhor sua deferência.

— Senhora, sinto-me extremamente honrado... Se tiver a felicidade de poder ser útil...

Com grande timidez, sob a postura altiva, a condessa explicou o motivo da visita.

— Senhor, foi após uma conversa com minha amiga, a princesa d'Orviedo, que me veio a ideia de vir a sua casa... Confesso-lhe que de início hesitei, porque não se refazem as ideias facilmente na minha idade, e sempre tive muito medo das coisas modernas, que não compreendo bem... Por fim, conversei com minha filha, creio que seja meu dever superar meus escrúpulos para assegurar a felicidade dos meus.

E continuou, contou como a princesa d'Orviedo havia lhe falado do Banco Universal, de fato uma casa de crédito como as outras aos olhos dos profanos, mas que, aos olhos dos iniciados, teria uma escusa sem réplica, um objetivo tão meritório e elevado que deveria impor silêncio às consciências mais pusilânimes. Não pronunciou o nome do papa nem o de Jerusalém: isso era o que não se dizia, quando muito se sussurrava entre fiéis, o mistério que seduzia; mas, de cada uma de suas palavras, de suas alusões e subentendidos, desprendiam-se uma esperança e uma fé que colocavam uma chama religiosa em sua crença no sucesso do novo banco.

O próprio Saccard ficou atônito com a emoção contida, com o tremor da voz. Ele só havia falado de Jerusalém no excesso lírico de sua febre, desconfiava, no fundo, desse projeto louco, percebendo nele certo ridículo, estava disposto a abandoná-lo e a rir dele, se fosse acolhido com pilhérias. E a atitude emocionada dessa santa mulher, que trazia sua filha, a maneira profunda com que dava a entender que ela e todos os seus, toda a nobreza francesa acreditaria e se entusiasmaria, atingiu-o vivamente, dava corpo a um puro devaneio, ampliando ao infinito seu campo de evolução. Então, era verdade que havia ali uma alavanca, cuja utilização lhe permitiria levantar o mundo! Com sua assimilação tão rápida, entrou de imediato na situação, também falou em termos misteriosos desse triunfo final, que buscaria em silêncio; e a sua palavra era imbuída de fervor, havia realmente sido tocado pela fé, a fé na excelência do meio de ação, que lhe punha em mãos a crise enfrentada pelo papado. Tinha a feliz faculdade de crer, desde que o interesse de seus planos o exigisse.

– Enfim, senhor – continuou a condessa –, estou decidida a algo que me repugnava até agora… Sim, a ideia de fazer o dinheiro trabalhar, aplicá-lo a juros, nunca entrou em minha cabeça: maneiras antigas de compreender a vida, escrúpulos que se tornam um tanto tolos, eu sei; mas, o que o senhor quer? Não se vai facilmente contra as crenças que sugamos com o leite, e eu imaginava que apenas a terra, a grande propriedade, deveria alimentar gente como nós… Infelizmente, a grande propriedade… – Enrubesceu ligeiramente, porque chegava à confissão dessa ruína que dissimulava com tanto cuidado. – A grande propriedade não existe mais… Fomos fortemente postos à prova… Resta-nos somente uma fazenda.

Saccard, então, para poupar-lhe o embaraço, exagerou, inflamou-se.

– Mas, senhora, ninguém mais vive da terra… A velha fortuna fundiária é uma forma anacrônica de riqueza, que deixou de ter razão de existir. Era a própria estagnação do dinheiro, cujo valor decuplicamos ao lançá-lo em circulação, e por meio do papel--moeda, e de todos os tipos de títulos, comerciais e financeiros. É assim que o mundo será renovado, porque nada é possível sem dinheiro, dinheiro líquido que escoa, que penetra em toda a parte, nem as aplicações da ciência, nem a paz final, universal… Oh! A fortuna fundiária! Juntou-se às caravelas. Morre-se com um milhão em terras, vive-se com um quarto desse capital aplicado em bons negócios, a quinze, vinte, mesmo trinta por cento.

Docemente, com sua tristeza infinita, a condessa balançou a cabeça.

– Eu não o entendo, e disse-lhe, permaneci em uma época em que essas coisas assustavam, como se fossem coisas más e proibidas… No entanto, não estou só, devo principalmente pensar em minha filha. Nos últimos anos, consegui reservar, oh!, uma pequena quantia… – Seu rubor reaparecia. – Vinte mil francos, que dormem em casa, dentro de uma gaveta. Mais tarde, talvez terei remorso de tê-los deixado assim improdutivos; e, visto que sua obra é boa, como me asseverou minha amiga, pois o senhor vai trabalhar em prol do que todos almejamos, com nossos votos mais ardentes, arrisco-me... Enfim, agradeço-lhe, se puder reservar-me ações de seu banco, no valor de dez a doze mil francos. Quis que minha filha me acompanhasse, porque não lhe escondo que esse dinheiro é dela.

Até então, Alice não havia aberto a boca, ar esmorecido, apesar de seu olhar vivo de inteligência. Fez um gesto de suave reprovação.

– Oh! Meu! Mamãe, tenho alguma coisa minha que não seja sua?

– E seu casamento, minha filha?

– Mas a senhora bem sabe que não quero me casar!

Havia dito isso depressa demais, a tristeza da sua solidão ressoava em sua voz débil. Sua mãe a fez calar-se com um olhar consternado; e ambas entreolharam-se por um instante, não podendo mentir uma à outra, na partilha cotidiana do que tinham a sofrer e a esconder.

Saccard estava muito emocionado.

– Senhora, se não houvesse mais ações, eu as encontraria para a senhora. Sim, se preciso, pegarei as minhas... Seu gesto comove-me infinitamente, estou muito honrado com sua confiança...

E, nesse momento, ele acreditava realmente fazer a fortuna dessas infelizes, associava-as, em parte, à chuva de ouro que cairia sobre ele e em volta dele.

As senhoras levantaram-se e saíram. Somente à porta a condessa permitiu-se uma alusão direta ao grande assunto de que não se falava.

– Recebi de meu filho Ferdinand, que está em Roma, uma carta desoladora sobre a tristeza causada ali pelo anúncio da retirada de nossas tropas.

– Paciência! – declarou Saccard com convicção. – Estamos aqui para salvar tudo.

Houve reverências profundas, e ele acompanhou-as até o patamar, passando desta vez pela antessala, que pensava estar vazia. Mas, ao voltar, avistou, sentado em um banco, um homem

de uns cinquenta anos, alto e magro, vestido como operário endomingado, que trazia consigo uma bela jovem de dezoito anos, esbelta e pálida.
— O quê? O que desejam?
A jovem havia se levantado antes, e o homem, intimidado por essa recepção rude, pôs-se a gaguejar uma explicação confusa.
— Eu tinha dado ordem de mandar todos embora! Por que o senhor ficou?... Diga-me seu nome, ao menos.
— Dejoie, senhor, e venho com minha filha Nathalie...
De novo, atrapalhou-se, de modo que Saccard, impaciente, ia pô-lo porta afora, quando finalmente compreendeu que fora dona Caroline, que o conhecia há muito tempo, quem havia lhe dito para aguardar.
— Ah! O senhor é recomendado por dona Caroline. Deveria ter dito de imediato... Entre e apresse-se, que tenho muita fome.
No gabinete, deixou Dejoie e Nathalie em pé, nem se sentou ele mesmo, para despachá-los mais depressa. Maxime, que, após a saída da condessa, havia se levantado da poltrona, não teve mais a discrição de afastar-se, contemplando os recém-chegados, ar curioso. E Dejoie, longamente, contava sua história.
— Pois bem, senhor... Saí do exército, depois entrei como mensageiro na empresa do senhor Durieu, marido da dona Caroline, quando estava vivo e era cervejeiro. Depois, fui para a casa do senhor Lamberthier, representante comercial no mercado. Então, fui para a casa do senhor Blaisot, um banqueiro que o senhor conhece bem: ele deu um tiro na própria cabeça há dois meses, e agora não tenho emprego... Preciso dizer-lhe, antes de tudo, que me casei. Sim, casei com minha mulher Joséphine, justamente quando trabalhava com o senhor Durieu, e ela era cozinheira na casa da cunhada do patrão, a senhora Lévêque, que dona Caroline conheceu bem. Em seguida, enquanto estive na casa do senhor Lamberthier, ela não pôde ficar e empregou-se na casa de um médico de Grenelle, o senhor Renaudin. Em seguida, foi para a loja Trois-Frères, na rue Rambuteau, onde, por azar, nunca teve lugar para mim...
— Em resumo — interrompeu Saccard —, o senhor vem me pedir um emprego, é isso?

Mas Dejoie insistia em explicar a tristeza de sua vida, a má sorte que o fez casar com uma cozinheira, sem que jamais conseguisse trabalhar na mesma casa que ela. Era quase como se não fosse casado, nunca tinham um quarto para os dois, encontrando-se nas lojas dos mercadores de vinho, beijando-se atrás das portas das cozinhas. E havia nascido uma filha, Nathalie, que foi preciso deixar com uma ama até os oito anos, até que, cansado de ficar sozinho, o pai a havia trazido a seu pequeno quarto de solteiro. Tornou-se a verdadeira mãe da menina, educando-a, levando-a à escola, cuidando dela com infinita atenção, coração transbordante de adoração crescente.

– Ah! Devo dizer, senhor, que ela me trouxe satisfação. É instruída, é honesta... E o senhor a vê, não há ninguém com doçura igual.

De fato, Saccard achava encantadora essa flor loira das ruas parisienses, com sua graça frágil, seus grandes olhos sob as pequenas mechas de cabelos claros. Deixava-se adorar pelo pai, ajuizada ainda, sem nenhum interesse em não o ser, com um egoísmo feroz e tranquilo nessa claridade tão límpida de seus olhos.

– Pois, senhor, eis que ela chega à idade de casar-se, e justamente apresenta-se um bom partido, o filho de um cartonageiro, nosso vizinho. No entanto, é um rapaz que quer se estabelecer e pede seis mil francos. Não é muito, poderia pretender uma moça que tivesse mais... Devo dizer que perdi minha mulher há quatro anos, e que ela nos deixou suas economias, seus pequenos ganhos de cozinheira, não é?... Tenho quatro mil francos; mas não são seis mil, e o jovem tem pressa, Nathalie também...

A jovem, que escutava sorridente, com seu olhar claro tão frio e tão decidido, fez uma brusca afirmação com o queixo.

– É verdade... Não acho graça, quero resolver isso de um jeito ou de outro.

De novo, Saccard interrompeu-os. Havia julgado o homem tacanho, mas muito correto, muito bom, afeito à disciplina militar. Depois, bastava que se apresentasse em nome de dona Caroline.

– Perfeito, meu amigo... Vou ter um jornal, emprego-o no escritório... Deixe-me seu endereço, e bom dia.

Entretanto, Dejoie não saía. Continuou, com embaraço:

– O senhor é muito gentil, eu aceito com gratidão, porque precisarei trabalhar, quando tiver instalado Nathalie... Mas eu vim por outra coisa. Sim, eu soube pela dona Caroline e por mais outras pessoas que o senhor vai criar grandes negócios, e que poderá trazer o lucro que quiser a seus amigos e conhecidos... Então, se o senhor quisesse se interessar por nós, se o senhor aceitasse nos dar algumas ações...

Saccard, pela segunda vez, ficou emocionado, mais emocionado do que havia ficado na primeira, quando a condessa havia lhe confiado, também ela, o dote da filha. Aquele homem simples, aquele pequenino capitalista, com economias raspadas centavo a centavo, não seria a multidão crente, confiante, a grande multidão que compõe as clientelas numerosas e sólidas, o exército fanatizado que arma uma casa de crédito com uma força invencível? Se esse pobre homem acorria dessa maneira, antes de qualquer publicidade, o que aconteceria quando os guichês fossem abertos? Seu enternecimento sorria a esse primeiro pequeno acionista, via ali o presságio de um enorme sucesso.

– Estamos combinados, meu amigo, o senhor terá ações.

O rosto de Dejoie resplandeceu, como ao anúncio de uma graça inesperada.

– O senhor é muito bom... Não é? Em seis meses, bem que eu poderia, com meus quatro mil, ganhar dois mil, de modo a completar o total... E, como o senhor aceita, gostaria de resolver imediatamente. Trouxe o dinheiro.

Procurou nos bolsos, pegou um envelope, que estendeu a Saccard, imóvel, silencioso, invadido por uma admiração deliciosa diante dessa última fala. E o terrível corsário, que já havia pilhado tantas fortunas, subitamente pôs-se a rir, decidido honestamente a enriquecer também esse homem de fé.

– Mas, meu caro, isso não se faz assim... Guarde seu dinheiro, eu o inscreverei, e o senhor pagará no momento e no lugar certos.

Dessa vez, despediu-se, após Dejoie ter agradecido, por intermédio de Nathalie, cujo sorriso de contentamento iluminava os belos olhos firmes e cândidos.

Quando Maxime enfim se encontrou a sós com o pai, disse, com seu ar de insolência irônica:

– Eis que agora você cuida do dote das moças.
– Por que não? – respondeu cordialmente Saccard. – É uma boa aplicação, a felicidade dos outros.

Arrumou alguns papéis, antes de sair do gabinete. Depois, de repente:

– E você, não as quer também, as ações?

Maxime, que caminhava devagar, virou-se com um sobressalto, parou diante dele.

– Ah! Não, que coisa! Você acha que sou imbecil?

Saccard teve um gesto de cólera, achando a resposta de um desrespeito e de um humor deploráveis, pronto a gritar que o negócio era realmente esplêndido, que o considerava verdadeiramente tolo, se julgava que fosse um simples ladrão como os outros. Mas, ao olhá-lo, sentiu pena de seu pobre rapaz, exaurido aos vinte e cinco anos, acomodado, até mesmo avaro, envelhecido pelos vícios, tão preocupado com a saúde que não arriscava nenhum esforço, nenhum prazer, sem ter calculado o benefício. E, consolado, orgulhoso da imprudência apaixonada de seus cinquenta anos, pôs-se a rir, deu-lhe um tapa no ombro.

– Ora! Vamos almoçar, meu pobre menino, e cuide de seus reumatismos.

Dois dias depois, em 5 de outubro, Saccard, assistido por Hamelin e Daigremont, compareceu ao gabinete de Lelorrain, tabelião, na rue Saint-Anne; e foi registrado o contrato, que constituía, sob a denominação social Banco Universal, uma sociedade anônima, com capital de vinte e cinco milhões, divididos em cinquenta mil ações de quinhentos francos cada, do qual apenas um quarto era exigível na distribuição. A sede da sociedade estava fixada na rue Saint-Lazare, na mansão d'Orviedo. Um exemplar dos estatutos, redigidos conforme o contrato, foi depositado no gabinete do tabelião Lelorrain. Havia, naquele dia, um sol de outono muito claro, e esses senhores, quando saíram do tabelionato, acenderam charutos, subiram lentamente o bulevar*

---

* O boulevard Haussmann, uma das grandes obras realizadas em Paris durante o Segundo Império. (N. E.)

e a rue de la Chaussée-d'Antin, felizes da vida, como colegiais em gazeta.

A assembleia geral constitutiva só ocorreu na semana seguinte, na rue Blanche, na sala de uma pequena casa de bailes que havia falido, e onde um industrial tentava organizar exposições de pintura. Os sindicatários já haviam transferido as ações subscritas que não guardariam; e vieram cento e vinte e dois acionistas, representando cerca de quarenta mil ações, o que teria dado um total de dois mil votos; o número de vinte ações era o mínimo necessário para ter o direito de tomar assento e votar. Entretanto, como um acionista não pudesse exprimir mais de dez votos, independentemente do número de seus títulos, o número exato de sufrágios foi mil seiscentos e quarenta e três.

Saccard quis absolutamente que Hamelin presidisse. Quanto a si, deliberadamente, perdeu-se na plateia. Havia subscrito para o engenheiro, e havia subscrito para si mesmo, quinhentas ações, que pagaria com um subterfúgio contábil. Todos os sindicatários estavam ali: Daigremont, Huret, Sédille, Kolb, o marquês de Bohain, cada um com o grupo de acionistas que operava sob seu comando. Observava-se igualmente Sabatani, um dos maiores subscritores, bem como Jantrou, em meio a altos funcionários do banco, no cargo desde a antevéspera. E todas as decisões a tomar haviam sido tão bem planejadas e resolvidas antecipadamente que nunca uma assembleia constitutiva havia sido tão bela, pela calma, pela simplicidade e pelo bom entendimento. Por unanimidade de votos, considerou-se legítima a declaração de subscrição integral do capital, bem como o pagamento de cento e vinte e cinco francos por ação. Depois, solenemente, declarou-se constituída a sociedade. Foi nomeado em seguida o conselho de administração: deveria compor-se de vinte membros que, além dos jetons de presença, calculados em um total anual de cinquenta mil francos, receberiam, conforme um artigo dos estatutos, dez por cento sobre os lucros. Como isso não era de se rejeitar, todos os sindicatários haviam exigido fazer parte do conselho; e Daigremont, Huret, Sédille, Kolb, o marquês de Bohain, bem como Hamelin, que queriam conduzir a presidência, passaram naturalmente no topo da lista, com catorze outros acionistas de menor importância escolhidos entre os mais obedientes e os mais decorativos. Enfim, Saccard, na sombra até aquele momento, apareceu quando, chegado o momento de escolher um diretor, Hamelin o propôs. Um murmúrio simpático acolheu seu nome, e também ele obteve a unanimidade. E só faltava eleger os dois auditores, encarregados de apresentar à assembleia um relatório sobre o balanço e assim controlar as contas apresentadas pelos administradores: função tão delicada quanto inútil, para a qual Saccard havia designado um senhor Rousseau e um senhor Lavignière, o primeiro inteiramente submisso ao segundo, um homem alto, loiro, muito polido, aprovando sempre, devorado pelo desejo de entrar, mais tarde, no conselho, quando estivessem satisfeitos com seus serviços. Nomeados Rousseau e Lavignière, a sessão seria encerrada, quando o presidente julgou necessário falar do bônus de dez por cento concedido aos membros do sindicato, no total quatrocentos mil francos, que a assembleia, conforme sua proposição, incluiria nas despesas de instalação. Era uma ninharia, conviria um pequeno sacrifício; e, deixando partir a multidão de pequenos acionistas com o atropelo de um rebanho, os grandes subscritores ficaram por último, trocando apertos de mão já na calçada, ar sorridente.

Já no dia seguinte, o conselho reuniu-se na mansão d'Orviedo, no antigo salão de Saccard, transformado em sala de reuniões. Ocupava o centro uma grande mesa recoberta com um tapete de veludo verde, cercada por vinte poltronas estofadas com o mesmo tecido; e não havia outros móveis, exceto duas estantes, com vidros revestidos no interior por pequenas cortinas de seda, igualmente verdes. Tapeçarias de cor vermelha escura obscureciam a sala, cujas três janelas abriam para o jardim da mansão Beauvilliers. Emanava de lá apenas uma luz crepuscular, como a paz de um velho claustro, adormecido sob a sombra verde das árvores. Tudo era austero e nobre, entrava-se em uma honestidade antiga.

O conselho reunia-se para formar seu gabinete; e estava quase imediatamente completo, ao soarem quatro horas. O marquês de Bohain, com sua grande estatura, sua pequena cabeça lívida e aristocrática, era verdadeiramente a velha França; enquanto

Daigremont, afável, representava a grande fortuna imperial, com seu sucesso faustuoso. Sédille, menos atormentado que de costume, conversava com Kolb sobre uma movimentação imprevista que acabava de ocorrer no mercado de Viena; e, em torno deles, os outros administradores, o entorno, escutavam, tentavam obter alguma informação, ou se entretinham com seus afazeres pessoais, estando ali meramente para fazer número e recolher sua parte, nos dias de butim. Foi, como sempre, Huret quem chegou atrasado, ofegante, escapulindo no último minuto de uma comissão da Câmara. Desculpou-se, e sentaram-se nas poltronas, em torno da mesa.

O decano, o marquês de Bohain, havia assumido o assento presidencial, uma poltrona mais alta e mais dourada que as outras. Saccard, como diretor, estava na frente dele. E, imediatamente, assim que o marquês declarou que procederia à nomeação do presidente, Hamelin levantou-se para declinar de qualquer candidatura: pensava saber que vários desses senhores haviam pensado nele como presidente, mas queria avisá-los de que deveria partir já no dia seguinte para o Oriente, e que, além do mais, tinha uma inexperiência absoluta em questão de contabilidade, de banco e de Bolsa, enfim, havia ali uma responsabilidade cujo peso não poderia aceitar. Muito surpreso, Saccard escutava, porque, ainda na véspera, a coisa estava certa; e ele adivinhava a influência de dona Caroline sobre o irmão, sabendo que, pela manhã, ambos haviam tido uma longa conversa. Então, como não queria outro presidente que não Hamelin, alguém independente que talvez o estorvasse, permitiu-se interferir, explicando que a função era sobretudo honorífica, que bastaria ao presidente fazer ato de presença, no momento das assembleias gerais, para apoiar as proposições do conselho e pronunciar o discurso de praxe. Além disso, seria eleito um vice-presidente, que aporia as assinaturas. E, para o resto, para a parte puramente técnica, a contabilidade, a Bolsa, os mil detalhes internos de uma grande casa de crédito, não estaria ele ali, Saccard, o diretor, nomeado justamente para esse fim? Ele deveria, conforme os estatutos, dirigir os trabalhos dos escritórios, efetuar as receitas e as despesas, gerenciar as questões correntes, assegurar as deliberações do conselho, em poucas palavras, ser o poder executivo da sociedade. Esses argumentos pareciam bons. Hamelin hesitou ainda por um tempo; foi preciso que Daigremont e Huret, também eles, insistissem da maneira mais incisiva possível. Majestoso, o marquês de Bohain aparentava desinteresse. Enfim, o engenheiro cedeu, foi nomeado presidente, e escolheu-se como vice-presidente um agrônomo obscuro, antigo conselheiro de Estado, o visconde de Robin-Chagot, homem conciliante e avaro, excelente máquina de assinaturas. Quanto ao secretário, foi selecionado um de fora do conselho, entre os funcionários do banco, o chefe do serviço de emissões. E, como caísse a noite, na grande sala austera, uma sombra esverdeada de infinita tristeza, julgou-se o trabalho bom e suficiente, separaram-se após terem combinado duas sessões por mês, as do gabinete no dia 15, as do grande conselho no dia 30.

Saccard e Hamelin subiram juntos à sala dos projetos, onde dona Caroline os aguardava. Ela percebeu imediatamente, pelo embaraço do irmão, que ele acabara de ceder mais uma vez, por fraqueza; e, por um instante, ficou muito brava.

– Mas, vejamos, não é sensato! – exclamou Saccard. – Considerem que o presidente recebe trinta mil francos, quantia que será duplicada, quando nossos negócios se ampliarem. Não são tão ricos que possam desprezar esse benefício... Diga, de que tem medo?

– Mas eu tenho medo de tudo – respondeu dona Caroline. – Meu irmão não estará aqui, não entendo nada de dinheiro... Veja! Essas quinhentas ações que o senhor lhe subscreveu sem que ele as pague imediatamente, pois bem, não é irregular, não seria ele culpado, se a operação der errado?

Ele pôs-se a rir.

– Que bela história! Quinhentas ações, um primeiro versamento de sessenta e dois mil e quinhentos francos! Se, na primeira distribuição de dividendos, antes de seis meses, ele não puder reembolsar isso, melhor será nos jogarmos imediatamente no Sena, em vez de darmo-nos ao trabalho de não empreender nada... Não, pode ficar tranquila, a especulação só devora os ineptos.

Ela permanecia séria, na sombra crescente do cômodo. Mas trouxeram duas lâmpadas, e as paredes foram amplamente iluminadas, os grandes projetos, as aquarelas vívidas, que a faziam tantas vezes sonhar com os países longínquos. A planície ainda estava nua, as montanhas escondiam o horizonte, ela lembrava o sofrimento desse velho mundo adormecido sobre seus tesouros, que a ciência resgataria de sua miséria e de sua ignorância. Quantas coisas grandes e belas e boas a realizar! Pouco a pouco, tinha a visão de novas gerações, de uma humanidade mais forte e mais feliz brotando no antigo solo, cultivado novamente pelo progresso.

– A especulação, a especulação – repetiu ela, maquinalmente, entregue a dúvidas. – Ah! Tenho a alma perturbada pela angústia.

Saccard, que bem conhecia seus pensamentos habituais, havia acompanhado pela expressão de seu rosto essa esperança de futuro.

– Sim, a especulação. Por que essa palavra lhe dá medo?... Ora, a especulação é o próprio atrativo da vida, o eterno desejo que força a lutar e viver... Se eu ousasse uma comparação, poderia convencê-la...

Ria outra vez, tomado por um escrúpulo de delicadeza. Depois ousou de fato, propositalmente brutal diante de senhoras.

– Vejamos, a senhora acredita que sem... como diria? Sem luxúria, haveria muitas crianças?... Para cada cem crianças que não fazemos, há uma, se tanto, que fabricamos. É o excesso que cria o necessário, não é?

– Certo – respondeu, embaraçada.

– Pois bem! Sem especulação, não haveria negócios, cara amiga... Por que diabo quer que eu pegue meu dinheiro, arrisque minha fortuna, se não me prometer um benefício extraordinário, uma felicidade súbita que me leve ao céu?... Com a remuneração legítima e medíocre do trabalho, o equilíbrio bem-comportado das transações cotidianas, a existência é um deserto com uma monotonia extrema, um pântano onde todas as forças dormem e apodrecem; então faça brilhar violentamente um sonho no horizonte, prometa que com um centavo serão ganhos cem, proponha a todos esses homens adormecidos que saiam à caça do impossível, milhões conquistados em duas horas, em meio a terríveis perigos; e a corrida começa, as energias são decuplicadas, a agitação é tamanha que, transpirando unicamente pelo prazer, as pessoas chegam a gerar crianças, quero dizer coisas vivas, grandes e belas... Ah! Virgem! Há muita sujeira inútil, mas certamente o mundo acabaria sem ela.

Dona Caroline resolveu rir também; pois não gostava de afetar virtude.

– Então – disse –, sua conclusão é de que precisamos nos resignar, pois isso faz parte de um plano da natureza... O senhor tem razão, a vida não é limpa.

E foi invadida por uma verdadeira coragem, diante da ideia de que cada passo adiante seria feito no sangue e na lama. Seria preciso querer. Ao longo das paredes, seus olhos não se desviavam dos projetos e dos desenhos, o futuro emergia, portos, canais, estradas, ferrovias, campos com plantações imensas e mecanizadas como se fossem indústrias, novas cidades, sadias, inteligentes, onde se viveria muito tempo e com muita sabedoria.

– Vamos – retomou alegremente –, é preciso que eu ceda, como sempre... Tentemos fazer o bem, para que nos perdoem.

O irmão, em silêncio, havia se aproximado e dava-lhe um abraço. Ela ameaçou-o, dedo em riste.

– Oh! Você, você é um encanto... Conheço-o bem... Amanhã, quando nos tiver deixado, nem se importará com o que acontecer aqui; e, ao longe, assim que mergulhar em seu trabalho, tudo ficará bem, sonhará com o triunfo, enquanto o negócio talvez desmorone sob nossos pés.

– Mas – exclamou jocosamente Saccard –, está entendido que ele a deixa perto de mim, como um gendarme, para prender-me, se eu me conduzir mal!

Os três gargalharam.

– Pode acreditar que o prenderia!... Lembre-se de que nos prometeu, a nós inicialmente, depois a muitos outros, por exemplo, a meu caro Dejoie, que lhe recomendo muito... Ah! E a nossas vizinhas, as pobres senhoras Beauvilliers, que vi hoje a supervisionar a lavagem de alguns trapos, feita pela cozinheira, sem dúvida para diminuir a conta da lavanderia.

Por um momento ainda, os três conversaram amigavelmente, e a partida de Hamelin foi resolvida de uma maneira definitiva.

Quando Saccard voltou a seu gabinete, o camareiro disse-lhe que uma mulher havia insistido em esperá-lo, embora ele lhe tivesse dito que havia uma sessão do conselho e que o senhor certamente não poderia recebê-la. De início, cansado, irritou-se e mandou dispensá-la; depois, o pensamento de que deveria ser grato ao sucesso e o medo de que a sorte mudasse se fechasse sua porta fizeram-no reconsiderar. A torrente de solicitantes aumentava a cada dia, e essa multidão o embriagava.

Uma única lâmpada iluminava o gabinete, não enxergava bem a visitante.

– É o senhor Busch que me envia, senhor...

O furor o levou a ficar em pé e nem mesmo lhe dizer para sentar-se. Aquela voz fina, naquele corpo opulento, levou-o a reconhecer a senhora Méchain. Bela acionista, essa compradora de ações ao peso!

Ela, tranquilamente, explicava que Busch a enviara para obter informações sobre as emissões do Banco Universal. Haveria títulos disponíveis? Poderia esperar obtê-los, com o bônus concedido aos membros do sindicato? Mas era unicamente um pretexto, uma maneira de entrar, de ver a casa, de espionar o que ele fazia e de sondá-lo; pois seus olhos miúdos, escavados com broca na gordura de seu rosto, bisbilhotavam tudo, voltavam incessantemente a ele, como se o esquadrinhassem até a alma. Busch, após ter tido paciência por muito tempo, amadurecendo a famosa questão da criança abandonada, decidira-se a agir e enviara-lhe seu batedor.

– Não há mais nada – respondeu brutalmente Saccard.

Ela percebeu que não descobriria mais nada, seria imprudente tentar alguma coisa. Assim, naquele dia, sem deixar-lhe tempo de pô-la para fora, fez ela mesma um passo em direção à porta.

– Por que não me pede ações para a senhora mesma? – perguntou, querendo ser maldoso.

Com sua voz sibilante, voz aguda que dava impressão de caçoada, ela respondeu:

– Oh! Não é meu gênero de operações... Eu sou do tipo que espera.

E, nesse instante, ao avistar a grande bolsa de couro usado, que ela não abandonava nunca, foi trespassado por um calafrio.

Em um dia em que tudo havia transcorrido a contento, dia em que estava tão feliz por ter nascido a casa de crédito tão desejada, seria essa velha impertinente a fada má, aquela que joga um feitiço no berço das princesas? Sentia que essa bolsa que ela ostentava nos escritórios de seu banco nascente estava repleta de títulos podres, de títulos sem cotação; acreditava entender a ameaça de esperar o tempo que fosse necessário até enterrar nela, por sua vez, as ações dele próprio, quando a empresa desmoronasse. Era o grito do corvo que parte com o exército em marcha, segue-o até a noite da carnificina, plana e elança-se, sabendo que haverá mortos para devorar.

– Até breve, senhor – disse Méchain, ao sair, ofegante e muito polida.

V

Um mês depois, nos primeiros dias de novembro, a instalação do Banco Universal não estava concluída. Ainda havia carpinteiros que colocavam painéis de madeira, pintores que acabavam de argamassar o enorme teto envidraçado com o qual cobriram o pátio. Essa lentidão vinha de Saccard, que, descontente com a exiguidade da instalação, prolongava os trabalhos com exigências de luxo; e, como não podia deslocar as paredes para satisfazer seu sonho perpétuo de imensidão, havia acabado por aborrecer-se e incumbir dona Caroline da tarefa de despedir, finalmente, os empreiteiros. Portanto, era ela quem supervisionava a colocação dos últimos guichês. Havia um número extraordinário de guichês; circundavam o pátio, transformado em saguão central: guichês protegidos por grades, austeros e dignos, coroados por belas placas de cobre com indicações em letras negras. Em suma, a instalação, embora realizada em local um pouco acanhado, tinha uma feliz disposição: no térreo, os serviços que deveriam estar em relação direta com o público, as diversas caixas, as emissões, todas as operações rotineiras de banco; em cima, o mecanismo de certo modo interno, direção, correspondência, contabilidade, escritórios de contencioso e de pessoal. No total, em um espaço tão estreito, agitavam-se mais de duzentos empregados. E o que impressionava logo que se adentrava, mesmo em meio ao tumulto dos operários terminando de martelar seus pregos, enquanto o ouro ressoava no fundo das vasilhas, era esse ar de austeridade,

um ar de probidade antiga, com vago odor de sacristia, que provinha certamente do local, daquela velha mansão úmida e escura, silenciosa à sombra das árvores do jardim vizinho. Tinha-se a sensação de penetrar em um convento. Uma tarde, ao voltar da Bolsa, o próprio Saccard teve essa sensação, que o surpreendeu. Isso o consolou da ausência de ornamentos dourados. Exprimiu seu contentamento a dona Caroline.
– Pois bem! Apesar de tudo, para começar, é agradável. Tem ar de família, uma verdadeira capela. Mais tarde, veremos... Obrigado, minha cara amiga, pelo esforço que faz desde que seu irmão se ausentou.

E, como tinha por princípio utilizar as circunstâncias imprevistas, esforçou-se imediatamente para desenvolver essa aparência austera da casa, exigiu dos empregados uma postura de jovens celebrantes, só se falava em tom comedido, recebia-se e entregava-se dinheiro com uma discrição absolutamente clerical.

Em sua vida tão tumultuosa, Saccard nunca havia se empenhado tão ativamente. Pela manhã, desde as sete horas, antes de todos os empregados, antes mesmo que o encarregado do escritório acendesse o fogo, estava em seu gabinete a analisar a correspondência e já a responder às cartas mais urgentes. Depois, até as onze horas, uma correria interminável, amigos e clientes numerosos, corretores, *coulissiers*, zangões, todo o enxame das finanças; sem contar o desfile dos chefes de serviço da casa, que vinham receber instruções. Ele próprio, desde que tivesse um minuto de pausa, levantava-se, fazia uma rápida inspeção dos diversos escritórios, onde os empregados viviam no terror de suas aparições abruptas, que ocorriam em horas sempre diferentes. Às onze horas, subia para almoçar com dona Caroline, comia abundantemente, bebia da mesma maneira, com uma desenvoltura de homem magro que não se perturba com isso: e a hora inteira que permanecia ali não era perdida, pois era o momento em que, como dizia, confessava a sua grande amiga, quer dizer, pedia sua opinião sobre homens e coisas, mesmo sem saber, com frequência, tirar proveito de seu grande bom senso. Ao meio-dia, saía, ia à Bolsa, querendo ser um dos primeiros ali, para ver e conversar. Por sinal, não apostava abertamente, estava lá como se estivesse em uma reunião natural, onde tinha a certeza de encontrar os clientes de seu banco. Entretanto, sua influência já transparecia, entrava vitorioso, como homem sólido, respaldado agora por milhões verdadeiros; e os homens astutos falavam entre si em voz baixa, sussurravam rumores extraordinários, prediziam--lhe a realeza. Em torno de três horas e meia, estava sempre de volta para casa, atirava-se ao trabalho fastidioso das assinaturas, tão exercitado nesse movimento mecânico da mão que ele comandava os empregados, dava respostas, resolvia questões, de cabeça livre e falando com desenvoltura, sem parar de assinar. Até as seis horas, ainda recebia visitas, terminava o trabalho do dia, preparava o do dia seguinte. E quando subia para perto de dona Caroline, era para uma refeição mais copiosa que a das onze horas, principalmente peixes finos e carne de caça, que o faziam jantar com requinte de vinhos como borgonha, *bordeaux,* champanhe, conforme o bom resultado dos eventos do dia.

– Diga que não me comporto bem! – exclamava às vezes, aos risos. – Em vez de correr atrás de mulheres, clubes, teatros, vivo aqui, como um bom burguês, perto da senhora... É preciso escrever isso a seu irmão, para tranquilizá-lo.

Não era tão bem-comportado quanto dizia, havia tido, naquela época, a fantasia de uma jovem cantora das Bouffes*; e esqueceu-se, certo dia, na casa de Germaine Coeur, onde não encontrou nenhuma satisfação. A verdade era que, à noite, caía de cansaço. Aliás, vivia em tamanho desejo, tamanho anseio de sucesso, que seus outros apetites permaneciam diminuídos e paralisados enquanto não se sentisse triunfante, mestre indiscutível da fortuna.

– Ora! – respondia alegremente dona Caroline –, meu irmão sempre foi tão bem-comportado que bom comportamento para ele é uma condição da natureza, não um mérito... Escrevi-lhe ontem que convenci o senhor a não dourar a sala do conselho. Isso lhe dará mais prazer.

---

* Théatre des Bouffes-Parisiens, fundado em 1855, onde inicialmente se apresentavam óperas-bufas. (N. E.)

Então, foi em uma tarde muito fria dos primeiros dias de novembro, no momento em que dona Caroline dava ao mestre pintor a ordem de simplesmente lavar as paredes daquela sala, que lhe entregaram um cartão de visita, dizendo-lhe que a pessoa insistia muito em vê-la. O cartão sujo trazia o nome de Busch, impresso grosseiramente. Não conhecia esse nome, deu ordem de conduzi-lo a sua casa, ao gabinete de seu irmão, onde geralmente recebia.

Se Busch, durante quase seis meses, aguardava pacientemente e não utilizava sua extraordinária descoberta de um filho natural de Saccard, era antes de tudo pelas razões que havia pressentido, o resultado medíocre que seria tirar dele somente os seiscentos francos das cédulas subscritas à mãe, a extrema dificuldade de chantageá-lo para obter mais dinheiro, uma quantia razoável de alguns milhares de francos. Um homem viúvo, livre de qualquer entrave, a quem o escândalo não amedrontava, como aterrorizá-lo, fazê-lo pagar caro por esse presente vergonhoso de um filho do acaso, criado na lama, semente de cafetão e de assassino? Sem dúvida, Méchain havia preparado laboriosamente uma grande relação de despesas, cerca de seis mil francos: moedas de vinte soldos emprestadas a Rosalie Chavaille, sua prima, mãe da criança; depois o que lhe havia custado a doença da infeliz, seu enterro, a manutenção do túmulo, por fim, o que gastava com o próprio Victor desde que havia ficado sob sua guarda, alimentação, vestuário, uma porção de coisas. Mas, se Saccard não se mostrasse um pai afetuoso, não seria provável que os mandasse passear? Porque nada no mundo provaria essa paternidade, a não ser a semelhança da criança; e só obteriam dele o dinheiro referente às cédulas, e apenas se ele não evocasse a prescrição.

Por outro lado, se Busch havia esperado tanto, era porque acabava de passar por semanas de terrível inquietude junto a seu irmão Sigismond, acamado, consumido pela tísica. Durante quinze dias, sobretudo, esse terrível suscitador de casos havia negligenciado tudo, esquecido as mil pistas emaranhadas que seguia, sem aparecer mais na Bolsa, sem perseguir nenhum credor, sem abandonar a cabeceira do enfermo, o qual velava, tratava, trocava, como se fosse mãe. Tornou-se pródigo, ele que era de uma avarícia imunda, chamou os melhores médicos de Paris, gostaria de pagar os remédios mais caros ao farmacêutico, para que fossem mais eficazes; e, como os médicos haviam proibido qualquer trabalho, e Sigismond teimava, Busch escondia seus papéis, seus livros. Entre os irmãos surgiu uma guerra de embustes. Assim que seu guardião adormecia, vencido pelo cansaço, o jovem, encharcado de suor, devorado pela febre, achava um toco de lápis, uma margem de jornal, voltava aos cálculos, distribuindo a riqueza conforme seu sonho de justiça, assegurando a cada um sua parte de felicidade e de vida. E Busch, ao despertar, irritava-se ao vê-lo mais doente, com o coração partido por ele entregar a sua quimera o pouco que lhe restava de vida. Brincar com essas bobagens, isso lhe permitia, como se permite a uma criança brincar com marionetes, quando está bem de saúde; mas matar-se por ideias loucas, impraticáveis, era realmente imbecil! Por fim, tendo concordado em ser prudente, por afeição ao irmão mais velho, Sigismond havia recuperado um pouco de suas forças e começava a levantar-se.

Foi então que Busch, ao retornar a suas ocupações, declarou que era preciso liquidar o caso Saccard, tanto mais porque Saccard havia retornado à Bolsa como conquistador e voltava a ser um personagem de solvência indiscutível. O relatório da senhora Méchain, que ele havia enviado à rue Saint-Lazare, era excelente. Entretanto, ainda hesitava em atacar de frente seu homem, temporizava, procurava a tática com a qual o venceria, quando uma palavra dita por Méchain sobre dona Caroline, aquela senhora que gerenciava a casa, de quem todos os fornecedores do bairro haviam lhe falado, lançou-o em um novo plano de campanha. Por acaso, seria essa senhora a verdadeira dona, a que tinha as chaves dos armários e do coração? Ele obedecia frequentemente ao que chamava golpe de inspiração, cedendo a uma súbita adivinhação, saindo à caça conforme a mera indicação de seu faro, em seguida pronto a extrair dos fatos uma certeza e uma resolução. E foi assim que se apresentou na rue Saint-Lazare para ver dona Caroline.

No andar de cima, na sala dos projetos, dona Caroline ficou surpresa diante daquele homem gordo e mal barbeado, com o rosto achatado e sujo, vestido com uma bela casaca ensebada e gravata branca. Ele próprio perscrutava-lhe a alma, achava que era como queria que fosse, tão alta, tão saudável, com seus admiráveis cabelos brancos, que iluminavam com alegria e doçura seu rosto ainda jovem; e ficou sobretudo impressionado pela expressão da boca um pouco grande, tamanha expressão de bondade que se decidiu imediatamente.

– Senhora – disse –, eu queria falar com o senhor Saccard, mas acabaram de dizer-me que não está em casa...

Mentia, nem havia perguntado, pois bem sabia que não estava, tendo vigiado sua saída para a Bolsa.

– Então, permito-me falar com a senhora, no fundo prefiro assim, pois sei a quem me dirijo... Trata-se de uma comunicação tão grave, tão delicada...

Dona Caroline, que, até aquele instante, não lhe havia dito para sentar-se, indicou-lhe uma cadeira com uma presteza inquieta.

– Fale, senhor, estou escutando.

Busch, soerguendo com cuidado as abas de sua casaca, que parecia ter medo de sujar, pensou consigo mesmo, como fato certo, que ela dormia com Saccard.

– É que, senhora, não é algo fácil de dizer e confesso-lhe que, no último minuto, pergunto-me se faço bem em lhe confiar semelhante coisa... Espero que a senhora veja, em minha atitude, o único desejo de permitir ao senhor Saccard reparar erros antigos...

Com um gesto, deixou-o à vontade, ao compreender, por seu lado, com que personagem lidava, desejando abreviar as declarações inúteis. Por fim, ele não insistiu, contou detalhadamente a velha história, Rosalie seduzida na rue de la Harpe, a criança nascida após o desaparecimento de Saccard, a mãe morta na devassidão e Victor abandonado aos cuidados de uma prima demasiadamente ocupada para vigiá-lo, crescendo em meio à abjeção. Escutou-o, de início pasma com essa novela que não esperava, pois havia imaginado que se tratasse de alguma aventura duvidosa de dinheiro; depois, visivelmente, enterneceu-se, comovida com o triste destino da mãe e com o abandono da criança, profundamente abalada em sua maternidade de mulher infértil.

– Mas – disse ela – o senhor tem certeza dos fatos que me conta?... É preciso provas bem fortes, absolutas, nesse tipo de história.

Ele deu um sorriso.

— Oh!, senhora, há uma prova contundente, a semelhança extraordinária da criança... Ademais, as datas batem, tudo se ajusta e comprova os fatos até a última evidência.

Ela continuava trêmula e ele a observava. Após um silêncio, continuou:

— Compreenda agora, senhora, como eu estava constrangido em dirigir-me diretamente ao senhor Saccard. Não tenho nenhum interesse nisso, só venho em nome da senhora Méchain, a prima, que por puro acaso encontrou a pista do pai tão procurado; pois, como tive a honra de dizer-lhe, as doze cédulas de cinquenta francos dadas à infeliz Rosalie tinham a assinatura de Sicardot, coisa que não me permito julgar desculpável, meu Deus!, nesta vida terrível de Paris. E, no entanto, não é assim? O senhor Saccard poderia interpretar mal o propósito de minha intervenção... Então tive a inspiração de vê-la antes, senhora, para aconselhar-me sobre o caminho a seguir, sabendo o apreço que tem pelo senhor Saccard... Pois bem!, a senhora partilha nosso segredo, pensa que eu deva esperar e falar com ele hoje mesmo?

Dona Caroline demonstrou uma emoção crescente.

— Não, não, mais tarde!

Mas ela mesma não sabia o que fazer diante dessa confidência tão estranha. Ele continuava a estudá-la, satisfeito com a extrema sensibilidade que a punha em seu poder, que arrematava seu plano, agora certo de obter dela muito mais do que Saccard teria dado.

— É que — murmurou ele — seria preciso tomar uma decisão.

— Pois bem! Eu irei... Sim, irei a essa vila, verei a senhora Méchain e a criança... É melhor, bem melhor, que antes eu tome ciência das coisas.

Pensava em voz alta, ocorreu-lhe a resolução de fazer uma investigação cuidadosa antes de contar ao pai. Em seguida, se estivesse convencida, seria tempo de avisá-lo. Não estava ali para zelar por sua casa e por sua tranquilidade?

— Infelizmente, é urgente — continuou Busch, levando-a pouco a pouco para onde queria. — O pobre menino sofre. Está em um meio abominável.

Ela havia se levantado.
— Coloco um chapéu e vou até lá imediatamente.
Por sua vez, ele teve de deixar a cadeira e negligentemente:
— Não lhe falo da pequena conta que será preciso acertar. A criança deu despesas, naturalmente; e há ainda o dinheiro emprestado em vida à mãe... Oh!, não sei ao certo. Não quis me encarregar de nada. Todos os papéis estão lá.
— Bem! Verei.
Então, ele pareceu comover-se.
— Ah! Senhora, se soubesse todas as coisas estranhas que vejo nos negócios! São as pessoas mais honestas que sofrem mais tarde por suas paixões, ou pior, pelas paixões de seus parentes... Assim, poderia citar um exemplo. Suas infortunadas vizinhas, essas senhoras Beauvilliers...

Com um movimento rápido, aproximou-se de uma das janelas, mergulhou seu olhar intensamente curioso no jardim vizinho. Sem dúvida, desde que havia entrado, planejava esse golpe de espionagem, pois gostava de conhecer seus campos de batalha. No caso da confissão de dívida de dez mil francos, assinada pelo conde à jovem Léonie Cron, havia adivinhado corretamente, as informações vindas de Vendôme confirmavam a aventura suposta: a moça seduzida, deixada sem um centavo à morte do conde, com um pedaço de papel inútil e consumida pela vontade de vir a Paris, acabou por deixar o papel em garantia ao usurário Charpier, em troca de cinquenta francos talvez. Contudo, embora houvesse encontrado logo as Beauvilliers, vasculhava Paris há seis meses, por intermédio de Méchain, sem encontrar Léonie. Ela começou como criada na casa de um oficial de justiça, e ele a seguiu por três empregos; daí, despedida por má conduta notória, desapareceu, ele procurou em vão em todas as sarjetas. Isso o exasperava, tanto mais que nada podia tentar contra a condessa enquanto não tivesse a moça como ameaça viva de escândalo. Mas não deixava de acalentar o caso, em pé diante da janela, estava feliz em conhecer o jardim da mansão, da qual só havia visto antes a fachada, da rua.

— Será que essas senhoras estariam igualmente ameaçadas por algum aborrecimento? – perguntou dona Caroline, com uma inquieta simpatia.

Ele fingiu inocência.
— Não, acredito que não... Quis falar simplesmente da triste situação em que a má conduta do conde as deixou... Sim, tenho amigos em Vendôme, conheço a história delas.

E, ao decidir finalmente sair da janela, teve, na emoção que fingia, um retorno súbito e singular a si mesmo.

— Afinal, são apenas feridas de dinheiro!, mas quando a morte entra em uma casa!

Dessa vez, lágrimas verdadeiras umedeceram seus olhos. Busch acabava de pensar em seu irmão, sufocava. Ela pensou que ele houvesse recentemente perdido um dos seus e, por discrição, não perguntou nada. Até esse momento, ela não havia se enganado sobre os baixos desígnios do personagem, em razão da repugnância que lhe inspirava; e essas lágrimas inesperadas a convenceram mais que a mais sábia das táticas: sua vontade de ir imediatamente à Vila de Nápoles aumentou.

— Conto com a senhora.

— Vou imediatamente.

Uma hora depois, dona Caroline, que havia chamado um fiacre, vagava atrás da colina Montmartre, sem conseguir encontrar a vila. Enfim, em uma das ruas desertas que se unem à rue Marcadet, uma mulher idosa indicou-a ao cocheiro. À entrada, parecia uma trilha no mato, esburacada, obstruída por lama e por detritos, afundando no meio de um terreno indistinto; só depois de um olhar atento distinguiam-se as construções miseráveis, feitas de barro, velhas tábuas e velhas folhas de zinco, semelhantes a restos de demolição, enfileiradas em torno de um quintal. De frente para a rua, uma casa térrea, feita de pedra, mas em um estado de decrepitude e imundície repugnantes, parecia controlar a entrada, tal qual uma prisão. E, com efeito, a senhora Méchain morava ali, como proprietária vigilante, sempre à espreita, explorando ela própria seu pequeno bando de locatários esfomeados.

Assim que dona Caroline desceu do fiacre, viu-a surgir na soleira, enorme, garganta e ventre espremidos em um vestido velho de seda azul, puído nas dobras, esgarçado nas costuras, bochechas tão inchadas e vermelhas que o pequeno nariz, enterrado, parecia assar entre dois braseiros. Hesitava, invadida por súbito mal-estar, quando uma voz muito doce, com um encanto sibilante de flauta campestre, tranquilizou-a.

— Ah!, senhora, foi o senhor Busch que a enviou, a senhora vem pelo pequeno Victor... Pois entre, entre. Sim, é bem aqui a Vila de Nápoles. A rua não está regularizada, ainda não temos números... Entre, antes é preciso conversar sobre tudo isso. Meu Deus! É tão desagradável, é tão triste!

E dona Caroline teve de aceitar uma cadeira com palhas faltando, em uma sala de jantar negra de gordura, onde um fogão vermelho mantinha calor e odor asfixiantes. Agora, Méchain regozijava-se da sorte que a visitante teve em encontrá-la, pois ela mesma tinha tantos negócios em Paris, raramente voltava antes das seis horas. Foi preciso interrompê-la.

— Perdão, senhora, vim por causa da infeliz criança.

— Perfeitamente, senhora, vou mostrá-lo... A senhora sabe que a mãe era minha prima. Ah!, posso dizer que cumpri meu dever... Aqui estão os papéis, aqui estão as contas.

De um móvel, tirou um dossiê, perfeitamente em ordem, organizado dentro de uma pasta azul, como no escritório de um agente comercial. E não poupava palavras sobre a pobre Rosalie: certamente, acabou levando uma vida bem repulsiva, saía com o primeiro que aparecesse, voltava bêbada e ensanguentada, após oito dias de pancadas; entretanto, não é? Era preciso entender, pois era boa operária antes que o pai do garoto tivesse destroncado seu ombro no dia em que a havia agarrado na escada; e, não seria com seu aleijão, vendendo limões no mercado de Halles, que poderia viver comportadamente.

— Veja, senhora, foi em quantias de vinte, quarenta soldos que eu lhe emprestei tudo isso. As datas estão aí: 20 de junho, vinte centavos; 27 de junho, mais vinte centavos; 3 de julho, quarenta centavos. E, olhe!, ela devia estar doente na época, porque tem aqui quarenta soldos que não acabam mais... Além do mais, tinha o Victor, que eu vestia. Coloquei um V diante de todas as despesas feitas para o menino... Sem contar que, quando Rosalie morreu, oh!, de uma maneira imunda, uma doença que era uma verdadeira podridão, ele ficou completamente a minhas custas. Pois, veja! Gastei cinquenta francos por mês. É bem razoável.

O DINHEIRO

O pai é rico, pode dar cinquenta francos por mês para o filho... Enfim, foram cinco mil quatrocentos e três francos; e, se somarmos os seiscentos francos das cédulas, chegamos ao total de seis mil francos... Sim, tudo por seis mil francos, pronto!
Apesar da náusea que a empalidecia, dona Caroline fez uma reflexão.
– Mas as cédulas não lhe pertencem, são propriedade da criança.
– Ah! Perdão – contestou Méchain asperamente –, adiantei o dinheiro. Para ajudar Rosalie, descontei-as. A senhora pode ver meu endosso no verso... Ainda é gentileza minha não cobrar os juros... Pensemos, minha boa senhora, ninguém vai querer tirar um centavo de uma pobre mulher como eu.
Diante de um gesto cansado da boa senhora, que aceitou a conta, acalmou-se. E recuperou sua pequena voz aflautada para dizer:
– Agora, mandarei chamar o Victor.
Mas inutilmente enviou três moleques que rondavam por lá, um após o outro, pôs-se na soleira, gesticulou: ficou claro que Victor se recusava a ir. Um dos moleques até trouxe, como única resposta, uma palavra ignóbil. Então, agitou-se, desapareceu como se fosse arrastá-lo pela orelha. Em seguida, após refletir, reapareceu só, sem dúvida achando que seria bom exibi-lo em todo seu horror.
– Se a senhora quiser ter o incômodo de acompanhar-me.
E, caminhando, deu detalhes sobre a Vila de Nápoles, que seu marido havia herdado de um tio. Esse marido devia estar morto, ninguém o havia conhecido, e ela só o mencionava para explicar a origem da propriedade. Um mau negócio que a mataria, dizia, pois tinha mais aborrecimento que rendimento, principalmente desde que a prefeitura a importunava, enviava-lhe inspetores que exigiam consertos, melhorias, sob pretexto de que as pessoas morriam por lá como se fossem moscas. Aliás, recusava-se terminantemente a gastar um centavo. Será que não exigiriam, em breve, lareiras ornadas com espelhos nos quartos que alugava a dois francos por semana!? O que não contava era sua crueldade ao cobrar os aluguéis, jogando as famílias na rua se não pagassem antecipadamente seus dois francos, fazendo ela mesma a polícia, tão temida que os mendigos sem-teto nunca ousariam dormir junto a suas paredes.

Com um aperto no coração, dona Caroline examinava o pátio, um terreno deteriorado, cheio de buracos, que o lixo acumulado transformava em uma cloaca. Jogava-se tudo ali, não havia nem fossa nem esgoto, era um estrume sempre crescente, envenenando o ar; e felizmente fazia frio, pois a pestilência emanava em dias de muito sol. Com um pé inquieto, procurava evitar os restos de legumes e os ossos, passeava o olhar pelos dois lados, pelas habitações, espécie de covas sem nome, ao rés do chão, desabadas pela metade, casebres em ruínas reforçados com os materiais mais heteróclitos. Vários deles eram simplesmente cobertos com papelão. Muitos não tinham porta, deixavam entrever buracos negros como porões, de onde saía um cheiro nauseabundo de miséria. Famílias de oito ou dez pessoas amontoavam-se nessas valas, frequentemente sem uma cama sequer, homens, mulheres, crianças empilhados, apodrecendo uns e outros como frutos estragados, entregues desde a infância à luxúria instintiva pela mais monstruosa promiscuidade. Bandos de moleques doentios, debilitados, corroídos pela escrófula e pela sífilis hereditária, também ocupavam continuamente o quintal, pobres seres criados nesse estrume, como cogumelos venenosos, nascidos do acaso de um abraço, sem que ninguém soubesse ao certo quem poderia ser o pai. Quando surgia uma epidemia de febre tifoide ou de varíola, varria de um só golpe a metade da vila para o cemitério.

– Explicava-lhe então, senhora – continuou Méchain –, que Victor não teve muito bons exemplos sob os olhos, e que seria tempo de pensar em sua educação, pois logo completará doze anos... Quando a mãe vivia, não é?, via coisas não muito convenientes, pois ela não se incomodava quando estava bêbada. Trazia os homens, e tudo aquilo se passava diante dele... Em seguida, eu nunca tive tempo de vigiá-lo de perto, por causa de meus negócios em Paris. Ele corria o dia inteiro sobre as fortificações. Por duas vezes, tive de buscá-lo, porque havia roubado, oh!, bobagens apenas. E então, assim que pôde, foram as meninas, de tanto que sua pobre mãe havia-lhe mostrado. Com isso, a senhora verá, aos doze anos já é um homem... Enfim, para que trabalhe um pouco, entreguei-o à mãe Eulalie, uma quitandeira ambulante, em

Montmartre. Acompanha-a ao mercado de Halles, carrega um de seus cestos. A tristeza é que, neste momento, ela tem abscessos na coxa... Mas chegamos, senhora, queira entrar.

Dona Caroline fez um movimento de recuo. Era, no fundo do pátio, atrás de uma verdadeira barricada de imundícies, um dos buracos mais malcheirosos, um barraco espremido junto ao chão, semelhante a um monte de escombros sustentado por pedaços de tábuas. Não havia janela. Era preciso que a porta, uma antiga porta envidraçada, coberta com uma folha de zinco, ficasse aberta para que houvesse claridade; e o frio entrava, terrível. Em um canto, percebeu um monte de palha, simplesmente jogada na terra batida. Não se reconhecia nenhum outro móvel na confusão de barris arrebentados, latas amassadas, cestos meio apodrecidos que deviam servir de cadeiras e mesas. As paredes vertiam água, com uma umidade pegajosa. Uma fresta, uma fenda verde no teto negro, deixava cair a chuva até a beira da palha. E o cheiro, sobretudo o cheiro, era horrível, a abjeção humana na pobreza absoluta.

– Mãe Eulalie – gritou Méchain –, é uma senhora que quer ajudar o Victor... O que tem ele, esse pivete, que não vem quando o chamam?

Um fardo disforme de carne mexeu-se sobre a palha, em um trapo de rede indiana que servia de lençol; e dona Caroline distinguiu uma mulher de uns quarenta anos, nua, sem camisa, semelhante a um odre meio vazio, tanto era murcha e enrugada. O rosto não era feio, jovem ainda, envolto por cabelos loiros curtos e encaracolados.

– Ah! – choramingou –, que ela entre, se for para nosso bem, pois não é possível, Deus, que isso continue!... Quando penso, senhora, que já faz quinze dias que não consigo me levantar, por causa destes furúnculos malditos que me fazem buracos na coxa!... Agora não tenho mais nenhum centavo, naturalmente. Impossível continuar o comércio. Eu tinha duas camisas, que Victor foi vender; e acho que, nesta noite, teríamos morrido de fome.

Depois, erguendo a voz:

– Que bobagem, na verdade! Saia daí, menino... A senhora não quer fazer-lhe mal.

E dona Caroline estremeceu, ao ver levantar-se de um cesto um pacote que ela havia tomado por uma pilha de trapos. Era Victor, vestido com os restos de uma calça e um casaco de linho, cujos buracos deixavam passar sua nudez. Estava em plena claridade da porta, ela ficou atônita, estupefata diante de sua extraordinária semelhança com Saccard. Acabaram-se todas as dúvidas, a paternidade era incontestável.

– Eu não quero – declarou – que me amolem para ir à escola.

Mas ela ainda olhava para ele, invadida por um mal-estar crescente. Nessa semelhança que a chocava, era inquietante esse moleque, com uma metade da face maior que a outra, nariz desviado para a direita, como se a cabeça houvesse sido esmagada no degrau onde sua mãe, violentada, o havia concebido. Além do mais, parecia prodigiosamente desenvolvido para a idade, não muito alto, atarracado, inteiramente formado aos doze anos, já com pelos, como um animal precoce. Os olhos atrevidos, devoradores, a boca sensual, eram de um homem. E, nessa grande infância, com a tez ainda tão pura, com alguns resquícios delicados de menina, essa virilidade tão bruscamente desabrochada, incomodava e amedrontava como se fosse uma monstruosidade.

– Então, a escola dá-lhe tanto medo, meu jovem amigo? – acabou por perguntar dona Caroline. – Estaria melhor lá que aqui... Onde dorme?

Com um gesto, ele mostrou a palha.

– Ali, com ela.

Contrariada por essa resposta franca, mãe Eulalie agitou-se, procurando uma explicação.

– Eu havia arrumado uma cama, com um pequeno colchão; depois foi preciso vendê-la... Dorme-se do jeito que dá, não é?, quando tudo nos escapa.

Méchain achou que deveria intervir, embora não ignorasse nada do que se passava.

– De qualquer modo, não é conveniente, Eulalie... E você, safado, poderia dormir em minha casa, em vez de dormir com ela.

Mas Victor plantou-se em suas pernas curtas e fortes, empertigando-se em sua precocidade de homem.

– Por quê?, é minha mulher!

Então, mãe Eulalie, chafurdada em suas banhas moles, decidiu rir para tentar amenizar a abominação, falando em tom de gracejo. E transparecia uma admiração afetuosa.

— Oh! Bem, com certeza não lhe confiaria minha filha, se tivesse uma... É um verdadeiro pequeno homem.

Dona Caroline estremeceu. Sentiu o coração fraquejar, uma náusea horrível. O quê? Esse menino de doze anos, esse pequeno monstro, com essa mulher de quarenta, consumida e doente, naquela palha imunda, no meio desse lixo e desse fedor! Ah!, miséria que destrói e apodrece tudo.

Deixou vinte francos, partiu, refugiou-se novamente na casa da proprietária, para tomar uma decisão e entender-se definitivamente com ela. Havia-lhe ocorrido uma ideia diante de tal abandono, a Obra do Trabalho: não havia sido justamente criada, essa obra, para tais desastres, para as crianças miseráveis da sarjeta, que tentavam regenerar pela higiene e por uma profissão? O mais depressa possível, era preciso tirar Victor daquela cloaca, levá-lo para lá, refazer-lhe uma vida. Continuava inteiramente trêmula. E, nessa decisão, vinha-lhe uma delicadeza de mulher: nada dizer ainda a Saccard, esperar que tivesse desencardido um pouco o monstro antes de mostrá-lo, pois sentia uma espécie de pudor por ele, em relação a esse rebento horrível, sofria a vergonha que ele teria sentido. Sem dúvida, alguns meses seriam suficientes, falaria depois, feliz de sua boa ação.

Méchain compreendeu com dificuldade.

— Meu Deus, senhora, como quiser... No entanto, quero meus seis mil francos agora. Victor não sairá de minha casa enquanto eu não receber meus seis mil francos.

Essa exigência desesperou dona Caroline. Não tinha essa quantia, naturalmente não queria pedi-la ao pai. Em vão, discutiu, suplicou.

— Não, não! Se eu não tiver mais minha garantia, posso me dar mal. Conheço isso.

Por fim, vendo que a soma era alta e não obteria nada, deu um desconto.

— Pois bem, dê-me dois mil francos agora. Esperarei pelo resto.

Mas o embaraço de dona Caroline continuava o mesmo, perguntava a si mesma onde encontrar esses dois mil francos, quando lhe ocorreu a ideia de procurar Maxime. Não quis examiná-la. Ele aceitaria guardar segredo, não recusaria o adiantamento dessa pequena quantia, que certamente o pai lhe reembolsaria. E ela partiu, avisando que voltaria para buscar Victor no dia seguinte.

Eram apenas cinco horas, ela tinha tamanha ansiedade para encerrar a questão que, subindo no fiacre, deu ao cocheiro o endereço de Maxime, na avenue de l'Impératrice. Quando chegou, o camareiro lhe disse que o patrão se aprontava para sair, mas que, de qualquer forma, a anunciaria.

Por um momento, ela sufocou no salão onde aguardava. Era uma pequena mansão instalada com um refinamento requintado de luxo e de bem-estar. Esbanjavam-se tapeçarias e tapetes; e exalava um suave aroma de âmbar do tépido silêncio dos cômodos. Era bonito, suave e discreto, embora lá não houvesse mulher; pois o jovem viúvo, enriquecido pela morte de sua esposa, havia pautado sua vida pelo único culto de si mesmo, fechando a porta, como rapaz experiente, a qualquer novo compartilhamento. Esse deleite de viver, que devia a uma mulher, não concebia que outra o estragasse. Desencantado do vício, só continuava a saboreá-lo como um doce que lhe era proibido, em razão de seu estômago deplorável. Fazia muito tempo que abandonara a ideia de entrar no Conselho de Estado, nem se interessava mais pelas corridas, os cavalos o haviam saciado, tal como as mulheres. E vivia só, ocioso, perfeitamente feliz, gastando sua fortuna com arte e precaução, com uma ferocidade de enteado perverso e financeiramente dependente, tendo se tornado sério.

– Se a senhora quiser me acompanhar – o camareiro voltou para dizer-lhe. – O senhor pode recebê-la imediatamente em seu quarto.

Dona Caroline tinha um relacionamento familiar com Maxime, desde que ele a via instalada como intendente fiel, toda vez que jantava com o pai. Ao entrar no quarto, encontrou as cortinas fechadas, seis velas acesas sobre a lareira e sobre um aparador, aclarando com uma chama tranquila esse ninho de plumas e de seda, quarto excessivamente aconchegante de bela mulher à venda, com suas poltronas profundas, sua imensa cama com a maciez das plumas. Era o cômodo amado, onde havia exaurido as delicadezas, os móveis e enfeites preciosos, maravilhas do século passado, dispersas, perdidas na mais deliciosa confusão de tecidos que se podia ver.

Mas a porta do gabinete de toalete estava inteiramente aberta, e ele apareceu dizendo:

– Então, o que aconteceu?... Papai morreu?

Ao sair do banho, havia vestido um traje elegante de flanela branca, a pele viçosa e perfumada, com a bela cabeça de moça, já cansada, olhos azuis e claros sobre o vazio do cérebro. Pela porta, ouvia-se ainda o gotejamento de uma das torneiras da banheira, enquanto um aroma de flor selvagem exalava na suavidade da água morna.

– Não, não é tão grave – respondeu, incomodada pelo tom tranquilamente divertido da pergunta. – O que tenho a lhe dizer, no entanto, perturba-me um pouco... Desculpe-me por chegar assim em sua casa...

– É fato, janto fora, mas tenho bastante tempo para me vestir... Vejamos, o que se passa?

Ele esperava e ela agora hesitava, balbuciava, assombrada por esse grande luxo, por esse refinamento de prazer que percebia em volta de si. Certa covardia a dominava, não encontrava mais coragem para contar tudo. Seria possível que a existência, tão dura para o filho do acaso, lá longe, na cloaca que era a Vila de Nápoles, tivesse se mostrado tão pródiga com este, em meio a essa sábia riqueza? Tanta imundície ignóbil, fome e lixo inevitáveis, de um lado, e, do outro, tamanha busca de requinte, abundância, vida bela! Então, o dinheiro seria educação, saúde, inteligência? E, se a mesma abjeção humana permanecia por debaixo, toda a civilização não estaria nessa superioridade de cheirar bem e de viver confortavelmente?

– Meu Deus! É uma longa história. Penso que faço bem em contá-la... Além do mais, sou obrigada, preciso do senhor.

Maxime escutou-a, no início de pé; depois, sentou-se diante dela, pernas vacilantes pela surpresa. E, quando ela se calou:

– Como!? Como!? Não sou mais o filho único, cai-me do céu um irmãozinho horrível, sem aviso prévio!

Imaginou-o interesseiro, fez uma alusão à questão da herança.
— Oh!, a herança de papai!

E fez um gesto de desinteresse irônico, que ela não entendeu. O quê? Que queria dizer? Não acreditava nas grandes qualidades, na certeza da fortuna de seu pai?

— Não, não, meu caso está resolvido, não preciso de ninguém... Na verdade, porém, o que acontece é tão engraçado que não posso deixar de rir.

De fato, ria, mas incomodado, surdamente inquieto, preocupado somente com ele mesmo, sem ainda ter tido tempo de examinar o que a aventura poderia lhe trazer de bom ou de mau. Sentiu-se à parte, soltou uma frase na qual, brutalmente, exprimiu-se por inteiro.

— No fundo, pouco me importa! — Levantando-se, entrou no gabinete de toalete, voltou rapidamente com uma lixa de escama, com a qual polia suavemente as unhas. — E o que a senhora pretende fazer com seu monstro? Não se pode trancá-lo na Bastilha, como o Máscara de Ferro.

Ela falou, então, das contas de Méchain, explicou sua ideia de levar Victor para a Obra do Trabalho e pediu-lhe os dois mil francos.

— Não quero que seu pai saiba de nada ainda, só posso me dirigir ao senhor, é preciso que faça esse adiantamento.

Mas ele recusou de pronto.

— Para papai, nunca na vida! Nem um centavo!... Escute, é um juramento, se papai precisar de um centavo para pagar o pedágio de uma ponte, não lhe emprestarei... Pois entenda! Há bobagens bobas demais, não quero ser ridículo.

Encarou-o de novo, perturbada pelas coisas desagradáveis que ele insinuava. Nesse momento de emoção, não tinha vontade nem tempo de fazê-lo falar.

— E para mim — disse ela em tom firme —, emprestaria esses dois mil francos?

— Para a senhora, para a senhora... — Continuava a polir as unhas com um movimento bonito e leve, a examiná-la com seus olhos claros, que vasculhavam as mulheres até o fundo da alma. — Para a senhora, com certeza, tudo bem... A senhora é confiável, certamente os devolverá.

Depois, quando foi buscar as duas notas em um pequeno móvel e as entregou, tomou-lhe as mãos, conservou-as um instante entre as suas, ar de cordialidade afável, como um enteado que tivesse simpatia por sua madrasta.

– A senhora tem ilusões a respeito de papai, a senhora!... Oh!, não se defenda, não quero saber de seus assuntos... As mulheres, é tão bizarro, têm, às vezes, o passatempo de serem dedicadas; e, naturalmente, têm razão de buscar prazer onde o encontram... Pouco importa, se um dia se sentir mal recompensada, venha ver-me, conversaremos.

Quando dona Caroline se viu de novo no fiacre, ainda sufocada pela tepidez indolente da pequena mansão, pelo perfume de heliotrópio que havia impregnado sua roupa, tremia como ao sair de um local suspeito, assustada também por essas reticências, por esses gracejos do filho sobre o pai, que agravavam sua suspeita de passado inconfessável. Mas não queria saber de nada, tinha o dinheiro, acalmou-se para organizar o dia seguinte de modo que, já à tarde, a criança estivesse resgatada do vício.

Assim, pela manhã, teve de apressar-se, pois deveria cumprir uma série de formalidades para ter certeza de que seu protegido seria acolhido na Obra do Trabalho. Sua posição de secretária do conselho supervisor, que a princesa d'Orviedo, a fundadora, havia composto de dez senhoras da sociedade, facilitou-lhe certamente essas formalidades; e, à tarde, só teria de buscar Victor na Vila de Nápoles. Havia levado roupas adequadas, no fundo estava inquieta com a resistência que o menino poderia opor, ele que nem queria ouvir falar de escola. Mas Méchain, a quem havia enviado um telegrama e que a esperava, já na soleira deu-lhe uma notícia que a deixava, ela mesma, transtornada; durante a noite, de repente, a mãe Eulalie morreu, sem que o médico soubesse dizer exatamente de quê, uma congestão talvez, alguma desgraça do sangue contaminado; e o terrível foi que o menino, deitado com ela, só se apercebeu da morte, na obscuridade, ao sentir que o corpo junto ao dele tornava-se completamente frio. Acabou a noite na casa da proprietária, aturdido pelo drama, acometido por um medo profundo, de modo que se deixou vestir e que parecia contente de viver em uma casa que tinha um belo jardim. Nada mais o retinha ali, pois a gorda, como ele dizia, ia apodrecer na cova.

Entretanto, Méchain, preenchendo o recibo dos dois mil francos, impunha suas condições.

– Está claro, não está? A senhora completará os seis mil francos em uma única parcela, daqui a seis meses... Senão, falarei com o senhor Saccard.

– Mas – disse dona Caroline – é o senhor Saccard quem a pagará pessoalmente... Hoje, eu simplesmente o substituo.

A despedida entre Victor e a velha prima foi sem ternura: um beijo nos cabelos, a pressa do menino em subir no fiacre, enquanto ela, repreendida por Busch por ter aceitado um mero adiantamento, continuava a ruminar surdamente o aborrecimento de ver sua garantia escapar-lhe.

– Enfim, senhora, seja honesta comigo, senão eu lhe juro que saberei perfeitamente como fazê-la se arrepender.

Da Vila de Nápoles até a Obra do Trabalho, no boulevard Bineau, dona Caroline só pôde arrancar monossílabos de Victor, cujos olhos radiantes devoravam o caminho, as avenidas largas, os passantes e as casas ricas. Ele não sabia escrever, lia mal, tendo sempre trocado a escola pelas brincadeiras nas fortificações; e de sua face de criança prematuramente amadurecida só brotavam os apetites exasperados de sua raça, uma impaciência, uma violência em obter prazer, agravados pelo adubo da miséria e dos exemplos abomináveis entre os quais havia crescido. No boulevard Bineau, seus olhos de jovem animal selvagem faiscaram ainda mais, quando, após descer do fiacre, atravessou o pátio central, ladeado à direita e à esquerda pelo pavilhão dos meninos e pelo das meninas. Já havia escrutado com um olhar as vastas áreas de recreio, plantadas com belas árvores, as cozinhas revestidas de azulejos, cujas janelas abertas exalavam aromas de carne, os refeitórios ornados de mármore, longos e altos como naves de capela, todo esse régio luxo que a princesa, obcecada por suas restituições, queria dar aos pobres. Logo ao chegar ao fundo, à parte central do edifício ocupada pela administração, levado de serviço em serviço para ser admitido conforme as formalidades de praxe, escutou o som de seus sapatos novos ao longo de corredores imensos, de escadarias largas, de vãos inundados de ar e luz, decorados como um palácio. Suas narinas tremiam, tudo isso seria seu.

Mas, como dona Caroline desceu outra vez ao térreo para assinar um documento, ele foi conduzido por um novo corredor até uma porta envidraçada, e pôde ver uma oficina, onde meninos de sua idade, em pé diante de bancas de carpinteiro, aprendiam escultura em madeira.

– Veja, meu jovem amigo – disse ela –, aqui se trabalha, porque é preciso trabalhar para ser saudável e feliz... À tarde, há aulas, e eu espero, não é assim?, que você seja bem-comportado, que estude bastante... É você quem decidirá seu futuro, um futuro como jamais havia sonhado.

Um vinco sombrio cortou a fronte de Victor. Não respondeu, e seus olhos de jovem lobo, diante desse luxo ostentado, prodigalizado, limitaram-se apenas a olhares oblíquos de bandido invejoso; ter tudo, mas sem fazer nada; conquistar, locupletar-se, à força de unhas e dentes. Daí em diante, foi ali simplesmente um revoltado, um prisioneiro que sonhava com roubo e evasão.

– Agora, está tudo resolvido – prosseguiu dona Caroline. – Vamos até a sala de banho.

Era costume que todo novo pensionista tomasse um banho ao chegar; e as banheiras ficavam no andar de cima, em dependências anexas à enfermaria, a qual, por sua vez, composta de dois pequenos quartos, um para os meninos, outro para as meninas, era vizinha da rouparia. As seis irmãs de caridade da comunidade reinavam ali, naquela rouparia magnífica, feita de bordo envernizado, com três prateleiras de armários profundos, naquela enfermaria modelo, de uma claridade, de uma brancura sem mácula, alegre e limpa como a saúde. Frequentemente também as senhoras do conselho de supervisão vinham passar uma hora, à tarde, menos para controlar que para dar à obra o apoio de sua dedicação.

E, precisamente, a condessa de Beauvilliers estava lá, com a filha Alice, na sala que separava as duas enfermarias. Muitas vezes, ela a trazia para distraí-la, dando-lhe o prazer da caridade. Naquela tarde, Alice ajudava uma das irmãs a passar geleia no

pão para duas pequenas convalescentes, a quem haviam permitido um lanche.
– Ah! – disse a condessa ao ver Victor, a quem haviam dito para sentar-se, à espera do banho. – Eis aqui um novo pensionista.

Geralmente, ela permanecia cerimoniosa diante de dona Caroline, cumprimentando-a apenas com um aceno de cabeça, sem nunca lhe dirigir a palavra, por receio de ser obrigada a entabular relações de vizinhança. Mas esse menino que ela trazia, o ar de real bondade com que se ocupava dele, sem dúvida comoviam-na, fazendo com que saísse de sua reserva. Então conversaram a meia-voz.
– Se soubesse, senhora, de que inferno acabo de tirá-lo! Recomendo-o a sua supervisão, como o recomendei a todas essas senhoras e a todos esses senhores.
– Tem pais? Conhece-os?
– Não, a mãe faleceu... Ele só tem a mim.
– Pobre menino!... Ah!, quanta miséria!

Durante esse tempo, Victor não tirava os olhos do pão. Seu olhar estava iluminado por uma cobiça feroz; e, dessa geleia que a faca espalhava, subiu às mãos finas e brancas de Alice, a seu pescoço muito esguio, a todo seu corpo de virgem debilitada, que definhava na espera vã de um casamento. Se estivesse sozinho com ela, como a teria empurrado contra a parede com um belo golpe de cabeça no ventre, para arrancar dela esse pão com geleia! Mas a moça havia percebido seus olhares vorazes; e, após consultar uma religiosa com o olhar:
– Está com fome, meu jovem amigo?
– Sim.
– E não detesta geleia?
– Não.
– Então, aceita que eu lhe prepare duas fatias para comer após o banho?
– Sim.
– Muita geleia e pouco pão, certo?
– Sim.

Ela ria, gracejava, mas ele permanecia sério e embasbacado, com seus olhos ávidos, que a devoravam, ela e suas boas coisas.

Nesse momento, gritos de alegria, uma violenta algazarra subiu do pátio dos meninos, onde começava o recreio das quatro horas. Esvaziavam-se as oficinas, os pensionistas tinham meia hora para lanchar e esticar as pernas.

– Veja – continuou dona Caroline, conduzindo-o a uma janela –, embora trabalhem, também brincam... Gosta de trabalhar?
– Não.
– Mas gosta de brincar?
– Sim.
– Pois bem, se quiser brincar, será preciso trabalhar... Tudo dará certo, você será sensato, tenho certeza.

Não respondeu. Uma chama de prazer havia lhe aquecido o rosto ao ver seus colegas livres, pulando e gritando; e seu olhar desviou-se para o pão com geleia, que a moça acabava de aprontar e colocava sobre um prato. Sim! Liberdade, prazer, todo o tempo, não queria nada além disso. Seu banho estava pronto, levaram-no.

– Eis um jovem senhor que não será nada fácil, acho – disse docemente a religiosa. – Desconfio deles quando não têm um rosto a prumo.

– Entretanto, esse não é feio – murmurou Alice –, e parece ter dezoito anos, ao notar como nos olha.

– É verdade – concluiu dona Caroline, com um leve calafrio –, é muito desenvolvido para a idade.

E, antes de partirem, as senhoras quiseram ter o prazer de ver as pequenas convalescentes comerem os lanches que haviam preparado. Uma delas, em especial, era muito interessante, uma menina loira de dez anos, olhos já argutos, aparência de mulher, corpo desenvolvido e doente à maneira dos subúrbios parisienses. Era, aliás, a história comum: pai alcoólatra que levava para casa as amantes recolhidas na sarjeta e acabava de desaparecer com uma delas; mãe que havia arranjado outro homem, depois mais outro, ela também entregue à bebida; e a pequena nesse meio, espancada por todos esses homens, isso quando não tentavam estuprá-la. Uma manhã, a mãe teve de resgatá-la dos braços de um pedreiro, trazido por ela mesma na véspera. Entretanto, permitiam que essa mãe miserável viesse visitar a filha, pois foi ela que havia implorado para a retirarem de suas mãos, tendo conservado em sua abjeção um ardente amor materno. E estava precisamente lá, uma mulher magra e amarelecida, consumida, pálpebras queimadas pelas lágrimas, sentada junto ao leito branco, onde sua menina, muito asseada, dorso apoiado em almofadas, comia gentilmente seu pão com geleia.

Ela reconheceu dona Caroline, pois havia ido uma vez à casa de Saccard procurar ajuda.

– Ah, senhora, aqui está minha pobre Madeleine salva mais uma vez. É nossa desgraça que ela traz no sangue, veja, e o médico havia me dito que ela não sobreviveria, se continuasse sendo maltratada em casa... Enquanto aqui tem carne, tem vinho; então, ela respira, está tranquila... Por favor, senhora, diga àquele cavalheiro bondoso que não vivo uma hora de minha existência sem abençoá-lo.

Um soluço sufocou-a, seu coração derretia de gratidão. Falava de Saccard, pois conhecia somente ele, como a maioria dos pais que tinham filhos na Obra do Trabalho. A princesa d'Orviedo nunca aparecia, enquanto ele havia se dedicado durante muito tempo, povoando a Obra, recolhendo todas as misérias da sarjeta para ver funcionar mais depressa aquela máquina de caridade que era um pouco sua criação, aliás, entusiasmando-se como sempre, distribuindo moedas de seu bolso às tristes famílias, cujos filhos salvava. E era o único e verdadeiro Deus para todos esses miseráveis.

– Não é?, senhora, diga-lhe que há, em algum lugar, uma pobre mulher que reza por ele... Oh! Não que eu tenha religião, não quero mentir, nunca fui hipócrita. Não, as igrejas e nós, acabou, porque simplesmente não pensamos mais nelas, tudo aquilo não servia para nada, ir até lá para perder tempo... Mas não quer dizer que não haja alguma coisa acima de nós, e, quando alguém é bom, é um consolo pedir as bênçãos do céu a essa pessoa.

Suas lágrimas transbordaram, escorreram sobre o rosto envelhecido.

– Escute, Madeleine, escute...

A menina, tão pálida em sua camisa de neve, lambendo a geleia de seu pão com a ponta da língua gulosa, com olhos de felicidade, ergueu a cabeça, prestou atenção, sem interromper seu desfrute.

– Todas as noites, antes de dormir em sua cama, junte as mãos assim e diga: "Meu Deus, faça que o senhor Saccard seja recompensado por sua bondade, que tenha vida longa e seja feliz". Você entende, promete-me?
– Sim, mamãe.

Nas semanas que seguiram, dona Caroline viveu em grande conflito moral. Não tinha mais ideias claras sobre Saccard. A história do nascimento e do abandono de Victor; aquela pobre Rosalie violentada sobre um degrau de escada, tão brutalmente que ficou aleijada; e as cédulas assinadas e não pagas; e a infeliz criança sem pai, criada na lama; todo esse passado lamentável lhe dava náusea. Descartava as imagens desse passado, da mesma forma que não havia desejado encorajar as indiscrições de Maxime: certamente, havia ali taras antigas que a amedrontavam, que lhe trariam mágoas demais. Depois, essa mulher em prantos, juntando as mãos da filha para que rezasse por esse mesmo homem; era Saccard adorado como o Deus da bondade, e verdadeiramente bom, tendo realmente salvado almas, nessa atividade apaixonada de fomentador de negócios, que se alçava à virtude, quando a tarefa era bela. Assim, acabou por não querer mais julgá-lo, dizendo a si mesma, para apaziguar sua consciência de mulher culta que havia lido demais e refletido demais, que havia nele, como em todos os homens, o pior e o melhor.

Entretanto, teve um despertar surdo de vergonha à lembrança de que lhe havia pertencido. Isso sempre a deixava estupefata, tranquilizava-se jurando a si mesma que havia acabado, que aquela surpresa de um momento não poderia recomeçar. E passaram-se três meses, durante os quais, duas vezes por semana, visitava Victor; e em uma noite novamente se encontrou nos braços de Saccard, definitivamente dele, permitindo que se estabelecessem relações regulares. Então, o que se passava com ela? Era, como as outras, curiosa? Esses amores obscuros do passado, trazidos à tona por ela, haviam lhe dado o desejo sensual de conhecer? Ou melhor, era a criança que seria o elo, a aproximação fatal entre ele, o pai, e ela, a mãe de reencontro e de adoção? Sim, devia ter ocorrido uma perversão sentimental. Em sua grande mágoa de mulher infértil, isso certamente a havia enternecido até o aniquilamento de sua vontade, ter-se ocupado do filho desse homem, em circunstâncias tão pungentes. A cada vez que o via, entregava-se mais, e uma maternidade estava no âmago de seu abandono. Ademais, era mulher de claro bom senso, aceitava os fatos da vida, sem se exaurir na tarefa de explicar os milhares de causas complexas deles. Para ela, esse enredamento do coração e do cérebro, essa análise sofisticada que procura pelo em ovo, era uma distração de mundanas desocupadas, sem casa para cuidar, sem filhos para amar, farsantes intelectuais que procuram desculpas para seus vacilos, que mascaram com a ciência da alma os apetites da carne, comuns às duquesas e às criadas. Ela, com uma erudição tão vasta, que no passado havia perdido seu tempo no anseio de conhecer o vasto mundo e de opinar sobre querelas de filósofos, saiu dessa fase com grande desdém pelas recreações psicológicas, que tendem a substituir o piano e o bordado, e das quais dizia rindo que haviam degenerado mais mulheres que as que tinham corrigido. Assim, nos dias em que sentia um vazio, em que havia uma fissura em seu livre-arbítrio, preferia ter a coragem de aceitar o fato, após tê-lo reconhecido; e contava com os afazeres da vida para apagar a tara, para reparar o mal, do mesmo modo que a seiva, ao subir, sempre fecha o entalhe do carvalho, refaz a madeira e a casca. Embora pertencesse agora a Saccard sem tê-lo desejado, sem ter certeza de amá-lo, desculpava-se dessa degradação julgando que não era indigno dela, atraída por suas qualidades de homem de ação, por sua energia em vencer, achando-o bom e útil aos outros. Sua vergonha inicial havia desaparecido pela necessidade que se tem de purificar os próprios erros, e, com efeito, nada era mais natural nem mais tranquilo que essa relação: uma união de razão simplesmente, ele feliz em tê-la ao lado, à noite, quando não saía, ela quase maternal, de uma afeição tranquilizante, com sua inteligência viva e sua retidão. E, para esse pirata das ruas de Paris, chamuscado e curtido em todas as armadilhas financeiras, era realmente uma sorte imerecida, uma recompensa roubada como o resto, ter a seu lado essa mulher adorável, tão jovem e tão sadia, aos trinta e seis anos, sob a neve de seus bastos cabelos brancos, com um bom senso tão corajoso e com uma sagacidade tão humana, em sua fé na vida tal como ela é, apesar da lama que a correnteza carrega.

Passaram-se meses, e convém dizer que dona Caroline achou Saccard muito enérgico e muito prudente durante esse penoso começo do Banco Universal. Suas suspeitas de transações nebulosas, seus temores de que ele os comprometesse, a ela e ao irmão, dissiparam-se inteiramente, ao vê-lo sempre em luta contra as dificuldades, exaurindo-se de manhã à noite para garantir o funcionamento dessa grande mecânica nova, cujas engrenagens rangiam, ao ponto de quase romperem; e ela sentiu gratidão, admirou-o. Com efeito, o Universal não deslanchava como havia imaginado, porque tinha contra ele a hostilidade velada da alta finança: corriam boatos malevolentes, renasciam obstáculos, que imobilizavam o capital e impediam as grandes tentativas frutuosas. Entretanto, ele transformou em virtude essa lentidão de marcha à qual o obrigavam, avançando passo a passo, sobre terreno sólido, atento aos obstáculos, muito ocupado em evitar a queda para que ousasse se lançar nas incertezas do jogo. Corroído de impaciência, marcava passo como um cavalo de corrida reduzido a um passeio a trote; mas nunca o começo de uma casa de crédito foi tão honrado nem tão correto; e a Bolsa comentava isso com espanto.

E chegou-se assim à época da primeira assembleia geral. Havia sido marcada para 25 de abril. Já no dia 20, Hamelin desembarcou do Oriente, especialmente para presidi-la, chamado às pressas por Saccard, que sufocava na casa tão exígua. Trazia, aliás, excelentes notícias: tratados concluídos para a formação da Companhia Geral de Navios Associados e, por outro lado, tinha em mãos as concessões que assegurariam a uma empresa francesa a exploração das minas de prata do Carmelo; sem falar do Banco Nacional Turco, cujos alicerces ele havia acabado de lançar em Constantinopla e que seria uma verdadeira sucursal do Universal. Em relação à grande questão das ferrovias da Ásia Menor, ainda não estava madura, conviria deixá-la de lado; por último, deveria retornar, para continuar seus estudos, já no dia seguinte da assembleia. Saccard, encantado, teve com ele uma longa conversa, a que dona Caroline assistiu, e persuadiu-os facilmente de que um aumento do capital social era uma necessidade absoluta, se quisessem fazer frente a essas empresas. Já consultados, os grandes acionistas, Daigremont, Huret, Sédille, Kolb, haviam aprovado esse aumento; de modo que, em dois dias, a proposta foi estudada e apresentada ao conselho administrativo, na véspera da reunião dos acionistas.

Essa sessão extraordinária do conselho foi solene, todos os administradores assistiram a ela, no salão austero, matizado de verde pela proximidade das grandes árvores da mansão Beauvilliers. Havia duas sessões ordinárias por mês: a pequena, em torno do dia 15, a mais importante, à qual só compareciam os verdadeiros chefes, os administradores dos negócios; e a grande, em torno do dia 30, a reunião de gala, à qual iam todos, os silenciosos e os decorativos, para aprovar os trabalhos preparados previamente e para apor assinaturas. Nesse dia, o marquês de Bohain, com sua pequena cabeça aristocrática, chegou entre os primeiros, trazendo com ele, em seu grande ar cansado, a aprovação de toda a nobreza francesa. E o visconde de Robin-Chagot, o vice-presidente, homem tranquilo e avaro, estava encarregado de vigiar os administradores que não estivessem a par, chamá-los de lado e comunicar-lhes resumidamente as ordens do diretor, o verdadeiro patrão. Assunto entendido, todos prometiam obedecer, com um sinal de cabeça.

Enfim, começou a sessão. Hamelin expôs ao conselho o relatório que deveria ler diante da assembleia geral. Era o grande trabalho que Saccard preparava havia tempo, que havia redigido em dois dias, acrescido das anotações trazidas pelo engenheiro, e que escutava modestamente, com ar de vivo interesse, como se não conhecesse sequer uma palavra. Inicialmente, o relatório falava dos negócios feitos pelo Banco Universal, desde sua fundação: eram apenas bons e pequenos negócios do dia a dia, realizados da noite para o dia, o movimento banal das casas de crédito. Entretanto, previam-se juros muito altos sobre o empréstimo mexicano, que acabava de ser emitido, no mês anterior, após a viagem do imperador Maximiliano ao México: um empréstimo de esbanjamento e de prêmios loucos, no qual Saccard lamentava mortalmente não ter podido chafurdar mais, por falta de dinheiro. Tudo isso era corriqueiro, mas havia acontecido. Para o primeiro exercício, que só abrangia três meses, de 5 de outubro, data da fundação, até 31 de dezembro, o excedente dos lucros era apenas quatrocentos e poucos mil francos, o que havia permitido amortizar um quarto das despesas da primeira instalação, pagar cinco por cento aos acionistas e depositar dez por cento no fundo de reserva; além disso, os administradores haviam retirado os dez por cento que lhes atribuíam os estatutos, e restava uma quantia de cerca de sessenta e oito mil francos, que havia sido transferida ao exercício seguinte. No entanto, não houve dividendos. Nada mais medíocre, nem mais honroso. Era o mesmo para as cotações das ações do Universal na Bolsa, haviam subido lentamente de quinhentos a seiscentos francos, sem abalos, de forma normal, como a cotação dos valores de qualquer banco que se respeita; e nos dois últimos meses, permaneciam estacionárias, sem motivo para aumentar mais, no pequeno ritmo diário em que parecia adormecer a empresa nascente.

A seguir, o relatório tratava do futuro, e então era uma ampliação brusca, um vasto horizonte aberto por uma série de grandes empresas. Insistia particularmente na Companhia Geral de Navios Associados, cujas ações o Universal deveria emitir: uma companhia com capital de cinquenta milhões, que monopolizaria todo o transporte no Mediterrâneo e onde estariam sindicadas as duas grandes empresas rivais, a Focense, para Constantinopla, Esmirna e Trebizonda, via Pireu e Dardanelos, e a Sociedade Marítima, para Alexandria, via Messina e Síria, sem contar empresas menores que entrariam no sindicato: os Combarel e Cia., para a Argélia e a Tunísia; a viúva Henri Liotard, também para a Argélia, via Espanha e Marrocos; enfim, os Irmãos Féraud-Giraud, para Itália, Nápoles e as cidades do Adriático, via Civitavecchia. Conquistariam todo o Mediterrâneo, fazendo uma só companhia dessas empresas e dessas casas rivais, que se matavam umas às outras. Graças aos capitais centralizados, construiriam navios modelos, com velocidade e conforto até então desconhecidos, multiplicariam as viagens, surgiriam novas escalas, fariam do Oriente um subúrbio de Marselha; e que importância obteria a Companhia logo que, acabado o canal de Suez, lhe fosse permitido criar serviços para as Índias, Tonquim, China e Japão!? Nunca havia sido apresentado negócio com concepção mais ampla ou mais segura. Em seguida, viria o apoio dado ao Banco Nacional Turco, sobre o qual o relatório fornecia extensos detalhes técnicos, que demonstravam a inabalável solidez. E terminava essa exposição das operações futuras com o anúncio de que o Universal ainda tomaria sob seu patrocínio a Sociedade Francesa das Minas de Prata do Carmelo, constituída com capital de vinte e cinco milhões. Análises químicas indicavam, nas amostras do minério, uma proporção significativa de prata. Mas, ainda mais que a ciência, a antiga poesia dos lugares santos fazia escoar essa prata em chuva miraculosa, deslumbramento divino que Saccard havia escrito no fim de uma frase, da qual estava muito orgulhoso.

Por fim, após essas promessas de futuro glorioso, o relatório concluía com o aumento de capital. Seria dobrado, elevado de vinte e cinco para cinquenta milhões. O sistema de emissão adotado era o mais simples do mundo, para que entrasse facilmente em todas as cabeças: cinquenta mil novas ações seriam criadas e reservadas, uma a uma, aos subscritores das primeiras cinquenta mil ações; de modo que nem sequer haveria subscrição pública. Essas novas ações, porém, seriam de quinhentos e vinte francos, incluindo um prêmio de vinte francos, formando no total uma quantia de um milhão, que seria incorporado ao fundo de reserva. Era justo e prudente cobrar dos acionistas esse pequeno imposto, pois seriam favorecidos. Aliás, no momento da subscrição só seria exigível um quarto do valor das ações, mais o prêmio.

Quando Hamelin acabou de ler, produziu-se um burburinho de aprovação. Era perfeito, nenhuma objeção a fazer. Durante todo o tempo que durou a leitura, Daigremont, muito interessado em um exame cuidadoso de suas unhas, sorria à evocação de pensamentos vagos; e o deputado Huret, esparramado em sua poltrona, olhos fechados, cochilava, como se estivesse na Câmara; enquanto Kolb, o banqueiro, tranquilamente, sem se esconder, havia se dedicado a um longo cálculo, nas folhas de papel que tinha à frente, como todos os administradores. Entretanto, Sédille, sempre ansioso e desconfiado, quis fazer uma pergunta: o que aconteceria com as ações abandonadas pelos acionistas que não quisessem se valer de seus direitos? Seriam mantidas sob o controle da empresa, o que seria ilícito, pois a declaração legal só poderia ser feita em tabelião se o capital estivesse integralmente subscrito? E, caso se quisesse livrar-se delas, a quem e como se pretendia vendê-las? Mas, desde as primeiras frases do fabricante de seda, o marquês de Bohain, ao ver a impaciência de Saccard, cortou-lhe a palavra, dizendo, com seu grande ar nobre, que o conselho remeteria esses detalhes ao presidente e ao diretor, ambos tão competentes e tão dedicados. E só houve congratulações, a sessão foi encerrada em meio ao contentamento de todos.

No dia seguinte, a assembleia geral deu lugar a manifestações verdadeiramente tocantes. Ocorreu novamente no salão da rue Blanche onde um empresário de bailes públicos havia falido; e, antes da chegada do presidente, na sala já repleta, corriam os melhores rumores, principalmente um que se sussurrava ao ouvido: violentamente atacado pela oposição crescente, Rougon, o ministro, irmão do diretor, estava disposto a favorecer o Universal, contanto que o jornal da sociedade, A Esperança, antigo órgão católico, defendesse o governo. Um deputado de esquerda acabava de soltar o terrível grito: "O 2 de dezembro* é um crime!", que havia ressoado de um extremo a outro da França, como um despertar da consciência pública. Era necessário responder com grandes ações, a próxima Exposição Universal decuplicaria o volume de negócios, previam-se grandes lucros no México e em outros lugares, com o triunfo do império em seu apogeu. E, entre um pequeno grupo de acionistas, que Jantrou e Sabatani doutrinavam, ria-se muito de outro deputado que, na discussão sobre o exército, teve a fantasia extraordinária de propor que se estabelecesse na França o sistema de recrutamento da Prússia. A Câmara havia se divertido: seria preciso que o terror inspirado pela Prússia perturbasse alguns espíritos, após a questão da Dinamarca, e sob o golpe do ódio surdo que nos

---

* Referência ao golpe de Estado de Luís Napoleão Bonaparte, ocorrido em 2 de dezembro de 1851. (N. T.)

dedicava a Itália desde Solferino*! Mas o ruído das conversas particulares, o grande murmúrio da sala, cessou subitamente quando Hamelin e a diretoria entraram. Ainda mais modesto que na reunião do conselho, Saccard passava despercebido, perdido na multidão; contentava-se em dar sinal para os aplausos, aprovando o relatório que submetia à assembleia as contas do primeiro exercício, revistas e aceitas pelos auditores Lavignière e Rousseau, e que propunha dobrar o capital. Só a assembleia era competente para autorizar esse aumento, que, aliás, decidiu com entusiasmo, absolutamente inebriada pela Companhia Geral de Navios Associados e pelo Banco Nacional Turco, reconhecendo a necessidade de pôr o capital em sintonia com a importância que o Universal atingiria em breve. Quanto às minas de prata do Carmelo, foram acolhidas com um frêmito religioso. E, quando os acionistas se separaram, confiando agradecimentos ao presidente, ao diretor e aos administradores, todos sonharam com o Carmelo, aquela miraculosa chuva de prata caindo dos lugares santos, envolta por uma auréola.

Dois dias depois, Hamelin e Saccard, acompanhados desta vez pelo vice-presidente, visconde de Robin-Chagot, voltaram à rue Sainte-Anne, ao ofício do tabelião Lelorrain, para declarar o aumento do capital, que afirmaram ter sido integralmente subscrito. A verdade era que cerca de três mil ações, recusadas pelos primeiros acionistas a que pertenciam por direito, ficaram nas mãos do Banco, que as passou de novo à conta Sabatani, mediante um artifício contábil. Era a velha irregularidade, agora mais grave, o sistema que consistia em dissimular na caixa do Universal uma parcela de seus próprios títulos, espécie de reserva de combate, que lhe permitiria especular, lançar-se à batalha da Bolsa, se lhe conviesse, para sustentar as cotações, em caso de uma coalizão de baixistas.

Aliás, Hamelin, mesmo desaprovando essa tática ilegal, havia acabado por confiar as operações financeiras inteiramente

---

* Última batalha da Segunda Guerra de Independência Italiana em que o exército francês auxiliou as tropas do Reino da Sardenha a combater as forças austríacas. Após a vitória, Napoleão III negociou a paz com os austríacos à revelia dos italianos. (N. E.)

a Saccard; houve uma conversa sobre esse assunto, entre eles e dona Caroline, referente unicamente às quinhentas ações que os havia forçado a subscrever na primeira emissão e que a segunda, naturalmente, acabava de duplicar: mil ações no total, representando, pelo pagamento de um quarto do valor e do prêmio, a quantia de cento e trinta e cinco mil francos, que o irmão e a irmã queriam absolutamente pagar, pois haviam recebido uma herança inesperada de cerca de trezentos mil francos de uma tia morta dez dias após seu único filho, ambos levados pela mesma febre. Saccard deixou que o fizessem, sem explicar a maneira que utilizaria para liberar suas próprias ações.

– Ah!, essa herança – disse dona Caroline, rindo – é a primeira chance que temos... Penso que o senhor nos traz sorte. Meu irmão com seus trinta mil francos de honorários, seu auxílio-viagem considerável e todo esse ouro que despenca sobre nós, provavelmente porque não temos mais necessidade... Eis que estamos ricos.

Olhava para Saccard, com toda a gratidão de seu bom coração, agora vencida, confiante nele, perdendo a cada dia sua clarividência na ternura crescente que ele lhe inspirava. Entretanto, levada por sua alegre franqueza, continuou:

– Pouco importa, se eu tivesse ganhado esse dinheiro, digo-lhe que não o arriscaria em seus negócios... Mas uma tia que mal conhecíamos, um dinheiro em que nunca havíamos pensado, enfim, dinheiro achado no chão, algo que não me parece muito honesto e que me dá um pouco de vergonha... O senhor percebe, não me agrada, até gostaria de perdê-lo.

– Justamente – disse Saccard, gracejando também –, ele vai crescer e dar-lhe milhões. Nada melhor para desfrutar que dinheiro roubado... Em oito dias, a senhora verá, verá a alta!

E, com efeito, Hamelin, coagido a atrasar sua viagem, assistiu com surpresa a uma alta rápida das ações do Universal. Na liquidação do fim de maio, foi ultrapassada a cotação de setecentos francos. Era o resultado habitual de qualquer aumento de capital: é o golpe clássico, o modo de fustigar o sucesso, de impor um ritmo de galope às cotações, a cada nova emissão. Mas havia também a importância real das empresas que seriam lançadas;

e grandes cartazes amarelos, colados em toda Paris, anunciando a exploração iminente das minas de prata do Carmelo, haviam acabado por transtornar os espíritos, estimulando um começo de embriaguez, essa paixão que deveria crescer e sobrepujar toda razão. O terreno estava preparado, o canteiro imperial, feito de detritos em fermentação, aquecido pelos apetites exasperados, extremamente favorável a um desses crescimentos loucos da especulação que, a cada dez ou quinze anos, obstruem e envenenam a Bolsa, deixando um rastro de ruína e de sangue. Empresas desonestas já nasciam como cogumelos, as grandes companhias impulsionavam aventuras financeiras, manifestava-se uma febre intensa de especulação, em meio à prosperidade ruidosa do reino, uma explosão de prazer e de luxo, da qual a próxima Exposição prometia ser o esplendor final, a apoteose ilusória do espetáculo. E, na vertigem que atacava a multidão, entre o atropelo de outros belos negócios oferecidos nas ruas, o Universal finalmente punha-se em marcha, como uma máquina poderosa, destinada a afundar tudo, a triturar tudo, e que mãos violentas aqueciam sem medida, até a explosão.

Quando seu irmão partiu mais uma vez para o Oriente, dona Caroline encontrou-se a sós com Saccard e recomeçaram a estreita vida de intimidade quase conjugal. Ela insistia em ocupar-se de sua casa, em forçá-lo a fazer economias, como intendente fiel, ainda que a sorte de ambos havia mudado. E, em sua paz sorridente, seu humor sempre igual, ela só tinha uma preocupação, seu caso de consciência a respeito de Victor, a hesitação em decidir se deveria ocultar por mais tempo ao pai a existência do filho. Estavam muito descontentes com o menino na Obra do Trabalho, a qual ele devastava. Os seis meses de experiência haviam acabado, deveria apresentar o pequeno monstro antes de tê-lo despojado de seus vícios? Ressentia por vezes um real sofrimento.

Uma noite, esteve a ponto de falar. Saccard, que se desesperava com as instalações exíguas do Universal, havia convencido o conselho a alugar o térreo da casa vizinha para ampliar os escritórios, enquanto não ousasse propor a construção do edifício luxuoso de seus sonhos. Novamente, fazia abrir portas de comunicação, derrubar paredes, colocar mais guichês. E,

O DINHEIRO

como ela voltasse do boulevard Bineau, desesperada com uma abominação de Victor, que quase havia devorado a orelha de um colega, pediu a Saccard que subisse até a casa dela, a casa deles.

– Meu amigo, tenho algo a lhe dizer.

Mas, no andar de cima, quando o viu, ombro coberto de cimento, encantado com uma nova ideia de ampliação que acabava de ter, a de envidraçar o pátio da casa vizinha, não teve coragem de perturbá-lo com o segredo deplorável. Não, esperaria ainda, seria preciso que o horrível patife se corrigisse. Estava sem forças diante do sofrimento dos outros.

– Pois bem, meu amigo, era a respeito do pátio. Tive exatamente a mesma ideia.

O edifício da Bolsa de Paris, em cartão-postal da virada do século XIX para o XX. Nas escadarias do prédio, os *coulissiers* reunidos.

VI

Os escritórios de *A Esperança*, o jornal católico em apuros que, por sugestão de Jantrou, Saccard havia comprado para trabalhar no lançamento do Universal ficavam na rue Saint-Joseph, em um velho prédio escuro e úmido, onde ocupavam o primeiro andar, no fundo do pátio. Um corredor saía da antessala, onde o gás queimava eternamente; havia, à esquerda, o gabinete de Jantrou, o diretor, e, em seguida, uma sala que Saccard havia reservado para seu próprio uso, enquanto se alinhavam, à direita, a sala coletiva da redação, o gabinete do secretário e gabinetes destinados aos diversos serviços. Do outro lado do patamar, estavam instaladas a administração e a caixa, que se ligavam à redação por um corredor interno, atrás da escada.

 Naquele dia, Jordan, prestes a acabar uma crônica, na sala coletiva, onde havia se instalado bem cedo para não ser incomodado, saiu em torno das quatro horas e foi encontrar Dejoie, o empregado do escritório, que, apesar do dia radiante de junho lá fora, lia avidamente à luz do gás o boletim da Bolsa, que entregavam diariamente e do qual era o primeiro a inteirar-se.

 – Diga-me então, Dejoie, é o senhor Jantrou que acaba de chegar?

 – Sim, senhor Jordan.

 O jovem hesitou, um breve mal-estar paralisou-o por alguns segundos. No difícil começo de seu feliz casamento, haviam surgido dívidas antigas; e, apesar da sorte de ter encontrado esse jornal em que publicava artigos, atravessava uma penúria atroz, ademais havia sobre seu salário uma penhora e ele tinha de pagar, naquele mesmo dia, uma nova cédula, sob a ameaça de ver seus quatro móveis confiscados. Já por duas vezes havia pedido inutilmente um adiantamento ao diretor, que se entrincheirou atrás da penhora, de que era depositário.

Mesmo assim, decidia-se, aproximava-se da porta, quando o empregado do escritório disse:

– É que o senhor Jantrou não está só.

– Ah!... Com quem está?

– Chegou com o senhor Saccard, e o senhor Saccard disse para só deixar entrar o senhor Huret, que ele aguarda.

Jordan respirou, aliviado por essa espera, tão penosos lhe eram os pedidos de dinheiro.

– Bem, vou acabar meu artigo. Avise-me quando o diretor estiver livre.

Mas, como partisse, Dejoie o reteve, com um resplendor de extremo júbilo.

– O senhor sabe que o Universal chegou a setecentos e cinquenta.

Com um gesto, o jovem disse que não se importava e voltou à sala de redação.

Quase todos os dias, então, Saccard subia ao jornal após a Bolsa, e frequentemente marcava reuniões na sala que havia reservado para seu uso, tratando ali de assuntos especiais e misteriosos. Além do mais, Jantrou, embora oficialmente só fosse o diretor de *A Esperança*, para o qual escrevia artigos políticos em estilo universitário, requintado e florido, que mesmo os adversários consideravam "do mais puro aticismo", também era o agente secreto de Saccard, o artífice complacente de atividades delicadas. E, entre outras coisas, era ele quem acabava de organizar uma vasta publicidade em torno do Universal. Entre os pequenos jornais financeiros que pululavam, havia escolhido e comprado uma dezena. Os melhores pertenciam a bancos suspeitos, cuja tática, bem simples, consistia em publicá-los e distribuí-los por dois ou três francos ao ano, quantia que não representava nem mesmo o custo da postagem; e obtinham compensação, por outro lado, ao manipular o dinheiro e os títulos dos clientes que o jornal atraía. Sob pretexto de publicar as cotações da Bolsa, os números sorteados de lotes de valores, todas as informações técnicas úteis aos pequenos investidores, pouco a pouco inseriam anúncios, em forma de recomendações e de conselhos, inicialmente modestos, razoáveis, mas logo sem limites, com uma impudência tranquila, insuflando a ruína entre os leitores crédulos. Nesse conjunto, em meio a duzentas ou trezentas publicações desse tipo que assolavam Paris e a França, sua intuição havia sido a de escolher as que ainda não tinham mentido demais, que não estavam excessivamente desacreditadas. Mas o grande negócio que meditava era comprar uma delas, *A Cotação Financeira*, que já tinha doze anos de probidade absoluta; porém havia risco de ser muito cara, tamanha probidade; e esperava que o Universal ficasse mais rico e se encontrasse em uma dessas situações em que um último toque de trombeta determina os clamores ensurdecedores do triunfo. Aliás, seu esforço não havia se restringido a agrupar um batalhão dócil dessas publicações especiais, que celebravam em cada número a beleza das operações de Saccard; tratava também, por contrato, com os grandes jornais políticos e literários, difundia neles uma corrente de notas amáveis, de artigos lisonjeiros, pagos por linha, assegurava-se de sua cooperação com presentes em forma de títulos, quando havia novas emissões. Sem falar da campanha cotidiana conduzida sob suas ordens em *A Esperança*, não uma campanha brutal, violentamente aprobatória, mas explicações, até mesmo discussões, uma maneira lenta de apoderar-se do público e estrangulá-lo corretamente.

 Naquele dia, foi para conversar sobre o jornal que Saccard se trancou com Jantrou. Havia achado, na edição da manhã, um artigo de Huret com um elogio tão exagerado a um discurso de Rougon, pronunciado na véspera na Câmara, que havia sido tomado por uma violenta crise de raiva e aguardava o deputado, para explicar-se a ele. Pensava que ele estivesse a soldo de seu irmão? Pagavam-no para permitir que a linha do jornal fosse comprometida por uma aprovação sem reserva dos mínimos atos do ministro? Quando o ouviu falar da linha do jornal, Jantrou deu um sorriso mudo. Aliás, escutava, muito calmo, examinando as unhas, uma vez que a tempestade não ameaçava desabar sobre seus ombros. Ele, com seu cinismo de homem letrado e desabusado, tinha o mais absoluto desprezo pela literatura, pela primeira e pela segunda, como designava as páginas do jornal em que apareciam os artigos, inclusive os seus; e só começava a se comover ao chegar aos anúncios. Agora, estava novo em folha, cingido por uma casaca elegante, lapela enfeitada com uma roseta mesclada de cores vivas, carregando ao braço, no verão, um fino sobretudo de tom claro, coberto no inverno por um casaco de peles de cem luíses*, cioso acima de tudo de seu cabelo, chapéus impecáveis, reluzentes como espelhos. Apesar disso, conservava lacunas em sua elegância, a vaga impressão de uma sujeira persistente no fundo, a antiga crosta do professor desqualificado, vindo do liceu de Bordeaux à Bolsa de Paris, a pele entranhada e tingida pela sordidez imunda que havia absorvido durante dez anos; da mesma forma que, na altivez arrogante de sua nova fortuna, tinha humildades rasteiras, deixava-se sumir, invadido pelo medo súbito de algum pontapé no traseiro, como antigamente. Ganhava cem mil francos por ano, gastava o dobro, não se sabia em quê, pois não exibia amantes, sem dúvida martirizado por algum vício ignóbil, a causa secreta que o fez ser expulso da universidade. Além do mais, o absinto devorava-o pouco a pouco, continuando sua obra desde os dias de miséria, dos infames bares de outrora ao círculo luxuoso de hoje, ceifando seus últimos fios de cabelo e dando um tom de chumbo a seu crânio e sua face, na qual a barba negra em forma de leque permanecia a única glória, barba de homem elegante que ainda despertava ilusões. E como Saccard invocava de novo a linha do jornal, interrompeu-o com um gesto, ar cansado de um homem que, sem querer perder tempo com paixões inúteis, decidia-se a falar-lhe de assuntos sérios, pois Huret demorava a chegar.

Há algum tempo, Jantrou acalentava novas ideias de publicidade. De início, pensava em escrever uma brochura, uma vintena de páginas sobre as grandes empresas que o Universal

---

* Moeda de ouro criada ainda no Antigo Regime. No período em que a história transcorre, equivalia a 20 francos e trazia a efígie de Napoleão III. (N. T.)

lançava, mas dando-lhe o atrativo de um pequeno romance, dramatizado em estilo familiar; e queria inundar a província com essa brochura, que distribuiria gratuitamente, nos recantos mais longínquos do interior. Em seguida, planejava criar uma agência que redigisse e reproduzisse por autografia um boletim da Bolsa, para enviá-lo a uma centena dos melhores jornais regionais: ofereceriam esse boletim como um presente ou cobrariam um preço irrisório, e teriam rapidamente em mãos uma arma poderosa, uma força que teria de ser levada em conta pelos bancos rivais. Como conhecia Saccard, insinuava-lhe as ideias dessa maneira até que ele as adotasse, que as fizesse suas e as ampliasse a ponto de realmente recriá-las. Os minutos corriam, juntos decidiram o emprego das verbas de publicidade para o trimestre, as subvenções a pagar aos grandes jornais, o terrível boletinista de uma empresa concorrente, cujo silêncio conviria comprar, a aquisição de uma parcela no leilão da quarta página de um periódico muito antigo, muito respeitado. E, da prodigalidade de ambos, de todo aquele dinheiro que distribuíam ostensivamente pelos quatro cantos do mundo, depreendia-se sobretudo o imenso desdém pelo público, o desprezo de sua inteligência de homens de negócios pela negra ignorância do rebanho, pronto a acreditar em todos os contos de fada, tão obtuso às operações complicadas da Bolsa que as abordagens mais desavergonhadas inflamavam os incautos e faziam chover milhões.

    Quando Jordan ainda buscava cinquenta linhas para terminar suas duas colunas, foi interrompido por Dejoie, que o chamava.

    – Ah! – disse –, o senhor Jantrou está só?

    – Não, senhor Jordan, ainda não... É sua esposa que está aqui e que o chama.

    Muito inquieto, Jordan precipitou-se. Havia alguns meses, desde que Méchain finalmente descobrira que ele escrevia em seu próprio nome em *A Esperança*, era atormentado por Busch, por causa das seis cédulas de cinquenta francos, assinadas no passado para um alfaiate. A quantia de trezentos francos que as cédulas representavam, ainda poderia ter pagado; mas o que o exasperava era a enormidade dos encargos, esse total de setecentos e trinta francos e quinze centavos a que tinha chegado a dívida. – Entretanto, havia feito um acordo, comprometia-se a pagar cem francos por mês; e, como não conseguisse mais, sua recente família tinha necessidades mais urgentes, a cada mês os encargos cresciam ainda mais, os aborrecimentos recomeçavam, intoleráveis. Naquele momento, estava de novo diante de uma crise aguda.

– O que houve? – perguntou à esposa, que encontrou na antessala.

Mas ela não teve tempo de responder, a porta do gabinete do diretor abriu-se violentamente e Saccard apareceu aos gritos:

– Ah! Então, enfim! Dejoie, e o senhor Huret?

Estupefato, o empregado gaguejou:

– Virgem! Senhor, ele não está aqui, não posso fazê-lo chegar mais depressa, ora.

A porta foi fechada com um impropério, e Jordan, que havia levado a esposa a um dos gabinetes vizinhos, pôde interrogá-la à vontade.

– O que houve, querida?

Marcelle, de costume tão alegre e tão corajosa, cuja pequena pessoa roliça e morena, de rosto límpido, olhos risonhos, boca saudável, exprimia felicidade mesmo nas horas difíceis, parecia completamente transtornada.

– Oh! Paul, se soubesse, veio um homem, oh!, um homem horrível e assustador, que cheirava mal e que havia bebido, acho... Então, disse que havia acabado, que a venda de nossos móveis seria amanhã... E tinha um cartaz que queria simplesmente colar em nossa porta...

– Mas é impossível! – gritou Jordan. – Eu não recebi nada, há outras formalidades.

– Ah! Bom, você sabe ainda menos que eu. Quando chegam papéis, você nem ao menos os lê... Então, para que ele não colasse o cartaz, dei-lhe dois francos e corri, quis preveni-lo imediatamente.

Desesperaram-se. Seu pobre lar na avenue de Clichy, os quatro móveis de mogno e estofado azul, pagos com tanta dificuldade, um pouco por mês, de que eram tão orgulhosos, embora rissem às vezes, achando-os de um gosto burguês abominável! Gostavam deles, porque faziam parte de sua felicidade, desde a noite de núpcias, naqueles dois cômodos exíguos, tão ensolarados, tão abertos à paisagem, ao longe, até o Mont-Valérien*; e ele, que havia batido tantos pregos, e ela, que havia se esforçado em drapear tapeçarias vermelhas, para dar à casa um ar artístico! Seria possível que vendessem tudo isso, que os enxotassem daquele canto agradável, onde até mesmo a miséria lhes parecia deliciosa?

– Escute – disse ele –, pensei em pedir um adiantamento, farei o que puder, mas não tenho muita esperança.

Então, hesitante, ela confessou-lhe sua ideia.

– Bom, veja o que eu havia imaginado... Oh! Não o farei se não quiser; e a prova é que vim falar com você... Bem, tenho vontade de procurar meus pais.

Vivamente, ele recusou.

– Não, não, nunca! Sabe que não quero dever nada a eles.

Decerto os Maugendres continuavam muito decorosos. Mas ele guardava na alma a lembrança da atitude fria que tiveram após o suicídio de seu pai, no desmoronamento de sua fortuna, ao só permitirem o casamento da filha, planejado muito tempo antes, diante da vontade formal dela, e tomando contra ele precauções ofensivas, entre outras a de não lhe dar sequer um centavo, convencidos de que um rapaz que escrevia nos jornais dilapidaria tudo. Mais tarde, a filha herdaria. E ambos, aliás ela tanto quanto ele, haviam achado encantador morrer de fome, sem nada pedir aos pais, fora a refeição que faziam na casa deles, uma vez por semana, no domingo à noite.

– Eu juro – ela continuou –, é ridícula nossa reserva... Pois eles só têm a mim como filha, tudo deverá ser meu um dia!... Meu pai repete a quem quiser ouvir que ganhou quinze mil francos de renda em seu comércio de toldos, na Villette; e, além do mais, há a casa, com aquele belo jardim, onde vivem após a aposentadoria... É estúpido nos imporem tantas dificuldades enquanto têm tudo em abundância. Nunca foram maldosos no fundo. Digo a você que vou procurá-los!

---

* Colina no subúrbio de Paris, onde se ergue uma fortaleza. (N. T.)

Tinha uma bravura sorridente, ar decidido, muito prática em seu desejo de fazer feliz o marido querido, que trabalhava tanto, sem ter encontrado ainda, na crítica e no público, nada além de muita indiferença e algumas bofetadas. Ah! O dinheiro, ela gostaria de tê-lo em barris cheios para trazer-lhe, e ele seria muito tolo se assumisse o papel de melindroso, porque ela o amava e devia-lhe tudo. Era seu conto de fadas, sua Gata Borralheira: os tesouros de sua família real, que colocaria, com suas pequeninas mãos, aos pés do príncipe arruinado, para ajudá-lo na caminhada até a glória, até a conquista do mundo.

– Vejamos – disse alegremente, ao beijá-lo –, é bom que eu lhe sirva para alguma coisa, você não pode ter todos os ônus.

Ele cedeu, foi combinado que ela iria imediatamente a Batignolles, na rue Legendre, onde moravam seus pais, e que voltaria para trazer o dinheiro, a fim de que ele pudesse tentar pagar naquela noite ainda. E ao acompanhá-la até o patamar, comovido como se ela partisse para um grande perigo, tiveram de se afastar e dar passagem a Huret, que enfim chegava. Quando retornou à sala de redação para terminar sua crônica, ouviu um violento barulho de vozes sair do gabinete de Jantrou.

Saccard, poderoso nessa hora, outra vez o mestre, queria ser obedecido, pois sabia que controlava a todos pela esperança do ganho e pelo terror da perda, na partida de fortuna colossal que jogava com eles.

– Ah! Então, aqui está o senhor – exclamou, ao avistar Huret.
– Foi para oferecer ao grande homem seu artigo emoldurado que o senhor se demorou na Câmara?... Estou farto, sabe, desse incensamento que o senhor lhe dedica, e esperei-o para dizer que acabou, que precisará, no futuro, agir de outra maneira.

Atônito, Huret olhou para Jantrou. Mas este, bem decidido a não se ver em apuros para ajudá-lo, pôs-se a alisar com os dedos a bela barba, olhar perdido.

– Como, de outra maneira? – acabou por responder o deputado. – Mas dou-lhe o que o senhor me pediu!... Quando o senhor comprou *A Esperança*, esse jornal da linha de frente do catolicismo e da monarquia, que conduzia uma campanha tão rude contra Rougon, foi o senhor quem me pediu para escrever uma série de artigos elogiosos, para mostrar a seu irmão que não pretendia ser-lhe hostil, e para indicar assim claramente a nova linha do jornal.

— A linha do jornal, precisamente — recomeçou Saccard com mais violência —, é a linha do jornal que o acuso de comprometer... O senhor acha que quero estar subordinado a meu irmão? É fato, nunca regateei minha admiração e minha afeição agradecidas ao imperador, não esqueço o que lhe devemos todos, o que lhe devo eu, em particular. Não se trata de atacar o império, ao contrário, de cumprir o dever de súdito fiel, de assinalar os erros cometidos... Eis aqui a linha do jornal: devoção à dinastia, mas independência total em relação aos ministros, personalidades ambiciosas que se agitam e disputam entre si a consideração das Tuileries!

E lançou-se a um exame da situação política para provar que o imperador era mal-aconselhado. Acusava Rougon de não ter mais sua energia autoritária, sua antiga fé no poder absoluto, enfim, de pactuar com as ideias liberais, com o único intuito de conservar seu ministério. E batia com o punho no peito, dizendo-se, ele sim, imutável, bonapartista de primeira hora, confiante no golpe de Estado, convencido de que a salvação da França, hoje como antes, estava no gênio e na força de um só homem. Sim, em vez de ajudar a evolução do irmão, em vez de deixar o imperador suicidar-se com novas concessões, preferiria alinhar-se com os intransigentes da ditadura, faria causa comum com os católicos, para impedir a queda rápida que previa. E que Rougon tomasse cuidado, porque *A Esperança* poderia reiniciar sua campanha a favor de Roma!

Huret e Jantrou escutavam-no estupefatos com sua raiva, nunca haviam imaginado que tivesse convicções políticas tão ardentes. O primeiro aventurou-se a defender os últimos atos do governo.

— Virgem! Meu caro, se o império caminha para a liberdade, é porque a França inteira o impele com firmeza... O imperador é arrastado, Rougon vê-se obrigado a segui-lo.

Mas Saccard já passava a outras recriminações, sem se preocupar em manter qualquer lógica em seus ataques.

— E, veja! É como nossa situação exterior, pois bem! É deplorável... Desde o tratado de Villafranca, após Solferino, a Itália guarda rancor contra nós, porque não fomos até o fim da campanha e não lhe demos a Venécia; de modo que agora está aliada à Prússia, na certeza de que esta a ajudará a vencer a Áustria... Quando estourar a guerra, verão a briga e o aborrecimento que teremos; tanto mais que cometemos o grande erro de deixar Bismarck e o rei Guilherme apoderarem-se dos ducados, na questão da Dinamarca, em desprezo a um tratado que a França havia assinado: é uma bofetada, não há nada a dizer, só nos resta dar a outra face... Ah! A guerra é certa, lembrem-se da baixa dos fundos franceses e italianos, no mês passado, quando se cogitou uma possível intervenção nossa nos assuntos da Alemanha. Em menos de quinze dias, talvez, a Europa estará em chamas.

Cada vez mais surpreso, Huret exaltou-se, contra seu costume.

— O senhor fala como os jornais de oposição, entretanto o senhor não quer que *A Esperança* siga os passos de *O Século* e dos outros... Só lhe falta insinuar, a exemplo desses jornais, que, se o imperador deixou-se humilhar na questão dos ducados e permite que a Prússia cresça impunemente, é porque imobilizou um batalhão inteiro no México durante muitos meses. Vejamos, tenha boa-fé, acabou o México, nossas tropas voltam... E depois, eu não o entendo, meu caro. Se quer manter Roma para o papa, por que parece reclamar da paz precipitada de Villafranca? Venécia para a Itália, e então estariam os italianos em Roma em menos de dois anos, o senhor sabe tão bem quanto eu; e Rougon sabe também, embora jure o contrário na tribuna...

— Ah! Veja como ele é hipócrita! — exclamou Saccard magnificamente. — Nunca tocarão no papa, entenda!, sem que toda a França católica se levante para defendê-lo... Nós lhe entregaríamos nosso dinheiro, sim! Todo o dinheiro do Universal. Tenho meu projeto, esse é o nosso negócio e, de fato, de tanto me exasperar, o senhor me faria dizer coisas que ainda não quero dizer!

Jantrou, muito interessado, havia rapidamente aguçado o ouvido; começava a entender e tentava tirar proveito de alguma palavra apanhada de passagem.

– Enfim – continuou Huret –, gostaria de saber a que me ater, sim, por causa de meus artigos, e trata-se de chegarmos a um acordo... O senhor quer que se intervenha, quer que não se intervenha? Se somos a favor do princípio das nacionalidades, com que direito nos intrometeríamos nos assuntos da Itália e da Alemanha?... O senhor quer que façamos uma campanha contra Bismarck? Sim! Em nome de nossas fronteiras ameaçadas...

Mas Saccard, fora de si, em pé, explodiu.

– O que eu quero é que Rougon não se divirta mais a minha custa!... Ora essa! Depois de tudo o que eu fiz!? Compro um jornal, o pior de seus inimigos, faço dele um órgão devotado a sua política, permito que o senhor entoe louvores a ele durante meses. E esse animal nunca nos dará um apoio, ainda estou à espera de algum auxílio dele!

Timidamente, o deputado salientou que, lá longe, no Oriente, o apoio do ministro havia ajudado extraordinariamente o engenheiro Hamelin, abrindo-lhe todas as portas, exercendo pressão sobre alguns personagens.

– Pois, deixe-me em paz! Ele não poderia agir de outra maneira... Mas por que nunca me avisou na véspera de uma alta ou de uma baixa, ele que está tão bem colocado para saber de tudo? Lembre-se! Vinte vezes encarreguei o senhor de sondá-lo, o senhor que o vê todos os dias, e o senhor ainda me deve uma informação verdadeiramente útil... Isso não seria tão grave, porém, uma simples palavra, que o senhor me repetiria.

– Sem dúvida, mas ele não gosta disso, diz que são tramoias das quais sempre há de se arrepender.

– Ora, vamos! Será que ele tem esses escrúpulos com Gundermann!? Ele brinca de honestidade comigo e informa Gundermann.

– Oh! Gundermann, sem dúvida! Todos precisam de Gundermann, não poderiam fazer nenhum empréstimo sem ele.

De repente, Saccard exultou violentamente, batendo palmas.

– Chegamos ao ponto, o senhor confessa! O império está vendido aos judeus, aos judeus sujos. Todo o nosso dinheiro está condenado a cair em suas garras. Ao Universal, só lhe cabe afundar, diante de sua onipotência.

E exalou seu ódio hereditário, recomeçou as acusações contra essa raça de traficantes e de usurários, em marcha há séculos através dos povos, cujo sangue sugam como os parasitas da tínea ou da sarna, e avançam sempre, sob cusparadas e bordoadas, rumo à inevitável conquista do mundo, que possuirão um dia pela força invencível do ouro. E encarniçava-se sobretudo contra Gundermann, cedendo a seu rancor antigo, ao desejo irrealizável e furioso de abatê-lo, apesar do pressentimento de que seria esse o obstáculo contra o qual se esmagaria, se por acaso viesse a enfrentá-lo. Ah! Gundermann! Um prussiano na alma, ainda que nascido na França! Porque evidentemente fazia votos pela Prússia, de bom grado a teria ajudado com seu dinheiro, se é que já não a ajudasse em segredo! Não havia se atrevido a dizer certa noite, em uma reunião social, que se por acaso eclodisse uma guerra entre a Prússia e a França, a França seria vencida!?

– Já chega, entenda, Huret! E ponha bem na cabeça: se meu irmão não me servir para nada, pretendo não lhe servir para nada também... Quando o senhor tiver trazido alguma palavra útil da parte dele, quero dizer, alguma informação que possamos utilizar, permitirei que recomece seus ditirambos em seu favor. Está claro?

Estava claro demais. Jantrou, que redescobria seu Saccard sob o teórico político, recomeçou a cofiar a barba com a ponta dos dedos. Mas Huret, pressionado em sua astúcia prudente de camponês normando, parecia bastante aborrecido, porque havia colocado seu destino sobre os dois irmãos e gostaria de não se indispor nem com um nem com o outro.

– O senhor tem razão – murmurou –, fiquemos em surdina, tanto mais que convém esperarmos o desenrolar dos acontecimentos... E prometo-lhe fazer o possível para obter confidências do grande homem. À primeira novidade que me fornecer, pulo em um fiacre e trago ao senhor.

Após ter desempenhado seu papel, Saccard gracejou.

– É para todos os senhores que trabalho, meus bons amigos... Eu sempre estive arruinado e sempre gastei um milhão por ano. – E, voltando à publicidade: – Ah! Pois veja, Jantrou, o senhor deveria alegrar um pouco o boletim da Bolsa... Sim, o senhor sabe, piadas,

trocadilhos. O público gosta disso, nada melhor que o humor para engolir as coisas... Não é? Trocadilhos!
Foi a vez de o diretor ficar contrariado. Vangloriava-se de elegância literária. Mas teve de prometer. E, ao inventar uma história, senhoras muito distintas que se propunham a tatuar anúncios nas partes mais delicadas do corpo, os três homens riram muito alto e voltaram a ser os melhores amigos do mundo.
Entretanto, Jordan havia finalmente acabado sua crônica e estava impaciente à espera da volta de sua esposa. Chegavam redatores, conversou, depois retornou à antessala. E lá ficou um pouco escandalizado, ao surpreender Dejoie, orelha colada à porta do diretor, a escutar, enquanto sua filha Nathalie montava guarda.
– Não entre – balbuciou o contínuo –, o senhor Saccard ainda está lá... Eu pensei que tivessem me chamado...
A verdade era que, tomado por um ávido desejo de lucro, desde que havia comprado suas oito ações inteiramente liberadas do Universal, com os quatro mil francos de economia deixados pela esposa, só vivia pela emoção prazerosa de vê-las subir; e, de joelhos diante de Saccard, recolhia suas frases mais insignificantes como palavras de oráculo, não podia resistir, quando sabia que ele estava lá, à necessidade de conhecer o âmago de seus pensamentos, o que dizia o deus no segredo do santuário. Aliás, isso era desprovido de qualquer egoísmo, só se preocupava com a filha; acabava de exaltar-se, ao calcular que suas oito ações, cotadas a setecentos e cinquenta francos, davam-lhe já um lucro de mil e duzentos francos: o que, somado ao capital, perfazia cinco mil e duzentos francos. Apenas mais cem francos de alta e teria os sonhados seis mil francos que o cartonageiro exigia para deixar o filho casar com a moça. Diante dessa ideia, seu coração derretia, olhava com lágrimas para a filha que havia educado, de quem era a verdadeira mãe, no pequeno lar tão feliz que conduziam juntos desde que ela voltou da casa da ama.
Mas continuou, muito embaraçado, dizendo palavras a esmo, para encobrir sua indiscrição.
– Nathalie, que subiu para me dar bom-dia, acaba de encontrar sua esposa, senhor Jordan.
– Sim – explicou a moça –, virava a rue Feydeau. Oh! Corria.

O pai deixava-a sair à vontade, confiante nela, dizia. E tinha razão em contar com sua boa conduta, porque, no fundo, era muito fria, muito decidida a construir sozinha sua felicidade, para comprometer com uma bobagem o casamento tão longamente preparado. Com seu corpo esbelto, os grandes olhos no belo rosto pálido, amava a si mesma com obstinação egoísta, ar sorridente.

Jordan, surpreso, sem entender, exclamou:
– Como, na rue Feydeau?

E não teve tempo de perguntar mais nada, porque Marcelle entrou, ofegante. Imediatamente, conduziu-a ao escritório vizinho, onde encontrou o redator dos tribunais, e teve de se contentar em sentar com ela em um banco, no fundo do corredor.
– E então?
– E então, meu querido, feito, mas não foi sem dificuldade.

Apesar de seu contentamento, ele percebia que ela tinha um peso no peito; e ela contou-lhe tudo, em voz baixa e rápida, pois havia inutilmente se disposto a esconder dele alguns detalhes; não conseguia guardar segredo.

Nos últimos tempos, os Maugendres mudavam em relação à filha. Achava-os menos carinhosos, preocupados, lentamente assolados por uma nova paixão, a especulação. Era a história banal: o pai, homem corpulento, calmo e calvo com suíças brancas, a mãe, magra, ativa, tendo ganhado seu quinhão de fortuna, ambos vivendo muito confortavelmente em sua casa, com os quinze mil francos de renda, entediados por não fazer mais nada. Ele, desde a aposentadoria, só havia tido a distração de buscar seu dinheiro. Naquela época, bradava contra qualquer tipo de especulação, encolhia os ombros com raiva e piedade ao falar dos pobres imbecis que se deixam espoliar, em um monte de roubalheiras tão idiotas quanto sujas. Mas, por esse tempo, após receber uma quantia importante, teve a ideia de aplicá-la em obrigações: isso não era especulação, era um simples investimento; porém, a partir daquele dia, adquiriu o hábito de ler atentamente em seu jornal, após o café da manhã, os índices da Bolsa, para acompanhar as cotações. E o mal nasceu daí, a febre apoderou-se dele pouco a pouco ao ver a dança dos valores, ao respirar esse ar envenenado pelo jogo, a imaginação assombrada pelos milhões ganhos em uma hora, ele, que havia levado trinta anos para ganhar algumas centenas de milhares de francos. E à mesa, durante todas as refeições, não deixava de contar tudo à esposa: que golpes teria dado, se não houvesse jurado nunca jogar! E explicava a operação, manobrava seus capitais com a tática erudita de um general em seu gabinete, sempre derrotava triunfalmente as partes adversas imaginárias, porque se gabava de ter atingido o primeiro escalão em questões de opções e de obrigações. Sua esposa, inquieta, declarava que preferiria se afogar imediatamente a vê-lo arriscar um centavo; mas ele a tranquilizava, quem achava que ele fosse? Nunca na vida! Entretanto, surgiu uma oportunidade, pois ambos tinham, havia muito tempo, a imensa vontade de construir no jardim uma pequena estufa de cinco ou seis mil francos; de modo que uma noite, com as mãos trêmulas de emoção deliciosa, colocou sobre a mesa de costura de sua esposa as seis notas, dizendo que havia acabado de ganhar aquilo na Bolsa: uma aposta de que tinha certeza, uma brincadeira que prometia não recomeçar, que havia arriscado unicamente por causa da estufa. Ela, dividida entre a cólera e a satisfação de seu desejo, não ousou admoestá-lo. No mês seguinte, ele lançou-se em uma operação de opções, explicando que não temia nada, visto que limitava suas perdas. Pois, que diabo!, no conjunto, havia realmente bons negócios, seria muito estúpido deixar que o vizinho se aproveitasse. E, fatalmente, pôs-se a apostar no mercado a termo, modestamente no começo, aventurando-se pouco a pouco, enquanto ela, sempre agitada pela angústia de boa dona de casa, no entanto com os olhos flamejantes à vista do menor lucro, continuava a vaticinar que ele morreria na miséria.

Mas principalmente o capitão Chave, o irmão da senhora Maugendre, censurava o cunhado. Ele, que não podia se sustentar com os mil e oitocentos francos de sua aposentadoria, de fato jogava na Bolsa; porém, era o ladino dos ladinos. Ia até lá como um empregado vai ao escritório, só operava em espécie, encantado quando recebia sua moeda de vinte francos à tarde: operações cotidianas, feitas com segurança, tão modestas que escapavam à catástrofe. A irmã havia lhe oferecido um quarto, em sua casa grande demais, após o casamento de Marcelle; mas ele recusara, pois queria ser livre, por ter vícios, ocupando um único cômodo, no fundo de um jardim da rue Nollet, por onde continuamente se esgueiravam saias. Seus lucros deviam dissipar-se em bombons e em doces para suas amigas. Havia sempre alertado Maugendre, repetindo-lhe que não jogasse, que em vez disso aproveitasse a vida; e, quando este último lhe respondia: "Mas o senhor?", fazia um gesto enérgico: oh!, ele era diferente, não tinha quinze mil francos de renda, sem essa! Se apostava, a culpa era desse infame governo que regateava aos velhos valorosos a alegria de sua velhice. Seu grande argumento contra o jogo era que, matematicamente, o apostador deveria sempre perder: se ganhasse, teria de deduzir a corretagem e o imposto do selo; se perdesse, ainda deveria pagar os mesmos impostos; de tal modo que, mesmo admitindo que ganhe tantas vezes quantas perca, ainda sairão de seu bolso o selo e a corretagem. Anualmente, na Bolsa de Paris, esses impostos atingem a enorme quantia de oitenta milhões. E ele brandia esse número, oitenta milhões embolsados pelo Estado e pelos corretores, inclusive os do mercado paralelo! Sentada no banco, no fundo do corredor, Marcelle contava ao marido uma parte dessa história.

– Meu querido, preciso dizer que cheguei em má hora. Mamãe brigava com papai, por causa de um prejuízo que ele teve na Bolsa... Sim, parece que não tem mais solução. Isso tem um ar tão estranho, ele que antes só admitia o trabalho... Enfim, brigavam, e havia lá um jornal, *A Cotação Financeira*, que mamãe sacudia debaixo do nariz dele, gritando que ele não entendia nada, que ela havia previsto a baixa, sim, ela. Então, ele foi procurar outro jornal, justamente *A Esperança*, e quis mostrar o artigo em que havia achado a informação... Imagine, a casa está cheia de jornais, eles ficam enterrados lá da manhã à noite, e acho, Deus me perdoe!, que mamãe começa a investir, ela também, apesar de seu ar furioso.

Jordan não pôde deixar de rir, de tão divertida que ela era, apesar de sua tristeza, ao imitar a cena.

– Em resumo, falei de nossa situação difícil, pedi que nos emprestassem duzentos francos para encerrar a ação judiciária. E se você os tivesse ouvido se lamentarem: duzentos francos, quando haviam perdido dois mil na Bolsa! Será que caçoava deles?

Queria arruiná-los?... Nunca os tinha visto assim. Eles que eram tão carinhosos, que teriam gastado tudo para me dar presentes! Devem, realmente, estar loucos, pois não faz sentido estragarem a vida assim, quando estão tão felizes em sua bela casa, sem nenhuma preocupação, tendo apenas que desfrutar à vontade da fortuna que ganharam com tanta dificuldade.

– Espero que você não tenha insistido – disse Jordan.

– Mas claro, insisti, e aí caíram sobre você... Veja que lhe conto tudo, havia prometido a mim mesma guardar segredo, e agora me escapa... Eles repetiram que haviam previsto, que escrever em jornais não é uma profissão, que acabaremos no asilo... Finalmente, como eu me zangasse também, já ia embora quando chegou o capitão. Você sabe que ele sempre gostou muito de mim, o tio Chave. E, diante dele, tornaram-se sensatos, tanto mais que ele estava triunfante, perguntava a papai se continuaria a se deixar roubar... Mamãe chamou-me de lado, deslizou uma nota de cinquenta francos em minha mão, dizendo que com isso obteríamos alguns dias, o tempo de ajeitarmos a situação.

– Cinquenta francos! Uma esmola! E você aceitou?

Marcelle carinhosamente havia tomado suas mãos para acalmá-lo com seu tranquilo bom senso.

– Veja, não se zangue... Sim, aceitei-os, e sabia tão bem que você nunca ousaria levá-los ao oficial de justiça que fui imediatamente eu mesma à casa dele, você sabe, na rue Cadet. Mas imagine você que ele se recusou a recebê-los, explicando-me que tinha ordens formais do senhor Busch, e que só o senhor Busch poderia interromper o procedimento... Oh! Esse Busch! Não odeio ninguém, mas ele exaspera-me, enoja-me, esse homem. Pouco importa, corri à casa dele, na rue Feydeau, e ele teve de se contentar com cinquenta francos, e pronto! Temos quinze dias sem sermos importunados.

Uma grande emoção havia contraído o rosto de Jordan, enquanto lágrimas que procurava reter umedeciam o canto de seus olhos.

– Você fez isso, querida, você fez isso!

– Mas claro, não quero que o aborreçam mais! Tanto se me dá ouvir asneiras, se deixam que você trabalhe em paz!

E ela ria agora, descrevia sua chegada à casa de Busch, em meio à imundície dos dossiês, a maneira brutal como a recebeu, suas ameaças de não lhes deixar um trapo, se toda a dívida não fosse paga imediatamente. A graça é que ela teve o prazer de deixá-lo fora de si, ao contestar-lhe a propriedade legítima dessa dívida, essas cédulas de trezentos francos, elevadas com os encargos a setecentos e trinta francos e quinze centavos, e que talvez não lhe houvessem custado nem cem soldos, em algum lote de velhos trapos. Ele sufocava em sua fúria: em primeiro lugar, justamente havia pago muito caro por aquelas lá; depois, e seu tempo perdido, e o cansaço das buscas que havia feito durante dois anos para encontrar o signatário, e a inteligência que precisou utilizar naquela caça ao homem, não deveria ser reembolsado por tudo isso? Azar dos que se deixam apanhar! Enfim, havia pegado os cinquenta francos mesmo assim, porque seu sistema de prudência era transigir sempre.

– Ah! Querida esposa, como você é corajosa e como eu a amo! – disse Jordan, que se permitiu beijar Marcelle, bem no momento em que passava o secretário de redação.

Depois, baixando a voz:

– Quanto lhe sobrou em casa?

– Sete francos.

– Bom! – continuou, muito contente –, temos com que viver por dois dias, e não vou pedir um adiantamento, que recusariam, aliás. Custa-me demais... Amanhã vou ver se aceitam um artigo no *Figaro*... Ah! Se tivesse acabado meu romance, se isso vendesse um pouco!

Marcelle beijava-o por sua vez.

– Sim, vai, dará tudo certo!... Você volta para casa comigo, não é? Será agradável, e compraremos para amanhã de manhã um arenque defumado, na esquina da rue de Clichy, onde vi alguns ótimos. Hoje, temos batatas com toicinho.

Jordan, após ter pedido a um colega que revisasse as provas do artigo, partiu com a esposa. Por sua vez, Saccard e Huret partiram também. Na rua, um cupê parava justamente diante da porta do jornal; e viram descer a baronesa Sandorff, que os cumprimentou com um sorriso, depois subiu rapidamente. Às vezes, ela visitava Jantrou. Saccard, a quem ela excitava muito, com seus grandes olhos amargurados, esteve a ponto de retornar. No andar de cima, no gabinete do diretor, a baronesa não quis nem ao menos se sentar. Apenas uma visita de passagem, unicamente com a intenção de perguntar-lhe se não sabia de nada. Apesar do sucesso repentino dele, ainda o tratava como na época em que ia todas as manhãs à casa de seu pai, o senhor de Ladricourt, com a postura humilde do zangão em busca de uma ordem. Seu pai era de uma brutalidade revoltante, não podia esquecer o pontapé com que o havia posto porta afora, no furor de um grande prejuízo. E agora, ao vê-lo na fonte das notícias, agia mais uma vez com familiaridade, tentava fazê-lo falar.

– Pois bem! Nada de novo?

– Meu Deus, não, não sei de nada.

Mas ela continuava a encará-lo sorridente, persuadida de que ele não queria contar nada. Então, para forçar confidências, falou da guerra estúpida que envolveria a Áustria, a Itália e a Prússia. A especulação estava transtornada, registrava-se uma baixa terrível dos fundos italianos, assim como de todos os outros valores, por sinal. E ela estava muito aborrecida, pois ignorava até que ponto deveria seguir esse movimento, já que tinha quantias bem grandes empenhadas na próxima liquidação.

– Pois seu esposo não lhe dá informações? – perguntou Jantrou placidamente. – Entretanto, ele está bem colocado, na embaixada.

– Oh! Meu marido – murmurou com um gesto desdenhoso –, meu marido, eu não arranco nada dele.

Ele animou-se ainda mais, conduziu as coisas até fazer alusão ao procurador-geral Delcambre, o amante que, diziam, pagava as dívidas dela, quando ela se resignava a pagá-las.

– E seus amigos, não sabem de nada, nem na corte, nem no palácio?

Ela fingiu não entender, continuou, suplicante, sem desviar os olhos:

– Vamos, senhor, seja amável... O senhor sabe de alguma coisa.

Já uma vez, em seu frenesi por todas as saias, desmazeladas ou elegantes, que lhe roçassem, havia decidido oferecer-se a faturar, como dizia grosseiramente, essa jogadora que demonstrava tanta intimidade com ele. Mas, à primeira palavra, ao primeiro gesto, ela retraiu-se com tanta repugnância, com tanto desprezo, que ele havia jurado nunca mais recomeçar. Com esse homem, que seu pai recebia a pontapés, ah!, nunca! Ainda não tinha chegado lá.

– Amável, por qual motivo? – disse, a rir, com ar constrangido. – A senhora não é amável comigo.

Imediatamente, ela ficou séria, olhos duros. Virou-lhe as costas para ir embora, quando, por despeito, para feri-la, ele acrescentou:

– A senhora acaba de encontrar Saccard na porta, não é? Por que não lhe perguntou, a ele, que nada tem a lhe recusar?

Ela retornou-se bruscamente.

– O que o senhor quer dizer?

– Nossa Senhora! O que a senhora quiser entender... Vamos, não se faça reticente, vi-a na casa dele, eu o conheço!

Invadiu-a uma enorme revolta, todo o orgulho de sua estirpe, ainda vivo, emergia do fundo turvo, da lama em que o vício a afogava cada dia um pouco mais. De resto, ela não perdeu a calma, simplesmente disse em voz clara e rude:

– Ah!, meu caro, por quem o senhor me toma? Está louco... Não, não sou a amante do seu Saccard, porque não quis.

E ele, com sua polidez rebuscada de letrado, cumprimentou-a com uma reverência.

– Pois bem, senhora, cometeu um grande erro... Acredite, se for recomeçar, não perca a oportunidade, porque a senhora, que anda sempre à caça de informações, poderia encontrá-las, sem tanto esforço, no travesseiro desse cavalheiro... Oh! Meu Deus! O ninho está logo aí, a senhora só teria de mergulhar seus belos dedos.

Ela preferiu rir, como se estivesse resignada a fazer parte de seu cinismo. Quando lhe apertou a mão, ele sentiu que a dela estava gelada. Em verdade, seria ela fiel a seu compromisso com o glacial e esquelético Delcambre, essa mulher de lábios tão vermelhos, que diziam ser insaciável?

Passou-se o mês de junho, a Itália havia declarado guerra à Áustria no dia 15. Em outra parte, em apenas duas semanas, com uma campanha fulminante, a Prússia invadiu Hanôver, conquistou os dois estados de Hesse, Baden, a Saxônia, surpreendendo populações desarmadas em plena paz. A França não se mexeu, as pessoas bem informadas sussurravam em voz baixa, na Bolsa, que um acordo secreto a unia à Prússia, desde que Bismarck havia estado com o imperador em Biarritz; e falava-se misteriosamente de compensações que deveriam pagar sua neutralidade. Mas a baixa não parava de se acentuar, de maneira desastrosa. Em 4 de julho, quando chegou a notícia de Sadowa*, esse estrondo tão repentino, houve o colapso de todos os valores. Acreditava-se em uma continuação encarniçada da guerra; pois, embora a Áustria houvesse sido derrotada pela Prússia, vencera a Itália em Custoza; e já se dizia que agrupava os escombros de seu exército e abandonava a Boêmia. Ordens de venda choviam na Bolsa, não se encontravam mais compradores.

Em 4 de julho, Saccard, que havia ido ao jornal bem tarde, por volta das seis horas, não encontrou mais Jantrou, cujas paixões, havia algum tempo, perturbavam; desaparições bruscas, escapadas das quais voltava aniquilado, olhos turvos, sem que se pudesse saber o que o destruía mais, as mulheres ou o álcool. Naquele momento, o jornal esvaziava-se, só ficava Dejoie, que jantava no canto de sua mesa, na antessala. E Saccard, depois de ter escrito duas cartas, estava prestes a partir, quando, rosto inflamado, Huret entrou intempestivamente, sem sequer perder tempo em fechar as portas.

– Meu caro amigo, meu caro amigo... – Ofegava, levou as duas mãos ao peito. – Venho do gabinete de Rougon... Corri, porque não tinha fiacre. Enfim, achei um... Rougon recebeu um telegrama de lá. Eu vi... uma notícia, uma notícia...

Com um gesto violento, Saccard interrompeu-o e precipitou-se para fechar a porta, tendo percebido Dejoie já a rondar, ouvido aguçado.

– Enfim, o quê?

---

* Batalha ocorrida próximo a Sadowa (hoje Sadová, República Tcheca), em 3 de julho de 1866, com vitória da Prússia na Guerra Austro-Prussiana. (N. T.)

– Pois bem, o imperador da Áustria cede a Venécia ao imperador dos franceses, aceitando sua mediação, e este último procurará os reis da Prússia e da Itália para propor um armistício.
Houve um silêncio.
– É a paz, então?
– Evidentemente.
Saccard, atônito, ainda sem ideias, deixou escapar uma blasfêmia.
– Deus do céu! E toda a Bolsa que está em baixa! – Depois, maquinalmente: – E essa notícia, nenhuma criatura sabe?
– Não, o telegrama é confidencial, a notícia nem aparecerá no *Monitor* amanhã cedo. Paris certamente não saberá de nada antes de vinte e quatro horas.
Então, veio o relâmpago, a súbita iluminação. Correu de novo até a porta, abriu-a para ver se ninguém escutava. Estava fora de si, voltou a plantar-se diante do deputado, agarrou as duas lapelas de sua casaca.
– Cale-se! Não tão alto!... Somos os mestres, se Gundermann e seu bando não forem avisados... Entenda! Nem uma palavra, a ninguém no mundo! Nem a seus amigos, nem a sua esposa!... Justamente, uma oportunidade! Jantrou não está aqui, seremos os únicos a saber, teremos tempo de agir... Oh! Não quero trabalhar só para mim. O senhor entra, nossos colegas do Universal também. No entanto, não se guarda um segredo entre muitas pessoas. Tudo estará perdido se houver a menor indiscrição amanhã, antes da Bolsa.

Huret, muito emocionado, empolgado com a grandiosidade do golpe que tentariam, prometeu ficar absolutamente mudo. Distribuíram as tarefas entre si, decidiram que conviria imediatamente se pôr em ação. Saccard já havia colocado o chapéu quando uma pergunta lhe veio aos lábios.

– Então, foi Rougon que o encarregou de dar-me a notícia?
– Certamente.

Havia hesitado, mentia: o telegrama simplesmente pairava sobre a escrivaninha do ministro, onde teve a indiscrição de lê-lo, quando ficou sozinho por um minuto. Mas, como seu interesse se achava em um entendimento cordial entre os dois irmãos, essa mentira lhe pareceu então bem apropriada, tanto mais que sabia que estavam pouco propensos a se encontrarem e conversarem sobre esses assuntos.

– Vejamos – declarou Saccard –, nada a acrescentar, ele foi amável dessa vez... A caminho!

Na antessala, ainda só estava Dejoie, que havia se esforçado para escutar, sem nada captar distintamente. Entretanto, sentiram que estava ansioso, havia percebido a enorme presa que passava no ar, tão agitado por esse odor de dinheiro que se pôs à janela do patamar, para vê-los atravessar o pátio.

A dificuldade consistia em agir rapidamente, com a maior prudência. Assim, separaram-se na rua: Huret encarregava-se da pequena Bolsa* da noite, enquanto Saccard, apesar da hora tardia, punha-se em busca de zangões, de homens da *coulisse* e de corretores da Bolsa para dar ordens de compra. No entanto, essas ordens, desejava dividi-las, dispersá-las ao máximo, com medo de despertar suspeitas; e, sobretudo, queria dar a impressão de encontrar as pessoas casualmente, em vez de procurá-las em casa, o que teria parecido estranho. O acaso serviu-o favoravelmente, avistou no bulevar o corretor Jacoby, com quem gracejou, e a quem encarregou de uma grande transação, sem o surpreender muito. Cem passos adiante, deparou com uma moça alta e loira que sabia ser a amante de outro corretor, Delarocque, o cunhado de Jacoby; e, como ela dissesse precisamente que o esperava nessa noite, incumbiu-a de entregar-lhe duas palavras escritas a lápis em um cartão de visita. Depois, ciente de que Mazaud iria à noite a um banquete de antigos condiscípulos, arranjou um jeito de encontrar-se no mesmo restaurante que ele, e mudou as disposições de que o havia encarregado nesse mesmo dia. Mas, sua maior sorte, quando voltava para casa, por volta da meia-noite, foi ser abordado por Massias, que saía do teatro Variétés. Subiram juntos até a rue Saint-Lazare, teve tempo de apresentar-se como um excêntrico que acreditava na alta, oh!, não imediatamente; de modo que acabou por encarregá-lo de ordens de compra

---

* Mercado paralelo ilegal que se reunia após o fechamento da Bolsa. (N. T.)

múltiplas para Nathansohn e outros homens da *coulisse*, dizendo que agia em nome de um grupo de amigos, o que em suma era verdade. Quando se deitou, havia tomado posição pela alta de mais de cinco milhões de valores.

No dia seguinte, já às sete horas, Huret estava na casa de Saccard para contar como havia agido na pequena Bolsa, em frente à passage de l'Opéra, na calçada, onde havia mandado comprar o máximo possível, porém com cautela, para não aumentar muito as cotações. Suas ordens atingiram um milhão, e ambos, julgando o golpe ainda muito modesto, resolveram sair à luta. Tinham toda a manhã pela frente. Mas, antes, precipitaram-se sobre os jornais, receosos de encontrar neles a notícia, uma nota, uma simples linha que fizesse naufragar o plano. Não! A imprensa não sabia de nada, estava toda ocupada com a guerra, atravancada por telegramas com longos detalhes sobre a batalha de Sadowa. Se nenhum boato vazasse até as duas horas da tarde, se tivessem para eles uma hora de Bolsa, uma meia hora apenas, o golpe estaria dado, promoveriam a grande pilhagem da judiaria, como dizia Saccard. E separaram-se de novo, cada um corria por seu lado para investir outros milhões na batalha.

Aquela manhã, Saccard passou-a a caminhar a esmo, farejando o ar, tendo tanta necessidade de andar que dispensou o coche após a primeira viagem. Entrou na casa de Kolb, onde o tilintar do ouro pareceu-lhe delicioso aos ouvidos, como uma promessa de vitória; e teve a força de nada dizer ao banqueiro, que, por sua parte, nada sabia. Em seguida, subiu ao escritório de Mazaud, não para dar nova ordem, simplesmente para fingir que estava preocupado com a que lhe havia dado na véspera. Lá também ainda ignoravam tudo. Apenas o pequeno Flory causou-lhe alguma inquietude, pela persistência com que o rondava: o único motivo era a profunda admiração do jovem empregado pela inteligência financeira do diretor do Universal; e, como a senhorita Chuchu começava a custar-lhe caro, arriscava algumas pequenas operações, sonhava em conhecer as ordens de seu grande homem e alinhar-se a seu jogo.

Enfim, desde meio-dia e meia, após um rápido almoço no Champeaux, onde teve a profunda alegria de ouvir as lamúrias pessimistas de Moser e até mesmo de Pillerault, prognosticando um novo declínio das cotações, Saccard já se encontrava na praça da Bolsa. Queria, segundo sua expressão, ver a turma chegar. O calor era opressivo, o sol ardente incidia a prumo, iluminando os degraus, cuja reverberação aquecia o peristilo com um ar pesado e abrasador de forno; e as cadeiras vazias rangiam nessas chamas, enquanto os especuladores, em pé, procuravam as estreitas raias de sombra das colunas. Sob uma árvore do jardim, avistou Busch e Méchain, que se puseram a conversar animadamente ao vê-lo; pareceu-lhe mesmo que ambos estavam a ponto de abordá-lo, depois mudaram de ideia: saberiam de alguma coisa, aqueles vis trapeiros de valores caídos na sarjeta, continuamente à espreita? Por um instante, teve medo. Mas uma voz chamou-o, e reconheceu em um banco Maugendre e o capitão Chave, ambos às turras, pois agora o primeiro caçoava das pequenas apostas miseráveis do capitão, daquele luís ganho à vista, como no fundo de um café interiorano, após algumas renhidas partidas de cartas. Ora, nesse dia, não poderia arriscar com segurança uma transação séria? A baixa não era certa, tão resplandecente quanto o sol? E chamava Saccard como testemunha: não haveria uma baixa? Ele tinha uma clara posição em relação à baixa, tão convencido que teria apostado sua fortuna. Assim diretamente interrogado, Saccard respondeu com sorrisos, vagos meneios de cabeça, com o remorso de não avisar aquele pobre homem que conhecera tão trabalhador, espírito tão límpido, quando vendia toldos; mas havia jurado silêncio absoluto, tinha a ferocidade do jogador que não quer espantar a sorte. Então, nesse momento, teve uma distração: o cupê da baronesa Sandorff passava, seguiu-o com os olhos, viu que dessa vez parava diante da rue de la Banque. Imediatamente, pensou no barão Sandorff, conselheiro da embaixada da Áustria: a baronesa sabia com certeza, poria tudo a perder por alguma imperícia de mulher. Já havia atravessado a rua, rondava o cupê imóvel, mudo, aparentemente morto, com o cocheiro aprumado na boleia. No entanto, um dos vidros abaixou e ele a cumprimentou, aproximou-se galantemente.

– Pois bem! Senhor Saccard, ainda estamos em baixa?
Ele pensou que fosse uma armadilha.

– Ora, sim, senhora.

Então, como ela o encarasse ansiosamente, com uma hesitação no olhar que ele conhecia bem nos apostadores da Bolsa, percebeu que também ela não sabia de nada. Uma golfada de sangue morno subiu-lhe à cabeça, inundou-o de deleite.

– Então, senhor Saccard, não tem nada a me dizer?

– Por Deus, senhora, nada que a senhora já não saiba, sem dúvida.

E deixou-a, pensando: "Você, você não foi amável, diverte-me a ideia de que amargue essa dúvida. Talvez, em outra vez, isso a torne mais amável". Nunca ela havia lhe parecido tão desejável, estava seguro de tê-la na hora certa.

Como voltasse à praça da Bolsa, a visão de Gundermann, ao longe, que desembocava da rue Vivienne, trouxe-lhe um novo aperto ao coração. Por mais que parecesse pequeno à distância, era bem ele com certeza, com seus passos lentos, a cabeça erguida e pálida, sem olhar para ninguém, como se estivesse sozinho, em sua realeza, no meio da multidão. E seguia-o com terror, interpretava cada um de seus movimentos. Ao ver que era abordado por Nathansohn, julgou que tudo estivesse perdido. Mas o homem da *coulisse* partia cabisbaixo, e ele recuperou a esperança. Parecia-lhe decididamente que o banqueiro tinha a aparência de todos os dias. Depois, de repente, seu coração saltou de alegria: Gundermann acabava de entrar na confeitaria para comprar bombons para as netas; e isso era um indício seguro, nunca entrava lá em dias de crise.

Soou uma hora, o sino anunciou a abertura do mercado. Foi uma Bolsa memorável, um desses grandes dias de desastre, desses desastres marcados pela alta, tão raros que sua lembrança permanece legendária. No calor opressivo, de início as cotações ainda caíram. Depois, compras repentinas, isoladas, surpreenderam como disparos de atiradores antes do início da batalha. Mas ainda assim as operações continuavam morosas, em meio à desconfiança geral. Multiplicaram-se as compras, espocaram de todas as partes, na *coulisse*, na sala principal; só se ouvia a voz de Nathansohn sob a colunata, de Mazaud, Jacoby, Delarocque na *corbeille*, aos gritos de que comprariam todos os valores, a qualquer preço; e então foi um frenesi, uma onda crescente, sem que ninguém, no entanto, ousasse se arriscar em meio à confusão dessa reviravolta inexplicável. As cotações haviam subido ligeiramente, Saccard teve tempo de dar novas ordens a Massias, para Nathansohn. Pediu igualmente ao pequeno Flory, que passava apressado, que entregasse a Mazaud uma ficha em que o encarregava de comprar, comprar sempre; de modo que Flory, após ler a ficha, acometido de um acesso de fé, jogou o jogo de seu grande homem, também comprou por conta própria. E foi nesse minuto, às quinze para as duas, que o trovão retumbou em plena Bolsa: a Áustria cedia a Venécia ao imperador, a guerra havia acabado. De onde vinha essa notícia? Ninguém soube, saía de todas as bocas ao mesmo tempo, até das pedras do calçamento. Alguém a havia trazido, todos a repetiam em um clamor que se amplificava como a alta voz de uma maré de equinócio. Em saltos furiosos, as cotações puseram-se a subir em meio à terrível algazarra. Antes da badalada do sino de fechamento, haviam subido quarenta, cinquenta francos. Foi uma escaramuça inenarrável, uma dessas batalhas confusas em que todos se agitam, soldados e capitães, para salvar a própria pele, ensurdecidos, cegos, sem ter mais a consciência clara da situação. Das frontes escorria suor, o sol implacável que incidia sobre os degraus envolvia a Bolsa em um clarão de incêndio.

E, na liquidação, quando se pôde avaliar o desastre, pareceu imenso. O campo de batalha estava apinhado de feridos e de ruínas. Moser, o baixista, estava entre os mais prejudicados. Pillerault expiava duramente sua fraqueza, na única vez em que havia renunciado à alta. Maugendre perdia cinquenta mil francos, seu primeiro prejuízo importante. A baronesa Sandorff teve de pagar uma diferença tão grande que Delcambre, dizia-se, recusou-se a dar-lhe o dinheiro; e estava lívida de cólera e de ódio ao ouvir o nome de seu marido, o conselheiro da embaixada, que teve o telegrama em mãos antes do próprio Rougon, sem nada lhe dizer. Mas a grande banca, sobretudo a banca judaica, havia sofrido uma derrota terrível, um verdadeiro massacre. Afirmava-se que Gundermann, somente de sua parte, deixava aí oito milhões. E com isso todos ficaram estupefatos; como não havia sido avisado?

Ele, o mestre indiscutível do mercado, que tinha os ministros como comissionados, que tinha os Estados em sua dependência soberana! Houve ali um desses extraordinários concursos de circunstâncias que fazem os grandes golpes do acaso. Era uma derrocada imprevista, imbecil, fora de toda razão e de toda lógica. Entretanto, a história difundiu-se, Saccard surgiu como o grande homem. Com um lance só, havia recolhido a quase totalidade do dinheiro perdido pelos baixistas. Pessoalmente, havia embolsado dois milhões. O resto iria para a caixa do Universal, ou melhor, acabaria por dissipar-se nas mãos dos administradores. Com grande dificuldade, conseguiu persuadir dona Caroline de que a parte de Hamelin era um milhão, naquele butim tão legitimamente conquistado aos judeus. Huret, que havia feito parte do trabalho, também recebeu seu quinhão regiamente. Quanto aos outros, os Daigremonts, os marqueses de Bohain, não se fizeram rogar. Todos externaram agradecimentos e felicitações ao eminente diretor. E especialmente um coração ardia de gratidão por Saccard, o de Flory, que havia ganhado dez mil francos, uma fortuna, com a qual poderia morar com Chuchu em um pequeno apartamento na rue Condorcet e encontrar à noite Gustave Sédille e Germaine Coeur em restaurantes caros. No jornal, foi preciso dar uma gratificação a Jantrou, furioso por não ter sido avisado. Apenas Dejoie permanecia melancólico, pois guardaria o eterno pesar de ter pressentido, inutilmente, em uma tarde, a fortuna passar pelo ar, misteriosa e vaga.

Esse primeiro triunfo de Saccard assemelhou-se a um florescimento do império, em seu apogeu. Ele tornava-se parte do esplendor do reino, era um de seus gloriosos reflexos. Na mesma noite em que se elevava em meio às fortunas arruinadas, na hora em que a Bolsa não era mais que um sombrio campo de escombros, Paris inteira pavoneava-se, iluminava-se, como se fosse festejar uma grande vitória; e festas nas Tuileries, comemorações nas ruas celebravam Napoleão III, senhor da Europa, tão altaneiro, tão grandioso, que imperadores e reis o escolhiam como árbitro de suas querelas e davam-lhe províncias para que dispusesse delas entre eles. Na Câmara, algumas vozes protestaram, profetas do infortúnio anunciavam confusamente o futuro terrível, a Prússia engrandecida por tudo o que a França havia tolerado, a Áustria derrotada, a Itália ingrata. Mas risos, gritos de cólera abafavam essas vozes inquietas, e Paris, centro do mundo, resplandecia em todas as suas avenidas e em todos os seus monumentos no dia seguinte de Sadowa, quando esperava noites escuras e geladas, noites sem gás, atravessadas pelo rastro vermelho dos obuses. Naquela noite, Saccard, exultante com seu sucesso, atravessou as ruas, a place de la Concorde, os Champs-Élysées, todas as calçadas em que ardiam lampiões. Arrastado pelo fluxo crescente dos passantes, olhos ofuscados pela claridade, podia imaginar que iluminavam as ruas para festejá-lo: não era ele, também, o vencedor inesperado, o que se erguia em meio ao desastre? Um único aborrecimento veio alterar sua alegria, a raiva de Rougon, que, terrível, havia expulsado Huret, assim que percebeu de onde vinha o golpe da Bolsa. Então, não havia sido o grande homem que se tinha mostrado bom irmão, enviando-lhe a notícia? Seria preciso que prescindisse desse alto patrono e mesmo atacasse o todo-poderoso ministro? De repente, diante do palácio da Legião de Honra, recoberto por uma gigantesca cruz de fogo, resplandecente no céu negro, tomou a corajosa decisão, para o dia em que se sentisse suficientemente forte. E, inebriado pelos cantos da multidão e pelo adejar das bandeiras, voltou para a rue Saint-Lazare, através de Paris em chamas.

    Dois meses depois, em setembro, Saccard, audacioso após a vitória sobre Gundermann, decidiu que seria preciso dar um novo impulso ao Universal. Na assembleia geral, que teve lugar no fim de abril, o balanço apresentado para o ano de 1864 acusava um lucro de nove milhões, incluindo os vinte francos de prêmio sobre cada uma das cinquenta mil novas ações, emitidas na duplicação do capital. Havia amortizado integralmente a despesa da primeira instalação, distribuído os cinco por cento devidos aos acionistas, dez por cento aos administradores, deixado em reserva uma quantia de cinco milhões, além dos dez por cento estatutários; e, com o milhão que sobrava, foi possível distribuir dividendos de dez francos por ação. Era um belo resultado para uma sociedade que ainda não tinha dois anos de existência. Mas Saccard agia por impulsos febris, aplicando ao terreno financeiro o método da cultura intensiva, aquecendo, superaquecendo o solo, com o risco de queimar a colheita; e conseguiu que se aprovasse um segundo aumento de capital, inicialmente pelo conselho de administração, depois por uma assembleia geral extraordinária, que se reuniu em 15 de setembro: seria novamente duplicado, elevado de cinquenta a cem milhões, com a emissão de cem mil novas ações, exclusivamente reservadas aos acionistas, título por título. Desta vez, porém, os títulos seriam emitidos a seiscentos e setenta e cinco francos, ou seja, um prêmio de cento e setenta e cinco francos, destinados a ser depositados no fundo de reserva. O sucesso crescente, os negócios vantajosos já realizados, e principalmente as grandes empresas que o Universal lançaria, eram as razões evocadas para justificar esse enorme aumento de capital, duplicado dessa maneira, a pequenos intervalos; pois conviria dar à empresa uma importância e uma solidez condizentes com os interesses que representava. Aliás, o resultado foi imediato: as ações que há meses estavam estacionárias na Bolsa, com a cotação média de setecentos e cinquenta francos, subiram a novecentos em três dias.

Hamelin não pôde voltar do Oriente para presidir a assembleia geral extraordinária e escreveu à irmã uma carta inquieta, na qual exprimia receios sobre essa maneira de conduzir o Universal a galope, em um ritmo louco. Adivinhava que haviam sido feitas mais uma vez declarações mentirosas ao tabelião Lelorrain. Com efeito, não haviam sido legalmente subscritas todas as novas ações, a sociedade permanecia proprietária dos títulos recusados pelos acionistas; e, como os pagamentos não foram executados, um artifício de escrituras havia passado esses títulos para a conta Sabatani. Ademais, outros testas de ferro, empregados, administradores, haviam permitido que a sociedade subscrevesse sua própria emissão; de modo que ainda detinha cerca de trinta mil de suas próprias ações, representando uma soma de dezessete milhões e meio. Além de ser ilegal, a situação poderia tornar-se perigosa, pois a experiência comprovou que toda casa de crédito que especula com seus próprios valores está perdida. Mas dona Caroline respondeu jocosamente ao irmão, brincando ao vê-lo agora com medo, a ponto de que ela, antes desconfiada, precisasse tranquilizá-lo. Dizia estar sempre vigilante, nada ver de duvidoso, ao contrário, estar maravilhada diante das grandes coisas, claras e lógicas, a que assistia. A verdade era que obviamente não sabia nada do que lhe escondiam e, além do mais, estava cega por sua admiração por Saccard, pela emoção de simpatia em que a atividade e a inteligência daquele pequeno homem a lançavam. Em dezembro, foi ultrapassada a cotação de mil francos. E então, diante do Universal triunfante, com a grande banca impressionada, encontrava-se Gundermann, na praça da Bolsa, ar distraído, a entrar na confeitaria para comprar bombons, com seu passo automático. Havia pagado a dívida de oito milhões sem uma queixa, sem que nenhum de seus próximos houvesse surpreendido em seus lábios alguma palavra de cólera ou de rancor. Quando perdia assim, coisa rara, geralmente dizia que era bem-feito, que isso o ensinaria a ser menos descuidado; e todos sorriam, pois nem sequer se imaginava algum descuido de Gundermann. Mas, dessa vez, a dura lição deve ter calado fundo em seu peito; a ideia de ter sido derrotado pelo desmiolado Saccard, aquele louco impetuoso, sendo ele mesmo tão frio, tão senhor dos fatos e dos homens, certamente deveria ser insuportável. Então, a partir dessa época, pôs-se a vigiá-lo, certo de sua desforra. Imediatamente, diante da exaltação que acolhia o Universal, tomou posição, como observador convicto de que os sucessos demasiadamente rápidos e as prosperidades mentirosas conduziam aos piores desastres. Entretanto, a cotação de mil francos ainda era razoável, e ele esperava para investir na baixa. Sua teoria era a de que não se provocavam acontecimentos na Bolsa, podia-se, no máximo, prevê-los e aproveitar-se deles, quando se produzissem. Somente a lógica reinava; na especulação, como no resto, a verdade era uma força todo-poderosa. Se as cotações aumentassem exageradamente, desabariam: então a baixa ocorreria matematicamente, ele estaria lá simplesmente para ver seu cálculo realizar-se e embolsar o lucro. E já fixava sua entrada em combate na cotação de mil e quinhentos francos. Então, a mil e quinhentos, começava a vender ações do Universal, poucas no começo, mais a cada liquidação, conforme um plano estipulado previamente. Desnecessário um sindicato de baixistas, ele sozinho bastaria, as pessoas sensatas teriam a nítida sensação da verdade e jogariam seu jogo. Aquele Universal ruidoso, aquele Universal que atravancava tão rapidamente o mercado e que se erigia como uma ameaça à grande banca judaica, ele esperaria friamente que se esfacelasse por si mesmo, para jogá-lo ao chão com um empurrão.

Mais tarde, contaram que foi o próprio Gundermann quem secretamente facilitou para Saccard a compra de uma construção antiga, na rue de Londres, que este tinha a intenção de demolir para construir no local o edifício de seus sonhos, o palácio onde alojaria faustuosamente sua obra. Havia conseguido convencer o conselho de administração, os operários puseram-se ao trabalho já em meados de outubro.

No mesmo dia em que foi colocada a pedra fundamental, com grande cerimônia, Saccard encontrava-se no jornal, por volta das quatro horas, à espera de Jantrou, que havia saído para levar os relatos da solenidade aos jornais amigos, quando recebeu a visita da baronesa Sandorff. Inicialmente, ela havia perguntado pelo redator-chefe, depois, como por acaso, deparou com o diretor do Universal, que se pôs galantemente à disposição para qualquer informação que desejasse, conduzindo-a até seu escritório privativo, no fundo do corredor. E ali, ao primeiro ataque brutal, ela cedeu, sobre o divã, como uma donzela de antemão resignada à aventura.

Mas houve uma complicação, aconteceu que dona Caroline, em compras no bairro de Montmartre, subiu ao jornal. Vinha às vezes ao acaso, para dar uma resposta a Saccard ou simplesmente para saber das notícias. Além disso, conhecia Dejoie, que havia indicado para o posto, e parava sempre para conversar um pouco, feliz com a gratidão que ele lhe demonstrava. Naquele dia, sem tê-lo encontrado na antessala, adentrou no corredor, chocou-se com ele, que havia acabado de ir escutar à porta. Agora era uma doença, tremia de febre, colava a orelha a todas as fechaduras para surpreender os segredos da Bolsa. No entanto, o que havia ouvido e entendido dessa vez embaraçava-o um pouco; e sorria com ar vago.

– Ele está lá, não está? – disse dona Caroline, querendo seguir adiante.

Deteve-a, balbuciante, sem tempo de mentir.
– Sim, está, mas a senhora não pode entrar.
– Como, não posso entrar?
– Não, ele está com uma senhora.

Ela ficou lívida, e ele, que nada sabia da situação, piscava os olhos, esticava o pescoço, indicava a aventura com uma mímica expressiva.
– Quem é essa senhora? – perguntou ela em tom cortante.

Ele não tinha nenhuma razão para esconder o nome a ela, sua benfeitora. Inclinou-se a seu ouvido.
– A baronesa Sandorff... Oh! Faz tempo que ela o rodeia.

Dona Caroline permaneceu imóvel por um instante. Na sombra do corredor não era possível distinguir a extrema palidez do seu rosto. Acabava de sentir no fundo do coração uma dor tão aguda, tão atroz, que não se lembrava de alguma vez ter sofrido tanto; e era o estupor dessa ferida terrível que a segurava ali. Que faria agora, derrubar essa porta, arremeter contra essa mulher, afrontá-los ambos com um escândalo?

E, como permanecesse ainda sem vontade própria, aturdida, foi alegremente abordada por Marcelle, que havia subido para buscar o marido. A jovem havia sido recentemente apresentada a ela.
– Olhe! É a senhora, minha querida... Imagine que vamos ao teatro hoje à noite. Oh! É uma longa história, é preciso que não custe caro... Mas Paul descobriu um pequeno restaurante, onde nos deliciamos por trinta e cinco soldos por cabeça.

Jordan chegava, interrompeu a esposa, a rir.
– Dois pratos, uma jarra de vinho, pão à vontade.
– E em seguida – continuou Marcelle –, não chamamos um fiacre, é tão divertido voltar a pé, quando é bem tarde!... Esta noite, como estamos ricos, compraremos um bolo de amêndoas por vinte soldos... Festa completa, festança de arromba!

E partiu encantada, de braços com o marido. E dona Caroline, que havia retornado com eles à antessala, encontrou forças para sorrir.
– Divirtam-se – murmurou com voz trêmula.

Então, partiu também. Amava Saccard, carregava o espanto e a dor como uma ferida vergonhosa que não queria demonstrar.

VII

Dois meses depois, em uma tarde cinzenta e amena de novembro, dona Caroline subiu à sala dos projetos, logo após o almoço, para pôr-se ao trabalho. Seu irmão, então em Constantinopla, onde se ocupava de seu grande negócio das ferrovias do Oriente, havia lhe encarregado de revisar todas as anotações feitas por ele anteriormente, na primeira viagem de ambos, e de redigir em seguida uma espécie de memorial, que seria um resumo histórico da questão; e, por duas longas semanas, ela tentava concentrar-se inteiramente nessa tarefa. Naquele dia, fazia tanto calor que ela deixou o fogo se extinguir e abriu a janela, pela qual observou por um instante, antes de se sentar, as grandes árvores nuas da mansão Beauvilliers, violáceas sob o céu pálido.

Fazia quase meia hora que escrevia, quando a necessidade de um documento levou-a a uma longa pesquisa entre os dossiês amontoados sobre a mesa. Levantou-se, foi remexer outros papéis, voltou a sentar-se, com as mãos cheias; e, como classificava folhas soltas, deparou com imagens sacras, uma vista do Santo Sepulcro ornada com iluminuras, uma prece enquadrada pelos instrumentos da Paixão, infalível para assegurar a salvação nos momentos de desespero, nos quais a alma corre perigo. Ora, lembrou-se, seu irmão havia comprado aquelas imagens em Jerusalém, como uma grande criança piedosa. Uma súbita emoção invadiu-a, lágrimas umedeceram seu rosto. Ah! Esse irmão, tão inteligente, mal compreendido durante tanto tempo, como era feliz por ter fé, por não sorrir diante desse Santo Sepulcro ingênuo, bom para decorar caixas de bombons, por extrair uma força serena de sua fé na eficácia dessa prece rimada em versos de confeiteiro! Revia-o tão confiante, tão fácil de ser enganado, talvez, mas tão correto, tão tranquilo, sem revolta, sem um conflito sequer. E ela, que há dois meses lutava e sofria, ela que não tinha mais fé, consumida por leituras, devastada por conjecturas, com que ardor desejaria, nas horas de fraqueza, ter permanecido simples e ingênua como ele, a ponto de conseguir adormecer seu coração ferido, repetindo três vezes, manhã e noite, a oração infantil cercada de cravos e lança, da coroa e da esponja da Paixão!

No dia seguinte ao brutal acaso que lhe havia revelado a relação entre Saccard e a baronesa Sandorff, armou-se de toda a sua vontade para resistir à necessidade de vigiá-los e de saber mais. Não era a esposa desse homem, não queria ser sua amante apaixonada, ciumenta até o ponto do escândalo; e sua miséria era que continuava a não se recusar, na intimidade de todas as horas. Ocorria da maneira tranquila, simplesmente afetuosa, como no início havia considerado sua aventura: uma amizade que havia chegado fatalmente ao dom da própria pessoa, como acontece entre homem e mulher. Ela não tinha mais vinte anos, havia atingido uma grande tolerância, após a dura experiência de seu casamento. Aos trinta e seis anos, sendo tão sensata, imaginando-se sem ilusões, não poderia então fechar os olhos, comportar-se mais como mãe que como amante em relação a esse amigo a quem tinha se entregado tão tarde, em um minuto de ausência moral, e que, também ele, havia singularmente ultrapassado a idade dos heróis? Por vezes, repetia que se dava excessiva importância a essas relações de sexo, em geral simples encontros, que em seguida estorvavam toda a existência. Aliás, era a primeira a sorrir da imoralidade de sua reflexão, pois não seriam então todas os deslizes permitidos, todas as mulheres para todos os homens? E, no entanto, quantas mulheres são razoáveis, aceitando a divisão com uma rival! Que a prática corrente suplante, como feliz tolerância, a ideia ciumenta de possessão única e total! Mas eram apenas formas teóricas de tornar a vida suportável, forçava-se em vão à abnegação, a continuar a ser a intendente dedicada, a serviçal de inteligência superior que aceita entregar seu corpo, uma vez que já havia entregado seu coração e seu cérebro: agitava-a uma revolta de sua carne e de sua paixão, sofria terrivelmente por não saber tudo, por não romper violentamente, após ter lançado ao rosto de Saccard o mal terrível que lhe fazia. Havia, contudo, se controlado a ponto de calar, de continuar calma e sorridente; e nunca, em sua existência até então tão rude, teve necessidade de tanta força.

Por mais um instante, olhou as imagens sacras, que ainda segurava, com seu sorriso doloroso de incrédula, todo envolvido de ternura. Mas não as via mais, reconstruía o que Saccard teria feito na véspera, o que fazia naquele mesmo dia, mediante um trabalho involuntário e incessante de seu espírito, que voltava por instinto a essa espionagem tão logo ela deixava de ocupá-lo. Aliás, Saccard parecia levar sua vida costumeira, pela manhã as preocupações de sua diretoria, à tarde a Bolsa, à noite convites para jantar, estreias de espetáculos, uma vida de prazeres, atrizes de teatro, de quem ela não sentia nenhum ciúme. Entretanto, ela percebia nele um novo interesse, algo que consumia horas antes ocupadas de outra maneira, sem dúvida essa mulher, encontros em algum lugar que ela se proibia de conhecer. Isso a tornava desconfiada e cautelosa, começava, contra a própria vontade, a "ser o gendarme", como seu irmão dizia rindo, inclusive em relação aos assuntos do Universal, que ela havia parado de vigiar, de tanto que sua confiança tinha aumentado por um momento. Algumas irregularidades aborreciam-na e magoavam-na. Depois, ficava bem surpresa de ser no fundo indiferente a tudo aquilo, de não encontrar força para falar nem para agir, tal era a única angústia a encher seu coração, essa traição que gostaria de aceitar, mas que a sufocava. E, envergonhada ao sentir-se tomada pelas lágrimas novamente, escondeu as imagens com a tristeza mortal de não poder se ajoelhar e se consolar em uma igreja, chorando durante horas todas as lágrimas de seu corpo.

Após dez minutos, dona Caroline, mais calma, voltou a redigir o memorial, quando o camareiro veio lhe dizer que Charles, um cocheiro despedido na véspera, queria insistentemente conversar com a senhora. Foi o próprio Saccard que, após tê-lo contratado, surpreendeu-o a roubar aveia. Ela hesitou, depois concordou em recebê-lo.

Moço alto, belo, com o rosto e o pescoço escanhoados, gingando com o ar seguro e presunçoso dos homens a quem as mulheres pagam, Charles apresentou-se insolentemente.

– Senhora, é por causa de duas camisas que a lavadeira perdeu e não quer me pagar. Sem dúvida, a senhora não acha que eu possa ter tamanho prejuízo... E como a senhora é a responsável, quero que me reembolse minhas camisas... Sim, quero quinze francos.

Nesses assuntos domésticos, ela era muito severa. Talvez lhe houvesse dado os quinze francos para evitar discussão. Mas a desfaçatez desse homem, apanhado na véspera com a mão na botija, revoltou-a.

– Não lhe devo nada, não lhe darei nem um centavo... Aliás, o senhor Saccard preveniu-me e proibiu-me expressamente de fazer qualquer coisa pelo senhor.

Então, Charles adiantou-se, ameaçador.

– Ah! O senhor disse isso, eu já desconfiava, e ele fez um grande erro, o senhor, porque nós vamos rir... Eu não sou tão tolo a ponto de não notar que a senhora era a amante...

Enrubescendo, a senhora Caroline levantou-se para expulsá-lo. Mas ele não lhe deu tempo, continuava mais alto:

– E talvez a senhora fique contente em saber onde o senhor vai, das quatro às seis, duas ou três vezes por semana, quando tem certeza de encontrar a pessoa só...

Ela havia ficado bruscamente muito pálida, todo seu sangue refluía para o coração. Com um gesto violento, tentou fazê-lo engolir essa informação que ela evitava obter havia dois meses.

– Proíbo-o terminantemente...

Mas ele gritava mais forte que ela.

– É a senhora baronesa Sandorff... O senhor Delcambre a sustenta e alugou, para tê-la a seu dispor, um pequeno apartamento térreo na rue Caumartin, quase na esquina da rue Saint-Nicolas, em um edifício onde fica uma frutaria... E então o senhor vai lá ocupar o lugar bem quente...

Ela havia estendido o braço em direção à campainha, para que jogassem esse homem na rua; mas ele teria certamente continuado diante dos criados.

– Oh! Quando eu digo quente!... Tenho uma amiga lá dentro, Clarisse, a camareira, que os viu juntos, e que viu sua patroa, uma verdadeira pedra de gelo, fazer uma porção de sujeira...
– Cale-se, infeliz!... Tome! Eis seus quinze francos!
E, com um gesto de indescritível desgosto, deu-lhe o dinheiro, entendendo que seria a única maneira de despedi-lo. Imediatamente, com efeito, ele voltou a ser polido.
– Eu, eu só quero o bem da senhora... O prédio em que há uma frutaria. A escada no fundo do pátio... Hoje é quinta-feira, são quatro horas, se a senhora quiser surpreendê-los...
Ela empurrava-o em direção à porta, sem descerrar os lábios, lívida.
– Tanto mais que hoje a senhora talvez assista a algo engraçado... Só faltava a Clarisse ficar em um emprego desses! E, quando se tem bons patrões, deixa-se uma pequena lembrança a eles, não é?... Boa tarde, senhora.

Finalmente, foi embora. A senhora Caroline ficou imóvel por alguns segundos, pensando, compreendendo que uma cena semelhante ameaçava Saccard. Depois, sem forças, com um longo gemido, desabou junto à mesa de trabalho, e fluíram as lágrimas que a sufocavam havia tanto tempo.

Essa Clarisse, moça magra e loira, simplesmente havia acabado de trair sua patroa, propondo a Delcambre que a surpreendesse com outro homem no próprio apartamento que ele pagava. Havia inicialmente exigido quinhentos francos; mas, como ele era bastante sovina, após negociação, teve de se contentar com duzentos francos, pagáveis de mão a mão, no momento em que ela lhe abrisse a porta do quarto. Ela dormia lá, em um pequeno cômodo, atrás do gabinete de toalete. Havia sido contratada pela baronesa por discrição, para não confiar a arrumação à zeladora. Em geral, vivia ociosa, sem nada a fazer entre os encontros, no fundo do apartamento vazio, de resto desaparecendo quando chegavam Delcambre ou Saccard. Foi nessa casa que conheceu Charles, que durante muito tempo vinha, à noite, ocupar com ela a grande cama dos patrões, ainda desarrumada pela orgia do dia; e foi ela própria quem o havia recomendado a Saccard como ótima pessoa, muito honesto. Após a demissão dele, partilhava seu rancor, tanto mais que a patroa lhe fazia "picuinhas" e que havia um lugar onde ganharia cinco francos a mais por mês. De início, Charles queria escrever ao barão Sandorff; mas ela havia achado mais divertido e mais lucrativo organizar uma surpresa com Delcambre. E, naquela quinta-feira, após preparar tudo para o grande golpe, ela esperou. Às quatro horas, quando Saccard chegou, a baronesa Sandorff já estava lá, deitada na espreguiçadeira, diante da lareira. Ela era habitualmente muito pontual, como mulher de negócios que sabe o valor do tempo. Nas primeiras vezes, ele teve a desilusão de não encontrar a amante ardente que esperava nessa mulher tão morena, de pálpebras azuladas, ar provocante de bacante enlouquecida. Ela era de mármore, cansada do esforço inútil de buscar uma sensação que não vinha nunca, inteiramente consumida pelo jogo da Bolsa, cuja angústia ao menos lhe aquecia o sangue. Então, ao senti-la curiosa, sem nojo, resignada à náusea se pudesse descobrir nela uma nova vibração, ele depravou-a, obtendo dela todo tipo de carícias. Ela falava da Bolsa, extraía informações; e como, sem dúvida com a ajuda do acaso, ganhava desde o começo dessa relação, tratava Saccard um pouco como um fetiche, o objeto apanhado no chão que se guarda e se beija, mesmo sujo, pela sorte que traz.

Clarisse havia acendido um fogo tão forte nesse dia que eles não deitaram na cama, pelo refinamento de permanecer diante das altas labaredas sobre a espreguiçadeira. Do lado de fora, a noite ainda caía. Mas as venezianas estavam cerradas, as cortinas cuidadosamente fechadas; e as duas grandes lâmpadas de vidros translúcidos, sem abajur, iluminavam-nos com uma luz intensa.

Mal Saccard havia entrado, Delcambre por sua vez desceu do coche. O procurador-geral Delcambre, pessoalmente ligado ao imperador, em vias de tornar-se ministro, era um homem magro e amarelado de cinquenta anos, estatura alta e solene, rosto escanhoado, marcado por rugas profundas, com austera severidade. Seu nariz duro, em forma de bico de águia, parecia sem falha como sem perdão. E, quando subiu a escada com seu passo costumeiro, comedido e grave, exibia toda sua dignidade, seu ar frio dos grandes dias de audiência. Ninguém o conhecia no imóvel, nunca vinha antes do cair da noite.

Clarisse esperava-o na pequena antessala.

– Se o senhor tiver a gentileza de seguir-me, e eu recomendo ao senhor que não faça barulho.

Ele hesitava, por que não entrar pela porta que abria diretamente no quarto? Mas, em voz muito baixa, ela explicou-lhe que provavelmente o ferrolho estaria fechado, seria preciso arrombá--lo e a senhora, prevenida, teria tempo de se recompor. Não! O que ela queria é que ele a surpreendesse tal como a havia visto, um dia, ao arriscar uma olhadela pelo buraco da fechadura. Para isso, havia imaginado algo bem simples. Antigamente, seu quarto comunicava-se com o gabinete de toalete por uma porta, hoje fechada à chave; e, tendo sido a chave jogada em seguida no fundo de uma gaveta, bastou-lhe apanhá-la e reabrir a porta; de modo que, graças a essa porta condenada, esquecida, seria possível entrar sem ruído no gabinete de toalete, que por sua vez era separado do quarto apenas por um cortinado. Com certeza, a senhora não esperaria ninguém por esse lado.

– Confie inteiramente em mim. Tenho interesse, não é? No sucesso.

Ela deslizou pela porta entreaberta, desapareceu por um instante, deixou Delcambre sozinho em seu pequeno quarto de empregada, com a cama em desordem, a bacia com água e sabão, e do qual já havia levado a mala, de manhã, para escapulir assim que desse o golpe. Depois voltou, fechou suavemente a porta.

– É preciso que o senhor espere um pouco. Ainda não é a hora. Eles conversam.

Delcambre permanecia digno, em silêncio, em pé e imóvel sob o olhar levemente zombeteiro daquela moça que o encarava. Entretanto, aborrecia-se, um tique nervoso crispava toda a metade esquerda de seu rosto, na raiva contida cujo fluxo lhe subia à cabeça. O macho furioso com apetites de ogro que existia nele, escondido atrás da severidade glacial de sua máscara profissional, começava a bramir surdamente, irritado por roubarem-lhe aquele corpo.

– Vamos depressa, vamos depressa – repetiu, sem saber o que dizia, as mãos febris.

Mas Clarisse, quando, após sair de novo, voltou com um dedo sobre os lábios, suplicou-lhe para ter mais um pouco de paciência.

– Peço-lhe, senhor, que seja razoável, senão perderá o melhor... Em um momento, isso estará a toda.

E, Delcambre, com as pernas de repente sem firmeza, teve de se sentar sobre a pequena cama de empregada. Caía a noite e, desse modo, ele ficou no escuro, enquanto a camareira, à espreita, não perdia nem um dos leves ruídos que vinham do quarto e que ele também ouvia, decuplicados por tamanha vibração de seus ouvidos que lhe pareciam os passos de um exército em marcha.

Finalmente, sentiu a mão de Clarisse tatear-lhe ao longo do braço. Compreendeu, entregou-lhe, sem uma palavra, um envelope, onde havia feito entrar os duzentos francos prometidos. E ela passou à frente, abriu o cortinado do gabinete, empurrou-o para dentro do quarto, dizendo:

– Olhe! Estão aí!

Diante do grande fogo, em brasas ardentes, Saccard estava de costas, deitado na beirada da espreguiçadeira, vestindo só a camisa, enrolada, levantada até as axilas, deixando descoberta, dos pés aos ombros, sua pele morena, recoberta, com a idade, por um pelo de animal; ao passo que a baronesa, completamente nua, toda rósea pelo efeito das chamas que a aqueciam, estava ajoelhada; e as duas grandes lâmpadas iluminavam a ambos com uma claridade tão viva que os mínimos detalhes se delineavam com um relevo de sombra excessivo.

Embasbacado, sufocado por esse flagrante delito anormal, Delcambre parou, enquanto os dois outros, como que fulminados, estupefatos ao ver entrar esse homem no gabinete, não se mexiam, olhos esbugalhados e ensandecidos.

– Ah! Porcos! – gaguejou enfim o procurador-geral. – Porcos! Porcos!

Só encontrava essa palavra, repetiu-a sem parar, enfatizou-a com o mesmo gesto espasmódico, para dar-lhe mais força. Dessa vez, de um salto, a mulher havia se levantado, perturbada por sua nudez, virando sobre si mesma, procurando as roupas que havia deixado no gabinete de toalete, onde não podia ir buscá-las; e, tendo posto a mão sobre uma anágua branca deixada ali, cobriu os ombros, manteve as duas extremidades da cinta entre os dentes, a fim de apertá-la em volta do pescoço, de encontro ao peito. O homem, que também havia deixado a espreguiçadeira, baixou a camisa, ar muito aborrecido.

– Porcos! – repetiu ainda Delcambre –, porcos! Neste quarto, que eu pago!

E, mostrando o punho para Saccard, enervando-se cada vez mais à ideia de que aquelas imundícies eram feitas em um móvel comprado com seu dinheiro, delirou.

– O senhor está aqui em minha casa, seu porco! E essa mulher é minha, o senhor é um porco e um ladrão!

Saccard, que não se zangava, teria preferido acalmá-lo, bem embaraçado por estar assim em mangas de camisa, e muito contrariado com a aventura. Mas a palavra *ladrão* atingiu-o.

– Nossa! Meu senhor – respondeu –, quem quer uma mulher apenas para si começa por dar-lhe aquilo de que ela tem necessidade.

Essa alusão a sua avareza acabou de enfurecer Delcambre. Estava irreconhecível, assustador, como se o bode humano, todo o Priapo oculto lhe saísse pela pele. Aquele rosto tão digno e tão frio havia subitamente enrubescido, inchava-se, tumefazia-se, movia-se como um focinho furioso. A fúria soltava a besta carnal na terrível dor daquele lamaçal revolvido.

– Necessidade, necessidade – balbuciou –, necessidade de sarjeta... Ah! Vagabunda!

Fez um gesto tão violento na direção da baronesa que ela sentiu medo. Ela permanecia em pé, imóvel, só conseguia cobrir os seios com a anágua se deixasse descobertos o ventre e as coxas. Então, tendo entendido que essa nudez culpável, assim escancarada, exasperava-o ainda mais, recuou até uma cadeira, sentou-se nela fechando as pernas, elevando os joelhos, de modo a esconder tudo o que podia. Então, ficou ali, sem um gesto, sem uma palavra, cabeça um pouco baixa, olhos oblíquos e matreiros sobre a batalha, como fêmea que os machos disputam, e que espera para se entregar ao vencedor.

Saccard, corajosamente, tinha se projetado diante dela.

– Pois o senhor não vai bater nela, não!

Os dois homens se encontraram face a face.

— Enfim, senhor — recomeçou —, é preciso acabar com isso. Não podemos brigar como cocheiros... É bem verdade, sou o amante da senhora. E repito-lhe que, se o senhor pagou os móveis aqui, eu paguei...

— O quê?

— Muitas coisas: por exemplo, outro dia, os dez mil francos de sua antiga dívida com Mazaud, que o senhor havia se recusado terminantemente a acertar... Tenho tantos direitos quanto o senhor. Porco, é possível! Mas ladrão, ah!, não! O senhor vai retirar a palavra.

Fora de si, Delcambre gritou:

— O senhor é um ladrão, e vou quebrar-lhe a cabeça, se não desaparecer daqui neste instante!

Mas Saccard, por sua vez, se irritava. Enquanto vestia as calças, protestou.

— Ah! Pois, veja, o senhor me aborrece, na verdade! Irei embora se eu quiser... Não será o senhor que me causará medo, meu caro! — E, quando calçou as botinas, bateu intrepidamente os pés no tapete, dizendo: — Agora estou aprumado, fico.

Sufocando de raiva, Delcambre havia se aproximado, focinho adiante.

— Porco sujo, desapareça!

— Não antes de você, velho crápula!

— E se lhe boto a mão na cara!?

— Dou-lhe com o pé em algum lugar.

Nariz contra nariz, presas à mostra, latiam. Esquecidos deles mesmos naquela derrocada da educação, naquela torrente de lodo imundo do acasalamento que disputavam, o magistrado e o financista chegaram a uma querela de carroceiros bêbados, a palavras abomináveis, que lançavam como escarros, em uma necessidade crescente de imundície. Suas vozes estrangulavam-se na garganta, espumavam lama.

Em sua cadeira, a baronesa ainda esperava que um dos dois pusesse o outro para fora. E, já calma, pensando no futuro, estava incomodada apenas pela presença da camareira, que pressentia atrás do cortinado do gabinete de toalete, ali postada para se divertir. Essa moça, de fato, havia alongado o pescoço, com um risinho desinibido, a ouvir senhores dizerem coisas tão repugnantes, as duas mulheres se avistaram, a patroa acocorada e nua, a serviçal ereta e correta, com sua pequena gola sem graça; e trocaram um olhar incandescente, o ódio secular das rivais, naquela igualdade entre duquesas e vaqueiras quando não têm mais as vestes.

Mas Saccard, também, havia visto Clarisse. Acabava de vestir-se violentamente, punha o colete e voltava para soltar um desaforo ao rosto de Delcambre, enfiava a mão esquerda de sua casaca e gritava outro, enfiava a mão direita e achava outros, e outros mais, a mãos-cheias, em saraivadas. Depois, de repente, para concluir:

– Clarisse, venha cá!... Abra as portas, abra as janelas, para que todo o edifício e toda a rua escutem!... O senhor procurador-geral quer que saibam que ele está aqui, e vou mostrar isso, vou mesmo!

Empalidecendo, Delcambre recuou ao vê-lo dirigir-se a uma janela, como se quisesse girar a cremona. Aquele homem terrível era bem capaz de executar a ameaça, ele que fazia pouco caso do escândalo.

– Ah! Canalha, canalha! – murmurou o magistrado. – Fazem belo par, o senhor e esta vadia. E eu a deixo para o senhor...

– É isso, desapareça!... Não precisamos do senhor... Ao menos, suas contas serão pagas, ela não mais chorará miséria... Olhe! Quer seis soldos para pegar a carruagem?

Diante do insulto, Delcambre parou um instante no umbral do gabinete de toalete. Tinha de novo sua estatura alta e magra, sua face lívida, sulcada por rugas rígidas. Estendeu o braço, fez um juramento.

– Eu juro que o senhor me pagará por tudo isso... Oh! Eu o reencontrarei, tome cuidado!

Depois, desapareceu. Logo em seguida, atrás dele, ouviu--se a fuga de uma saia: era a camareira, que, com medo de uma explicação, fugia, muito contente, diante da ideia da boa farsa.

Saccard, ainda perturbado, batendo os pés, foi fechar as portas; voltou ao quarto, onde a baronesa permanecia, pregada à cadeira. Caminhou com passadas largas, empurrou na lareira uma tora que desabava; e, tendo só então reparado nela, tão esquisita e tão pouco vestida, com a anágua sobre os ombros, mostrou-se bastante adequado.

– Então, vista-se, minha cara... E não se emocione. É desagradável, mas não é nada, absolutamente nada... Nós nos reencontraremos aqui, depois de amanhã, para nos arranjarmos, não é? Quanto a mim, é preciso que eu vá embora, tenho um encontro com Huret.

E, como finalmente ela vestisse a camisa, e ele partisse, gritou-lhe da antessala:

– Principalmente, se comprar ações italianas, sem bobagens! Só compre com bônus.

Durante esse tempo, à mesma hora, dona Caroline, cabeça apoiada sobre sua mesa de trabalho, soluçava. A brutal informação do cocheiro, aquela traição de Saccard que já não poderia mais ignorar, revolvia nela todas as suspeitas, todos os receios que gostaria de sepultar. Havia se forçado à tranquilidade e à esperança, nos negócios do Universal, cúmplice, pela cegueira de seu carinho, do que não lhe diziam, do que não procurava saber. Agora, também, culpava-se, com violento remorso, da carta tranquilizadora escrita a seu irmão, no momento da assembleia geral; porque ela sabia, desde que o ciúme lhe havia novamente aberto os olhos e os ouvidos, que as irregularidades continuavam, agravavam-se sem parar: assim, a conta Sabatani havia engordado, a empresa especulava cada vez mais, sob a cobertura desse testa de ferro, sem falar dos anúncios enormes e mentirosos, das fundações de areia e de lama que davam ao edifício colossal, cuja subida tão rápida, como se fosse miraculosa, causava-lhe mais terror que felicidade. O que a angustiava sobretudo era o ritmo terrível, esse galope contínuo em que levavam o Universal tal como uma locomotiva, repleta de carvão, lançada sobre trilhos diabólicos, até que tudo perecesse e explodisse em um último choque. Ela não era nem ingênua nem simplória, a quem se pudesse enganar; mesmo ignorante da técnica das operações bancárias, compreendia perfeitamente as razões desse excesso, dessa excitação destinada a inebriar a multidão, a arrastá-la nessa loucura epidêmica da dança dos milhões. Cada manhã deveria trazer sua alta, era preciso fazer sempre acreditar em mais sucesso, em guichês monumentais, guichês encantados que absorviam riachos para devolver rios, oceanos de ouro. Seu pobre irmão, tão crédulo, seduzido, entusiasmado, poderia ela traí-lo, abandoná-lo nessa correnteza que ameaçava, um dia, afogá-los todos? Estava desesperada por sua inação e por sua impotência.

Entretanto, o crepúsculo escurecia a sala dos projetos, que a lareira apagada não clareava nem mesmo com um reflexo; e, nessas trevas amplificadas, dona Caroline chorava mais forte. Era covarde chorar assim, porque sentia perfeitamente que tantas lágrimas não provinham apenas de sua inquietude com os negócios do Universal. Saccard, com certeza, conduzia sozinho o terrível galope, fustigava a besta com uma ferocidade, uma inconsciência moral extraordinária, pronto a matá-la. Era o único culpado, ela sentia um calafrio ao tentar ler nele, naquela alma obscura de homem de dinheiro, ignorada por ele próprio, em que a sombra escondia a sombra, o infinito enlameado de todos os fracassos. O que ela ainda não distinguia nitidamente, ela suspeitava, e tremia com isso. Mas a descoberta lenta de tantas feridas, o receio de uma possível catástrofe, não a teriam jogado assim sobre a mesa, lacrimejante e sem forças, ao contrário, teriam feito que se aprumasse, em uma necessidade de luta e de recuperação. Ela se conhecia, era uma guerreira. Não! Se soluçava tão alto, como uma criança frágil, é porque amava Saccard e porque Saccard, nesse exato minuto, encontrava-se com outra mulher. E essa confissão que era obrigada a fazer a si mesma enchia-a de vergonha, redobrava seu choro, a ponto de sufocá-la.

— Não ter mais amor-próprio, meu Deus! — balbuciava em voz alta. — Ser frágil e miserável a este ponto! Não poder, mesmo quando se quer!

Nesse momento, no cômodo escuro, ela teve a surpresa de ouvir uma voz. Era Maxime, que, como íntimo da casa, acabava de entrar.

— Como!? A senhora está sem luz, e a senhora chora!

Confusa por ser surpreendida assim, esforçou-se para dominar seus soluços, enquanto ele acrescentava:

— Peço-lhe perdão, pensei que meu pai houvesse voltado da Bolsa... Uma senhora me pediu para levá-lo para jantar.

Mas o camareiro trazia uma lâmpada e retirou-se após tê-la colocado sobre a mesa. Todo o amplo cômodo estava iluminado pela luz calma que vinha do abajur.

– Não é nada – quis explicar dona Caroline –, melindres de mulher, logo eu, que sou tão pouco nervosa.

E, olhos secos, busto ereto, já sorria, com seu ar heroico de combatente. Por um instante, o jovem a olhou, tão altivamente reaprumada, com seus grandes olhos claros, seus lábios grossos, seu rosto de bondade viril que a espessa coroa de cabelos brancos havia abrandado e impregnado de grande encanto; ele a achava jovem ainda, assim toda branca, os dentes igualmente muito brancos, uma mulher adorável, que se tornara bela. Depois, pensou em seu pai, fez um meneio de ombro repleto de piedade desdenhosa.

– É ele, não é? Quem a deixa em semelhante estado.

Ela quis negar, mas sufocava, lágrimas voltavam a suas pálpebras.

– Ah! Minha pobre senhora, eu bem lhe dizia que a senhora tinha ilusões sobre papai e que seria mal recompensada... Era fatal que ele a devorasse, a senhora também!

Então, ela lembrou-se do dia em que havia ido lhe pedir os dois mil francos para o adiantamento do resgate de Victor. Não havia prometido falar com ela, quando quisesse saber? Não se apresentava a ocasião de descobrir o passado, perguntando a ele? E uma necessidade irresistível a impelia: agora que havia começado a descer, deveria tocar o fundo. Apenas isso seria corajoso, digno dela, útil a todos.

Mas sentia repugnância por essa investigação, fez um volteio, com ar de interromper a conversa.

– Ainda lhe devo dois mil francos – disse. – O senhor não tem muita raiva de mim, por fazê-lo esperar?

Ele fez um gesto, para lhe dar todo o tempo necessário. Daí, bruscamente:

– A propósito, e meu jovem irmão, aquele monstro?

– Aflige-me, ainda não disse nada a seu pai... Eu queria tanto desencardir um pouco a pobre criatura, para que fosse possível amá-lo!

Uma risada de Maxime inquietou-a, e como o interrogasse com o olhar:
— Virgem! Penso que a senhora ainda toma cuidados bastante inúteis. Papai não compreenderá tanto esforço... Ele viu tantas vezes esses aborrecimentos de família!

Ela encarava-o ainda, tão correto em seu gozo egoísta da vida, tão lindamente desencantado dos laços humanos, mesmo dos que são criados por prazer. Ele havia sorrido, saboreava sozinho a maldade velada em sua última frase. E ela tomou consciência de que resvalava no segredo desses dois homens.

— O senhor perdeu sua mãe bem cedo?
— Sim, mal a conheci... Estava ainda em Plassans, no colégio, quando ela morreu, aqui, em Paris... Nosso tio, o doutor Pascal, manteve consigo minha irmã Clotilde, que eu só revi uma vez.
— Mas seu pai casou-se novamente?

Ele teve uma hesitação. Seus olhos tão claros, tão inexpressivos, ficaram embaçados por uma leve névoa avermelhada.
— Oh! Sim, sim, casou-se... A filha de um magistrado, uma Béraud du Châtel... Renée, não uma mãe para mim, uma boa amiga... – Depois, com um movimento familiar, sentando-se junto a ela: – Veja, é preciso entender papai. Ele não é, meu Deus!, pior que os outros. Simplesmente seus filhos, suas mulheres, enfim, tudo o que o cerca, passa para ele depois do dinheiro... Oh! Entendamo-nos, ele não gosta de dinheiro como um avarento, para ter uma pilha enorme, para escondê-lo em seu porão. Não! Se ele quer fazê-lo jorrar de toda a parte, se o extrai de todas as fontes, é para vê-lo fluir em torrentes em torno de si, é por todas as satisfações que lhe traz, de luxo, prazer, poder... O que a senhora quer? Ele tem isso no sangue. Ele nos venderia, a senhora, eu, quem quer que seja, se fôssemos parte de algum negócio. E isso como um homem inconsequente e superior, porque ele é realmente o poeta do milhão, a tal ponto que o dinheiro o torna louco e canalha, oh!, canalha no limite máximo!

Era exatamente o que dona Caroline havia entendido, e escutava Maxime, aprovando com um movimento de cabeça. Ah! O dinheiro, esse dinheiro que apodrecia, envenenava, que ressecava a alma, expulsava a bondade, a ternura, o amor ao próximo! Ele só era o grande culpado, o mediador de todas as crueldades e de todas as sujeiras humanas. Naquele minuto, amaldiçoava-o, execrava-o, na revolta indignada de sua nobreza e de sua retidão de mulher. Com um gesto, se tivesse o poder, teria destruído todo o dinheiro do mundo, como se esmagasse o mal com uma pisada, para salvar a saúde da terra.

– E seu pai casou-se novamente – repetiu após um silêncio, com uma voz lenta e embaraçada, em um despertar confuso de lembranças.

Quem, pois, diante dela, havia feito alusão a essa história? Não saberia dizer: uma mulher, provavelmente, alguma amiga, nos primeiros tempos de sua instalação na rue Saint-Lazare, quando o novo locatário tinha vindo morar no primeiro andar. Não se tratava de um casamento por dinheiro, algum negócio vergonhoso? E, mais tarde, o crime não havia entrado tranquilamente na casa, tolerado e vivo, um adultério monstruoso, próximo do incesto?

– Renée – continuou Maxime muito baixo, como se fosse contra sua vontade –, tinha poucos anos a mais que eu...

Havia erguido a cabeça, olhava para dona Caroline; e, com um abandono súbito, com uma confiança irrefletida naquela mulher que lhe parecia tão saudável e tão sensata, contou o passado, não com frases sequenciadas, mas em farrapos, confissões incompletas, quase involuntárias, que ela deveria coser. Era um rancor antigo contra seu pai que ele amenizava, a rivalidade que havia existido entre eles, que os tornava estranhos um ao outro ainda hoje, sem interesses comuns? Ele não o acusava, parecia incapaz de ódio; mas sua pequena risada tornava-se sardônica, falava dessas abominações com a alegria maldosa e pérfida de enlameá-lo, cavoucando tantas vilanias.

E foi assim que dona Caroline descobriu, em toda sua dimensão, a terrível história: Saccard vendendo seu nome, esposando por dinheiro uma jovem seduzida; Saccard, por seu dinheiro, sua vida louca e mirabolante, acabando de destruir essa grande criança doente; Saccard, em necessidade de dinheiro, precisando obter uma assinatura dela, tolerando em sua casa o amor de sua mulher e de seu filho, fechando os olhos como bom patriarca que aprecia que as pessoas se divirtam. O dinheiro, o dinheiro rei, o dinheiro Deus, acima do sangue, acima das lágrimas, adorado mais alto que os vãos escrúpulos humanos, no infinito de seu poder! E, à medida que o dinheiro aumentava, que Saccard se revelava a ela com essa diabólica grandeza, dona Caroline via-se tomada de um verdadeiro pavor, gélida, desesperada à ideia de que havia pertencido ao monstro, como tantas outras.

– É isso! – disse Maxime em conclusão. – A senhora me dá dó, é melhor que esteja prevenida... E que isso não a aborreça contra meu pai. Eu ficaria entristecido, porque novamente seria a senhora quem choraria, e não ele... Compreende agora por que me recuso a emprestar-lhe um centavo sequer?

Como ela não respondesse, com um aperto na garganta, atingida no coração, ele levantou-se, olhou de relance para um espelho, com a desenvoltura tranquila de um belo homem, certo de sua retitude na vida. Depois, voltou diante dela.

– Não é? Semelhantes exemplos fazem envelhecer rapidamente... Acomodei-me imediatamente, esposei uma jovem que estava doente e que morreu, juro que hoje não me farão cometer outras bobagens... Não! Veja, papai é incorrigível, porque não tem senso moral. – Tomou-lhe a mão, guardou-a um instante na sua, ao sentir que estava muito fria. – Vou-me, pois ele não volta para casa... Mas não fique amargurada com isso, por favor! Achava-a tão forte! E diga-me "obrigada", porque só há uma coisa estúpida aí: é ser enganado.

Finalmente, partia, quando parou à porta, rindo, acrescentando ainda:

– Esquecia-me, diga-lhe que a senhora de Jeumont quer convidá-lo para jantar... A senhora sabe, a senhora de Jeumont, a que dormiu com o imperador por cem mil francos... E não tenha medo, porque, por mais louco que papai seja, ouso esperar que não seja capaz de pagar esse preço por uma mulher.

Sozinha, a senhora Caroline não se mexeu. Permaneceu arrasada em sua cadeira, no grande cômodo envolto em silêncio pesado, contemplando fixamente a lâmpada, com seus olhos arregalados. Era uma espécie de dilaceramento abrupto do véu: aquilo que nunca quisera distinguir claramente até ali, o que apenas suspeitava, trêmula, nessa hora enxergava em sua crueza horrível, sem complacência possível. Via Saccard a nu, essa alma devastada de um homem do dinheiro, complicada e turva em sua decomposição. De fato, ele não tinha vínculos nem barreiras, seguia seus desejos com o instinto desenfreado do homem que não conhece outro limite que não sua impotência. Havia dividido a mulher com o filho, vendido seu filho, vendido sua mulher, vendido todos os que lhe tinham caído nas mãos; vendeu-se ele próprio, e a venderia também, venderia o irmão dela, faria dinheiro com seus corações e seus cérebros. Nada mais era que um fazedor de dinheiro, que jogava na fundição as coisas e as pessoas para extrair dinheiro. Em uma breve lucidez, ela viu o Universal transpirar dinheiro por todos os lados, um lago, um oceano de dinheiro, no meio do qual, com um estrondo medonho, de repente, a casa naufragava. Ah! Dinheiro, horrível dinheiro, que conspurca e devora!

    Com um movimento exaltado, dona Caroline levantou-se. Não, não! Era monstruoso, estava acabado, não poderia ficar mais com aquele homem. Sua traição, ela teria perdoado; mas a invadia uma repugnância por todo esse lixo antigo, agitava-a um terror diante da ameaça de possíveis crimes futuros. Deveria partir imediatamente, se não quisesse ser ela mesma maculada pela lama, esmagada sob os escombros. E vinha-lhe a necessidade de partir para longe, muito longe, de encontrar seu irmão nos confins do Oriente, mais para desaparecer que para preveni-lo. Partir, partir imediatamente! Ainda não eram seis horas, poderia tomar o expresso para Marselha às sete e cinquenta e cinco, porque rever Saccard lhe parecia além de suas forças. Em Marselha, antes de embarcar, faria suas compras. Nada além de algumas vestimentas em uma mala, um vestido de reserva, e partiria. Em quinze minutos, estaria pronta. Depois, a visão de seu trabalho sobre a mesa, o memorial iniciado, deteve-a por um instante. A que serviria levar isso, se tudo desabaria, apodrecido na base? No entanto, pôs-se a arrumar os documentos com cuidado, as anotações, por hábito de boa dona de casa que não gostava de deixar nada em desordem atrás de si. Essa tarefa lhe tomou alguns minutos, acalmou o ímpeto inicial de sua decisão. E era com completo domínio de si mesma que fazia uma última vistoria pela sala antes de deixá-la, quando o camareiro reapareceu e entregou-lhe um pacote de jornais e de cartas.

Com um olhar maquinal, dona Caroline olhou os envelopes e, na pilha, encontrou uma carta de seu irmão, endereçada a ela. Vinha de Damasco, onde Hamelin então se encontrava, para o projetado entroncamento ferroviário dessa cidade a Beirute. Primeiro, começou a passar os olhos, perto da lâmpada, prometendo a si mesma que a leria lentamente mais tarde, no trem. Mas cada frase a detinha, não conseguia mais saltar uma palavra sequer, acabou por sentar-se novamente à mesa e consagrar-se inteiramente à leitura fascinante daquela longa carta, que tinha doze páginas.

Hamelin, justamente, estava em um de seus dias de contentamento. Agradecia à irmã as últimas boas notícias que lhe havia enviado de Paris, e encaminhava-lhe notícias ainda melhores de lá, porque tudo transcorria como desejado. O primeiro balanço da Companha Geral de Navios Associados anunciava-se esplêndido, as novas embarcações a vapor obtinham grandes receitas, graças a suas instalações perfeitas e sua velocidade maior. Gracejando, dizia que se viajava pelo prazer, e descrevia os portos da costa repletos de gente do Ocidente, contava que não podia se deslocar até uma trilha remota sem dar de frente com algum parisiense do bulevar. Era realmente, como tinha previsto, o Oriente aberto à França. Em breve, cidades renasceriam nas encostas férteis do Líbano. Mas, principalmente, fazia uma pintura muito vívida do longínquo desfiladeiro do Carmelo, onde a mina de prata estava em plena exploração. O sítio selvagem humanizava-se, haviam descoberto reservas em meio ao gigantesco desabamento de rochedos que ocluía o vale ao norte; e criavam-se campos, o trigo substituía os lentiscos, enquanto um vilarejo já estava construído perto da mina, no início simples cabanas de madeira, um acampamento para abrigar os operários, agora pequenas casas de pedra com jardins, um começo de cidade que cresceria, desde que os veios não se esgotassem. Havia ali cerca de quinhentos habitantes, uma estrada acabava de ser concluída, ligando o vilarejo a São João de Acre. Da manhã à noite, as máquinas de extração restrugiam, carretas movimentavam-se ao som de chicotes sonoros, mulheres cantavam, crianças brincavam e gritavam naquele deserto, naquele silêncio de morte em que outrora apenas as águias impunham o barulho lento de suas asas. E as murtas e as giestas ainda perfumavam o ar morno, de pureza deliciosa. Enfim, Hamelin não se continha sobre a primeira ferrovia que abriria, de Bursa a Beirute, via Angora e Alepo. Todas as formalidades estavam concluídas em Constantinopla; estava encantado com algumas felizes modificações que havia introduzido no percurso, para a difícil passagem dos desfiladeiros do Tauro; e falava desses desfiladeiros, das planícies que se estendiam ao pé das montanhas, com o deslumbramento de um homem de ciências que havia encontrado ali novas minas de carvão e que pensava ver a região cobrir-se de fábricas. Seus pontos de referência estavam estabelecidos, a localização das estações escolhida, algumas em pleno ermo: uma cidade aqui, outra mais distante, cidades surgiriam em torno de cada uma dessas estações, no cruzamento de caminhos naturais. Já estava semeada a safra de homens e de grandes coisas futuras, tudo germinava, seria em poucos anos um mundo novo. E ele terminava abraçando muito carinhosamente sua irmã adorada, feliz de associá-la a essa ressurreição de um povo, dizendo-lhe quanto daquilo lhe seria devido, ela que o havia ajudado por tanto tempo, com sua coragem e sua grande disposição.

 Dona Caroline havia acabado a leitura, a carta permanecia aberta sobre a mesa, e ela refletia, os olhos de novo na lâmpada. Depois, maquinalmente, seu olhar se ergueu, fez a volta das paredes, parou em cada um dos projetos, em cada uma das aquarelas. Em Beirute, a residência do diretor da Companhia de Navios Associados estava nesse momento construída em meio a grandes lojas. No monte Carmelo, era aquele fundo de desfiladeiro selvagem, obstruído por matagais e pedras, que se povoava, como o ninho gigantesco de uma população nascente. No Tauro, esses nivelamentos, essas escavações, mudavam os horizontes, abriam caminho ao livre-comércio. E, diante dela, a partir daquelas folhas com linhas geométricas, com cores pálidas, que somente quatro pregos sustentavam, surgia uma evocação completa do país longínquo antes visitado, tão querido por seu

O DINHEIRO

limpo céu eternamente azul, por sua terra tão fértil. Ela revia os jardins suspensos de Beirute, os vales do Líbano com grandes bosques de oliveiras e de amoreiras, as planícies de Antioquia e de Alepo, imensos pomares de frutas deliciosas. Via a si mesma com seu irmão em viagens constantes por aquela terra maravilhosa, cujas riquezas incalculáveis se perdiam, ignoradas ou desperdiçadas, sem estradas, sem indústria nem agricultura, sem escolas, na preguiça e na ignorância. Mas tudo isso, agora, se vivificava, sob um impulso extraordinário de seiva jovem. A evocação desse Oriente de amanhã já erguia diante de seus olhos cidades prósperas, campos cultivados, toda uma humanidade feliz. Podia vê-los, ouvia o ruído diligente das obras e verificava que aquela velha terra adormecida, enfim desperta, acabava de entrar em trabalho de parto.

Então, dona Caroline teve a súbita convicção de que o dinheiro era o esterco em que cresceria essa humanidade de amanhã. Frases de Saccard vinham-lhe à memória, fragmentos de teorias sobre a especulação. Lembrava-se daquela ideia de que, sem especulação, não haveria grandes empreendimentos vigorosos e fecundos, da mesma forma que, sem a luxúria, não haveria crianças. É preciso esse excesso de paixão, toda essa vida desprezivelmente gasta e perdida, para a própria continuação da vida. Se, ao longe, seu irmão alegrava-se, cantava vitória em meio às obras que se organizavam, às construções que saíam do solo, era porque em Paris o dinheiro chovia, apodrecia tudo, na fúria do jogo. O dinheiro, envenenador e destruidor, tornava-se o fermento de toda a vegetação social, servia de esterco necessário às grandes obras cuja execução aproximaria os povos e pacificaria a terra. Ela havia amaldiçoado o dinheiro, agora prostrava-se diante dele com uma admiração apavorada: não seria ele a única força capaz de demolir uma montanha, aterrar um braço de mar, enfim tornar a terra habitável para os homens, aliviados do trabalho, de agora em diante meros condutores de máquinas? Todo o bem nascia dele, que fazia todo o mal. E ela não sabia mais, abalada até o fundo do seu ser, já decidida a não mais partir, pois o sucesso parecia completo no Oriente e a batalha estava em Paris, mas ainda incapaz de acalmar-se, o coração ainda sangrando.

Dona Caroline levantou-se, foi apoiar sua fronte no vidro de uma das janelas que davam para o jardim da mansão Beauvilliers. A noite havia caído, ela só distinguia uma tênue claridade no pequeno cômodo afastado onde viviam a condessa e sua filha, para não sujar nada nem gastar fogo. Vagamente, atrás da fina musselina das cortinas, distinguia o perfil da condessa, remendando ela própria algum trapo, enquanto Alice pintava aquarelas, feitas displicentemente às dúzias, que ela devia vender às escondidas. Havia acontecido um infortúnio, uma doença de seu cavalo, que durante duas semanas as tinha trancafiado em casa, obstinadas em não serem vistas a pé, e recuando à ideia de uma locação. Mas, naquela penúria escondida tão heroicamente, de agora em diante uma esperança as mantinha em pé, mais valentes, a alta contínua das ações do Universal, esse lucro já muito grande, que elas viam resplandecer e cair como chuva de ouro no dia em que as vendessem, a uma cotação mais elevada. A condessa prometia a si mesma um vestido realmente novo, sonhava oferecer quatro jantares por mês no inverno, sem ter de passar a pão e água durante quinze dias. Alice não ria mais, com seu ar de indiferença fingida, quando sua mãe lhe falava de casamento, escutava com um leve tremor de mãos, começando a acreditar que isso talvez se realizasse, que poderia ter, ela também, marido e filhos. E dona Caroline, ao olhar a chama da pequena lâmpada que as iluminava, sentia-se invadida por uma grande calma, um enternecimento, impressionada pelo fato de que ainda o dinheiro, nada além de uma esperança de dinheiro, bastava para a felicidade dessas duas criaturas. Se Saccard as enriquecesse, elas não o abençoariam, ele não seria, para ambas, caridoso e bom? A bondade estava em toda a parte, então, mesmo entre os piores, que sempre são bons para alguém, que sempre têm, em meio à execração de uma multidão, humildes vozes isoladas a lhes agradecer e os adorar. Com essa reflexão, enquanto seus olhos se cegavam nas trevas do jardim, seu pensamento rumou até a Obra do Trabalho. Na véspera, por ordem de Saccard, havia distribuído brinquedos e balas, em comemoração de um aniversário; e sorria involuntariamente, à lembrança da alegria ruidosa das crianças. No último mês, estavam mais contentes com Victor, havia lido observações satisfatórias na casa da princesa d'Orviedo, com quem, duas vezes por semana, falava longamente da instituição. Mas diante da imagem de Victor, que aparecia de repente, surpreendia-se por tê-lo esquecido, em sua crise de desespero, quando queria partir. Poderia abandoná-lo assim, comprometer a boa ação conduzida com tanto esforço? Cada vez mais penetrante, uma doçura subia em meio à obscuridade das grandes árvores, uma onda de inefável renúncia, de tolerância divina que lhe dilatava o coração; enquanto a pequena lâmpada pobre das senhoras de Beauvilliers continuava a brilhar ao longe, como uma estrela.

Quando dona Caroline voltou a sua mesa, teve um ligeiro calafrio. O quê, então? Sentia frio! E isso a alegrou, ela que se gabava de enfrentar o inverno sem aquecimento. Sentia-se como se saísse de um banho gelado, remoçada e forte, o pulso bem calmo. Nas manhãs de boa disposição, levantava-se assim. Em seguida, teve a ideia de pôr lenha na lareira; e, ao ver que o fogo havia se apagado, divertiu-se ao acendê-lo ela mesma, sem querer chamar o empregado. Foi um trabalho árduo, ela não tinha gravetos, conseguiu atear fogo à lenha simplesmente com jornais velhos, que queimava um a um. Ajoelhada diante da lareira, ria sozinha. Por um instante, ficou ali, feliz e surpresa. Eis que uma de suas grandes crises havia passado mais uma vez, e ela tinha esperança de novo, em quê? Não fazia a menor ideia, o eterno desconhecido que estava no fim da vida, no fim da humanidade. Viver, isso deveria bastar para que a vida lhe trouxesse sem cessar a cura das feridas que a vida lhe fazia. Uma vez mais, lembrava-se dos desastres de sua existência, seu casamento horrível, sua miséria em Paris, o abandono pelo único homem que havia amado; e, a cada desmoronamento, ela reencontrava a energia vivaz, a alegria imortal que a punha de pé, em meio às ruínas. Não havia acabado de ver tudo desmoronar? Continuava sem estima por seu amante, diante de seu terrível passado, como ficam as santas mulheres diante das feridas imundas que tratam de manhã e de noite, sem nunca esperar cicatrizá-las. Continuaria a pertencer a ele, sabendo que pertencia a outras, sem sequer procurar disputá-lo. Viveria em um braseiro, na forja ofegante da especulação, sob a ameaça constante de uma catástrofe final, em que seu irmão poderia deixar sua honra e seu sangue. E ela, de qualquer modo, estava em pé, quase despreocupada, como na manhã de um belo dia, apreciando sentir, diante do perigo, uma jovialidade de batalha. Por quê? Por nada que fosse lógico, pelo prazer de existir! Seu irmão dizia-lhe, ela era a esperança invencível.

Quando Saccard entrou, viu dona Caroline mergulhada em seu trabalho, terminando, com sua escrita firme, uma página do memorial sobre as ferrovias do Oriente. Ela ergueu a cabeça, sorriu-lhe com um ar sereno, enquanto ele roçava os lábios em sua bela e resplandecente cabeleira branca.

– Correu muito, meu amigo?
– Oh! Negócios sem fim! Vi o ministro de Obras Públicas, acabei por encontrar Huret, tive de voltar à casa do ministro, onde só havia um secretário... Enfim, conto com uma promessa deles.

Com efeito, após ter deixado a baronesa Sandorff, ele não parou mais, inteiramente dedicado aos negócios, em seu arrebatamento de zelo costumeiro. Ela entregou-lhe a carta de Hamelin, que o encantou; e ela o via exultar com o triunfo próximo, dizendo a si mesma que, dali em diante, o vigiaria de perto, a fim de impedir as prováveis loucuras. No entanto, não conseguia ser severa com ele.

– Seu filho veio convidá-lo, em nome da senhora de Jeumont.

Ele exclamou:

– Mas ela me escreveu!... Esqueci de dizer-lhe que irei lá esta noite... Como isso me atormenta, cansado que estou!

E partiu, após beijar de novo seus cabelos brancos. Ela voltou ao trabalho, com seu sorriso amigável, pleno de indulgência. Não era ela apenas uma amiga que se doava? O ciúme causava-lhe vergonha, como se houvesse maculado ainda mais a ligação deles. Queria ser superior à angústia da partilha, despojada do egoísmo carnal do amor. Ser dele, saber que ele era de outras, isso não tinha importância. E ela o amava, no entanto, com todo seu coração corajoso e caridoso. Era o amor triunfante, esse Saccard, esse bandido da sarjeta financeira, amado de maneira tão absoluta por essa mulher adorável porque ela o via, ativo e corajoso, criar um mundo, fazer a vida.

VIII

Foi em 1º de abril que começou a Exposição Universal de 1867, em meio a festas, com um esplendor triunfal. Iniciava a grande temporada do império, a estação de gala suprema que faria de Paris o albergue do mundo, um albergue ornado com bandeiras, cheio de músicas e de cantos, onde se comia, onde se fornicava em todos os quartos. Nunca um reino em seu apogeu havia convocado as nações para uma festança tão colossal. Rumo às Tuileries resplandecentes, em uma apoteose de magia, punha--se em marcha o longo desfile de imperadores, reis e príncipes, vindos dos quatro cantos da terra.

E foi na mesma época, quinze dias depois, que Saccard inaugurou o edifício monumental que havia almejado para alojar majestosamente o Universal. Bastaram seis meses, trabalhou-se dia e noite, sem que se desperdiçasse uma hora, fazendo aquele milagre que só é possível em Paris; e erguia-se a fachada com ornamentos exuberantes, parecendo templo e café-concerto, uma fachada cujo luxo ostentatório parava as pessoas na calçada. No interior, era uma suntuosidade, milhões de caixas fluíam ao longo dos muros. Uma escadaria de honra conduzia à sala do conselho, vermelha e dourada, com um esplendor de sala de ópera. Por toda parte, tapetes, tapeçarias, escritórios instalados com uma riqueza de mobiliário resplandescente. No subsolo, onde ficava o serviço de títulos, os cofres-fortes estavam selados, imensos, abrindo profundas bocas de forno atrás dos vidros transparentes das divisórias, permitindo que o público os visse, enfileirados como os baús dos contos, onde dormem os tesouros incalculáveis das fadas. E os povos, com seus reis, a caminho da exposição, poderiam vir e desfilar ali: tudo estava pronto, o novo prédio aguardava-os, para cegá-los e aprisioná-los um a um naquela irresistível armadilha do ouro, reluzente ao sol.

Saccard imperava, no gabinete instalado mais suntuosamente, em um móvel Luís XIV de madeira dourada, estofado com veludo de Gênova. Mais uma vez ampliado, o número de funcionários passava de quatrocentos; e Saccard comandava agora aquele exército, com um fausto de tirano adorado e obedecido, pois se mostrava muito generoso nas gratificações. Na realidade, apesar de seu mero título de diretor, reinava acima do presidente do conselho, acima do próprio conselho de administração, que simplesmente ratificava suas ordens. Por isso, dona Caroline vivia agora em alerta permanente, muito ocupada em conhecer todas as suas decisões, para poder interferir, se fosse preciso. Desaprovava aquelas novas instalações, magnificentes demais, embora sem poder condená-las em princípio, pois havia reconhecido a necessidade de um local mais amplo nos belos dias de doce confiança, quando zombava de seu irmão, que se inquietava. Seu temor confesso, seu argumento para combater todo aquele luxo, era que a casa perdia seu caráter de probidade decente, de elevada gravidade religiosa. O que pensariam os clientes, acostumados à discrição monacal, ao recolhimento à meia-luz no andar térreo da rue Saint-Lazare, quando entrassem naquele palácio da rue de Londres, com grandes andares alegrados por ruídos, inundados pela luz? Saccard respondia que ficariam fulminados por admiração e por respeito, os que traziam cinco francos tirariam dez de seus bolsos, tomados de amor-próprio, inebriados pela confiança. E, com sua fé brutal na ostentação, foi ele quem teve razão. O sucesso do prédio era prodigioso, ultrapassava a eficácia alvoroçante dos anúncios mais extraordinários de Jantrou. Os pequenos rentistas devotos dos bairros tranquilos e os pobres párocos do interior, recém-chegados de manhã pela ferrovia, ficavam boquiabertos, em êxtase diante da porta, saindo afogueados pelo prazer de ter fundos lá dentro.

Na verdade, o que mais contrariava dona Caroline era não poder estar sempre no próprio local, exercendo sua vigilância. Conseguia ir à rue de Londres apenas de vez em quando, sob algum pretexto. Vivia sozinha no momento, na sala dos projetos, via Saccard, quando muito, à noite. Ele havia conservado seu apartamento ali, mas todo o andar térreo estava fechado, bem como os escritórios do primeiro andar; e a princesa d'Orviedo, no fundo feliz por não sentir mais o surdo remorso daquele banco, daquela loja de dinheiro instalada em sua casa, nem sequer procurava alugá-los, com sua indiferença voluntária por qualquer lucro, ainda que legítimo. A casa vazia, ressonante a cada coche que passava, parecia um túmulo. Dona Caroline só ouvia subir, através dos tetos, aquele silêncio horripilante dos guichês fechados, dos quais, durante dois anos sem parar, chegava a ela um leve tilintar de ouro. Os dias pareciam-lhe mais pesados e mais longos. Entretanto, trabalhava muito, sempre ocupada por seu irmão, que, do Oriente, lhe enviava tarefas de escrita. Mas, às vezes, em seu trabalho, parava, escutava, tomada por uma ansiedade instintiva, com necessidade de saber o que se passava no andar de baixo; e nada, nem um sopro, o aniquilamento das salas desfeitas, vazias, negras, fechadas com duas voltas de chave. Então, era invadida por um ligeiro calafrio, permanecia recolhida por alguns minutos, inquieta. O que se fazia na rue de Londres? Não seria naquele ponto, naquele minuto preciso, que se produzia a fissura que derrubaria o edifício?

Difundiu-se o rumor, ainda vago e discreto, de que Saccard preparava um novo aumento de capital. De cem milhões, queria elevá-lo a cento e cinquenta. Era uma hora de especial excitação, a hora fatal em que toda a prosperidade do reino, as imensas obras que haviam transformado a cidade, a circulação enlouquecida do dinheiro, as despesas furiosas do luxo deveriam desembocar em uma febre ardente de especulação. Todos queriam sua parte, arriscavam sua fortuna sobre o tapete verde, para decuplicá-la e desfrutá-la, como tantos outros, enriquecidos em uma única noite. As bandeiras da exposição que estalavam ao sol, as luzes e as músicas do Champ de Mars, as multidões do mundo inteiro que inundavam as ruas acabaram por inebriar Paris em um sonho de inesgotável riqueza e de soberana dominação. Nas noites claras da enorme cidade em festa, sentada à mesa de restaurantes exóticos, transformada em feira colossal onde o prazer se vendia livremente sob as estrelas, subia o supremo surto de demência, a loucura alegre e voraz das grandes capitais ameaçadas de destruição. E Saccard, com seu faro de larápio, havia pressentido tão bem a presença em todos desse acesso, dessa necessidade de jogar seu dinheiro ao vento, de esvaziar os bolsos e o corpo, que acabava de duplicar a verba destinada à publicidade, estimulando Jantrou à algazarra mais ensurdecedora. Desde a inauguração da exposição, todos os dias, havia na imprensa um repicar de sinos em prol do Universal. Toda manhã trazia seu toque de címbalos para que as pessoas se voltassem para trás: um excepcional *fait divers*, uma senhora que havia esquecido cem ações em um fiacre; um relato de viagem à Ásia Menor no qual se explicava que Napoleão havia previsto o banco da rue de Londres; um grande artigo de primeira página no qual se avaliava politicamente o papel daquele banco em relação à vindoura solução da questão do Oriente; sem contar as notas contínuas nos jornais especializados, todos alinhados, marchando em massa compacta. Jantrou havia imaginado, com os pequenos jornais financeiros, contratos anuais que lhe asseguravam uma coluna em cada número; e utilizava aquela coluna com uma fecundidade, uma variedade de imaginação surpreendentes, chegando mesmo a atacar, para ter o triunfo de vencer em seguida. A famosa brochura sobre a qual meditava acabava de ser lançada no mundo todo com uma tiragem de um milhão de exemplares. Sua nova agência também estava criada, aquela agência que, sob o pretexto de enviar um boletim financeiro aos jornais do interior, tornava-se dona absoluta do mercado em todas as cidades importantes. E enfim *A Esperança*, dirigido com habilidade, ganhava dia a dia uma importância política maior. Foi muito comentada uma série de artigos que deu cobertura ao decreto de 19 de janeiro, que substituía a velha fórmula de notificação, a que tinha direito o Corpo Legislativo, pelo direito de interpelação, nova concessão do imperador em seu caminho para a liberdade. Saccard, que os inspirava, não se atrevia ainda a atacar abertamente seu irmão, que continuava ministro de Estado, apesar de tudo, resignado, em sua paixão pelo poder, a defender hoje o que condenava ontem; mas se podia senti-lo à espreita, vigiando a situação falsa de Rougon, acurralado na Câmara entre o terceiro partido, sedento de sua herança, e os clericais, unidos aos bonapartistas autoritários contra o império liberal. E já começavam as insinuações, o jornal voltava a ser católico militante, mostrava-se pleno de azedume a cada ato do ministro. A *Esperança*, agora na oposição, significava popularidade, um vento de fronda que lançava o nome do Universal aos quatro cantos da França e do mundo.

Então, sob esse impulso formidável de publicidade, naquele ambiente enfurecido, maduro para todas as loucuras, o provável aumento de capital, aquele rumor de uma nova emissão de cinquenta milhões, acabou por alvoroçar os mais prudentes. Das casas humildes às mansões aristocráticas, do cubículo dos porteiros ao salão das duquesas, as cabeças ardiam, o entusiamo transformava-se em fé cega, heroica e batalhadora. Enumeravam-se as grandes coisas já feitas pelo Universal, os primeiros sucessos fulminantes, os dividendos inesperados que nenhuma outra sociedade havia distribuído logo no começo. Lembravam-se da ideia tão feliz da Companhia de Navios Associados, tão rápida em obter resultados magníficos, aquela companhia cujas ações já se cotizavam a cem francos de prêmio; da mina de prata do Carmelo, um produto miraculoso, à qual um orador sacro, na última quaresma, na catedral de Notre-Dame, havia feito alusão, falando de um presente de Deus à cristandade confiante; e de outra empresa criada para a exploração de imensas jazidas de carvão, e da que faria a derrubada metódica de árvores nas vastas florestas do Líbano; e a fundação do Banco Nacional Turco, em Constantinopla, de uma solidez inabalável. Nem um fracasso, uma felicidade crescente que transformava em ouro tudo que a empresa tocasse, um grande conjunto de realizações prósperas, que dava base sólida às operações futuras, justificando o aumento rápido de capital. Depois, era o futuro que se abria diante das imaginações superaquecidas, esse futuro tão repleto de empresas ainda mais consideráveis que precisava da demanda de cinquenta milhões, cujo anúncio bastava para transtornar de tal maneira os espíritos. Então, o alcance dos rumores na Bolsa e nos salões não tinha limite, mas o próximo grande negócio, a Companhia das Ferrovias do Oriente, destacava-se em meio aos outros projetos, ocupava todas as conversas, desacreditado por uns, exaltado por outros. As mulheres, sobretudo, apaixonavam-se e faziam uma propaganda entusiasta em favor da ideia. Em seus aposentos, nos jantares de gala, atrás das jardineiras em flor, na hora tardia do chá, até no interior das alcovas, havia criaturas encantadoras, com um carinho persuasivo, que catequizavam os homens: "Como, ainda não tem Universal? Só se fala nisso! Compre rapidamente algumas ações do Universal, se quiser que o amem!". Era a nova Cruzada, como elas diziam, a conquista da Ásia, que os cruzados de Pedro, o Eremita, e de São Luís não haviam conseguido, e de que elas se encarregavam, elas, com suas pequenas bolsas de ouro. Todas fingiam estar bem informadas, falavam em termos técnicos da linha principal que seria aberta inicialmente, de Bursa a Beirute, via Angora e Alepo. Mais tarde, viria o ramal de Esmirna a Angora; mais tarde, o de Trebizonda a Angora, via Erzurum e Sivas; mais tarde ainda, o de Damasco a Beirute. E aí elas sorriam, pestanejavam, sussurravam que talvez houvesse outro, oh!, muito tempo depois, de Beirute a Jerusalém, passando pelas antigas cidades do litoral, Sídon, São João de Acre, Jafa, depois, meu Deus!, quem sabe?, de Jerusalém até Porto Said e Alexandria. Sem contar que Bagdá não era longe de Damasco e que, se uma ferrovia fosse criada até lá, um dia a Pérsia, a Índia, a China estariam integradas ao Ocidente. Parecia que, a uma palavra de seus lindos lábios, resplandeceriam os tesouros redescobertos dos califas, em um conto maravilhoso das *Mil e uma noites*. As joias e as pedrarias dos sonhos choviam nas caixas da rue de Londres, enquanto queimava o incenso do Carmelo, um fundo delicado e vago de lendas bíblicas que divinizava os imensos apetites de lucros. Não seria o Éden reconquistado, a Terra Santa libertada, a religião triunfante, no próprio berço da humanidade? E elas calavam-se, recusavam-se a falar mais, olhos brilhantes ao pensar no que era preciso esconder. Isso não se contaria nem ao pé do ouvido. Muitas delas o ignoravam, embora fingissem saber. Era o mistério, o que talvez nunca acontecesse ou que talvez explodisse um dia como um relâmpago: Jerusalém resgatada ao sultão, entregue ao papa, com a Síria como reino; o papado disporia de um orçamento fornecido por um banco católico, o Tesouro do Santo Sepulcro, que o poria ao abrigo das perturbações políticas; enfim, o catolicismo rejuvenescido, liberado de comprometimentos, encontraria uma nova autoridade, dominaria o mundo do alto da montanha onde Cristo expirou.

Agora, pela manhã, Saccard, em seu luxuoso gabinete Luís XIV, era obrigado a impedir sua porta quando queria trabalhar; pois era uma invasão, o desfile de uma corte, como se viessem, ao despertar de um rei, cortesãos, homens de negócio, solicitantes, uma adoração e uma mendicidade desenfreadas em torno da onipotência. Em uma manhã dos primeiros dias de julho, sobretudo, mostrou-se implacável, dando ordem formal de não permitirem a entrada de ninguém. Enquanto a antessala estava apinhada de gente, de uma multidão que teimava em ser recebida, apesar do porteiro, aguardando, esperando mesmo assim, trancou-se com dois chefes de serviço para acabar de estudar a nova emissão. Após o exame de vários projetos, decidiu a favor de uma combinação que, graças àquela nova emissão de cem mil ações, permitiria liberar completamente as duzentas mil ações antigas, pelas quais haviam sido pagos somente cento e vinte cinco francos; e, a fim de chegar a esse resultado, a ação reservada unicamente aos acionistas, à razão de um título novo para dois títulos antigos, seria emitida por oitocentos e cinquenta francos, exigíveis imediatamente, dos quais quinhentos francos correspondiam ao capital e trezentos e cinquenta francos de prêmio para a pretendida liberação. Mas surgiam complicações, havia ainda um rombo a corrigir, o que deixava Saccard muito nervoso. O ruído de vozes na antessala irritava-o. Aquela Paris rastejante, aquelas homenagens que recebia habitualmente com uma afabilidade de déspota sem afetação, enchiam-no de desprezo naquele dia. E Dejoie, que às vezes servia de porteiro pela manhã, aventurando-se a dar a volta e entrar por uma pequena porta do corredor, foi recebido furiosamente:

— O quê? Eu disse ninguém, ouviu? Tome! Pegue minha bengala, ponha em minha porta, que eles a beijem!

Dejoie, impassível, tomou a liberdade de insistir:

– Perdão, senhor, é a condessa de Beauvilliers. Implorou, e como sei que o senhor procura ser amável com ela...
– Eh! – gritou Saccard, transtornado. – Que vá ao diabo com os outros! – Mas rapidamente reconsiderou, com um gesto de raiva contida. – Faça-a entrar, pois está claro que não me deixarão em paz!... E por essa portinhola, para que o rebanho não entre com ela.

A acolhida de Saccard à condessa de Beauvilliers teve a rispidez de um homem ainda agitado. Nem mesmo a presença de Alice, que acompanhava a mãe, com seu ar silencioso e profundo, bastou para acalmá-lo. Havia pedido aos dois chefes de serviço que saíssem e só pensava em chamá-los de volta para continuar seu trabalho.

– Peço-lhe a gentileza, senhora, de que fale rapidamente, pois estou terrivelmente ocupado.

A condessa parou, surpresa, sempre lenta, com sua tristeza de rainha em desgraça.

– Mas, senhor, se o incomodo...

Ele teve de indicar-lhes cadeiras; e a jovem, mais corajosa, sentou-se antes, com um movimento decidido, enquanto a mãe prosseguia:

– Senhor, é apenas um conselho... Encontro-me na mais dolorosa hesitação, sinto que nunca me decidirei sozinha...

E ela recordou-lhe que, no momento da fundação do banco, havia comprado cem ações que, duplicadas no primeiro aumento de capital, e novamente duplicadas no segundo, perfaziam hoje um total de quatrocentas ações, pelas quais havia pago, incluindo os prêmios, a quantia de oitenta e sete mil francos. Além de seus vinte mil francos de economia, para pagar essa quantia teve de tomar um empréstimo de setenta mil francos, garantido por sua fazenda de Aublets.

– Ora – continuou –, encontro hoje um comprador para Aublets... E, não é mesmo?, haverá uma nova emissão, de modo que poderei talvez aplicar toda nossa fortuna em seu banco.

Saccard apaziguava-se, lisonjeado de ver as duas pobres mulheres, as últimas de uma grande e antiga estirpe, tão confiantes, tão ansiosas diante dele. Rapidamente, com números, informou-as:

– Uma nova emissão, perfeitamente, estou cuidando disso... A ação custará oitocentos e cinquenta francos, com o prêmio... Vejamos, a senhora diz ter quatrocentas ações. Logo, serão alocadas à senhora duzentas novas ações, o que a obrigará a um pagamento de cento e setenta mil francos. Mas todos os títulos estarão liberados, a senhora terá seiscentas ações totalmente suas, sem dever nada a ninguém.

Elas não compreendiam, teve de explicar-lhes aquela liberação dos títulos, por meio do prêmio; e elas ficaram um pouco pálidas diante daquelas cifras tão elevadas, afligidas pela ideia do golpe de audácia que precisariam arriscar.

– Quanto ao dinheiro... – murmurou, enfim, a mãe. – Seria bom isso? Oferecem duzentos e quarenta mil francos por Aublets, que antigamente valia quatrocentos mil; de modo que, quando tivermos reembolsado a quantia que já nos emprestaram, sobrará exatamente o valor necessário para o pagamento... Meu Deus! Que coisa terrível, essa fortuna deslocada, toda a nossa existência arriscada desse modo!

E suas mãos tremiam, houve um silêncio durante o qual ela pensava nessa engrenagem que havia inicialmente abocanhado suas economias, depois os setenta mil francos emprestados, e que agora ameaçava tomar a fazenda inteira. Seu antigo respeito pela fortuna fundiária, composta de plantações, pastos, florestas, sua repugnância pelo tráfico de dinheiro, esse trabalho vil dos judeus, indigno de sua raça, voltavam-lhe à cabeça e a angustiavam naquele minuto decisivo em que tudo seria consumado. Muda, sua filha encarava-a com seus olhos ardentes e puros.

Saccard teve um sorriso encorajador.

– Nossa Senhora! Com certeza, é preciso que tenham confiança em nós... Bem, os números estão aqui. Examine-os e, então, qualquer hesitação me parecerá impossível... Consideremos que as senhoras façam a operação; terão, portanto, seiscentas ações que, liberadas, custaram duzentos e cinquenta e sete mil francos. Ora, estão cotadas hoje, em média, a mil e trezentos francos, o que dá um total de setecentos e oitenta mil francos. As senhoras mais que triplicaram seu dinheiro já... E verão, a alta continuará após a emissão! Prometo-lhes o milhão antes do fim do ano.

– Oh! Mamãe! – deixou escapar Alice, com um suspiro, a contragosto.

Um milhão! A mansão da rue Saint-Lazare desvencilhada de suas hipotecas, limpa de sua crosta de miséria! O padrão da casa situado em um nível conveniente, tirado daquele pesadelo de pessoas que têm coche e que carecem de pão! A filha casada com um dote decente, podendo ter enfim um marido e filhos, essa alegria permitida às mulheres mais miseráveis das ruas! O filho, que o clima de Roma matava, aliviado, em condição de manter sua posição, esperando para servir à grande causa, que o requisitava tão pouco! A mãe de volta à alta situação, pagando o cocheiro, sem economizar para acrescentar um prato a seus jantares de terça-feira, sem estar condenada ao jejum pelo resto da semana! Esse milhão flamejava, era a salvação, era o sonho.

A condessa, conquistada, virou-se para a filha, para associá-la a sua vontade.

– Vejamos, o que você acha?

Mas a moça não dizia mais nada, fechava lentamente as pálpebras, extinguindo o brilho de seus olhos.

– É verdade – continuou a mãe, sorrindo por sua vez. – Esqueço que você quer que eu seja a senhora absoluta... Mas eu sei o quanto você é corajosa e tudo o que espera... – E dirigindo-se a Saccard: – Ah! Senhor, fala-se do senhor com tantos elogios!... Não podemos ir a lugar algum sem que nos contem coisas muito belas, muito comoventes. Não é apenas a princesa d'Orviedo, são todas as minhas amigas que são entusiastas de sua obra. Muitas sentem inveja por eu ser uma de suas primeiras acionistas e, pelo que elas dizem, venderiam o próprio colchão para comprar suas ações. – Brincava docemente: – Acho-as um pouco doidas, sim! Um pouco doidas, na verdade. Sem dúvida porque já não sou mais jovem... Minha filha é uma de suas admiradoras. Ela acredita em sua missão, faz propaganda em todos os salões onde a levo.

Encantado, Saccard olhou para Alice, e ela estava tão animada naquele momento, tão vibrante de fé, que lhe pareceu realmente muito bonita, apesar de sua tez amarelada e de seu pescoço fino demais, já envelhecido. Sentia-se também grande e bom por ter feito a felicidade daquela criatura triste, a quem a esperança de um marido bastava para embelezar.

— Oh! — disse ela com uma voz muito baixa, como se viesse de longe. — É tão bela essa conquista, lá... Sim, uma nova era, a cruz radiante...

Era o mistério, o que ninguém dizia; e sua voz baixava ainda mais, perdia-se em um suspiro de encantamento. Ele, aliás, pedia, com um gesto amigável, que se calasse; pois não tolerava que se falasse em sua presença da grande coisa, o objetivo supremo e oculto. Seu gesto demonstrava que era preciso sempre almejar aquele fim, mas nunca abrir a boca. No santuário, os incensórios balançavam em mãos de poucos iniciados.

Após um silêncio comovido, a condessa enfim se levantou.

— Pois bem, senhor, estou convencida, vou escrever a meu tabelião que aceito a oferta que surge para Aublets... Que Deus me perdoe, se cometo um erro!

Saccard, em pé, declarou com uma seriedade emocionada:

— É o próprio Deus que a inspira, senhora, tenha certeza.

E, ao acompanhá-las até o corredor, evitando a antessala, onde a aglomeração continuava, encontrou Dejoie, que rondava, com ar embaraçado.

— O que há? Não será mais alguém, imagino?

— Não, não, senhor... Se eu me atrevesse a pedir uma opinião ao senhor... É para mim... — E manobrava de tal forma que Saccard se viu em seu gabinete, enquanto ele permanecia na soleira, com grande deferência.

— Para o senhor?... Ah! É verdade, o senhor é acionista, o senhor também... Pois bem! Meu rapaz, compre as novas ações que lhe são destinadas, venda até suas camisas para comprá-las. É o conselho que dou a todos os nossos amigos.

— Oh, senhor, o quinhão é grande demais, minha filha e eu não temos tanta ambição... No começo, comprei oito ações com os quatro mil francos de economia que minha pobre esposa nos deixou; e só tenho essas oito, porque, não é verdade?, nas outras emissões, quando se dobrou duas vezes o capital, não tivemos dinheiro para aceitar as ações que nos eram destinadas... Não,

não é isso, não é bom ser tão guloso. Eu queria apenas perguntar, sem ofender, se o senhor é de opinião que eu venda.

— Como? Que o senhor venda?

Então, Dejoie, com todo tipo de circunlocuções inquietas e respeitosas, expôs seu caso. Na cotação de mil e trezentos francos, suas oito ações representavam dez mil e quatrocentos francos. Portanto, poderia dar, com sobra, a Nathalie os seis mil francos de dote, exigidos pelo cartonageiro. Mas, diante da alta contínua dos títulos, sentiu um apetite por dinheiro, uma ideia vaga, no início, depois tirânica, de ter sua parte, de ter para si uma pequena renda de seiscentos francos que lhe permitisse se aposentar. Um capital de doze mil francos, contudo, somado aos seis mil francos de sua filha, isso perfazia o enorme total de dezoito mil francos; e ele se desesperava de nunca chegar a essa cifra, porque havia calculado que seria preciso atingir a cotação de dois mil e trezentos francos.

— O senhor compreende que, se não for subir mais, eu prefiro vender, porque a felicidade de Nathalie está acima de tudo, não é mesmo?... Entretanto, se subir mais, eu terei o coração partido por ter vendido...

Saccard explodiu:

— Ah! Isso, meu rapaz, o senhor é tolo!... Acredita que ficaremos em mil e trezentos? O senhor me vê vender?... O senhor os terá, seus dezoito mil francos, respondo-lhe. E saia já! E ponha na rua toda essa gente que está aí, diga que eu saí!

Quando voltou a estar só, Saccard pôde chamar os dois chefes de serviço e terminar seu trabalho em paz.

Foi decidido que ocorreria em agosto uma assembleia geral extraordinária para votar o novo aumento de capital. Hamelin, que deveria presidi-la, desembarcou em Marselha nos últimos dias de julho. Fazia dois meses que sua irmã o aconselhava a voltar em cada uma de suas cartas, de maneira cada vez mais insistente. Em meio ao sucesso brutal que se manifestava cada dia mais, tinha a sensação de um perigo surdo, um temor irracional do qual não ousava sequer falar; e preferiria que seu irmão estivesse lá, para avaliar a situação por si mesmo, porque duvidava de si própria, com medo de não ter forças contra Saccard, deixar-se cegar a ponto de trair o irmão que tanto amava. Não conviria confessar-lhe a ligação, de que ele certamente não suspeitaria, com sua inocência de homem de fé e ciência, atravessando a vida como um sonhador acordado? Essa ideia lhe era extremamente penosa; e entregava-se a capitulações covardes, discutia com o dever, o qual claramente lhe ordenava, agora que conhecia Saccard e seu passado, a dizer tudo para que desconfiassem dele. Em suas horas de força, fazia a si mesma a promessa de ter uma explicação decisiva, de não abandonar sem controle a administração de quantias de dinheiro tão consideráveis em mãos criminosas, entre as quais tantos milhões já haviam sucumbido, tinham desmoronado e esmagado muita gente. Era a única decisão a tomar, viril e honesta, digna dela. Depois, sua lucidez turvava-se, fraquejava, temporizava, só encontrava como acusações algumas irregularidades comuns a todas as casas de crédito, conforme ele afirmava. Talvez ele tivesse razão ao lhe dizer, com uma risada, que o monstro de que ela tinha medo era o sucesso, aquele sucesso que em Paris ressoa e fulmina como um raio, e que a deixava trêmula, como se estivesse diante do imprevisto e da angústia de uma catástrofe. Não sabia mais nada e havia mesmo horas em que o admirava muito mais, imbuída daquela ternura infinita que ainda sentia por ele, mesmo tendo deixado de estimá-lo. Nunca teria imaginado seu coração tão complicado, sentia-se mulher, tinha medo de não conseguir mais agir. E era por isso que estava tão feliz com a volta do irmão.

Já na noite da volta de Hamelin, na sala dos projetos, onde estavam seguros de não ser incomodados, Saccard quis submeter-lhe as resoluções que o conselho de administração teria de aprovar, antes de serem votadas pela assembleia geral. Mas o irmão e a irmã retardaram a hora do encontro em tácito acordo, ficaram a sós por um momento e puderam conversar. Hamelin voltava muito contente, entusiasmado por ter levado adiante o complexo negócio das ferrovias naquele Oriente tão adormecido pela indolência, tão entravado por obstáculos políticos, administrativos e financeiros. Enfim, o sucesso era completo, os primeiros trabalhos começariam em breve, seriam instalados canteiros de obras por toda parte, assim que a empresa estivesse constituída em Paris. E mostrava-se tão entusiasta, tão confiante no futuro, que foi para dona Caroline um novo motivo de silêncio, tanto lhe custaria destruir aquela bela alegria. Entretanto, exprimiu dúvidas, alertou-o contra a empolgação que arrastava o público. Ele parou, olhou-a de frente: ela sabia de alguma coisa errada? Por que não falava? E ela não falou, não conseguiu articular nada com clareza.

Saccard, que ainda não havia visto Hamelin após a volta, saltou--lhe ao pescoço, abraçou-o com sua exuberância meridional. Em seguida, quando Hamelin confirmou suas últimas cartas e deu-lhe detalhes sobre o êxito absoluto de sua longa viagem, exaltou-se:

– Ah! Meu caro, desta vez seremos os donos de Paris, os reis do mercado... Eu também trabalhei bastante, tenho uma ideia extraordinária. O senhor verá.

Imediatamente, explicou-lhe sua combinação para elevar o capital de cem a cento e cinquenta milhões, por meio da emissão de cem mil novas ações, e para liberar, ao mesmo tempo, todas as ações, tanto as antigas como as novas. Lançava a ação por oitocentos e cinquenta francos, criando, com os trezentos e cinquenta francos de prêmio, um fundo de reserva que, somado às quantias já deixadas de lado em cada balanço, atingiria o total de vinte e cinco milhões; só lhe faltava obter uma quantia equivalente para ter em mãos os cinquenta milhões necessários para liberar as duzentas mil ações antigas. Ora, foi aí que havia tido sua ideia extraordinária, a de fazer um balanço aproximativo dos lucros do ano em curso, lucros que, em sua opinião, atingiriam no mínimo trinta e seis milhões. Disso tiraria tranquilamente os vinte e cinco milhões que lhe faltavam. E o Universal, a partir de 31 de dezembro de 1867, teria um capital definitivo de cento e cinquenta milhões, divididos em trezentas mil ações inteiramente liberadas. Unificariam as ações, convertidas em ações ao portador, de maneira a facilitar sua livre circulação no mercado. Seria o triunfo definitivo, a ideia de gênio.

– Sim, de gênio! – exclamou. – A palavra não é forte demais!

Um pouco aturdido, Hamelin folheava as páginas do projeto, examinava os números.

– Não gosto nada deste balanço tão precipitado – disse finalmente. – São verdadeiros dividendos que o senhor vai distribuir a

seus acionistas, pois o senhor libera as ações deles; e é preciso estar seguro de que todas as quantias serão pagas, de outro modo seríamos acusados, com razão, de ter distribuído dividendos fictícios.
Saccard exaltou-se:
— Como!? Mas estou abaixo da estimativa! Veja se não fui sensato: por acaso os Navios, por acaso o Carmelo, por acaso o Banco Turco não darão lucros superiores aos que inscrevi? O senhor traz boletins de vitória, tudo se encaminha, tudo prospera, e é o senhor quem me atazana sobre a certeza do nosso sucesso!
Sorrindo, Hamelin acalmou-o com um gesto. Sim, sim! Tinha fé. Apenas era favorável ao encaminhamento natural das coisas.
— Com efeito... — disse docemente dona Caroline. — Por que se apressar? Não poderíamos esperar até abril para esse aumento de capital?... Ou ainda, visto que o senhor precisa de mais vinte e cinco milhões, por que não emite ações a mil ou mil e duzentos francos, o que evitaria a antecipação dos lucros do próximo balanço?

Desconcertado por um momento, Saccard olhava para ela, atônito de que houvesse tido aquela ideia.

— Sem dúvida, a mil e cem francs, em vez de oitocentos e cinquenta, as duzentas mil ações produziriam exatamente os vinte e cinco milhões.

— Pois bem! Então está resolvido — ela prosseguiu. — O senhor não corre o risco de os acionistas se mostrarem recalcitrantes. Darão mil e cem francos tão facilmente quanto oitocentos e cinquenta.

— Ah! Sim, certamente! Darão tudo o que quisermos! E ainda brigarão para ver quem dá mais!... Estão enlouquecidos, demoliriam o prédio para nos trazer seu dinheiro. — Mas bruscamente voltou a si, teve um sobressalto de violento protesto: — Do que estão falando? Não quero pedir-lhes mil e cem francos, de maneira nenhuma! Seria muito estúpido e muito simples... Pois entendam, nessas questões de crédito, é preciso sempre aguçar a imaginação. A ideia de gênio é tirar do bolso das pessoas o dinheiro que ainda não está lá. Dessa forma, imaginam que não dão nada, que é um presente que lhes fazemos. E, além disso, os senhores não percebem o efeito colossal desse balanço antecipado publicado em todos os jornais, esses trinta e seis milhões de lucro anunciados de antemão, com toda a fanfarra!... A Bolsa pegará fogo, ultrapassaremos a cotação de dois mil, e subiremos, e subiremos, não pararemos mais!

Gesticulava, estava de pé, aumentava de tamanho sobre suas pernas curtas; e, de verdade, tornava-se grande, o gesto nas estrelas, como poeta do dinheiro, a quem as falências e as ruínas não haviam trazido comedimento. Era seu sistema instintivo, a própria inspiração de seu ser, aquela maneira de fustigar os negócios, de conduzi-los no galope rápido de sua febrilidade. Havia forçado o sucesso, despertado ambições com aquele avanço fulminante do Universal: três emissões em três anos, o capital saltando de vinte e cinco a cinquenta, a cem, a cento e cinquenta milhões, em uma progressão que parecia anunciar uma prosperidade miraculosa. E os dividendos, também eles, aumentavam em saltos: nada no primeiro ano, depois dez francos, depois trinta e três francos, depois os trinta e seis milhões, a liberação de todos os títulos! E isso no superaquecimento mentiroso de toda a máquina, em meio a subscrições fictícias, ações retidas no Banco para que se acreditasse em um versamento integral do capital, sob o impulso que a especulação determinava à Bolsa, onde cada aumento de capital fazia a alta exagerar!

Hamelin, ainda absorto no exame do projeto, não havia apoiado sua irmã. Balançou a cabeça, voltou às observações de detalhe.

— Pouco importa! Está errado, seu balanço antecipado, desde o momento em que os ganhos não são reais... Não falo nem mesmo de nossas empresas, se bem que estejam sujeitas a catástrofes, como todas as obras humanas... Mas vejo aqui a conta Sabatani, três mil e tantas ações que representam mais de dois milhões. Ora, o senhor as coloca a nosso crédito, mas deveria colocá-las a nosso débito, pois Sabatani é apenas nosso testa de ferro. Não é? Podemos dizer isso, entre nós... E, olhe! Reconheço igualmente aqui vários empregados nossos, até alguns administradores, todos testas de ferro, oh!, eu adivinho, não precisa me dizer... Isto me faz tremer: ver que guardamos um número tão grande de ações. Não apenas não temos esse valor em caixa, mas nos imobilizamos e acabaremos devorando a nós mesmos um dia.

Com o olhar, dona Caroline encorajava-o, pois ele expunha enfim todos os seus temores, encontrava a causa daquele mal-estar surdo que crescia nela, junto do sucesso.

– Ah! O jogo! – ela murmurou.

– Mas nós não jogamos! – exclamou Saccard. – Com certeza é permitido sustentar nossas ações, e seríamos verdadeiramente ineptos se não zelarmos para que Gundermann e os outros não depreciem nossos títulos, apostando na baixa contra nós. Embora ainda não tenham se atrevido, isso pode acontecer. É por esse motivo que estou bem satisfeito de ter em mãos certo número de nossas ações; e previno-os de que, se me obrigarem, estou pronto a comprar mais ações, sim!, comprarei, mas não permitirei que a cotação baixe um centavo!

Havia pronunciado essas últimas palavras com uma força extraordinária, como se houvesse prestado o juramento de morrer antes de ser vencido. Depois, acalmou-se com esforço, pôs-se a rir, com seu ar de placidez um pouco carregado de trejeitos.

– Vejamos, eis que recomeça a desconfiança! Pensava que havíamos nos entendido de uma vez por todas sobre essas coisas. Consentiram em colocar-se em minhas mãos, então me deixem agir! Eu só quero a fortuna dos senhores, uma grande, grande fortuna! – Interrompeu-se, baixou a voz, como se estivesse assustado pela enormidade de seu desejo. – Não sabem o que eu quero? Quero a cotação de três mil francos.

Com um gesto, indicava essa cotação no vazio, via-a subir como um astro, incendiar o horizonte da Bolsa, essa cotação triunfal de três mil francos.

– É loucura! – disse dona Caroline.

– Assim que a cotação tiver ultrapassado dois mil francos – declarou Hamelin –, qualquer nova alta será um perigo; e, quanto a mim, aviso-o de que venderei para não mergulhar em semelhante demência.

Mas Saccard pôs-se a cantarolar. Dizem sempre que venderão e depois não vendem. Ele conseguiria enriquecê-los, apesar deles mesmos. De novo sorriu, muito carinhoso, ligeiramente zombeteiro.

– Confiem em mim, parece-me que não conduzi tão mal seus negócios... Sadowa rendeu-lhes um milhão.

Era verdade, os Hamelins não refletiam mais sobre isso. Haviam aceitado aquele milhão, pescado nas águas turvas da Bolsa. Por um momento, permaneceram em silêncio, empalidecendo, com o aperto no coração das pessoas ainda honestas, que já não estão seguras de ter cumprido seu dever. Por acaso eles próprios haviam sido contaminados pela lepra da especulação? Apodreceriam naquele meio demoníaco do dinheiro onde seus negócios os forçavam a viver?

– Sem dúvida – acabou por murmurar o engenheiro. – Mas se eu estivesse aqui...

Saccard não quis deixá-lo acabar.

– Deixe assim, não sinta remorsos: é dinheiro reconquistado a esses judeus sujos!

Os três riram. E dona Caroline, que havia sentado, fez um gesto de tolerância e de abandono. Era possível ser devorado sem devorar os outros? Era a vida. Seriam necessárias virtudes demasiadamente sublimes ou a solidão sem tentação de um claustro.

– Vamos, vamos! – ele continuou alegremente. – Não façam ar de cuspir no dinheiro: em primeiro lugar, é estúpido; depois, apenas os que não têm poder desdenham da força... Seria ilógico que se matassem no trabalho para enriquecer os outros, sem que conquistassem sua legítima parte. Se não for assim, deitem e durmam!

Dominava-os, já não permitia que dissessem uma única palavra.

– Saibam que terão em breve uma bela quantia no bolso!... Aguardem!

E, com uma petulância de colegial, precipitou-se à mesa de dona Caroline, apanhou um lápis e uma folha de papel, na qual escreveu números.

– Esperem! Vou fazer sua conta. Oh! Sei de cor... Os senhores tinham, na fundação, quinhentas ações, duplicadas uma primeira vez, em seguida duplicadas de novo, o que representa atualmente duas mil. Portanto, terão três mil, após nossa próxima emissão.

Hamelin tentou interrompê-lo.

– Não, não! Sei que têm como pagá-las, com os trezentos mil francos de sua herança, de um lado, e com seu milhão de Sadowa, do outro... Vejam! Suas duas mil primeiras ações custaram

quatrocentos e trinta e cinco mil francos; as outras mil custarão oitocentos e cinquenta mil francos; no total, um milhão, duzentos e oitenta e cinco mil francos... Portanto, sobram-lhes ainda quinze mil francos para as miudezas, sem contar seu salário de trinta mil francos, que aumentaremos para sessenta mil.
Atônitos, escutavam e acabaram por interessar-se intensamente por esses números.
– Vejam bem, os senhores são honestos, pagam o que levam... Mas tudo isso são ninharias. Quero chegar a isto... – Levantou-se, brandiu a folha de papel, com ar de vitória: – À cotação de três mil, suas três mil ações lhes darão nove milhões.
– Como!? À cotação de três mil!? – gritaram, protestando com um gesto contra aquela obstinação na loucura.
– Eh! Sem dúvida alguma! Proíbo-os de venderem mais cedo, saberei impedi-los, sim!, pela força, pelo direito que se tem de impedir os amigos de fazerem bobagens... A cotação de três mil, preciso dela, eu a terei!

O que responder àquele homem terrível, cuja voz penetrante, parecida com um canto de galo, anunciava o triunfo? Riram novamente e fingiram que encolhiam os ombros. Declararam que estavam muito tranquilos, que a famosa cotação nunca seria atingida. Ele acabava de sentar-se à mesa, onde fazia outros cálculos, sua própria conta. Já havia pagado, ou pagaria suas três mil ações? Isso permanecia obscuro. Devia mesmo possuir um número de ações muito maior; mas era difícil saber; pois ele também servia de testa de ferro à sociedade, e como distinguir, no lote, as que de fato lhe pertenciam? O lápis prolongava as fileiras de números ao infinito. Em seguida, rabiscou tudo com um traço fulgurante, amassou o papel. Isso e os dois milhões apanhados na lama e no sangue de Sadowa, essa era sua parte.
– Tenho um compromisso, deixo-os – disse, pegando o chapéu. – Mas está tudo certo, não é? Daqui a oito dias, teremos o conselho de administração e, imediatamente após, a assembleia geral extraordinária para votar.

Quando dona Caroline e Hamelin se viram sós, amedrontados e exaustos, permaneceram em silêncio por um momento, um em frente ao outro.

– O que você quer? – declarou ele, enfim, em resposta às secretas interrogações de sua irmã. – Estamos metidos nisso e só nos resta continuar. Ele tem razão de dizer que seria estúpido de nossa parte recusar essa fortuna... Sempre me considerei um simples homem de ciência que traz água ao moinho; e trouxe-a, penso eu, cristalina, abundante, excelentes negócios, aos quais o Banco deve sua prosperidade tão rápida... Então, como nenhum reproche pode me atingir, não desanimemos, trabalhemos!

Ela havia deixado a cadeira, titubeante, gaguejante:

– Oh! Todo esse dinheiro... todo esse dinheiro...

E, sufocada por uma emoção invencível ante a ideia desses milhões que cairiam sobre eles, pendurou-se a seu pescoço e chorou. Era a alegria sem dúvida, felicidade de vê-lo recompensado por sua inteligência e por seus trabalhos; mas também era dor, uma dor cuja causa não saberia dizer ao certo, na qual havia vagamente vergonha e medo. Ele gracejava, ainda fingiram se animar, no entanto, restava-lhes um mal-estar, um descontentamento surdo consigo mesmos, o remorso inconfesso de uma cumplicidade desonrosa.

– Sim, ele tem razão – repetiu dona Caroline. – Todos fazem isso. É a vida.

O conselho de administração teve lugar na nova sala do suntuoso prédio da rue de Londres. Não era mais o salão úmido que parecia esverdeado ao pálido reflexo de um jardim vizinho, mas uma vasta sala, iluminada por quatro janelas que davam para a rua, com pé-direito alto e paredes majestosas, decoradas com grandes quadros, que vertiam ouro. A cadeira do presidente era um verdadeiro trono, dominando as outras cadeiras, que se alinhavam, soberbas e solenes, como se fosse uma reunião de ministros do rei, em torno da imensa mesa, recoberta com um tapete de veludo vermelho. E sobre a monumental lareira de mármore branco, onde no inverno queimavam árvores, estava um busto do papa, um rosto amável e fino, que parecia sorrir maliciosamente por estar ali.

Saccard havia conseguido dominar todos os membros do conselho, simplesmente comprando a maioria deles. Graças a ele, o marquês de Bohain, comprometido em uma história de propina que resvalava na fraude, pego com a mão na botija, havia conseguido abafar o escândalo, reembolsando a companhia roubada; e assim havia se tornado a humilde criatura de Saccard, sem deixar de manter a cabeça elevada, flor da nobreza, o mais belo ornamento do conselho. Também Huret, desde que Rougon o havia despedido após o roubo do telegrama que anunciava a cessão da Venécia, consagrou-se inteiramente ao destino do Universal, representava-o no Corpo Legislativo, pescava para ele nas águas barrentas da política, embora mantivesse a maior parte de suas falcatruas desavergonhadas, que poderiam um belo dia enviá-lo à prisão de Mazas. E o visconde de Robin-Chagot, o vice-presidente, recebia cem mil francos de gratificação secreta para apor sua assinatura sem examinar os documentos, durante as longas ausências de Hamelin; e o banqueiro Kolb também era pago por sua condescendência passiva, ao utilizar no estrangeiro o poder da empresa, a qual chegava mesmo a comprometer em suas arbitragens; e o próprio Sédille, o comerciante de seda, abalado após uma liquidação terrível, havia tomado por empréstimo uma grande quantia que não conseguiu devolver. Apenas Daigremont conservava sua independência absoluta em relação a Saccard, o que o preocupava, embora o amável cavalheiro permanecesse encantador, convidando-o para suas festas e também assinando sem comentários, com a boa vontade de um parisiense cético que acha que tudo vai bem, desde que tenha lucro.

Naquele dia, apesar da importância excepcional da sessão, o conselho foi, de resto, conduzido tão facilmente quanto nos outros dias. Havia se tornado uma questão de hábito: trabalhava-se realmente nas pequenas reuniões do dia 15 e as grandes reuniões de fim de mês simplesmente sancionavam as decisões, em grande estilo. Era tanta a indiferença dos administradores que, como as atas ameaçavam parecer sempre as mesmas, com uma banalidade constante na aprovação geral, foi preciso impingir aos participantes escrúpulos, observações, toda uma discussão imaginária que ninguém se surpreendia ao escutar na sessão seguinte e que assinavam sem rir.

Daigremont havia se precipitado e apertado as mãos de Hamelin, ao saber as boas, as grandes notícias que trazia.

– Ah! Meu caro presidente, como estou contente de felicitá-lo.

Todos o rodeavam, festejavam-no, o próprio Saccard, como se não o houvesse visto ainda; e quando a sessão foi aberta, quando Hamelin começou a leitura do relatório que deveria apresentar à assembleia geral, escutaram-no, o que não faziam nunca. Os belos resultados obtidos, as magníficas promessas de futuro, o engenhoso aumento do capital que liberava ao mesmo tempo as ações antigas, tudo foi acolhido com admirativos acenos de cabeça. E ninguém teve a ideia de pedir explicações. Era perfeito. Sédille havia notado um erro em um número, combinou-se mesmo que não se inserisse seu comentário na ata, para não perturbar a bela unanimidade dos participantes, que assinaram rapidamente, em fila, cheios de entusiasmo, sem qualquer observação.

A sessão já estava encerrada, todos ficaram de pé, rindo, gracejando, em meio às cintilantes douraduras da sala. O marquês de Bohain descrevia uma caçada em Fontainebleau; enquanto o deputado Huret, que estivera em Roma, contava como havia recebido a bênção do papa. Kolb acabava de desaparecer, às pressas, para um compromisso. E os outros administradores, os comparsas, recebiam de Saccard ordens em voz baixa sobre a atitude que deveriam assumir na próxima assembleia.

Mas Daigremont, a quem o visconde de Robin-Chagot incomodava com seus elogios desmedidos ao relatório de Hamelin, agarrou de passagem o braço do diretor para sussurrar-lhe ao ouvido:

– Sem excesso de entusiasmo, hein!?

Saccard parou no ato e o encarou. Lembrava-se de quanto havia hesitado, no começo, em incluí-lo no negócio, sabendo que suas atitudes eram pouco confiáveis.

– Ah! Quem me ama que me siga! – respondeu bem alto, de maneira a ser ouvido por todos.

Três dias depois, a assembleia geral extraordinária foi realizada no grande salão de festas da mansão do Louvre. Para tamanha solenidade, menosprezou-se a pobre sala nua da rue Blanche, queriam um salão de gala, ainda animado, entre um jantar oficial e um baile de casamento. De acordo com os estatutos, era preciso ser detentor de ao menos vinte ações para ter acesso, e vieram mais de mil e duzentos acionistas, representando um pouco mais de quatro mil votos. As formalidades de entrada, a apresentação de credenciais e a assinatura do registro levaram quase duas horas. Um tumulto de conversas cordiais enchia a sala, onde se viam todos os administradores e muitos altos funcionários do Universal. Sabatani estava lá, no meio de um grupo, falando do Oriente, sua terra, com lânguidas modulações de voz, contando histórias maravilhosas, como se bastasse se abaixar para apanhar a prata, o ouro e as pedras preciosas; e Maugendre, que em junho havia decidido comprar cinquenta ações do Universal a mil e duzentos francos, convencido da alta, escutava-o, de boca entreaberta, encantado com sua presciência; enquanto Jantrou, mergulhado definitivamente em uma devassidão crapulosa desde que havia ficado rico, ria à socapa, a boca contorcida pela ironia, exausto por uma orgia na véspera. Após a nomeação da mesa, quando Hamelin, presidente de direito, havia aberto a sessão, Lavignière, reeleito auditor e que deveria ser alçado ao cargo de administrador, seu sonho, foi convidado a ler um relatório sobre a situação financeira da sociedade tal como seria no próximo dia 31 de dezembro: era, para obedecer aos estatutos, uma maneira de controlar de antemão o balanço antecipado, de que se trataria em seguida. Ele relembrou o balanço do exercício anterior, apresentado à assembleia ordinária do mês de abril, aquele magnífico balanço que acusava um lucro líquido de onze milhões e meio, e que havia permitido, mesmo após garantir cinco por cento aos acionistas, dez por cento aos administradores e dez por cento para o fundo de reserva, que se distribuíssem dividendos de trinta e três por cento. Em seguida, estabeleceu, sob um dilúvio de números, que a quantia de trinta e seis milhões, dada como total aproximativo dos lucros do exercício corrente, longe de parecer-lhe exagerada, achava-se aquém das esperanças mais modestas. Sem dúvida, agia de boa-fé e devia ter examinado conscienciosamente os documentos submetidos a seu controle; mas nada é mais ilusório, pois para estudar a fundo uma contabilidade é preciso refazer outra, inteiramente. Além do mais, os acionistas não escutavam. Alguns devotos, Maugendre e outros, os pequenos que detinham um ou dois votos, sorviam sozinhos todos os números, em meio ao murmúrio persistente das conversas. O controle dos auditores não tinha a menor importância. E só se estabeleceu um silêncio religioso quando Hamelin enfim se levantou. Aplausos explodiram antes mesmo que houvesse aberto a boca, em homenagem a seu zelo, ao gênio obstinado e corajoso daquele homem que havia ido tão longe para buscar tonéis de ouro e eventrá-los em Paris. Daí em diante, foi um sucesso crescente, próximo da apoteose. Aclamou-se uma nova lembrança do balanço do ano precedente, que Lavignière não havia conseguido que escutassem antes. Mas sobretudo as estimativas sobre o próximo balanço estimularam o regozijo: milhões para os Navios Reunidos, milhões para a mina de prata do Carmelo, milhões para o Banco Nacional Turco; e a soma não acabava mais, os trinta e seis milhões se juntavam de uma maneira cômoda, completamente natural, caíam em cascata com um ruído retumbante. Depois, o horizonte ampliou-se ainda mais, com as operações futuras. Apareceu a Companhia Geral das Ferrovias do Oriente: de início, a grande linha central, cujas obras estavam próximas; em seguida, os entroncamentos, toda a rede da indústria moderna jogada sobre a Ásia, o retorno triunfal da humanidade a seu berço, a ressurreição de um mundo; ao passo que, no longínquo futuro, entre duas frases, levantava-se a coisa que não se dizia, o mistério, o coroamento do edifício, que surpreenderia os povos. E foi absoluta a unanimidade quando, para concluir, Hamelin chegou a explicar as resoluções que submeteria ao voto da assembleia: o capital elevado a cento e cinquenta milhões de francos, a emissão de cem mil novas ações a oitocentos e cinquenta francos, as antigas ações liberadas graças ao prêmio dessas ações e aos lucros do próximo balanço, que seriam usados antecipadamente. Um estrondo de "bravo" acolheu essa ideia genial. Viam-se, acima das cabeças, as grandes mãos de Maugendre aplaudindo com toda a força. Nos primeiros bancos, os administradores, os empregados da casa, manifestavam-se com entusiasmo, dominados por Sabatani, que, de pé, gritava "Bravo! Bravo!", como no teatro. Todas as resoluções foram votadas por aclamação.

Entretanto, Saccard havia resolvido um incidente que aconteceu naquele momento. Não ignorava que o acusavam de jogar, queria afastar as mínimas suspeitas dos acionistas desconfiados, se houvesse algum na sala.

Jantrou, instigado por ele, levantou-se. E, com sua voz pastosa:

– Senhor presidente, creio ser o intérprete de muitos acionistas ao pedir que fique bem claro que a empresa não possui nenhuma de suas próprias ações.

Hamelin, que não havia sido prevenido, ficou embaraçado por um instante. Instintivamente, virou-se para Saccard, até aquele momento perdido em seu lugar, que se levantou de súbito, para aumentar a baixa estatura, e respondeu com sua voz estridente:

– Nenhuma, senhor presidente!

Gritos de "bravo", não se soube por quê, eclodiram novamente diante daquela resposta. Embora no fundo mentisse, era verdade que o Banco não tinha nenhum título em seu nome, visto que Sabatani e outros o cobriam. E foi tudo. Aplaudiam ainda, a saída foi muito alegre e muito ruidosa.

Nos dias seguintes, o relatório daquela sessão, publicado nos jornais, produziu um enorme efeito na Bolsa e em toda Paris. Jantrou havia reservado para aquele momento uma derradeira leva de anúncios, a fanfarra mais tonitruante a soar em muito tempo nas trombetas da publicidade; e corria mesmo uma piada, disseram que havia mandado tatuar "*Compre Universal*" nos recônditos mais secretos e mais delicados de damas amáveis, antes de colocá-las em circulação. Aliás, ele acabava de executar, enfim, seu grande golpe, a compra de *A Cotação Financeira*, aquele velho jornal sólido detrás do qual havia uma honestidade impecável de doze anos. Havia custado caro, mas a clientela séria, os burgueses temerosos, as grandes fortunas prudentes, todo o dinheiro que se respeitava estava conquistado. Em quinze dias, na Bolsa, chegou-se à cotação de mil e quinhentos; e, na última semana de agosto, por saltos sucessivos, estava em dois mil. O entusiasmo havia se exacerbado ainda mais, agravava-se o acesso a cada hora, sob a febre epidêmica do ágio. Compravam, compravam, mesmo os mais prudentes, com a convicção de que subiria ainda, de que subiria sem parar. Eram as cavernas misteriosas das *Mil e uma noites* que se abriam, os incalculáveis tesouros dos califas entregues à cobiça de Paris. Todos os sonhos sussurrados durante meses pareciam se realizar diante do encantamento público: o berço da humanidade reocupado, as antigas cidades do litoral ressuscitadas da areia, Damasco, depois

Bagdá, depois a Índia e a China exploradas pela tropa invasora de nossos engenheiros. O que Napoleão não havia conseguido com seu sabre, a conquista do Oriente, uma companhia financeira realizava, lançando um exército de picaretas e de carrinhos de mão. Conquistaria a Ásia a golpes de milhões para dela extrair milhões. E principalmente a cruzada das mulheres triunfava, nas pequenas reuniões íntimas das cinco horas, nas grandes recepções mundanas de meia-noite, à mesa e nas alcovas. Elas haviam previsto corretamente: Constantinopla havia sido conquistada, em breve seriam Bursa, Angora e Alepo, mais tarde Esmirna, Trebizonda, todas as cidades que o Universal sitiava, até o dia em que teriam a última, a cidade santa, a que não diziam o nome, que seria a promessa eucarística da longínqua expedição. Os pais, os maridos, os amantes atacados por esse ardor apaixonado das mulheres só davam ordens aos corretores de ações, aos gritos repetidos de: "É a vontade de Deus!". Depois, foi a assustadora agitação dos pequenos, a multidão que marca passo atrás dos grandes exércitos, a paixão descida do salão ao escritório, do burguês ao operário e ao camponês, e que lançava na corrida louca dos milhões os subscritores pobres que tinham uma ação, três, quatro, dez ações, zeladores prestes a se aposentar, velhas senhoritas que viviam com um gato, aposentados da província cujo orçamento era dez soldos por dia, padres do interior, sustentados por esmolas, toda a massa abatida e esfomeada de ínfimos rentistas, que uma catástrofe na Bolsa varreria como uma epidemia e enterraria em vala comum.

E aquela exaltação dos títulos do Universal, aquela ascensão que os entusiasmava como se fosse um vento religioso, parecia se fazer ao som de músicas cada vez mais altas, que vinham das Tuileries e do Champ de Mars, das festas ininterruptas com as quais a Exposição enlouquecia Paris. As bandeiras produziam estalidos mais sonoros no ar pesado dos dias quentes. Não havia noite em que a cidade em chamas não brilhasse sob as estrelas, como um palácio colossal, no qual a libertinagem ficava desperta até a aurora. A alegria havia entrado de casa em casa, as ruas eram uma embriaguez, uma nuvem de vapores fúlvidos, a fumaça de festins, o suor dos acasalamentos, tudo deslizava para o horizonte, corria acima dos telhados a noite de inúmeras Sodoma, Babilônia e Nínive. Desde maio, imperadores e reis chegavam, em peregrinação, dos quatro cantos do mundo, cortejos sem fim, mais de uma centena de soberanos e de soberanas, de príncipes e de princesas. Paris estava repleta de majestades e de altezas; havia aclamado o imperador da Rússia e o imperador da Áustria, o sultão e o vice-rei do Egito; e havia se jogado sob as rodas das carroças para ver mais de perto o rei da Prússia, que o senhor de Bismarck seguia como um cão fiel. Continuamente, salvas de artilharia retumbavam nos Invalides, enquanto a multidão, que se comprimia na exposição, transformava em sucesso popular os canhões Krupp, enormes e sombrios, expostos pela Alemanha. Quase todas as semanas, a sala da ópera acendia seus candelabros para um baile de gala oficial. As pessoas sufocavam nos pequenos teatros e nos restaurantes, as calçadas não eram suficientemente largas para a torrente transbordante da prostituição. E foi Napoleão III quem quis distribuir pessoalmente as recompensas aos sessenta mil expositores, em uma cerimônia cuja magnificência superou todas as outras, uma auréola flamejante na fronte de Paris, o resplendor do reino, no qual o imperador apareceu, em uma fábula de magia, como senhor da Europa, exprimindo-se com a calma da força e prometendo a paz. No mesmo dia, soube-se nas Tuileries a terrível catástrofe do México, a execução de Maximiliano, o sangue e o ouro francês derramados em pura perda; e escondeu-se a notícia para não entristecer as festas. Um primeiro toque de sino ao final desse dia, magnífico e deslumbrante ao sol.

Então, pareceu, em meio àquela glória, que a estrela de Saccard também subisse mais, até seu maior brilho. Enfim, como se esforçara havia tantos anos, possuía agora a fortuna como escrava, como uma coisa própria, de que se dispõe, que se guarda à chave, viva, material! Tantas vezes a mentira havia morado em seus cofres, tantos milhões escaparam deles por todo tipo de frestas desconhecidas! Não, não era mais a riqueza mentirosa de fachada, era a verdadeira realeza do ouro, sólida, imperando em sacas repletas; e essa realeza, ele não exercia como um Gundermann, após a poupança de uma dinastia de banqueiros, vangloriava-se de tê-la conquistado por si mesmo, como um capitão de aventura que arrasta um reino com um golpe de mão. Frequentemente, à época de suas transações de terrenos do bairro Europa, havia chegado muito alto; mas nunca havia sentido Paris vencida assim, tão humilde a seus pés. Lembrava-se do dia em que, almoçando no Champeaux, duvidando de sua estrela, arruinado uma vez mais, lançava à Bolsa olhares sequiosos, tomado pelo desejo ardente de tudo recomeçar para tudo reconquistar, com uma fúria de desforra. Assim, nessa hora em que se tornava o mestre, que anseio de prazeres! De início, assim que se achou todo-poderoso, dispensou Huret e encarregou Jantrou de publicar contra Rougon um artigo no qual o ministro, em nome dos católicos, era diretamente acusado de jogo duplo na questão romana. Foi a declaração de guerra definitiva entre os dois irmãos. Desde a convenção de 15 de setembro de 1864, sobretudo desde Sadowa, os clericais aparentavam demonstrar uma viva inquietude sobre a situação do papa; e a partir daí, *A Esperança* retomou sua antiga política ultramontana e atacou violentamente o império liberal, tal como havia começado a transformar-se após os decretos de 19 de janeiro. Circulava na Câmara uma frase de Saccard: dizia que, apesar de sua profunda afeição pelo imperador, preferia resignar-se a Henrique V* a permitir que o espírito revolucionário conduzisse a França às catástrofes. Em seguida, com sua audácia crescente após as vitórias, não escondeu mais seu projeto de atacar a grande banca judaica, na pessoa de Gundermann, cujo bilhão seria abalado vivamente, até o assalto e a captura final. O Universal havia crescido tão miraculosamente, por que esse banco, prestigiado por toda a cristandade, não seria, em poucos anos, o mestre soberano da Bolsa? Colocava-se como rival, rei vizinho de igual poder, cheio de uma fanfarrice provocadora; ao passo que Gundermann, muito fleumático, sem se permitir sequer um trejeito de ironia, continuava a vigiar e a esperar, com um ar simplesmente muito interessado na alta contínua das ações, como um homem que houvesse colocado toda sua força na paciência e na lógica.

---

* Henrique, conde de Chambord, era o primeiro na linha de sucessão do ramo principal da casa de Bourbon. Era pretendente ao trono, em caso de uma restauração da monarquia na França. (N. E.)

Era sua paixão que engrandecia assim Saccard e era sua paixão que deveria destruí-lo. Na consumação de seus apetites, teria gostado de descobrir em si um sexto sentido para satisfazê-lo. Dona Caroline, que conseguia sorrir ainda, embora seu coração sangrasse, permanecia uma amiga, que ele escutava com uma espécie de deferência conjugal. E a baronesa Sandorff, cujas pálpebras cansadas e lábios vermelhos indiscutivelmente mentiam, começava a não o divertir mais, em sua frieza de gelo, em meio a suas curiosidades perversas. Aliás, ele próprio nunca havia conhecido grandes paixões, sendo desse mundo do dinheiro, muito ocupado a despender os nervos em outra parte, pagando o amor por mês. Assim, quando lhe ocorria a ideia de mulher, sobre a pilha de seus novos milhões, só pensava em comprar uma que custasse muito caro, para possuí-la diante de toda Paris, como se houvesse se dado de presente um grande diamante, simplesmente orgulhoso de prendê-lo na gravata. Ademais, não seria uma excelente publicidade? Um homem capaz de gastar muito dinheiro com uma mulher não teria certamente uma fortuna comprovada? Imediatamente, sua escolha recaiu sobre a senhora de Jeumont, em cuja casa havia jantado duas ou três vezes com Maxime. Era ainda muito bela, aos trinta e seis anos, uma beleza equilibrada e solene de Juno, e sua grande reputação decorria do fato de o imperador ter-lhe pago cem mil francos por uma noite, sem contar a condecoração para o marido, homem correto que não tinha outra função além desse papel de ser o marido de sua mulher. Ambos viviam em grande estilo, iam a todos os lugares, aos ministérios, à corte, alimentados por negócios raros e escolhidos, bastavam três ou quatro noites por ano. Sabia-se que isso custava absurdamente caro, era o que havia de mais requintado. E Saccard, especialmente empolgado pela vontade de morder esse naco de imperador, chegou até duzentos mil francos, pois o marido de início mostrou-se reticente a respeito daquele antigo financista desonesto, achando que era um personagem muito inexpressivo e de uma imoralidade comprometedora.

Foi nessa mesma época que a pequena senhora Conin recusou-se decididamente a divertir-se com Saccard. Ele frequentava muito a papelaria da rue Feydeau, sempre precisava comprar

cadernos, seduzido por aquela adorável loira, rosada e rechonchuda, com cabelos de seda pálida, em neve, um pequenino carneiro encaracolado, e graciosa, e carinhosa, sempre alegre!
— Não, não quero, com o senhor nunca!
Quando ela dizia "nunca", era assunto resolvido, nada a demovia de sua recusa.
— Mas por quê? Eu a vi com outro, em um dia que saíam de um hotel, na passage des Panoramas...
Ela enrubesceu, mas sem parar de encará-lo corajosamente. Esse hotel, mantido por uma velha senhora, sua amiga, com efeito servia-lhe de local de encontro, quando, por capricho, cedia a um cavalheiro do mundo da Bolsa, nas horas em que seu marido simpático fazia registros, e ela andava por Paris, sempre fora para as compras.
— A senhora sabe, Gustave Sédille, esse jovem, seu amante.
Com um gesto elegante, protestou. Não, não! Não tinha amantes. Nenhum homem poderia se gabar de tê-la tido duas vezes. Por quem a tomava? Uma vez, sim! Por acaso, por prazer, sem que houvesse nenhuma consequência! E todos continuavam seus amigos, muito gratos, muito discretos.
— Então, é porque não sou mais jovem?
Mas, com um novo gesto, com seu riso constante, parecia dizer que pouco lhe importaria que fosse jovem! Havia cedido a menos jovens, a menos belos, frequentemente a pobres-diabos.
— Então, por quê, diga por quê?
— Meu Deus! É simples... Porque o senhor não me agrada. Com o senhor, nunca!
E permanecia ainda muito amável, com um ar consternado por não o poder satisfazer.
— Vejamos — ele disse brutalmente —, será que a senhora quer... Quer mil, dois mil, por uma vez, uma única vez?
A cada lance, ela gentilmente dizia "não" com a cabeça.
— Quer... Vejamos, quer dez mil? A senhora quer vinte mil?
Interrompeu-o docemente, colocando a pequena mão sobre a dele.
— Nem dez, nem cinquenta, nem cem mil! O senhor poderia subir por muito tempo dessa maneira, seria não, sempre não...

Perceba que eu não uso uma única joia. Ah! Ofereceram-me coisas, dinheiro, tudo! Não quero nada. Será que isso não basta quando dá prazer?... Mas entenda que meu marido me ama do fundo do seu coração e que também o amo muito. É um homem honesto, o meu marido. Então, é claro que não quero matá-lo, causando-lhe tristeza... O que o senhor quer que eu faça com seu dinheiro, se não posso dá-lo a meu marido? Não somos pobres, um dia estaremos aposentados, com uma bela fortuna; e, se esses senhores tiverem sempre a cordialidade de continuar fazendo compras conosco, isso eu aceito... Oh! Não me mostro mais desinteressada do que de fato sou. Se fosse só, pensaria. E ainda um detalhe, o senhor não imaginaria que meu marido aceitasse seus cem mil francos, após eu ter dormido com o senhor... Não, não! Nem por um milhão!

E ela teimou. Saccard, exasperado por aquela resistência inesperada, perseverou durante um mês. Ela transtornava-o, com seu rosto sorridente, seus grandes olhos meigos e cheios de compaixão. Como! Então o dinheiro não dava tudo? Eis uma mulher que outros tinham de graça e que ele não podia ter, mesmo pagando um preço louco! Ela dizia não, era sua vontade.

Ele sofria cruelmente, em seu triunfo, como se houvesse uma dúvida sobre sua potência, uma desilusão secreta na força do ouro, que, até aquele momento, julgava absoluta e soberana.

Mas, uma noite, apesar disso, teve o prazer da mais viva vaidade. Foi o minuto culminante de sua existência. Era o baile do Ministério dos Assuntos Estrangeiros e ele escolheu essa festa, oferecida por ocasião da Exposição, para exibir publicamente sua felicidade de uma noite com a senhora de Jeumont; pois, nas transações feitas por essa bela senhora, constava sempre que o feliz comprador teria, uma única vez, o direito de exibi-la, de maneira que o negócio obtivesse plenamente toda a publicidade desejada. Portanto, por volta de meia-noite, no salão onde os ombros nus se misturavam às vestes negras, sob a ardente claridade dos candelabros, Saccard entrou, de braço com a senhora de Jeumont, e o marido vinha atrás. Quando apareceram, os grupos afastaram-se, abriu-se um vasto espaço para aquele capricho de duzentos mil francos que se exibia, escândalo feito de apetites violentos e de prodigalidade louca. Sorriam, sussurravam, ar divertido, sem raiva, em meio ao odor inebriante dos vestidos, no acalanto longínquo da orquestra. Mas, no fundo do salão, outra vaga de curiosos espremia-se em torno de um colosso, vestido com uniforme de couraceiro branco, reluzente e magnífico. Era o conde de Bismarck, cuja elevada estatura pairava acima de todas as cabeças, que ria com seu riso aberto, grandes olhos, nariz forte, mandíbula poderosa, camuflada pelos bigodes de conquistador bárbaro. Após Sadowa, acabava de entregar a Alemanha à Prússia; os tratados de aliança, negados por muito tempo, haviam sido assinados três meses antes, contra a França; e a guerra, que quase eclodira em maio, em consequência à questão de Luxemburgo, a partir daquele momento seria inexorável. Quando Saccard, triunfal, atravessou o salão, tendo ao braço a senhora de Jeumont, e seguido pelo marido, o conde de Bismarck parou de rir por um instante, como um bom gigante irreverente, para vê-los passar com curiosidade.

IX

Dona Caroline novamente encontrou-se só. Hamelin permaneceu em Paris até os primeiros dias de novembro, para as formalidades necessárias à constituição definitiva da empresa, com capital de cento e cinquenta milhões; e foi ainda ele, conforme o desejo de Saccard, que fez, no gabinete do tabelião Lelorrain, na rue Sainte-Anne, as declarações legais, afirmando que todas as ações foram subscritas e o capital depositado, o que não era verdade. Em seguida, partiu para Roma, onde deveria passar dois meses, tendo de estudar lá assuntos importantes, de que não falava, sem dúvida, seu famoso sonho do papa em Jerusalém, além de outro projeto mais prático e considerável, a transformação do Universal em um banco católico, com o apoio dos interesses cristãos do mundo inteiro, uma vasta máquina destinada a massacrar, a varrer do globo terrestre a banca judia; e de lá, contava retornar mais uma vez ao Oriente, onde as obras da ferrovia de Bursa a Beirute o chamavam. Afastava-se contente com a rápida prosperidade do banco, absolutamente convencido de sua solidez inabalável, embora ainda sentisse no fundo uma surda inquietação com esse sucesso exageradamente grande. Assim, na véspera de sua partida, na conversa que teve com sua irmã, fez somente uma recomendação insistente, a de resistir ao entusiasmo geral e vender seus títulos, se a cotação ultrapassasse dois mil e duzentos francos, porque pretendia protestar pessoalmente contra essa alta constante, que considerava louca e perigosa.

Assim que ficou só, dona Caroline sentiu-se ainda mais incomodada pelo ambiente superaquecido em que vivia. Por volta da primeira semana de novembro, atingiu-se a cotação de dois mil e duzentos; e, em torno dela, era um deslumbramento, gritos de gratidão e de esperança ilimitada: Dejoie desfazia-se em agradecimentos, as senhoras de Beauvilliers tratavam-na como igual, uma amiga do deus que reabilitaria sua antiga linhagem. Um concerto de bênçãos remontava da multidão feliz dos pequenos e dos grandes, enfim, as moças com dote, os pobres bruscamente enriquecidos, com a aposentadoria assegurada, os ricos ardendo na alegria insaciável de serem ainda mais ricos. Logo após a Exposição, na Paris inebriada de prazer e de poder, a hora era ímpar, uma hora de fé na felicidade, a certeza de uma boa sorte sem fim. Todos os valores haviam subido, os menos sólidos encontravam crédulos, uma pletora de negócios equívocos inflava o mercado, congestionava-o até a apoplexia, enquanto, por baixo, ressoava o vazio, o real esgotamento de um reino que havia desfrutado muito, gastado bilhões em grandes obras, enriquecido as enormes casas de crédito, cujas caixas escancaradas se eventravam por toda parte. À primeira fratura, nessa vertigem, viria a derrocada. E dona Caroline, sem dúvida, tinha esse pressentimento ansioso, quando sentia um aperto no coração, a cada novo salto das cotações do Universal. Não corria nenhum rumor ruim, apenas um leve murmúrio dos baixistas, surpresos e domados. Entretanto, ela tinha a clara consciência de um mal-estar, algo que já minava o edifício; mas o quê? Nada se definia com precisão; e ela era obrigada a esperar, diante da explosão do triunfo crescente, apesar desses leves abalos de instabilidade que prenunciam as catástrofes.

Além disso, dona Caroline teve outro aborrecimento. Na Obra do Trabalho, estavam enfim satisfeitos com Victor, que se tornara silencioso e subserviente; e, se ainda não havia contado tudo a Saccard, era por um estranho sentimento de embaraço, postergando dia após dia seu relato, sofrendo com a vergonha que ele sentiria. Por outro lado, Maxime, a quem, por essa época, devolveu, de seu bolso, os dois mil francos, ironizava os quatro mil que Busch e Méchain ainda pediam: essa gente a roubava, o pai dele ficaria furioso. Assim, daí em diante, ela repelia as investidas reiteradas de Busch, que exigia o complemento da quantia prometida. Após incontáveis tentativas, ele acabou por irritar-se, tanto mais que renascia sua velha ideia de chantagear Saccard, em vista da nova situação dele, aquela alta situação, em que o imaginava à sua mercê, por medo do escândalo. Portanto, um dia, exasperado por não extrair nada de um caso tão lindo, resolveu dirigir-se diretamente a ele, escreveu-lhe para que fizesse a gentileza de passar em seu escritório para inteirar-se de velhos papéis encontrados em uma casa da rue de la Harpe. Dava o número, fazia uma alusão tão clara à velha história que Saccard, inquieto, não poderia deixar de acorrer. Justamente essa carta, endereçada à rue Saint-Lazare, caiu nas mãos de dona Caroline, que reconheceu a letra. Tremeu, perguntou a si mesma por um instante se não deveria correr à casa de Busch, a fim de dissuadi--lo. Depois, pensou que talvez escrevesse por outro motivo e que de todo modo seria uma maneira de acabar com tudo isso, até mesmo contente, em sua apreensão, de que algum outro tivesse o embaraço da confidência. Mas, à noite, quando Saccard chegou e abriu a carta diante dela, viu que simplesmente ficou sério, e ela pensou em alguma complicação de dinheiro. Entretanto, ele havia sentido uma profunda surpresa, um aperto na garganta, ante a ideia de cair em mãos tão sujas, farejando alguma ignomínia. Com um gesto tranquilo, pôs a carta no bolso, decidiu que iria ao encontro.

 Os dias passaram, a segunda quinzena de novembro chegou, e Saccard adiava toda manhã a visita, aturdido pela correnteza que o arrastava. Acabava de ser ultrapassada a cotação de dois mil e trezentos francos, estava encantado, mesmo sentindo, na Bolsa, criar-se uma resistência, acentuar-se, à medida que se precipitava a alta: evidentemente, havia um grupo de baixistas que tomava posição, começava a luta, ainda tímidos, em meros combates de vanguarda. E, por duas vezes, sentiu-se obrigado a dar ele próprio ordens de compra, em nome de testas de ferro, para que não se interrompesse a marcha ascensional das cotações. Começava o sistema da empresa que compra seus próprios títulos, especulando com eles, devorando a si mesma.

Uma noite, agitado por sua paixão, Saccard não pôde deixar de falar com dona Caroline:

– Estou convencido de que isso vai esquentar. Oh! Estamos fortes demais, incomodamos demais... Sinto o cheiro de Gundermann, é sua tática: procederá a vendas regulares, um pouco hoje, um pouco amanhã, aumentando o número até que nos abale...

Ela interrompeu-o com sua voz grave.

– Se ele tem ações do Universal, tem razão de vender.

– Como? Tem razão de vender?

– Sem dúvida, meu irmão lhe disse: cotações a partir de dois mil são absolutamente loucas.

Olhava-a, explodiu, fora de si.

– Então venda, então se atreva a vender... Sim, jogue contra mim, pois quer minha derrota.

Ela enrubesceu ligeiramente, pois, na véspera, havia precisamente vendido mil ações, para obedecer às ordens de seu irmão, aliviada, também ela, por essa venda, como se fosse um ato tardio de honestidade. Mas como Saccard não a interrogava diretamente, não lhe fez a confissão, ainda mais incomodada quando ele acrescentou:

– Assim, ontem, houve defecções, tenho certeza. Chegou um pacote inteiro de valores no mercado, as cotações teriam certamente caído, se eu não houvesse intervindo... Não é Gundermann quem faz esses golpes. Ele tem um método mais lento, mais massacrante no longo prazo... Ah! Minha cara, estou bem seguro, mas tremo ainda assim, porque defender sua vida não é nada, pior é defender seu dinheiro e o dos outros.

Com efeito, a partir desse momento, Saccard deixou de pertencer a si mesmo. Tornou-se o homem dos milhões que ganhava, triunfante, e constantemente à beira de ser derrotado. Não achava tempo nem para ver a baronesa Sandorff, no pequeno apartamento térreo da rue Caumartin. Na verdade, ela o havia cansado pela mentira de seus olhos de fogo, aquela frieza que suas tentativas perversas não conseguiam aquecer. Além do mais, havia lhe acontecido um aborrecimento, o mesmo que tinha infligido a Delcambre: uma noite, dessa vez pela estupidez de uma criada, havia entrado no momento em que a baronesa estava nos braços de Sabatani. Na tempestuosa explicação que se seguiu, ele só se acalmou após uma confissão completa, a de uma simples curiosidade, culpável sem dúvida, mas bem explicável. Todas as mulheres falavam tanto desse Sabatani como se fosse um verdadeiro fenômeno, sussurravam sobre essa coisa tão enorme, que ela não pôde resistir ao desejo de vê-la. E Saccard perdoou, quando, a uma questão brutal, ela respondeu que, meu Deus!, no fim das contas, não era tão assombroso. Ele não a via mais que uma vez por semana, não que guardasse rancor, mas porque ela simplesmente o entediava.

Então, a baronesa Sandorff, que o sentia se afastar, recaiu em suas ignorâncias e dúvidas de antigamente. Desde que o escutava nas horas íntimas, jogava na Bolsa com a quase certeza de ganhar, ganhava muito, ajudada em boa parte pela sorte. Hoje, via claramente que ele não queria mais responder, temia até que lhe mentisse; e, seja porque a sorte mudasse, seja porque ele de fato se divertisse em fazê-la seguir uma falsa pista, chegou um dia em que ela perdeu ao seguir um de seus conselhos. Sua fé ficou abalada. Se ele a induzia assim ao erro, quem a guiaria agora? E o pior é que o murmúrio de hostilidade na Bolsa, no início tão leve, aumentava dia a dia contra o Universal. Ainda eram apenas rumores, não se formulava nada precisamente, nenhum fato concreto abalava a solidez do banco. Apenas se ouvia que algo estranho parecia acontecer, que o mal já estava plantado. O que, aliás, não impedia que a formidável alta dos títulos se acentuasse.

Após uma operação desastrosa com fundos italianos, a baronesa, decididamente inquieta, resolveu ir pessoalmente aos escritórios de *A Esperança*, para tentar induzir Jantrou a falar.

– Vejamos, o que se passa? O senhor deve saber, o senhor... O Universal, agora há pouco, subiu mais vinte francos e, no entanto, corria um boato, ninguém soube me dizer qual, enfim, algo que não era bom.

Mas a perplexidade de Jantrou era tão grande quanto a sua. Situado na fonte dos boatos, fabricando-os ele próprio, conforme a necessidade, comparava-se ironicamente a um relojoeiro que vive no meio de centenas de pêndulos e nunca sabe a hora exata. Graças a sua agência de publicidade, estava a par de todas

as confidências, não havia mais para ele uma opinião única e sólida, pois suas informações se contrapunham e se destruíam.
– Não sei de nada, absolutamente nada.
– Oh! O senhor não quer me contar.
– Não, não sei de nada, palavra de honra. E eu que pensava em visitá-la para perguntar-lhe. Então Saccard não é mais amável?

Ela fez um gesto, que confirmou o que ele havia adivinhado: um final de relacionamento por lassitude mútua, a mulher mal-humorada, o amante sem entusiasmo, não mais se falavam. Lamentou por um instante não ter desempenhado o papel de homem bem informado, para faturar, como dizia, essa pequena Ladricourt cujo pai o recebia a pontapés. Mas sentia que sua hora ainda não havia chegado; e continuava a olhá-la, refletindo em voz alta.

– Sim, é lastimável, eu que contava com a senhora... Porque, não é verdade?, se houver de acontecer uma catástrofe, seria bom estar prevenido, a fim de poder dar meia-volta... Oh! Não creio que seja urgente, ainda é muito sólido. Porém, veem-se coisas tão estranhas... – À medida que a observava assim, um plano germinava em sua cabeça. – Diga-me então – acrescentou bruscamente –, visto que Saccard a abandona, a senhora deveria se entender com Gundermann.

Ela permaneceu surpresa por um momento.

– Gundermann, por quê?... Eu o conheço um pouco, encontrei-o na casa dos de Roiville e dos Keller.

– Ainda melhor, se a senhora o conhece... Vá procurá-lo sob algum pretexto, fale com ele, procure ser sua amiga... Imagine isso, ser a boa amiga de Gundermann, governar o mundo!

E ria sarcasticamente ante as imagens licenciosas que evocava com gestos, porque a frieza do judeu era conhecida, nada devia ser mais complicado nem mais difícil que o seduzir. A baronesa, que havia compreendido, deu um sorriso mudo, sem se zangar.

– Mas – repetiu –, por que Gundermann?

Jantrou explicou então que ele estava, certamente, à frente do grupo de baixistas que começava a manobrar contra o Universal. Isso ele sabia, tinha provas. Uma vez que Saccard não estava amável, a simples prudência não seria se pôr de bem com seu adversário, aliás sem romper com ele? Teriam um pé em cada campo, estariam seguros de permanecer, no dia da batalha, em companhia do vencedor. E, essa traição, propunha-lhe com ar afável, simplesmente como bom conselheiro. Se uma mulher trabalhasse para ele, dormiria bem tranquilamente.

— Hein? A senhora aceita? Fiquemos juntos... Nós nos preveniremos, contaremos um ao outro tudo o que soubermos.

Como ele segurasse sua mão, ela a retirou com um movimento instintivo, imaginando outra coisa.

— Mas não, não penso mais nisso, pois somos companheiros... Mais tarde, será a senhora que me recompensará.

Rindo, ela abandonou-lhe a mão, que ele beijou. E ela já não sentia desprezo, esquecendo o lacaio que ele havia sido, não mais o via na festa crapulosa em que caíra, o rosto arruinado, com sua bela barba envenenada pelo absinto, a casaca nova coberta de manchas, o chapéu reluzente todo arranhado pelo reboco de alguma escada imunda.

Já no dia seguinte, a baronesa Sandorff foi à casa de Gundermann. De fato, desde que as ações do Universal haviam atingido a cotação de dois mil francos, ele conduzia uma ampla campanha pela baixa, com a maior discrição, nunca indo à Bolsa, nem sequer tendo representante oficial. Seu raciocínio era de que uma ação vale no início seu preço de emissão, em seguida os interesses que possa render, e que dependem da prosperidade da companhia, do sucesso das empresas. Portanto, há um valor máximo que ela não deve razoavelmente ultrapassar; e, se o ultrapassar, como consequência da empolgação pública, a alta é fictícia, o bom senso é apostar na baixa, com a certeza de que acontecerá. Entretanto, apesar de sua convicção, de sua crença absoluta na lógica, estava surpreso com as rápidas conquistas de Saccard, com aquele poder subitamente aumentado que começava a apavorar a alta banca judaica. Era preciso abater esse rival perigoso o quanto antes, não apenas para recuperar os oito milhões perdidos no dia seguinte de Sadowa, mas sobretudo para não ter de dividir a soberania do mercado com aquele aventureiro terrível, cuja leviandade parecia dar certo, contra todo o bom senso, como por milagre. E Gundermann, cheio de desprezo pela paixão, exagerava sua

fleugma de jogador matemático, de obstinação fria de homem-
-número, vendendo sempre, apesar da alta contínua, perdendo,
em cada liquidação, quantias cada vez mais consideráveis, com
a segurança tranquila do sábio que simplesmente aplica seu dinheiro na caixa econômica.

 Quando a baronesa pôde enfim entrar, em meio à confusão de empregados e zangões, à saraivada de documentos
para assinar e de telegramas para ler, encontrou o banqueiro
com uma gripe terrível, que lhe feria a garganta. Entretanto,
estava lá desde as seis horas da manhã, tossindo e escarrando,
extenuado pelo cansaço, mesmo assim firme. Naquela tarde, na
véspera do lançamento de um empréstimo estrangeiro, a ampla
sala estava invadida por uma torrente de visitantes ainda mais
apressados, recebidos rapidamente por dois de seus filhos e um
de seus genros; enquanto no chão, perto da pequena mesa ao
fundo que havia reservado para si mesmo, no vão de uma janela,
três de seus netos, duas meninas e um menino, disputavam com
gritos agudos uma boneca, da qual um braço e uma perna, já
arrancados, jaziam no chão.

 Imediatamente a baronesa expôs seu pretexto.

 – Caro senhor, quis ter pessoalmente a coragem de minha
importunidade... É para uma loteria de caridade...

 Não a deixou acabar, era muito caridoso e comprava sempre
dois bilhetes, sobretudo quando as senhoras, encontradas por ele
em sociedade, davam-se assim ao trabalho de trazê-los.

 Mas teve de se desculpar, um empregado veio trazer-lhe o
dossiê de um negócio. Números enormes foram ditos rapidamente.

 – Cinquenta e dois milhões, diz o senhor? E o crédito era?

 – De sessenta milhões, senhor.

 – Pois bem! Aumente a setenta e cinco milhões.

 Voltava-se novamente para a baronesa, quando uma palavra
entreouvida em uma conversa que seu genro tinha com um zangão fez com que se precipitasse.

 – Mas de forma alguma! À cotação de quinhentos e oitenta
e sete e cinquenta, isso dá dez soldos a menos por ação.

 – Oh! Senhor – disse o zangão humildemente –, por apenas
quarenta e três francos a menos.

– O quê, quarenta e três francos!? Mas é muito! O senhor acha que eu roubo o dinheiro? A cada um o que lhe é devido, é tudo o que sei!

Enfim, para conversar à vontade, decidiu conduzir a baronesa à sala de jantar, onde a mesa já estava posta. Não se iludia com o pretexto da rifa de caridade, porque conhecia sua relação, graças a uma polícia obsequiosa que o informava, e não tinha nenhuma dúvida de que ela vinha movida por algum interesse sério. Assim, não fez cerimônia.

– Vejamos, agora, diga-me o que tem a me dizer.

Mas ela fingiu surpresa. Não tinha nada a lhe dizer, tinha apenas a agradecê-lo por sua bondade.

– Então, não a encarregaram de um recado para mim?

Pareceu desapontado, como se houvesse imaginado por um instante que ela viesse em missão secreta de Saccard, alguma invenção daquele louco.

Agora que estavam a sós, ela o olhava sorridente, com seu ar ardente e mentiroso, que excitava tão inutilmente os homens.

– Não, não tenho nada a lhe dizer; e, visto que o senhor é tão bom, teria na verdade um pedido a fazer-lhe.

Havia se inclinado até ele, aflorava seus joelhos com as finas mãos enluvadas. E fazia suas confissões, falava de seu casamento deplorável com um estrangeiro que nada havia compreendido de sua natureza, nem de suas necessidades, explicava como teve de se dirigir ao jogo da Bolsa para não decair de sua posição social. Enfim, falou de sua solidão, da conveniência de ser aconselhada nesse terreno assustador da Bolsa, em que cada passo em falso custaria tão caro.

– Mas – ele interrompeu –, pensava que a senhora tivesse alguém.

– Oh! Alguém, – murmurou com um gesto de profundo desprezo. – Não, não, ninguém, não tenho ninguém... É o senhor que eu gostaria de ter, o mestre, o deus. E veja, na verdade, não lhe custaria nada ser meu amigo, dizer-me uma palavra, apenas uma palavra, de vez em quando. Se o senhor soubesse como me faria feliz, como lhe seria grata, oh!, de todo meu ser!

Aproximava-se ainda mais, envolvia-o com seu hálito tépido, o odor fino e poderoso que exalava de todo seu corpo. Mas ele permanecia bem calmo, nem ao menos recuou, a carne morta, sem um lampejo sequer a reprimir. Enquanto ela falava, ele, cujo estômago estava igualmente destruído, que vivia de laticínios, apanhava um a um, de uma fruteira sobre a mesa, bagos de uva que comia com um gesto maquinal, a única extravagância que se permitia às vezes, nas grandes horas de sensualidade, disposto a pagá-la com dias de sofrimento.

Deu um sorriso malicioso, como homem que sabia ser invencível, quando a baronesa, com um ar distraído, no ardor de sua prece, pousou-lhe enfim sobre o joelho a mãozinha tentadora, com dedos devoradores, flexíveis como cobras. Placidamente, ele tomou essa mão, afastou-a, agradecendo com um sinal de cabeça, como se fosse um presente inútil que se recusa. E, sem perder mais seu tempo, indo direto ao assunto:

— Vejamos, a senhora é muito amável, eu gostaria de lhe ser agradável... Minha bela amiga, no dia em que me trouxer um bom conselho, comprometo-me a dar-lhe um também. Venha dizer-me o que fazem e direi o que farei... Caso resolvido, hein?

Levantou-se e ela teve de voltar com ele ao grande salão vizinho. Havia entendido perfeitamente o trato que ele propunha, a espionagem, a traição. Mas não quis responder, fingiu falar novamente de sua rifa de caridade; quanto a ele, seu movimento de cabeça malicioso parecia acrescentar que não precisava ser ajudado, que o desenlace lógico, fatal, aconteceria de qualquer modo, talvez um pouco mais tarde. E, quando ela finalmente partiu, já estava ocupado com outros negócios, no extraordinário tumulto daquela feira de capitais, em meio ao desfile dos homens da Bolsa, da correria de seus empregados, das brincadeiras de seus netos, que haviam acabado de arrancar a cabeça da boneca, com gritos de triunfo. Havia se sentado a sua pequena mesa, absorveu-se no estudo de uma ideia súbita, não ouviu mais nada.

Por duas vezes, a baronesa Sandorff voltou aos escritórios de *A Esperança* para prestar contas a Jantrou do que havia acontecido, sem o encontrar. Dejoie, enfim a introduziu, em um dia em que sua filha, Nathalie, conversava com a senhora Jordan, sentadas em um banco do corredor. Desde a véspera, caía uma chuva diluviana; e, por esse tempo úmido e cinzento, a sobreloja do velho prédio, atrás do espaço escuro do pátio, aparentava uma tenebrosa melancolia. O gás ardia com uma meia-luz embaçada. Marcelle, que esperava Jordan, à caça de dinheiro para dar um novo adiantamento a Busch, escutava com um ar triste Nathalie, que tagarelava como uma garça vaidosa, com sua voz seca e seus gestos bruscos de jovem parisiense que havia crescido depressa demais.

— A senhora entende, papai não quer vender... Há uma pessoa que o encoraja a vender, tentando causar-lhe medo. Eu não digo o nome dessa pessoa, porque sua intenção certamente não é assustar a gente... Agora, sou eu quem impede papai de vender. Bobagem que eu venda enquanto sobe! Precisaria ser muito tonta, não acha?

— Claro! — respondeu simplesmente Marcelle.

— A senhora sabe que estamos a dois mil e quinhentos — continuou Nathalie. — Eu cuido das contas, eu mesma, porque papai mal sabe escrever... Então, nossas oito ações, isso já nos dá vinte mil francos. Hein? É lindo!... Papai queria no início parar em dezoito mil, fazia sua conta: seis mil francos para meu dote e doze mil francos para ele, uma pequena renda de seiscentos francos, que teria certamente merecido, com todas essas emoções... Mas é uma sorte, não acha? Que não tenha vendido, pois eis aqui dois mil francos a mais!... Então, agora queremos mais, uma renda de mil francos ao menos. E teremos, o senhor Saccard garantiu-nos... Ele é tão amável, o senhor Saccard!

Marcelle não pôde deixar de sorrir.

— Então, não vai mais se casar?

— Sim, sim, quando parar de subir... Estávamos com pressa, sobretudo o pai de Théodore, por causa do seu comércio. E o que dizer? Não se pode tapar a fonte quando o dinheiro chega. Oh! Théodore compreende muito bem, visto que se papai tiver uma renda maior, é mais capital que receberemos um dia. Virgem! É de se levar em conta... Então, todos esperam. Temos os seis mil francos há meses, poderíamos nos casar; mas preferimos que se multipliquem... A senhora lê os artigos sobre as ações? — E, sem esperar a resposta: — Eu leio à noite. Papai traz os jornais para

mim... Já os leu, é preciso que eu os releia para ele... A gente não se cansaria nunca, tão belo é tudo o que prometem. Quando me deito, tenho a cabeça cheia, sonho à noite. E papai diz que vê coisas que são um ótimo sinal. Anteontem, nós tivemos o mesmo sonho, moedas de cinco francos que apanhávamos com a pá, na rua. Era muito divertido. – De novo, interrompeu-se para perguntar: – Quantas ações a senhora tem?
– Nós, nenhuma! – respondeu Marcelle.
O pequeno rosto loiro de Nathalie, com suas mechas pálidas esvoaçantes, exprimiu uma imensa comiseração. Ah! Pobre gente que não tinha ações! E como seu pai a chamasse para encarregá-la de levar um pacote de textos a um redator, ao voltar para Batignolles, partiu com uma importância engraçada de capitalista que, quase todos os dias, agora, ia até o jornal, a fim de conhecer mais cedo as cotações da Bolsa.
Sozinha no banco, Marcelle recaiu em um devaneio melancólico, ela geralmente tão alegre e tão corajosa. Meu Deus! Como estava escuro, como estava triste! E seu pobre marido, que corria as ruas sob essa chuva diluviana! Ele sentia tamanho desprezo pelo dinheiro, tamanho mal-estar à simples ideia de ocupar-se disso, custava-lhe tanto esforço pedi-lo, mesmo a quem lhe devesse! E, absorta, não ouvia nada, revivia seu dia, desde que havia despertado, aquele dia ruim; enquanto a sua volta fazia-se o trabalho febril do jornal, a correria dos redatores, o vaivém da cópia, em meio a batidas de porta e sons de campainhas.
Em primeiro lugar, já às nove horas, como Jordan acabara de sair para investigar um acidente sobre o qual deveria escrever, Marcelle, mal tendo se lavado, ainda de camisola, havia tido o estupor de ver Busch chegar a sua casa, acompanhado de dois senhores muito sujos, talvez oficiais de justiça, talvez bandidos, o que nunca pôde saber com certeza. Aquele abominável Busch, sem dúvida aproveitando-se do fato de só encontrar ali uma mulher, declarou que apreenderiam tudo, se ela não pagasse imediatamente. E ela debateu-se em vão, não tendo conhecimento de nenhuma formalidade legal: ele falava da validade do julgamento, da aplicação do aviso, com tamanha convicção que ela havia ficado perdida, chegando a acreditar na possibilidade de

essas coisas acontecerem, sem que se tivesse conhecimento. Mas não se rendeu, explicou que seu marido não voltaria nem mesmo para o almoço, que não permitiria que tocassem em nada antes que ele estivesse lá. Então, entre os três personagens malcheirosos e essa jovem, meio despida, com os cabelos soltos sobre os ombros, começou a mais lamentável das cenas, eles já inventariavam os objetos, ela fechava os armários, projetava-se diante da porta, como se quisesse impedi-los de tirar qualquer coisa. Seu pobre e pequeno apartamento, de que tinha tanto orgulho, seus quatro móveis que deixava reluzentes, a tapeçaria vermelha turca do quarto, que ela própria havia pregado na parede! De modo que gritava com uma bravura guerreira, seria preciso passar sobre seu cadáver; e chamava Busch de canalha e de ladrão, com violência: sim!, um ladrão, que não tinha vergonha de pedir setecentos e trinta francos e quinze centavos, sem contar os novos encargos, por uma dívida de trezentos francos, uma dívida comprada por cem soldos, ao lote, entre trapos e ferro-velho! E pensar que já haviam dado, em adiantamentos, quatrocentos francos e que esse ladrão falava de levar seus móveis em pagamento dos trezentos e tantos francos que ainda queria lhes roubar! E ele sabia perfeitamente que eram pessoas de boa-fé, que teriam pagado imediatamente, se tivessem o dinheiro. E aproveitava-se de que estava sozinha, incapaz de responder, ignorante do procedimento legal, para amedrontá-la e fazê-la chorar. Canalha! Ladrão! Ladrão! Furioso, Busch gritava mais alto que ela, batia violentamente no peito: por acaso não era um homem honrado? Não havia pagado com dinheiro vivo pela dívida? Estava em acordo com a lei e pretendia encerrar o assunto. Entretanto, como um dos dois senhores muito sujos abria as gavetas da cômoda em busca da roupa, ela teve uma atitude tão terrível, ameaçando amotinar o prédio e a rua, que o judeu se moderou um pouco. Enfim, após uma meia hora ainda de mesquinha discussão, aceitou esperar até o dia seguinte, com o juramento furioso de que levaria tudo, no dia seguinte, se ela faltasse à palavra. Oh! Que vergonha candente ainda sentia, aqueles homens infames na casa deles, insultando todas as suas ternuras, todos os seus pudores, a revistar até o leito, a empestear o quarto tão feliz, cuja janela teve de deixar escancarada após saírem!

Mas outra mágoa, mais profunda, aguardava Marcelle naquele dia. Ocorreu-lhe a ideia de correr imediatamente à casa de seus pais, para pedir-lhes emprestada a quantia: dessa maneira, quando seu marido chegasse, à noite, não o desesperaria, poderia fazê-lo rir com a cena da manhã. Via-se já a descrever a grande batalha, o assalto feroz feito a seu lar, à maneira heroica como havia rechaçado o ataque. O coração batia muito forte, ao entrar na pequena casa da rue Legendre, aquela casa luxuosa em que havia crescido e na qual pensava só encontrar estranhos, tanto a atmosfera parecia diferente, glacial. Como seus pais se pusessem à mesa, havia aceitado o convite do almoço, para deixá-los mais dispostos a ajudá-la. Durante todo o tempo da refeição, a conversa transcorreu sobre a alta das ações do Universal, cuja cotação, ainda na véspera, havia subido vinte francos; e surpreendia-se ao ver sua mãe mais empolgada, mais gananciosa que seu pai, ela que no começo tremia à mera ideia de especulação; agora, com uma violência de mulher conquistada, era ela quem o censurava por sua timidez, obstinada pelos grandes golpes de sorte. Desde o aperitivo, havia perdido a calma, indignada, porque ele falava em vender suas setenta e cinco ações a essa cotação inesperada de dois mil quinhentos e vinte francos, o que lhes daria cento e oitenta e nove mil francos, um belo lucro, mais de cem mil francos sobre o preço de compra. Vender! Quando *A Cotação Financeira* prometia a cotação de três mil francos! Havia enlouquecido? Pois, enfim, *A Cotação Financeira* era conhecida por sua velha honestidade, ele próprio repetia frequentemente que, com esse jornal, era possível dormir em paz! Ah, não! Era o que faltava, não o deixaria vender! Antes venderia a casa, para comprar ainda mais! E Marcelle, silenciosa, com um aperto no coração, a ouvir voar acaloradamente aquelas cifras enormes, pensava em como se atreveria a pedir um empréstimo de quinhentos francos naquela casa invadida pelo jogo da Bolsa, onde havia visto aumentar pouco a pouco o fluxo de jornais financeiros, que hoje a submergiam no sonho inebriante de sua publicidade. Enfim, durante a sobremesa, arriscou-se: precisava de quinhentos francos, estavam a ponto de serem confiscados, seus pais não poderiam abandoná-los nesse desastre. O pai, imediatamente, abaixou a cabeça, com um olhar embaraçado para a mulher. Mas a mãe já recusava, com uma voz firme. Quinhentos francos! Onde queria que ela os achasse? Todos os seus capitais estavam aplicados nas operações; e, aliás, voltavam suas antigas diatribes: quem havia se casado com um morto de fome, um homem que escrevia livros, aceitava todas as consequências de sua estupidez, não tentava viver às expensas da família. Não! Não tinha nem um centavo para os preguiçosos que, com seu desprezo fingido pelo dinheiro, só querem abocanhar o dos outros. E deixou partir a filha, que foi embora desesperada, o coração sangrando por não reconhecer mais sua mãe, antigamente tão sensata e tão boa.

Na rua, Marcelle caminhou em um estado inconsciente, olhando se não encontraria dinheiro no chão. Em seguida, teve a súbita ideia de dirigir-se ao tio Chave e apresentou-se imediatamente no discreto apartamento térreo da rue Nollet, para não deixá-lo escapar, antes da Bolsa. Houve sussurros, risos de meninas. Entretanto, a porta aberta, avistou o capitão sozinho, fumando seu cachimbo, e ele desolou-se, ar furioso consigo mesmo, exclamando que nunca tinha cem francos adiantados, que gastava dia após dia seus pequenos lucros da Bolsa, como um porco sujo que era. Em seguida, ao saber da recusa dos Maugendres, praguejou contra eles, gente ruim que, aliás, não via mais, desde que a alta de suas quatro ações os tinha enlouquecido. Pois não é que, na semana anterior, sua irmã o havia chamado de sovina, para que parecessem ridículas suas apostas prudentes, porque a havia amigavelmente aconselhado a vender? Eis uma criatura que ele não lamentaria no dia em que quebrasse a cara.

E Marcelle, de novo na rua, mãos vazias, teve de se resignar a ir ao jornal, para prevenir o marido do que havia acontecido pela manhã. Era absolutamente necessário pagar Busch. Jordan, cujo livro ainda não havia sido aceito por nenhum editor, acabava de lançar-se à caça de dinheiro, em meio à Paris lamacenta daquele dia de chuva, sem saber em que porta bater, junto aos amigos, nos jornais em que escrevia, ao acaso de algum encontro. Inutilmente ele lhe havia suplicado que voltasse para casa, mas estava ansiosa, preferiu ficar ali, sentada naquele banco, e esperar.

Após a saída da filha, quando a viu só, Dejoie levou-lhe um jornal.

– Se a senhora quiser ler, para ter paciência.

Mas ela recusou com um gesto, e, como Saccard chegava, armou-se de coragem, explicou alegremente que havia enviado seu marido para tratar de um assunto desagradável na redondeza, do qual havia se desvencilhado. Saccard, que tinha simpatia pelo jovem casal, como os chamava, queria insistentemente que ela entrasse em seu gabinete, para aguardar mais à vontade. Ela recusou, estava bem ali. E ele parou de insistir, com a surpresa que sentiu ao se ver frente a frente com a baronesa Sandorff, que saía da sala de Jantrou. Aliás, sorriram, um ao outro, com ar de amável entendimento, como pessoas que trocam uma simples saudação, para não chamarem a atenção.

Jantrou, durante a conversa, havia dito à baronesa que não se atrevia mais a lhe dar conselho. Sua perplexidade aumentava diante da solidez do Universal, frente aos esforços crescentes dos baixistas: sem dúvida Gundermann venceria, mas Saccard poderia durar muito tempo e talvez ainda houvesse muito a ganhar com ele. Convenceu-a a temporizar, a acomodar-se com os dois. O melhor seria que sempre tentasse descobrir os segredos de um, mostrando-se amável, de modo a guardá-los para si mesma e aproveitar-se deles, ou então vendê-los ao outro, quando fosse mais interessante. E isso sem tramas diabólicas, proposto com um ar de brincadeira, enquanto ela prometia, aos risos, incluí-lo na jogada.

– Então, ela está todo o tempo enfiada em sua sala, é sua vez? – disse Saccard, com brutalidade, ao entrar no gabinete de Jantrou.

Ele fingiu surpresa.

– Mas quem?... Ah! A baronesa!... Mas, meu caro mestre, ela tem adoração pelo senhor. Disse-me agora mesmo.

Com um gesto de homem que não se deixa enganar, o velho corsário interrompeu-o. E olhava para ele, para sua degradação de baixa libertinagem, pensando que, se ela havia tido a curiosidade de saber como Sabatani era feito, bem poderia querer desfrutar do vício dessa ruína.

– Não se defenda, meu caro. Quando uma mulher joga, pode entregar-se ao comissionista da esquina que lhe levasse uma ordem.

Jantrou ficou muito magoado e se contentou em rir, insistindo em explicar a presença da baronesa, que teria vindo, dizia ele, por uma questão de publicidade.

Aliás, Saccard, com um encolher de ombro, já havia posto de lado essa questão de mulheres, sem interesse, segundo ele. Em pé, indo e vindo, plantado diante da janela para ver cair a eterna chuva cinzenta, exalava sua alegria nervosa. Sim, o Universal havia subido vinte francos mais na véspera! Mas como diabo acontecia que vendedores insistissem? Pois a alta teria chegado a trinta francos, não fosse um pacote de títulos que havia caído no mercado logo na primeira hora. O que ele ignorava era que dona Caroline havia novamente vendido mil de suas ações, ela própria lutando contra a alta insensata, tal qual a ordem que seu irmão havia deixado. Decerto Saccard não poderia se queixar ante o sucesso crescente, e, entretanto, estava agitado, nesse dia, por um íntimo tremor, feito de medo surdo e de raiva. Gritava que os judeus sujos haviam jurado sua perda e que aquele canalha do Gundermann acabava de pôr-se à frente de um sindicato de baixistas para massacrá-lo. Haviam lhe afirmado isso na Bolsa, falavam de uma quantia de trezentos milhões, destinada pelo sindicato a alimentar a baixa. Ah! Os bandidos! E o que não repetia assim, em voz alta, eram os outros boatos que corriam, cada dia mais fortes, rumores que contestavam a solidez do Universal, já alegando fatos, sintomas de dificuldades próximas, sem ter ainda, a bem da verdade, abalado em nada a confiança cega do público.

Mas a porta foi empurrada, e Huret entrou, com seu ar de homem simplório.

– Ah! Então o senhor está aqui, Judas! – disse Saccard.

Huret, ao saber que Rougon abandonaria definitivamente seu irmão, aliou-se novamente ao ministro; pois tinha a convicção de que, no dia em que Saccard tivesse Rougon contra ele, a catástrofe seria inevitável. Para obter seu perdão, havia voltado à condição de doméstico do grande homem, transmitia novamente seus recados, correndo o risco, a seu serviço, de palavrões e de pontapés no traseiro.

– Judas – repetiu, com o sorriso sutil que iluminava às vezes seu rosto rude de camponês –, de qualquer modo um Judas de boa índole que vem dar um conselho desinteressado ao mestre que traiu.

Mas Saccard, como se não quisesse escutá-lo, gritou, unicamente para afirmar seu triunfo.

– Hein? Dois mil quinhentos e vinte ontem, dois mil quinhentos e vinte e cinco hoje.

– Eu sei, vendi agora há pouco.

De repente, a raiva, que dissimulava com seu tom de brincadeira, explodiu.

– O quê, o senhor vendeu?... Pois bem! Está completo, então! Abandona-me por Rougon e alia-se a Gundermann!

O deputado olhava para ele, atônito.

– Com Gundermann, por quê?... Defendo meus interesses, ora! Simplesmente! Eu, o senhor sabe, não sou um aventureiro. Não, não tenho tanto tutano, prefiro lucrar de imediato, desde que haja um bom benefício. E talvez seja por isso que nunca perdi.

Sorria de novo, como um normando prudente e avisado que, sem paixão, armazenava sua colheita.

– Um administrador da empresa! – continuava Saccard violentamente. – Mas quem o senhor quer que tenha confiança? O que vão pensar ao vê-lo vender assim, em pleno movimento de alta? Diabo! Não me espanto se dizem que nossa prosperidade é fictícia e que se aproxima o dia da derrocada... Se esses senhores vendem, vendamos todos. É o pânico.

Huret, silencioso, fez um gesto vago. No fundo, pouco se importava, seu negócio estava feito. Só tinha, no momento, a preocupação de cumprir a missão de que Rougon o havia encarregado, o mais convenientemente possível, sem ter de aborrecer-se demais.

– Dizia-lhe então, meu caro, que vim para lhe dar um conselho desinteressado... E aqui está. Seja prudente, seu irmão está furioso, ele o abandonará abertamente, se o senhor se deixar vencer.

Saccard, refreando sua raiva, não se mexeu.

— É ele quem o envia para dizer-me isso?
Após uma hesitação, o deputado achou preferível confessar.
— Pois bem! Sim, é ele... Oh! O senhor não imagine que os ataques de *A Esperança* tenham alguma coisa a ver com sua irritação. Ele está acima dessas feridas de amor-próprio... Não! Mas, na verdade, reflita como a campanha católica de seu jornal deve prejudicar a política atual dele. Desde as infelizes complicações de Roma, tem todo o clero em cima dele, ainda acaba de ser obrigado a condenar um bispo pelo delito de injúria... E, para atacá-lo, o senhor escolhe justamente o momento em que tem grandes dificuldades para não ser dominado pela evolução liberal, nascida das reformas de 19 de janeiro, que aceitou aplicar, como se diz, com o único desejo de represá-las prudentemente... Ora, o senhor é irmão dele, acredita que esteja contente?
— Com efeito — respondeu Saccard debochadamente —, foi muito feio o que fiz... Aí está esse pobre irmão que, em sua fúria de permanecer ministro, governa em nome dos princípios que combatia ontem e que me ataca porque não sabe como se manter em equilíbrio, entre a direita, irritada por ter sido traída, e o terceiro estado, sedento de poder. Ainda ontem, para acalmar os católicos, lançava seu famoso: "Jamais!", jurava que a França jamais deixaria a Itália tomar Roma do papa. Hoje, com seu terror dos liberais, gostaria de dar-lhes uma prenda, atreve-se a cogitar me degolar para agradá-los... Na outra semana, Émile Ollivier sacudiu-o cruelmente na Câmara...
— Oh! — interrompeu Huret — ele ainda tem a confiança das Tuileries, o imperador enviou-lhe uma placa de diamante da Legião de Honra.
Mas, com um gesto enérgico, Saccard dizia que não era tolo.
— Daqui para a frente, o Universal é poderoso demais, não é? Um banco católico que ameaça invadir o mundo, conquistá-lo pelo dinheiro, como antigamente o conquistavam pela fé, será possível tolerar isso? Todos os livres-pensadores, todos os franco-maçons em vias de tornarem-se ministros têm medo até a medula... Talvez tenham também algum empréstimo a mancomunar com Gundermann. O que seria de um governo que não se deixasse devorar por esses judeus sujos?... E eis aqui o imbecil do meu irmão, que, para

conservar o poder por mais seis meses, quer me deixar à mercê dos judeus sujos, dos liberais, de toda a gentalha, na esperança de que o deixem um pouco tranquilo, enquanto me devoram... Pois bem! Vá lhe dizer que não ligo a mínima para ele... – Empertigava-se em sua pequena estatura, a raiva acabava enfim com sua ironia, como um toque de clarim de batalha. – O senhor ouviu bem, não ligo a mínima para ele! É minha resposta, quero que ele saiba.

Huret havia encolhido os ombros. Quando as pessoas se zangavam nos negócios, não era mais de sua conta. Além do mais, no meio disso tudo, era só um intermediário.

– Bom! Bom! Será dito... O senhor vai quebrar a espinha. Mas isso é problema seu.

Houve um silêncio. Jantrou, que havia permanecido absolutamente mudo, fingindo que estava absorto na correção de um pacote de provas, levantou os olhos para admirar Saccard. Era belo, esse bandido, em sua paixão! Esses canalhas de gênio às vezes triunfam, com esse grau de inconsciência, quando a embriaguez do sucesso os impele. E Jantrou, nesse momento, estava a seu lado, convencido de sua sorte.

– Ah! Havia esquecido – acrescentou Huret. – Parece que Delcambre, o procurador-geral, o detesta... E o que o senhor ainda ignora é que o imperador nomeou-o, nesta manhã, ministro da Justiça.

Bruscamente, Saccard parou. Com o rosto sombrio, disse enfim:

– Outra bela mercadoria! Ah! Fizeram disso um ministro. O que o senhor quer que isso tenha a ver comigo?

– Virgem! – exclamou Huret, exagerando seu ar simplório –, se lhe acontecer uma desgraça, como acontece com todos nos negócios, seu irmão não quer que conte com ele para defendê-lo contra Delcambre.

– Mas, com mil diabos! – urrou Saccard –, se lhe digo que não dou a mínima importância para essa camarilha, para Rougon, para Delcambre e para o senhor, acima de tudo!

Felizmente, nesse minuto, Daigremont entrou. Nunca ia ao jornal, foi uma surpresa para todos, o que acabou imediatamente com as violências. Muito correto, distribuiu apertos de mão,

sorrindo, com uma amabilidade lisonjeira de homem do mundo. Sua esposa organizava um recital, no qual cantaria; e vinha simplesmente convidar Jantrou pessoalmente para contar com um bom artigo. Mas a presença de Saccard pareceu encantá-lo.
– Como vai, grande homem?
– Então, diga, o senhor não vendeu, não é? – perguntou, sem responder.
– Vender? Ah! Não, ainda não! – E sua gargalhada foi muito sincera, era realmente de grande firmeza.
– Mas nunca se deve vender, na nossa situação! – exclamou Saccard.
– Nunca! É o que eu queria dizer. Somos todos solidários, o senhor sabe que pode contar comigo.

Suas pálpebras haviam tremido, e acabava de lançar um olhar de viés enquanto respondia pelos outros administradores, Sédille, Kolb, o marquês de Bohain, como por ele mesmo. O negócio caminhava bem, era certamente um prazer estarem todos de acordo no mais extraordinário sucesso que a Bolsa havia visto nos últimos cinquenta anos. Teve uma palavra encantadora para cada um dos presentes e partiu, repetindo que contava com a presença dos três no recital. Mounier, o tenor da Ópera, faria dueto com sua esposa. Oh! Um efeito admirável!

– Então – perguntou Huret, que partia por sua vez –, é tudo o que o senhor tem a me dizer?
– Perfeitamente! – declarou Saccard, com sua voz seca.
E não fez o gesto de descer com ele, como era seu costume. Em seguida, quando se viu só com o diretor do jornal:
– É a guerra, meu caro! Não há mais nada a contemporizar, desça o pau em todos esses pilantras!... Ah! Então posso enfim conduzir a batalha como bem entendo!
– Mesmo assim, é uma situação tensa! – concluiu Jantrou, cujas perplexidades recomeçavam.

No corredor, ao banco, Marcelle ainda aguardava. Eram apenas quatro horas e Dejoie já acabava de acender as lâmpadas, tão cedo caía a noite, sob o aguaceiro descolorido e teimoso. A cada vez que passava perto dela, encontrava uma palavra para distraí-la. De resto, as idas e vindas dos redatores acentuavam-se, fragmentos de voz saíam da sala vizinha, todo aquele estado febril que se acentuava à medida que se fazia o jornal.

Marcelle, de repente, ao erguer os olhos, percebeu Jordan diante dela. Estava encharcado, ar abatido, com aquele tremor dos lábios, aquele olhar um pouco ensandecido das pessoas que correram por muito tempo atrás de alguma esperança, sem alcançá-la. Ela compreendeu.

– Nada, não é? – perguntou, empalidecendo.

– Nada, minha querida, absolutamente nada... Em lugar algum, impossível...

E ela teve apenas um gemido baixo, no qual se esvaía todo seu coração.

– Oh! Meu Deus!

Nesse momento, Saccard saía do gabinete de Jantrou e espantou-se de encontrá-la ainda ali.

– Como, senhora, seu marido fugitivo só voltou agora? Bem lhe havia dito para que o esperasse em meu gabinete.

Ela olhava-o fixamente, uma ideia súbita havia despertado em seus grandes olhos desolados. Sequer refletiu, cedeu a essa coragem que projeta as mulheres para a frente nos minutos de paixão.

– Senhor Saccard, tenho algo a lhe pedir.... Se o senhor permitisse, agora, que entrássemos em seu gabinete...

– Mas, com certeza, senhora.

Jordan, que temia ter adivinhado, quis detê-la. Balbuciava em seu ouvido: "não! não!" entrecortados, com a angústia doentia em que essas questões de dinheiro sempre o deixavam. Ela havia se desvencilhado, teve de segui-la.

– Senhor Saccard – continuou, assim que a porta foi fechada –, meu marido corre inutilmente há duas horas para achar quinhentos francos, e não ousa pedi-los ao senhor... Então, eu lhe peço...

E, com eloquência e ar gracioso de jovem alegre e resoluta, contou sua história da manhã, a entrada brutal de Busch, a invasão de seu quarto por três homens, como havia conseguido repelir o ataque, o compromisso que havia assumido de pagar no mesmo dia. Ah! Essas feridas de dinheiro entre as pessoas humildes, grandes sofrimentos criados pela vergonha e pela impotência, a vida sempre posta em questão, por causa de algumas miseráveis moedas!

– Busch – repetiu Saccard –, é esse velho vigarista do Busch que os tem entre suas garras... – Depois, com uma gentileza encantadora, virou-se para Jordan, que se mantinha silencioso, lívido, com um mal-estar insuportável: – Pois bem, eu vou emprestar-lhe seus quinhentos francos. O senhor deveria tê-los pedido imediatamente.

Estava sentado à mesa, para assinar um cheque, quando parou, refletindo. Lembrou-se da carta que havia recebido, da visita que deveria fazer e que protelava dia após dia, ante o aborrecimento da história suspeita que pressentia. Por que não ir imediatamente à rue Feydeau, aproveitar a ocasião, pois tinha um pretexto?

– Ouçam, conheço a fundo esse seu vigarista... É melhor que eu vá pessoalmente pagá-lo, para ver se não consigo obter suas cédulas pela metade do preço.

Os olhos de Marcelle, nesse momento, reluziam de gratidão.

– Oh! Senhor Saccard, como o senhor é bom! – E dirigindo-se a seu marido: – E veja você, grande tolo, que o senhor Saccard não nos devorou!

Ele pulou em seu pescoço, com um movimento irresistível, ele beijou-a, porque agradecia a ela por ser mais enérgica e hábil que ele, diante dessas dificuldades da vida, que o paralisavam.

– Não! Não! – disse Saccard, quando o jovem enfim lhe apertou a mão –, o prazer é meu, vocês são encantadores por se amarem tanto. Partam tranquilos!

Seu coche, que o aguardava, conduziu-o em dois minutos à rue Feydeau, em meio àquela Paris lamacenta, entre a agitação dos guarda-chuvas e os respingos das poças de água. Mas, lá em cima, de nada adiantou soar a campainha diante da velha porta despintada, na qual uma placa de cobre exibia a palavra *Contencioso*, em grandes letras negras: ela não se abriu, nada se movia no interior. E partia quando, com viva contrariedade, esmurrou violentamente a porta com o punho. Então, fizeram-se ouvir passos arrastados, e Sigismond apareceu.

– Veja só! É o senhor!... Pensei que fosse meu irmão que subisse e houvesse esquecido sua chave. Eu nunca respondo aos toques da campainha... Oh! Ele não demora, o senhor pode aguardar, se quiser vê-lo.

Com o mesmo passo penoso e cambaleante, retornou, seguido do visitante, ao quarto que ocupava e que dava para a praça da Bolsa. Ainda era dia, nessas alturas, acima do nevoeiro do qual surgia a chuva que cobria o fundo das ruas. O cômodo era de uma nudez fria, com estreita cama de ferro, mesa e duas cadeiras, poucas prateleiras plenas de livros, sem um único outro móvel. Diante da lareira, um pequeno aquecedor malcuidado, esquecido, acabara de apagar-se.

– Sente-se, senhor. Meu irmão disse que desceria por um momento e logo subiria.

Mas Saccard recusou a cadeira, olhando para ele, impressionado com o progresso que a tísica havia feito naquele grande moço pálido, com olhos de criança, olhos inundados de sonhos, estranhos sob a enérgica obstinação da fronte. Entre os longos cachos de seu cabelo, o rosto havia se tornado extraordinariamente macilento, como se estivesse alongado e fosse arrastado para o túmulo.

– O senhor está doente? – perguntou, sem saber o que dizer.

Sigismond fez um gesto de completa indiferença.

– Oh! Como sempre. A última semana não foi boa, por causa desse tempo horrível... Mas está tudo bem, mesmo assim. Não durmo mais, posso trabalhar e tenho um pouco de febre, isso me aquece... Ah! Há tanta coisa a fazer! – Havia se posto diante da mesa, sobre a qual estava aberto um livro em língua alemã. E continuou: – Peço-lhe desculpas por sentar-me, passei a noite acordado para ler esta obra que recebi ontem... Uma obra, sim! Dez anos da vida de meu mestre, Karl Marx, o estudo que nos prometia há tempos sobre o capital... Aqui está nossa Bíblia, agora, aqui está!

Com curiosidade, Saccard foi dar uma olhada no livro; mas a visão dos caracteres góticos rapidamente o dissuadiu.

– Esperarei que seja traduzido – disse, rindo.

O jovem, com um meneio de cabeça, pareceu dizer que, mesmo traduzido, só seria compreensível para os verdadeiramente iniciados. Não era um livro de propaganda. Mas que força de lógica, que abundância vitoriosa de provas, quanto à destruição fatal de nossa sociedade atual, baseada no sistema capitalista! O terreno estando limpo, seria possível reconstruir.

– Então é a golpes de vassoura? – perguntou Saccard, sempre em tom de brincadeira.
– Em teoria, perfeitamente! – respondeu Sigismond. – Tudo o que lhe expliquei no outro dia, todo o processo da evolução está aqui. Na verdade, só falta executá-la... Mas os senhores estão cegos, se não veem os passos consideráveis que a ideia dá a cada instante. Assim, o senhor, que, com seu Universal, movimentou e centralizou em três anos centenas de milhões, o senhor não parece perceber que nos conduz em linha reta ao coletivismo... Eu segui seu negócio com paixão, sim! Deste quarto perdido, tão tranquilo, estudei o desenvolvimento dia após dia, conheço-o tão bem quanto o senhor, e afirmo que é uma lição extraordinária que o senhor nos dá aqui, pois o Estado coletivista só terá de fazer o que o senhor já faz, expropriar em bloco, assim que o senhor tiver expropriado no detalhe os pequenos capitalistas, realizado a ambição de seu sonho descomedido, que é, não é verdade?, absorver todos os capitais do mundo, ser o único banco, o entreposto geral da fortuna pública... Oh! Admiro-o muito, acredite! Deixaria que fosse até o fim, se fosse eu o mestre, porque o senhor começa nosso trabalho, como um precursor genial.

E sorria, com seu sorriso pálido de doente, observando a atenção de seu interlocutor, muito surpreso de vê-lo tão a par dos negócios atuais, muito lisonjeado também com seus elogios inteligentes.

– Porém – continuou –, no belo dia em que o expropriarmos em nome da nação, substituindo seus interesses privados pelo interesse de todos, transformando sua grande máquina de sucção do ouro dos outros na própria reguladora da riqueza social, nós começaremos pela supressão disto.

Havia encontrado uma moeda entre os papéis de sua mesa, mantinha-a no ar, entre dois dedos, como a vítima designada.

– O dinheiro! – exclamou Saccard –, suprimir o dinheiro! Que deliciosa loucura!

– Suprimiremos o dinheiro monetizado... Considere que a moeda metálica não tem nenhuma utilidade, nenhuma razão de ser, no Estado coletivista. A título de remuneração, será substituída por nossos bônus de trabalho; e, se considerá-la como medida de valor, temos outra que nos satisfaz perfeitamente, a que obtivermos ao estabelecer a média dos dias de trabalho, em nossas obras... É preciso destruí-lo, esse dinheiro que mascara e favorece a exploração do trabalhador, que permite roubá-lo, reduzindo seu salário à menor quantia de que precise para que não morra de fome. Não é pavorosa essa posse do dinheiro que se acumula em fortunas privadas, barra o caminho da circulação fecunda, cria reinos escandalosos, mestres soberanos do mercado financeiro e da produção social? Todas as nossas crises, toda a nossa anarquia vem disso... É preciso matar, matar o dinheiro!

Mas Saccard irritava-se. Sem dinheiro, sem ouro, sem esses astros reluzentes que haviam iluminado sua vida! Para ele, a riqueza sempre havia se materializado nesse resplendor de moeda nova, desabando como uma tempestade de primavera, através do sol, caindo como granizo sobre a terra, montanhas de prata, montanhas de ouro, que poderiam ser remexidas com pás, pelo prazer de seu brilho e de sua música. E suprimiriam essa alegria, essa razão de lutar e de viver!

– É imbecil, oh! Isso é imbecil!... Jamais, ouviu!?
– Por que jamais? Por que imbecil?... Por acaso usamos dinheiro na economia da família? O senhor só vê ali o esforço comum e a troca... Então, para que servirá o dinheiro, quando a sociedade for uma grande família, que governa a si mesma?
– Eu lhe digo que é loucura!... Destruir o dinheiro, mas é a própria vida, o dinheiro! Não existiria mais nada, mais nada!

Ia e vinha, fora de si. E, nessa exaltação, ao passar diante da janela, assegurou-se com o olhar de que a Bolsa ainda estava ali, pois talvez esse terrível rapaz a tivesse derrubado, inclusive ela, com um sopro. Estava ainda ali, mas muito vaga na profundeza do cair da noite, como se houvesse se dissolvido sob a mortalha de chuva, um pálido fantasma de Bolsa prestes a esvanecer-se em uma fumaça cinzenta.

– Aliás, sou bem tolo de discutir. É impossível... Pois suprima o dinheiro, quero ver isso.
– Bah! – murmurou Sigismond –, tudo se suprime, tudo se transforma e desaparece... Já vimos uma vez a forma da riqueza

mudar assim, quando o valor da terra diminuiu, e a fortuna fundiária, os bens de raiz, os campos e os bosques declinaram diante da fortuna mobiliária, industrial, dos títulos de renda e das ações, e assistimos agora à caducidade precoce desta última, a uma espécie de depreciação rápida, pois é certeza que os juros se aviltam, que os cinco por cento habituais não são mais atingidos... O valor do dinheiro diminui, portanto, por que o dinheiro não desapareceria, por que uma nova forma de fortuna não regeria as relações sociais? É essa fortuna de amanhã que nossos bônus de trabalho trarão.

Estava absorto na contemplação da moeda, como se sonhasse que segurava a última moeda das velhas eras, uma moeda perdida, que havia sobrevivido à antiga sociedade morta. Quantas alegrias e quantas lágrimas haviam corroído o humilde metal! E havia se quedado na tristeza do eterno desejo humano.

– Sim – continuou suavemente –, o senhor tem razão, nós não veremos essas coisas. São necessários anos, anos. Nem sabemos se o amor aos outros terá em si o vigor suficiente para substituir o egoísmo na organização social... Entretanto, eu tive esperança no triunfo mais próximo, gostaria tanto de assistir a essa aurora da justiça!

Por um instante, a amargura da doença de que sofria abafou sua voz. Ele, que, em sua negação da morte, tratava-a como se não existisse, fez um gesto para afastá-la. Mas logo se resignou.

– Cumpri minha tarefa, deixarei minhas anotações, caso não tenha tempo de acabar a obra completa de reconstrução com que sonhei. É preciso que a sociedade de amanhã seja o fruto maduro da civilização, porque, se não se conserva o lado bom da emulação e do controle, tudo desmorona... Ah! Essa sociedade, como a vejo nitidamente nesta hora, criada enfim, completa, tal como consegui, após tantas noites em claro a pô-la de pé! Tudo está previsto, tudo está resolvido, é enfim a soberana justiça, a absoluta felicidade. Está lá, no papel, matemática, definitiva.

E passeava suas longas mãos emaciadas entre as anotações esparsas, exaltava-se naquele sonho dos bilhões recuperados, divididos equitativamente entre todos, naquela alegria e naquela saúde, que devolvia com um traço de caneta à humanidade sofredora, ele que não se alimentava mais, que não dormia mais, que morria sem ter necessidades, em meio à nudez de seu quarto. Mas uma voz rude fez Saccard estremecer.

– O que o senhor faz aqui?

Era Busch que chegava e lançava ao visitante um olhar de soslaio de amante ciumento, em seu constante receio de que provocassem uma crise de tosse em seu irmão, ao fazê-lo falar demais. Aliás, não esperou a resposta, resmungava maternalmente, desesperado.

– O quê? Você deixou apagar de novo seu aquecedor! Pergunto-lhe se isso tem cabimento, com essa umidade!

Logo, dobrando os joelhos, apesar do peso de seu grande corpo, quebrava madeira miúda, reacendia o fogo. Em seguida, foi buscar uma vassoura, varreu o quarto, preocupou-se com a poção que o doente deveria tomar a cada duas horas. E só ficou tranquilo quando o convenceu a deitar-se na cama para descansar.

– Senhor Saccard, se quiser passar a meu gabinete...

A senhora Méchain estava lá, sentada na única cadeira. Ela e Busch acabavam de fazer, na vizinhança, uma visita importante, cujo pleno sucesso os encantava. Era enfim, após uma espera desesperante, o feliz recomeço de um dos negócios que mais os interessava. Durante três anos, Méchain havia batido perna à procura de Léonie Cron, essa jovem seduzida, a quem o conde de Beauvilliers havia assinado um reconhecimento de dívida de dez mil francos, pagável no dia de sua maioridade. Em vão, Méchain havia procurado seu primo Fayeux, o recebedor de rendas de Vendôme, que havia comprado para Busch aquele documento, em meio a um lote de velhas dívidas, provenientes da sucessão do senhor Charpier, vendedor de grãos, usurário nas horas vagas: Fayeux não sabia de nada, apenas escreveu que a moça Léonie Cron deveria estar a serviço de um oficial de justiça em Paris, que ela havia deixado Vendôme havia mais de dez anos, que nunca havia voltado e que ele nem sequer poderia perguntar a algum dos parentes dela, estavam todos mortos. Méchain havia encontrado o oficial de justiça e conseguido seguir Léonie até a casa de um açougueiro, de uma senhora galante, de um dentista; mas, a partir do dentista, o fio rompia-se bruscamente, interrompia-se a pista, uma agulha no palheiro, uma moça decaída, perdida na lama da grande Paris. Sem resultado, havia percorrido as agências de colocação de domésticos, visitado as pensões de má reputação, esquadrinhado o baixo meretrício, sempre à espreita, virando a cabeça, fazendo perguntas assim que o nome Léonie chegava a seus ouvidos. E essa moça, que havia procurado bem longe, nesse dia, por um mero acaso, acabava de apanhá-la, na própria rue Feydeau, no prostíbulo ao lado, aonde fora para cobrar uma antiga locatária da Vila de Nápoles, que lhe devia três francos. Um golpe de gênio fez com que suspeitasse e a reconhecesse, sob o distinto nome de Léonide, no momento em que madame a chamava ao salão, com uma voz penetrante. Imediatamente, Busch, avisado, voltou com ela à casa para tratar do assunto; e aquela moça gorda, com cabelos negros eriçados, caídos sobre as sobrancelhas, com o rosto achatado e flácido, de uma baixeza imunda, de início surpreendeu-o; depois, deu-se conta de seu encanto especial, sobretudo antes de seus dez anos de prostituição, aliás, radiante de que ela houvesse caído tão baixo, abominável. Ofereceu-lhe mil francos, se renunciasse a seus direitos sobre o reconhecimento da dívida. Era tola, aceitou o acordo com uma alegria infantil. Enfim, poderiam emboscar a condessa de Beauvilliers, tinham a arma procurada, até mesmo inesperada, a tal ponto hedionda e vergonhosa.

– Eu estava a sua espera, senhor Saccard. Temos de conversar... O senhor recebeu minha carta, não é?

No cômodo acanhado, abarrotado de dossiês, já escuro, iluminado por uma fraca lâmpada esfumaçada, Méchain, imóvel e muda, não se mexia da única cadeira. E em pé, sem querer dar a impressão de que houvesse vindo sob ameaça, Saccard abordou imediatamente o caso Jordan, com um tom duro e desdenhoso.

– Perdão, subi para pagar uma dívida de um de meus redatores... O jovem Jordan, um rapaz encantador, que o senhor persegue sem dó, com uma ferocidade verdadeiramente revoltante... Nesta manhã ainda, parece, o senhor se conduziu com a esposa dele de uma maneira que teria enrubescido qualquer homem galante...

Surpreso por ser atacado dessa forma, quando se preparava para tomar a ofensiva, Busch perdeu o pé, esqueceu a outra história, irritou-se com essa.

– Os Jordans, o senhor vem por causa dos Jordans... Não há mulheres, não há homens galantes nos negócios. Quando a gente deve, a gente paga, só conheço isso... Uns safados que se divertem a minha custa há anos, de quem tive uma dificuldade dos diabos para arrancar quatrocentos francos, centavo por centavo!... Ah! Deus do céu, sim! Farei que vendam suas coisas, eu os jogarei na rua amanhã de manhã, se não tiver hoje à noite, sobre minha mesa, os trezentos e trinta francos e quinze centavos que ainda me devem.

E como Saccard, por tática, para deixá-lo fora de si, disse que ele já havia sido pago quarenta vezes por essa dívida, que não lhe havia custado nem mesmo dez francos, efetivamente engasgou de raiva.

– Chegamos lá! Vocês dizem sempre a mesma coisa! Há também as custas, não é? Essa dívida de trezentos francos que subiu a mais de setecentos... Mas por acaso isso me diz respeito, a mim? Se não me pagam, eu processo. Azar se a justiça é cara, a culpa é deles!... Então, quando eu compro uma dívida de dez francos, deveria ser reembolsado em dez francos e acabou. Pois bem! E meus riscos, e minhas investigações, e meu trabalho de cabeça? Sim! Minha inteligência? Exatamente, olhe! Para esse caso Jordan, pode consultar a senhora que está aqui. Foi ela quem se ocupou. Ah! Quanto ela andou, quanto gastou a sola dos sapatos, a subir as escadas de todos os jornais, de onde a punham porta afora como uma mendiga, sem nunca lhe darem o endereço. Esse caso, nós o alimentamos durante meses, sonhamos com ele, elaboramos como uma de nossas obras-primas, tem me custado um dinheiro louco, calculando somente dez centavos por hora! – Exaltava-se, mostrou com um gesto amplo os dossiês que enchiam o cômodo. – Tenho aqui mais de vinte milhões de dívidas, e de todas as épocas, de todos os tipos, ínfimas e colossais... O senhor as quer por um milhão? Eu vendo... Ao pensar que há devedores que eu persigo há um quarto de século! Para obter deles algumas miseráveis centenas de francos, às vezes menos, eu espero durante anos, espero que tenham sucesso ou que herdem... Os outros, os desconhecidos, os mais numerosos, dormem aí, olhe!, nesse canto, nessa pilha enorme. É o vazio, ou melhor, é a matéria-prima, da qual é preciso que eu extraia a vida, quero dizer, a minha vida, Deus sabe após quanta complicação de pesquisas e de aborrecimentos!... E o senhor quer que, quando eu agarro enfim um deles, solvente, eu não o sugue? Ah! Não, o senhor acharia que eu sou estúpido, o senhor não seria tão estúpido!

Sem se atardar a discutir mais, Saccard tirou a carteira.

– Dou-lhe duzentos francos e o senhor me devolverá o dossiê Jordan, com um recibo de quitação.

Busch teve um sobressalto de exasperação.

– Duzentos francos, por nada no mundo!... São trezentos francos e quinze centavos, quero os centavos.

Mas com sua voz inalterada, com a segurança tranquila do homem que conhece o poder do dinheiro, mostrado, exibido, Saccard repetiu duas, três vezes:

– Vou lhe dar duzentos francos...

E o judeu, no fundo convencido de que seria razoável transigir, acabou por consentir, com um grito de raiva, lágrimas nos olhos.

– Sou fraco demais. Que trabalho ingrato!... Palavra de honra! Sou esfolado, sou roubado... Vá em frente! Já que está aqui, não se acanhe, pegue outros, sim! Procure na pilha, por seus duzentos francos!

Em seguida, depois de ter assinado um recibo e escrito um bilhete para o oficial de justiça, porque o dossiê não estava mais em suas mãos, Busch recuperou o fôlego diante de sua escrivaninha, tão desconcertado que teria deixado Saccard partir, não fosse Méchain, que não havia tido nenhum gesto, nenhuma palavra.

– E o negócio? – ela perguntou.

Lembrou-se bruscamente, teria sua desforra. Mas tudo o que havia preparado, suas perguntas, o encaminhamento sabiamente planejado da conversa, foi abandonado no afã de chegar aos fatos.

– O negócio, é verdade!... Eu lhe escrevi, senhor Saccard. Temos agora uma velha conta para acertarmos juntos...

Havia estendido a mão para apanhar o dossiê Saccard, que abriu diante dele.

– Em 1852, o senhor alugou um quarto mobiliado na rue de la Harpe, assinou doze cédulas de cinquenta francos para uma senhorita chamada Rosalie Chavaille, de dezesseis anos, que o senhor havia violentado, uma noite, na escadaria... Eis aqui essas cédulas. O senhor não pagou nenhuma, pois partiu sem deixar endereço, antes do vencimento da primeira. E o pior é que estão assinadas com um nome falso, Sicardot, o nome de sua primeira esposa...

Muito pálido, Saccard escutava, olhava para ele. Em meio a uma consternação inexprimível, sentia que se evocava todo o passado, uma sensação de desmoronamento, uma massa enorme e confusa que desabava sobre ele. Nesse medo do primeiro momento, perdeu a cabeça, gaguejou.

– Como o senhor sabe?... Como tem isso? – Em seguida, com as mãos trêmulas, apressou-se em tirar de novo a carteira, com a única ideia de pagar, de tomar posse daquele dossiê incômodo. – Não houve custas, não é?... São seiscentos francos... Oh! Haveria muito a dizer, mas prefiro pagar, sem discussão.

E estendeu seis notas de banco.

– Daqui a pouco! – exclamou Busch, que empurrou o dinheiro. – Ainda não acabei... A senhora que o senhor vê aqui é prima de Rosalie e esses papéis são dela, é em nome dela que eu faço a cobrança... Essa pobre Rosalie ficou aleijada por causa de sua violência. Teve muitas infelicidades, morreu na mais terrível miséria, na casa desta senhora que a havia abrigado... A senhora, se quisesse, poderia contar-lhe muitas coisas...

– Coisas terríveis! – salientou Méchain, com sua fina voz, rompendo o silêncio.

Apavorado, Saccard virou-se, pois havia se esquecido dela, desabada ali como um odre meio vazio. Sempre o havia assustado, com seu comércio malcheiroso de ave de rapina sobre os valores podres; e agora ele a encontrava envolvida nessa história desagradável.

– Sem dúvida, a pobre, isso é muito triste – murmurou ele. Mas, se está morta, eu realmente não vejo como... Aqui ainda estão os seiscentos francos.

Pela segunda vez, Busch recusou-se a pegar o dinheiro.

– Perdão, o que o senhor ainda não sabe é que ela teve um filho... Sim, um filho que tem agora catorze anos, um filho que se parece com o senhor, a tal ponto que não poderá renegá-lo.

Estarrecido, Saccard repetiu várias vezes:
– Um filho, um filho... – Depois, colocando de volta as seis notas de banco em sua carteira, com um gesto brusco, de repente recuperou o prumo e disse intrepidamente: – Ah! Ora, vejam só, o senhor se diverte a minhas custas? Se há uma criança, eu não devo nada ao senhor... Ele herdou da mãe, é a criança que terá isso e tudo o que quiser, além disso... Um filho, mas é muito bom, mas é natural, não há mal nenhum em ter um filho. Pelo contrário, sinto um grande prazer, isso me rejuvenesce, palavra de honra!... Onde ele está, para que eu possa vê-lo? Por que não o trouxeram imediatamente até mim?

Estupefato, por sua vez, Busch refletia, em sua longa hesitação, nos infinitos cuidados que dona Caroline tomava para revelar a existência de Victor a seu pai. E, perplexo, deu as mais violentas e as mais complicadas explicações, falando tudo de uma vez, os seis mil francos que Méchain queria pelo dinheiro emprestado e pelas despesas com cuidados, os dois mil francos de adiantamento dados por dona Caroline, os instintos assustadores de Victor, seu ingresso na Obra do Trabalho. E, por seu lado, Saccard tinha sobressaltos a cada novo detalhe. Como, seis mil francos! Como saber se não haviam, ao contrário, espoliado a criança? Um adiantamento de dois mil francos! Tiveram a audácia de extorquir dois mil francos de uma senhora amiga! Mas era um roubo, um abuso de confiança! Esse menino, Senhor Deus!, havia sido mal-educado, e queriam que ele pagasse aos responsáveis por essa má-educação! Então, achavam que fosse imbecil!?

– Nem um centavo! – gritou –, ouçam bem, não pensem que vão tirar um centavo de meu bolso!

Busch, lívido, levantou-se diante de sua mesa.
– É o que veremos. Eu vou à justiça.
– Não diga bobagens. O senhor bem sabe que a justiça não se ocupa dessas coisas... E, se espera me extorquir, é ainda mais idiota, porque, para mim, pouco se me dá. Uma criança! Ora, disse-lhe que isso me encanta!

E, como Méchain atravancava a porta, teve de empurrá-la, passar por cima, para poder sair. Ela sufocava, empurrou-o pela escada, com sua voz de flauta:
— Canalha! Sem coração!
— O senhor terá notícias nossas! — urrou Busch, que bateu a porta com força.

Saccard estava em tal estado de excitação que deu ordem ao cocheiro de ir diretamente à rue Saint-Lazare. Tinha pressa de ver dona Caroline, abordou-a sem nenhum embaraço, reclamou imediatamente de ter dado os dois mil francos.

— Mas, minha cara amiga, nunca se deve soltar o dinheiro assim... Por que, diabo, agiu sem me consultar?

Ela, assustada por ver que ele enfim sabia da história, ficou muda. Era bem a letra de Busch, que havia reconhecido, e agora nada tinha a esconder, pois outra pessoa acabava de poupá-la do incômodo da confidência. Entretanto, ainda hesitava, confusa diante daquele homem que a interrogava muito à vontade.

— Quis evitar-lhe uma tristeza... Essa pobre criança vivia em tamanha degradação!... Há muito tempo teria lhe contado, não fosse um sentimento...

— Que sentimento?... Confesso-lhe que não entendo.

Ela não tentou explicar, nem se desculpar, invadida por uma tristeza, um cansaço de tudo, ela que tinha tanta coragem na vida; enquanto ele continuava a tagarelar, encantado, realmente rejuvenescido.

— Essa pobre criança! Eu o amarei muito, garanto-lhe... A senhora fez bem em colocá-lo na Obra do Trabalho, para redimi--lo um pouco. Mas vamos tirá-lo de lá, contratar professores... Amanhã, irei vê-lo, sim! Amanhã, se não estiver muito ocupado.

No dia seguinte, houve reunião do conselho, e dois dias se passaram, depois uma semana, sem que Saccard encontrasse um minuto livre. Ainda falava frequentemente da criança, adiando sua visita, cedendo à correnteza que o arrastava. Nos primeiros dias de dezembro, foi atingida a cotação de dois mil e setecentos francos, em meio à febre extraordinária, cujos acessos doentios continuavam a transtornar a Bolsa. O pior era que as notícias alarmantes haviam aumentado, que a alta fugia ao controle com um mal-estar crescente, intolerável: agora, anunciava-se bem alto a catástrofe fatal, mas as ações ainda subiam, subiam sem parar, pela força obstinada de um desses entusiasmos prodigiosos que negam o óbvio. Saccard só vivia na ficção exagerada de seu triunfo, envolto, como se fosse uma auréola, por essa tempestade de ouro que ele fazia cair sobre Paris, entretanto com suficiente perspicácia para ter a sensação de terreno minado, rachado, que ameaçava desabar embaixo de si. Assim, embora continuasse vitorioso em todas as liquidações, permanecia enfurecido com os baixistas, cujas perdas já deveriam ser terríveis. Então, por que esses judeus sujos insistiam tanto? Não acabaria por destruí--los enfim? E exasperava-se sobretudo com o que dizia farejar: ao lado de Gundermann, fazendo seu jogo, outros vendedores, soldados do Universal, talvez, traidores que passavam para o lado do inimigo, abalados em sua fé, na pressa de ganhar.

Um dia em que Saccard exalava assim seu descontentamento diante de dona Caroline, ela achou que deveria lhe contar toda a verdade.

– Meu amigo, quero que saiba, eu vendi... Acabei de vender nossas últimas mil ações, na cotação de dois mil e setecentos.

Ele ficou arrasado, como se estivesse diante da mais negra traição.

– A senhora vendeu, a senhora! A senhora, meu Deus!

Ela havia tomado suas mãos, apertava-as, verdadeiramente penalizada, lembrando que ela e seu irmão o haviam avisado. Ele, que ainda estava em Roma, escrevia cartas carregadas de mortal inquietude sobre essa alta exagerada, que não se explicava, que deveria ser interrompida a qualquer custo, sob pena de despencar em pleno abismo. Ainda na véspera, havia recebido mais uma carta, com a ordem formal de vender. E havia vendido.

– A senhora, a senhora! – repetia Saccard. – Era a senhora que me atacava, que eu percebia na sombra! São suas ações que tive de comprar!

Ele não se exaltava, como era seu costume, e ela sofria ainda mais com sua prostração, gostaria de fazê-lo refletir, fazê-lo abandonar aquela luta sem trégua que apenas um massacre poderia encerrar.

— Meu amigo, ouça-me... Pense que nossas três mil ações produziram mais de sete milhões e meio. Não é um lucro inesperado, extravagante? Quanto a mim, todo esse dinheiro me espanta, não posso crer que me pertença... Mas não se trata simplesmente de nosso interesse pessoal. Pense no interesse de todos os que puseram a fortuna em suas mãos, um total assustador de milhões que o senhor arrisca no jogo. Por que sustentar essa alta insensata, por que incentivá-la ainda mais? Dizem-me por todos os lados que a catástrofe aguarda no fim, fatalmente... O senhor não pode subir sempre, não há nenhuma vergonha em que as ações recuperem seu valor real, e será uma empresa sólida, será a salvação.

Mas ele se levantou violentamente.

— Eu quero a cotação de três mil... Comprei e comprarei ainda, nem que deva morrer... Sim! Que eu morra, que tudo morra comigo, se não o fizer, se não mantiver a cotação de três mil!

Após a liquidação de 15 de dezembro, as cotações subiram a dois mil e oitocentos, a dois mil e novecentos. E foi no dia 21 que foi proclamada na Bolsa a cotação de três mil e vinte francos, em meio a uma agitação de multidão demente. Não havia mais nem verdade nem lógica, a ideia de valor estava pervertida, a ponto de perder qualquer sentido real. Corria o boato de que Gundermann, contrariamente a seus hábitos de prudência, estava compromissado com riscos assustadores, após meses em que alimentava a baixa, suas perdas haviam aumentado a cada quinze dias, à medida que a alta das cotações ocorria por saltos enormes; e começavam a dizer que talvez quebrasse a espinha. Todas as cabeças estavam confusas, esperavam-se prodígios.

E, naquele minuto supremo, em que Saccard, no auge, sentia tremer a terra pela angústia inconfessa da queda, ele foi rei. Quando seu carro chegava à rue de Londres, diante do palácio triunfal do Universal, um criado descia rapidamente, estendia um tapete, que se desenrolava pela calçada, dos degraus do vestíbulo até quase a sarjeta; e então Saccard se dignava a descer do coche e fazia sua entrada como um soberano a quem se poupa o calçamento comum das ruas.

X

Naquele final de ano, no dia da liquidação de dezembro, a grande sala da Bolsa esteve repleta desde meio-dia e meia, com uma extraordinária agitação de vozes e de gestos. Nas últimas semanas, aliás, aumentava a efervescência, e culminava nesse último dia de luta, em um alvoroço febril no qual já ressoava a batalha decisiva que seria travada. Do lado de fora, o frio era terrível; mas um sol claro de inverno penetrava, em raios oblíquos, pela alta vidraça, alegrando todo um lado da sala nua, com pilastras severas e abóbada triste, ainda mais gélida pela presença de grisalhas alegóricas; ao passo que as bocas dos caloríferos, ao longo das arcadas, sopravam um hálito morno, em meio à corrente de ar frio das portas engradadas, que se abriam e fechavam continuamente.

O baixista Moser, mais inquieto e mais amarelado que de costume, esbarrou no altista Pillerault, arrogantemente plantado em suas longas pernas de garça.

– O senhor sabe o que dizem...?

Mas teve de elevar a voz para ser ouvido, em meio ao ruído crescente das conversas, um barulho regular, monótono, semelhante ao clamor de águas que transbordam e escoam sem fim.

– Dizem que teremos a guerra em abril... Não há como isso acabar de outra maneira, com essas armas formidáveis. A Alemanha não quer nos deixar tempo de aplicar a nova lei militar, que a Câmara vai votar*... E, aliás, Bismarck...

---

* Referência à lei Niel, proposta pelo ministro da Guerra Adolphe Niel a pedido de Napoleão III, que desejava reformar o Exército francês para fazer frente à organização militar da Prússia. A lei foi votada em fevereiro de 1868. (N. E.)

Pillerault deu uma gargalhada.

– Deixe-me em paz, o senhor e seu Bismarck!... Eu aqui, que lhe falo, conversei cinco minutos com ele, neste verão, quando veio a Paris... Parece muito bom moço... Se o senhor não está contente após o sucesso esmagador da Exposição, o que mais seria preciso? Eh! Meu caro, a Europa inteira é nossa.

Moser balançou desesperadamente a cabeça. E, com frases entrecortadas a cada instante pelos esbarrões da multidão, continuou a falar de seus temores. A situação do mercado era excessivamente próspera, uma prosperidade pletórica que não valia nada, não mais que o excesso de gordura das pessoas muito gordas. Graças à Exposição, muitos negócios cresceram demais, as pessoas entusiasmaram-se demais, atingia-se a pura demência do jogo. Não era uma loucura, por exemplo, o Universal a três mil e trinta?

– Ah! Chegamos ao ponto! – exclamou Pillerault. E, bem de perto, enfatizando cada sílaba: – Meu caro, hoje à tarde, fechará a três mil e sessenta... Os senhores serão exterminados, sou eu quem lhes diz.

O baixista, embora fosse facilmente impressionável, deu um leve assobio de desafio. E olhou para o alto, para demonstrar sua falsa tranquilidade de espírito, permaneceu por um momento a examinar as poucas cabeças de mulher que se debruçavam, lá em cima, na galeria do telégrafo, atônitas diante do espetáculo daquela sala, onde não podiam entrar. Brasões com o nome de cidades, capitéis e parapeitos prolongavam uma perspectiva pálida, que as infiltrações de água haviam manchado de amarelo.

– Olhe só! É o senhor! – continuou Moser, abaixando a cabeça e reconhecendo Salmon, que sorria diante dele, com seu eterno e profundo sorriso. Em seguida, perturbado, vendo nesse sorriso uma aprovação às informações de Pillerault: – Enfim, se o senhor sabe de alguma coisa, diga... Quanto a mim, meu raciocínio é simples. Estou com Gundermann, porque Gundermann, não é verdade?, é Gundermann. Sempre acaba bem, para ele.

– Mas – disse Pillerault com sarcasmo – quem lhe disse que Gundermann aposta na baixa?

De imediato, Moser arregalou os olhos apavorados. Há algum tempo a boataria da Bolsa afirmava que Gundermann vigiava Saccard, que alimentava a baixa contra o Universal, na expectativa de estrangulá-lo em algum final de mês, com um esforço brusco, quando chegasse a hora de esmagar o mercado sob o peso de seus milhões; e, se aquela tarde se anunciava tão acalorada, era porque todos acreditavam, repetiam que a batalha seria enfim disputada naquele mesmo dia, uma dessas batalhas sem trégua, na qual um dos exércitos cai por terra, dizimado. Mas como alguém poderia ter certeza, naquele mundo de mentira e de artimanha? As coisas mais confiáveis, as coisas anunciadas com mais antecedência, tornavam-se, ao menor sopro, motivo de dúvidas cheias de angústia.

– O senhor nega a evidência – murmurou Moser. – Sem dúvida, não vi as ordens, nada se pode afirmar... Hein? Salmon, o que o senhor diz? Gundermann não pode afrouxar, que diabo!

E não sabia mais em que acreditar, diante do sorriso silencioso de Salmon, que lhe parecia se aguçar, com extrema sutileza.

– Ah! – continuou, mostrando com o queixo um homem obeso que passava. – Se esse homem quisesse falar, eu não estaria tão aflito. Ele vê as coisas com clareza.

Era o célebre Amadieu, que ainda vivia de seu sucesso, no negócio das minas de Selsis, as ações compradas por quinze francos, em um golpe de teimosia imbecil, e revendidas mais tarde com um lucro de uma quinzena de milhões, por mera sorte, sem que houvesse previsto ou calculado. Era venerado por suas grandes capacidades financeiras, seguido por uma verdadeira corte, que procurava adivinhar suas palavras mais insignificantes e apostar na direção que pareciam indicar.

– Ora! – exclamou Pillerault, mergulhado em sua teoria favorita da ousadia. – O melhor ainda é seguir sua ideia, ao acaso... Só existe a sorte. Tem-se sorte ou não se tem. Então, o quê? Não se deve refletir. Eu, cada vez que refleti, quase me arruinei... Vejam! Enquanto eu vir aquele senhor, firme em seu lugar, com o ar atrevido de quem quer devorar tudo, eu comprarei.

Com um gesto, apontou Saccard, que acabava de chegar e se instalava em seu lugar habitual, junto à pilastra da primeira arcada à esquerda. Como todos os chefes de empresas importantes, tinha assim um lugar conhecido, onde, nos dias de Bolsa, os empregados e clientes estavam certos de encontrá-lo. Apenas Gundermann fingia nunca pôr os pés na grande sala; sequer enviava um representante oficial; mas sentia-se a presença de seu exército, reinava ali como mestre ausente e soberano, por meio de uma legião inumerável de zangões, de corretores que traziam suas ordens, sem contar suas criaturas, tão numerosas que qualquer homem presente poderia ser o soldado misterioso de Gundermann. E era contra esse exército indiscernível e atuante em toda a parte que Saccard lutava, em pessoa, de peito aberto. Atrás dele, no ângulo da pilastra, havia um banco, mas não se sentava nunca, em pé durante as duas horas de transações, como se menosprezasse a fadiga. Por vezes, nos minutos de abandono, simplesmente apoiava o cotovelo na pedra, que estava escurecida e polida, na altura de um homem, pela imundície de tantos contatos; e, em meio à nudez sem cor do monumento, era até mesmo um detalhe característico, essa faixa de gordura reluzente, nas portas, nas paredes, nas escadarias, na sala, uma caneladura imunda, o suor acumulado de gerações de apostadores e de ladrões. Muito elegante, muito correto, vestido, como todos na Bolsa, com tecidos finos e roupa esplendorosa, Saccard tinha o aspecto amável e descansado de um homem sem preocupações, em meio àquelas paredes emolduradas de negro.

– O senhor sabe – disse Moser, com voz abafada – que o acusam de sustentar a alta com compras consideráveis. Caso o Universal jogue com suas próprias ações, está perdido.

Mas Pillerault protestou.

– Mais uma balela!... Como se pode dizer ao certo quem compra e quem vende?... Ele está aqui pelos clientes de seu Banco, o que é bem natural. E também por sua própria conta, pois deve especular com o próprio dinheiro.

Moser, por seu lado, não insistiu. Ninguém ainda, na Bolsa, teria ousado asseverar a terrível campanha conduzida por Saccard, essas compras que fazia por conta da sociedade, acobertado por testas de ferro, Sabatani, Jantrou e mais alguns outros, principalmente empregados de sua diretoria. Corria somente um rumor, sussurrado ao pé do ouvido, desmentido, sempre renovado, embora sem prova possível. No início, apenas sustentava as cotações com prudência, revendendo assim que pudesse, a fim de não imobilizar excessivamente os capitais e abarrotar os cofres com títulos. Mas agora era impelido pela luta e havia previsto, naquele dia, a necessidade de compras exageradas, se quisesse permanecer soberano no campo de batalha. Suas ordens estavam dadas, aparentava a calma sorridente dos dias comuns, apesar de sua incerteza sobre o resultado final e da preocupação que sentia ao enveredar assim, cada vez mais, por um caminho que sabia ser terrivelmente perigoso.

Bruscamente, Moser, que rondava o célebre Amadieu, em grande conferência com um homem franzino e matreiro, voltou muito exaltado, gaguejando:

– Eu ouvi, ouvi com meus ouvidos... Ele disse que as ordens de venda de Gundermann ultrapassam dez milhões... Oh! Eu vendo, eu vendo, venderia até minha camisa!

– Dez milhões, demônio! – murmurou Pillerault, a voz um pouco alterada. – É uma verdadeira briga de faca.

E, no clamor espontâneo que aumentava, inflado por todas as conversas privadas, só existia esse duelo feroz entre Gundermann e Saccard. Não se distinguiam mais as palavras, mas o tumulto estava feito, era apenas isso que retumbava tão alto, a obstinação calma e lógica de um deles em vender, a febrilidade da paixão de sempre comprar que se adivinhava no outro. As notícias contraditórias que circulavam, no início sussurradas, acabaram como toques de trombeta. Assim que abriam a boca, alguns gritavam, para se fazer ouvir em meio à algazarra; enquanto outros, cheios de mistério, inclinavam-se ao pé do ouvido de seus interlocutores, falavam muito baixo, mesmo quando não tinham nada a dizer.

– Eh! Eu mantenho minha posição de alta! – continuou Pillerault, já convicto. – O sol está lindo, tudo vai subir ainda.

– Tudo vai desmoronar – replicou Moser com sua obstinação dolente. – A chuva não está longe, tive uma crise esta noite.

Mas o sorriso de Salmon, que os escutava, tornou-se tão sibilino que ambos ficaram descontentes, sem certeza possível. Será que aquele diabo de homem, tão extraordinariamente forte, tão profundo e tão discreto, havia descoberto uma terceira maneira de apostar, sem se colocar nem a favor da alta nem a favor da baixa? Saccard, junto a sua pilastra, via aumentar em volta de si a comoção de seus aduladores e de seus clientes. Constantemente as mãos se estendiam, e ele apertava todas com a mesma facilidade prazerosa, colocando em cada pressão de seus dedos uma promessa de triunfo. Alguns acorriam, trocavam uma palavra e partiam encantados. Muitos se obstinavam, não o deixavam mais, orgulhosos de pertencerem a seu grupo. Frequentemente, ele mostrava-se amável, sem lembrar do nome das pessoas que lhe falavam. Assim, foi preciso que o capitão Chave dissesse o nome de Maugendre para que este fosse reconhecido. O capitão, reconciliado com o cunhado, estimulava-o a vender; mas o aperto de mão do diretor bastou para inflamar Maugendre em uma esperança sem limites. Em seguida, foi Sédille, o administrador, o grande negociante de seda, que quis uma consulta de um minuto. Sua empresa de comércio periclitava, toda a sua fortuna estava associada à do Universal, a tal ponto que a possível baixa seria para ele a ruína; e, ansioso, devorado por sua paixão, com outros aborrecimentos por causa de seu filho Gustave, que não se saía bem com Mazaud, sentia a necessidade de ser reconfortado, encorajado. Com um tapa no ombro, Saccard despachou-o cheio de fé e de ardor. Depois, houve um longo desfile: Kolb, o banqueiro, que havia compreendido tudo fazia muito tempo, mas que administrava a sorte; o marquês de Bohain que, com sua condescendência altiva de grande senhor, fingia frequentar a Bolsa por mera curiosidade e falta de ocupação; o próprio Huret, incapaz de permanecer irritado, demasiadamente flexível para não ser amigo das pessoas até o dia do naufrágio final, veio ver se não havia mais nada a amealhar. Mas apareceu Daigremont, todos se afastaram. Era muito poderoso, notaram sua amabilidade, a maneira como brincou, com um ar de camaradagem confiante. Os altistas estavam radiantes, pois ele tinha a reputação de homem hábil, que sabia sair das casas ao primeiro estalido do piso; e pareceu certo que o Universal ainda não quebraria. Enfim, outras pessoas circulavam, trocavam um simples olhar com Saccard, seus homens, os empregados encarregados de dar as ordens, que também compravam por conta própria, na fúria das apostas, cuja epidemia dizimava o pessoal da rue de Londres, sempre alerta, ouvidos nas fechaduras, à caça de informações. Foi assim que, por duas vezes, Sabatani passou com sua graça lânguida de italiano mestiçado com oriental, fingindo nem mesmo ver o patrão; ao passo que Jantrou, imóvel a alguns passos de distância, de costas, parecia inteiramente absorto pela leitura dos telegramas das Bolsas estrangeiras, afixados em quadros engradados. O zangão Massias, que, sempre apressado, empurrou o grupo, fez um leve aceno de cabeça, sem dúvida para dar uma resposta, alguma comissão rapidamente executada. E, à medida que se aproximava a hora da abertura, o atropelo sem fim, a dupla corrente da multidão, sulcando a sala nos dois sentidos, enchia-a dos abalos profundos e do estrondo de uma maré alta.

Aguardava-se a primeira cotação.

Na *corbeille*, saídos do gabinete dos corretores, Mazaud e Jacoby acabavam de entrar, lado a lado, com ar de correta confraternidade. Entretanto, ambos sabiam que eram adversários, na luta sem trégua que ocorria havia semanas, e que poderia ter ao fim a ruína de um deles. Mazaud, baixo, com o corpo esbelto de belo homem, tinha uma vivacidade alegre, na qual se exprimia seu destino tão feliz até aquele momento, esse destino que o fez herdeiro, aos trinta e dois anos, da corretora de um de seus tios; ao passo que Jacoby, antigo empregado credenciado, transformado em corretor por antiguidade, graças a clientes de quem era comanditário, tinha o ventre proeminente e o andar pesado de seus sessenta anos, um tipo alto, grisalho e careca, exibindo a face larga de um simpático amante dos prazeres. E juntos, cadernetas à mão, falavam do tempo, como se não tivessem ali, naquelas poucas folhas de papel, os milhões que permutariam, bem como os tiros que dispararão, no mortal conflito da oferta e da procura.

– Hein? Uma bela geada!

– Oh! Imagine o senhor, vim a pé, de tão encantadora que parecia!

Ao chegar em frente à *corbeille*, o amplo recinto circular, ainda livre de papéis inúteis, de fichas descartadas ali, detiveram-se por um instante, apoiados na balaustrada de veludo vermelho que a circunda, e continuaram a falar de coisas banais e entrecortadas, enquanto davam olhares de viés pelo entorno. Os quatro vãos, em forma de cruz, fechados com grades, espécie de estrela de quatro pontas cujo centro era a *corbeille*, delimitavam o local sagrado, vedado ao público; e, entre as pontas da estrela, à frente, de um lado havia um compartimento onde ficavam os três cotadores, sentados em cadeiras altas, diante de seus imensos livros de registros; enquanto, do outro lado, um compartimento menor e aberto, chamado "violão", sem dúvida por causa de sua forma, permitia que os empregados e os especuladores entrassem em contato direto com os corretores. Atrás, no ângulo formado pelas duas outras pontas da estrela, ficava, no meio da multidão, o mercado dos títulos do Tesouro Francês, no qual cada corretor era representado, assim como no mercado à vista, por um funcionário especial, com uma caderneta diferente; pois os corretores em torno da *corbeille* ocupam-se exclusivamente do mercado a termo, absortos no grande trabalho desenfreado pelas apostas.

Mas, ao ver junto ao vão da esquerda seu funcionário Berthier, que lhe fez um sinal, Mazaud foi trocar com ele algumas palavras a meia-voz, os funcionários credenciados só tinham o direito de permanecer no espaço dos vãos, a uma distância respeitosa da balaustrada de veludo vermelho, que nenhuma mão profana ousaria tocar. Todos os dias, Mazaud vinha à Bolsa com Berthier e dois outros funcionários, um que trabalhava no mercado à vista e outro que trabalhava no mercado de renda, aos quais se reunia frequentemente o liquidador da corretora; sem contar o encarregado dos telegramas, que era sempre o pequeno Flory, a face cada vez mais escondida por sua espessa barba, na qual só ressaía o brilho de seus olhos ternos. Desde seu lucro de dez mil francos, no dia seguinte de Sadowa, Flory, aflito com as exigências de Chuchu, que havia se tornado caprichosa e voraz, apostava selvagemente na Bolsa por conta própria, aliás sem nenhum cálculo, imitando as apostas de Saccard, a quem seguia com uma fé cega. As ordens que conhecia, os telegramas que lhe passavam pelas mãos, bastavam para guiá--lo. E, justamente, ao descer correndo as escadas do telégrafo, instalado no primeiro andar, com ambas as mãos repletas de telegramas, pediu para um vigia chamar Mazaud, que deixou Berthier e veio até o violão.

– Senhor, hoje é preciso examiná-los e classificá-los?
– Sem dúvida, visto que chegam assim em peso... O que é tudo isso?
– Oh! O Universal, ordens de compra, quase todos.

O corretor, com mão experiente, folheava os telegramas, visivelmente satisfeito. Muito envolvido com Saccard, para quem, havia já bastante tempo, fazia reportes de quantias consideráveis, e de quem havia recebido, naquela mesma manhã, ordens de compra enormes, ele havia se tornado o corretor titular do Universal. E, embora sem muita inquietude até o momento, aquele entusiasmo persistente do público, aquelas compras obstinadas, apesar do exagero das cotações, tranquilizavam-no. Entre todos os signatários dos telegramas, um nome despertou sua atenção, o de Fayeux, aquele recebedor de rendas de Vendôme, que devia ter criado uma clientela extremamente numerosa de pequenos compradores entre os camponeses, os devotos e os padres de sua província, porque não se passava semana sem que enviasse assim telegramas e mais telegramas.

– Entregue isto ao caixa à vista – disse Mazaud a Flory. – E não espere que lhe desçam os telegramas, certo? Fique lá em cima, pegue-os o senhor mesmo.

Flory debruçou-se na balaustrada do caixa, gritando a plenos pulmões:
– Mazaud! Mazaud!

E foi Gustave Sédille quem se aproximou; pois, na Bolsa, os empregados perdem seu nome, só têm o nome do corretor que representam. Flory, também ele, chamava-se Mazaud. Após ter deixado a corretora durante cerca de dois anos, Gustave acabava de voltar, a fim de convencer seu pai a pagar suas dívidas; e, naquele dia, na ausência do funcionário principal, achava-se encarregado do caixa à vista, o que o divertia. Flory havia se inclinado junto a seu ouvido, ambos concordaram em só comprar para Fayeux na última cotação, após terem usado as ordens para apostar em benefício próprio, comprando e vendendo inicialmente em nome de seu testa de ferro habitual, de modo que recebessem a diferença, porque a alta lhes parecia certa.

Enquanto isso, Mazaud voltou à *corbeille*. Mas, a cada passo, um guarda entregava-lhe, em nome de algum cliente que não havia conseguido se aproximar, uma ficha com uma ordem rabiscada a lápis. Cada corretor tinha sua ficha particular com uma cor especial, vermelha, amarela, azul, verde, a fim de que se pudesse reconhecê-la facilmente. A de Mazaud era verde, cor da esperança; e os pequenos pedaços de papel verde continuavam a amontoar-se entre seus dedos, no vaivém contínuo dos guardas, que os pegavam no fundo dos vãos, da mão dos empregados e dos especuladores, todos munidos de uma provisão dessas fichas, a fim de ganhar tempo. Ao parar de novo diante da balaustrada de veludo, reencontrou Jacoby, que igualmente segurava um punhado de fichas, que aumentava sem parar, fichas vermelhas, de um vermelho vivo de sangue derramado: sem dúvida, ordens de Gundermann e de seus seguidores, pois ninguém ignorava que Jacoby, no massacre que se preparava, era o corretor dos baixistas, o principal executante das altas decisões da banca judaica. E conversava agora com outro corretor, Delarocque, seu cunhado, um cristão que havia esposado uma judia, um homem gordo, ruivo e atarracado, muito calvo, lançado no mundo das associações de especuladores, conhecido por receber as ordens de Daigremont, o qual tinha se aborrecido recentemente com Jacoby, como outrora com Mazaud. A história que Delarocque contava, uma história licenciosa de uma mulher casada que havia voltado para casa sem roupa de baixo, iluminava seus pequenos olhos pestanejantes, enquanto balançava, com uma mímica apaixonada, sua caderneta, da qual transbordava um pacote de fichas, essas azuis, de um azul suave de céu de abril.

– O senhor Massias chama pelo senhor – veio dizer um guarda a Mazaud.

Apressadamente, esse último voltou ao final da passagem. O zangão, completamente a soldo do Universal, trazia-lhe notícias da *coulisse*, que já funcionava sob o peristilo, apesar do frio terrível. Alguns especuladores arriscavam-se mesmo assim, e entravam no salão por alguns instantes para aquecer-se; enquanto os corretores da *coulisse*, envoltos por pesados sobretudos, com as golas de pele levantadas, mantinham corajosamente seu lugar, em círculo como de costume, embaixo do relógio, animando-se, gritando e gesticulando tanto que não sentiam o frio. E o pequeno Nathansohn mostrava-se entre os mais ativos, em vias de tornar-se um homem importante, favorecido pela sorte, desde o dia em que, simples subalterno demissionário do Crédit Mobilier, teve a ideia de alugar um cômodo e abrir um guichê.

Em rápidas palavras, Massias explicou que, como as cotações tendiam a fletir, sob o peso do pacote de ações com que os baixistas pressionavam o mercado, Saccard acabava de ter a ideia de operar na *coulisse*, para influenciar a primeira cotação da *corbeille*. O Universal havia fechado, na véspera, a três mil e trinta francos; e ele havia dado ordem a Nathansohn de comprar cem ações, que outro *coulissier* deveria oferecer a três mil e trinta e cinco. Eram cinco francos de aumento.

– Bom! A cotação chegará até nós – disse Mazaud.

E voltou ao grupo de corretores, que já estava completo. Estavam ali os sessenta e, apesar do regulamento, já faziam negócios entre si com a cotação média da véspera, enquanto aguardavam o toque de sino regulamentar. As ordens dadas a uma cotação fixada previamente não influenciavam o mercado, pois era preciso esperar essa cotação; ao passo que as ordens de comprar ou vender ao melhor preço, cuja livre execução era confiada à intuição do corretor, determinavam a contínua oscilação das várias cotações. Um bom corretor era feito de sutileza e de presciência, de cérebro alerta e de músculos ágeis, pois a rapidez frequentemente assegurava o sucesso; sem contar a necessidade de boas relações com a alta finança, informações recolhidas de toda a parte, telegramas recebidos das Bolsas francesas e estrangeiras, principalmente. E ainda era preciso uma voz imponente, para gritar bem alto.

Mas soou uma hora, o voleio do sino passou como uma rajada de vento sobre a ondulação violenta das cabeças; e ainda não havia se apagado a última vibração quando Jacoby, com as duas mãos apoiadas no veludo, lançou com voz tonitruante, a mais forte da companhia:

– Tenho Universal… Tenho Universal…

Não fixava o preço, aguardando a procura. Os sessenta corretores haviam se aproximado e formavam um círculo em volta da *corbeille*, onde algumas fichas jogadas já faziam manchas de cores vivas. Face a face, entreolhavam-se, sondavam uns aos outros como duelistas no início de uma luta, muito ansiosos para ver surgir a primeira cotação.

– Tenho Universal – repetia a voz grave e ribombante de Jacoby. – Tenho Universal.

– A que cotação, o Universal? – perguntou Mazaud com voz fina, mas tão aguda que dominava a de seu colega, como um toque de flauta é ouvido acima do acompanhamento do violoncelo.

E Delarocque propôs a cotação da véspera.

– A três mil e trinta francos, eu compro Universal.

Mas imediatamente outro corretor subiu o lance.

– A três mil e trinta e cinco, mande Universal.

Era a cotação da *coulisse* que chegava, impedindo a arbitragem que Delarocque deveria preparar: uma compra na *corbeille* e uma venda imediata na *coulisse*, para embolsar os cinco francos de diferença. Também Mazaud tomou sua decisão, certo de ter a aprovação de Saccard.

– A três mil e quarenta, eu compro... Mande Universal a três mil e quarenta.

– Quantas? – teve de perguntar Jacoby.
– Trezentas.

Ambos escreveram uma curta linha em sua caderneta e o negócio estava concluído, a primeira cotação estava fixada, com uma alta de dez francos sobre a cotação da véspera. Mazaud afastou-se, foi dar esse valor ao cotador encarregado dos registros do Universal. Então, durante vinte minutos, pareceu uma verdadeira abertura de eclusa: foi estabelecida igualmente a cotação de outros valores, concluíram-se sem grandes variações todos os negócios propostos por outros corretores. Enquanto isso, os cotadores, a seus postos, no alto, divididos entre o alvoroço da *corbeille* e o do mercado à vista, que também funcionava febrilmente, inscreviam a duras penas todas as novas cotações que lhes enviavam os corretores e seus auxiliares. Atrás, o mercado de renda também parecia enlouquecido. Desde a abertura do pregão, não era mais apenas a multidão a soltar um ronco semelhante ao ruído contínuo das grandes correntes de água; e, sobre esse estrondo formidável, elevavam-se agora os gritos discordantes da oferta e da procura, um guincho característico, que subia, descia, parava e recomeçava com notas desiguais e estridentes, como os chamados das aves de rapina durante uma tempestade. Saccard sorria, em pé junto a sua pilastra. Sua corte havia aumentado mais ainda, a alta de dez francos do Universal acabava de emocionar a Bolsa, porque se prognosticava, havia tempos, um fracasso no dia da liquidação. Huret aproximou-se com Sédille e Kolb, fingindo lamentar em voz alta a prudência que o fez vender suas ações quando a cotação atingiu dois mil e quinhentos francos; ao passo que Daigremont, ar desinteressado, de braços dados com o marquês de Bohain, explicava-lhe alegremente a derrota de seu haras, nas corridas do outono. Mas, sobretudo, Maugendre triunfava, acachapava o capitão Chave, ainda assim obstinado em seu pessimismo, dizendo que era preciso esperar até o fim. E a mesma cena reproduzia-se entre Pillerault fanfarrão e Moser melancólico, o primeiro radiante com aquela loucura de alta, o outro com os punhos cerrados, falando daquela alta tenaz, imbecil, como de um animal raivoso que será certamente abatido no final.

Passou-se uma hora, as cotações continuavam aproximadamente as mesmas, os negócios prosseguiam na *corbeille*, menos intensos, à medida que eram solicitados por novas ordens e telegramas. E havia assim, em torno da metade de cada sessão da Bolsa, uma espécie de desaceleração, a acalmia das transações correntes, à espera da luta decisiva da última cotação. Entretanto, ouvia-se ainda o mugido de Jacoby, entrecortado pelas notas agudas de Mazaud, ambos engajados em operações a prêmio: "Tenho Universal a três mil e quarenta, com quinze... Compro Universal a três mil e quarenta, com dez... Quantas?... Vinte e cinco... Mande!". Deviam ser as ordens de Fayeux que Mazaud executava, pois muitos apostadores da província, para limitarem suas perdas, compravam e vendiam a prêmio antes de se lançarem nas operações obrigatórias. Então, de repente, correu um boato, ouviram-se vozes entrecortadas: o Universal acabava de baixar cinco francos; e, em quedas sucessivas, baixou dez francos, quinze francos, caiu a três mil e vinte e cinco francos.

Justamente nesse momento, Jantrou, que havia reaparecido após uma curta ausência, falava ao ouvido de Saccard que a baronesa Sandorff estava lá, na rue Brongniart, em seu cupê, e lhe pediu para perguntar se devia vender.

Essa pergunta, no momento em que as cotações caíam, exasperou-o. Revia o cocheiro imóvel, no alto da boleia, a baronesa consultando suas anotações, como se estivesse em casa, com as janelas fechadas. E respondeu:

– Que ela me deixe em paz! E, se vender, eu a estrangulo!

Massias acorreu, ao anúncio dos quinze francos de baixa, como se fosse uma sirene de alarme, sentindo que ele seria necessário. Com efeito, Saccard, que havia preparado um golpe para aumentar a última cotação, um telegrama que deveria ser enviado da Bolsa de Lyon, onde a alta era certa, começava a inquietar-se, pois não via chegar o telegrama; e aquela queda precipitada de quinze francos poderia levar a um desastre.

Habilmente, Massias não parou diante dele, esbarrou o cotovelo, em seguida recebeu sua ordem, ouvido alerta.

– Rápido, a Nathansohn, quatrocentas, quinhentas, quantas forem necessárias.

Isso se fez tão rapidamente que apenas Pillerault e Moser perceberam. Lançaram-se atrás de Massias, para saber mais. Desde que estava a soldo do Universal, Massias havia ganhado uma enorme importância. Procuravam arrancar-lhe informações, ler sobre seu ombro as ordens que recebia. E ele próprio agora realizava ganhos fabulosos. Com sua simplicidade sorridente de desafortunado, que a sorte havia tratado duramente até então, surpreendia-se, declarava que aquela vida de cão na Bolsa era suportável, não dizia mais que era preciso ser judeu para ter sucesso.

Na *coulisse*, na corrente de ar gelado do peristilo, que o pálido sol das três horas não aquecia, o Universal havia caído menos que na *corbeille*. E Nathansohn, alertado por seus auxiliares, acabava de realizar a arbitragem que Delarocque não havia conseguido no começo: comprador na sala a três mil e vinte e cinco, vendedor sob a colunata a três mil e trinta e cinco. Isso havia levado menos de três minutos e ele ganhava sessenta mil francos. A compra já fazia o valor, na *corbeille*, voltar a três mil e trinta, por esse efeito de equilíbrio que os dois mercados, o legal e o tolerado, exerciam um sobre o outro. A corrida dos empregados não parava, da sala ao peristilo, trocando cotoveladas no meio do alvoroço. Entretanto, a cotação da *coulisse* tendia à queda, quando a ordem que Massias levou a Nathansohn a sustentou em três mil e trinta e cinco, fez subir a três mil e quarenta; ao passo que, por contragolpe, as ações retornaram, na *corbeille*, à primeira cotação. Mas seria difícil mantê-la, pois a tática de Jacoby e dos outros corretores que operavam em nome dos baixistas era, evidentemente, reservar as grandes vendas para o fim do pregão, a fim de atropelar o mercado e provocar um colapso, na agitação da última meia hora. Saccard compreendeu tão bem o perigo que, com um sinal combinado, preveniu Sabatani, ocupado em fumar um cigarro, a alguns passos de distância, com seu ar indiferente e lânguido de homem que apreciava as mulheres; e este imediatamente, deslizando com a maleabilidade de uma víbora, foi até o violão, onde, ouvido à espreita, acompanhando as cotações, não parou de dar ordens a Mazaud, em fichas verdes, das quais tinha uma boa provisão. Apesar de tudo, o ataque era tão rude que o Universal, de novo, baixou cinco francos.

Soou o terceiro quarto, só havia um quarto de hora, antes da badalada do sino de fechamento. Naquele momento, a multidão rodopiava e gritava como se fosse flagelada por algum tormento do inferno; a *corbeille* gania, urrava, com estrondos sincopados de caldeiras que se quebram; e foi então que se produziu o incidente tão ansiosamente esperado por Saccard.

O pequeno Flory, que desde o início não havia cessado de descer do telégrafo a cada dez minutos, as mãos cheias de telegramas, reapareceu de novo, abrindo caminho na multidão, dessa vez lendo um telegrama que parecia encantá-lo.

– Mazaud! Mazaud! – chamou uma voz.

E Flory naturalmente virou a cabeça, como se estivesse respondendo ao chamado do próprio nome. Era Jantrou quem queria saber. Mas o rapaz empurrou-o, demasiadamente apressado, na alegria de dizer a si mesmo que o Universal acabaria em

alta; pois o telegrama anunciava que o valor subia na Bolsa de
Lyon, onde houve compras tão importantes que o contragolpe
repercutiria na Bolsa de Paris. Com efeito, já chegavam outros
telegramas, um grande número de corretores recebia ordens.
O resultado foi imediato e considerável.
— A três mil e quarenta, compro Universal — repetia Mazaud
com sua voz exasperada de assobio.
E Delarocque, sem dar conta da procura, acrescentava cinco
francos.
— A três mil e quarenta e cinco, eu levo...
— Tenho, a três mil e quarenta e cinco — mugia Jacoby. — Duzentas, a três mil e quarenta e cinco.
— Mande!
Então, o próprio Mazaud aumentou.
— Compro a três mil e cinquenta.
— Quantas?
— Quinhentas... Mande!

Mas o terrível alvoroço tornou-se tão grande, em meio a
uma gesticulação epiléptica, que os próprios corretores não se
entendiam mais. E, entregues ao furor profissional que os agitava,
continuaram as operações com gestos, porque as vozes graves e
cavernosas de alguns deles falhavam, enquanto os sons de flauta dos outros se debilitavam até se anular. Viam-se abrir bocas
enormes, sem que parecesse sair delas nenhum som audível, e
só as mãos falavam: um gesto de dentro para fora, que oferecia,
outro gesto de fora para dentro, que aceitava; os dedos levantados
indicavam quantidades, as cabeças diziam sim ou não com um
aceno. Inteligível só para os iniciados, assemelhava-se a um desses
surtos de demência que acometem as multidões. No alto, na galeria do telégrafo, cabeças de mulher inclinavam-se, estupefatas,
apavoradas diante do extraordinário espetáculo. No mercado de
renda, parecia uma rixa, um grupo central encarniçado e com
punhos cerrados, enquanto a dupla corrente de público, que
atravessava esse lado da sala, deslocava os grupos, que se faziam e
refaziam sem parar, em uma ondulação contínua. Entre o mercado à vista e a *corbeille*, acima da selvagem tempestade de cabeças,
havia apenas os três cotadores, sentados em suas cadeiras altas,

que sobrenadavam como destroços de naufrágio, com a grande mancha branca de seus livros de registro, empurrados para a esquerda, empurrados para a direita, pela flutuação rápida das cotações que lhes lançavam. No compartimento do caixa à vista, a confusão atingia o auge, uma massa compacta de cabeleiras, nem mesmo de rostos, um enxame escuro iluminado apenas pelas pequenas anotações claras das cadernetas, agitadas no ar. E, na *corbeille*, em volta do recinto que as fichas amarrotadas agora enchiam de uma floração de todas as cores, os cabelos tornavam-se cinzentos, os crânios reluziam, distinguia-se a palidez dos rostos crispados, as mãos febrilmente estendidas, toda a mímica dançante dos corpos, mais ao longe, a ponto de se devorarem, se a balaustrada não os contivesse. Aliás, aquele desespero dos últimos minutos havia atingido o público, esmagavam-se na sala, um atropelo enorme, uma debandada de grande rebanho solto em um corredor demasiadamente estreito; e, em meio ao esmorecimento das casacas, somente os chapéus de seda cintilavam, sob a luz difusa que escoava dos vitrais.

Mas, bruscamente, um repique de sino atravessou o tumulto. Tudo se acalmou, os gestos pararam, as vozes calaram-se, no mercado à vista, na renda, na *corbeille*. Restou apenas o murmurinho surdo do público, semelhante ao som contínuo de uma torrente que voltou ao leito do rio e acaba de escoar. E, na agitação persistente, circulavam as últimas cotações, o Universal havia subido a três mil e sessenta, em alta de mais trinta francos sobre a cotação da véspera. A derrota dos baixistas era completa, a liquidação mais uma vez seria desastrosa para eles, pois as diferenças da quinzena representavam quantias consideráveis.

Por um instante, antes de deixar a sala, Saccard esticou-se, como se quisesse englobar com o olhar a multidão a sua volta. Havia realmente crescido, alçado por tamanho triunfo, e toda sua pequena estatura inflava-se, alongava-se, tornava-se enorme. Mas o homem que parecia procurar assim, por cima das cabeças, era Gundermann, ausente, Gundermann, que queria ver abatido, com o rosto contorcido, pedindo misericórdia; e insistia ao menos em que todas as criaturas desconhecidas do judeu, toda a judiaria suja e impertinente que estava ali, pudesse vê-lo, transfigurado, na glória do seu sucesso. Foi seu grande dia, o dia de que se fala ainda, como falam de Austerlitz e de Marengo. Seus clientes, seus amigos haviam se precipitado. O marquês de Bohain, Sédille, Kolb, Huret apertavam-lhe as duas mãos, enquanto Daigremont, com o falso sorriso de sua amabilidade mundana, cumprimentava-o, sabendo perfeitamente que se morre, na Bolsa, de semelhantes vitórias. Maugendre teria beijado suas duas faces, exaltado, exasperado ao ver o capitão Chave, apesar de tudo, encolher os ombros. Mas a adoração completa, religiosa, era a de Dejoie, que veio às pressas do jornal para conhecer quanto antes a última cotação e que permanecia a alguns passos, imóvel, cravado ao solo pela ternura e pela admiração, olhos brilhantes de lágrimas. Jantrou havia desaparecido, sem dúvida para levar a notícia à baronesa Sandorff. Massias e Sabatani suspiravam, radiantes, como na noite triunfal de uma grande batalha.

– Pois bem! O que eu dizia? – exclamava Pillerault encantado. Moser, o nariz alongado, resmungava ameaças surdas.

– Sim, sim, no fundo do poço a reviravolta... A conta do México a pagar, os negócios de Roma que se complicam mais desde Mentana*, a Alemanha que vai desabar em cima de nós qualquer dia desses... Sim, sim, e esses imbecis que sobem cada vez mais, para despencar de uma altura maior. Ah! Tudo está perdido, os senhores verão!

Então, como Salmon, dessa feita, permanecia sério, a olhá-lo:
– É a sua opinião, não é? Quando tudo anda bem demais, é porque tudo vai explodir.

Entretanto, a sala esvaziava-se, só ficaria no ar a fumaça dos charutos, uma nuvem azulada, espessa e amarelada de todas as poeiras esvoaçantes. Mazaud e Jacoby, novamente aprumados, entraram juntos no gabinete dos corretores, o segundo mais aborrecido por perdas pessoais secretas que pela derrota de seus clientes; enquanto o primeiro, que não apostava, entregava-se à

---

* Batalha de Mentana, ocorrida em novembro de 1867, na qual as tropas de Giuseppe Garibaldi enfrentaram as forças francesas a serviço dos Estados Papais. Garibaldi desejava anexar Roma como capital da Itália recém-unificada, o que veio a ocorrer em 1870. (N. E.)

alegria da última cotação, tão valentemente elevada. Conversaram durante alguns minutos com Delarocque, sobre os compromissos contraídos, tendo à mão as cadernetas cheias de anotações que seus liquidantes deveriam decifrar na mesma noite, a fim de registrar os negócios feitos. Durante esse tempo, na sala dos auxiliares, uma sala baixa, cortada por colunas grossas, semelhante a uma sala de aula mal-arrumada, com fileiras de carteiras e um vestiário ao fundo, Flory e Gustave Sédille, tendo ido buscar os chapéus, divertiam-se ruidosamente, aguardando para saber a cotação média, que os empregados do sindicato calculavam, em uma das carteiras, conforme a cotação mais alta e a mais baixa. Por volta de três horas e meia, quando o cartaz foi afixado em uma coluna, ambos relincharam, cacarejaram, imitaram o canto do galo, pelo contentamento com a bela operação que haviam realizado, traficando as ordens de compra de Fayeux. Era um par de solitários para Chuchu, que agora tiranizava Flory com suas exigências, e um semestre adiantado para Germaine Coeur, que Gustave havia feito a asneira de retirar definitivamente de Jacoby, o qual acabava de contratar ao mês uma cavalariça do Hipódromo. Aliás, a algazarra continuava na sala dos empregados, farsas tolas, um massacre de chapéus, em meio ao empurra-empurra de estudantes no recreio. E, do outro lado, no pátio, sob o peristilo, a *coulisse* acabava de encerrar os negócios, Nathansohn decidia-se a descer os degraus, encantado com sua arbitragem, em meio às filas dos últimos especuladores, que se atardavam, apesar do frio ainda mais terrível. Desde as seis horas, todo esse mundo de apostadores, corretores, *coulissiers*, zangões, após terem, alguns deles, definido seus ganhos ou perdas, os outros, preparado suas contas de corretagem, vestiria as roupas de gala para completar os prazeres do dia, com sua noção pervertida de dinheiro, nos restaurantes e teatros, nas noitadas mundanas e nas alcovas galantes.

    Naquela noite, a Paris que não dorme e que se diverte só falou do duelo formidável entre Saccard e Gundermann. As mulheres, inteiramente envolvidas nas apostas, por paixão e por moda, simulavam usar as palavras técnicas, como liquidação, prêmio, reporte, operações a descoberto, entretanto sem entendê-las.

Falava-se sobretudo da situação crítica dos baixistas, que, havia vários meses, pagavam, a cada nova liquidação, diferenças cada vez maiores, à medida que o Universal subia e ultrapassava qualquer limite razoável. Certamente, muitos deles operavam a descoberto e pediam a seus corretores um adiamento do pagamento, pois não podiam entregar os títulos; perseveravam, continuavam suas operações pela baixa, com a esperança de uma derrocada próxima das ações; mas, apesar dos adiamentos que tendiam a aumentar, tanto mais que o dinheiro se tornava escasso, os baixistas, extenuados, esmagados, seriam aniquilados, se a alta continuasse. Na verdade, a situação de Gundermann, de chefe todo-poderoso que o consideravam, era diferente, porque tinha nos porões seu bilhão, tropas inesgotáveis que enviava ao massacre, por mais longa e mortífera que fosse a campanha. Era a força invencível, poderia continuar vendedor a descoberto, com a certeza de sempre pagar suas diferenças, até o dia em que a baixa fatal lhe desse a vitória.

E comentavam, calculavam as quantias consideráveis que já deveria ter consumido para fazer avançar assim, nos dias 15 e 30 de cada mês, semelhantes a colunas de soldados arrastados pelas balas de canhão, sacos de escudos* que eram fundidos no fogo da especulação. Nunca havia sofrido antes, na Bolsa, um ataque tão rude a seu poder, que queria ali soberano, indiscutível; pois, se ele era, como gostava de repetir, um simples mercador de dinheiro, e não um apostador, tinha a clara consciência de que, para permanecer como mercador, o primeiro do mundo, dispondo da fortuna pública, era preciso ser o dono absoluto do mercado; não lutava pelo lucro imediato, mas por sua própria realeza, por sua vida. Vinha disso a fria obstinação, a grandeza bestial da luta. Encontravam-no nos bulevares, ao longo da rue Vivienne, com sua face lívida e impassível, seu passo de velho cansado, sem que nada nele revelasse a menor inquietude. Só acreditava na lógica. Acima da cotação de dois mil francos, começava a loucura pelas

---

* Extinto após a Revolução Francesa, o escudo continuou a ter uso na linguagem popular, significando moeda de cinco francos. (N. E.)

ações do Universal; a três mil, era pura demência, deveriam cair, como cai necessariamente a pedra jogada no ar; e ele esperava. Chegaria até o fim de seu bilhão? Fremiam de admiração em torno de Gundermann, também do desejo de vê-lo enfim devorado; enquanto Saccard, que incitava um entusiasmo mais tumultuoso, tinha a seu favor as mulheres, os salões, todas as altas rodas de apostadores, que embolsavam diferenças tão belas, desde que cunhavam moedas com a fé, traficando com o monte Carmelo e Jerusalém. Estava decretada a ruína eminente da alta banca judaica, o catolicismo teria o império do dinheiro, como havia tido o império das almas. No entanto, embora suas tropas ganhassem violentamente, Saccard chegava ao fim de seu dinheiro, esvaziando os cofres para suas compras contínuas. Dos duzentos milhões disponíveis, cerca de dois terços acabavam por ser imobilizados assim: era a prosperidade excessiva, o triunfo asfixiante, que sufoca. Qualquer empresa que queira ser dona da Bolsa para manter a cotação de suas ações é uma empresa condenada. Por isso, no começo, só havia intervindo com prudência. Mas sempre havia sido homem de imaginação, via as coisas em escala grande demais, transformando em poemas suas transações equívocas de aventureiro; e dessa vez, com aquele negócio realmente colossal e próspero, chegava a sonhos extravagantes de conquista, a uma ideia tão louca, tão enorme, que não a formulava claramente nem para si mesmo. Ah! Se tivesse tido milhões, milhões para sempre, como esses judeus sujos! O pior é que via o fim de suas tropas, apenas mais alguns milhões bons para o massacre. Em seguida, se viesse a baixa, seria sua vez de pagar as diferenças; e, sem poder levantar os títulos, seria obrigado a pedir um adiantamento. Em sua vitória, o menor pedregulho poderia derrubar sua vasta máquina. Tinha-se a surda consciência disso, mesmo entre os fiéis, os que acreditavam na alta como no bom Deus. Era o que acabava por apaixonar Paris, a confusão e a dúvida nas quais todos se agitavam, aquele duelo entre Saccard e Gundermann no qual o vencedor perdia todo seu sangue, esse corpo a corpo entre dois monstros lendários, esmagando entre eles os pobres-diabos que se arriscavam a jogar seu jogo, apesar da ameaça de estrangularem-se um ao outro, na pilha de ruínas que acumulavam.

Subitamente, em 3 de janeiro, no dia seguinte à data em que acabavam de ser acertadas as contas da última liquidação, o Universal baixou cinquenta francos. Foi uma forte emoção. Na verdade, tudo havia abaixado; o mercado, sobrecarregado havia muito tempo, inchado além dos limites, rachava por todos os lados; dois ou três negócios podres afundaram com estrondo; e, aliás, já deveriam ter se habituado a aqueles saltos violentos das cotações, que às vezes variavam diversas centenas de francos em um mesmo pregão, assustados, semelhantes à agulha de uma bússola em meio a uma tempestade. Mas, no grande estremecimento que passou, todos sentiram o começo da derrocada. O Universal baixava, o grito cresceu, propagou-se, em um clamor de multidão, feito de espanto, de esperança e de receio.

Já no dia seguinte, Saccard, sólido e sorridente em seu posto, aumentava a cotação com uma alta de trinta francos, graças a aquisições consideráveis. No dia 5, porém, apesar de seus esforços, a queda foi de quarenta francos. O Universal estava a apenas três mil. E, daí em diante, cada dia trouxe sua batalha. No dia 6, o Universal subia. No dia 7, no dia 8, baixava de novo. Era um movimento irresistível, que o arrastava pouco a pouco em uma queda lenta. Seria tomado como bode expiatório, para remir a loucura de todos, os crimes de outros negócios de menor evidência, daquela pululância de empresas suspeitas, superaquecidas pela propaganda, crescidas como cogumelos monstruosos no húmus decomposto do reino. Mas Saccard, que não dormia mais, que todas as tardes retornava a seu posto de combate, perto de sua pilastra, vivia na alucinação da vitória ainda possível. Como comandante de exército convencido da excelência de seu plano, só cedia terreno passo a passo, sacrificava os últimos soldados, retirava dos cofres da empresa os últimos sacos de escudos, para bloquear o caminho dos invasores. No dia 9, obteve ainda uma vantagem perceptível: os baixistas tremeram, recuaram, seria possível que a liquidação do dia 15 uma vez mais se alimentasse de seus despojos? E ele, já sem recursos, reduzido a lançar papel em circulação, agora ousava confessar a si mesmo, como esses esfomeados que veem festins imensos no delírio de sua fome, o objetivo prodigioso e impossível ao qual tendia, a

O DINHEIRO

ideia gigantesca de readquirir todas as ações, para manter os vendedores a descoberto, pés e mãos atados, a sua mercê. Isso havia sido recentemente feito por uma pequena companhia ferroviária, a empresa emissora havia recolhido todas as ações do mercado; e os vendedores, sem poder entregá-las, haviam se tornado escravos, forçados a oferecer sua fortuna e sua pessoa. Ah! Se conseguisse armar uma emboscada, assustar Gundermann até o agarrar, sem forças, a descoberto! Se o visse assim, em uma manhã, trazendo seu bilhão, implorando-lhe para não tomá-lo inteiramente, para deixar-lhe os dez soldos por dia do leite com o qual vivia! Entretanto, para esse golpe, precisaria de setecentos a oitocentos milhões. Já havia jogado duzentos no abismo, eram quinhentos ou seiscentos mais que deveria pôr na linha de frente. Com seiscentos milhões, varreria os judeus, seria o rei do ouro, o dono do mundo. Que sonho! E era muito simples, naquele grau de febre a ideia do valor do dinheiro achava-se abolida, só havia piões que eram movidos no tabuleiro de xadrez. Em suas noites de insônia, levantava o exército de seiscentos milhões e deixava que fosse morto para sua glória, vitorioso enfim, em meio aos desastres, sobre as ruínas de tudo.

Saccard, no dia 10, teve infelizmente um dia terrível. Na Bolsa, estava sempre magnífico de alegria e de calma. Entretanto, nenhuma guerra havia tido tal ferocidade muda, um degolamento a cada hora, armadilhas emboscadas por todos os lados. Nessas batalhas de dinheiro, surdas e covardes, nas quais os fracos são estripados, sem alarido, não há mais laços, nem parentesco, nem amizade: é a lei atroz dos fortes, dos que devoram para não serem devorados. Também sentia-se absolutamente só, sem ter apoio a não ser de seu apetite insaciável, que o mantinha em pé, a devorar incessantemente. Temia sobretudo o dia 14, no qual deveria chegar a resposta das opções. Mas ainda teve dinheiro para os três dias precedentes, e o dia 14, em vez de entregar uma catástrofe, fortaleceu o Universal, que, no dia 15, terminou a liquidação a dois mil oitocentos e sessenta, em baixa de apenas cem francos em relação à última cotação de dezembro. Havia temido um desastre, fingiu acreditar em uma vitória. Na realidade, pela primeira vez, os baixistas ganharam, receberam enfim diferenças, eles que pagavam havia meses; e, como a situação se invertesse, Saccard teve de solicitar um adiantamento a Mazaud, o qual se viu a partir desse momento fortemente comprometido. A segunda quinzena de janeiro seria decisiva. Desde que lutava dessa forma, em abalos cotidianos que o projetavam e resgatavam do abismo, Saccard tinha, todas as noites, uma necessidade desenfreada de atordoamento. Não podia ficar sozinho, jantava fora, acabava suas noites ao colo de uma mulher. Nunca havia incendiado assim sua vida, mostrava-se por toda a parte, percorria os teatros e cabarés onde se janta, fingindo uma despesa exagerada, de homem excessivamente rico. Evitava dona Caroline, cujas admoestações o incomodavam, sempre a lhe falar das cartas inquietas que recebia do irmão, desesperada ela própria com sua campanha pela alta, de um perigo assustador. E revia mais frequentemente a baronesa Sandorff, como se essa fria perversão, no pequeno apartamento térreo ignoto da rue Caumartin, pudesse fazê-lo espairecer, dando-lhe a hora de esquecimento necessária à descontração de seu cérebro sobrecarregado pelo cansaço. Por vezes, refugiava-se lá para examinar certos documentos, refletir sobre alguns assuntos, feliz de dizer a si mesmo que ninguém no mundo o incomodaria. O sono surpreendia-o lá, dormia uma ou duas horas, as únicas horas deliciosas de aniquilamento; e então a baronesa não tinha nenhum escrúpulo em vasculhar seus bolsos, em ler as cartas de sua carteira; pois havia se tornado completamente mudo, ela não obtinha nem uma informação útil, convencida até mesmo de que ele mentia, quando lhe arrancava uma palavra, a ponto de não se aventurar mais a seguir suas indicações. Assim, foi ao roubar seus segredos que ela havia adquirido a certeza das dificuldades de dinheiro em que o Universal começava a debater-se, todo um vasto sistema de papéis em circulação, de promissórias fictícias que eram descontadas no estrangeiro, prudentemente. Uma noite, Saccard, tendo acordado cedo demais, apanhou-a no ato de revistar sua carteira, esbofeteou-a como a uma menina que surrupia moedas no colete dos senhores; e, desde aquele dia, ele batia-lhe, o que os enfurecia, depois os desesperava e acalmava ambos.

Entretanto, após a liquidação do dia 15, que lhe havia levado cerca de dez mil francos, a baronesa pôs-se a acalentar um projeto. Estava obcecada, acabou por consultar Jantrou.

— Meu Deus — respondeu-lhe —, penso que a senhora tem razão, chegou a hora de se passar para Gundermann... Vá então vê-lo e conte-lhe o caso, pois ele prometeu que, no dia em que a senhora lhe levasse um bom conselho, ele daria um outro em troca.

Na manhã em que a baronesa se apresentou, Gundermann estava com um humor de cão. Ainda na véspera, o Universal havia subido. Nunca daria cabo daquela besta voraz, que lhe havia consumido tanto ouro e que teimava em não morrer! Seria bem capaz de se reerguer, de acabar de novo em alta, no dia 31 do mês; e recriminava a si mesmo por ter-se engajado naquela rivalidade desastrosa, quando talvez houvesse valido mais a pena ter sua parte no novo Banco. Abalado em sua tática habitual, perdendo a fé na lógica fatalmente triunfante, teria se resignado, naquele momento, a bater em retirada, se pudesse recuar sem perder tudo. Eram raros em Gundermann esses momentos de desencorajamento, que os maiores capitães conheceram, mesmo na véspera da vitória, quando os homens e as coisas querem seu sucesso. E aquela turvação de uma visão poderosa, em geral tão clara, provinha da bruma que se produz com o tempo, daquele mistério das operações da Bolsa, sob as quais nunca é possível apontar um nome com certeza. Decerto Saccard comprava, apostava. Mas seria para clientes respeitáveis, seria para o próprio Banco? Acabava por não saber mais, em meio às bisbilhotices que lhe traziam de toda a parte. As portas de seu gabinete imenso batiam, todo o seu pessoal tremia com sua cólera, acolhia os zangões tão brutalmente que o desfile costumeiro se tornava um galope de debandada.

— Ah! É a senhora — disse Gundermann à baronesa, sem nenhuma polidez. — Não tenho tempo a perder com mulheres hoje.

Ela ficou desconcertada, a ponto de suprimir todos os preparativos, e soltou de um só golpe a notícia que trazia.

— E se provasse ao senhor que o Universal está quase sem dinheiro, após as compras consideráveis que fez, e que está reduzido a descontar, no estrangeiro, papéis fictícios para prosseguir a campanha?

O judeu reprimiu um estremecimento de alegria. Seus olhos continuavam sem brilho, respondeu com a mesma voz rabugenta:
— Não é verdade.
— Como? Não é verdade? Mas ouvi com meus ouvidos, vi com meus olhos.

E quis convencê-lo, explicando que havia tido entre as mãos as cédulas assinadas pelos testas de ferro. Dava nome a eles, dizia também o nome dos banqueiros que, em Viena, em Frankfurt, em Berlim, haviam descontado as cédulas. Seus correspondentes poderiam informá-lo, ele poderia ver que ela não lhe trazia nenhum boato jogado no ar. Além disso, afirmava que o Banco havia comprado por sua própria conta, com o único objetivo de manter a alta, e que dois milhões já haviam sido engolfados.

Gundermann, que a escutava com ar sombrio, já planejava sua campanha do dia seguinte, com um trabalho de inteligência tão rápido que em poucos segundos havia distribuído suas ordens, calculado os números. Agora, estava certo da vitória, pois sabia exatamente de que lixo lhe vinham as informações, cheio de desprezo por aquele Saccard lascivo, a ponto de entregar-se a uma mulher e deixar-se vender.

Quando ela acabou, ergueu a cabeça e olhou-a com seus grandes olhos mortiços:
— Pois bem! E em que isso me diz respeito, tudo o que a senhora me conta?

Ela ficou pasma, de tal maneira ele parecia desinteressado e calmo.
— Mas me parece que sua posição a favor da baixa...
— Eu? Quem lhe disse que sou a favor da baixa? Nunca vou à Bolsa, não especulo... Tudo isso, pouco se me dá!

E sua voz era tão inocente que a baronesa, abalada, amedrontada, teria acabado por acreditar nele, não fossem algumas inflexões de ingenuidade excessivamente irônicas. Evidentemente, caçoava dela, com seu absoluto desdém de homem acabado, sem nenhum desejo.

— Então, cara amiga, como estou com muita pressa, se a senhora não tem mais nada de interessante a dizer-me...

Punha-a porta afora. Então, furiosa, revoltou-se.

O DINHEIRO

— Confiei no senhor, falei em primeiro lugar... É uma verdadeira cilada... O senhor havia me prometido, se eu lhe fosse útil, ser útil também, dar-me um conselho...

Levantou-se, interrompeu-a. Ele, que não ria nunca, deu uma breve risada mordaz, a tal ponto achava divertida aquela artimanha brutal diante de uma mulher jovem e bonita.

— Um conselho, ora, não o recuso, minha cara amiga... Escute-me bem. Não aposte na Bolsa, não aposte nunca. Isso a tornará feia, é muito ruim, uma mulher que aposta.

E quando ela se foi, fora de si, trancafiou-se com seus dois filhos e seu genro, distribuiu os papéis, imediatamente mandou recado a Jacoby e a outros corretores para prepararem o grande golpe do dia seguinte. Seu plano era simples: fazer o que a prudência o havia impedido de arriscar até aquele momento, na ignorância da verdadeira situação do Universal; massacrar o mercado sob o peso de vendas enormes, agora que sabia que o Banco estava à míngua de recursos, incapaz de manter a cotação. Avançaria a reserva fabulosa de seu bilhão, como um general que quisesse encerrar a batalha e que estivesse bem informado, por seus espiões, sobre o ponto fraco do inimigo. A lógica triunfaria, toda ação que subir acima do verdadeiro valor que representa estará condenada.

Justamente naquele dia, por volta das cinco horas, Saccard, alertado do perigo por seu faro, foi à casa de Daigremont. Estava frenético, sentia que era chegada a hora de dar um golpe urgente nos baixistas, se não quisesse ser definitivamente abatido por eles. E sua ideia gigantesca atormentava-o, a do exército colossal de seiscentos milhões que deveria ainda recrutar para a conquista do mundo. Daigremont recebeu-o com sua amabilidade habitual, em sua mansão principesca, em meio a seus quadros valiosos, com todo um luxo ofuscante que pagava quinzenalmente com as diferenças ganhas na Bolsa, sem que se soubesse ao certo se existiria algo sólido por trás daquele cenário, sempre sob a ameaça de ser arrastado por um capricho da sorte. Até aquele momento, não havia traído o Universal, recusava-se a vender, simulava uma confiança absoluta, satisfeito com essa atitude de bom jogador que aposta na alta, da qual, aliás, extraía grandes benefícios; e mesmo que tivesse decidido não recuar, após a liquidação desfavorável do dia 15, convicto, como alardeava por toda parte, de que a alta retornaria, mantinha, entretanto, os olhos à espreita, prestes a passar ao campo inimigo, diante do primeiro sintoma grave. A visita de Saccard, a extraordinária energia de que dava provas, a ideia fabulosa que desenvolveu, de recolher tudo do mercado, causaram-lhe uma verdadeira admiração. Era uma loucura, mas não são frequentemente loucos os grandes homens da guerra e das finanças que têm sucesso? E prometeu formalmente acorrer em seu socorro, já no pregão do dia seguinte: já havia tomado posições fortes, passaria na casa de Delarocque, seu corretor, para assumir mais algumas; sem contar seus amigos, a quem procuraria, uma espécie de sindicato no qual buscaria reforço. Seria possível, disse, cifrar em cem milhões esse novo corpo de exército, para uso imediato. Bastaria. Saccard, radiante, certo de vencer, definiu no ato o plano de batalha, um movimento rotatório de rara ousadia, inspirado nos mais ilustres capitães: em primeiro lugar, na abertura da Bolsa, uma simples escaramuça para atrair os baixistas e dar-lhes confiança; em seguida, quando estes houvessem obtido um primeiro sucesso, quando as cotações baixassem, a chegada de Daigremont e de seus amigos, com sua artilharia pesada, todos aqueles milhões inesperados, emergindo de um fosso, para atacar os baixistas pela retaguarda e derrubá-los. Seria um extermínio, um massacre. Os dois homens separaram-se com apertos de mãos e risos de triunfo.

Uma hora mais tarde, quando Daigremont, que jantaria fora, começava a vestir-se, recebeu outra visita, a da baronesa Sandorff. Em sua hesitação, teve a inspiração de consultá-lo. Por um tempo, comentavam que era sua amante; mas, na realidade, só havia entre eles uma camaradagem muito livre de homem e mulher. Ambos eram demasiadamente felinos, adivinhavam um ao outro com excessiva clareza para que caíssem no engodo de um relacionamento. Ela contou seus temores, a investida junto a Gundermann, a resposta dele, aliás mentindo sobre a febre de traição que a motivava. E Daigremont alegrou-se, divertiu-se a assustá-la ainda mais, ar apavorado, prestes a acreditar que Gundermann falava a verdade, quando jurava que não apostava na baixa; pois como se pode saber? A Bolsa é um autêntico bosque, um bosque em uma noite escura, no qual todos caminham às apalpadelas. Naquelas trevas, quem tem o infortúnio de escutar tudo o que se inventa de absurdo e de contraditório pode ter a certeza de quebrar a cara.

– Então – ela perguntou ansiosamente –, não devo vender?
– Vender, por quê? Seria uma loucura! Amanhã, seremos os donos, o Universal subirá a três mil e cem. E aguente firme, o que quer que aconteça: estará feliz na última cotação... Não posso lhe dizer mais que isso.

A baronesa partiu, Daigremont vestia-se, enfim, quando a campainha anunciou uma terceira visita. Ah! Esta, não! Não a receberia. Mas, quando lhe entregaram o cartão de Delarocque, gritou imediatamente para que o fizessem entrar; e, como o corretor, com ar muito emocionado, esperava para falar, despachou o camareiro e acabou, ele mesmo, de pôr sua gravata branca, diante de um grande espelho.

– Meu caro, ouça! – disse Delarocque, com a familiaridade de homem do mesmo círculo social. – Entrego-me a sua amizade, não é assim? Porque é bem delicado... Imagine que Jacoby, meu cunhado, teve a gentileza de me prevenir do golpe que se prepara. Na Bolsa, amanhã, Gundermann e os outros decidiram explodir o Universal. Vão lançar todo o pacote no mercado... Jacoby já tem as ordens, acorreu...

– Diabo! – soltou simplesmente Daigremont, que se tornara pálido.

– O senhor entende, tenho posições muito fortes de alta, engajadas em meu gabinete, sim! Em torno de quinze milhões, o que dá para quebrar braços e pernas... Então, veja, peguei um coche e visito meus clientes sérios. Não é correto, mas a intenção é boa...

– Diabo! – repetiu o outro.

– Enfim, meu amigo, como o senhor aposta a descoberto, venho pedir-lhe que me cubra ou que mude sua posição.

Daigremont deu um grito:

– Mude, mude, meu caro... Ah! Não, claro que não! Eu não fico em empresas que quebram, é um heroísmo inútil... Não compre, venda! Tenho quase três milhões com o senhor, venda, venda tudo!

E como Delarocque se apressasse, dizendo que deveria visitar outros clientes, tomou-lhe as mãos, apertou-as energicamente.
– Obrigado, não esquecerei nunca. Venda, venda tudo!
Assim que ficou só, chamou de volta o camareiro para que lhe arrumasse o cabelo e a barba. Ah! Que asneira! Dessa vez, quase se deixou manipular como uma criança. Eis no que dá envolver-se com um louco.

À noite, na pequena Bolsa das oito horas, começou o pânico. Essa Bolsa acontecia na calçada do boulevard des Italiens, na entrada da passage de l'Opéra; e estava ali unicamente a *coulisse*, que operava em meio a uma algazarra equívoca de corretores, zangões, especuladores suspeitos. Os camelôs circulavam, catadores de bitucas de charuto punham-se de quatro, no meio do atropelo dos grupos. Bloqueando o bulevar, parecia o agrupamento obstinado de um rebanho, que a onda de passantes empurrava, separava, e que sempre voltava a se juntar. Naquela noite, cerca de duas mil pessoas estacionavam ali, graças à clemência do céu encoberto e nublado, que anunciava chuva, após o frio terrível. O mercado estava muito ativo, ofereciam o Universal por todos os lados, as cotações caíam rapidamente. Com isso, logo correram rumores, uma ansiedade crescente. O que se passava? A meia-voz, eram nomeados os prováveis vendedores, conforme o zangão que dava a ordem ou o *coulissier* que a executava. Como os grandes vendiam daquela maneira, preparava-se certamente algo grave. E, das oito às dez horas, foi um tumulto, todos os apostadores que tinham os sentidos aguçados mudaram suas posições, houve até mesmo alguns compradores que tiveram tempo de se tornarem vendedores. Foram todos deitar-se com um mal-estar de febre, como na véspera dos grandes desastres.

No dia seguinte, o tempo estava execrável. Havia chovido a noite toda, uma chuva fina e glacial inundava a cidade, transformada pelo degelo em uma cloaca de lama amarelada e líquida. A Bolsa, desde meio-dia e meia, clamava em meio àquele aguaceiro. Refugiada sob o peristilo e na sala, a multidão era enorme; e em pouco tempo a sala, com os guarda-chuvas molhados que respingavam, transformou-se em uma imensa poça de água lamacenta. A gordura negra das paredes escorria, só entrava pelo teto envidraçado uma luz fraca e avermelhada, de uma desesperada melancolia.

Em meio aos boatos malevolentes que corriam, histórias extraordinárias que transtornavam as cabeças, todos os olhares, já na entrada, procuravam Saccard, observavam-no atentamente. Ele estava em seu posto, em pé, próximo da pilastra habitual; e tinha a aparência dos outros dias, dos dias triunfantes, seu ar de alegria corajosa e de absoluta confiança. Não ignorava que o Universal havia baixado trezentos francos na véspera, na pequena Bolsa da noite; pressentia um perigo imenso, esperava um ataque furioso dos baixistas; mas seu plano de batalha parecia-lhe inatacável, o movimento rotatório de Daigremont, a chegada inesperada de um novo exército de milhões deveria arrastar tudo e lhe assegurar uma vez mais a vitória. Ele estava agora sem recursos; os cofres do Universal estavam vazios, havia raspado até o último centavo; entretanto, não se desesperava, pediria um adiantamento a Mazaud, a quem havia conquistado a tal ponto, ao confiar-lhe o apoio do sindicato de Daigremont, que o corretor, sem cobertura, ainda havia acabado de aceitar ordens de compra de vários milhões. A tática combinada entre ambos era não deixar as cotações caírem demais na abertura da Bolsa, sustentá-las, guerrear, esperando o exército de reforço. A emoção era tão viva que Massias e Sabatani renunciaram aos estratagemas inúteis, agora que a real situação era o objeto de todas as bisbilhotices, e vieram falar abertamente com Saccard, em seguida correram para transmitir suas últimas recomendações, um a Nathansohn, sob o peristilo, o outro a Mazaud, ainda no gabinete dos corretores.

Faltavam dez minutos para uma hora, e Moser, que chegava pálido por causa de uma crise de fígado, cuja dor o havia impedido de pregar os olhos na noite precedente, disse a Pillerault que todos, naquele dia, estavam amarelados e tinham um aspecto doentio. Pillerault, que, com a aproximação dos desastres, aprumava-se com fanfarrices de cavaleiro errante, começou com uma gargalhada.

– Mas é o senhor, meu caro, que está com cólicas. Todos estão bem contentes. Vamos dar-lhe uma dessas surras que não se esquecem facilmente.

A verdade era que, em meio à ansiedade geral, a sala permanecia sombria, sob a luz avermelhada, e isso se sentia sobretudo pelo murmurinho debilitado das vozes. Não era mais a explosão tumultuosa dos grandes dias de alta, a agitação, o estrondo de uma maré, transbordando por todos os lados, conquistadora. Ninguém mais corria, ninguém mais gritava, deslizava-se, falava-se em voz baixa, como na casa de um doente. Embora a multidão fosse considerável, e as pessoas sufocassem para circular, elevava-se apenas um murmúrio, consternado, o sussurro dos temores que corriam, as notícias deploráveis que se contavam ao pé do ouvido. Muitos se calavam, lívidos, a face contraída, com os olhos esbugalhados, que interrogavam desesperadamente os outros rostos.

– Salmon, o senhor não diz nada? – perguntou Pillerault, cheio de uma ironia agressiva.

– Por Deus! – murmurou Moser. – Ele é como os outros, não tem nada a dizer, tem medo.

Com efeito, naquele dia, os silêncios de Salmon não preocupavam mais ninguém, na expectativa profunda e muda de todos.

Mas era sobretudo em torno de Saccard que se aglomerava uma torrente de clientes, frementes diante da incerteza, ávidos por uma palavra encorajadora. Notou-se mais tarde que Daigremont não havia sido visto, nem o deputado Huret, sem dúvida avisado, uma vez mais transformado no cão fiel de Rougon. Kolb, no meio de um grupo de banqueiros, simulava estar ocupado com um grande negócio de arbitragem. O marquês de Bohain, acima das vicissitudes da sorte, passeava tranquilamente sua pequena cabeça pálida e aristocrática, seguro de ganhar de qualquer modo, pois havia dado a Jacoby a ordem de comprar tantas ações do Universal quantas havia encarregado Mazaud de vender. E Saccard, assediado pela multidão dos outros, os crédulos, os ingênuos, mostrou-se particularmente amável e tranquilizador com Sédille e com Maugendre, que, lábios trêmulos, olhos umedecidos pelas súplicas, imploravam a esperança do triunfo. Apertou-lhes vigorosamente as mãos, colocando em seu punho a absoluta promessa de vencer. Em seguida, como um homem constantemente feliz, ao abrigo de todos os perigos, lamentou-se por uma miséria.

– Vejam os senhores, estou consternado. Com esse frio intenso, esqueceram uma camélia no meu jardim e ela morreu. A frase espalhou-se, enterneceram-se com a camélia. Que homem, esse Saccard! Com uma autoconfiança impassível, rosto sempre sorridente, sem que pudessem perceber que era apenas uma máscara aposta sobre as terríveis preocupações que teriam torturado qualquer outro homem!

– Que fera! Ele é muito bom! – murmurou Jantrou ao ouvido de Massias, que voltava.

Justamente, Saccard chamava Jantrou, dominado por uma recordação, naquele minuto supremo, lembrando-se da tarde em que, junto a esse último, havia visto o cupê da baronesa Sandorff, parado na rue Brongniart. Estaria ainda lá, naquele dia de crise? Será que o cocheiro, empoleirado no alto, conservaria sob a forte chuva sua imobilidade de pedra, enquanto a baronesa, atrás dos vidros fechados, aguardava as cotações?

– Com certeza, ela está lá – respondeu Jantrou, a meia-voz –, e junto ao senhor de todo o coração, decidida a não recuar nem um passo... Estamos todos aqui, sólidos em nossas posições.

Saccard ficou feliz com aquela fidelidade, embora duvidasse do desinteresse da baronesa e dos outros. Aliás, na cegueira de sua febre, acreditava ainda caminhar rumo à conquista, com toda sua multidão de acionistas atrás dele, aquela multidão de humildes e de gente da sociedade, entusiasta, fanatizada, belas mulheres misturadas às criadas, no mesmo impulso de fé.

Enfim, ressoou a badalada do sino, passou com um lamento de alarme sobre a vaga amedrontada das cabeças. E Mazaud, que dava ordens a Flory, retornou vivamente à *corbeille*, enquanto o jovem empregado se precipitava para o telégrafo, muito emocionado por sua própria conta; pois, em perda havia algum tempo, teimando em seguir a sorte do Universal, arriscava naquele dia um golpe decisivo, com base na história da intervenção de Daigremont, que havia ouvido sorrateiramente no escritório, atrás da porta. A *corbeille* estava tão ansiosa quanto o salão, os corretores percebiam claramente, desde a última liquidação, o solo tremer sob seus pés, em meio a sintomas tão graves que sua experiência se alarmava. Já havia ocorrido alguns colapsos parciais, o mercado extenuado, sobrecarregado, fragmentava-se por todos os lados. Seria então um desses grandes cataclismos, como acontecem a cada dez ou quinze anos, uma dessas crises mortais da especulação em estado de febre aguda, que dizima a Bolsa e que a varre com um vento de morte? Na renda, no mercado à vista, os gritos pareciam sufocar, a agitação tornava-se mais rude, dominada pelas altas silhuetas negras dos cotadores, que esperavam, com a pluma entre os dedos. E, imediatamente, Mazaud, as mãos na balaustrada de veludo vermelho, avistou Jacoby, no outro lado da peça circular, gritando com sua voz profunda:

– Tenho Universal... A dois mil e oitocentos, tenho Universal...

Era a última cotação da pequena Bolsa da noite anterior; e, para estancar imediatamente a baixa, achou prudente aceitar esse preço. Sua voz aguda elevou-se, dominou todas as outras.

– A dois mil e oitocentos, eu compro... Trezentas Universal, envie!

Assim foi fixada a primeira cotação. Mas foi-lhe impossível mantê-la. As ofertas afluíam de todos os lados. Ele lutou desesperadamente durante uma meia hora, sem outro resultado a não ser retardar a queda rápida. Sua surpresa era não ser mais apoiado pela *coulisse*. O que fazia então Nathansohn, de quem esperava ordens de compra? E só soube mais tarde da tática hábil deste último, que, embora comprasse para Saccard, vendia por sua própria conta, prevenido da verdadeira situação por seu faro de judeu. Massias, ele próprio muito envolvido como comprador, acorreu, ofegante, para relatar a derrota na *coulisse* a Mazaud, que perdeu a cabeça e queimou seus últimos cartuchos, soltando de uma só vez ordens que pretendia escalonar, até a chegada dos reforços. Isso fez subir um pouco as cotações: de dois mil e quinhentos, voltaram a dois mil seiscentos e cinquenta, assustadas, com os sobressaltos bruscos dos dias de tempestade; e, ainda por um instante, a esperança não teve limites para Mazaud, para Saccard, para todos os que participavam da confidência do plano de batalha. E como as cotações já subiam agora, o dia estava ganho, a vitória seria fulgurante, quando a reserva chegasse pelos flancos dos baixistas e transformasse seu revés em uma terrível derrota. Houve um movimento de profundo contentamento, Sédille e Maugendre teriam beijado as mãos de Saccard. Kolb recriminou-se, enquanto Jantrou desapareceu, correndo para dar as boas novas à baronesa Sandorff. E viu-se, naquele momento, o pequeno Flory, radiante, procurar por toda parte Sabatani, que agora lhe servia de intermediário, para dar uma nova ordem de compra.

Mas acabavam de soar duas horas, e Mazaud, a quem cabia o esforço do ataque, fraquejava novamente. Sua surpresa aumentava, pelo atraso dos reforços para entrar em combate. Havia chegado a hora, o que esperavam então para liberá-lo da posição insustentável em que se extenuava? Embora, por orgulho profissional, mantivesse uma figura impassível, sentia um frio cortante subir a seu rosto, tinha medo de empalidecer. Jacoby, tonitruante, continuava a lançar-lhe, em pacotes metódicos, suas ofertas, que deixou de aceitar. E não era mais para ele que olhava, seus olhos estavam voltados para Delarocque, o corretor de Daigremont, cujo silêncio não compreendia. Gordo e atarracado, com sua barba ruiva, ar beato e sorridente ao recordar-se de um casamento na véspera, permanecia tranquilo, em sua espera inexplicável. Não deveria aceitar todas aquelas ofertas, salvar tudo, com ordens de compra que deveriam transbordar das fichas que tinha em mãos?

De repente, com sua voz gutural, ligeiramente rouca, Delarocque lançou-se na briga.

– Tenho Universal... Tenho Universal...

E, em poucos minutos, ofereceu vários milhões em ações. Algumas vozes responderam-lhe. As cotações despencaram.

– Tenho a dois mil e quatrocentos... Tenho a dois mil e trezentos... Quantas? Quinhentas, seiscentas... Mande!

O que dizia então? O que acontecia? Em vez do socorro esperado, era um novo exército inimigo que saía dos bosques vizinhos? Como em Waterloo, Grouchy não chegava, e era a traição que consumava a derrota. Sob aquelas massas profundas e recentes de vendedores, vindas em marcha de ataque, declarou-se um pânico terrível.

Naquele instante, Mazaud sentiu a morte passar em seu rosto. Havia respaldado somas consideráveis a Saccard, teve a nítida sensação de que o Universal lhe quebrava a espinha ao afundar. Mas seu belo rosto moreno, com finos bigodes, permaneceu impenetrável e valente. Ainda comprou, esgotou as ordens que havia recebido, com sua voz cantante de jovem galo, aguda como quando tinha sucesso. E, diante dele, seus oponentes, Jacoby que mugia, Delarocque apoplético, apesar de seus esforços de indiferença, deixavam transparecer uma inquietude maior; porque viam que, daquele momento em diante, ele estava em grande perigo, e pagaria se perdesse? As mãos deles apertavam o veludo da balaustrada, suas vozes continuavam a urrar, mecanicamente, por hábito do ofício, enquanto, em seus olhares fixos, partilhavam entre si toda a horrenda angústia do drama do dinheiro.

Então, durante a última meia hora, foi a derrocada, a derrota agravou-se e arrastou a multidão em um galope desenfreado. Após a extrema confiança, o entusiasmo cego, chegava a reação de medo, todos se precipitavam para vender, se ainda houvesse tempo. Uma saraivada de ordens de venda abateu-se sobre a *corbeille*, via-se unicamente uma chuva de fichas; e aqueles enormes pacotes de títulos, lançados assim sem prudência, aceleravam a queda, um verdadeiro colapso. As cotações, de queda em queda, caíram a mil e quinhentos, a mil e duzentos, a novecentos. Não havia mais compradores, o campo permanecia raso, apinhado de cadáveres. Acima do enxame sombrio das casacas, os três cotadores pareciam escreventes mortuários, a registrar óbitos. Por um estranho efeito do vento de desastre que atravessava a sala, a agitação havia se petrificado, o alarido morria, como no estupor de uma grande catástrofe. Reinava um silêncio amedrontador quando, após a badalada do sino de fechamento, foi divulgada a última cotação, de oitocentos e trinta francos. E a chuva teimosa ainda escorria pelas vidraças, que só deixavam filtrar um crepúsculo duvidoso; a sala havia se transformado em uma cloaca, com o respingar dos guarda-chuvas e o atropelo da multidão, um chão lamacento de estábulo malcuidado, onde jaziam vários tipos de papéis rasgados; enquanto na *corbeille* explodia o colorido das fichas, as verdes, as vermelhas, as azuis, lançadas a mãos-cheias, tão abundantes naquele dia que o vasto recinto transbordava.

Mazaud havia entrado no gabinete dos corretores ao mesmo tempo que Jacoby e Delarocque. Aproximou-se da mesa, tomou um copo de cerveja, devorado por uma sede ardente, e olhava a imensa sala, com seu vestiário, sua longa mesa central em torno da qual estavam arrumadas as poltronas dos sessenta corretores, suas tapeçarias de veludo vermelho, todo aquele luxo banal e envelhecido que a fazia parecer uma sala de espera da primeira classe, em uma grande estação de trem; olhava para ela com o ar atônito de um homem que nunca a havia visto claramente. Em seguida, como partisse, sem dizer palavra, cerrou as mãos de Jacoby e de Delarocque com o aperto costumeiro, os três empalidecendo por detrás da postura aprumada de todos os dias. Havia dito a Flory para esperá-lo à porta; e encontrou-o, na companhia de Gustave, que saíra definitivamente da corretora na semana anterior, e que estava lá como um simples curioso, sempre sorridente, levando uma vida de festas, sem se perguntar se o pai, no dia seguinte, ainda poderia pagar suas dívidas; enquanto Flory, lívido, com risinhos imbecis, esforçava-se para conversar, sob o peso da terrível perda de cem mil francos que acabava de sofrer, sem saber onde buscar o primeiro centavo. Mazaud e seu empregado desapareceram em meio à chuva.

Mas, na sala, o pânico vinha se consumar principalmente em torno de Saccard, e foi ali que a guerra havia causado sua devastação. Sem compreender no primeiro momento, havia assistido àquela derrocada, defrontando o perigo. Então, por que aquele rumor? Não seriam as tropas de Daigremont que chegavam? Em seguida, quando havia ouvido as cotações desabarem, mesmo sem ter explicação para a causa do desastre, enrijeceu-se para morrer em pé. Um frio de gelo subia do chão até sua cabeça, tinha a sensação do irreparável, era sua derrota, para sempre; e o lamento vil pelo dinheiro, a raiva pelos prazeres perdidos não faziam parte de sua dor: ele só sangrava por sua humilhação de vencido, pela vitória de Gundermann, espetacular, definitiva, que uma vez mais consolidava a onipotência daquele rei do ouro. Naquele momento, Saccard foi realmente soberbo, toda sua pessoa esbelta afrontava o destino, os olhos sem um pestanejar, o rosto obstinado, sozinho contra a onda de desespero e de rancor que já sentia nascer contra si. A sala inteira borbulhava, transbordava em direção a sua pilastra; punhos fechavam-se, lábios gaguejavam palavras ofensivas; e ele conservava nos lábios um sorriso inconsciente, que poderia ser considerado uma provocação.

De início, em meio a uma espécie de bruma, avistou Maugendre, com uma palidez mortal, a quem o capitão Chave levava pelo braço, repetindo-lhe que ele bem havia previsto, com uma crueldade de especulador ínfimo, encantado de ver os grandes quebrarem o pescoço. Em seguida, foi Sédille, o rosto contraído, com o ar enlouquecido do comerciante cujo negócio desmorona, que veio lhe dar um aperto de mão vacilante, de homem bom, como para lhe dizer que não guardava rancor. Desde a primeira baixa, o marquês de Bohain havia se afastado, passando para o exército triunfante dos baixistas, contando a Kolb, que se colocava prudentemente de lado, também ele, algumas dúvidas lamentáveis que Saccard lhe inspirava desde a última assembleia geral. Jantrou, transtornado, havia desaparecido novamente, a plena velocidade, para levar a última cotação à baronesa Sandorff, que certamente teria um ataque de nervos em seu cupê, como acontecia nos dias de grandes perdas.

E havia ainda, diante de Salmon, sempre calado e enigmático, o baixista Moser e o altista Pillerault, este, provocador, apesar de sua ruína, o outro, que ganhava uma fortuna, estragando a própria vitória com longínquas inquietudes.

– O senhor verá que na primavera teremos a guerra contra a Alemanha. Nada disso cheira bem, e Bismarck nos vigia.

– Eh! Deixe-nos em paz! Mais uma vez fiz o erro de pensar demais... Azar! É preciso refazer, tudo caminhará bem.

Até aquele momento, Saccard não havia fraquejado. O nome de Fayeux pronunciado atrás dele, o recebedor de rendas de Vendôme com quem mantinha ligação, em nome de uma clientela de ínfimos acionistas, havia lhe causado somente um mal-estar, ao fazê-lo pensar na massa enorme dos pequenos, dos capitalistas miseráveis, que seriam soterrados pelos escombros do Universal. Mas, subitamente, a visão de Dejoie, lívido, decomposto, levou seu mal-estar ao auge, personificando todas as ruínas humildes e lamentáveis naquele pobre homem que conhecia. Ao mesmo tempo, em uma espécie de alucinação, surgiram os rostos pálidos e desolados da condessa de Beauvilliers e de sua filha, que o olhavam perdidamente com seus grandes olhos negros cheios de lágrimas. E, naquele momento, Saccard, o corsário com o coração calejado por vinte anos de bandidagem, Saccard, cujo orgulho era nunca ter sentido as pernas tremerem, nunca ter sentado no banco que havia ali, junto à pilastra, Saccard teve um desfalecimento e precisou desabar sobre aquele banco por um instante. A turba ainda refluía, ameaçava sufocá-lo. Levantou a cabeça, precisando de ar, e pôs-se imediatamente de pé, ao reconhecer no alto, na galeria do telégrafo, inclinada acima da sala, Méchain, que dominava o campo de batalha com seu enorme corpo gordo. Sua velha bolsa de couro preto estava perto dela, na balaustrada de pedra. Aguardando para colocar dentro dela as ações podres, espreitava os mortos, tal como o corvo voraz que segue as tropas até o dia do massacre.

    Saccard, então, com um passo firme, foi embora. Todo o seu ser parecia-lhe esvaziado; mas, com um extraordinário esforço de vontade, avançava sólido e ereto. Apenas seus sentidos estavam entorpecidos, não tinha mais a sensação do solo, pensava caminhar sobre um tapete de lã espessa. Igualmente, uma bruma obscurecia seus olhos, um clamor zumbia em seus ouvidos. Enquanto saía da Bolsa e descia a escadaria, não reconhecia mais as pessoas, eram fantasmas flutuantes que o circundavam, formas vagas, sons indecisos. Teria visto passar o rosto largo e cheio de trejeitos de Busch? Teria parado um instante para conversar com Nathansohn, muito à vontade, e cuja voz enfraquecida parecia-lhe vir de longe? Sabatani e Massias não o acompanhavam, em meio à consternação geral? Via-se de novo envolvido por um grupo numeroso, talvez Sédille e Maugendre, diversos tipos de rosto que se desvaneciam e se transformavam. E, como estava prestes a se afastar, a perder-se na chuva e na lama em que Paris estava submersa, repetiu com uma voz aguda a todo aquele mundo fantasmagórico, pondo sua glória derradeira em demonstrar sua liberdade de espírito:

    – Ah! Como estou aborrecido com a camélia que esqueceram em meu jardim e que morreu de frio!

XI

Dona Caroline, apavorada, enviou naquela mesma tarde um telegrama a seu irmão, que estava em Roma, ainda por uma semana; e, três dias depois, Hamelin desembarcou em Paris, acorrendo ao perigo. Foi rude a altercação entre Saccard e o engenheiro, na rue Saint-Lazare, na sala dos projetos, a mesma sala onde o negócio havia sido discutido e resolvido, no passado, com tanto entusiasmo. Durante os três dias, a derrocada na Bolsa agravou-se terrivelmente, as ações do Universal haviam caído, passo a passo, abaixo da paridade, a quatrocentos e trinta francos, e a baixa continuava, o edifício rachava e desmoronava de hora em hora.

Silenciosa, dona Caroline escutou e evitou intervir. Estava coberta de remorsos, pois se acusava de cumplicidade, na medida em que foi ela que, após prometer a si mesma que vigiaria, havia deixado tudo acontecer. Em vez de se contentar em vender seus títulos, simplesmente, a fim de entravar a alta, não deveria ter encontrado outra coisa, prevenido as pessoas, enfim, agido? Em sua adoração pelo irmão, seu coração sangrava por vê-lo assim comprometido, em meio a seus grandes trabalhos abalados, a obra de sua vida posta em questão; e ela sofria ainda mais porque não se sentia livre para julgar Saccard: não o havia amado, não havia sido dele, aquela ligação secreta, da qual sentia ainda mais vergonha? Situada dessa maneira entre aqueles dois homens, era todo um combate que a dilacerava. Na noite da catástrofe, havia culpado Saccard, com um belo arroubo de franqueza, esvaziando seu coração de tudo o que acumulava havia muito tempo na forma de recriminações e receios. Em seguida, ao vê-lo sorrir, tenaz, não derrotado apesar de tudo, ao pensar na força que ele precisava ter para continuar de pé, disse a si mesma que não tinha o direito, após ter sido fraca com ele, de acusá-lo, de atacá-lo assim no chão. E, refugiada em seu silêncio, carregava somente a censura de sua atitude, queria ser não mais que uma testemunha.

Mas Hamelin, desta vez, exaltava-se, ele em geral tão conciliador, desinteressado de tudo que não fosse seu trabalho. Atacou a especulação com uma violência extrema, o Universal sucumbia à loucura da especulação, uma crise de demência absoluta. Sem dúvida, ele não estava entre os que supunham que um banco pudesse deixar baixarem seus títulos, como uma companhia ferroviária: a ferrovia tem seu imenso material, que faz as receitas da companhia, ao passo que o verdadeiro material de um banco é seu crédito, ele agoniza se seu crédito vacilar. Apenas havia ali uma questão de medida. Se era necessário e mesmo prudente manter a cotação em dois mil francos, tornava-se insensato e completamente criminoso elevá-la, querer impor três mil e mesmo mais. Desde sua chegada, havia exigido a verdade, toda a verdade. Agora, não era mais possível mentir, dizer-lhe, como havia tolerado que declarassem em sua presença, durante a última assembleia, que a sociedade não possuía nenhuma de suas ações. Os livros estavam ali, ele percebia facilmente as mentiras. Era o caso da conta Sabatani, sabia que aquele testa de ferro escondia as operações feitas pela empresa; e podia acompanhar, mês a mês, nos dois últimos anos, a febrilidade crescente de Saccard, no começo tímido, só comprando com prudência, levado em seguida a compras cada vez mais consideráveis, até chegar ao número enorme de vinte e sete mil ações, que custaram cerca de quarenta e oito milhões. Não era louco, uma loucura impudente que parecia caçoar das pessoas, semelhante volume de negócios colocado sob o nome de um Sabatani? E Sabatani não era o único, havia outros testas de ferro, empregados do banco, inclusive administradores, cujas aquisições, postas na conta dos adiantamentos, ultrapassavam vinte mil ações, representando também elas quase quarenta e oito milhões de francos. Enfim,

tudo isso eram apenas as aquisições diretas, às quais seria preciso acrescentar as aquisições a termo, realizadas durante a última liquidação de janeiro: mais de vinte mil ações por uma quantia de setenta e sete milhões e meio, cuja entrega o Universal deveria aceitar; sem contar, na Bolsa de Lyon, outras duas mil ações, mais vinte e quatro milhões. O que, somando tudo, mostrava que o banco tinha em mãos quase um quarto das ações emitidas e que havia pago por essas ações a soma assustadora de duzentos milhões. Ali estava o abismo pelo qual era tragada.
    Lágrimas de dor e de raiva haviam subido aos olhos de Hamelin. Ele, que tinha acabado de lançar tão satisfatoriamente, em Roma, as bases de seu grande banco católico, o Tesouro do Santo Sepulcro, para poder, nos futuros dias de perseguição, instalar regiamente o papa em Jerusalém, na glória legendária dos lugares santos: um banco destinado a pôr o novo reino da Palestina ao abrigo das perturbações políticas, tendo como base de seu capital, com a garantia dos recursos do país, uma série de emissões, cujos títulos seriam disputados pelos cristãos do mundo inteiro! E tudo isso desmoronava de repente, naquela demência imbecil do jogo! Ao partir, havia deixado um balanço admirável, uma grande quantidade de milhões, uma empresa cuja prosperidade tão rápida e tão elevada causava surpresa no mundo; e, menos de um mês depois, ao voltar, os milhões haviam derretido, a empresa estava no chão, virara pó, havia apenas um buraco negro no lugar onde o fogo parecia haver passado. Seu estupor aumentava, exigia violentamente explicações, queria entender que poder misterioso havia levado Saccard a agir de tal maneira contra o edifício colossal que havia erguido, a destruí-lo pedra após pedra por um lado, enquanto alegava terminá-lo por outro.
    Saccard, muito claramente, sem se zangar, respondeu. Após as primeiras horas de emoção e de aniquilamento, encontrou-se novamente de pé, sólido, com sua esperança indomável. Traições tornaram a catástrofe terrível, mas nada estava perdido, reergueria tudo. Aliás, se o Universal havia tido uma prosperidade tão rápida e tão grande, não a devia aos meios que lhe criticavam? A criação do sindicato, os sucessivos aumentos de capital, o balanço prematuro do último exercício, as ações conservadas pela

sociedade e, mais tarde, as ações compradas em massa, loucamente. Tudo isso fazia um conjunto. Ao aceitar o sucesso, era preciso também aceitar os riscos. Quando se aquece muito uma máquina, pode acontecer uma explosão. Além do mais, não confessava nenhum erro, havia feito, simplesmente com mais envergadura, o que todo diretor de banco faz; e não abandonava sua ideia genial, sua ideia gigantesca, de comprar a totalidade das ações, de abater Gundermann. Faltou-lhe dinheiro, eis tudo. Agora, era recomeçar. Uma assembleia geral extraordinária acabava de ser convocada para a segunda-feira seguinte, dizia-se absolutamente seguro de seus acionistas, obteria deles os sacrifícios indispensáveis, convencido de que, a uma palavra sua, todos trariam suas fortunas. Enquanto isso, viveriam graças às pequenas quantias que as outras casas de crédito, os grandes bancos, adiantavam toda manhã para as necessidades urgentes do dia, no temor de uma derrocada brusca, que as abalaria também. Superada a crise, tudo recomeçaria e resplandeceria novamente.

— Mas — objetou Hamelin, que já conciliava essa tranquilidade sorridente — o senhor não percebe, no auxílio concedido por nossos rivais, uma tática, uma ideia de segurar inicialmente e em seguida tornar nossa queda mais profunda, ao adiá-la?... O que me inquieta é ver Gundermann envolvido nisso.

Com efeito, Gundermann foi um dos primeiros, ofereceu ajuda para evitar a declaração imediata de falência, com o extraordinário espírito prático de um cavalheiro que, obrigado a atear fogo na casa vizinha, logo traria apressadamente baldes de água, para que o bairro inteiro não fosse destruído. Pairava acima do rancor, não queria outra glória exceto a de ser o negociante de dinheiro número um do mundo, o mais rico e o mais perspicaz, que havia sacrificado todas as paixões ao crescimento contínuo de sua fortuna.

Saccard fez um gesto de impaciência, exasperado por essa prova de sabedoria e de inteligência dada pelo vencedor.

— Oh! Gundermann, faz o espírito superior, pensa que me apunhala, com sua generosidade.

Houve um silêncio, e foi dona Caroline, muda até aquele momento, que enfim prosseguiu:

O DINHEIRO

– Meu amigo, deixei que meu irmão lhe falasse, como deveria fazer, com a legítima dor que sentiu, ao tomar conhecimento de todos esses fatos deploráveis... Mas nossa situação, minha e dele, parece-me clara, não? É impossível que ele seja comprometido, se o negócio efetivamente acabar mal. O senhor sabe a que cotação vendi, não se pode dizer que forçou a alta para tirar maior proveito de seus títulos. Aliás, se vier a catástrofe, sabemos o que temos de fazer... Eu não tenho, confesso, sua esperança irredutível. O senhor tem razão, porém, é preciso lutar até o último minuto, e não será meu irmão quem o desestimulará, tenha certeza.

Estava emocionada, tomada uma vez mais por sua tolerância com aquele homem tão obstinadamente persistente, entretanto sem querer demonstrar essa fraqueza, pois não podia mais se manter cega diante do trabalho execrável que ele havia feito, que certamente ainda faria, com sua paixão larápia de corsário sem escrúpulos.

– Certamente – declarou por sua vez Hamelin, cansado e no limite de sua resistência –, não quero paralisá-lo, no momento em que o senhor se bate para salvar-nos a todos. Conte comigo, se puder ser útil.

E, uma vez mais, nessa hora derradeira, sob as mais terríveis ameaças, Saccard tranquilizou-os, reconquistou-os ao deixá-los com essas palavras, cheias de promessas e de mistério: – Durmam em paz... Ainda não posso falar, mas tenho absoluta certeza de angariar recursos suficientes antes do fim da próxima semana.

Repetiu essa frase, que não explicava, a todos os amigos da empresa, a todos os clientes que vieram, apavorados, aterrorizados, pedir-lhe conselho. Nos três últimos dias, a correria não cessava na rue de Londres, em seu gabinete. As Beauvilliers, os Maugendres, Sédille, Dejoie acorreram em fila. Recebia-os com muita calma, ar militar, palavras vibrantes que devolviam coragem à alma; e, quando falavam em vender, em consumar a perda, zangava-se, gritava para que não fizessem semelhante asneira, dava sua palavra de honra de que a cotação retornaria a dois mil ou mesmo três mil francos.

Apesar dos erros cometidos, todos conservavam uma fé cega nele: que o deixassem em paz, que ficasse livre para roubá-los ainda mais e ele endireitaria tudo, acabaria por enriquecê-los, como havia jurado. Se não ocorresse nenhum acidente antes de segunda-feira, se lhe dessem tempo para reunir a assembleia geral extraordinária, ninguém duvidaria que tirasse o Universal são e salvo dos escombros.

Saccard havia pensado em seu irmão Rougon, e era desse socorro todo-poderoso que falava, sem querer dar maiores explicações. Face a face com Daigremont, o traidor, após ter-lhe feito acusações amargas, só obteve esta resposta:

– Mas, meu caro, não fui eu quem o abandonou, foi seu irmão!

Evidentemente, esse homem estava em seu direito: só havia entrado no negócio com a condição de que Rougon também entrasse, haviam-lhe prometido Rougon formalmente, não era nada surpreendente que se retirasse no momento em que o ministro, longe de participar do negócio, vivia em guerra com o Universal e com seu diretor. Ao menos, era uma desculpa sem réplica. Muito abalado, Saccard acabava de sentir seu imenso erro, a rixa com aquele irmão, o único que poderia defendê-lo, torná-lo tão intocável que ninguém ousaria completar sua ruína se soubesse que o grande homem estava por detrás dele. E foi uma das horas mais duras para seu orgulho, quando decidiu implorar para que o deputado Huret intercedesse em seu favor. Além do mais, conservava uma atitude ameaçadora, ainda se recusava a desaparecer, exigia como uma coisa devida a ajuda de Rougon, que tinha mais interesse que ele próprio em evitar o escândalo. No dia seguinte, esperando a visita prometida de Huret, recebeu simplesmente um bilhete que, em termos vagos, lhe dizia para não se impacientar e esperar uma boa solução, caso as circunstâncias não a impedissem, mais tarde. Contentou-se com aquelas poucas linhas, que viu como promessa de neutralidade.

Mas a verdade era que Rougon acabava de tomar a enérgica posição de dar cabo àquele membro gangrenado de sua família, que o estorvava havia anos, no eterno terror de acidentes repugnantes, e que finalmente preferiria decepar violentamente. Se acontecesse a catástrofe, estava decidido a deixar as coisas caminharem por si mesmas. Já que nunca conseguiria que Saccard se exilasse, o mais simples não seria forçá-lo a expatriar-se, facilitando-lhe a fuga após uma boa condenação? Um escândalo súbito, uma vassourada, e estaria acabado. Aliás, a situação do ministro tornava-se difícil, desde que havia declarado ao Corpo Legislativo, com um arroubo memorável de eloquência, que a França nunca deixaria a Itália se apossar de Roma. Muito aplaudido pelos católicos, muito atacado pelo terceiro estado, cada vez mais poderoso, via chegar a hora em que este último, ajudado pelos bonapartistas liberais, conseguiria expulsá-lo do poder, a menos que lhes desse algum objeto em penhor. E o penhor, se as circunstâncias o permitissem, seria o abandono desse Universal, patrocinado por Roma, que havia se transformado em uma força inquietante. Enfim, o que acabou de convencê-lo foi um comunicado secreto de seu colega das Finanças, que, prestes a solicitar um empréstimo, encontrou Gundermann e todos os banqueiros judeus muito reservados, dando a entender que recusariam seus capitais enquanto o mercado estivesse incerto para eles, entregue a aventuras. Gundermann triunfava. Antes os judeus, com seu reinado reconhecido do ouro, que os católicos ultramontanos como donos do mundo, caso se tornassem de fato os reis da Bolsa!

Contaram mais tarde que Delcambre, ministro da Justiça, obstinado em seu rancor contra Saccard, ao pedir que sondassem Rougon sobre a conduta a adotar em relação a seu irmão, caso a justiça tivesse de intervir, simplesmente ouviu esse apelo:

– Ah! Que me livre dele, e eu acenderei uma vela por Delcambre!

A partir daí, do momento em que Rougon o abandonava, Saccard estava perdido. Delcambre, que o espreitava desde sua chegada ao poder, enfim o colocava à margem do Código, de fato à beira da vasta rede judiciária, bastaria apenas achar um pretexto para enviar seus gendarmes e seus juízes.

Uma manhã, Busch, furioso por não ter agido ainda, foi ao Palácio da Justiça. Se não se apressasse, nunca arrancaria de Saccard os quatro mil francos que ainda eram devidos a Méchain, na famosa conta de despesas do pequeno Victor. Seu plano era simplesmente provocar um escândalo abominável, acusá-lo de sequestro de criança, o que permitiria revelar os detalhes imundos do estupro da mãe e do abandono do menino. Um tal processo contra o diretor do Universal, em meio à comoção suscitada pela crise que o banco enfrentava, certamente agitaria Paris inteira; e Busch ainda esperava que Saccard pagasse, à primeira ameaça. Mas o juiz substituto encarregado de recebê-lo, um sobrinho de Delcambre, escutou sua história com ar de impaciência e tédio: não! não! Nada a propor seriamente com tais falatórios, não se enquadrava na letra de nenhum artigo do Código. Desconcertado, Busch enervava-se, falava de sua longa paciência, quando o magistrado o interrompeu bruscamente ao ouvi-lo dizer que havia levado sua ingenuidade em relação a Saccard ao ponto de colocar fundos no Universal. O quê!? Tinha fundos comprometidos na degringolada inevitável do Banco e não fazia nada!? Nada seria mais simples que depositar uma queixa por fraude, pois a justiça já estava ciente de manobras fraudulentas que provocariam a bancarrota. Esse seria o grande golpe a desferir e não a outra história, o melodrama da moça morta pelo alcoolismo e de uma criança crescida na sarjeta. Busch escutava com o rosto atento e grave, conduzido para esse novo caminho, levado a um ato diferente do que tinha ido fazer, cujas consequências decisivas adivinhava: Saccard preso, o Universal ferido de morte. O simples medo de perder seu dinheiro o teria decidido de imediato; aliás, ele só procurava desastres, para pescar em águas turvas. Entretanto, hesitou, disse que refletiria, que voltaria, e foi preciso que o juiz substituto lhe pusesse a pluma entre os dedos, lhe fizesse escrever, em seu próprio gabinete, a queixa por fraude, que imediatamente, assim que o homem saiu, levou a seu tio, o ministro da Justiça, com zelo fervoroso. O caso estava encerrado.

    No dia seguinte, na rue de Londres, na sede da sociedade, Saccard teve uma longa entrevista com os auditores e com o administrador judiciário para definir o balanço que desejava apresentar à assembleia geral. Apesar das quantias emprestadas pelos outros estabelecimentos financeiros, tiveram de fechar as caixas, suspender os pagamentos, diante das solicitações crescentes. Aquele banco que no mês anterior possuía cerca de duzentos milhões em caixa só havia conseguido reembolsar algumas centenas de milhares de francos à clientela apavorada. Uma decisão do tribunal de comércio havia decretado de ofício a falência, após um relatório sumário, entregue na véspera, por um perito encarregado de examinar os livros. Apesar de tudo, Saccard, inconsequente, ainda prometia salvar a situação com uma cegueira de esperança e uma teimosia de coragem extraordinárias. E, precisamente naquele dia, esperava a resposta dos corretores de ações para fixar de uma cotação de compensação, quando o recepcionista entrou para dizer-lhe que três cavalheiros o aguardavam no salão ao lado. Seria talvez a salvação, precipitou-se alegremente e encontrou um comissário de polícia, auxiliado por dois agentes, que procederam a sua prisão imediata. O mandato de prisão acabava de ser emitido após a leitura do relatório do perito, que denunciava irregularidades na escrituração e, sobretudo, após a queixa de abuso de confiança feita por Busch, que afirmava que os fundos confiados para aplicação em reporte haviam tido outro destino. Ao mesmo tempo, prendiam também Hamelin em seu domicílio, na rue Saint-Lazare. Dessa vez, era o fim, como se todo o ódio, todo o infortúnio houvessem se encarniçado. A assembleia geral extraordinária não poderia mais se reunir, o Banco Universal estava morto.

Dona Caroline não estava em casa no momento da prisão de seu irmão, que só pôde lhe deixar algumas linhas escritas apressadamente. Quando regressou, foi um choque. Nunca havia suposto, nem por um minuto, que pensassem em processá-lo, a tal ponto ele parecia-lhe fora de qualquer transação duvidosa, inocentado por suas longas ausências. Já no dia seguinte ao da falência, o irmão e a irmã haviam abandonado tudo o que possuíam em favor do ativo, pois queriam ficar nus ao sair dessa aventura assim como entraram nus; e a quantia era alta, quase oito milhões, nos quais estavam incluídos os trezentos mil francos que haviam herdado de uma tia. Imediatamente, ela lançou-se em procedimentos, em solicitações, só viveu para melhorar o destino dele, preparar a defesa de seu pobre Georges, tomada por crises de choro, apesar de sua coragem, toda vez que o imaginava inocente e atrás das grades, enlameado por aquele escândalo horrível, a vida devastada e maculada para sempre. Ele, tão doce, tão frágil, com uma devoção de criança, uma ignorância de "cabeça-oca", como ela dizia, quando fora de seus trabalhos técnicos! E, de início, enraiveceu-se com Saccard, a única causa do desastre, o operário de sua infelicidade, cuja obra execrável ela agora reavaliava e julgava com clareza desde os dias do começo, quando ele caçoava alegremente de que ela lia o Código, até os dias do fim, nos quais, dentro dos rigores do insucesso, deveriam pagar todas as irregularidades que ela havia previsto e deixado cometer. Depois, torturada por esse remorso de cumplicidade que a rondava, calou-se, evitava ocupar-se abertamente dele, com a determinação de agir como se ele não existisse. Quando devia pronunciar seu nome, parecia falar de um estranho, de um adversário cujos interesses eram diferentes dos seus. Ela, que visitava quase diariamente seu irmão na Conciergerie, não havia sequer pedido uma autorização para ver Saccard. E era muito corajosa, acampava ainda no apartamento da rue Saint-Lazare, recebia todos os que se apresentavam, mesmo os que vinham com uma injúria nos lábios, transformada assim em uma mulher de negócios resolvida a salvar o que pudesse de sua honestidade e de sua felicidade.

Durante os longos dias que passava a esmo, lá em cima, naquele gabinete de projetos onde havia vivido tão belas horas de trabalho e de esperança, entristecia-se sobretudo com um espetáculo. Quando se aproximava de uma janela e dava uma olhada na mansão vizinha, não podia ver sem um aperto no coração, atrás das vidraças do cômodo exíguo onde ficavam as duas pobres mulheres, o perfil pálido da condessa de Beauvilliers e de sua filha Alice. Aqueles dias de fevereiro estavam muito amenos, frequentemente as avistava a andar a passos lentos, cabeça baixa, ao longo dos caminhos do jardim coberto de musgos, devastado pelo inverno. A degringolada havia sido terrível para elas. As infelizes, que, quinze dias antes, possuíam um milhão e oitocentos mil francos com suas seiscentas ações, obteriam apenas dezoito mil francos, agora que a ação havia caído de três mil francos a trinta francos. E toda sua fortuna havia se dissipado, destroçada de um só golpe: os vinte mil francos de dote, postos de lado penosamente pela condessa, os setenta mil francos emprestados com a garantia da fazenda de Aublets, a própria fazenda de Aublets vendida em seguida por duzentos e quarenta mil francos, embora valesse quatrocentos mil. Que futuro teriam, se as hipotecas que esmagavam a mansão já custavam oito mil francos por ano, e se nunca haviam conseguido reduzir os gastos da casa a menos de sete mil, apesar de sua sovinice, dos milagres de economia sórdida que realizavam para manter as aparências e conservar sua posição? Mesmo que vendessem suas ações, como viver daí em diante, como enfrentar todos os compromissos com aqueles dezoito mil francos, último destroço do naufrágio? Impunha-se uma necessidade, que a condessa ainda não havia desejado considerar resolutamente: deixar a mansão, abandoná-la aos credores hipotecários, visto que se tornava impossível pagar os juros; não esperar que a pusessem à venda, retirar-se imediatamente para o fundo de alguma pequena habitação, para viver ali uma vida tacanha e sem interesse, até o último pedaço de pão. Mas a condessa resistia porque existiria aí um dilaceramento de toda a sua pessoa, a própria morte do que havia pensado ser, o desmoronamento do edifício de sua estirpe, que, durante anos, sustentou com suas mãos trêmulas e uma obstinação heroica. As Beauvilliers em locação, sem terem mais o teto de seus antepassados, vivendo na casa dos outros, na miséria confessa dos vencidos: não seria isso, de fato, morrer de vergonha? E ela ainda lutava.

Uma manhã, dona Caroline viu, sob o pequeno abrigo do jardim, essas damas lavarem sua roupa. A velha cozinheira, quase inválida, não era mais de grande ajuda, durante o último inverno, tiveram de cuidar dela; e foi a mesma coisa com o marido, ao mesmo tempo porteiro, cocheiro e camareiro, que tinha grande dificuldade para varrer a casa e para manter em pé o velho cavalo, trôpego e estropiado como ele próprio. Então as senhoras se puseram resolutamente ao trabalho, a filha deixava suas aquarelas para fazer as sopas magras de que viviam parcamente as quatro pessoas, a mãe espanava os móveis, cerzia roupas e meias, com essa ideia de economia ínfima de que usaria menos os espanadores, as agulhas e a linha se fosse ela quem se servisse deles. Assim que aparecia uma visita, porém, era de se ver como ambas fugiam, jogavam o avental, lavavam-se violentamente, reaparecendo como donas da casa, com mãos brancas e preguiçosas. Em público, o padrão de vida não havia mudado, a honra estava salva: o cupê saía sempre corretamente atrelado, conduzindo a condessa e sua filha às compras, os jantares quinzenais reuniam sempre os convivas de todos os invernos, sem que houvesse um prato a menos sobre a mesa nem uma vela a menos nos candelabros. E seria preciso, como dona Caroline, dominar o jardim para saber que dias terríveis de jejum haviam pagado toda aquela decoração, aquela fachada mentirosa de uma fortuna extinta. Quando as via, no fundo daquele poço úmido, confinado pelas casas vizinhas, a passear sua mortal melancolia sob os esqueletos esverdeados de árvores centenárias, era tomada por uma imensa piedade, afastava-se da janela, o coração corroído pelo remorso, como se fosse a cúmplice de Saccard em causar aquela miséria.

Depois, em outra manhã, dona Caroline teve uma tristeza mais direta, ainda mais dolorosa. Anunciaram-lhe a visita de Dejoie, que fez questão de receber corajosamente.

– Pois bem, meu pobre Dejoie...

Mas se deteve, assustada ao perceber a palidez do antigo empregado do escritório. Os olhos pareciam mortos em seu rosto decomposto; e ele, tão alto, havia encolhido como se estivesse dobrado ao meio.

– Vamos, o senhor não pode sucumbir à ideia de que todo esse dinheiro foi perdido.

Então, ele falou com voz pausada.

– Oh! Senhora, não é isso... Sem dúvida, em um primeiro momento, eu recebi um duro golpe, porque havia me habituado a acreditar que estávamos ricos. Isso sobe à cabeça, a gente fica como bêbado quando ganha... meu Deus! Já estava resignado a pôr-me de volta ao trabalho, trabalharia tanto que chegaria a recompor a quantia... Porém, a senhora não sabe... – Grossas lágrimas escorreram em seu rosto. – A senhora não sabe... ela foi embora.

– Foi embora, quem? – perguntou dona Caroline surpresa.

– Nathalie, minha filha... Seu casamento estava marcado, ficou furiosa quando o pai de Théodore veio nos dizer que seu filho havia esperado demais e que se casaria com a filha da dona de um armarinho, que traria oito mil francos. Isso, eu entendo, que tenha ficado furiosa à ideia de não ter mais dinheiro e de continuar solteira... Mas eu, que a amava tanto! No último inverno ainda, levantava-me à noite para ajeitar suas cobertas. E ficava sem tabaco para que ela tivesse chapéus mais bonitos, e era sua verdadeira mãe, eduquei-a, vivia pelo prazer de vê-la em nossa pequena casa. – Suas lágrimas sufocaram-no, soluçou. – Então, é culpa da minha ambição... Se tivesse vendido assim que minhas oito ações me dessem os seis mil francos do dote, ela estaria casada agora. No entanto, não é mesmo?, subiam ainda e pensei em mim, de início quis seiscentos, depois oitocentos, depois mil francos de renda, tanto mais que a pequena herdaria esse dinheiro mais tarde... E pensar que, por um momento, na cotação de três mil francos, eu tive na mão vinte e quatro mil francos, com o qual daria seu dote de seis mil francos e poderia aposentar-me com novecentos francos de renda. Não! Eu queria mil, é muito estúpido! E agora tudo consiste em apenas duzentos francos... Ah! A culpa é minha, deveria me atirar na água!

Dona Caroline, muito comovida com sua dor, deixou que se aliviasse. Entretanto, queria saber mais.

– Foi embora, meu pobre Dejoie, como assim?

Então, ele ficou embaraçado, enquanto um leve rubor subiu a seu rosto lívido.

– Sim, foi embora, desaparecida há três dias. Havia conhecido um cavalheiro em frente de casa, oh!, um cavalheiro bem-posto, um homem de quarenta anos... Enfim, ela fugiu.

E, enquanto ele descrevia detalhes, procurando as palavras, a língua embaraçada, dona Caroline revia Nathalie, esguia e loira, com sua graça frágil de bela moça das ruas parisienses. Revia, sobretudo, seus grandes olhos, com expressão tão tranquila e tão fria, de extraordinária limpidez de egoísmo. A criança deixou-se adorar pelo pai, como ídolo feliz, bem-comportada enquanto foi de seu interesse, incapaz de uma queda estúpida, de tanto que esperava um dote, um casamento, um balcão em uma pequena loja onde seria rainha. Mas continuar uma vida de sem-vintém, viver em trapos com seu pobre pai, obrigado a voltar ao trabalho, ah, não!, não aguentava mais essa existência sem graça e agora sem esperança! E escapuliu, vestiu friamente suas botas e seu chapéu para ir a outro lugar.

— Meu Deus! — Dejoie continuou a gaguejar —, ela não se divertia muito em casa, é verdade, e quando alguém é gentil, é irritante perder a juventude a aborrecer-se... Mas, ainda assim, ela foi bem cruel! Pense bem! Sem me dizer adeus, sem um bilhete, sem a menor promessa de vir me ver de vez em quando... Fechou a porta e acabou. Veja a senhora, minhas mãos tremem, fiquei como um animal. É mais forte que eu, ainda procuro por ela em casa. Após tantos anos, meu Deus! Como é possível que não a tenha mais, que não a terei nunca mais, minha pobre criança!

Havia parado de chorar, e sua dor impressionante era tão aflitiva que dona Caroline lhe segurou as duas mãos, sem encontrar outro consolo além de repetir:

— Meu pobre Dejoie, meu pobre Dejoie...

Depois, para distraí-lo, voltou à degringolada do Universal. Pedia desculpas por ter permitido que ele comprasse ações, julgava Saccard com severidade, sem dizer seu nome. Mas, rapidamente, o antigo empregado animou-se. Viciado pela especulação, entusiasmava-se ainda.

— O senhor Saccard, eh!, com certeza teve razão ao me impedir de vender. O negócio era magnífico, teríamos devorado eles todos, não fossem os traidores que nos abandonaram... Ah! Senhora, se o senhor Saccard estivesse aqui, isso tomaria outro rumo. Foi a nossa morte que o tenham prendido. E ainda só ele poderia nos salvar... Eu disse ao juiz: "Senhor, devolva-nos o senhor Saccard, confio-lhe de novo minha fortuna, confio-lhe minha vida, porque esse homem é Deus, veja!, ele faz tudo o que quer".

Estupefata, dona Caroline encarava-o. Como!? Nem uma palavra de rancor, nem uma acusação? Era a fé ardente de um crente. Que ação poderosa Saccard havia exercido, então, sobre o rebanho, para discipliná-lo sob tamanho jugo de credulidade?

— Enfim, senhora, vim apenas contar-lhe isso, desculpe-me se falei de minha tristeza, porque não tenho mais a cabeça muito sólida... Quando vir o senhor Saccard, diga-lhe que estamos sempre com ele.

E partiu com seu passo vacilante, e, sozinha, ela teve por um instante horror à vida. Aquele infeliz havia partido seu coração. Sentia contra o outro, contra aquele que não dizia o nome, uma raiva redobrada, cuja explosão continha dentro dela. Aliás, chegavam visitas, estava atarefada naquela manhã.

Na sequência, os Jordans principalmente a comoveram ainda. Paul e Marcelle, como um bom casal que arriscava sempre a dois as atitudes graves, vieram lhe perguntar se os pais, os Maugendres, não teriam realmente mais nada a tirar de suas ações do Universal. Da parte deles, era também um desastre irreparável. Antes das grandes batalhas das duas últimas liquidações, o antigo fabricante de toldos já possuía setenta e cinco títulos, que lhe haviam custado cerca de oitenta mil francos: negócio magnífico, visto que, em certo momento, à cotação de três mil francos, aqueles títulos representavam duzentos e vinte e cinco mil. Mas o terrível era que, na paixão da luta, havia apostado a descoberto, acreditando no gênio de Saccard, comprando sempre, de tal modo que assustadoras diferenças a pagar, mais de duzentos mil francos, haviam levado toda sua fortuna, quinze mil francos de renda ganhos tão rudemente em trinta anos de trabalho. Não havia mais nada, por pouco sairiam sem dívidas, quando tivessem vendido a pequena casa da rue Legendre, de que tinham tanto orgulho. E nesse desastre a senhora Maugendre era certamente mais culpada que ele.

– Ah! Senhora – explicou Marcelle com seu rosto amável, que, mesmo em meio a catástrofes, permanecia ameno e sorridente –, a senhora não sabe como mamãe ficou! Ela, tão prudente, tão parcimoniosa, o terror de suas empregadas, sempre a seus calcanhares, a examinar as contas, só falava de centenas de milhares de francos, empurrava papai, oh! Ele, no fundo, bem menos corajoso, pronto a escutar tio Chave, se ela não o houvesse enlouquecido, com seu sonho de ganhar a sorte grande, o milhão... No começo, isso os contaminou ao ler os jornais financeiros, e papai apaixonou-se antes, embora escondesse no início; depois, quando mamãe se envolveu, após ter professado contra o jogo, durante muito tempo, um ódio de boa dona de casa, tudo pegou fogo, foi muito rápido. Como é possível que a ganância do lucro mude a esse ponto as pessoas de bem!

Jordan interveio, animado também pela figura do tio Chave, evocado por uma palavra de sua esposa.

— E se a senhora tivesse visto a calma do tio no meio dessas catástrofes! Ele havia previsto, triunfava, com seu colarinho militar... Nem um dia deixou de ir à Bolsa, nem um dia deixou de fazer sua aposta ínfima, à vista, contente de levar sua moeda de quinze a vinte francos, todas as tardes, assim como um bom empregado que corajosamente cumpriu o trabalho do dia. Em volta dele, os milhões ruíam por toda a parte, fortunas gigantescas faziam-se e desfaziam-se em duas horas, chovia ouro em tonéis em meio a relâmpagos, e ele continuava, sem febre, a ganhar a vida modestamente, o pão para seus vícios... Era o esperto entre os espertos, as belas moças da rue Nollet têm seus doces e seus bombons.

Essa alusão, feita com bom humor, às aventuras do capitão divertiu as duas mulheres. Mas, rapidamente, ressurgiu a tristeza da situação.

— É uma pena! Não — declarou dona Caroline —, não acredito que seus pais tenham alguma coisa a tirar de suas ações. Parece-me que tudo acabou. Elas estão a trinta francos, vão cair a vinte, a alguns centavos... Meu Deus! Essa pobre gente, nessa idade, com seus hábitos de conforto, o que será deles?

— Nossa! — respondeu Jordan com simplicidade. — Vai ser preciso tomar conta deles... Nós ainda não somos ricos, mas enfim as coisas começam a melhorar e nós não os deixaremos na rua.

Ele havia tido uma oportunidade. Após tantos anos de trabalho ingrato, seu primeiro romance, publicado inicialmente em um jornal, lançado em seguida por um editor, parecia ter se tornado um grande sucesso; era dono de alguns milhares de francos, todas as portas abertas a sua frente dali em diante, ansioso para voltar ao trabalho, certo da fortuna e da glória.

— Embora não possamos recebê-los em casa, alugaremos um pequeno apartamento. A gente sempre se acomodará, diabo!

Marcelle, que o olhava com uma ternura comovida, foi tomada por um leve tremor.

— Oh! Paul, Paul, como você é bondoso.

E pôs-se a soluçar.

— Minha filha, acalme-se, por favor — repetiu várias vezes dona Caroline, que se assustava, surpresa. — Não precisa sentir tanto pesar.

– Não, deixe-me, não é pesar... Mas, na verdade, é tão estúpido, tudo isso! Pergunto-lhe agora se, quando casei com Paul, mamãe e papai não deveriam ter me dado o dote, de que sempre haviam falado! A pretexto de que Paul não tinha mais nem um vintém e de que eu fazia uma tolice ao manter minha promessa apesar de tudo, não soltaram sequer um centavo... Ah! Eis que estão bem-arranjados hoje! Teriam recuperado meu dote, seria pelo menos isso que a Bolsa não teria devorado!

Dona Caroline e Jordan não puderam deixar de rir. Mas isso não consolava Marcelle, ela chorava mais forte.

– E depois, não é só isso... Quando Paul era pobre, tive um sonho. Sim! Como nos contos de fada, sonhei que era uma princesa e que um dia traria a meu príncipe arruinado muito, muito dinheiro para ajudá-lo a ser um grande poeta... E agora ele não precisa de mim, agora eu sou um estorvo com minha família! Ele é quem terá todos os problemas, quem fará todos os presentes... Ah! Meu coração sufoca!

Vivamente, ele a havia tomado em seus braços.

– O que você fala, sua tonta? E a mulher lá precisa trazer alguma coisa!? O que você traz é você mesma, sua juventude, sua ternura, seu bom humor, e não existe princesa no mundo que possa dar mais!

Imediatamente, ela acalmou-se, feliz de ser amada assim, achando que era realmente tola ao chorar. Ele continuava:

– Se seu pai e sua mãe quiserem, nós os instalaremos em Clichy, onde vi apartamentos térreos com jardim não muito caros... Nossa casa, nosso canto com nossos quatro móveis, é bem simpático, mas pequeno demais; tanto mais que precisaremos de espaço... – E, a sorrir, virando-se para dona Caroline, que assistia muito comovida a essa cena de família: – Eh! Sim, em breve seremos três, podemos confessar, agora que sou um cavalheiro que ganha a vida!... Não é? Senhora, mais um presente que ela me dá, ela que chora por não ter me dado nada!

Dona Caroline, no desespero incurável de sua esterilidade, olhou para Marcelle um pouco enrubescida, sem ter notado a cintura já mais larga. Por sua vez, teve os olhos marejados de lágrimas.

– Ah! Meus queridos, amem-se muito, vocês são os únicos sensatos e os únicos felizes!

Em seguida, antes de despedir-se, Jordan deu detalhes sobre o jornal *A Esperança*. Alegremente, com seu horror instintivo aos negócios, falava dele como se fosse a caverna mais extraordinária, reverberante dos golpes de martelo da especulação. Todo o pessoal, do diretor ao mensageiro, especulava, e apenas ele, dizia a rir, não havia feito apostas e era malvisto, humilhado pelo desprezo de todos. Aliás, a degringolada do Universal, sobretudo a prisão de Saccard, havia acabado de matar o jornal. Houve uma debandada de redatores, embora Jantrou teimasse, aos urros, agarrado aos destroços, para ainda viver dos restos do naufrágio. Estava acabado, aqueles três anos de prosperidade haviam-no devastado, em um abuso monstruoso de tudo o que se compra, como esses mortos de fome que morrem de indigestão no dia em que se sentam à mesa. E, consequência curiosa, aliás, lógica do resto, foi a derrocada final da baronesa Sandorff, entregue a esse homem, em meio à angústia da catástrofe, alucinada por querer recuperar seu dinheiro.

Ao nome da baronesa, dona Caroline havia empalidecido levemente, enquanto Jordan, que ignorava a rivalidade das duas mulheres, completava seu relato.

– Não sei por que se entregou. Talvez pensasse que ele lhe daria informações, graças a suas relações com agentes de publicidade. Talvez haja caído até ele pelas próprias leis da queda, cada vez mais baixo. Na paixão pelo jogo, existe um fermento desorganizador que observei muitas vezes, que corrói e apodrece tudo, que transforma a criatura de raça mais educada e mais orgulhosa em um trapo humano, o lixo varrido para a sarjeta... Em todo caso, se esse safado desse Jantrou guardou em seu coração os pontapés no traseiro que o pai da baronesa lhe dava, segundo dizem, quando ia antigamente mendigar suas ordens, hoje está bem vingado, pois eu que lhes falo, quando voltei ao jornal para tentar receber meu salário, deparei com uma altercação, ao abrir vivamente uma porta, eu vi, vi com meus olhos, Jantrou esbofetear a Sandorff, com a mão aberta... Oh! Aquele homem bêbado, perdido pelo álcool e pelos vícios, batendo com uma brutalidade de cocheiro naquela mulher da sociedade!

Com um gesto de sofrimento, dona Caroline pediu que se calasse. Parecia-lhe que o excesso de baixeza a enlameava também. Bem carinhosamente, Marcelle pegou-lhe a mão, na hora de partir.

– Ao menos não imagine, senhora, que viemos aqui para aborrecê-la. Ao contrário, Paul defende muito o senhor Saccard.

– Com certeza! – exclamou o jovem. – Sempre foi gentil comigo. Nunca esquecerei a maneira como nos livrou do terrível Busch. Além disso, apesar de tudo, é um homem muito forte... Quando o vir, senhora, diga-lhe que o jovem casal conserva uma viva gratidão.

Quando os Jordans partiram, dona Caroline teve um gesto de cólera muda. Gratidão, por quê? Pela ruína dos Maugendres!? Esses Jordans eram como Dejoie, partiam com as mesmas palavras de desculpa e de bons votos. Entretanto, eles sabiam, esses aí! Não era um ignorante, aquele escritor que havia atravessado o mundo das finanças, cheio de um tão belo desprezo pelo dinheiro. Nela a revolta continuava, crescia. Não! Não havia perdão possível, a lama era profunda demais. Aquilo não a vingava, a bofetada de Jantrou na baronesa. Foi Saccard quem fez tudo apodrecer.

No mesmo dia, dona Caroline deveria visitar Mazaud, a respeito de alguns documentos que queria juntar à defesa de seu irmão. Queria igualmente saber qual seria sua atitude, se a defesa o citasse como testemunha. O horário previsto era quatro horas, após a Bolsa, e, enfim sozinha, passou mais de uma hora e meia a classificar as informações que já havia obtido. Começava a enxergar com clareza, no monte de ruínas. Da mesma forma como, após um incêndio, quando a fumaça se dissipa e o braseiro se apaga, extraem-se os despojos com a viva esperança de encontrar o ouro fundido das joias.

De início, ela queria saber por onde havia passado o dinheiro. Naquele desaparecimento de dois milhões, se alguns bolsos ficaram vazios, seria preciso que outros tivessem ficado cheios. Entretanto, parecia certo que o restelo dos baixistas não havia apanhado toda a quantia, um escoamento terrível havia carregado um bom terço. Na Bolsa, em dias de catástrofe, dizem que o solo traga o dinheiro, que este se dispersa, que sobra um pouco dele em todos os dedos.

Gundermann sozinho devia ter embolsado uns cinquenta milhões. Depois, vinha Daigremont, com doze a quinze. Falavam ainda do marquês de Bohain, cujo golpe clássico havia tido sucesso mais uma vez: na alta com Mazaud, recusava-se a pagar-lhe, enquanto havia ganhado quase dois milhões com Jacoby, com quem apostava na baixa, porém, dessa vez, apesar de saber que o marquês havia passado seus móveis para o nome da mulher, como um simples malandro, Mazaud, apavorado por suas perdas, falava de enviar-lhe um papel timbrado. Aliás, quase todos os administradores do Universal haviam recuperado regiamente sua parte, alguns, como Huret e Kolb, ao vender na cotação mais alta, antes da derrocada, outros, como o marquês e Daigremont, ao passar para o lado dos baixistas, por meio de uma tática de traidores; sem contar que, em uma de suas últimas reuniões, quando a empresa já estava exangue, o conselho administrativo havia creditado cada um de seus membros com cento e poucos mil francos. Enfim, na *corbeille*, diziam que Delarocque e Jacoby haviam ganhado pessoalmente quantias enormes, já tragadas por dois abismos sempre escancarados, impossíveis de preencher, escavados, no caso do primeiro, pelo apetite por mulheres e, no caso do segundo, pela paixão pelo jogo. Igualmente, corria o boato de que Nathansohn havia se tornado um dos reis da *coulisse*, graças a um ganho de três milhões, que havia conseguido ao apostar na baixa por sua própria conta, enquanto apostava na alta por Saccard; e a sorte extraordinária foi que ele teria certamente falido, comprometido em compras consideráveis em nome do Universal, que não pagava mais, se não houvessem sido forçados a passar a esponja, e com isso dado-lhe de presente tudo o que devia, mais de cem milhões, à *coulisse* inteira, reconhecida como insolvente. Um homem decididamente afortunado e hábil, esse Nathansohn! E que bela aventura, guardar o que se ganha, não pagar o que se perde!

Mas os números permaneciam vagos, dona Caroline não podia chegar a uma apreciação exata dos ganhos, porque as operações de Bolsa são feitas em pleno mistério e o segredo profissional é estritamente conservado pelos corretores de ações. Aliás, não se saberia nada analisando as cadernetas, onde os nomes não são inscritos. Assim, ela tentou em vão descobrir a quantia que havia levado Sabatani, desaparecido após a última liquidação. Mais uma ruína, desse lado, que atingia duramente Mazaud. Era a história banal: o cliente desonesto, que deposita uma pequena caução de dois ou três mil francos, aposta moderadamente durante os primeiros meses até o dia em que se esqueça da mediocridade da garantia, já amigo do corretor de ações, fugia no dia seguinte de algum golpe de salteador. Mazaud falava de expulsar Sabatani, assim como havia expulsado Schlosser, um malandro do mesmo bando que explora o mercado como os ladrões de antigamente exploravam uma floresta. E o levantino, aquele italiano misturado com oriental, de olhos aveludados, que uma lenda dotava de um fenômeno sobre o qual cochichavam as mulheres curiosas, foi piratear a Bolsa de alguma capital estrangeira, Berlim, comentava-se, à espera de que o esquecessem em Paris e que pudesse, novamente bem acolhido, recomeçar seu golpe, em meio à tolerância geral.

Depois, dona Caroline havia composto uma lista de desastres. A catástrofe do Universal foi um desses abalos terríveis que sacodem uma cidade inteira. Nada permaneceu a prumo e sólido, as crateras atingiram as casas vizinhas, havia novos desmoronamentos todos os dias. Um após os outros, os bancos desabaram, com o estrondo brusco do colapso de paredes que permaneceram de pé após um incêndio. Com uma consternação muda, escutavam-se os ruídos de queda, perguntava-se onde acabariam as ruínas. A ela, o que a atingia no coração eram menos os homens e as coisas das finanças destruídos, arrastados pela tormenta, que os pobres-diabos, inclusive especuladores, que havia conhecido e amado, e que estavam entre as vítimas. Após a derrota, ela contava seus mortos. Não havia apenas o pobre Dejoie, os Maugendres imbecis e deploráveis, as tristes senhoras de Beauvilliers, tão pungentes. Ficou transtornada com outro drama, a falência do fabricante de seda Sédille, declarada na véspera. Aquele homem, que havia visto em ação como administrador, o único do conselho, dizia, a quem daria dez centavos, ela o declarava o mais honesto dos homens. Que coisa assustadora, a paixão pelo jogo! Um homem que havia levado trinta anos para fundar com seu trabalho e sua probidade uma das empresas mais sólidas de Paris e que, em menos de três anos, acabava de estragá--la, corroê-la, a ponto de, com um só golpe, ela ter-se desfeito em pó! Quanto arrependimento amargo dos dias laboriosos de antigamente, quando ainda acreditava na fortuna ganha com um lento esforço, antes que uma primeira centelha do acaso tivesse feito que a desprezasse, consumido pelo sonho de conquistar na Bolsa, em uma hora, o milhão que havia exigido a vida inteira de um comerciante honesto! E a Bolsa havia levado tudo, o infeliz permanecia fulminado, derrotado, incapaz e indigno de recomeçar seus negócios, com um filho cuja miséria talvez transformasse em trapaceiro, o tal Gustave, aquela alma de alegria e de festa, vivendo sobre um patamar de quarenta a cinquenta mil francos de dívidas, já comprometido em uma história suja de cédulas assinadas a Germaine Coeur. Ademais, havia outro pobre-diabo que consternava dona Caroline, o zangão Massias, e Deus sabe que ela nunca se mostrava afável em relação a esses mediadores da mentira e do roubo! No entanto, também havia conhecido aquele homem, com seus grandes olhos risonhos, ar de cão batido, quando corria Paris para arrancar algumas magras ordens. Se, por um instante, ele pensou ser, por sua vez enfim, um dos donos do mercado, a violentar a sorte nos calcanhares de Saccard, que queda horrível o havia despertado de seu sonho, no chão, a coluna quebrada! Devia setenta mil francos, e havia pagado, embora pudesse ter alegado a exceção do jogo, como tantos outros, pedindo empréstimo aos amigos, comprometendo sua vida inteira, essa estupidez sublime e inútil de pagar, pois ninguém lhe era grato por isso, e até mesmo davam de ombros a isso por suas costas. Seu rancor só se exalava contra a Bolsa, voltar ao desgosto pelo trabalho sujo que fazia, aos gritos de que era preciso ser judeu para ter sucesso, resignado a permanecer lá, porém, já que estava lá, com a esperança teimosa de ganhar a sorte grande ao menos enquanto tivesse o olho vivo e boas pernas. Mas, os mortos desconhecidos, as vítimas sem nome, sem história, enchiam principalmente de uma piedade infinita o coração de dona Caroline. Eram legião, juncavam as moitas afastadas, as valas recobertas de mato, e havia também cadáveres perdidos, feridos gemendo de angústia atrás de cada tronco de árvore. Quantos terríveis dramas mudos, a multidão dos pequenos investidores pobres, dos pequenos acionistas que aplicaram todas as suas economias em um mesmo valor, os zeladores aposentados, as velhas senhoritas pálidas que viviam com um gato, os aposentados de província com a vida regrada de maníacos, os padres do campo desnudados pela esmola, todos esses seres insignificantes, cujo orçamento é de alguns soldos, tanto para o leite quanto para o pão, um orçamento tão exato e tão reduzido, que dois soldos a menos acarretam cataclismos! E, de repente, mais nada, a vida interrompida, arrasada, velhas mãos trêmulas, perdidas, tateando nas trevas, incapazes para o trabalho, todas essas vidas humildes e tranquilas jogadas por um só golpe ao horror da necessidade! Cem cartas desesperadas haviam chegado de Vendôme, onde o senhor Fayeux, recebedor de rendas, havia agravado o desastre e desaparecido. Depositário do dinheiro e dos títulos de clientes, para quem operava na Bolsa, começou a jogar por si mesmo um jogo terrível; e, ao perder, sem querer pagar, havia sumido com algumas centenas de milhares de francos que tinha em mãos. Ao redor de Vendôme, nas fazendas mais distantes, deixava miséria e lágrimas. Por toda parte, o prejuízo havia atingido também as choupanas. Tal como após as grandes epidemias, as vítimas miseráveis não eram essa população média, a pequena poupança, que só os filhos poderiam reconstruir após anos de trabalho árduo?

    Enfim, dona Caroline saiu para ir ao escritório de Mazaud; e, enquanto descia a pé até a rue de la Banque, pensava nos golpes repetidos que atingiam o corretor de ações nos quinze últimos dias. Fayeux que lhe roubava trezentos mil francos, Sabatani que lhe deixava uma conta não paga de quase o dobro, o marquês de Bohain e a baronesa Sandorff que se recusavam a saldar, juntos, mais de um milhão de diferenças, Sédille, cuja falência levava-lhe mais ou menos a mesma quantia, sem contar os oito milhões que lhe devia o Universal, aqueles oito milhões que havia adiantado a Saccard, a perda atroz, o abismo no qual, de hora em hora, a Bolsa, ansiosa, esperava vê-lo afundar. Por duas vezes, já havia corrido o boato da catástrofe. E, em meio àquele destino inexorável, acabava de ocorrer uma última desgraça, que seria a gota de água que faz transbordar o copo: haviam prendido na antevéspera o empregado Flory, acusado de ter desviado cento e oitenta mil francos. Pouco a pouco, haviam crescido as exigências da senhorita Chuchu, a antiga figurante, a sirigaita franzina das calçadas parisienses: de início, pequenas festas baratas, depois o apartamento da rue Condorcet, depois as joias, as rendas, e o que havia feito o infeliz e meigo rapaz perder-se foi seu primeiro ganho de dez mil francos, após Sadowa, aquele dinheiro de prazer tão logo ganho, tão logo gasto, que tinha necessidade de outro, de outro ainda, toda uma febre de paixão pela mulher comprada por um preço tão alto. Mas a história tornava-se extraordinária pelo fato de que Flory havia roubado seu patrão simplesmente para pagar a dívida contraída com outro corretor: peculiar honestidade, sobressalto diante do medo de execução imediata da dívida, sem dúvida esperança de esconder o roubo, de tapar o buraco por meio de alguma operação miraculosa. Na prisão, havia chorado muito, em um despertar horrível de vergonha e de desespero; e contavam que sua mãe, vinda de Saintes na mesma manhã para vê-lo, teve de se hospedar na casa de amigos ou seria morta.

Que coisa estranha, o destino!, devaneava dona Caroline ao atravessar a praça da Bolsa. O sucesso extraordinário do Universal, aquela ascensão rápida até o triunfo, a conquista e a dominação em menos de quatro anos, em seguida o colapso repentino, aquele colossal edifício que em menos de um mês havia virado pó, tudo isso ainda a estarrecia. E não era essa também a história de Mazaud? Certamente nenhum homem havia visto o destino sorrir-lhe a esse ponto. Corretor de ações aos trinta e dois anos, muito rico após a morte de seu tio, marido feliz de uma mulher encantadora que o adorava, que lhe havia dado dois filhos lindos, além do mais, um belo homem, a cada dia ganhava na *corbeille* uma posição mais considerável, por suas relações, sua atividade, sua percepção verdadeiramente surpreendente, sua voz estridente, aquela voz de pífaro que se tornava tão célebre quanto o trovão de Jacoby. E, de repente, eis que a situação se rompia, estava à beira do abismo, bastaria um sopro para derrubá-lo agora. Entretanto, ele não havia especulado, ainda protegido por seu empenho no trabalho, sua juventude inquieta. Foi atingido em plena luta leal, por inexperiência e paixão, por ter acreditado demais nos outros. Aliás, as simpatias continuavam vivas, supunham que poderia se salvar, com muita altivez.

Quando dona Caroline subiu ao escritório, sentiu nitidamente o odor de ruína, o calafrio da angústia secreta nos gabinetes agora sombrios. Ao atravessar a caixa, avistou uma vintena de pessoas, uma multidão que esperava, enquanto os funcionários encarregados do dinheiro e dos títulos ainda honravam os compromissos da casa, mas com a mão morosa, como homens que esvaziam a última gaveta. Por uma porta entreaberta, o gabinete de liquidações pareceu-lhe adormecido, com seus sete empregados a ler o jornal, apenas devendo transcrever alguns raros negócios, desde que a Bolsa estava inativa. Somente o escritório do caixa conservava alguma vida. E foi Berthier, o operador credenciado, quem a recebeu, ele próprio muito agitado, rosto pálido na desgraça da casa.

– Não sei, senhora, se o senhor Mazaud poderá recebê-la... Ele está um pouco doente, sentiu frio, teimando em trabalhar sem aquecimento a noite passada, e acaba de descer para sua casa, no primeiro andar, para descansar um pouco.

Então, dona Caroline insistiu.

– Por favor, senhor, permita que eu lhe diga algumas palavras... Será talvez a salvação de meu irmão. O senhor Mazaud sabe perfeitamente que meu irmão nunca se ocupou das operações de Bolsa, e seu testemunho seria muito importante... Por outro lado, preciso perguntar-lhe alguns números, só ele poderia me dar informações sobre alguns documentos.

Muito hesitante, Berthier acabou por deixar que entrasse no gabinete do corretor de ações.

– Espere aqui um momento, senhora, vou ver.

E naquela sala, com efeito, dona Caroline teve uma grande sensação de frio. O fogo parecia apagado desde a véspera, ninguém havia pensado em acendê-lo novamente. Mas, o que a surpreendia ainda mais era a ordem perfeita, como se toda a noite e a manhã inteira houvessem sido utilizadas para esvaziar os móveis, destruir papéis inúteis, classificar os que deveriam ser guardados. Nada estava espalhado, nem uma pasta, nem uma carta. Sobre a escrivaninha, arrumados metodicamente, só havia o tinteiro, o porta-penas, um grande mata-borrão, entre os quais estava um pacote de fichas da casa, fichas verdes, cor da esperança. Naquela nudez, pairava uma tristeza infinita com o silêncio pesado.

Ao cabo de alguns minutos, Berthier voltou.

– Meu Deus! Senhora, toquei duas vezes e não ousei insistir... Ao descer, veja se a senhora deve tocar também, mas lhe sugiro que volte depois.

Dona Caroline teve de se resignar. Entretanto, no patamar do primeiro andar, ainda hesitou, dirigiu a mão para o botão da campainha. E decidia-se a partir, quando foi detida por gritos, soluços, um rumor surdo no fundo do apartamento. Subitamente, a porta abriu-se e um criado saiu às pressas, apavorado, desapareceu na escada, gaguejando:

– Meu Deus! Meu Deus! Senhor...

Ela permaneceu imóvel, diante daquela porta escancarada, de onde saía distintamente agora um lamento de terrível dor. E ela ficou gélida, ao adivinhar, invadida pela visão do que se passava ali. De início, quis fugir, depois não conseguiu, comovida pela compaixão, atraída pela necessidade de ver e trazer suas lágrimas também. Entrou, encontrou todas as portas abertas, chegou ao salão.

Duas criadas, a cozinheira e a camareira sem dúvida, estiravam o pescoço, com face de terror, balbuciantes.

– Oh! Senhor, oh! Meu Deus! Meu Deus!

A luz moribunda do dia cinzento de inverno entrava debilmente pela fresta das grossas cortinas de seda. Mas, fazia muito calor, grossas toras acabavam de consumir-se em brasas na lareira, iluminando as paredes com um grande reflexo vermelho. Sobre uma mesa, um buquê de rosas, um régio buquê para a estação, que ainda na véspera o corretor de ações havia trazido para sua esposa, desabrochava naquela tepidez de estufa e perfumava todo o recinto. Parecia o perfume do luxo refinado do mobiliário, o cheiro bom da sorte, da riqueza, da felicidade do amor, que haviam florescido ali durante quatro anos. E, sob o reflexo avermelhado do fogo, Mazaud estava caído à beira do canapé, a cabeça esmigalhada por uma bala, a mão crispada na coronha do revólver; ao passo que, de pé diante dele, sua jovem esposa, que havia acorrido, soltava o lamento, o grito contínuo e selvagem que se ouvia na escada. No momento do tiro, tinha ao colo seu menino de quatro anos e meio, cujas pequenas mãos envolviam com força seu pescoço, com pavor; e sua filha, com seis anos, seguiu-a, agarrada a sua saia, apertando-se contra ela; e as duas crianças também gritavam, desesperadamente, ao ouvir a mãe gritar.

Imediatamente, dona Caroline quis tirá-los de lá.

– Senhora, eu lhe imploro... Senhora, não fique aqui...

Ela própria tremia, sentia-se desfalecer. Da cabeça perfurada de Mazaud, via ainda escorrer o sangue, cair gota a gota sobre o veludo do canapé, de onde fluía para o tapete. Havia no chão uma grande mancha que aumentava. E pareceu-lhe que aquele sangue a invadia, borrifava seus pés e suas mãos.

– Senhora, eu lhe imploro, venha comigo...

Mas, com o filho pendurado ao pescoço, com a filha agarrada à cintura, a infeliz não ouvia, não se mexia, enrijecida, plantada ali, a tal ponto que nenhum poder do mundo poderia desenraizá-la. Os três eram loiros, com a brancura do leite, a mãe com aparência tão delicada e ingênua quanto as crianças. E, no estupor de sua felicidade morta, naquele aniquilamento brusco de uma felicidade que deveria durar para sempre, continuavam a lançar seu grande grito, o uivo pelo qual passava todo o terrível sofrimento da espécie.

Então, dona Caroline caiu de joelhos. Soluçava, balbuciava.

– Oh! Senhora, a senhora corta meu coração... Por piedade, senhora, afaste-se desta cena. Venha comigo à sala ao lado, deixe-me tentar poupá-la um pouco do mal que lhe foi feito...

E sempre o grupo selvagem e lamentável, a mãe com as duas crianças, como se adentrassem nela, imóveis com seus longos cabelos claros desgrenhados. E sempre aquele uivo horrível, aquele lamento do sangue que sai da floresta, quando os caçadores mataram o pai.

Dona Caroline havia se levantado, a cabeça arrasada. Houve passos, vozes, sem dúvida a chegada do médico, a verificação do óbito. E ela não pôde ficar mais, fugiu, perseguida por aquele lamento abominável e sem fim que, mesmo na calçada, em meio ao ruído dos fiacres, ela pensava ouvir ainda.

O céu empalidecia, fazia frio, e ela andou lentamente, com medo de que a prendessem, confundindo-a com uma assassina, por causa de seu ar insano. Tudo voltava a sua memória, toda a história do colapso monstruoso de duzentos milhões, que se amontoavam tão reduzidos a ruínas e esmagavam tantas vítimas. Que força misteriosa, após ter edificado tão rapidamente aquela torre de ouro, veio então destruí-la assim? As mesmas mãos que a haviam construído pareciam insistir, enlouquecidas, em não deixar sequer uma pedra de pé. Por toda parte, elevavam-se gritos de dor, desabavam fortunas com o ruído das caçambas de demolição, que se esvaziam nos aterros públicos. Eram os últimos bens patrimoniais dos Beauvilliers, os centavos raspados um a um das economias de Dejoie, os lucros obtidos na grande indústria por Sédille, as rendas dos Maugendres aposentados do comércio, que eram jogadas de roldão no fundo da mesma cloaca, que nada era capaz de preencher. Era ainda Jantrou afogado no álcool, a Sandorff afogada na lama, Massias de volta a sua miserável condição de cão de caça, acorrentado para sempre à bolsa pela dívida; e era Flory ladrão, na prisão, expiando suas fraquezas de homem carinhoso, Sabatani e Fayeux em fuga, correndo com medo dos gendarmes; e eram, mais patéticas e lastimáveis, as vítimas desconhecidas, o grande rebanho anônimo de todos os pobres que a catástrofe havia feito, tiritando de abandono, gritando de fome. Depois, era a morte, os tiros de pistola que partiam de todos os cantos de Paris, era a cabeça esmigalhada de Mazaud, o sangue de Mazaud que, gota a gota, no luxo e no perfume das rosas, respingava em sua mulher e em seus filhos, que urravam de dor.

E então tudo o que ela havia visto, tudo o que havia ouvido nas últimas semanas, exalou do coração amargurado de dona Caroline em um grito de execração contra Saccard. Não podia mais se calar, deixá-lo de lado como se não existisse, para evitar julgá-lo e condená-lo. Só ele era culpado, isso emergia de cada um dos desastres acumulados, cujo volume pavoroso a aterrorizava. Amaldiçoava-o, sua raiva e sua indignação, contidas por tanto tempo, transbordavam em um ódio vingativo, o próprio ódio do mal. Então, não gostava mais de seu irmão para ter esperado até aquele momento para odiar o homem horrível que era a única causa de sua infelicidade? Seu pobre irmão, um grande inocente, um grande trabalhador, tão justo e tão correto, conspurcado agora pela tara indelével da prisão, a vítima que ela esquecia, mais querida e mais dolorosa que todas as outras! Ah! Que Saccard não encontrasse perdão, que ninguém ainda ousasse defender sua causa, mesmo os que continuavam a acreditar nele, que só conheciam sua bondade, e que morresse só, um dia, no desprezo!

 Dona Caroline ergueu os olhos. Havia chegado à praça e viu, diante dela, a Bolsa. Caía o crepúsculo, o céu de inverno, carregado de neblina, colocava atrás do monumento uma espécie de fumaça de incêndio, uma nuvem vermelha e sombria, que parecia feita de chamas e poeira de uma cidade tomada de assalto. E a Bolsa, cinzenta e triste, destacava-se na melancolia da catástrofe que a deixava deserta havia um mês, aberta aos quatro ventos do céu, semelhante a uma bola esvaziada pela penúria. Era a epidemia fatal periódica, que varria o mercado a cada dez ou quinze anos, as sextas-feiras negras, como as chamam, que semeiam o chão de escombros. São necessários anos para que a confiança renasça, para que se reconstruam as grandes casas de crédito, até o dia em que a paixão do jogo, reavivada pouco a pouco, ardendo e recomeçando a aventura, conduza a uma nova crise, destrua tudo, em um novo desastre. Mas, daquela vez, atrás da fumaça rúbea do horizonte, no tumulto longínquo da cidade, havia uma espécie de grande rompimento surdo, o fim iminente de um mundo.

XII

A instrução do processo caminhou com tanta lentidão que sete meses já haviam se passado desde a prisão de Saccard e de Hamelin, sem que o caso houvesse sido incluído na pauta de julgamentos. Era já metade de setembro e, naquela segunda--feira, dona Caroline, que via seu irmão duas vezes por semana, deveria chegar por volta das três horas à Conciergerie. Nunca pronunciava o nome de Saccard, havia dez vezes respondido com uma recusa formal aos pedidos urgentes que ele fazia chegar a ela para que fosse visitá-lo. Para ela, inflexível em seu desejo de justiça, ele não existia mais. E ainda tinha esperança de salvar seu irmão, estava sempre alegre nos dias de visita, feliz de contar-lhe suas últimas providências e de levar-lhe um grande buquê das flores que ele apreciava.

Assim, pela manhã, naquela segunda-feira, preparava um maço de cravos vermelhos, quando a velha Sophie, a criada da princesa d'Orviedo, desceu para dizer-lhe que a senhora desejava falar-lhe imediatamente. Surpresa, vagamente inquieta, apressou-se em subir. Por vários meses, não havia visto a princesa, tendo apresentado sua demissão do cargo de secretária na Obra do Trabalho após a catástrofe do Universal. Ia de vez em quando ao boulevard Bineau apenas para ver Victor, que agora parecia domado pela severa disciplina, olhos baixos, com a bochecha esquerda maior que a direita, contorcendo a boca em um trejeito de ferocidade irreverente. Teve imediatamente o pressentimento de que a chamavam por causa de Victor.

A princesa d'Orviedo estava, enfim, arruinada. Bastaram-lhe apenas dez anos para devolver aos pobres os trezentos milhões da herança do príncipe, roubados dos bolsos de acionistas crédulos. Se inicialmente lhe foram necessários cinco anos para gastar em loucas obras de caridade os cem primeiros milhões, conseguiu, em quatro anos e meio, enterrar os outros duzentos, em fundações com um luxo ainda mais extraordinário. À Obra do Trabalho, à Creche Sainte-Marie, ao Orfanato Saint-Joseph, ao Asilo de Châtillon e ao Hospital Saint-Marceau, acrescentavam-se hoje uma fazenda-modelo, perto de Évreux, duas casas de convalescença para crianças, à beira do canal da Mancha, outro abrigo para idosos em Nice, asilos, vilas operárias, bibliotecas e escolas nos quatro cantos da França; sem contar as doações consideráveis a obras de caridade já existentes. Aliás, era sempre o mesmo desejo de régia restituição, não o pedaço de pão atirado por piedade ou por medo aos miseráveis, mas a alegria de viver, o supérfluo, tudo o que é bom e belo dado aos humildes que nada têm, aos fracos a quem os fortes surrupiaram seu quinhão de alegria, enfim, os palácios dos ricos escancarados aos mendigos das estradas, para que durmam, também eles, em lençóis de seda e comam em pratos de ouro. Durante dez anos, a chuva de milhões não havia parado, refeitórios de mármore, dormitórios alegrados por pinturas claras, fachadas monumentais como as do Louvre, jardins floridos com plantas raras, dez anos de trabalhos magníficos, em um desperdício incrível com empreiteiros e arquitetos; e ela estava bem feliz, estimulada pelo grande júbilo de ter dali em diante as mãos limpas, sem um centavo. Aliás, acabava de atingir o espantoso resultado de endividar-se, era processada por um saldo devedor que atingia várias centenas de milhares de francos, sem que seu advogado e seu tabelião conseguissem perfazer a quantia, no esmigalhamento final da colossal fortuna, assim arremessada aos quatro ventos da esmola. E um cartaz, pregado sobre a porta-cocheira, anunciava a venda da mansão, a vassourada suprema que apagaria até os vestígios do dinheiro maldito, apanhado na lama e no sangue do banditismo financeiro.

No alto, a velha Sophie esperava dona Caroline para fazê-la entrar. Furiosa, resmungava o dia inteiro. Ah! Bem havia dito que a senhora acabaria por morrer sem vintém! Então a senhora não deveria ter se casado e tido filhos com outro cavalheiro, pois no fundo era só isso que queria? Não que ela própria devesse se queixar ou se inquietar, pois havia recebido, muito tempo antes, uma renda de dois mil francos, que desfrutaria em sua cidade, perto de Angoulême. Mas a raiva a invadia quando pensava que a senhora não havia sequer reservado os poucos trocados necessários, a cada manhã, ao pão e ao leite de que vivia agora. Entre elas, explodiam incessantes discussões. A princesa sorria com seu divino sorriso de esperança, respondendo que só teria necessidade, no fim do mês, de um sudário, quando houvesse entrado no convento, onde reservara seu lugar havia muito tempo, um convento de carmelitas, murado ao mundo inteiro. O repouso, o repouso eterno!

Tal como a via durante quatro anos, dona Caroline reencontrou a princesa, vestida com seu eterno vestido preto, os cabelos escondidos sob um lenço de renda, ainda bela aos trinta e nove anos, com seu rosto redondo e dentes de pérola, mas a pele amarelecida, a carne morta, como após dez anos de clausura. E o pequeno cômodo, semelhante ao escritório de um oficial de justiça da província, estava abarrotado pelo acúmulo de papeladas ainda mais inextricáveis, projetos, contas, pastas, todo o papel esbanjado em um desperdício de trezentos milhões.

— Senhora — disse a princesa com sua voz doce e lenta, que nenhuma emoção fazia tremer —, eu gostaria de comunicar-lhe uma notícia que me deram nesta manhã... Trata-se de Victor, esse menino que a senhora colocou na Obra do Trabalho...

O coração de dona Caroline pôs-se a bater dolorosamente. Ah! A miserável criança cujo pai sequer foi ver, apesar de suas promessas formais, durante os vários meses em que soube de sua existência, antes de ser preso na Conciergerie! O que se tornaria, dali em diante? E ela, que se recusava a pensar em Saccard, era continuamente levada a ele, transtornada em sua maternidade de adoção.

— Aconteceram coisas terríveis ontem — continuou a princesa —, um enorme crime que nada poderá reparar.

E contou, com seu ar glacial, uma aventura horripilante. Nos três últimos dias, Victor havia se introduzido na enfermaria, alegando dores de cabeça insuportáveis. O médico havia suspeitado de uma simulação de preguiçoso; mas o menino era realmente acometido de nevralgias frequentes. Ora, naquela tarde, Alice de Beauvilliers encontrava-se na Obra sem sua mãe, tendo ido ajudar a freira de plantão no inventário trimestral do armário de remédios. O armário estava na sala que separava os dois dormitórios, o das meninas do dos meninos, no qual naquele momento só estava Victor, deitado, ocupando um dos leitos; e a freira, ausentando-se por alguns minutos, teve a surpresa de não encontrar Alice, de modo que, após esperar um instante, pôs-se a procurá-la. Sua surpresa havia aumentado ao perceber que a porta do dormitório dos meninos acabava de ser fechada por dentro. O que se passava então? Foi preciso que desse a volta pelo corredor, e ficou pasma, aterrorizada, pelo espetáculo que se apresentou a ela: a jovem meio estrangulada, uma toalha amarrada em seu rosto para abafar os gritos, as saias levantadas em desordem, exibindo sua nudez de virgem clorótica, violentada, conspurcada com uma brutalidade imunda. No chão, jazia um porta-moedas vazio. Victor havia desaparecido. E reconstruía-se a cena: Alice, talvez chamada, ao entrar para dar uma xícara de leite àquele menino de quinze anos hirsuto como um homem, depois o apetite brusco do monstro por aquela carne frágil, aquele pescoço alongado, o salto do macho de pijama, a jovem sufocada, jogada sobre o leito como um trapo, violentada, roubada, e as roupas vestidas com pressa, e a fuga. Mas quantos pontos obscuros, quantas perguntas estarrecedoras e insolúveis! Como não se ouviu nada, nem um ruído de luta, nem um gemido? Como coisas tão pavorosas haviam ocorrido tão depressa, em menos de dez minutos? Sobretudo, como Victor havia conseguido fugir, evaporar-se, por assim dizer, sem deixar traço? Pois, após as mais minuciosas buscas, tinha-se a certeza de que não estava mais no prédio. Devia ter fugido pela sala de banho, que dava para o corredor, e no qual uma das janelas se abria sobre uma série de telhados em desnível, que chegavam até a avenida; e ainda um tal caminho oferecia perigos tão grandes que muitos se recusavam a acreditar que um ser humano houvesse conseguido segui-lo. Levada para a casa de sua mãe, Alice estava acamada, mortificada, perdida, soluçante, acometida de uma febre intensa.

Dona Caroline escutou esse relato com tal assombro que lhe parecia que todo o sangue de seu coração gelava. Uma lembrança havia se despertado, apavorava-a pela terrível semelhança: Saccard, outrora, agarrando a miserável Rosalie sobre um degrau, deslocando seu ombro no momento da concepção daquela criança, que havia conservado uma parte do rosto esmagada; e, hoje, Victor violentando por sua vez a primeira moça que o destino lhe entregava. Que crueldade inútil! Essa jovem tão doce, o fim desolado de uma estirpe, que estava prestes a entregar-se a Deus, sem poder ter um marido, como todas as outras! Teria então um significado esse encontro imbecil e abominável? Por que ter quebrado isto contra aquilo?

— Não quero lhe fazer nenhuma recriminação, senhora — concluiu a princesa —, pois seria injusto remontar até a senhora a menor responsabilidade. Simplesmente, a senhora tinha um protegido bem terrível. — E, como se fizesse uma associação de ideias não exprimida, acrescentou: — Não se vive impunemente em certos meios... Eu mesma tive os maiores problemas de consciência, senti-me cúmplice quando, ao fim, esse banco desmoronou, acumulando tantas ruínas e tantas iniquidades. Sim, nunca deveria ter permitido que minha casa se tornasse o berço de semelhante abominação... Enfim, o mal está feito, a casa será purificada e eu, oh!, eu não existo mais, Deus me perdoará.

Seu pálido sorriso de esperança finalmente realizada havia reaparecido, anunciava com um gesto sua saída do mundo, seu desaparecimento para sempre como boa deusa invisível.

Dona Caroline tomou-lhe as mãos, apertou-as, beijou-as, tão transtornada pelo remorso e pela compaixão que gaguejava palavras desconexas.

— A senhora engana-se ao desculpar-me, sou culpada... Essa infeliz criança, quero vê-la, corro imediatamente para vê-la...

E partiu, deixando a princesa e sua velha criada Sophie prepararem suas bagagens para a grande partida que deveria separá-las após quarenta anos de vida comum.

Na antevéspera, no sábado, a condessa de Beauvilliers havia se resignado a abandonar sua mansão aos credores. Nos seis últimos meses, não pagava mais os juros das hipotecas, a situação havia se tornado intolerável, em meio a todo tipo de despesa, sob a contínua ameaça de uma venda judiciária; e seu advogado havia lhe dado o conselho de largar tudo, de instalar-se em um pequeno alojamento, onde viveria sem despesa, enquanto ele tentaria liquidar as dívidas. Ela não teria cedido, talvez se mantivesse obstinada em conservar sua posição social, seu engodo de fortuna intacta, até o aniquilamento de sua estirpe, sob o desabamento dos telhados, se uma nova desgraça não a houvesse arrasado. Seu filho Ferdinand, o último dos Beauvilliers, o jovem inútil, distante de qualquer emprego, transformado em soldado do papa para fugir a sua nulidade e sua ociosidade, morreu em Roma, sem glória, tão pobre de sangue, tão castigado pelo sol demasiadamente forte que não havia conseguido lutar em Mentana, já febril, o peito cheio. Então, houve nela um vazio repentino, o desmoronamento de todas as suas ideias, de toda a sua vontade, do andaime laborioso que, durante tantos anos, sustentava tão orgulhosamente a honra do nome. Bastaram vinte e quatro horas, a casa estava arruinada, apareceu a miséria, patética, entre os escombros. Vendeu-se o velho cavalo, só restou a cozinheira, que fez as compras com o avental sujo, dois soldos de manteiga e um litro de feijão, a condessa foi vista na calçada com o vestido enlameado, tendo aos pés botas que se encharcavam de água. Era a indigência da noite para o dia, o desastre arrasava até o orgulho daquela crente nos dias passados, em luta contra seu século.

 Havia se refugiado com a filha na rue de la Tour-des-Dames, na casa de uma antiga vendedora de roupas, agora devota, que sublocava quartos mobiliados aos padres. Ali, as duas ocupavam um grande quarto vazio, com uma miséria digna e triste, cujo fundo era ocupado por uma alcova fechada. Duas pequenas camas preenchiam a alcova e, quando as divisórias, revestidas do mesmo papel que as paredes, estavam fechadas, o quarto transformava-se em salão. Essa feliz disposição as havia consolado um pouco.

 Mas não fazia nem duas horas que a condessa de Beauvilliers havia se instalado, no sábado, quando uma visita inesperada, extraordinária, a havia remetido a uma nova angústia. Felizmente, Alice havia saído para uma compra. Era Busch, com seu rosto achatado e sujo, a casaca ensebada, a gravata branca enrolada como uma corda, que, sem dúvida, alertado por seu instinto do minuto favorável, decidia-se enfim por realizar seu velho negócio do reconhecimento da dívida de dez mil francos, assinado pelo conde à jovem Léonie Cron. Com um rápido olhar sobre o alojamento, havia avaliado a situação da viúva: teria esperado demais? E, como homem capaz, de vez em quando, de urbanidade e paciência, havia explicado longamente o caso à condessa apavorada. Realmente era, não era?, a caligrafia de seu marido, o que comprovava claramente a história: uma paixão do conde pela jovem, uma maneira de tê-la, em primeiro lugar, e, em seguida, desvencilhar-se dela. Nem sequer lhe havia escondido que, legalmente, e após quase quinze anos, ele não achava que fosse obrigada a pagar. No entanto, ele era apenas o representante de sua cliente e sabia que esta encontrava-se disposta a recorrer aos tribunais, a provocar o mais horrível escândalo, se não transigisse.

Como a condessa, lívida, atingida no coração por esse passado abominável que ressuscitava, estivesse surpresa que houvessem esperado tanto tempo antes de se dirigirem a ela, Busch inventou uma história, o papel perdido, reencontrado no fundo de um baú; e, como ela se recusasse decididamente a examinar a questão, ele partiu, sempre muito polido, dizendo que voltaria com sua cliente, não no dia seguinte, porque ela não poderia deixar a casa onde trabalhava, mas certamente na segunda ou na terça-feira.

Na segunda-feira, em meio à terrível aventura ocorrida com sua filha, depois que a trouxeram delirante, e que a velava, os olhos cegos de lágrimas, a condessa de Beauvilliers não pensava mais naquele homem malvestido e em sua história cruel. Enfim, Alice acabava de adormecer, a mãe sentou-se, exausta, massacrada por essa insistência da desgraça, quando Busch se apresentou de novo, acompanhado dessa vez por Léonide.

– Senhora, aqui está minha cliente, é preciso uma solução.

Diante da aparição da moça, a condessa havia estremecido. Olhava-a, vestida com cores berrantes, com seus cabelos duros e negros caindo sobre as sobrancelhas, rosto grande e balofo, a baixeza imunda de toda a sua pessoa, desgastada por dez anos de prostituição. E sentia-se torturada, sangrava em seu orgulho de mulher, após tantos anos de perdão e de esquecimento. Era, meu Deus!, por criaturas destinadas a semelhantes quedas que o conde a traía!

– É preciso uma solução – insistiu Busch –, porque minha cliente é muito ocupada, na rue Feydeau.

– Na rue Feydeau – repetiu a condessa sem compreender.

– Sim, está lá... Enfim, está lá em uma casa.

Desnorteada, mãos trêmulas, a condessa foi fechar completamente a alcova, que tinha só um panô estirado. Alice, em sua febre, havia se agitado sob as cobertas. Contanto que ela adormecesse novamente, que não visse, não escutasse!

Busch já recomeçava:

– É isso! Senhora, entenda bem... A senhorita encarregou-me de seu caso e eu simplesmente a represento. Por isso quis que ela viesse em pessoa explicar sua reclamação... Vamos, Léonide, explique-se.

Inquieta, pouco à vontade nesse papel que ele a fazia representar, ela erguia seus grandes olhos turvos de cão escorraçado. Mas a esperança dos mil francos que lhe havia prometido convenceu-a. E, com sua voz rouca, danificada pelo álcool, enquanto ele novamente desdobrava e exibia o reconhecimento da dívida do conde:

– É isso mesmo, é o papel que o senhor Charles assinou para mim... Eu era a filha do carroceiro, de Cron, o Corno, como diziam, a senhora sabe, senhora!... E então o senhor Charles estava sempre pendurado nas minhas saias, pedindo coisas sujas. Bem, isso me aborrecia. Quando a gente é jovem, não é?, a gente não sabe nada, a gente não é gentil com os velhos... E então o senhor Charles deu-me este papel, em uma noite em que me levou ao estábulo...

De pé, crucificada, a condessa deixava-a falar, até que lhe pareceu ouvir um gemido na alcova. E fez um gesto de angústia.

– Cale-se!

Mas Léonide estava empolgada, queria acabar.

– Não é honesto, na verdade, quando não se quer pagar, seduzir uma menina bem-comportada... Sim, senhora, seu senhor Charles era um ladrão. É o que pensam todas as mulheres a quem conto isso... E eu lhe respondo que isso valia o dinheiro.

— Cale-se! Cale-se! — gritou furiosamente a condessa, os dois braços erguidos, como para esmagá-la se continuasse.

Léonide teve medo, levantou o cotovelo, a fim de proteger o rosto, com o movimento instintivo das mulheres habituadas às bofetadas. E reinou um silêncio assustador, durante o qual pareceu que um novo gemido, um pequeno ruído abafado de lágrimas, vinha da alcova.

— Enfim, o que quer? — retomou a condessa, trêmula, em voz baixa.

Aí, Busch interveio.

— Mas, senhora, esta moça quer que a paguem. E tem razão, a infeliz, de dizer que o senhor conde de Beauvilliers agiu muito mal com ela. É vigarice, simplesmente.

— Nunca pagarei semelhante dívida.

— Então, tomaremos um carro, ao sair daqui, e iremos ao palácio, onde apresentarei uma queixa, que redigi antecipadamente, e que está aqui... Todos os fatos que a senhorita acabou de contar-lhe estão relatados aqui.

— Senhor, é uma chantagem abominável, o senhor não fará isso.

— Peço-lhe perdão, senhora, farei isso imediatamente. Negócios são negócios.

Um imenso cansaço, um desencorajamento extremo invadiu a condessa. Acabava de quebrar-se o último orgulho que a mantinha em pé; e toda a sua violência, toda a sua força, desabou. Juntou as mãos, gaguejava.

— Mas o senhor não vê nossa situação. Pois olhe este quarto... Não temos mais nada, amanhã talvez não tenhamos o que comer... Onde o senhor quer que eu arranje dinheiro, dez mil francos, meu Deus!

Busch deu um sorriso de homem acostumado a procurar em ruínas assim.

— Oh! Damas como a senhora sempre têm recursos. Procurando bem, encontram-se.

Há algum tempo, ele espreitava sobre a chaminé um velho cofre de joias, que a condessa havia deixado lá, pela manhã, ao esvaziar um baú; e adivinhava a pedraria, com a certeza do instinto. Seu olhar brilhou com tamanha chama que ela seguiu a direção e compreendeu.

– Não, não! – gritou –, as joias, nunca!

E agarrou o cofre, como se fosse defendê-lo. Essas últimas joias, havia tanto tempo na família, aquelas poucas joias que havia guardado através das maiores dificuldades, como único dote de sua filha, e que eram naquela hora seu recurso supremo!

– Nunca, preferiria dar minha carne!

Mas, nesse minuto, houve uma derivação, dona Caroline bateu à porta e entrou. Chegava transtornada, ficou paralisada pela cena no meio da qual se viu. Com uma palavra, havia pedido à condessa para não se incomodar com sua presença; e teria partido, não fosse por um gesto suplicante que pensou entender. Imóvel no fundo do cômodo, quis passar despercebida.

Busch havia posto o chapéu, enquanto Léonide, cada vez mais desconfortável, aproximava-se da porta.

– Então, senhora, agora só nos resta partir...

Entretanto, ele não partia. Recomeçou toda a história, em termos mais vergonhosos, como se desejasse humilhar ainda mais a condessa diante da recém-chegada, aquela senhora que fingia não reconhecer, conforme seu costume quando estava em negociação.

– Adeus, senhora, vamos imediatamente ao tribunal. A narrativa detalhada estará nos jornais em menos de três dias. É a senhora quem faz essa escolha.

Nos jornais! Aquele escândalo horrível sobre as próprias ruínas de sua casa! Não bastava ver desfeita em pó a antiga fortuna, era preciso que tudo caísse na lama! Ah! Que ao menos fosse salva a honra do nome! E, com um movimento maquinal, abriu o cofre. Apareceram os brincos, a pulseira, os três anéis, brilhantes e rubis, com seus engastes antigos.

Busch aproximou-se vivamente. Seus olhos enterneceram-se, com a doçura de uma carícia.

– Oh! Não valem dez mil francos... Permita que eu veja.

Uma a uma, já pegava as joias, retornava-as, erguia-as no ar com seus grossos dedos trêmulos de amante, com sua paixão sensual pelas pedras. A pureza dos rubis, sobretudo, parecia pô-lo

em êxtase. E aqueles brilhantes antigos, mesmo que a lapidação fosse às vezes desastrada, que limpidez maravilhosa!
— Seis mil francos! — disse com uma voz ríspida de leiloeiro, escondendo sua emoção sob essa cifra de avaliação total. — Conto apenas as pedras, os engastes só servem para ser fundidos. Enfim, nós nos contentaremos com seis mil francos.

Mas o sacrifício era duro demais para a condessa. Teve um despertar de violência, retomou as joias, apertou-as em suas mãos contorcidas. Não, não! Era demais, exigir ainda que jogasse no abismo essas poucas pedras, que sua mãe havia usado, que sua filha deveria usar no dia de seu casamento. E lágrimas ardentes jorraram de seus olhos, escorreram sobre a face, em uma dor tão trágica que Léonide, comovida, enternecida pela compaixão, pôs-se a puxar Busch pela casaca para forçá-lo a partir. Queria ir embora, isso mexia com ela no fim, causar tanta dor àquela pobre senhora idosa, que tinha um ar tão bondoso. Busch, muito friamente, acompanhava a cena, certo agora de levar tudo, sabendo, com sua longa experiência, que as crises de lágrimas das mulheres anunciam a derrota da vontade; e aguardava.

Talvez a terrível cena houvesse se prolongado se, nesse momento, uma voz longínqua, abafada, não tivesse explodido em soluços. Era Alice, que gritava do fundo da alcova:
— Oh!, mamãe, eles me matam!... Dê-lhes tudo, que levem tudo!... Oh!, mamãe, que eles saiam! Matam-me, matam-me.

Então, a condessa fez um gesto desesperado de abandono, um gesto por meio do qual teria dado a vida. Sua filha havia escutado, sua filha morria de vergonha. E jogou as joias para Busch, deixou-lhe apenas o tempo de colocar sobre a mesa, em troca, o reconhecimento de dívida do conde, empurrando-o para fora atrás de Léonide, que já havia desaparecido. Depois, abriu novamente a alcova, desabou sobre o travesseiro de Alice, ambas destruídas, aniquiladas, misturando as lágrimas.

Dona Caroline, revoltada, por um momento esteve a ponto de intervir. Permitiria que o miserável extorquisse assim aquelas duas pobres mulheres? Mas havia escutado a história ignóbil, e o que fazer para evitar o escândalo? Pois sabia que era homem de levar até o fim suas ameaças. Ela própria sentia-se envergonhada diante dele, na cumplicidade dos segredos que havia entre ambos. Ah! Só sofrimento, só canalhice! Uma sensação de mal-estar invadia-a, o que fazia ali, se não encontrava sequer uma palavra a dizer nem um auxílio a dar? Todas as frases que lhe chegavam aos lábios, as perguntas, as simples alusões a respeito do drama da véspera pareciam cruéis, ofensivas, impossíveis de arriscar diante da vítima, ainda transtornada, agonizante de sua mácula. E que auxílio poderia deixar que não parecesse uma esmola derrisória, ela igualmente arruinada, já em dificuldade para aguardar o desfecho do processo? Enfim, aproximou-se, olhos cheios de lágrimas, braços abertos, com uma compaixão infinita, uma ternura comovida, que a fazia estremecer por inteiro.

No fundo da alcova simples do albergue mobiliado, aquelas duas criaturas destroçadas, acabadas, eram tudo o que restava da antiga estirpe dos Beauvilliers, antigamente tão poderosa, soberana. Teve terras tão grandes quanto um reino, vinte léguas do Loire haviam lhe pertencido, castelos, prados, plantações, florestas. Depois, essa imensa fortuna dominial pouco a pouco se foi com o decorrer dos séculos, e a condessa acabava de afundar o que restara dos destroços em uma dessas tempestades da especulação moderna, da qual não entendia nada: de início, suas economias de vinte mil francos, poupados, centavo após centavo, para sua filha, em seguida os sessenta mil francos tomados em empréstimo com garantia hipotecária de Aublets, depois a fazenda inteira. A mansão da rue Saint-Lazare não pagaria os credores. Seu filho estava morto, longe dela e sem glória. Trouxeram-lhe a filha ferida, conspurcada por um bandido, como se traz, sangrando e coberta de lama, uma criança esmagada por um veículo. E a condessa, outrora tão nobre, esbelta, alta, cabelos brancos, com sua grande figura antiquada, era apenas uma pobre mulher idosa destruída, alquebrada por essa devastação; ao passo que, sem beleza, sem juventude, exibindo a desgraça de seu pescoço demasiadamente longo, na desordem de sua camisa, Alice tinha olhos de louca, nos quais se lia a dor mortal de seu último orgulho, sua virgindade violentada. E ambas soluçavam ainda, soluçavam sem fim.

Então, dona Caroline não pronunciou uma única palavra, tomou-as simplesmente em seus braços, cerrou-as firmemente junto ao coração. Não encontrava nenhuma outra coisa a fazer, chorava com elas. E as duas infelizes compreenderam, suas lágrimas redobraram, mais doces. Mesmo que não houvesse consolo possível, não seria preciso ainda viver, ao menos viver?

Quando dona Caroline saiu novamente à rua, avistou Busch em grande conferência com Méchain. Ele havia parado um fiacre, empurrado Léonide dentro dele e desaparecido. Mas, como dona Caroline se apressasse, Méchain caminhou diretamente em sua direção. Sem dúvida vigiava-a, pois imediatamente falou-lhe de Victor, já informada pessoalmente do que havia se passado na véspera, na Obra do Trabalho. Desde que Saccard havia se recusado a pagar os quatro mil francos, ela não esmorecia, matutava para descobrir de que maneira poderia ainda explorar o caso; e havia assim ouvido a história, no boulevard Bineau, onde ia com frequência, na esperança de algum incidente proveitoso. Seu plano já devia estar pronto, declarou a dona Caroline que sairia imediatamente à procura de Victor. Que infeliz criança, seria demasiadamente terrível abandoná-la a seus maus instintos, era preciso encontrá-la se não quisessem vê-la, qualquer dia desses, no tribunal. E, enquanto falava, seus olhos miúdos, perdidos na gordura de seu rosto, escrutinavam a boa senhora, feliz por senti-la transtornada, dizendo a si mesma que, no dia em que encontrasse o rapaz, continuaria a extorquir dela algumas moedas de cem soldos.

– Então, senhora, está acertado, encarrego-me disso... No caso de querer notícias, não se dê ao trabalho de ir tão longe, à rue Marcadet, vá simplesmente à casa do senhor Busch, na rue Feydeau, onde pode estar certa de me encontrar todos os dias, por volta das quatro horas.

Dona Caroline voltou à rue Saint-Lazare, atormentada por uma nova angústia. Era verdade, aquele monstro, solto no mundo, errante e perseguido, que hereditariedade do mal saciaria através da multidão, como um lobo devorador? Almoçou rapidamente, tomou um coche, com tempo de passar pelo boulevard Bineau, antes de ir à Conciergerie, ávida do desejo de ter informações imediatamente. Depois, a caminho, na perturbação de sua febrilidade, uma ideia apoderou-se dela, dominou-a: ir inicialmente à casa de Maxime, levá-lo à Obra, forçá-lo a ocupar--se de Victor, de quem era irmão, apesar de tudo. Apenas ele permanecia rico, apenas ele poderia intervir, ocupar-se do caso de uma maneira mais eficaz.

Mas, na avenue de l'Impératrice, já no vestíbulo da pequena residência luxuosa, dona Caroline sentiu-se petrificada. Tapeceiros recolhiam as tapeçarias e os tapetes, criados colocavam forros nas poltronas e nos lustres; ao passo que todos os belos objetos dispersos sobre os móveis, sobre as prateleiras, exalavam um perfume moribundo, tal como um buquê ao chão no dia seguinte de um baile. E, no fundo do dormitório, encontrou Maxime entre dois enormes baús, que o camareiro havia acabado de encher com um enxoval maravilhoso, rico e delicado como o de uma noiva.

Percebendo sua presença, foi ele quem falou em primeiro lugar, muito friamente, a voz seca.

– Ah! É a senhora! Chegou em boa hora, não precisarei lhe escrever... Não aguento mais, vou embora.

– Como, o senhor vai embora?

– Sim, vou embora hoje à noite, para instalar-me em Nápoles, onde passarei o inverno. – Em seguida, após ter despachado o camareiro com um gesto: – Se a senhora acha que me diverte ter, há seis meses, um pai na Conciergerie! Certamente não fico aqui para vê-lo na cadeia... Eu, que detesto as viagens! Enfim, o tempo é bom por lá, levo apenas o indispensável, talvez não me aborreça demais.

Ela encarava-o, tão correto, tão belo; olhava os baús repletos, onde não havia nenhum trapo de esposa ou de amante, onde só havia o culto de si mesmo; entretanto, ousou correr o risco.

– Eu que vinha ainda lhe pedir um favor...

Depois, contou a história, Victor bandido, estuprando e roubando, Victor em fuga, capaz de todos os crimes.

– Não podemos abandoná-lo. Acompanhe-me, juntemos nossos esforços...

Não a deixou terminar, lívido, invadido por um pequeno tremor de medo, como se houvesse sentido alguma mão assassina e suja pousar sobre seu ombro.

– Pois bem! Só faltava isso!... Um pai ladrão, um irmão assassino... Esperei demais, deveria ter partido na semana passada. Mas é abominável, abominável, pôr um homem como eu em uma tal situação! – Então, como ela insistia, tornou-se insolente: – Deixe-me em paz, senhora! Já que a diverte, essa vida de tristezas, fique nela! Eu a havia prevenido, bem feito, se a senhora chorar... Mas eu, veja a senhora, antes varreria para a sarjeta todo esse mundo perverso a dar um fio dos meus cabelos.
Ela levantou-se.
– Então, adeus!
– Adeus!

E, ao sair, viu que ele chamava o camareiro e assistia à embalagem cuidadosa de seu estojo de toalete, um estojo no qual todas as peças esmaltadas eram galantemente trabalhadas, principalmente a bacia, incrustada com uma ronda de cupidos. Enquanto ele partia para viver de esquecimento e de preguiça, sob o sol claro de Nápoles, ela teve subitamente a visão do outro, rondando em uma noite de negro degelo, faminto, uma faca na mão, em alguma ruela afastada da Villette ou de Charonne. Não seria essa a resposta à questão de saber se o dinheiro não é a educação, a saúde, a inteligência? Já que a mesma lama humana permanece no fundo, a civilização se reduziria a essa superioridade de cheirar bem e de viver bem?

Quando chegou à Obra do Trabalho, dona Caroline teve uma sensação peculiar de revolta contra o enorme luxo da casa. Para quê as duas alas majestosas, o alojamento dos meninos e o alojamento das meninas, interligados pelo pavilhão monumental da administração? Para quê os pátios grandes como se fossem parques, os azulejos das cozinhas, o mármore dos refeitórios, as escadarias, os corredores vastos, que poderiam servir um palácio? Para quê toda aquela caridade grandiosa, se não era possível, naquele ambiente amplo e salubre, corrigir um ser ignóbil, transformar uma criança pervertida em um homem de bem, tendo a justa razão da saúde? Imediatamente dirigiu-se ao diretor, fez muitas perguntas, quis saber os mínimos detalhes. Mas o drama permanecia obscuro, ele só pôde repetir o que ela já sabia pela princesa. Desde a véspera, as buscas haviam continuado, na casa e nos arredores, sem trazer o menor resultado. Victor já estava longe, corria pela cidade, no fundo do desconhecido assustador. Não devia ter dinheiro, pois o porta-moedas de Alice, que havia esvaziado, só continha três francos e quatro soldos. Aliás, o diretor havia evitado envolver a polícia no caso, para poupar as pobres senhoras Beauvilliers do escândalo público; e dona Caroline agradeceu-lhe, prometeu que não tomaria nenhuma providência junto ao comissariado, apesar de sua vontade ardente de saber. Depois, desesperada por partir tão desinformada quanto havia chegado, teve a ideia de subir até a enfermaria, para interrogar as freiras. Mas não obteve nenhuma informação precisa e só conseguiu, no andar de cima, na pequena sala calma que separava o dormitório das meninas do dormitório dos meninos, alguns minutos de profunda paz. Subia uma algazarra alegre, era hora do recreio, sentia-se injusta diante das curas felizes, obtidas pelo ar livre, o bem-estar e o trabalho. Cresciam ali certamente homens sãos e fortes. Um bandido entre quatro ou cinco honestidades médias ainda seria belo, em meio ao acaso que agrava ou atenua as taras hereditárias!

E dona Caroline, deixada sozinha por um instante pela irmã de serviço, aproximou-se da janela para ver as crianças brincarem embaixo, quando foi atraída por vozes cristalinas de meninas, na enfermaria ao lado. A porta estava entreaberta, pôde assistir à cena sem ser vista. Era uma sala muito agradável, essa enfermaria branca, com paredes brancas e quatro leitos envoltos por cortinas brancas. Uma cobertura de sol dourava essa brancura, uma florescência de leitos em meio ao ar cálido. Na primeira cama, à esquerda, reconheceu Madeleine, a menina que já estava lá, convalescente, comendo pão com geleia no dia em que trouxe Victor. Sempre adoecia, devastada pelo alcoolismo de sua raça, tão pouco sangue, com seus grandes olhos de mulher-feita, franzina e branca como uma santa de vitral. Tinha treze anos, sozinha no mundo, sua mãe havia morrido, em uma noite de bebedeira, por um pontapé no ventre que um homem lhe dera para não lhe passar os seis soldos que haviam combinado. E era ela, em sua longa camisa branca, ajoelhada no meio da cama, com seus cabelos loiros soltos sobre os ombros,

que ensinava uma prece a três meninas que ocupavam as três outras camas.
— Juntem as mãos assim, abram o coração bem grande...
As três meninas estavam, também elas, ajoelhadas no meio dos lençóis. Duas tinham entre oito e dez anos, a terceira mal tinha cinco. Em suas longas camisas brancas, com as frágeis mãos juntas, seus rostos sérios e extasiados, pareciam pequenos anjos.
— E repitam comigo o que vou dizer. Escutem bem... Meu Deus! Faça que o senhor Saccard seja recompensado por sua bondade, que tenha vida longa e seja feliz.
Então, com suas vozes de querubim, um ceceio adorável de infância, as quatro meninas repetiram juntas, em um impulso de fé, ao qual se entregavam seus pequenos seres puros:
— Meu Deus! Faça que o senhor Saccard seja recompensado por sua bondade, que tenha vida longa e seja feliz.
Com um movimento irritado, dona Caroline ia entrar no quarto, calar as crianças, proibir o que via como um jogo blasfematório e cruel. Não, não! Saccard não tinha o direito de ser amado, era macular a infância deixá-las rogar por sua felicidade! Depois, um grande calafrio paralisou-a, lágrimas vieram-lhe aos olhos. Por que deveria fazer chegar sua querela, a raiva de sua experiência, a esses seres inocentes, que ainda não sabiam nada da vida? Saccard não havia sido bom para eles, ele que era um pouco o criador dessa casa, que todos os meses lhes enviava brinquedos? Foi tomada por uma profunda aflição, encontrava essa prova de que não há homem condenável, que, em meio a todo o mal que pudesse ter feito, também não houvesse feito muito bem. E ela partiu enquanto as meninas recomeçavam sua prece, carregou em seus ouvidos aquelas vozes angelicais clamando as bênçãos do céu para o homem de inconsequência e de catástrofe, cujas mãos loucas acabavam de arruinar uma multidão.
Como descesse enfim de seu fiacre, no boulevard du Palais, diante da Conciergerie, percebeu que, em sua emoção, havia esquecido em casa o maço de cravos que havia preparado de manhã para seu irmão. Uma ambulante estava ali vendendo pequenos buquês de rosas de dois soldos, e ela comprou um e fez sorrir Hamelin, que adorava flores, quando lhe contou seu

descuido. Nesse dia, entretanto, ela o achou triste. No início, durante as primeiras semanas de sua prisão, ele não havia acreditado em acusações graves contra si. Sua defesa parecia-lhe tão simples: havia sido nomeado presidente contra sua vontade, permaneceu fora de todas as operações financeiras, quase sempre longe de Paris, sem poder exercer qualquer controle. Mas as conversas com seu advogado, as providências que tomava dona Caroline e das quais ela lhe narrava a inútil fadiga, fizeram-no entrever em seguida as terríveis responsabilidades que pesavam sobre si. Seria solidário das menores ilegalidades cometidas, nunca admitiriam que ignorasse qualquer uma delas, Saccard o arrastava em uma cumplicidade desonrosa. E foi então que ele encontrou em sua fé um pouco simplória de católico praticante uma resignação, uma tranquilidade de alma, que surpreendiam a irmã. Quando ela chegava do exterior, de suas missões ansiosas, dessa humanidade em liberdade tão atormentada e tão dura, ficava surpresa ao vê-lo tranquilo, sorridente em sua cela nua, onde, como grande criança piedosa, havia pregado quatro imagens sacras, vivamente coloridas, em torno de um pequeno crucifixo de madeira escura. A partir do momento em que alguém se remete à mão de Deus, não há mais revolta, todo sofrimento imerecido é uma garantia de salvação. Sua única tristeza, às vezes, provinha da interrupção desastrosa de suas grandes obras. Quem retomaria seu trabalho? Quem continuaria a ressurreição do Oriente, tão auspiciosamente iniciada pela Companhia Geral de Navios Associados e pela Sociedade das Minas de Prata do Carmelo? Quem construiria a malha ferroviária de Bursa a Beirute e a Damasco, de Esmirna a Trebizonda, toda uma circulação de sangue jovem nas veias do velho mundo? Aliás, aí ele ainda acreditava, dizia que a obra empreendida não poderia morrer, sentia apenas a dor de não ser mais aquele que os céus haviam eleito para executá-la. Sobretudo, sua voz esmaecia quando procurava saber em punição de qual falta Deus não lhe permitiu realizar o grande banco católico destinado a transformar a sociedade moderna, aquele Tesouro do Santo Sepulcro que daria um reino ao papa e que faria de todos os povos uma só nação, retirando dos judeus o poder soberano do dinheiro. Predizia-o também, aquele banco inevitável, invencível; anunciava o Justo de mãos puras que o fundaria um dia. E se, nessa tarde, parecia preocupado, deveria ser simplesmente porque, em sua serenidade de indiciado de quem fariam um culpado, havia pensado que nunca, ao sair da prisão, teria as mãos suficientemente limpas para retomar a grande tarefa.

Distraidamente, ouviu sua irmã explicar-lhe que, nos jornais, a opinião sobre ele pareciam tornar-se um pouco mais favorável. Depois, sem transição, olhando-a com seus olhos de adormecido desperto:

– Por que se recusa a vê-lo?

Ela estremeceu, compreendeu que ele falava de Saccard. Com um aceno, disse não, ainda não. Então, ele decidiu-se, confuso, em voz muito baixa.

– Após o que ele foi para você, não pode recusar, vá vê-lo! Meu Deus! Ele sabia, ela foi tomada por um ardente rubor, jogou-se em seus braços para esconder o rosto; e gaguejava, perguntava quem poderia ter-lhe contado, como ele sabia essa coisa que ela imaginava ignorada principalmente por ele.

– Minha pobre Caroline, faz muito tempo... Cartas anônimas, pessoas perversas que nos invejavam... Nunca lhe disse nada, você é livre, não pensamos da mesma maneira... Eu sei que você é a melhor mulher da Terra. Vá vê-lo.

E, alegremente, reencontrando seu sorriso, pegou o pequeno buquê de rosas que já havia deslizado atrás do crucifixo, pôs nas mãos dela, acrescentando:

– Tome! Leve isto a ele e diga-lhe que não lhe quero mal também.

Dona Caroline, transtornada por aquela ternura tão patética do irmão, na terrível vergonha e no delicioso alívio que sentia ao mesmo tempo, não resistiu mais. Além disso, desde a manhã, impunha-se a ela a necessidade surda de ver Saccard. Poderia não avisá-lo da fuga de Victor, da aventura atroz que ainda a deixava trêmula? Desde o primeiro dia, ele a havia inscrito entre as pessoas que gostaria de receber; e bastou-lhe dizer seu nome, um guarda imediatamente a conduziu à cela do prisioneiro.

Quando entrou, Saccard estava de costas para a porta, sentado diante de uma pequena mesa, recobrindo com números uma folha de papel. Levantou-se com vivacidade, deu um grito de alegria.

– A senhora!... Oh!, como a senhora é boa e como estou feliz! Tomou uma de suas mãos entre as suas, ela sorria com ar embaraçado, muito emocionada, sem achar as palavras que deveria dizer. Em seguida, com sua mão livre, colocou o pequeno buquê de dois soldos entre as folhas, atulhadas de números, que atravancavam a mesa.

– A senhora é um anjo! – murmurou encantado, beijando-lhe os dedos.

Finalmente, ela falou.

– É verdade, havia acabado, eu o tinha condenado em meu coração. Mas meu irmão quis que eu viesse...

– Não, não, não diga isso! Diga que a senhora é muito inteligente, que é muito boa, e que compreendeu, e que me perdoa...

Com um gesto, interrompeu-o.

– Imploro-lhe, não me peça tanto. Eu mesma não sei... Não lhe basta que eu tenha vindo?... E, aliás, tenho algo bem triste a lhe dizer.

Então, de um só fôlego, a meia-voz, contou o despertar selvagem de Victor, a agressão à senhorita de Beauvilliers, sua fuga extraordinária, inexplicável, a inutilidade, até então, de todas as buscas, a pouca esperança que se tinha de encontrá-lo. Ele escutava, assombrado, sem uma pergunta, sem um gesto; e, quando ela se calou, duas grandes lágrimas incharam seus olhos, escorreram sobre seu rosto, enquanto gaguejava:

– O infeliz... O infeliz...

Ela nunca o havia visto chorar. Ficou profundamente impressionada e estupefata, tão peculiares eram as lágrimas de Saccard, tristes e pesadas, vindas de longe, de um coração empedernido, conspurcado por anos de bandidagem. Logo em seguida, aliás, ele desesperou-se ruidosamente.

– Mas é horrível, não apenas eu não o abracei, eu, esse garoto... Pois a senhora sabe que não o vi. Meu Deus! Sim, havia jurado a mim mesmo que iria vê-lo, mas não tive tempo, sequer

uma hora livre, com esses malditos negócios que me devoram...
Ah! É sempre assim: quando não se faz uma coisa imediatamente, é certeza que nunca será feita... E então, agora, a senhora está segura de que não posso vê-lo? Poderiam trazê-lo aqui.

Ela balançou a cabeça.

– Quem sabe onde está, nesta hora, no desconhecido desta terrível Paris!?

Por mais um instante, ele caminhou violentamente, soltando pedaços de frase.

– Encontram-me essa criança e, vejam só!, eu a perco... Nunca mais o verei... Veja! É que não tenho sorte, não! Nenhuma sorte!... Oh! Meu Deus! É a mesma história do Universal.

Acabava de sentar-se à mesa, e dona Caroline tomou uma cadeira a sua frente. As mãos vagando entre os papéis, todo o dossiê volumoso que ele preparava havia meses, já começou a história do processo e a exposição de seus meios de defesa, como se tivesse necessidade de inocentar-se diante dela. A acusação incriminava-o: o capital incessantemente aumentado para incendiar as cotações e para fazer crer que o banco possuía a integralidade de seus fundos; a simulação de subscrições e de pagamentos não efetuados, graças às contas abertas para Sabatani e para outros testas de ferro, que pagavam apenas por meio de artifícios contábeis; a distribuição de dividendos fictícios, sob a forma de liberação de títulos antigos; enfim, a compra, pela sociedade, de suas próprias ações, toda uma especulação desenfreada que havia produzido a alta extraordinária e factícia, da qual o Universal havia morrido, esgotado de todo ouro. A isso, respondia com explicações abundantes, apaixonadas: havia feito o que qualquer diretor de banco faz, mas em grande escala, com um feitio de homem forte. Não haveria um único chefe das casas mais sólidas de Paris que não devesse compartilhar sua cela, se estivessem preocupados com a lógica. Tomavam-no por bode expiatório das ilegalidades de todos. Por outro lado, que maneira estranha de apreciar as responsabilidades! Por que não perseguiam também os administradores, os Daigremonts, os Hurets, os Bohains, que, além dos cinquenta mil francos de jetons de presença, recebiam dez por cento sobre os lucros, e que haviam mergulhado em todas as trapaças? Por que ainda a completa impunidade de que se beneficiavam os auditores internos, Lavignière entre outros, que foram desobrigados por terem alegado incapacidade e boa-fé. Evidentemente, esse processo seria a mais monstruosa iniquidade, pois tiveram de descartar a queixa de fraude apresentada por Busch, com a alegação de fatos não comprovados, e o laudo emitido pelo perito, após um primeiro exame dos livros, acabava de ser reconhecido como cheio de erros. Então, por que a falência, declarada de ofício após essas duas peças, embora não houvesse sido desviado nem um centavo dos depósitos e todos os clientes viessem a poder recuperar seus fundos? Então queriam unicamente arruinar os acionistas? Nesse caso, tiveram êxito, o desastre agravava-se, ampliava-se sem limite. E não era a si mesmo que acusava, era a magistratura, o governo, todos os que haviam tramado para suprimi-lo, para matar o Universal.

— Ah! Os canalhas! Se tivessem me deixado livre, a senhora veria, a senhora veria!

Dona Caroline olhava-o, estarrecida por sua inconsciência, que chegava a uma verdadeira grandeza. Lembrava-se de suas antigas teorias, a necessidade da especulação nas grandes empresas, nas quais qualquer remuneração justa é impossível, a especulação vista como o excesso humano, o esterco necessário, o adubo no qual cresce o progresso. Não havia sido ele que, com suas mãos sem escrúpulos, aquecera a máquina loucamente, até fazê-la explodir em pedaços e ferir todos os que carregava com ela? Essa cotação de três mil francos, de um exagero insensato, imbecil, não foi ele quem a quis? Uma sociedade com capital de cento e cinquenta milhões, cujos trezentos mil títulos, cotados a três mil francos, representam novecentos milhões: seria possível justificar tal coisa, não haveria um perigo terrível na distribuição dos colossais dividendos exigidos por tamanha quantia consignada, a uma simples taxa de cinco por cento?

Mas ele havia se levantado, ia e vinha, na pequena cela, com o passo crispado de grande conquistador engaiolado.

— Ah! Os canalhas! Sabiam muito bem o que faziam ao me acorrentar aqui... Eu triunfaria, esmagaria todos.

Ela teve um sobressalto de surpresa e protesto.

– Como triunfar? Mas o senhor não tinha mais nem um centavo, estava derrotado!
– Evidentemente – retorquiu com amargura–, estava derrotado. Sou um canalha... A honestidade, a glória, isso nada mais é que o sucesso. Não convém ser batido, senão no dia seguinte não se é nada mais que um imbecil e um delinquente... Oh! Adivinho claramente o que se diz, não há necessidade de repetir-me. Não é? Tratam-me geralmente de ladrão, acusam-me de ter colocado todos esses milhões em meus bolsos, teriam me degolado, se me apanhassem; e, o que é pior, encolhem os ombros com pena, um simples louco, uma inteligência parca... Mas se eu tivesse tido sucesso, imagina isso? Sim, se eu tivesse derrotado Gundermann, conquistado o mercado, se eu fosse nesta hora o rei indiscutível do ouro, hein? Que triunfo! Eu seria um herói, teria Paris a meus pés.

Firmemente, ela o enfrentou.

– Não estavam com o senhor nem a justiça nem a lógica, não poderia ter sucesso.

Ele havia parado diante dela com um movimento brusco, empolgava-se.

– Não ter sucesso, tenha dó! Faltou-me dinheiro, isso é tudo. Se Napoleão, no dia de Waterloo, ainda tivesse cem mil homens para serem mortos, ganharia, a face do mundo teria mudado. Eu, se tivesse tido as centenas de milhões necessárias para jogar no abismo, seria o dono do mundo.

– Mas isso é horrível! – ela gritou, revoltada. – O quê? O senhor acha que não houve ruínas suficientes, lágrimas suficientes, sangue suficiente!? Precisaria ainda de outros desastres, de outras famílias devastadas, de outros infelizes reduzidos a mendigar nas ruas!

Ele retomou seu passeio violento, fez um gesto de superior indiferença, lançando este grito:

– E a vida se preocupa com isso!? Cada passo que damos esmaga milhares de vidas.

E reinou o silêncio, ela seguiu-o em sua caminhada, o coração invadido pelo frio. Era um patife, era um herói? Estremecia, perguntava-se quais pensamentos de grande capitão vencido, reduzido à impotência, poderia ele ruminar nos seis meses em que estava trancado naquela cela; e lançou um olhar ao redor: as quatro paredes nuas, a pequena cama de ferro, a mesa de madeira branca, as duas cadeiras de palha. Ele, que havia vivido em meio a um luxo suntuoso, resplandecente! Mas, de repente, ele retornou e sentou-se, como se as pernas estivessem quebradas por lassidão. E, longamente, falou a meia--voz, em uma espécie de confissão involuntária.

– Gundermann tinha razão, de fato: isso não vale nada, a empolgação, na Bolsa... Ah, o canalha! É feliz, ele, por não ter mais nem sangue nem nervos, não poder mais dormir com uma mulher, nem beber uma garrafa de borgonha! Aliás, acredito que ele sempre foi assim, suas veias carregam gelo... Quanto a mim, sou excessivamente apaixonado, é evidente. A razão de minha derrota não está em outra parte, eis por que tantas vezes quebrei as pernas. E é preciso acrescentar que, se minha paixão me mata, é também minha paixão que me faz viver. Sim, ela empolga-me, engrandece--me, carrega-me muito alto e, em seguida, abate-me, destrói de um só golpe toda sua obra. Ter prazer talvez seja simplesmente devorar a si mesmo... Certamente, quando reflito sobre esses quatro anos de luta, vejo bem que tudo o que me traiu é tudo o que desejei, tudo o que possuí... Isso deve ser incurável. Estou perdido.

Então, a raiva incitou-o contra o seu vencedor.

– Ah! Esse Gundermann, esse judeu sujo, que triunfa porque não tem desejos!... É bem a judiaria inteira, um conquistador obstinado e frio, a caminho da realeza soberana do mundo, em meio a povos comprados um a um pela onipotência do ouro. Faz séculos que a raça nos invade e triunfa, apesar dos pontapés no traseiro e das cuspidelas. Ele já tem um bilhão, terá dois, terá dez, terá cem, um dia será o senhor da Terra... Obstino-me há anos a gritar isso nos telhados, ninguém parece me escutar, pensam que seja simplesmente despeito de um homem da Bolsa, embora seja o próprio grito do meu sangue. Sim, o ódio ao judeu, eu sinto na pele, oh!, de muito longe, nas próprias raízes de meu ser!

– Que coisa estranha! – murmurou tranquilamente dona Caroline, com seu vasto saber, sua tolerância universal. – Para mim, os judeus são homens como os outros. Se estão à parte, é porque ali foram postos.

Saccard, que nem havia escutado, continuava com mais violência:

— E o que me exaspera é ver os governos cúmplices, aos pés desses seres desprezíveis. Assim, o império vendeu-se inteiramente a Gundermann! Como se fosse impossível reinar sem o dinheiro de Gundermann! Por certo, Rougon, meu irmão, esse grande homem, conduziu-se de maneira bem revoltante comigo; pois, não lhe disse, fui covarde o suficiente para procurar reconciliar-me, antes da catástrofe, e, se estou aqui, é porque ele bem o quis. Pouco importa, visto que o incomodo, que se livre de mim! Eu só tenho raiva de sua aliança com esses judeus sujos... Refletiu sobre isso? O Universal asfixiado para que Gundermann continue seu comércio! Qualquer banco católico muito poderoso será esmagado, como um perigo social, para assegurar o triunfo definitivo de judiaria, que nos devorará, e em breve!... Ah! Que Rougon tome cuidado! Ele será devorado, antes de todos, escorraçado desse poder ao qual se apega, pelo qual renega tudo. É bem esperto, seu jogo de báscula, garantias dadas um dia aos liberais, no outro aos autoritários; mas, nesse jogo, acaba-se, fatalmente, por quebrar o pescoço... E, como tudo sucumbe, que o desejo de Gundermann então se realize, ele que predisse que a França seria vencida se fizéssemos a guerra contra a Alemanha! Estamos prontos, os prussianos apenas têm de entrar e tomar nossas províncias.

Com um gesto aterrorizado e súplice, ela o fez calar, como se ele fosse disparar a pólvora.

— Não, não! Não diga essas coisas. O senhor não tem o direito de dizê-las... Por sinal, seu irmão não tem nada a ver com sua prisão. Sei de fonte segura que foi o ministro da Justiça Delcambre quem fez tudo.

A raiva de Saccard dissipou-se bruscamente, sorriu.

— Oh! Esse aí se vinga.

Ela o contemplava com ar de interrogação, e ele acrescentou:

— Sim, uma velha história entre nós... Sei de antemão que serei condenado.

Sem dúvida, ela desconfiou do que se tratava a história, pois não insistiu. Reinou um curto silêncio, durante o qual ele retomou os papéis sobre a mesa, de novo inteiramente voltado a sua ideia fixa.

– A senhora é encantadora, cara amiga, por ter vindo, precisa prometer-me que retornará, porque é boa conselheira e porque quero lhe expor alguns projetos... Ah!, se eu tivesse dinheiro!

Ela interrompeu-o vivamente, aproveitando a ocasião para esclarecer um ponto que a perseguia e atormentava havia muitos meses. O que ele havia feito dos milhões que devia possuir? Tinha enviado ao exterior, enterrado aos pés de alguma árvore que só ele conhecia?

– Mas o senhor tem dinheiro! Os dois milhões de Sadowa, os nove milhões de suas três mil ações, se as vendeu cotadas a três mil!

– Eu, minha cara – ele retorquiu –, não tenho um centavo!

E isso foi dito com uma voz tão clara e tão desesperada, ele olhava para ela com tamanha expressão de surpresa, que ela se convenceu.

– Nunca fiquei com um centavo dos negócios que deram errado... Compreenda que eu me arruíno com os outros... Claro, vendi; mas também comprei; onde foram parar meus nove milhões, acrescidos de outros dois milhões, eu ficaria bem embaraçado de lhe explicar claramente... Acredito que minha conta com esse pobre Mazaud atingia uma dívida de trinta a quarenta mil francos... Nem um centavo, a grande vassourada, como sempre!

Ela ficou tão aliviada, tão satisfeita, que brincou com a própria ruína, sua e de seu irmão.

– Nós também, quando tudo acabar, não sei se teremos comida para um mês... Ah! Esse dinheiro, esses nove milhões que o senhor nos prometeu, lembre-se de como me davam medo! Nunca vivi com tanto mal-estar, e que alívio no dia em que devolvi tudo ao ativo!... Foram-se até mesmo os trezentos mil francos de herança de nossa tia. Isso não é muito justo. Mas, eu havia lhe dito, dinheiro achado, dinheiro que não foi ganho, pouco importa... E o senhor pode ver que estou contente e rio agora!

Ele interrompeu-a com um gesto febril, havia apanhado os papéis de cima da mesa e empunhava-os.

O DINHEIRO

– Pois aguarde! Seremos muito ricos...
– Como?
– A senhora acredita que abandono minhas ideias?... Há seis meses trabalho aqui, em vigília durante noites inteiras, para reconstruir tudo. Os imbecis que me acusam de um crime principalmente por aquele balanço antecipado, alegando que das três grandes empresas, os Navios Associados, o Carmelo e o Banco Nacional Turco, apenas a primeira teve os lucros previstos! Diabos! Se as duas outras periclitaram, foi porque eu não estava mais lá. Mas, quando me soltarem, sim! Quando novamente for o mestre, a senhora verá, a senhora verá...
Suplicante, ela quis impedi-lo de prosseguir. Ele estava de pé, crescia sobre suas pequenas pernas, gritando com sua voz aguda:
– Os cálculos estão feitos, os números estão aqui, olhe!... Insignificâncias, simplesmente, o Carmelo e o Banco Nacional Turco! Precisamos da vasta rede de ferrovias do Oriente, precisamos de tudo mais, Jerusalém, Bagdá, e toda a Ásia Menor conquistada, o que Napoleão não pôde fazer com seu sabre é o que faremos, nós aqui, com as nossas picaretas e nosso ouro... Como pôde acreditar que eu abandonaria a partida? Napoleão conseguiu voltar da ilha de Elba, todo o dinheiro de Paris se erguerá para seguir-me: e desta vez não haverá Waterloo, respondo-lhe, porque meu plano tem um rigor matemático, previsto até os últimos centavos... Enfim, vamos abatê-lo, esse Gundermann do mal! Eu só peço quatrocentos milhões, quinhentos milhões, talvez, e o mundo será meu!
Ela havia conseguido segurar-lhe as mãos, abraçava-o.
– Não! Não! Cale-se, o senhor me dá medo!
E, contra sua vontade, de seu terror nascia uma admiração. Bruscamente, naquela cela miserável e nua, trancafiada, separada do mundo dos vivos, havia tido a sensação de uma força transbordante, de um resplandecimento de vida: a eterna ilusão da esperança, a obstinação do homem que não quer morrer. Procurava em si mesma a raiva, a execração dos erros cometidos, e não as encontrava. Ela não o havia condenado, após as desgraças irreparáveis de que era a causa? Não havia evocado o castigo, a morte solitária, no desprezo? Ela só conservava seu ódio ao mal e

sua compaixão pela dor. A ele, àquela força inconsequente e empreendedora, ela submetia-se de novo como a uma das violências da natureza, possivelmente necessária. E depois, ainda que fosse só fraqueza de mulher, abandonava-se deliciosamente, entregue à maternidade sofredora, entregue à necessidade infinita de ternura, que a havia levado a amá-lo sem estima, com seu elevado discernimento devastado pela experiência.

– Acabou – repetiu várias vezes, sem deixar de apertar as mãos dele nas suas. – Então o senhor não pode se acalmar e finalmente descansar!?

Em seguida, tendo ele se levantado para aflorar com os lábios seus cabelos brancos, cujos cachos eram numerosos sobre as têmporas, com uma abundância vívida de juventude, ela resistiu, e acrescentou com um ar de absoluta resolução e de profunda tristeza, dando às palavras todo o seu significado:

– Não, não! Acabou, acabou para sempre... Estou contente de tê-lo visto pela última vez, para que não fique raiva entre nós... Adeus!

Quando partiu, viu-o de pé, perto da mesa, realmente emocionado pela separação, mas já classificava com uma mão instintiva os papéis, que havia misturado em sua agitação; e como o pequeno buquê de dois soldos havia se desfolhado entre as páginas, sacudia-as uma a uma, varria com os dedos as pétalas de rosa.

Foi apenas três meses mais tarde, em meados de dezembro, que o caso do Banco Universal chegou finalmente ao tribunal. Houve cinco grandes audiências da polícia judiciária, em meio a viva curiosidade. A imprensa criava um tumulto enorme a respeito da catástrofe, circulavam histórias extraordinárias sobre a lentidão da instrução. Comentou-se muito a exposição dos fatos que a procuradoria havia apresentado, uma obra-prima de lógica feroz, na qual os menores detalhes estavam agrupados, utilizados, interpretados com uma clareza implacável. Aliás, dizia-se por toda parte que a sentença havia sido dada de antemão. E, de fato, a evidente boa-fé de Hamelin, a heroica atitude de Saccard, que fez face à acusação durante cinco dias, os discursos magníficos e retumbantes da defesa não impediram os juízes de condenar os dois acusados a cinco anos de prisão e a três mil francos de multa. No entanto, colocados em liberdade provisória sob fiança um mês antes do processo, apresentando-se assim ao tribunal como réus em liberdade, puderam apelar da sentença e deixar a França em vinte e quatro horas. Foi Rougon quem havia exigido esse desenlace, não queria ter sob a mão o aborrecimento de um irmão na cadeia. A própria polícia cuidou da partida de Saccard, que escapuliu para a Bélgica em um trem noturno. No mesmo dia, Hamelin partiu para Roma.

E mais três meses se passaram, chegava-se aos primeiros dias de abril, dona Caroline ainda estava em Paris, retida pela regularização de negócios inextricáveis. Ocupava ainda o pequeno apartamento da mansão d'Orviedo, onde cartazes anunciavam a venda. Por fim, resolveu as últimas dificuldades, poderia partir, certamente sem um centavo no bolso, mas sem deixar nenhuma dívida atrás de si; deveria deixar Paris no dia seguinte, para ir a Roma reencontrar o irmão, que havia tido a sorte de encontrar um pequeno emprego de engenheiro. Ele havia escrito que algumas aulas a aguardavam. Era toda a vida de ambos a recomeçar.

Ao acordar, na manhã daquele último dia que passaria em Paris, veio-lhe o desejo de não se afastar sem tentar obter notícias de Victor. Até aquele momento, todas as buscas haviam sido inúteis. Mas lembrava-se da promessa de Méchain, dizia-se que talvez essa mulher soubesse de alguma coisa; seria fácil interrogá-la, se fosse à casa de Busch por volta das quatro horas. De início, rejeitou a ideia: para quê, tudo isso não estava morto? No entanto, sofria de verdade, coração magoado, como se tivesse perdido um filho, sobre cujo túmulo não houvesse levado flores ao partir. Às quatro horas, dirigiu-se à rue Feydeau.

As duas portas do patamar estavam abertas, a água fervia violentamente na cozinha escura, enquanto do outro lado, no cômodo exíguo, Méchain, que ocupava a poltrona de Busch, parecia submersa em meio a um monte de papéis que tirava a mãos-cheias de sua velha bolsa de couro.

— Ah! É a senhora, minha boa senhora! Chega em muito má hora. O senhor Sigismond agoniza. E o pobre senhor Busch perde positivamente a cabeça, tanto gosta do irmão. Corre como um louco, saiu de novo para trazer um médico... Veja, sou obrigada a ocupar-me de seus negócios, porque faz oito dias que não apenas deixou de comprar títulos como não pôs o nariz em uma dívida sequer. Felizmente, fiz há pouco um negócio, oh!, um grande negócio, que o consolará um pouco de sua dor, quando voltar à razão.

Dona Caroline, assombrada, esquecia que estava lá por causa de Victor, pois havia reconhecido títulos podres do Universal entre os papéis que Méchain retirava aos punhados de sua bolsa. O velho couro estava repleto deles, e ela tirava-os sem parar, tagarela, em meio a sua alegria.

– Veja! Comprei tudo isso por duzentos e cinquenta francos, tem mais ou menos cinco mil, o que as faz valer um soldo... Hein! Um soldo, ações que foram cotadas a três mil francos! Aqui estão quase pelo preço do papel, sim! Papel ao quilo... Mas valem sempre mais, nós as venderemos pelo menos por dez soldos, porque são procuradas por gente falida. A senhora compreende, tiveram uma reputação tão boa que ainda servem de enfeite. Fazem um bom efeito em um passivo, é muito distinto de ter sido vítima da catástrofe... Enfim, tive uma sorte extraordinária, farejei a fossa onde, após a batalha, toda essa mercadoria dormia, um velho fundo de matadouro, que um imbecil, mal-informado, deixou-me por nada. E imagine se não me precipitei! Ah! Não demorou muito, raspei tudo rapidamente!

E alegrava-se como ave carniceira dos campos de massacre das finanças, sua enorme pessoa transpirava os alimentos imundos com os quais havia engordado, enquanto com suas mãos pequenas e aduncas remexia os mortos, aquelas ações podres, já amareladas, que exalavam um odor rançoso.

Mas elevou-se uma voz ardente e grave, vinda do quarto vizinho, cuja porta estava escancarada, como as duas portas do patamar.

– Bom! Veja o senhor Sigismond que volta a falar. Só faz isso desde cedo... Meu Deus! E a água que ferve! A água que esqueci! É para muita tisana... Minha boa senhora, já que está aqui, veja se ele não pede algo.

Méchain foi à cozinha e dona Caroline, que era atraída pelo sofrimento, entrou no quarto. O despojamento era alegrado por um claro sol de abril, cujos raios caíam diretamente sobre a

O DINHEIRO

pequena mesa branca, atravancada por anotações escritas, por pastas volumosas, de onde transbordava um trabalho de dez anos; e não havia nada além das duas cadeiras de palha e de alguns livros amontoados sobre prateleiras. Na estreita cama de ferro, Sigismond, apoiado em três travesseiros, vestido pela metade com uma camisa curta de flanela vermelha, falava, falava sem trégua, sob a singular excitação cerebral que precede às vezes a morte dos tísicos. Delirava, com momentos de extraordinária lucidez; e, em seu rosto emagrecido, emoldurado por longos cabelos cacheados, seus olhos, desmesuradamente abertos, interrogavam o vazio.

Imediatamente, assim que dona Caroline surgiu, pareceu reconhecê-la, embora nunca houvessem se encontrado.

– Ah! É a senhora... Eu a havia visto, chamava-a com todas as minhas forças... Venha, venha mais perto, para que eu fale em voz baixa...

Apesar do pequeno calafrio de medo que a invadia, aproximou-se dele, teve de se sentar em uma cadeira próxima ao leito.

– Não sabia, mas agora sei. Meu irmão vende papéis, e há pessoas que ouço chorar ali, em seu escritório... Meu irmão, ah! Tive o coração atravessado por um ferro em brasa. Sim, é isso que me ficou no peito, queima ainda, porque é abominável, o dinheiro, essa pobre gente que sofre... Então, daqui a pouco, quando eu estiver morto, meu irmão venderá meus papéis, e eu não quero, não quero! – Sua voz erguia-se pouco a pouco, suplicante. – Veja! Senhora, estão ali, sobre a mesa. Traga-os para mim, façamos um pacote e a senhora os levará, levará tudo... Oh! Chamava-a, esperava pela senhora! Meus papéis perdidos! Toda a minha vida de pesquisa e de esforço aniquilada!

E como ela hesitasse em dar-lhe o que pedia, juntou as mãos.

– Por piedade, que eu me assegure que estão todos aí, antes de morrer... Meu irmão não está, meu irmão não dirá que eu me mato... Suplico-lhe...

Então, ela cedeu, transtornada pelo ardor da súplica.

– O senhor vê que não ajo corretamente, pois seu irmão diz que isso lhe faz mal.

– Mal, oh! Não. E depois, o que importa!... Finalmente, essa sociedade do futuro, consegui pô-la de pé, após tantas noites em

claro! Tudo está previsto, resolvido, toda a justiça e a felicidade possíveis... Que pena não ter tido tempo para redigir a obra, com os desenvolvimentos necessários! Mas aqui estão as anotações completas, classificadas. E, não é mesmo?, a senhora as salvará, para que alguém, um dia, dê a elas a forma do livro definitivo, lançado ao mundo.
Com suas longas mãos esquálidas, havia apanhado os papéis. Folheava-os amorosamente, enquanto em seus grandes olhos, já embaçados, reacendia-se uma chama. Falava muito depressa, com um tom entrecortado e monótono, como o tique-taque de um pêndulo de relógio arrastado pelo peso; e era o próprio ruído da mecânica cerebral que funcionava sem parar, no desenrolamento da agonia.
– Ah! Como a vejo, como se levanta ali, nitidamente, a cidade da justiça e da felicidade!... Ali, todos trabalham, um trabalho pessoal, obrigatório e livre. A nação é simplesmente uma sociedade de cooperação, as ferramentas tornam-se propriedade de todos, os produtos são centralizados em vastos depósitos gerais. Quanto fizermos de trabalho útil, tanto teremos direito de consumo social. A hora de trabalho é a medida comum, cada objeto vale o que custou em horas, existe apenas uma troca entre todos os produtores, com a ajuda de bônus de trabalho, e isso sob a direção da comunidade, sem que haja qualquer retenção, a não ser o imposto único para educar as crianças e alimentar os velhos, renovar as ferramentas, prover os serviços públicos gratuitos... Sem dinheiro e, consequentemente, sem especulação, sem roubo, sem tráficos abomináveis, sem esses crimes que a cupidez exacerba, as moças esposadas por seu dote, os velhos pais estrangulados por sua herança, os transeuntes assassinados por sua carteira!... Sem classes hostis, patrões e operários, proletários e burgueses, e, consequentemente, sem leis restritivas nem tribunais, sem as forças armadas protegendo o açambarcamento iníquo de alguns contra a fome feroz dos outros!... Sem gente ociosa de nenhum tipo e, consequentemente, sem proprietários alimentados pelo aluguel, rentistas sustentados como as moças pela sorte, sem luxo, enfim, nem miséria!... Ah! Não é a equidade ideal, a sabedoria soberana, sem privilegiados,

sem miseráveis, cada um criando sua felicidade pelo esforço, a média da felicidade humana!?

Exaltava-se, e sua voz tornava-se doce, longínqua, como se estivesse a se afastar e se perder bem alto, no futuro cuja chegada anunciava.

— E se eu entrasse em detalhes... Veja, esta folha separada, com todas estas notas marginais: é a organização da família, o livre contrato, a educação e a manutenção das crianças a cargo da comunidade... Entretanto, não é a anarquia. Olhe esta outra nota: quero um comitê diretor para cada ramo da produção, encarregado de harmonizá-la ao consumo, estabelecendo as necessidades reais... E aqui, um detalhe ainda da organização: nas cidades, nos campos, exércitos industriais, exércitos agrícolas manobrarão sob a direção de chefes eleitos por eles, obedecendo aos regulamentos nos quais terão votado... Veja! Também indiquei aqui, por cálculos aproximativos, a quantas horas poderá ser reduzida a jornada de trabalho em vinte anos. Graças ao grande número de novos braços, principalmente graças às máquinas, trabalharemos apenas quatro horas, talvez três; e quanto tempo teremos para desfrutar a vida! Pois não é um quartel, é uma cidade de liberdade e de alegria, onde cada um é livre para seu prazer, com todo o tempo para satisfazer seus apetites legítimos, a alegria de amar, de ser forte, de ser belo, de ser inteligente, de tomar sua parte da inesgotável natureza.

E seu gesto, em torno do quarto miserável, possuía o mundo. No despojamento em que havia vivido, naquele pobreza sem desejos em que morria, fazia com mão fraterna a partilha dos bens da Terra. Era a felicidade universal, tudo o que é bom e que ele não havia desfrutado distribuía ainda assim, sabendo que não desfrutaria nunca. Havia apressado sua morte por esse supremo presente à humanidade sofredora. Mas suas mãos vagueavam, tateando, em meio às anotações esparsas, enquanto seus olhos que não enxergavam mais, invadidos pelo ofuscamento da morte, pareciam perceber a perfeição infinita, além da vida, em um encantamento de êxtase que iluminava inteiramente seu rosto.

— Ah! Quantas atividades novas, a humanidade inteira no trabalho, as mãos de todos os seres vivos melhorando o mundo!... Não há mais brejos, nem pântanos, nem terras sem cultivo. Os braços de mar são cobertos com terra, as montanhas incômodas desaparecem, os desertos transformam-se em vales férteis, sob as águas que jorram em toda parte. Nenhum prodígio é irrealizável, as grandes obras antigas fazem sorrir, de tanto que parecem tímidas e infantis. Enfim, a Terra é habitável... E é o homem desenvolvido por inteiro, engrandecido, desfrutando de seus plenos apetites, transformado no verdadeiro mestre. As escolas e as oficinas são abertas, a criança escolhe livremente sua profissão, conforme determinem suas aptidões. Já se passaram anos e foi feita a seleção, por meio de exames árduos. Já não basta poder pagar a instrução, é preciso aproveitá-la. Cada homem encontra-se assim mantido em sua posição, utilizado na justa medida de sua inteligência, o que reparte equitativamente as funções públicas de acordo com as próprias indicações da natureza. Cada um por todos, na proporção de sua força... Ah! Cidade ativa e feliz, cidade ideal de exploração humana sadia, onde não existe mais o velho preconceito contra o trabalho manual, onde se vê um grande poeta marceneiro, um serralheiro grande sábio! Ah! Cidade bem-aventurada, cidade triunfal, à qual os homens se dirigem há tantos séculos, cidade cujos muros brancos resplandecem, ao longe... Ao longe, na felicidade, no sol ofuscante...

Seus olhos perderam a cor, exalaram-se as últimas palavras, indistintas, em um leve sopro; e sua cabeça tombou, guardando o sorriso extasiado de seus lábios. Estava morto.

Transtornada pela piedade e pela ternura, dona Caroline olhava para ele, quando teve, às suas costas, a sensação de que entrava uma tempestade. Era Busch de volta, sem médico, ofegante, arrasado pela angústia; enquanto Méchain, em seus calcanhares, explicava-lhe porque ainda não havia conseguido fazer a tisana, a água havia derramado. Mas ele havia visto o irmão, sua pequena criança, como o chamava, deitado de costas, imóvel, a boca aberta, os olhos fixos; e compreendeu, e soltou um uivo de animal degolado. De um salto, jogou-se sobre o corpo, ergueu-o em seus dois grandes braços, como para lhe insuflar a vida. Esse terrível devorador de ouro, que teria matado um homem por dez soldos, que havia por tanto tempo pilhado a Paris imunda, urrava em um sofrimento abominável. Sua pequena criança, meu Deus! Ele que o levava ao leito, mimava-o como uma mãe! Não teria nunca mais sua pequena criança! E, em uma crise furiosa de desespero, apanhou os papéis esparsos sobre o leito, rasgou--os, triturou-os, como se quisesse aniquilar todo aquele trabalho imbecil e cobiçado que havia matado seu irmão.

Dona Caroline, então, sentiu seu coração derreter-se. O infeliz! Nele só restava uma compaixão divina. Mas onde havia escutado antes uivar assim? Uma única vez, o grito da dor humana a havia trespassado com o mesmo estremecimento. Lembrou-se, foi na casa de Mazaud, o uivo da mãe e dos filhos, diante do cadáver do pai. Incapaz de subtrair-se a esse sofrimento, permaneceu ainda um instante, prestou serviços. Em seguida, no momento de partir, só com Méchain, no exíguo escritório, recordou-se de que havia vindo para questioná-la sobre Victor. E interrogou-a. Pois bem! Victor estava longe, corria ainda! Ela havia percorrido Paris durante três meses, sem descobrir sequer uma pista. Desistia, sempre seria tempo de encontrar esse bandido no cadafalso um dia. E dona Caroline escutava, glacial e muda. Sim, acabou, o monstro estava solto pelo mundo, ao futuro, ao desconhecido, como uma fera escumante de vírus hereditário, que deveria alastrar o mal a cada uma de suas mordidas.

Fora, na calçada da rue Vivienne, dona Caroline foi surpreendida pela doçura do ar. Eram cinco horas, o sol deitava-se em um céu de suave pureza, dourando ao longe as altas fachadas do bulevar. Esse abril, com o encanto de uma nova juventude, parecia uma carícia em seu corpo inteiro, até a alma. Respirou profundamente, aliviada, já mais feliz, com a sensação de invencível esperança, que voltava e crescia. Era sem dúvida a morte tão bela daquele sonhador, que entregou o último suspiro a sua quimera de justiça e de amor, que a enternecia assim, no devaneio que ela própria havia feito de uma humanidade expurgada do mal execrável do dinheiro; e era ainda o grito do outro, a ternura enfurecida e sangrante do terrível lince, que ela imaginava sem alma, incapaz de lágrimas. Entretanto, não! Não partiu com a impressão consoladora de tanta bondade humana em meio a tanta dor; ao contrário, carregava a desesperança final do pequeno monstro foragido, correndo, semeando pelas estradas o fermento da podridão, de que a Terra nunca chegaria a se curar. Então, por que essa alegria renascente que a invadia? Quando chegou ao bulevar, dona Caroline virou à esquerda, diminuiu o passo, em meio à animação da multidão. Por um instante, parou diante de uma carroça cheia de maços de lilás e de goivos, cujo forte perfume envolveu-a com uma lufada de primavera. E agora, enquanto retomava sua caminhada, renascia nela a onda de alegria, como se proviesse de uma fonte efervescente, que havia tentado inutilmente interromper e tapar com as duas mãos. Havia compreendido, não queria. Não. Não! As terríveis catástrofes eram muito recentes, não podia estar contente, abandonar-se àquele jorro de eterna vida que a sustentava. E esforçava-se para conservar seu luto, recordava-se com desespero de tantas lembranças cruéis. O quê? Deveria rir ainda, após o desabamento de tudo, uma soma tão apavorante de misérias!? Esquecia que era cúmplice? E citava os fatos para si mesma, este, aquele, aquele outro, que deveria deplorar pelo resto de sua existência. Mas, entre os dedos crispados sobre seu coração, o borbulhamento da seiva tornava-se mais impetuoso, a fonte de vida transbordava, afastando os obstáculos, para fluir livremente, arremessando os destroços em direção às duas margens, límpida e triunfante sob o sol.

A partir desse momento, derrotada, dona Caroline teve de ceder à força irresistível do contínuo rejuvenescimento. Como às vezes dizia, aos risos, não podia ser triste. A provação havia acabado, havia tocado o fundo do desespero, e agora a esperança ressuscitava novamente, quebrada, ensaguentada, mas, ainda assim, viva, maior a cada minuto. Com certeza, não lhe restava nenhuma ilusão, a vida era decididamente injusta e ignóbil, como a natureza. Então, por que essa insensatez de amá-la, de desejá-la, de contar, assim como a criança a quem se promete um prazer sempre adiado, com o objetivo longínquo e desconhecido, em cuja direção nos conduz sem parar? Em seguida, quando virou na rue de la Chaussée-d'Antin, já não raciocinava mais; a filósofa que existia nela, a sábia e a letrada, abdicava da inútil pesquisa de causas; nada mais era que uma criatura feliz do belo céu e do ar ameno, que desfrutava o único prazer de se sentir bem, de escutar seus pequenos passos firmes sobre a calçada. Ah! A alegria de ser, será que no fundo existe alguma outra? A vida tal como é, em sua força, por mais abominável que seja, com sua eterna esperança!

De volta a seu apartamento, na rue Saint-Lazare, que abandonaria no dia seguinte, dona Caroline acabou de fazer as malas; e ao inspecionar a sala dos projetos, já vazia, deparou, nas paredes, com os esboços e as aquarelas, que havia decidido amarrar em um rolo único, no último minuto. Mas um devaneio a deteve diante de cada folha de papel, antes de arrancar as quatro pontas, nos quatro cantos. Revivia seus dias longínquos no Oriente, naquela região tão amada, cuja luz resplandescente parecia ter conservado em si mesma; revivia os cinco anos que acabava de passar em Paris, a crise de cada dia, aquela atividade louca, o monstruoso furacão de milhões que havia atravessado e assolado sua vida; e, dessas ruínas ainda quentes, sentia germinar, desabrochar ao sol toda uma floração. Ainda que o Banco Nacional Turco houvesse desmoronado logo após o Universal, a Companhia Geral de Navios Associados permanecia de pé e próspera. Revia o litoral encantado de Beirute, onde se erguiam, em meio a lojas imensas, os prédios de administração, cujo projeto desempoeirava: Marselha colocada às portas da Ásia Menor, o Mediterrâneo conquistado, as nações reaproximadas, talvez pacificadas. E o desfiladeiro do Carmelo, aquela aquarela que despregava da parede, não sabia, por uma carta recebida, que havia surgido uma nova população? O vilarejo de quinhentos habitantes, nascido inicialmente em torno da mina em atividade, era no presente uma cidade, vários milhares de pessoas, uma civilização, estradas, indústrias, escolas, que fecundavam aquele recanto morto e selvagem. Além disso, havia os mapas, os nivelamentos e os desenhos para a ferrovia de Bursa a Beirute, via Angora e Alepo, uma série de grandes folhas, que enrolava uma a uma: seriam anos, sem dúvida, até que os desfiladeiros do Tauro fossem percorridos a todo vapor; mas a vida já afluía por todos os lados, o solo do antigo berço havia sido semeado de uma nova safra de homens, que o progresso futuro faria crescer com um vigor de vegetação extraordinário, naquele clima maravilhoso, sob o forte sol. Não estaria aí o despertar de um mundo, a humanidade libertada e mais feliz? Agora, dona Caroline, com a ajuda de uma pequena fita, amarrava o pacote de projetos. Seu irmão, que a esperava em Roma, onde ambos recomeçariam a vida, havia recomendado expressamente que os embrulhasse com cuidado; e, ao apertar os nós, veio-lhe a lembrança de Saccard, que sabia estar na Holanda, envolvido de novo em um negócio colossal, o dessecamento de pântanos imensos, um pequeno reino conquistado ao mar, graças a um sistema complicado de canais. Ele tinha razão: o dinheiro, até hoje, era o estrume no qual cresceria a humanidade de amanhã; o dinheiro, envenenador e destruidor, tornava-se o fermento de toda vegetação social, o esterco necessário às grandes obras que facilitam a existência. Desta vez, enfim ela via com clareza, sua esperança invencível viria, então, de sua crença na utilidade do esforço? Meu Deus! Acima de tanta lama revolvida, acima de tantas vítimas esmagadas, de todo esse sofrimento abominável que custa à humanidade cada passo adiante, não haveria um objetivo obscuro e longínquo, algo superior, bom, justo, definitivo, rumo ao qual caminhamos sem saber e que nos enche o coração da necessidade obstinada de viver e de esperar?

E dona Caroline estava contente apesar de tudo, com seu rosto sempre jovem, sob a coroa de cabelos brancos, como se rejuvenescesse a cada abril, na velhice da Terra. E, à lembrança da vergonha que lhe causava sua ligação com Saccard, devaneava sobre o lixo pavoroso com o qual igualmente se macula o amor. Então, por que atribuir unicamente ao dinheiro a culpa da sordidez e dos crimes de que é causa? Seria o amor menos conspurcado, ele que cria a vida?

CRONOLOGIA

2 de abril de 1840 – Nasce Émile Zola, em Paris.

22 de junho de 1853 – Georges-Eugène Haussmann é empossado prefeito do Sena por Napoleão III e incumbido de um plano de reconstrução de Paris, ficando no cargo até 1870. Milhares de prédios foram derrubados e pessoas, despejadas; as obras incluíram a abertura de grandes avenidas, a construção de edifícios e de infraestrutura de saneamento.

24 de junho de 1859 – A aliança entre França e Sardenha vence as tropas austríacas na batalha de Solferino. A Lombardia é anexada ao Reino da Sardenha, mas não a Venécia.

Agosto de 1860 – Depois da morte de mais de dez mil cristãos em Damasco, o Império Otomano é pressionado pela França a aceitar uma intervenção para encerrar o conflito entre drusos e cristãos maronitas no emirado do Monte Líbano e arredores.

18 de setembro de 1860 – As tropas do Reino da Sardenha vencem a batalha de Castelfidardo contra as tropas que defendiam os Estados Papais, incorporando as Marche e a Úmbria ao reino.

18 de março de 1861 – É declarado oficialmente o Reino da Itália, unificando a maior parte da península Itálica sob o rei Vitor Emanuel de Saboia.

10 de abril de 1864 – Após uma intervenção francesa, Maximiliano de Habsburgo-Lorena assume o posto de imperador do México, tornado um Estado cliente de Napoleão III.

1º de agosto de 1864 – O rei da Dinamarca abre mão dos ducados de Schleswig-Holstein em favor da Prússia e da Áustria.

15 de setembro de 1864 – Acordo entre França e o Reino da Itália garante preservação do Estado Papal no Lácio.

20 de junho de 1866 – A Itália se alia à Prússia na guerra contra a Áustria, visando à conquista da Venécia.

1º de abril de 1867 – Aberta a Segunda Exposição Universal, em Paris.

3 de julho de 1866 – Prússia sai vitoriosa na ofensiva de Sadowa, impondo ao Império Austríaco, entre outras perdas, a cessão da Venécia à Itália. Os prejuízos aos baixistas da Bolsa de Paris, decorrentes desse desfecho surpreendente da Guerra Austro-Prussiana, são livremente relatados em uma passagem de *O dinheiro*.

19 de junho de 1867 – Maximiliano I é morto pelas tropas republicanas mexicanas.

Novembro de 1867 – Zola publica *Thérèse Raquin*, seu primeiro romance de características naturalistas.

19 de julho de 1870 – Napoleão III declara guerra à Prússia, dando início à Guerra Franco-Prussiana.

1º de setembro de 1870 – Derrotado na batalha de Sedan, Napoleão III é feito prisioneiro pelas tropas prussianas. A Terceira República Francesa é declarada em seguida.

20 de setembro de 1870 – O Exército italiano derrota as tropas papais, desfalcadas do apoio francês, e Roma é anexada ao Reino da Itália.

1º de janeiro de 1871 – Declarado o Império da Alemanha, sob a liderança da Prússia, unificando todos os Estados alemães ao norte da Áustria.

18 de março de 1871 – Após a derrota francesa na Guerra Franco--Prussiana, trabalhadores decretam a Comuna de Paris, uma experiência marcante de governo revolucionário proletário.

1º de julho de 1871 – Zola publica *A fortuna dos Rougons*, primeiro dos vinte romances da série Rougon-Macquart. A saga faz um comentário crítico da sociedade francesa do Segundo Império.

Janeiro de 1882 – *Crash* da bolsa de Paris, motivado pela quebra do banco católico Union Générale, provoca a pior crise econômica do século XIX na França. O acontecimento inspira Zola a escrever *O dinheiro*.

Novembro de 1890 – *O dinheiro*, décimo oitavo livro da série Rougon-Macquart, é publicado em forma serializada na revista literária *Gil Blas*. A edição em livro ocorreu no ano seguinte.

13 de janeiro de 1898 – Zola publica o célebre artigo "J'accuse" [Eu acuso], em que acusa oficiais franceses de antissemitismo ao forjar provas de espionagem contra o capitão Alfred Dreyfus.

29 de setembro de 1902 – Morre Émile Zola, vítima de intoxicação respiratória.

Folha de rosto da primeira edição de *O dinheiro*, de Émile Zola, publicada em 1891.

Publicado em 2021, 130 anos após o lançamento da primeira edição original da obra, este livro foi composto em ITC New Baskerville 10,5/12,6 e impresso em papel Avena 80 g/m², na gráfica Lis, para a Boitempo, com tiragem de 2 mil exemplares.